U0908568

第八辑

Review of World Chinese Literature

四川大学出版社
SICHUAN UNIVERSITY PRESS

项目策划：张伊伊
责任编辑：张伊伊
责任校对：毛张琳
封面设计：墨创文化
责任印制：王　炜
封面、封底绘图：刘正伟

图书在版编目（CIP）数据

华文文学评论．第八辑 / 曹顺庆，张放主编．— 成都：四川大学出版社，2021.11
ISBN 978-7-5690-5186-5

Ⅰ．①华… Ⅱ．①曹… ②张… Ⅲ．①华文文学—现代文学—文学评论 Ⅳ．①I106

中国版本图书馆 CIP 数据核字（2021）第 238078 号

书名　华文文学评论（第八辑）
HUAWENWENXUEPINGLUN(DI-BAJI)

主　　编	曹顺庆　张　放
出　　版	四川大学出版社
地　　址	成都市一环路南一段 24 号（610065）
发　　行	四川大学出版社
书　　号	ISBN 978-7-5186-5
印前制作	四川胜翔数码印务设计有限公司
印　　刷	四川盛图彩色印刷有限公司
成品尺寸	170mm×240mm
印　　张	24.5
字　　数	466 千字
版　　次	2021 年 11 月第 1 版
印　　次	2021 年 11 月第 1 次印刷
定　　价	128.00 元

◆ 读者邮购本书，请与本社发行科联系。
电话：(028)85408408/(028)85401670/
(028)86408023　邮政编码：610065
◆ 本社图书如有印装质量问题，请寄回出版社调换。
◆ 网址：http://press.scu.edu.cn

四川大学出版社
微信公众号

目　录

余光中纪念与研究

罗门研究

骆以军研究

锦江沙龙

香港文学探骊

百家成阵

华裔文学研究

文学稽考

青年学者论坛

新书评论

华文教育

致　歉

《华文文学评论》(第七辑)封面、封底绘画均为刘正伟先生创作。封面：远航在即；封底：阿里山始点。由于我们工作的疏忽，上辑中未加说明，在此特向作者与读者致歉。

余光中永在

王　蒙*

“乡愁诗人”余光中先生走了，乡愁时代却没有就此结束。逝者如斯夫，不舍昼夜。在不舍昼夜的逝者以外，重要的是跳动的中国心，还有美丽且鲜明的中国诗文，你我的记忆与吟诵活泼如初。

在1982年纽约圣约翰大学的中国当代文学讨论会上，我听到香港中文大学教授、作家、评论家黄维樑先生发言，他高度评价余光中的诗文，而且认为余先生应该获得诺贝尔文学奖。散会后，黄教授将自己的评论集与余先生作品集赠送给我。我一路上饶有兴趣地阅读着，为余先生的清晰、明白与真诚所感染。当时流行朦胧诗，讲究语言的锤炼与意境的变幻莫测，而余先生的诗明白如话，深入浅出，不做作。我甚至觉得他的诗还欠一点发酵。

不幸的是，飞机经停东京成田国际机场，我下来稍事休息，再登机，两本书被机上的清洁工清理掉了。责任在我自己，没有将它们携带下机，我十分郁闷，感觉对不起余先生与黄教授。

1986年初，又是纽约，我作为国际笔会嘉宾，在第四十八届年会上碰到了余先生。我们握手问好，但没有机会进行深入的交流。

1993年，我参加《联合报》召开的“两岸三地文学四十年讨论会”，我与余先生是仅有的作晚餐演讲的主讲人。我听到演讲的两个主题，一个是说小岛也能产生大作家，一个是他严厉抨击所谓“闽南语写作”自我封闭的愚蠢与狭隘。他有他的天真和明朗之处，他有他的底线。

改革开放以来，两岸关系有了长足进展，我们见面越来越频繁了。而且余先生在大陆文坛有了越来越高的威望与越来越大的影响。记得轻易不夸奖

---

* 王蒙，1934年出生，小说家、散文家、评论家、诗人、学者。小说代表作有《青春万岁》《活动变人形》《这边风景》等。曾任多所大学教授或名誉教授，现任中国海洋大学文学院院长。访问过六十多个国家和地区，曾获荣誉文学博士学位，荣获多个文学奖。其作品被翻译为二十多种语言，发行于各国。

谁的四川资深诗人学者流沙河就对余光中作品评价甚高。邀请余光中访问做客的大陆文学团体与大学越来越多。有一个笑话，说是成都市邀请了余光中与其他几位台湾诗人到访，打的横幅是“热烈欢迎余光中先生一行”，有一位也是台湾资深诗人的客人，长得高高大大，他一到场，立刻被青年学生围上，问道:“您是余先生吗?”他回答:“我不是余光中，我是‘一行’。”

2001年，我参加香港中文大学“新世纪征文”活动，我与白先勇是小说的终审评委，而余光中是文学翻译的终审评委，我们变成了同事。

2003年，评出第三次征文的优胜者以后，我还参加了香港中文大学授予他荣誉博士学位的活动。会后，我把他与白先勇及文学院副院长、翻译家金圣华教授请到了青岛中国海洋大学做客，还举行了包括余先生作品在内的诗歌朗诵会。他的《乡愁》再一次赢得了热烈掌声与欢呼，而他的英语诗朗诵，尤其令人赞美。他是我听到过的国人中不列颠式英语发音的佼佼者，从他那里，我感觉到的是不列颠之梦。

他说喜欢我的诗《不老》。他给海洋大学王蒙文学研究所题字:“从伊犁到青岛，拾尽大师的足印。”

2004年，我们应邀到海南师范学院与黄维樑先生一起作关于散文的座谈，主持人是喻大翔教授。活动在体育馆举行，学生听众极其踊跃。谈到我此生读过的最好的散文时，我说是马克思、恩格斯合著的《共产党宣言》。而余先生说，诗是他的情人，散文是他的妻子。

他的学养很好，21世纪初我访问爱尔兰的时候在都柏林欣赏了爱尔兰的话剧团演出的王尔德名剧《莎乐美》，回北京后我从国家图书馆借到了余光中翻译的王尔德喜剧，书中附有他谈文学翻译的文字。我在香港、青岛的大学也亲耳听到他讲翻译的课。他有在美国求学与任教的经历。他关于中英文比较的文章极有见地，例如他不赞成由于英语的影响而在中文被动态语句中滥用那么多“被”字，饭吃了，水喝了，当然用不着说成饭被吃了与水被喝了。他说的这些文字上的毛病我也有。他的英语很流畅，他的中文很地道，绝对不带翻译调调。好得很，即使从这里，也看出他的中国心与大陆情结。

他定居在高雄。他的后半生总在诗中惦念长江、黄河、华山、济南……这些地方都留下了他的足迹。他说，他要住在台湾的西部，从窗里望出去就是故乡，而如果住在台东，看过去是美国，有什么意思?当然，他的梦与愁跟你我一样在中华，不在美利坚也不在不列颠。

文化是一种力量，文化是一种分野，文化是一种天命。余光中走了。我想着应该怎么样安慰与他同命运六十余载的夫人范我存……两岸各地友人与读者怀念着他，默诵着“乡愁是一方矮矮的坟墓，我在外头，母亲在里头”。

外头里头，情意超越生死。长江黄河，奔流澎湃汹涌。中华是屈原、李白、杜甫的中华，也是鲁迅、艾青的中华，还是余光中、郑愁予，以及欢迎他们接待他们一行的男女老少的中华。余光中永在，中华诗歌永存，乡愁永远，仍然是那么明白，那么简单，那么深情，那么不可抗拒也不可分割。

（原载 2017 年 12 月 29 日《人民日报》，收入本书时略有改动）

中国文学殿堂有余光中的座椅

金耀基*

余光中先生于二〇一七年十二月十四日在台湾高雄辞世，享年九十。第二天，国内外媒体争相报道，大家共同哀悼这位文学巨匠。余光中在文学上是全才，诗、散文、文艺评论及翻译都是第一流的。他对于文字，最重形象化之经营，文字为龙，他是御龙、雕龙之圣手。黄维樑以“壮丽”状其文采，可谓余的诗、文之解人。他作诗既多且精，《乡愁》是百口传诵的名篇之一。余光中没有获诺贝尔奖，很难说是余光中还是诺贝尔奖的遗恨。余光中将与李白、杜甫、杜牧、陆游、苏东坡等中华诗坛骄子共在，中国的文学殿堂中不能不为光中设一把座椅。就我与内子元祯而言，我们对光中大兄之离世是很难过、无奈的，想不到前年在香港与光中夫妇之晚餐竟是最后一面。

余光中与我都是在台湾读书与工作过的，他与我也都是从台湾到香港中文大学教书的。不同的是，光中大兄晚年又回到台湾，在高雄西子湾的中山大学终其天年。光中大兄长我八岁，早年我在台湾大学、政大研究所读书时，他已颇有文名，彼此或有知而未识。七十年代初，我自美到香港中大；七十年代中，光中大兄亦自台应中大之聘来港。我在新亚书院，他在联合书院，自此相知亦相识。八十年代初起，余光中、宋淇、梁佳萝（锡华）、黄国彬、蔡思果（濯堂）、黄维樑在中大吐露港之滨建成一个文友圈（或曰沙田帮），颇成气候。

喻大翔说：“中国自西式大学成立以来，似乎没有一间在文坛上勤吐墨彩如中文大学的。”余光中自己也说中大是他创作治学的佳胜之地。诗人流沙河说，余光中是在九龙半岛上最后完成龙门一跃，成为中国当代大诗人的。我尝请光中大兄到新亚作文化聚谈，他的妙思隽语精彩之至。他开玩笑地说：“金兄主持新亚‘文化聚谈’，精彩之开场白，久有耳闻，所以我的演讲不能

---

* 金耀基，1935年出生，社会学家、政治学家、教育家、散文家、书法家。台湾大学法学士，美国匹茨堡大学博士。历任香港中文大学社会学讲座教授、新亚书院院长、香港中文大学校长。著有《从传统到现代》《大学之理念》《百年中国学术与文化之变》《剑桥语丝》《海德堡语丝》《最难忘情》《金耀基书法作品集》等。

不有以备之；不以精彩接精彩，得乎?!”

一九八四年，余光中受李焕校长之礼聘，出任刚成立之台湾中山大学文学院院长。认真地说，我与余光中之真正结交是他回台湾之后。他接掌文学院院长后第二年举办了一个大型的“五四学术纪念会”，邀我作一专题演讲。我第一次看到他端正清丽的钢笔信，也第一次与他对五四及五四后的中国学术文化有较深刻的讨论，我发现我们有许多共同的观点与喜恶。自此之后，我几次收到他的新作，每次都为他创作力之旺盛感到欢喜与钦佩。一九九四年，他还特别来信祝贺我当选为台湾地区“中研院”院士。

二〇一四年，台湾中山大学设立“余光中人文讲座”，光中大兄于二〇一三年又亲笔来函，说讲座第一年他邀请李安、王安忆与我到高雄讲学。此时，余光中以钢笔书写的“硬体书”更成型了，我感其盛意，翌年三月十二、十三两日在台湾中山大学分别作了《中国现代化与文明转型》与《大学教育的人文价值》两次讲演。在讲演中，我首次破除科学与人文的对立性，强调科学应该是人文的一个组成。所不同者，中国传统的人文学（经学与文学）是求“善”与“美”，而科学则是求“真”的人文学。事后，光中大兄来信，显然我的讲演在台湾中山大学师生中是有共鸣的。那次台湾中山大学之行，光中大兄在讲演之外，还安排我作了一次书法展演。我照他的意思，写了杜甫诗“门泊东吴万里船”七个大字，光中大兄则用毛笔作了“金耀基书法余光中续貂”的题签。这幅我与余光中兄携手之作应是我在西子湾与这位大诗人之情谊的最好纪念。

强化“余光中研究”是对逝者最好的纪念

古远清*

余光中离开我们已三年多了。提高余光中研究的水平，让“余学”研究更上一层楼，是对中国当代文学史上这座“重镇”或“名城”最好的纪念。下面是笔者的几种设想：

一、成立《余光中全集》编撰委员会

陈映真去世后，其友人以最快的速度出版了多卷本《陈映真全集》，以前也有过《叶石涛全集》，可《余光中全集》出版的消息千呼万唤不出来。建议迅速成立《余光中全集》编委会，可由台湾中山大学“余光中研究所”（如果有这个所的话）的师生一起完成这个大工程。笔者认为最理想的出版单位为“九歌出版社”。

《余光中全集》一定要求“全”，即凡是见诸文字乃至遗作都在搜集之列。2004年天津“百花文艺出版社”出版了九卷本《余光中集》，但因种种原因，删掉不少作品。我们编“全集”，这些遗漏的作品都应补全。包括余光中本人“悔其少作”不愿收进“文集”的作品，如他在厦门大学求学时写的《臧克家的诗——〈烙印〉》的论文，还有到台湾后写的赞助李敖卖牛肉面的“广告词”之类。至于余光中本人生前十分忌讳的杂文《狼来了》，更不能遗漏。这是研究台湾当代文学思潮和论争史的重要文献。

求“全”，便少不了余光中写给友人的书信。尽管余中光要戒掉写信的“坏习惯”，但他还是有节制地给友人写过一些书信，笔者就曾收到过他少量的信件。建议单独编一本《余光中书简集》，并加上适当的注释，最好是以原貌出版，不作任何删改。

---

* 古远清，1941年出生，广东梅县人，武汉大学中文系毕业。台港文学史家、文学评论家。历任多所大学教授或客座教授，在世界多地区开会、讲学，现任陕西师范大学人文社会科学高等研究院驻院研究员。有《中国大陆当代文学理论批评史》《台湾文学理论批评史》《香港当代文学批评史》《澳门文学编年史》《余光中评说五十年》等60多部著作。

二、出版《余光中论争史》

如果真有“余光中文学史”的话，那其中必定充满了论争、论辩和论战。余光中自己说过，作家不是靠论战乃至混战成名的。但一位在文学史上占有重要地位的作家，要逃避论战是不太可能的。在社会变革和文学思潮急剧变动的年代，富有社会责任感的作家，不应回避大是大非问题。他应该入世而不应该遁世，应该发言，应该旗帜鲜明地亮出自己的观点和立场。在现代诗和乡土文学论战中，余光中正是这样做的。可到了晚年，余光中已从热血的青年诗人变为冷眼阅世的老教授，其诗风不再激烈而趋向平和，对文坛论争不像过去那样有兴致。他甚至认为，自己“与世无争，因为没有人值得我争吵”，并自负地说：“和这世界的不快已经吵完。”可只要还在创作，还未告别文坛，要完全回避论争是做不到的。笔者在即将出版的一百万字的《台湾当代文学事典》“文学现象”中，有一节《“非余”势力》，所述的势力包括不同政党派别人士、文学论争中意见相左人士、文学审美观点不同人士，等等。至于“拥余”者，拙著这样写道：

> 在台湾，“拥余”势力主要由富有中国意识的作家和不愿意以意识形态划线肯定余光中艺术成就的人所构成，如九歌出版社、“蓝星”诗社、葡萄园诗社以及余光中的老师梁实秋、余光中的研究者颜元叔和黄维樑、余光中的学生钟玲、余光中的崇拜者陈幸蕙和余光中在高雄中山大学的同事，另还有在“非余”与“拥余”之间游走的另类理论家陈芳明。

如果把“拥余”与“非余”还有中间派论争的焦点及经过写出来，并对此作出客观的评价，这对研究余光中乃至研究台湾当代文学论争史，一定有极大的认识价值和参考价值。

三、出版新的《余光中评传》

现在至少出版有五种“余光中传”：傅孟丽的《茱萸的孩子——余光中传》（天下远见出版公司，1999 年）、陈君华的《望乡的牧神：余光中传》（团结出版社，2001 年）、王尧的《余光中：诗意尽在乡愁中》（大象出版社，2003 年）、徐学的《余光中传》（厦门大学出版社，2018 年）、古远清的《余光中传——永远的乡愁》（长江文艺出版社，2019 年）。其中傅孟丽的传记经过传主精心的打磨和修改，文字很美，分期也非常准确，还提供了一些鲜为人知的史料（如余光中 20 世纪 50 年代就读于台湾大学的遭遇），但此书存在着为贤者讳的缺陷。作者把余光中写得太完美，对余光中人生道路上的一些事件如关于《狼来了》只字不提，使人觉得这本传记写的不是一个完全和真实的余光中。徐学的余传，初版原名《火中龙吟：余光中评传》（花城出版社，2002 年），有许多独到的见解，学术色彩比傅著突出，可读性也很强，但述多于评，故后来作者再版时干脆就叫《余光中传》。笔者拙著在出版社约稿时书名为《余光中的读书生活》，面世时由出版社改名为《余光中：诗书人生》（长江文艺出版社，2008 年）。再版时，又由出版社改名为《余光中传——永远的乡愁》，但删去了初版中最有特色的两章《向历史自首?》《红旗下的耳语》，新增写的一章《和这世界的不快已经吵完》（载 2008 年《世界华文文学论坛》）也未能与读者见面。据说初版本因浓墨重彩描写了《狼来了》事件，传主看了很不高兴。其实笔者是为这一事件“解套”的，但他不领情。笔者认为写余传有两种方法，一是“甜上加甜”，二是“若要甜，加点盐”，《余光中：诗书人生》便彩取后种方法，传主未能接受，这说明他的“美感胃纳”只能吸收甜的，而不兼容酸甜苦辣。

现在人们急切需要的不是再添加几种“余光中传”，而是在余传的基础上写出厚重的“余光中传”。目前已有《洛夫评传》《陈映真评传》，可为什么影响力不亚于这两位作家的余光中，就没有《余光中评传》? 徐学的《火中龙吟：余光中评传》已为评传的写作奠定了基础，希望后来者有所超越。

四、编写《余光中研究资料大全》

有人认为，编这种资料连中学生都会做，不需要什么学问。其实，明代朱荃宰在《文通》中说过：“著书莫难于汇书，汇书之人一，而读吾汇者无万数，以一人闻见，而使万数人皆以为允，此必无之事也。”这里说的“汇书”，也就是资料大全。他认为编这种书要有学问，如汇注、汇校、汇评、汇考，最能见出编者的学术功力。

在“汇书”方面，香港的余光中研究“专业户”黄维樑是开拓者，他先后编著有《火浴的凤凰——余光中作品评论集》（九歌出版社，1979 年）、《璀璨的五彩笔：余光中作品评论集（1979—1993）》（九歌出版社，1994 年），其中第一本共分三辑：诗论、散文论、通论及其他，另有余光中年表、余光中著作编译目录、评论介绍访问余光中文章的目录，计 453 页。后者分四辑：诗论、散文论、文学批评论和翻译论及其他、生活特写，另有四种附录，其中有该书的作者简介。此外，还有编后记。

至于笔者的《余光中评说五十年》（文化艺术出版社，2008 年），除“丛书主编谈”“本书编者前言”外，另有自述、访问、印象、漫议、争鸣、论略。其中“争鸣”分三部分：评“乡土文学”之争、评余光中的诗、向历史自首。古编和黄编最大的不同在于篇幅远没有黄编大，且是原文照登而不是节录，而且还收了不少如李敖、陈鼓应、郭枫等人的“酷评”乃至“恶评”文章。

陈芳明编的《台湾现当代作家研究资料汇编·余光中》（台湾文学馆，2013年），分图片集、生平及作品、研究综述、重要评论文章选刊、研究评论资料目录等五辑，这是目前规模最大的余光中研究资料汇编，遗憾的是几乎不收批判或批评余光中的文章，使该书缺乏立体感。

能否在此基础上编一种洋洋大观的多卷本《余光中研究资料大全》？这不仅需要人力，更需要财力。如能成功申报国家社科基金重大课题，那“财力”就完全不成问题了。

这里说的“资料大全”，至少应文无巨细，包括余光中出书的广告，最好将国内外有关余光中的评论文章一网打尽。现在国内不少研究生都以余光中作为研究对象，文教界、学术界急需这种“求全”的参考资料。

五、再次召开“余光中国际研讨会”

武汉华中师范大学于2000年召开过“余光中暨沙田文学国际研讨会”，并出版有黄曼君等主编的《火浴的凤凰·恒在的缪斯》（湖北人民出版社，2002年）。台湾中山大学也举办过类似的研讨会，余光中去世后又举办过这类会议，论文品质高，但大陆学者缺席，代表性不足。希望未来《余光中全集》出版之际，各地学者能携起手来再召开一次规模更大的“余光中国际研讨会”，并出版论文集。

笔者与余光中没有深交，只见过三次面，第二次是在台湾中山大学，他在临海的餐厅请我用餐，还送了许多他的著作签名本，尤其是赠送了《听容天圻弹古琴》手稿，我至今珍藏。上面我对余光中研究的建议，如能逐步实现，应该是对这位“诗坛祭酒”的最好纪念。

五彩璀璨六十年

——余光中和“余学”忆述

黄维樑*

“余学”即对余光中的研究。1979年5月我编著的《火浴的凤凰——余光中作品评论集》由台北纯文学出版社推出，香港文学界前辈戴天说此书为“余学”奠基之作。“余学”之称由此开始。1994年我编著的《璀璨的五彩笔：余光中作品评论集（1979—1993）》由台北九歌出版社推出，是第二本余光中作品评论集。关于“五彩笔”，我是这样说的：“余光中用紫色笔来写诗，用金色笔来写散文，用黑色笔来写评论，用红色笔来编辑文学作品，用蓝色笔来翻译。”详见该书的导言。本文忆述我与余光中先生的交往，以及我的余光中研究，内容也涉及我个人的学术经历，兼及一些学界文坛的人与事。余光中从1952年出版第一本诗集《舟子的悲歌》到辞世，其文学事业维持六十多年；我由20世纪60年代中期初读、初评余氏作品至今，则将近六十年。题目里有“五彩”和“六十年”，缘由在此。

一、余光中是当年香港读书界的话题

从小学开始，我对文字兴趣浓郁，至中学期间，读了好些课外的文学书籍。我的文、理、数各科成绩都不差，可谓平均发展，1965年中学会考多个科目成绩优良，拿到政府颁发的奖学金，进入香港中文大学（以下多简称为中大）新亚书院中文系就读。入学后古今中外的文学作品开始读得比较多了。那时台湾文星书店出版的“丛刊”，一本卖港币二元四角（相当于普通电影院“后座”的票价），在香港颇受欢迎。余光中的诗集《莲的联想》（1964）、散文集《左手的缪思》（1963）、《掌上雨》（1964）、《逍遥游》（1965），都由文

---

* 黄维樑，香港中文大学一级荣誉学士，美国俄亥俄州立大学博士。历任香港中文大学中文系教授，国内多所大学客座教授，美国 Macalester College 及四川大学客席讲座教授。有著作《中国诗学纵横论》《香港文学初探》《文心雕龙：体系与应用》《壮丽：余光中论》《迎接华年》等二十多种。担任多个学术团体主席或顾问，曾获多个文学奖、翻译奖。

星书店出版，成为读书界的话题。

中学校友王汉华在中大读的是社会学，喜爱文学，也向我推荐余光中（汉华人非常聪明，会读书，擅游泳，喜跳舞。那时流行“的士高”，他跳起舞来就会挑起一阵周末狂热。大学毕业后曾从事电影发行业务，组织“五粒星电影会”，把台湾的《欢颜》引进香港，女主角胡慧中一炮而红，主题曲《橄榄树》唱遍台港各地）。真光女中的一个高中生，我做家教为她补习英文，她也买了余光中的书。文星丛刊诸书采用小开本，封面设计简单，一律是深黄色。颜色单调，字小若芝麻；可是“芝麻开门”之后，余光中的散文内容繁富，文字色彩绚丽，令我目为之炫，心为之迷。

《中国学生周报》当年风行于中学和大学，我在其中发表过好几篇短文，是余光中诗文的读后感。那个年代我常用的笔名包括游之夏（暗称自己是孔子的“文学科”学生子游、子夏）、黄丝嘉（柔柔的像个女性）、黄曰诺（是“王［皇］曰诺”的谐音，气魄非凡）。以“新古典主义”格调《莲的联想》诗集而风行的余光中，曾言自信做半个姜白石并无问题；我为此写过一文以“半个姜白石”之类字眼为题，发表的园地则为《中报周刊》。以上这些少作，现在已踪影无觅。香港中文大学图书馆有《中国学生周报》的显微胶卷，附目录，也许可从此途径让时光倒流，寻回昔日“余迷”（现在则用“余粉”）的青嫩书写。

二、对余光中的高评无形中获夏志清“背书”

大学时期我评论余光中的文章，保存下来的是连续发表于《中国学生周报》专栏《小小欣赏》的六篇短文。同窗中，黄韶生（笔名有黄济泓等，我们称之为“牛仔”）不修边幅而泛读广阅、议论风发；他撰写《小小欣赏》有年，忽然倦勤，请我接替。我欣然效力，用的笔名是常用的“游之夏”。发表过多篇之后，我专写余光中，连续六篇，于 1968 年 12 月 27 日至 1969 年 3 月 7 日刊出，基本上每两周刊一篇。当时我读大四，是个不知天高地厚的文学青年，而在首篇中我写道：“余光中是一个最出色、最具风格的散文家。”六篇短文后来收于《火浴的凤凰》一书，以《余光中：最出色最具风格的散文家》为总题目。

严格来说，句子中有“一个”又有“最”，是有语病的。既然只是其中“一个”，就不能是“最”；如果是“最”，那就不能只是其中“一个”。我几十年来下笔力求谨慎，不敢随意。大概当时写作时犹豫：可以用“最”字吗？用此字，那就表示只有他一人最出色了，真的如此吗？还是沉稳一点吧，于是加上“一个”。

顺便指出一本书的错误。《台湾现当代作家研究资料汇编·余光中》（台湾文学馆，2013年）厚达六百余页，资料丰富，且每多珍贵者，为余学专家所必备，唯错漏难免。此书收录我这里说的《余光中：最出色最具风格的散文家》一文，编者介绍此文，说作者“发表文章时为香港中文大学中文系讲师”。其实我于1976年获得俄亥俄州立大学的博士学位后，才返回香港任中大中文系讲师；换言之，该书所述拙作发表的时间（即上面说的1968年杪至1969年春）比起确实的时间，最少推迟了8年。我这个高评余光中的“先锋”，时间被这样推迟，先锋地位就可能不保了。台湾文学馆向我征求同意选入拙作时，我特意要求编者注明拙作的写作、发表年份，因为先锋地位当然值得自豪。不料书印出来有此重大错误，使我大为失望。

1968年不知天高地厚的大四学生对余光中的高度评价，想不到5年后无形中得到著名学者批评家夏志清教授的“背书”（夏教授人在美国，当然不可能看到我大学时期在香港发表的文章；即使看到，大教授又怎会被文艺青年牵着鼻子走）。夏先生1973年4月写的《文学杂谈》第三节中说：“余光中是当代最有独创性，最多姿多彩的散文家，将来再撰文论之。”果然，两年多之后，1975年末写作的《余光中：怀国与乡愁的延续》中，夏志清再度盛赞余氏散文，谓其“不少自传体的抒情文章”“华丽”“铿锵”“多巧变”“又多着意嵌入古典佳句，不愧为惊人之笔”，其《鬼雨》一篇“比诸中国文学史上任何闻名的悼文祭文，敢夸毫不逊色”，余光中1964年在美国多个所学巡回任教，其间他“写了一些最出色的抒情文”。夏志清对余光中散文的评价，“最”字出现过三次，自然深得我心，与我之前的评语略同。不过，夏氏所言“最出色”的“最”字，是指余光中所写散文之“最”，还是当时台湾散文之“最”呢，也有语义不清之处。也许夏志清故意说得不清楚。文学评价不比运动比赛的成绩，可以说得尺寸分秒分明。

三、在香港初晤余光中

1969年春，余光中应邀到香港参加翻译会议。他顺便到香港中文大学崇基学院演讲，我赴会恭听。其后十来个喜欢余氏作品、仰慕其人的文艺青年，包括古苍梧、吴萱人、绿骑士、羁魂等，一起到九龙的富都酒店和他见面，我是其一。1959年的春天，余光中在美国爱奥华大学（The University of Iowa）深造，白发苍苍的元老诗人佛罗斯特（Robert Frost）莅校演讲和座谈，余光中这位东方青年与老诗人交谈和拍照，双方都留下印象——余氏写了文章记述其事，文章中说他很想出其不意剪下佛氏的几缕银发，回到台湾后送给要好的诗友。富都之会，我大概表现低调，好像也没有拍照——那个年代拍照和冲印照片都花费不菲。

我大概把那六篇短文的影印本在会面时送呈（那时影印文章花钱也不少）诗人，不然就是稍后把它们寄到台北给他，记不清了。香港会面后，我写信连同一些剪报，寄到台北给余先生。他回信，表示感谢与遗憾。在富都，我乃以本名黄维樑和他相见，他在信中写道："当时我根本没想到'游之夏'也在场，真是憾事。"1969 年 8 月下旬我离港飞赴美国留学，余先生的这封信大概是在是年夏天写的，寄到我香港的住址。此信最少有两页，目前我只存有首页，也"真是憾事"。多年来一些信件和照片因为要借出拍照做插图，以为书刊之用，以至"文物"颇有丢失。找不到此信的末页，其写信日期就只能靠推算了。读其书，见其人，收其信，读者与作者间亲密度加强。1969 年我与余先生开始了长长久久的交往。

四、带着余光中的书赴美留学

在中大新亚书院中文系读书时，我主修中文，副修英文。当年台湾青年留美之风极盛，有顺口溜曰："来来来，来台大；去去去，去美国。"香港学生的留美之风不如台湾。有如一般大四学生，我这一学年（1968—1969）开始考虑毕业后的道路：一是就业当教师，二是读硕士深造。我报考中大研究院，同时接受一个女性朋友的建议，申请留学美国。中大研究院考上了，但 1969—1970 学年的研究生奖学金全部大幅度被削减，而美国的俄克拉荷马州立大学（Oklahoma State University）新闻学院录取我，且给我助教奖学金。于是我免去"留港呢还是赴美呢"的艰难抉择，一心赴美。中学时期我任刊物编辑，大学时期任《新亚学生报》主编，还在《中报周刊》任兼职编辑，"履历"不俗，我想该大学录取我的理据在此。

8 月下旬乘坐票价最便宜的菲律宾航空班机赴美，大行李箱、冬天的厚衣服加上大捆用麻绳绑着的书（如果航空公司认为我行李超重，我会说书都是长途飞行时看的），十足"大乡里出城"的模样，拖拖抱抱办理登记手续，还要与父母兄弟妹和友人依依话别。第一次离港远行，也是第一次乘坐飞机。要念的是大众传播，但心系文学。那一捆书里有中国文学史、英国文学选集、英汉字典；还有余光中的几本书，包括《五陵少年》《左手的缪思》（应该还有《莲的联想》和《逍遥游》）。我这里记得清楚有《五陵少年》和《左手的缪思》二书，为什么呢？下面有分晓。

五、余光中和我 1969 年起都在美国

余光中 1958—1959 年在爱奥华大学参加“国际作家工作坊”（这项活动后来发展成为“国际写作项目”即 International Writing Program，在中华文学界颇受重视，众多知名作家都在此交流活动），并攻读硕士学位。1964—1966 年在美国东部和中部几个州的大学巡回讲学，以及当客座教授。1969—1971 年在科罗拉多州丹佛市的“寺钟学院”（Temple Buell College）任客座教授，并在科罗拉多州教育厅兼职。按：Buell 与 Bell 是不同意思的两个字，把学院名字翻译为“寺钟”，并不准确；余先生对此不会不知道，他大抵“大而化之”而来一个“汉化”的翻译。

余先生 1969 年第三次赴美，和我赴美读书差不多同时间。我跟他在美国联络上了，互通书信。1970 年 4 月 16 日他给我写了长长的四页纸，细说他近著诗集《敲打乐》中几首作品的写作背景，对其指涉的敏感现象加以阐释，其意在回应我一年半之前所写文章对他的批评。此信对理解余光中当年批评时弊的诗歌非常重要，我当适时公开之。写此信时，他独居，信中说大概两个多月后太太和四个女儿（珊珊、幼珊、佩珊、季珊）可望来美国相聚。

到美国一年后，即 1970 年的暑假，我在美国东岸的唐人餐馆打工，做“企枱”（侍应生），赚了钱，寄了一笔“大乐”（dollar）到香港给父母。八月底返回俄克拉荷马州立大学后，还买了一部二手车，也许是三手车，跟着学习驾驶，考车牌。我把此事写信告诉余先生，他 9 月 22 日回信祝贺我“新得白驹”，又说“扶盘顾盼，驰突秋色，乐何如之！感恩节如能北征丹佛，非常欢迎”。我读着信真的蠢蠢欲北征了。余先生喜欢地图，我也喜欢。在香港的中学会考（现在称为 DSE，即“中学文凭考试”），我的地理科和中文科、英文科一样，考获“优等”成绩（“砂纸”[cert.]上的英文是 distinction）。余先生喜欢凭着地图驾车长征，其根据美国和香港驾车经验所写的《咦呵西部》《登楼赋》（二文 1966 年秋写于台湾）和《高速的联想》（1977 年初写于香港），都五弦飞鸿般畅写驾车之乐。我现在买了汽车，决定长征了，与其说我跟着余光中亦步亦趋，不如说是希望载欣载奔。

六、千里“单骑”到丹佛拜访余光中

考获执照约个把月后，伴着余先生几封信里的叮嘱和祝福，我毅然以“独行侠”的身份远征丹佛市。是长征，比美国民歌《Five Hundred Miles》

的里数多了一百英里。我驾的是美国通用汽车公司出产的小“白驹”Covair Monza。她在我的大学所在地静水（Stillwater）小镇里行走，带着白雪公主的娇美；可是这部二手或三手车，一跑起长途，就像老爷车那样百病丛生。征途上坏了，修好，又坏了，又修好。千里走单骑，我这个“骑士”的烦恼沮丧，难以详述。路上客栈投宿，翌日继续奔驰——可惜我的座驾不是名贵的“奔驰”（Mercedes Benz），晚上得佛祖保佑，终于到达丹佛余府。

事先约好到余家来会的三位余光中读者也先后到了：商禽（原在台北）与古苍梧（原在香港）从爱奥华大学来，周全浩从内布拉斯加大学来。商与古都是诗人，古在香港同人杂志《盘古》发表过诗论《请走出文字的迷宫》，对晦涩的现代主义诗风加以针砭，诤言让人称快。周读的是地理学，对余氏诗文很是欣赏。余氏夫妇连四位千金共六人，加上远客四人，1969—1971 两年中，丹佛余府的热闹，借用梁实秋高评私淑弟子余光中诗文的半句话，可谓“一时无两”。大概逗留了四日三夜（也许是三日两夜），余先生乐得与我们谈文说艺，却苦了余太太张罗大小事务款待客人。

余光中在 1928 年的重阳节出生，我们 1970 年感恩节假期来访，诗人才过了 42 岁生日，已早生华发。他在各地诗刊发表作品，多有不付稿费的。刊物如付稿费，则不一定付之有方有道。余先生不是重财的人，但谈话中，他表示过对某些刊物不支付稿费的不满。大概家庭经济负担不轻，作为一家之主，努力发表诗文，翻译英美文学，是开源之道。

我上面“斩钉截铁”写下从香港带到美国的余光中诗文集书名，何以能有此确凿说法？这里现分晓：余先生在我带到丹佛的余氏著作上题签，包括上述的《五陵少年》《左手的缪思》二书。题签的还有《敲打乐》《在冷战的年代》；前者是我 1969 年 8 月抵达美国后，王汉华在香港购买寄到美国给我的，后者则是浸会学院的刘健寄送的（此书 1969 年 11 月才出版）。四本书之外，题签的应该还有《莲的联想》和《逍遥游》，可惜此二书在写作本文时遍寻不获。余光中向来时间观念极强，他当年在几本书上题签，除了有“维樑访丹佛纪念”之类字眼，每本都写上日子“一九七〇、十一、廿八”。这几本书，从出版地台湾销售到香港，从香港带到或寄到美国各地（我在美国留学七年，多次搬迁），再带回香港，从香港又带到目前的深圳，一直放在书桌或书架，我能够清楚地看到它们扉页上余光中的墨迹。

丹佛之旅最深刻的印象是到“红岩圆形露天广场” （Red Rocks Amphitheatre）观光。时值寒冬，从余家驱车十多英里抵达时，雪花飘飞。我们几个人张开穿着厚重衣服的双臂，要拥抱轻盈的白霏霏；张开嘴巴，要舔舔温柔的白霏霏；幻觉美丽的雪姑在这空旷的剧场（可容近万人）出现，欢迎远客。观山赏雪之乐过后，我的苦恼又来袭了。老爷车般弱质的 Covair Monza 又告病倒——下山途中，“抛锚”了。正当美国的大节日，百业休假，我这访客非常狼狈，主人又怎能“苟安”？此次修车自然费钱费时又费力，按下不表。打扰余家数日之后，我们诸人告别；周全浩兄个人返回内布拉斯加大学，商禽、古苍梧和我同车，我任驾驶员，循一弧形路线游览几个地方（包括梁实秋读过书的地方“珂泉”即 Colorado Springs）后计划返回各人居住地；可是我的白色小轿车“梦莎姑娘”不堪劳累，“灯枯油尽”，在得克萨斯州的达拉斯市垮了，返魂乏术。从九月初喜洋洋买车到十二月初悲戚戚抛车，始恋终弃，这段罗曼史显得激越悲壮。

七、余光中丹佛两年的文友雅叙

余光中在丹佛两年，教学和行政工作之余写诗写散文，诗有《江湖上》《白霏霏》等 6 首，文有《丹佛城——新西域的阳关》（写于 1970 年 1 月）等 5 篇。这些作品都是我丹佛之旅后很久才读到的。《丹佛城》写落矶山，他把多山多石的科罗拉多州称为“大石帝国”。写“秋天的白杨，千树成林”，友人杨世彭戏呼之为“摇钱树”。丹佛两年，余光中与科罗拉多大学的杨世彭教授来往频繁（杨教授后来两度到香港任香港话剧团的艺术总监）；叶珊和钟玲则曾在 1969 年的圣诞节假期到访，宾主畅聚。

叶珊本名王靖献，后来把笔名叶珊改为“杨牧”。这次他“从西岸飞来山城，饮酒论诗，谈天说地，相与周旋了七夕才飞去”。余光中与杨牧交往数十年，丹佛这七天应是相聚时间最长、交流密度最大的一次。1974—1985 年是余光中的香港时期，有整整八年的时间他和我同在香港中文大学中文系任教，我们经常谈文说艺。余先生写诗论诗，评论当代诗人时，颇能乐道人善。我发现他极少谈论杨牧的作品，怪而问之。他说读杨牧的诗，很难把握其主题，不明其诗意，是以无从征引评论。

杨牧的诗难懂，是很多评论者的共识。我的第一本书《中国诗学纵横论》是痖弦和杨牧合办的出版社洪范书店垂青邀我出书的，杨牧对拙著的制作非常重视；书的封面印出来，他不满意，不惜重新设计印制，此书才有面世时的典雅外表。我对此事一直感念不忘。好几次想写文章评论杨牧的诗作，作为一种“回报”；然而，他的诗我总是苦读而不能懂，知难而退，只得作罢。新近有学者评张枣的诗，说其诗“特别难读”。这种迎难而上，这种“克难”精神，我只能表示佩服。现代诗的难懂是个大问题，至今仍然存在。

八、美国经验对余光中创作大有影响

1969—1971 在美国两年间余先生写给我的信至少有五封。上面提到过 1970 年 4 月 16 日四页长信的局部内容，此信是五封信中信息量最大的一封：除了解释几首诗的背景外，他述及纽约州立大学（在 Albany 的校区）的演讲，参加了几次中国同学会的活动，“大概是太累了，又染上于梨华的 flu。结果自纽约飞芝城，又飞丹佛，飞飞降降，乃上吐下泻。乃进丹佛医院……住院一周始愈……”这段日子，余光中一人独居，信里没有说有没有熟人帮忙或探病；无论如何，生病的滋味一定难受。信里感叹道：“很有点茂陵风雨病相如的味道。”人在异国，他想到的仍是中国古代的才子。冰心当年留学美国时染病住院，寂寞异乡，从窗外晃动的湖水得到安慰，把湖的名字翻译为“慰冰湖”（Lake Waban）。余光中异国游子的寂寞，应该不下于有同乡之谊的冰心。上面所述的信提及“染上于梨华的 flu”，flu 即流行性感冒。这使我联想到小说家、留美文学的先驱于梨华 2020 年在美国因为感染了新冠肺炎而病逝，她是否一向特别容易受到感染呢？

“于”此说一件有关的事。余先生仙逝的那个 12 月，于梨华在纽约读《纽约时报》得知噩耗，称关于余的讣闻“有半版，很详细”。此事见于于梨华的《我记得的余光中》一文，此文收于李瑞腾主编、2018 年 10 月九歌出版社出版的《听我胸中的烈火——余光中教授纪念文集》。余光中在西方文学界的名气，远远没有中国某些小说家那么大，而讣闻“有半版，很详细”，我深感兴趣，请陈炜舜帮我上网找来一看。果然是颇长的文章，附了两张照片，作者名为 Amy Qin（后来炜舜查到是秦颖），叙述生平颇简赅，涉及“乡愁”诗，以及乡土文学论争；她引述得州大学（奥斯丁校区）有台湾教育背景的张诵圣教授对余光中的评价：他是“台湾最有成就的作家之一，也是中国现代文学最有成就的作家之一”。此文有语调过激处，也有几个事实的小瑕疵。

余光中 1958—1959 年、1964—1966 年、1969—1971 年三次旅居美国，这些经历增长其学识、扩阔其文化视野、深化其“乡愁”（对大陆的思念）。他的知性纵横、感性飞扬的“余体”散文，在美国萌生和发展；他的现代歌谣体诗歌，在美国写出来。《登楼赋》和《咦呵西部》等散文，若非在美国越州过郡高速驰骋，就构不成其“余体”。若非亲历美国的先进发达，他就不会感到东方古国国民的切肤之痛。美国经验对余光中的影响大矣哉。

九、我对《白玉苦瓜》的评论引起纷纷议论

1971年初夏我在俄克拉荷马州立大学取得新闻学的硕士学位，夏末赴俄亥俄州哥伦布市，在俄亥俄州立大学继续读书，和余先生保持书信往来。1974年得知余先生的新诗集《白玉苦瓜》在台北出版了，在台湾的亲戚韩玉立11月给我购寄了一本。细读后，我在1975年夏天写成《诗：不朽之盛事——析余光中〈白玉苦瓜〉并试论诗人之成就》，这是我到那时为止所写论余光中最长的文章。万余字，对余光中评价甚高。《明报月刊》主编胡菊人先生收到投稿后，在是年十一月号刊登了此文的删节版。此文经过多次转载和讨论，论者对现代诗的语言问题，以及对余光中诗作的评价，意见纷纭。余光中在香港看到此文，也很关注后续的争论。

《白玉苦瓜》集子里有多首民谣式诗篇，台湾的杨弦选了几首谱曲，加上其他台湾诗人作品的谱曲，1975年6月台北举行“现代民歌演唱会”，余光中为此从港赴台出席活动。不久后同名唱片在台推出，校园民歌从此成为风尚。余先生把唱片寄到美国给我，这自然是珍贵的礼物。

我在俄亥俄州立大学专心读书，做研究，写论文，1975年至1976年春，我先后发表了下面的长篇论文：《艾略特和中国现代诗学》《中国最早的短篇小说》《王国维〈人间词话〉新论》《诗：不朽之盛事——析余光中〈白玉苦瓜〉并试论诗人之成就》《中国诗话词话和印象式批评》，《中国诗学史上的言外之意说》在1975年11月写成，1976年10月才发表。研究生期间，还先后把夏志清教授的两篇英文论文翻译成中文：一是《〈老残游记〉新论》，二是《文人小说家和中国文化——〈镜花缘〉新论》。论《人间词话》那篇长达六万字，它连同论印象式批评，以及论言外之意说，一共三篇，后来成为前面所说《中国诗学纵横论》一书的全部内容，于1977年出版，顺此道及。

十、1976年起我和余先生都在香港中文大学中文系教书

1976年大概是一月时，我在新亚读书时的同窗好友吴长和，以及舍妹黄绮莹，分别写信到美国告诉我，说母校中文系教职有空缺，建议我应聘。此时我一方面在准备论文，一方面发出求职信在美国的大学谋职。听到母校要请人的消息，决定应聘；遂依照要求办理申请手续，并寄上推荐信（其中有夏志清先生所写的）和近年发表的多篇著作和译作。

1975年余光中在香港的刊物先后读到我的《中国最早的短篇小说》和

《诗：不朽之盛事——析余光中〈白玉苦瓜〉并试论诗人之成就》等文章；《艾略特和中国现代诗学》在台湾发表，他应该也有机会看到。余先生先后写信到美国给我，予以鼓励；他还告诉我文章发表后华文世界多地的反应（论《白玉苦瓜》一文引发了对新诗相关问题的争论）。1976 年 4 月 30 日，余先生来信传来了好消息：我申请新亚中文系的教职已获初步通过。他说申请者约二十人，审议申请者的四人小组中，主席王佶先生和邝健行博士都属意于我，他（余光中）当然也支持。邝健行是大师兄，比我年长约十岁，素未谋面；王佶是新亚书院的教务长，我在新亚读书时（1965—1969）是个中等程度的活跃分子，他对我颇有印象；争取中文成为香港的法定语文一事，我想他对我应留下良好印象。初步通过后，经过上级部门审议，我获聘成为定局。

我在俄亥俄州立大学日夜勤奋，此时母亲又远从香港前来美国看我，并帮忙照顾初生的女婴（在 1975 年底出生），我终于完成论文，通过口试，参加过毕业典礼，在 8 月下旬与家人飞到香港。对我来说，在美国有七年之“养”（学养），和香港一别七年了。慈亲识字有限，香港人的粤语她不会说，英文则只会说 Coke 这个音，而她万里迢迢单身来美国，说是要把六七年不归家的儿子逮回去。哈哈，她“成功”了。这里补记一笔，当作对先慈的怀念。

我 1976 年 9 月起在母校香港中文大学、中文系教书，余先生 1974—1985 年在中文系任教授，我和他做了九年的同事。和余先生交往，和“余群”文友交往，读他的作品、论他的作品，有可歌（基本上没有“可泣”）之事，有可述之事，罄竹难书（此成语取其古义，即其正面之义）。共事九年的种种，这里只开了个头，略作了交代。可告知读者的是，四川大学文学与新闻学院博士生吴敬玲，在张放（张叹凤）教授指导下，完成论文《1974—1985 年间香港沙田文学群落研究》，以余光中、梁锡华、黄国彬、黄维樑四人为研究对象，于 2020 年取得博士学位。

十一、“余学”奠基：编著《火浴的凤凰》的缘由

1976 年 8 月底起，我与余先生成为同事，在校内校外经常见面。1977 年杪，坊间有专书诋毁余光中，我觉得要为余先生编一本“正能量”的书，以正视听。向余先生道白此事，他表示乐观其成。蒙纯文学出版社林海音女士支持和鼓励，余先生又提供了不少资料；我利用课余时间埋头工作，书成，我为它取名《火浴的凤凰——余光中作品评论集》，于 1979 年 4 月在台北面世。为此书构思名字时，余先生有“秋收满篮”“一篮甘果”几个颇为低调平实的建议；我欣赏余光中诗文的璀璨富丽，有如神话传说中的凤凰，加上他

有诗以《火浴》(写于1967年)为题，乃为此书定名。书名还寓意余光中创作有力求超越自我的雄心。

此书和中文系同事梁锡华的一本新书，差不多同时从台北寄抵香港，于是余、梁、黄加上相熟的黄国彬，四人到沙田一家餐厅吃饭，有庆祝新书出版之意。余、梁、双黄，正是四川大学吴敬玲博士的研究对象“沙田四人帮”。酒家名字好像是“小榄公”，当时沙田还在乡村时期，庞大的马场正在兴建，国彬充满环保意识的诗《沙田之春》(成于1976年3月)已经发表。

《火浴的凤凰》所收的评论文章，包括我自己的五篇，还有我撰写的长篇导言。我力称余光中诗文多方面的卓越表现，用“精新郁趣，博丽豪雄”形容其整体风格，并写道：“我国现代文学的众多作家中，余光中是最重要、最杰出者之一。”我用“最……之一”形容，而不用“最……”，乃为了力求批评上的“客观”，希望这样的评论，不会过于膨胀而很快就贬值。出版后，戴天说此书为“余学”奠基。我自豪地认为，这个基础奠定得颇为稳固。此书出版后好评甚多，连美国出版的英文学报 *CLEAR* (*Chinese Literature: Essays, Articles and Reviews*) 也于1985年1月发表长篇书评，书评作者 Sharon S. J. Hou (中文姓名好像是侯师娟) 谓“此书是台湾文学研习者必备之书”(“The book is [···] a must for students of Taiwan literature.”) 此书销路颇畅，其第五次印刷在1986年12月面世。

1994年我编著的《璀璨的五彩笔》由九歌出版社出版，收录了评论余光中的各地文章，包括我写的多篇。2004年九歌出版社出版拙著《文化英雄拜会记》，评论余光中的文章占了一半篇幅(此书2018年香港中文大学出版社推出另一个版本，2021年由北京的九州出版社推出新修订版本)。2014年出版了拙著《壮丽：余光中论》，这之后，我所写关于余光中的长短文章有近二十篇，这里不能列述。

十二、当继续忆述余光中与“余学”

吴敬玲的博士学位论文对余光中在香港十年(或谓十一年)的作品和生活有可观的记录；我这里的“忆述”，以及其他论者如流沙河、李元洛、古远清、陈幸蕙、傅孟丽、徐学、郭虹、梁笑梅等不同方式的书写，也多少窥到了余光中这只斑斓的“豹”在香港时期的诸种色彩。作家的传记可大可小可厚可薄，我自问对余光中一生的作品和生活多有着墨、挥墨的空间。余光中的不同时期，我自信都可以进一步研究后写出评传式的详尽记述。

为什么这样自信？原因之一是我读过余光中的全部作品——真是卷帙浩

繁。之二是我储存了余光中各个时期的大量相关资料，包括刊物上他发表的作品、他的手稿、他的多种书信，还有各地对他报道的剪报、各地对他的评论文章和专著——很应该建设个“资料库”来容纳。之三是我熟悉余光中或长或短居住过的地方。我居住时间最长的地方是香港，在美国居住过前后共八九年，在台湾居住过前后共近十年，在大陆长短断续居住过二三十年。换言之，余光中居住过的地方，我在同时期或不同时期，都居住过，而且在这些地方我和他都有或疏或密的来往。这样的“共处”，还有一地：余光中在澳门大学获授荣誉文学博士，后来当该校驻校作家，而当时我正在该校任教，我居澳约有三年（2012 年起计算）。

写人物的传记，当然不必要或根本不可能，同时期或不同时期住过传主所住的地方；然而，能有同期同住的经历，或有不同时期但住过传主所住的地方——这些经历自然可贵，可以为写作条件“加分”。如果够坚毅，又有相当的年寿，持之以恒，我还可以写出与余光中有关的种种论著，包括大部头的评传（或他个别时期的小评传）。据说新亚书院创建者钱穆先生从香港退休赴台湾，年逾古稀了，几年后就写出了他大部头的《朱子学案》。吾人当见贤思齐。

目前很想写的长篇文章，一是关于 1982 年我认为余光中可得诺贝尔奖的理由；二是拿余光中和艾略特比较，指出余的文学成就比艾大。略说后者。只就诗而言，艾诗的创意走火入魔，其题材甚为狭窄；余诗题材广阔，创意丰盈而手法稳健，诗艺高超。余光中的抒情散文甚佳，而艾略特根本没有这个品种，如此等等。艾略特挟其英文等同“世界语”的优势而名冠全球，余光中用中文写作，语言“势力”全无可比性。数十年来我所写余光中作品的评论文章，已有数十万言，当然还可以也需要有这里说的种种加添。

这篇《余光中和“余学”忆述》至此只算开了头，篇幅已长，但可以更应该放开怀抱继续记述。余先生辞世后，张晓风写长文忆述两人交往，笔墨饱满酣畅，读之感动其情，赞赏其采，真是大散文家的上好文字。拙作篇幅已长，就此暂停，当有后续（断续写于 2021 年 3 月至 4 月上旬）。

各地对余光中的评论选辑

黄维樑

2017 年 12 月 14 日余光中先生辞世后，各地的悼念和追思活动很多。只以香港来说，12 月 15 日，不同言论立场取向的报章，几乎都是整版的报道；稍后杂志如《亚洲周刊》《明报月刊》和《文学评论》（季刊）都推出纪念专辑，前者以逝者的头像为封面。2018 年 1 月 21 日香港文化艺术工作者联合会和香港教师会等机构，举办“纪念一代宗师余光中教授：座谈·解读·朗诵”集会；3 月 4 日香港作家联会举行的讲座以“余光中的文学成就：以香港时期作品为论述对象”为题；3 月 9 日香港中文大学联合书院举行“向余光中教授致敬”讲座，是全院逾千师生的聚会；4 月 14 日香港中文大学中文系举办余光中教授追思朗诵会。这几个活动，都是我曾出席的，或主持，或参与。可能还有一些比较小型的活动，或没有报道，或我不知道，这里没有列出来。发行至 2017 年 12 月 31 日的《亚洲周刊》封面余光中头像，旁边的字句是“文化中华永恒旗手”和“余光中影响全球华人文坛”。2018 年 1 月 21 日的纪念活动附有场刊，场刊也以逝者头像为封面，附以“凡有井水处，皆能歌余诗”等字句。各地隆重纪念余光中，正因为他的非凡成就、他的深远影响。

余光中文学上的卓越贡献，众口交誉。这里把余氏逝世前和逝世后散落在各处的一些评论收拾好罗列出来。请注意，是“一些”而已，是选辑而已。先说逝世前。

在台湾的陈克环 1974 年写道：“余光中……在现代诗和群众之间筑起一座桥来，接纳了群众，也挽救了诗。”在美国的夏志清教授 1974 年写道：“台湾散文‘创新’最有成绩的要算余光中。”在香港的宋淇（林以亮）1973 年写道，余光中是今天闻名海外中国人中的第一流诗人。

在香港的胡菊人 1976 年写道：“在台港现代诗人中，余光中是最富儒家入世精神的一人。”这表示其诗具有反虚无的思想。

评论余光中诗歌、散文等作品的人很多，到了 80 年代，好评日增，评价像音乐的渐强音（crescendo）达到高峰。Julia C. Lin 教授 1985 年在美国出版的 *Essays on Contemporary Chinese Poetry*（《中国现代诗论集》）一书中写道：余光中的“作品极为繁富”“在诗艺上多创意”，“他的诗融汇古今中外。当代一些新诗，极端地扭曲文字，内容则晦涩难明，使一般读者望而生畏。余氏的诗，没有这样的弊病”。台湾大学外文系教授颜元叔 1985 年写道：“余光中先生应为中国现代诗坛的祭酒。”大概在 1980 年代中期，在台湾的梁实秋教授（1903—1987）称“余光中右手写诗，左手写文，成就之高一时无两”。在台湾的沈谦教授不按文学批评常规“出牌”，1984 年写道：“余光中，是个令人既羡且妒的名字！他一生是前生三辈子行善，修得今生一辈子的风光!”

1985 年上海的资深作家柯灵，则以“读者反应”式笔法写道：“四年前……有幸认识余光中先生，得开眼界，接触他的作品，自此锐意搜索耽读，以为暮年一乐。”1985 年菲律宾资深报人施颖洲以浪漫主义情怀写道：“余光中如非新文学运动以来最伟大的作家，至少也是今日最伟大的作家。以作品成就而论，新文学运动至今，无人可望余光中之项背，无论是质是量。”1988 年四川诗人流沙河写道：余光中在香港（1974—1985）“完成龙门一跃，成为中国当代大诗人”。

1990 年美国的 K. C. Leung（梁启昌）教授访问余光中后写道：“在今天用中文写作的诗人中，余光中可能是最重要的一位。”1990 年在香港的戴天写道：“台湾的现代散文，无疑是在余光中手中笔底发其端又成其事的。”1991 年时在香港的思果写道：“这篇文章（指关于画家梵谷的长文章）只有他能写，也是他这种天才的杰作。”1994 年在香港的梁锡华写道：“看他（余光中）什么时候朝瑞典发一箭，诺贝尔文学奖必中。”

评论极多，不胜枚举，这里只能跳跃地举例。《火中龙吟：余光中评传》（2002）的作者徐学教授用“巨大的艺术宝库”形容其诗文创作。在武汉的黄曼君教授 2006 年的文章中，强调余诗的经典价值，说余光中“从极大处到极细微处，纵横驰骋着他的才情，完全符合奥登评价大诗人的五个条件”。同年在重庆的吕进教授写道：“余光中是一个不可忽视的存在，他具有重要的诗学价值。”他曾“命令”梁笑梅以余光中的诗为题材撰写其博士学位论文。在梁氏的博士学位论文《壮丽的歌者》中，她用“大诗人”形容余光中。在成都的张叹凤教授在其 2011 年出版的专著中写道：余光中的乡愁文学作品“有着全新的魅力与激情创意”。在武汉的古远清教授 2016 年说：“两岸谁的文学成就高？团体赛大陆是冠军，大陆作家多，大陆名家多，大陆的长篇小说气势磅礴，但是台湾有很多单打冠军。……余光中是两岸诗文双绝的单打冠军。”在香港的陶杰在 2017 年的一篇文章中，极力推崇余光中，称他为“诗圣”。

至于我本人，早在 1968 年还在读大学时，就极言其散文之“最出色最有创造性”，对余氏好评极多，这里略举几例。1994 年我写道：余光中“在新诗上的贡献，有如杜甫之确立律诗；在现代散文的成就，则有韩潮苏海的集成与开拓”。1998 年 9 月我写道：“在世纪之交回顾中华文学，二十世纪中国最杰出的新诗作者，应该就是余光中了。”2012 年 2 月我演讲时说：“余光中是博大型作家，他具有上述的‘五大’（大格局、大创意、大好评、大影响、大销量）特点，是当代中华文学大师。”

余光中逝世后，各地悼念的文字涌现，以下摘录若干评论。

在台湾，陈幸蕙称余光中为当代中华文学的大师，又说：“不论在台湾、大陆、东南亚、海外地区、整个华人世界，余光中都是非常受尊崇的、极少数的文学巨头之一。”陈义芝写道：“我曾说过：‘余光中是中文世界最受瞩目的宗师型诗人。’”《亚洲周刊》称：“诗人向阳……仍肯定‘余光中是台湾文学的宝’。”

香港中文大学前任校长金耀基在《人间有知音：金耀基师友书信集》（香港中华书局，2018）中，对余光中有极高的评价，他说：“余光中没有获诺贝尔奖，很难说是余光中还是诺贝尔奖的遗憾，几乎可以肯定的是，余光中将与李白、杜甫……苏东坡等中华诗坛骄子共在，中国的文学殿堂中不能不为光中设一把座椅。”

北京的王蒙写道：“余光中永在，中华诗歌永存，乡愁永远……”长沙的李元洛写道：“这位罕见的全能型的文学天才，其成就大略有如宋代的苏轼，其名字已经煌然镌刻在中国当代文学史上，并且必将传之久远。”广州的何龙写道：“中国文坛的一颗巨星在台湾高雄陨落。”

马来西亚南方大学学院副院长王润华教授说“余光中诗歌影响力无远弗届”；南洋理工大学中文系主任游俊豪教授“认为余光中对新马诗人的影响十分深远”。

人们通常认为文人相轻的多，诗人可能更甚，其实不一定。诗翁仙逝次日台湾一报纸报道：“同为诗坛大家的郑愁予昨受访时指出，论全方位的文学表现以及高洁之人格表现，余光中是‘诗坛第一人’，在华文现代诗坛‘没人可超越他’。”郑愁予从前似乎没有这样高度称赞过余光中。他这番话，我在充分认同之余，也为其如此敬重同行感到特别惊喜（余光中在台湾诗坛的某个“对手”，就没有郑愁予这样的雅量）。郑愁予这番话，令我想起 17 世纪英国作家班・姜生（Ben Jonson）高度赞扬去世的同行莎士比亚。说余光中有“高洁之人格”，很正确，相识数十年的这位诗宗文豪，我没有察觉他有任何败德的行为。我还读到更高的评价。夏志清教授遗孀王洞在《敬悼余光中，兼忆蔡思果》中说：“像余先生这样学贯中西、精通绘画音乐的大诗人、大散文家、大翻译家，可谓前无古人后无来者。”

黄国彬、陈芳明、李瑞腾等对余光中也有很高的评价，外国文化界对余光中也有好评者。《纽约时报》2017 年 12 月 20 日有 Amy Qin 写的讣闻，占了半版的篇幅，内容包括引述得州大学张诵圣教授对余光中的高度评价。各种评语收集起来可编成书册，这里不再一一引述。只提一书：李瑞腾主编的《听我胸中的烈火——余光中教授纪念文集》（九歌出版社，2018）收录全球各地的五十多篇追思文章，从中可见论者对逝者的各种嘉言褒语。向来从事文学评论者，往往褒贬态度不一，有吝啬于好评的，也有大方慷慨乐道人善的。评价时，力求客观是美德，像《文心雕龙》所希望的“不偏于憎爱”却是难事。无论如何，全球华人对余光中的美评高评，远多于恶评低评。恶评余光中之最，无过于李敖，这里不引述了（上述种种评论的出处为何，为省篇幅，一般不加注明。读者诸君如有兴趣知道，可通过编辑部和我联络，我当提供）。

从变异学理论看余光中对济慈诗的翻译①

主讲人：黄维樑　记录整理：李　璐

引　言

翻译是一种文学传播的行为，其中涉及诸多难题。余光中曾言：“天生英文，不是为给人中译而设的。”佛洛斯特（Robert Frost）则早有“诗是翻译中丢失的东西”（Poetry is what gets lost in translation）的说法。这里我引入曹顺庆教授的变异学理论，对余译济慈诗歌加以分析与解说，从而指出余译中出现的“误读”“失落”“加添”“修饰”“汉化”等变异现象。今年是济慈逝世200周年，这个讲座兼略述其诗的佳美，也有纪念这位英国大诗人之意。

一、略说曹顺庆的变异学

《南橘北枳——曹顺庆教授讲比较文学变异学》是著名的理论著作，在该书中，曹教授强调：

> 我认为法国学派这套理论实际上有着重大的理论缺陷，它不能完整地指导我们的比较文学研究实践，如果我们不去弥补它，比较文学学科理论无法纠正它的重大缺憾。这个缺憾在哪里呢？缺憾在于它忽略了文学在流传过程中，由于不同的语言、不同的国度、不同的文化、不同的文明、不同的时代、不同的接受，它会产生文学信息、意义的改变、失落、误读、

---

① 2021年6月21日下午，著名学者黄维樑学术讲座——“从变异学理论看余光中对济慈诗的翻译”——在四川大学以腾讯会议形式线上举行。讲座由四川大学文学与新闻学院赵毅衡教授主持、张放教授评议；来自四川大学、四川师范大学等150余位师生线上参加了此次讲座听讲与讨论。本文内容系四川大学博士生李璐根据黄维樑教授讲座的课件与音频、笔记资料整理而成，内容经黄维樑教授审核润正。

过滤，换句话说，它肯定会发生变化，也就是我所说的变异。[1]

在进入余光中翻译济慈诗这个主题之前，让我们看看随处可见的翻译“变异”现象。这里举出一些比较著名的例子。像庞德（Ezra Pound），他把“学而时习之，不亦说乎?”翻译成“To study with the white wings of time passing/is not that our delight?”可以看出，“习（習）”字明显是被拆成“羽”和“白”两字，这里有庞德的奇幻性解读，的确很有“诗意”。又如朱生豪翻译莎士比亚《罗密欧与朱丽叶》“He made you for a highway to my bed，/But，I，a maid，die maiden－widowed.”[2] 这个“床”（bed）字，由于朱生豪认为有“性爱”的含义，在中国或要避忌，他就翻译成了“桥”(bridge)。句子就从“通往床的路”变成“牵引相思的桥梁”。又如中国的戏剧《赵氏孤儿》，西方译介之，变成了《中国孤儿》。又如人名的翻译，T. S. Eliot 被钱锺书（在其小说中）翻译为“爱利恶德”，你说搞笑不搞笑？中国台湾的颜元叔教授则尊崇这位英美诗宗，把名字翻译为“欧立德”。一些地名如 Florence、Madison、Iowa[3] 等有各种有趣的译法，有的可称为“雅译”。又如胡适翻译《唐璜》第三章中的一个片段，“变异”甚大。下面先引原诗，再引翻译。

The isles of Greece，the isles of Greece!
Where burning Sappho lored and sung，
Where grew the arts of war and peace，
Where Delos rose，and Phoebus sprung!
Eternal summer gilds them yet，
But all，except there sun，is set.

嗟汝希腊之群岛兮，
实文教武术之所肇始。
诗媛沙浮尝咏歌于斯兮，
亦羲和素娥之故里。
今惟长夏之骄阳兮，

① 曹顺庆：《南橘北枳——曹顺庆教授讲比较文学变异学》，北京：中央编译出版社，2014 年版，第 5 页。

② 朱生豪译文为：“他要借你（软梯）做牵引相思的桥梁，可是我却要做一个独守空闺的怨女而死去。”

③ 参见黄维樑：《绮色佳、翡冷翠……》，载《北京晚报・知味》，2019 年 5 月 13 日。

纷灿烂其如初。
我徘徊以忧伤兮，
哀旧烈之无余！

原诗为六行，胡适翻译成为八行；译文出现了“羲和”“素娥”等词，名字都来自中国神话，而非西方。这里的“变异”大又多（我想起成都的“好又多”超市）。黄国彬曾赞赏余光中翻译叶芝《航向拜占庭》（*Sailing to Byzantium*）的一个片段，叶芝原文是“fish，flesh，or fowl，commend all summer long/Whatever is begotten，born，and dies”，前一行的头韵、舌齿摩擦音和三个重音所造成的效果，别的人都译不出（如有人翻译为“鱼、鸟、众生”“鱼、兽、或鸟”，这些都不能借声音和节奏暗示生物世界的拥挤蓬勃），余光中翻译为“泳者、行者、飞者”，用“……者”“……者”“……者”的相同构词法传递了原诗的动态。①

曹顺庆教授指出，翻译要“完全符合原义是不可能的……所以译介学干脆反过来强调翻译中的‘创造性叛逆’。‘创造性叛逆’实际上就是变异”②。“通过关注差异性，深入挖掘不同文学之间互相渗透、互为补充的价值，通过比较文学这座桥梁来实现整个世界文化的沟通与融合，并进而构建一个‘和而不同’的世界。”③“比较文学的价值，不仅仅在求同，更在求异。”④

这是个“不同”的世界，然而，从其“同者”而观之，则这个世界有其“大同”。《管锥编》中钱锺书引述纪昀《耳溪诗集序》的话：“自其同者言之，则殊方绝域，有不同之文字，而无不同之性情，亦无不同之义理。”这话即钱锺书在《谈艺录》的序中所说的“东海西海，心理攸同”。他称赞纪昀“论殊明通”的说法。换言之，我们既论不同国家民族文化间种种之“殊”，也当明白其“心”其“理”是相通的，是大同的。变异学研究的是不同文化在传播和流通过程中会出现的差异。

二、略说余光中和济慈

余光中的生平与作品，知者甚众，简介如下。他原籍福建永春，1928 年重

① 黄国彬：《送别余光中》，《琥珀光》，香港：香江出版有限公司，1992 年版。

② 曹顺庆：《南橘北枳——曹顺庆教授讲比较文学变异学》，北京：中央编译出版社，2014 年版，第 9～10 页。

③ 曹顺庆：《南橘北枳——曹顺庆教授讲比较文学变异学》，北京：中央编译出版社，2014 年版，自序第 2 页。

④ 曹顺庆：《南橘北枳——曹顺庆教授讲比较文学变异学》，北京：中央编译出版社，2014 年版，自序第 8 页。

阳节生于南京。为学者、诗人、散文家、评论家、翻译家。先后就读于南京大学、厦门大学，1950年赴台湾，毕业于台湾大学外文系。赴美进修，获爱奥华大学艺术硕士学位。先后任台湾师范大学、台湾政治大学及香港中文大学教授，又任台湾中山大学文学院院长、荣休讲座教授；在海峡两岸及亚欧美各地讲学或任客座教授；为香港中文大学、台湾政治大学、台湾中山大学、澳门大学等校荣誉文学博士，北京大学驻校诗人。著译有《白玉苦瓜》《逍遥游》《梵谷传》等数十种。为文坛重镇，好评者众，其深远影响遍及国内外。

图1　余光中在永春文学馆

图2　余光中代表作《乡愁》

今年是济慈（John Keats，1795—1821）逝世200周年。文学史对他评价很高，认为他是“the archetypal romantic genius”（原型的浪漫派的天才），马修·阿诺德（Matthew Arnold）称其为“a great spirit”（一个伟大的灵魂），还有人认为他是“one of the foremost english poets”（英国最重要的诗人之一）。

济慈家境不好，体弱多病，爱情上也不如意。十多岁开始写诗，但几乎没有知音、没有好评。济慈患肺痨病，后趋严重，咳血，终年不及26岁（我国唐代的诗人李贺，也只活了26岁。我的老师陈颖教授曾撰文述评李贺和济慈，称他们都是贫病失意的杰出诗人)。济慈的贫病失意常向人倾诉①，他早逝，但其天才受文学史承认。② 济慈少年时决心做诗人，多年努力，作品包括十四行诗、叙事诗、颂诗等体裁。

图 3 济慈画像

① At times the agony of his disease, the apparent frustration of his hopes for great poetic achievement, and the despair of his passion for Fanny Brawne combined to compel even Keats brave spirit to bitterness, resentment, and jealousy, but he always recovered his gallantry. His last letter, written to Charles Brown, concludes: "I can scarcely bid you good-bye, even in a letter. I always made an awkward bow. God bless you! John Keats." (这里所引，来自 *The Norton Anthology of English Literature*: *Fourth Edition*, vol. 2, N. Y.: W. W. Norton & Company, 1979, p. 798.) 以下是对这段英文的中译：有时，疾病的痛苦，对诗歌成就所抱希望的明显挫败，以及对范妮·布劳恩的爱情的绝望，使济慈勇敢的精神也不得不忍受痛苦、怨恨和嫉妒，但他总能恢复他的勇敢。他写给查尔斯·布朗的最后一封信总结道："我几乎不能向你道别，即使是在一封信里。我总是笨拙地鞠躬。上帝保佑你！约翰·济慈。"

② No one can read Keats's poems and letters without an undersense of the immense waste of so extraordinary an intellect and genius cut off so early. What he might have accomplished is beyond conjecture; what we do know is that his achievement, when he stopped writing at the age of 24, greatly exceeds that at the corresponding age of Chaucer, Shakespeare, or Milton. (这里所引，来自 *The Norton Anthology of English Literature*: *Fourth Edition*, vol. 2, N. Y.: W. W. Norton & Company, 1979, p. 798.) 以下是对这段英文的中译：任何人读济慈的诗歌和书信，都会对这么早被剥夺的超凡智慧和天才所造成的巨大浪费感到遗憾与不解。他本可以取得的成就是无法猜测的；我们所知道的是，当他 24 岁停止写作时，已大大超过了乔叟、莎士比亚或弥尔顿在相应年龄做出的成就。

三、余光中论诗的翻译

我编著的《璀璨的五彩笔》（九歌出版社，1994 年）这样说："余光中用紫色笔来写诗，用金色笔来写散文，用黑色笔来写评论，用红色笔来编辑文学作品，用蓝色笔来翻译。"这里说他的蓝色笔。余氏的散文《何以解忧?》[①]写"解忧五策"——朗诵诗歌、学习外语、翻译、仰观星象、旅行。翻译是其一。他认为翻译是"神游杰作之间而传其胜。神游，固然可以忘忧"。余氏译《梵谷传》，因担传主之忧而忘己之忧；他译王尔德的《不可儿戏》，则"更能取乐了"。他还翻译济慈的诗，济慈是他最喜欢的西方诗人。

译者须具备高度的语言能力、广阔的知识层面。能力不济的人会闹出笑话。2005 年，上海举行中、高级口译资格考试，有的译文让人哭笑不得。有人将"富贵不能淫"和"人之初，性本善"分别翻译成："Be rich，but not sexy."“Since the beginning of human beings，sex is always good."

向来调侃翻译的妙语很多。有人说"翻译即叛逆"，有人说"翻译是出卖原诗"，有人说"翻译如女人，忠者不美，美者不忠"（此语有歧视女性之嫌疑，姑且存录之）。余光中则认为，翻译如婚姻，是一种两相妥协的艺术。譬如英文译成中文，既不许西风压倒东风，变成洋腔洋调的中文，也不许东风压倒西风，变成油腔滑调的中文，东西之间势必相互妥协，以求"两全之计"。

余光中的翻译原则是："要译原意，不要译原文。只顾表面的原文，不顾后面的原意，就会流于直译、硬译、死译。最理想的翻译当然是既达原意，又存原文。退而求其次，如果难存原文，只好就迳达原意，不顾原文表面的说法了。"他理想中的译诗，与原诗是"孪生之胎"，“其次，当如兄弟。再其次，当如堂兄表弟，或是侄女外甥"。他向力求形义兼顾的译者如卞之琳、宋淇、施颖洲等致敬，称他们为译界的苦行僧。余光中对译者的地位有这样的说辞：

> 译者未必有学者的权威，或是作家的声誉，但其影响未必较小，甚或更大。译者日与伟大的心灵为伍，见贤思齐，当其意会笔到，每能超凡入圣，成为神之巫师，天才之代言人。此乃寂寞之译者独享之特权。[②]

---

① 余光中：《记忆像铁轨一样长》，济南：山东文艺出版社，1997 年版。

② 余光中：《余光中谈翻译》，北京：中国对外翻译出版公司，2002 年版，扉页题词。

四、余光中翻译济慈诗的“变异”现象析论

余光中2012年出版的《济慈名著译述》共有五辑：辑一为十四行诗，如《初窥柴译荷马》《当我担忧》等；辑二为抒情诗（不属十四行诗的），有《咏美人鱼酒店》《无情的艳女》，共两首；辑三为颂体诗，如《希腊古瓮颂》《夜莺颂》，共六首；辑四为较长的诗，有《圣安妮节前夕》《蕾米亚》《亥贲亮之败亡》，共三首；辑五为书信，有《致雪莱》等共5封。辑一至辑五，每辑皆附“综述”。

现在我们用变异学理论来观察余氏翻译，着眼于原文与译文之间的“不同”。译文求“信”，即信实地呈现原文的“意义”和“形式”。然而，译文向来没有“全同”于原文这回事，译文能少“异”就称善了。我对上文介绍过的曹顺庆教授说法，略加调整增益，把变异现象分为以下类别：

误读（翻译错了）
失落（少译了词语或意思）
加添（多加了词语或意思）
修饰（译者认为这样好一点）
过滤（为了某种“政治正确”）
汉化（即“本国化”，包括“雅化”）

余光中翻译济慈的诗，尽力做到“形义兼顾”，即“译原意也译原文”，即意美与形美兼之。然而，实际上难以兼顾、兼美，必有“变异”。在此举济慈四首名作为例，即*On First Looking into Chapman's Homer*（《初窥柴译荷马》）、*When I have fears that I may cease to be*（《当我担忧》）、*Ode on a Grecian Urn*（《希腊古瓮颂》）、*Ode to a Nightingale*（《夜莺颂》）。以下先引原诗，后录余译。

On First Looking into Chapman's Homer
Much have I travelled in the realms of gold,
And many goodly states and kingdoms seen;
Round many western Islands have I been
Which bards in fealty to Apollo hold.
Oft of one wide expanse had I been told
That deep-browed Homer ruled as his demesne;
Yet did I never breathe its pure serene

Till I heard Chapman speak out loud and bold:
Then felt I like some watcher of the skies
When a new planet swims into his ken;
Or like stout Cortez when with eagle eyes
He stared at the Pacific—and all his men
Looked at each other with a wild surmise—
Silent, upon a peak in Darien.

初窥柴译荷马

曾经我畅游金色的领域，
名邦与古国也见识了不少；
而去过的许多西方列岛
古诗人曾向日神献祭。
有一片广土常听人提起，
说深思的荷马会经领导；
却无缘吞吐其中的灵妙，
要等到柴普曼的洪音壮语：
于是我有如夜观星象，
忽见有新星游入眼底；
又像壮哉戈达士鹰目奋张，
俯瞰着太平洋——而众兵丁
都面面相觑，充满了惊疑，
肃然，立在达利安的峰顶。

这首诗创作于 1916 年，是一首中规中矩的十四行诗，押韵采用 abba abba cdcdcd 的方式。十四行诗每行 10 个音节，用的是抑扬五步格（iambic pentameter）。这首诗的背景是：济慈家境并不富裕，喜读诗但有的诗却读不到。这年的秋天，济慈在朋友克拉克（Cowden Clarke）家里读到了《荷马史诗》的英文翻译，非常惊喜，好像发现“新星游入眼底”，又好像航海家发现了新大陆，情形有点像《文心雕龙·知音》里所说的“闻诡而惊听”。回家路上一直不忘这次的经验，回到家里把诗写出来，马上“快递”给他的朋友，朋友在上午十点钟就收到了这首诗（现在我们天天几乎都有“快递”，不知道二百年前英国的“快递”是什么一个系统）。

余译力求信实于原著，但还是有变异。原诗每行 10 个音节，余译基本上每行 10 个字，但偶有差异。押韵方面，余译前面八行都符合 abba、abba；后六行就不照跟原诗了。此外，译文少了很多代名词。原文的“I travelled”“Till I heard Chapman”“I never breathe”“I like”等都含代名词“I”，余译只用了一个，即首行中“曾经我畅游金色的领域”的“我”。为何如此？我想有两个原因。第一，余译要做到每行 10 个字，是很不容易的。有不少译者如穆旦也翻译过济慈的诗，但做不到每行中文仅有 10 字。第二，余光中指出，很多中译者将英文的句法、构词法等照样翻译出来，以至译文句子冗长，形成所谓“恶性西化”式的翻译。他表示反对。

少用代名词是一种“减法”，是上面说的“失落”，也可说是去掉“恶性西化”的一种“汉化”。与此“减法”相反，余光中在翻译里加添了一些意思。在原文第 2 行中，余译将“kingdoms”译作“古国”，但“kingdoms”不一定就是“古国”，大概这里是为了与他所译的“名邦”（goodly states）一词构成对仗；然则这样的“加添”也可说是另一种“汉化”。第 4 行“bards”一般译作“行吟诗人”，余译则多了一个“古”字而成为“古诗人”，加添了意思。

原文中“deep-browed Homer”原义为“高额头的荷马”。通常来说，额头高的人比较聪明有智慧，而余氏采用了一个比较抽象的译法，称其为“深思的”。我认为不太对劲，余光中一向非常重视“形象思维”。“pure serene”余译为“灵妙”，可能是为了中文翻译的押韵，与原义有一点差异，说是“修饰”好了。

翻译里还有其他“汉化”的情形。“名邦”与“古国”构成对仗，刚刚说了。中文言说里多有四字成语句式，余氏这篇译文里就有不少成语式四字词组，如“洪音壮语”“鹰目奋张”“面面相觑”。《荷马史诗》是古代经典，余光中译文里多用一些古雅的词汇或文言句法，如“壮哉”“肃然”等，应该无可厚非，甚至可说对译文有“加分”的作用。余光中力求信实，此译有“变异”，但情形不算突出，可说“无伤大雅”，更可说是有益雅趣。

When I have fears that I may cease to be

When I have fears that I may cease to be
Before my pen has gleaned my teeming brain,
Before high-piled books, in charactery,
Hold like rich garners the full-ripened grain;
When I behold, upon the night's starred face,
Huge cloudy symbols of a high romance,
And think that I may never live to trace
Their shadows, with the magic hand of chance;
And when I feel, fair creature of an hour!
That I shall never look upon thee more,

Never have relish in the faery power
Of unreflecting love! —then on the shore
Of the wide world I stand alone. and think
Till love and fame to nothingness do sink.

当我担忧

当我担忧自己会太早逝去，
笔还未拾尽丰盛的心田，
厚叠的诗卷，按字母顺序，
还未像谷仓将熟麦储满；
当我在夜之星相上见到
云态昭示着高调的传奇，
念及我此生永难追描
其幽影，靠手到神来的运气；
当我感慨，千载一遇的佳人，
今世只怕我无缘再睹，
再也无福能消受神恩，
一享不计得失的爱慕；
于是人海茫茫岸边我独立，
苦思到爱情，声名都沉底。

《当我担忧》一诗是 1818 年写的，这时候济慈的身体已经不是很好了，恋爱又不成功。余光中这里翻译其恋人为“千载一遇的佳人”，表示这位佳人可望而不可即。济慈矢志作诗，希望以诗不朽；当他知道自己会早死，内心自然充满悲伤。这就像我们读《离骚》中“老冉冉其将至兮，恐修名之不立”的伤感。《离骚》写作于何时，学者看法不一；可以相信的是，屈原写《离骚》时，年纪比二十来岁的济慈大。济慈可怜，时人都不看重他的诗。

余光中的翻译力求信实传真。《当我担忧》整首诗是一个长长的句子，译文也如此：第一行、第四行与第九行的“当……”都是状语子句，到最后两行出现了“我”（I）这一主词，和独“立”（stand）、苦“思”（think）两个主动词，跟着的最后一行是谓语。原诗句子绵长，结构井然，译诗亦步亦趋，紧贴原诗。这首诗也是十四行诗，在押韵方面，译文也大体依照原诗，但不算循规蹈矩、亦步亦趋。有变异。

济慈得不到爱情，诗人的声名不彰显，所以叹息“爱情，声名都沉底”，这里的呻吟是“有病的呻吟”。诗人忧伤愁苦，心情可能紊乱不安，但济慈此诗写来结构完整，章法清晰，就好像杜甫沉郁的《秋兴八首》的章法一样。他们写愁苦，而读者感动之余，享受到一种审美的愉悦。顺便举个反面例子，艾略特写哀伤愁困的《荒原》，却让读者难解其内容究竟，读来读去都是苦读。太折磨读者了，这岂是读诗之福?（五天之前，我在西南大学做了个演讲，题目是《艾略特与余光中比较论》，就谈到读艾诗之苦）。

现在说这首诗的“变异”。有没有翻译上的“误读”呢?我没有看到。倒是有一些词汇，颇难翻译，像第三行的“charactery”，此字较为冷僻，余译为“字母顺序”。还有，像“Huge cloudy symbols”，余先生没有把“huge”翻译出来。另外，最后一行的“苦思”，原文并没有“苦”的意思，仅仅是“think”。第八行的“shadow” （影子），他加上了“幽”字成为“幽影”。“symbol”余先生翻译成“昭示”，这里我觉得有点过头，因为原文并没有“昭”的意思。“high-piled books”余译为“诗卷”，与原文意思不一样，原文没有说是诗的书册。另外，“world”译成“人海”，“brain”译作“心田”，都与原文意思有一点差异。不过，这些是“加添”也罢，“失落”也罢，和上一首《初窥柴译荷马》的译法相似，可说无伤大雅。

Ode on a Grecian Urn

(1)

Thou still unravished bride of quietness，
Thou foster—child of silence and slow time，
Sylvan historian，who canst thus express
A flowery tale more sweetly than our rhyme：
What leaf-fringed legend haunts about thy shape
Of deities or mortals，or of both，
In Tempe or the dales of Arcady?
What men or gods are these? What maidens loth?
What mad pursuit? What struggle to escape?
What pipes and timbrels? What wild ecstasy?

(2)

Heard melodies are sweet，but those unheard
Are sweeter；therefore，ye soft pipes，play on；
Not to the sensual ear. but，more endeared
Pipe to the spirit ditties of no tone
Fair youth，beneath the trees，thou canst not leave
Thy song，nor ever can those trees be bare，

Bold Lover, never, never canst thou kiss.
Though winning near the goal—yet, do not grieve
She cannot fade, though thou hast not thy bliss,
For ever wilt thou love, and she be fair!
(3)
Ah, happy, happy boughs! that cannot shed
Your leaves, nor ever bid the Spring adieu;
And, happy melodist, unwearied,
For ever piping songs for ever new;
More happy love! more happy, happy love!
For ever warm and still to be enjoy'd,
For ever panting, and for ever young;
All breathing human passion far above,
That leaves a heart high-sorrowful and cloyed,
A burning forehead, and a parching tongue
(4)
Who are these coming to the sacrifice?
To what green altar, O mysterious priest,
Lead'st thou that heifer lowing at the skies,
And all her silken flanks with garlands dressed?
What little town by river or sea shore,
Or mountain-built with peaceful citadel
Is emptied of this folk, this pious morn?
And, little town, thy streets for evermore
Will silent be; and not a soul to tell
Why thou art desolate can e'er return.
(5)
O Attic shape! Fair attitude! with brede
Of marble men and maidens overwrought,
With forest branches and the trodden weed
Thou, silent form, dost tease us out of thought
As doth eternity: Cold Pastoral!
When old age shall this generation waste
Thou shalt remain, in midst of other woe

Than ours，a friend to man，to whom thou say'st，
“Beauty is truth，truth beauty，”—that is all
Ye know on earth，and all ye need to know.

希腊古瓮颂

(1)
嫁给娴静的新娘，尚未破身，
沉默与湮远共育的养女，
山林野史，你讲的轶闻
多彩多姿，更胜过我的诗句；
花边的传说缭绕你一身，
说的是神，是人，或兼有神人，
在丹陂或是阿凯迪谷地？
何来的人或神，不服的村女？
何来的狂追？何来的逃拒？
何来的笛与鼓？何来的欢腾？

(2)
乐曲而可闻虽美，但不闻
却更美；所以柔笛莫住口，
不是对肉耳，而更加动人
是无声之调对心神吹奏
树下的美少年，你的歌声
不会停，而树也永不枯萎；
莽情人，你永远，永远吻不成，
眼看要得手——你且莫悲；
纵你无缘，她也难抽身，
你的情不休，她的美不褪！

(3)
啊，幸福，幸福的花枝，
永不落叶，永不对春天说再会；
幸福的乐师，不觉得辛苦
不老的乐曲不停在吹；
更幸福，更加幸福的爱情，
永远热烈，永远有指望，

永远在苦盼，永远不怕老；
超脱了人间的六欲七情，
不害此心厌烦又哀伤，
不害额头发烧，舌头发燥。
(4)
来此祭祀的又是何人？
神秘的祭司，这青春祭坛，
你牵来的母犊仰天哀呻，
光滑的两胁都戴着花环。
何来小镇在河畔或海边
或依山而建，安宁的城寨，
在拜神的早上，居民全出门？
小镇啊，你的街巷将永远
寂静，而何你如此凄冷，
能说明的人，谁也回不来。
(5)
希腊的典型啊，优美的神态！
大理石精雕细琢的男女，
有茂林繁枝，草地任踩；
你的静态逗得人苦思竭虑，
如永恒逗人。冷面的牧歌！
当老迈将我们这一代耗损，
你仍会流传，去面对来世
新的烦恼，与人为友，且说
“美者真，真者美”——此即尔等
在人世所共知，所应共知。

这首是比较长的《希腊古瓮颂》。“Urn”一般指高的瓶子，里面放着死人的骨灰。这首诗一共五节，每节十行，每行都是抑扬五步格，韵式为ababcdecde。这首诗写的是济慈观看古瓮，引起种种联想。究竟是哪个古瓮，或者是哪几个古瓮，专家们考据后没有定论。济慈观赏瓶子上的画，好奇地问，神往地想：画的是什么呢？既像是年轻人在吹奏乐器、载歌载舞，又像是人群在祭神。济慈喜欢文学艺术，浸淫其间，驰骋想象。

济慈的诗感性丰富，他多用具体的意象，视听触嗅各种感官都有。下面要讲的《夜莺颂》感性更为浓郁。一千五百年前我国的刘勰已指出，文章之佳美者，“视之则锦绣，听之则丝簧，味之则甘腴，佩之则芬芳”（《文心雕龙·总术》）。济慈的诗，还有我国杜甫、李贺、李商隐等人的诗，都有这样的特色。

济慈观赏古瓮，所看的图画都流传两千多年了，“冷”了，济慈认为它们是“Cold Pastoral”（“冷面的牧歌”）。跟着下来的最后几行，令济慈的诗“冷藏”不朽、“定格”流传不消失了。诗的最后三行是：“... a friend to man，to whom thou say'st，/ ‘Beauty is truth，truth beauty，’—that is all/ Ye know on earth，and all ye need to know”，历来的诗评家都搞不清楚到底字句是古瓮上所写，还是济慈本人有感而发的话语。余光中的翻译“……与人为友，且说/‘美者真，真者美’——此即尔等/在人世所共知，所应共知”保持了原诗这里的暧昧性（ambiguity）。

现在我们看看余光中翻译的“变异”。在第一节最后一行中，出现了“wild ecstasy”，这里余光中的处理有点低调了。“ecstasy”一般已是狂喜、入迷之意，这里还加上“wild”（野；狂野）字，而余译仅作“欢腾”。这样翻译，是为了押韵吗？一查看，显然不是。这里的“变异”，道理何在，说不清了，难道余光中的潜意识中要为浪漫的济慈“降温”吗？

第二节最后一行，“For ever wilt thou love，and she be fair!”原文并没有对仗的句法，余译为“你的情不休，她的美不褪!”属于一种比较宽松的对仗，是一种“汉化”——对仗、对偶、对联是极具中国特色的一种文学艺术。

另外，末节倒数第二行的“Beauty is truth，truth beauty”，一般的翻译是“美即真，真即美”，余光中却翻译为“美者真，真者美”；两种翻译的意思显然并不相同。“美者真，真者美”是说美的东西也有真的元素、真的东西也有美的元素。余光中这里的译法，可以说是“修饰”性的变异。我顺便一说与张爱玲有关的一个翻译。夏志清在其英文著作《现代中国小说史》里有一章论张爱玲，此章收入其书之前，先由其兄长夏济安翻译成中文后发表。翻译时夏济安把一处原文的语气改了。夏志清的英文原文是：“Eileen Chang is ... the best and most important writer in Chinese today”，意思是“今日用中文写作的作家中，张爱玲是最好最重要的”。夏济安改了弟弟的原意，他的翻译是这样的：“张爱玲该是今日中国最优秀最重要的作家。”这里的变异有两处，一是“用中文写作的”变为“中国”；二是原来夏志清肯定的语气“是”（“is”）被改为“该是”（英文应该是“should be”）。第二个改动是语气的变化，夏济安将夏志清对张爱玲的评价稍为降级了。余光中和夏济安的翻译，都带有“叛逆性”，也可说是一种“修饰”。“美者真，真者美”之后，“此即尔等/在人世所共知，所应共知”，句法是相当文言式的，或许可说也是“汉化”吧。

Ode to a Nightingale

(1)

My heart aches, and a drowsy numbness pains
My sense, as though of hemlock I had drunk,
Or emptied some dull opiate to the drains
One minute past, and Lethe-wards had sunk:
Tis not through envy of thy happy lot,
But being too happy in thine happiness—
That thou, light-winged Dryad of the trees,
In some melodious plot
Of beechen green, and shadows numberless,
Singest of summer in full-throated ease.

(2)

O, for a draught of vintage! that hath been
Cooled a long age in the deep-delved earth,
Tasting of Flora and the country green,
Dance, and Provencal song, and sunburnt mirth!
O for a beaker full of the warm South,
Full of the true, the blushful Hippocrene,
With beaded bubbles winking at the brim,
And purple-stained mouth,
That I might drink and leave the world unseen,
And with thee fade away into the forest dim—

(3)

Fade far away, dissolve, and quite forget
What thou among the leaves hast never known,
The weariness, the fever, and the fret
Here, where men sit and hear each other groan
Where palsy shakes a few, sad, last grey hairs,
Where youth grows pale, and spectre-thin, and dies
Where but to think is to be full of sorrow
And leaden-eyed despairs
Where Beauty cannot keep her lustrous eyes,
Or new Love pine at them beyond to-morrow

(4)
Away! away! for I will fly to thee,
Not charioted by Bacchus and his pards,
But on the viewless wings of Poesy,
Though the dull brain perplexes and retards
Already with thee! tender is the night,
And haply the Queen-Moon is on her throne,
Clustered around by all her starry Fays:
But here there is no light
Save what from heaven is with the breezes blown
Through verdurous glooms and winding mossy ways
(5)
I cannot see what flowers are at my feet
Nor what soft incense hangs upon the boughs,
But, in embalmed darkness, guess each sweet
Wherewith the seasonable month endows
The grass, the thicket, and the fruit-tree wild
White hawthorn, and the pastoral eglantine;
Fast fading violets covered up in leaves
And mid-May's eldest child
The coming musk-rose, full of dewy wine
The murmurous haunt of flies on summer eves
(6)
Darkling I listen; and, for many a time
I have been half in love with easeful Death
Called him soft names in many a mused rhyme,
To take into the air my quiet breath
Now more than ever seems it rich to die
To cease upon the midnight with no pain,
While thou art pouring forth thy soul abroad
In such an ecstasy
Still wouldst thou sing, and I have ears in vain
o thy high requiem become a sod

(7)

Thou wast not born for death, immortal Bird
No hungry generations tread thee down
The voice I hear this passing night was heard
In ancient days by emperor and clown
Perhaps the self-same song that found a path
Through the sad heart of Ruth, when, sick for home
She stood in tears amid the alien corn
The same that oft-times hath
Charmed magic casements, opening on the foam
Of perilous seas, in faery lands forlorn.

(8)

Forlorn! the very word is like a bell
To toll me back from thee to my sole self!
Adieu! the fancy cannot cheat so well
As she is famed to do, deceiving elf
Adieu! adieu! thy plaintive anthem fades
Past the near meadows, over the still stream,
Up the hill-side, and now' tis buried deep
In the next valley-glades:
Was it a vision, or a waking dream?
Fled is that music—Do I wake or sleep?

夜莺颂（余光中　译）

(1)

我真心痛，催眠的麻痹，折磨
着我，好像刚刚服了毒芹，
或干了鸦片酊，连渣吞没，
才一会，竟已向忘川沉浸：
不是为妒嫉你好运气，
是见你幸福而深感幸福——
只为你，轻飞的树精，在林间，
在载歌的空地，
山毛榉青青，树影密布，

你饱满的歌喉颂扬夏天。

(2)

哦，多想喝一口葡萄的醇醪，
在深邃的地窖历久冷藏，
其味如花，如乡野的芳草，
如舞，如南国之歌，如享艳阳！
哦，多想满杯温润的南方，
斟满真正害羞的仙泉，
有泡如珠，在杯边眨眼，
把嘴唇染得多艳紫；
让我饮罢能告别人世，
随你遁入朦胧的林间。

(3)

远遁吧，羽化吧，浑然忘掉
你在密叶间未经的世情，
未经的疲劳，高烧，烦恼，
不闻世人向彼此呻吟；
麻痹得留不住惨白的发茎，
少年无颜色，憔悴而成鬼；
每一起念就满怀伤情，
和眼神沉重的心灰；
美人的明眸不能长保，
也难盼新欢苦恋过明朝。

(4)

远遁，远遁，让我飞向你，
不是搭乘酒神的豹辇，
而是驾着诗神的隐翼，
尽管此心已困顿而不前；
真到你处了？夜色犹未央，
也许月后已高就宝位，
四周簇拥着仙扈星妃；
但林间却不见透光，
除非由微风吹来，自天庭；
穿过绿荫，顺着蜿蜒的苔径。

(5)

看不见脚下是什么芳馨
或是枝头悬什么香料，
但只凭暗香就能够猜到
是什么花谱值月正当，
正开在草地，荆丛与果林——
白山楂，还有蔷薇花野生；
速谢的紫罗兰掩叶待朽；
五月中旬要生头胎：
将绽的麝香玫瑰，带露如酒，
夏暮把嗡嗡的飞虫引来。

(6)

在暗中我倾听，有好几次
几乎要爱上安逸的死神，
冥想用诗韵暱唤他名字，
将我平静的呼吸融入夜氛；
此刻就死去似乎更丰富，
归化于子夜，不觉痛苦，
乘你正滔滔倾泻魂魄，
以如此的狂欢极乐
你一面唱吧，我充耳不闻——
挽歌虽庄严，我已成土。

(7)

你并非生而为死，不朽之禽，
非饥荒的世代所能作践；
今夕匆匆我聆听的鸣声
帝王和村夫古来早听见：
或许相同的歌声曾经
也伤了露丝的心，只因念家，
她在异国的麦田里泣下
同样的歌声频频
迷住了魔窗，开向海上，
向惊波骇浪，在寂寞仙乡。

(8)
寂寞啊！这字眼像一记钟声，
敲醒我回到自身的孤影！
别了！幻想其实骗不了人，
尽管她骗出了名，骗子妖精。
别了！别了！你的哀歌飘过
附近的牧场，飘过平溪，
飘上了山坡，终于埋没
在另一边的谷地：
刚才是幻境，还是半寤半寐？
那音乐已沉——我是醒是睡？

夜莺颂（穆旦　译）

(1)
我的心在痛，困顿和麻木
刺进了感官，有如饮过毒鸩，
又象是刚刚把鸦片吞服，
于是向着列斯忘川下沉：
并不是我嫉妒你的好运，
而是你的快乐使我太欢欣——
因为在林间嘹亮的天地里，
你呵，轻翅的仙灵，
你躲进山毛榉的葱绿和荫影，
放开歌喉，歌唱着夏季。
(2)
哎，要是有一口酒！那冷藏
在地下多年的清醇饮料，
一尝就令人想起绿色之邦，
想起花神，恋歌，阳光和舞蹈！
要是有一杯南国的温暖
充满了鲜红的灵感之泉，
杯沿明灭着珍珠的泡沫，
给嘴唇染上紫斑；
哦，我要一饮而离开尘寰，

和你同去幽暗的林中隐没：
(3)
远远地、远远隐没，让我忘掉
你在树叶间从不知道的一切，
忘记这疲劳、热病、和焦躁，
这使人对坐而悲叹的世界；
在这里，青春苍白、消瘦、死亡，
而“瘫痪”有几根白发在摇摆；
在这里，稍一思索就充满了
忧伤和灰色的绝望，
而“美”保持不住明眸的光彩，
新生的爱情活不到明天就枯凋。
(4)
去吧！去吧！我要朝你飞去，
不用和酒神坐文豹的车驾，
我要展开诗歌底无形羽翼，
尽管这头脑已经困顿、疲乏；
去了！呵，我已经和你同往！
夜这般温柔，月后正登上宝座，
周围是侍卫她的一群星星；
但这儿却不甚明亮，
除了有一线天光，被微风带过，
葱绿的幽暗，和苔藓的曲径。
(5)
我看不出是哪种花草在脚旁，
什么清香的花挂在树枝上；
在温馨的幽暗里，我只能猜想
这个时令该把哪种芬芳
赋予这果树，林莽，和草丛，
这白枳花，和田野的玫瑰，
这绿叶堆中易谢的紫罗兰，
还有五月中旬的娇宠，
这缀满了露酒的麝香蔷薇，
它成了夏夜蚊蚋的嗡萦的港湾。

(6)
我在黑暗里倾听：呵，多少次
我几乎爱上了静谧的死亡，
我在诗思里用尽了好的言辞，
求他把我的一息散入空茫；
而现在，哦，死更是多么富丽：
在午夜里溘然魂离人间，
当你正倾泻着你的心怀
发出这般的狂喜！
你仍将歌唱，但我却不再听见——
你的葬歌只能唱给泥草一块。
(7)
永生的鸟呵，你不会死去！
饥饿的世代无法将你蹂躏；
今夜，我偶然听到的歌曲
曾使古代的帝王和村夫喜悦；
或许这同样的歌也曾激荡
露丝忧郁的心，使她不禁落泪，
站在异邦的谷田里想着家；
就是这声音常常
在失掉了的仙域里引动窗扉：
一个美女望着大海险恶的浪花。
(8)
呵，失掉了！这句话好比一声钟
使我猛醒到我站脚的地方！
别了！幻想，这骗人的妖童，
不能老要弄它盛传的伎俩。
别了！别了！你怨诉的歌声
流过草坪，越过幽静的溪水，
溜上山坡；而此时，它正深深
埋在附近的溪谷中：
噫，这是个幻觉，还是梦寐？
那歌声去了：——我是睡？是醒？

这里选了余光中与穆旦的两个译本，可对照参考。《夜莺颂》写作时间在

1819 年 5 月，文学史家说这一年济慈“大丰收”。此时济慈的身体已弱，他拼命把想写的东西尽量写出来。这一年共写了五首颂诗，《夜莺颂》是其中之一。他驰骋想象，写景与叙事，讲音乐之如何动人感人，如何让人进入梦境。人生多烦忧，自己和世人都如此，这在本诗第三节描述得很具体。

这首诗的写作背景，据说是在某个白天，济慈在他居所外边的树下，听到夜莺的歌唱（夜莺白天也会唱的），很受感触，乃构思酝酿写成此诗（1986 年我在欧洲多国旅游，曾到伦敦郊外济慈故居参观，故居看守人指指点点，说某棵树就是当年济慈那棵树云云）。《夜莺颂》写夜莺的歌声把诗人引进一个迷茫朦胧的世界，视觉听觉嗅觉诸种感官纷繁，诗人陶醉了，在自己所描绘的世外桃源中，他想象一个比生存要“丰富”的死亡（rich to die），“丰富”一词用得妙，用得令人感伤。生活太苦了：“世人向彼此呻吟”，“少年无颜色，憔悴而成鬼”（皆见第三节）。

夜莺是鸣鸟，听者谓其声音响亮，却不免有生硬刺耳的“杂音”。爱鸣鸟者选列中国十大鸣鸟，夜莺不在其内。济慈清贫，没有参加音乐会的经济能力，两百年前更无我们现代人随时随地一按即响的世界古今缤纷乐曲可供欣赏。听到夜莺的鸣声，就凭想象写成传世名诗，这是济慈的不幸也是他的幸运。无论如何，夜莺之歌让他觉得夜色也温柔起来了。

这里有一个短句，很有名。第四节第五行是“Already with thee! tender is the night”。美国小说家菲茨杰拉德（F. S. Fitzgerald），有一本小说名叫《夜色温柔》（*Tender Is the Night*），余光中把这几个字翻译为“夜色犹未央”，可说是“雅译”。

我们都知道，严复著名的翻译三准“信、达、雅”，我对这个说法有保留。翻译能够做到“信”最重要，“达”也重要，要让读者觉得译文通达可读（而非佶屈聱牙地难读；如果原文故意用“佶屈聱牙”的语言，翻译者照样翻译得“佶屈聱牙”，也未曾不可，这也是“信”嘛；翻译问题复杂，就此打住）。原文如果是俚俗的语言，翻译者就照其俚俗；是优雅，就照其优雅。如果原文并不优雅（elegant）——优雅常常跟用典有关，译者把原文的一般性语言，翻译得优雅，这才算是“雅译”。余光中这里把“tender is the night”翻译为“夜色犹未央”，是有典故的。《诗经·小雅·庭燎》曰：“夜如何其，夜未央。”此外，西汉建有“未央宫”。“央”是最高之意，“夜未央”是说夜还没有到最“深”（深夜）的时候。余光中这里明显翻译得“雅化”了、“汉化”了。

济慈陶醉在音乐之中，在他想象的世界里，宁愿就在陶醉中死掉。我联想到余光中的一首诗《当我死时》：“当我死时，葬我，在长江与黄河之间/枕我的头颅，白发盖着黑土/在中国，最美最母亲的国度/我便坦然睡去，睡整张大陆/听两侧，安魂曲起自长江，黄河/两管永生的音乐，滔滔，朝东……”这和济慈的 rich to die 相近：余光中“死”得“丰富”（rich），死得安逸，他更“死”得大气——是一种阿诺德（Matthew Arnold）说的气象恢宏（grand style）。

济慈耽于幻想，他不禁要问：这到底是真的世界还是虚幻的呢？第八节最后两行“Was it a vision，or a waking dream？/Fled is that music——Do I wake or sleep?”即充满怀疑。顺便提及比较文学一个“平行研究”的例子。刘若愚分析李商隐的《锦瑟》，谓其“此情可待成追忆，只是当时已惘然”两句，其情怀可与济慈的上述末二行诗相提并论。

顺便对济慈此诗加以“指瑕”（《文心雕龙》有《指瑕》篇）。末二行既有“a waking dream”，又马上出现“Do I wake or sleep”；“waking”和“wake”显然用词重复，这是要避免的。济慈有伟大诗人（great poet）之誉，而伟大诗人也有瑕疵，不见得每一首每一段每一句都是无懈可击的。余光中这样翻译末二行：“刚才是幻境，还是半寤半寐？/那音乐已沉——我是醒是睡？”这里他避免了“waking”与“wake”用词重复之弊：他用“寤”与“醒”二词，意同而词异。说另一种“变异”：余光中这里把“fled”（跑掉）译作“沉”，余译不能说没有半点语义上的“失落”。

五、余光中敬慕济慈信实译诗而“变异”难免

余光中敬慕济慈其人其诗，1996 年在英国参观济慈故居后，写了《吊济慈故居》一诗，叹息“写诗与吐血原本是一回事”，“五尺一吋的病躯，怎经得起/冥王与缪思日夜拔河”，“两百年后，美，是你唯一的遗产”。余光中对美的遗产，自然珍之重之，悉力信实翻译之。尽管顾及其原意，也顾及其原文，可是在任何的翻译中，“变异”绝难完全避免，余译概莫能外。

本文所析论的余译四首诗，还有其他“变异”可供讨论；限于篇幅，只能止于此。向来翻译的理论很多，20 世纪学术的“主义”（-isms）时代，更有层出不穷之势。我这次讲座，较少涉及当代的理论。各位对当代翻译理论有兴趣的，可把吾友黄国彬教授的书 *Where Theory and Practice Meet：Understanding Translation through Translation*（Newcastle upon Tyne，UK：Cambridge Scholars Publishing，2016）找来阅读。里面他介绍了好些西方当代理论，自已也“不甘后人”，提出了“向心翻译”和“离心翻译”（Centripetality and Centrifugality in Translation）之说。翻译而“离心”，其对原文之“变异”可想而知了。

生与死的礼赞

——余光中笔下的浪花与日出日落

郑祯玉*

各地都有日出，处处都看得到落日，只要有海水就有浪花，描写这些美景的诗文，更不计其数。余光中写台湾的这三种景观，都以“典礼”视之，可说是最大的礼赞。

典礼一：龙坑与阿里山的日出

余光中最早写台湾的日出，地点不是在天边的玉山，而是海角的龙坑。1989年，他在龙坑“等待黎明”(《镜中天地——题我存摄影十题》之《等待黎明——龙坑》)。三年前（1986年4月）他已写了在龙坑观日出，此诗好像是补叙日出前的一段。

像童话一样，诗人把黎明视为天地的胎儿，他即将破胎而出，于是天地万物对黎明的即将临盆，都忙碌、不安地等待着。首先是胎动——从夜的最深、最底层，传来不安的胎动。金鹰惊觉地飞起来，呼叫劲风，叫它把黑暗妈妈胎动的消息，吹送给天空的爸爸知道：

说黎明的预产期到了
黑暗随时要破胎
而从喷血的壮丽之中
要跳出一匹哮吼的太阳
(《镜中天地——题我存摄影十题》之《等待黎明——龙坑》，见《安石榴》)

---

* 郑祯玉，台湾佛光大学文学所博士，现于台湾空中大学兼任助理教授。曾从黄维樑教授研究《文心雕龙》和余光中作品等多年。著有《余光中与中国古典诗歌》(硕士学位论文)、《余光中台湾诗研究》(博士学位论文)；已发表论文有《奋飍的涛声》《清澈的心象：马森〈碎鼠记〉中的人称转换与心理分析》等。

这样的描写既有神话的原始氛围，又富童趣。于是山冈惊讶地昂起头，岩壁紧耸着背，万物都在屏息等待黎明破胎的那一刻。这么生动的描述，读者仿佛不是在读诗，而是正翻着一本童话漫画呢。

1986年4月，余光中前往垦丁，欲观哈雷彗星而未果。当晚转往龙坑，改观日出，“迎接明天”。此诗可视为余光中写日出的代表作。首先由薄薄的夜色拉开序幕：

> 夜是一张薄薄的油纸
> 轻灵巧妙的鸟舌
> 究竟用几口剪刀的音乐
> 剪开一角惺忪的黎明？
> （《垦丁的一夜》，见《梦与地理》）

诗人把数声鸟鸣喻为“几口剪刀的音乐”——鸟喙如剪，故以“口”为单位。蒙蒙亮的夜是“薄薄的油纸”，用鸟喙这把利剪，剪开如油纸之晓夜的一角，于是犹是睡眼惺忪的黎明，就在被剪开的一角露出一丝光线来，而海潮还在打着鼾。其鼾齁有如雷鸣，仿佛正“摇撼”着海边的林投树影。接着，是太平洋惊人的声势，为底下即将喷吐而出的太阳蓄势：

> 劈脸鞭过来那么长的水平线
> 太平洋鼓动满海的潮水
> 轮番来捣打黑珊瑚的岩岸
> 漩涡和飞沫的嚣音
> 震动怪石遍体的层鳞
> 棱角的锋芒唐突着晓色
> 龙骨盘错著蛟筋
> （《垦丁的一夜》，见《梦与地理》）

龙坑在屏东县恒春镇，是垦丁国家公园管辖的范围，也是台湾东海岸的最南端，往东可远眺太平洋，往西则是巴士海峡；东北季风一到，龙坑是听狂涛、观巨浪的最佳地点。

龙坑很早就被划为台湾的自然生态保护区，它是目前台湾最完整的高位珊瑚礁，由隆起的珊瑚礁岩组成，也就是诗中所说“黑珊瑚的岩岸”。这些隆起裸露的珊瑚礁，怪石嶙峋，崎岖不平，活像虬龙盘绕回旋，所以被命名为“龙坑”。

龙坑的珊瑚礁有崩崖、台地、峡谷三种地形，其中以崩崖最有名，是少见的珊瑚礁景观。珊瑚礁是一种石灰岩，垦丁的珊瑚礁下面有一层泥岩，泥岩不很透水。当雨水从岩缝下渗，遇到不透水的泥岩，就聚在石灰岩与泥岩之间。时日一久，石灰岩底部就被水溶蚀。底部一被蚀空，上面的石灰岩就分裂、滑动，形成与悬崖平行的裂沟。其后，裂沟的分裂面持续扩大，而成陡直的崖面。如果有石灰岩层向下滑落，就形成高低不同的阶梯状。当靠近海岸的岩层无法再向下滑动，地层又不断被抬升，岩层便向前崩落而成崩崖。

“那么长”的水平线“劈脸鞭过来”；那么长，惊叹之情溢于言表。满满的潮水“轮番捣打”崩崖的崖岸，白花花的飞沫与漩涡的嚣音，震动龙坑“龙骨盘错着蛟筋”的层层鳞岩。就在这时，尖尖的龙角棱处，一道锋芒“唐突着”晓色：

不再让天色犹豫
侧影峥嵘的虬头角上
血色饱满的一丸红珠
已喷吐而出……
……
看他堂堂飞腾的姿态

那不可压抑的气派向上
那宇宙年轮的赫赫红心
为每一场破晓的典礼盖印
那金光慑人的神射手
——正是我们和哈雷
和一切举向火霞的眼睛
共同崇拜的父亲形象
(《垦丁的一夜》，见《梦与地理》)

一丸“血色饱满”的红珠，在“虬头角上”“喷吐而出”，他英姿“堂堂”地向上飞腾，带着一股不可抑遏的气派，为这场每天只有一次的破晓典礼认可“盖印”——一丸红日。他是宇宙的“红心”，是“金光慑人的神射手”，是人类“共同崇拜的父亲形象”，这种强而有力的巨人形象，正是太阳神(Sun-god)阿波罗的写照。

时隔二十六年后(2012年8月4日)，诗人又写了《阿里山赞》，赞颂阿里山的旭日。在层层的铺垫、蓄积之后，为这“金光慑人的神射手”、人类“共同崇拜的父亲”，托出那气势与形象的一点具体轮廓：

只有它，永远如此年轻

每天把台湾唤醒
为阿里山加上金冠
一顶金冠，尊贵而灿烂
用霞火炼丹而成
全世界共仰的壮观

原来龙坑是破晓典礼；阿里山是加冕典礼。在龙坑是为宇宙破晓典礼认证“盖印”的红日，在阿里山则成为用朝霞的火力炼就的金冠。龙坑是“血色饱满的一丸红珠”；阿里山则是“尊贵而灿烂”的一顶金冠。“它”把台湾唤醒，日日为阿里山行加冕礼。执行这典礼背后“金光慑人的神射手”，余光中只说他“永远年轻”，为全世界所共仰、“崇拜的父亲形象”，余则不再多说。这一点点透露，留给读者无限的想象空间……

典礼二：南湾与西子湾的落日

台湾西岸的落日极具特色，浑圆一丸大大的鸭蛋黄，红通通地贴在天际，与下面熙来攘往、闹哄哄的红尘，形成强烈的对比。

余光中写落日，不在高雄市区，而是在西子湾、在垦丁南湾。那也是一个典礼——一场轰轰烈烈的海葬典礼。在南湾，诗人写仪式即将开始，一切准备就绪的情景：

所有的红拂草都守望在水边
朝一个方向挥动着风旗
所有的波浪都奔向天际
闪着银盔，翻着银蹄
壮阔的水平线上去列队
只等太阳一就位
就开始霞火烧天的典礼
(《垦丁十九首》之《南湾之晡》，见《梦与地理》)

红拂草又名“孟仁草”，是台湾低海拔地区的空旷地及近海地区常见的植物。其外形像拂尘，又像倒立的拖把，当风吹起，一大片的红拂草迎风摆动，场面极为壮观，所以诗人说它挥动风旗，指挥“闪着银盔，翻着银蹄”的波浪，到“壮阔的水平线上去列队”。等红日一就位，“霞火烧天”的海葬仪式就正式开始。

看落日在海葬之前

用满天壮丽的霞光
像男高音为歌剧收场
向我们这世界说再见
(《苍茫时刻》，见《高楼对海》)

这场海葬仪式，是用满天的霞光为落日送葬，那烧天的壮丽场面，就像歌剧收场的男高音，高亢而壮烈。[①] 霞火有多迅猛、炽烈，看看货柜船就知道：

几只货柜船出港去追赶落日
在快要追上的一刻
——甲板都几乎起火了
却让那大火球水遁而去
(《西子湾的黄昏》，见《五行无阻》)

十万火急的货柜船没能追上红日，却被火球熏灼得似乎要烧起来，这是多么猛烈的火势，也只有太阳能有这样的热度。

于是就像所有故事一样，这一天的太阳下葬了，一天结束了。“无论星光怎样地猜疑”“涛声怎样地惋惜”，落日是永远回不了魂了。只有多情的长堤“不甘放弃”，仍等着：

仍擎着一盏小灯塔，终夜
向远方伸出长臂
(《西子湾的黄昏》，见《五行无阻》)

然而即使防波堤伸得再长，也叫不住、挽留不了。诗人以星光、涛声及防波堤取象，那股依依难舍之情与星光闪烁的“猜疑”眼神、涛声拍岸的“惋惜”声，在诗结束后，仍不绝如缕地在读者心中，伸着那只长臂……

典礼三：惊涛击岸

另一场典礼，非如前两场有固定的时段，却也是声势惊人。《问海》写垦丁海岸所见的浪花，那种浪击崖岸，所轰出的壮丽，也是一种典礼：

是骤生也是夭亡的典礼

① 余光中惯以“男高音”形容太阳，如“叫醒太阳/叫醒男高音的太阳/叫醒满天的金光与霞火”(《叫醒太阳》，见《梦与地理》)。

刹那的惊叹，转瞬的繁华
风吹的一株水晶树
浪放的一千蓬烟花
为何偏向顽石上长呢？
为何偏向绝壁上开？
壮丽的高潮为什么
偏等死前的一霎才到来？
问你啊，无情的海
（《垦丁十九首》之《问海》，见《梦与地理》）

汹涌的波涛，一波波冲撞垦丁沿岸的“顽石”与“绝壁”，激起层层浪花，像转瞬即逝的“繁华”，令人惊叹。诗人形容这浪花是风吹的“一株水晶树”、浪放的“一千蓬烟花”。水晶晶莹剔透，烟花瞬息万变，然而烟花纵有一千蓬，水晶树也仅一株，与苏轼的“惊涛拍岸”“卷起千堆雪”相比，声势及颜色显然都逊色了许多，东坡《念奴娇》恐是写狂涛拍岸的绝唱了。

这种“转瞬的繁华”带来“刹那的惊叹”，非人力所能为。浪击顽石绝壁，浪花瞬生骤死。一转瞬间，是生也是死，是死也是生。死生是大事，焉得不以庄严之典礼视之，所以诗人说它“是骤生也是夭亡的典礼”：

诗不是哲学，但可以含蓄哲理，在表现个人的情思之外，还可以探究普遍的道理。①

这种方生方死，方死方生之理，常见于世间万物，却极少有人能参透其中道理，是以诗人数度“问海”这哲理的真谛，更径以“问海”为诗题。

结语：生死升沉都是典礼

讨论生与死的问题，是现代主义的主题之一。存在主义大师海德格尔认为人如不知“死”，就不能真知“生”：

死是超经验的。我之死对于我，不在经验中。但我知道，死是人生的终结。人生即向此终结而趋之历程。……叔本华所谓：人生如拼命的驶舟前进，经了无数的风波之危。而一切危险经过后，却是准备在死之礁石前，全舟粉碎。②

① 余光中：《诗与哲学》，《余光中谈诗歌》，南昌：江西高校出版社，2003年版，第48页。
② 唐君毅：《海德格》，陈鼓应：《存在主义》，台北：台湾商务印书馆，1983年版，第138页。

知“生”之必“死”，才能超拔于世俗，知道生命的有限性，从而认真看待生死，无惧于死亡的威胁，坦然面对，这是存在主义积极谈论“死亡”的原因。唯其末流，只知论死，不知爱生，余光中名之为“恶魔派”的现代诗：

> 我看透了以存在主义（他们所认识的存在主义）为其“哲学基础”，以超现实主义为其表现手法的那种恶魔，那种面目模糊，语言含混，节奏破碎的“自我虐待狂”。这种否定一切的虚无太可怕了，也太危险了。[①]

他认为这种否定的生命哲学，适合处理人性的变态，却不能处理人性的常态；只见生活的丑陋面，不见生活的美好面；只见人生的冲突与矛盾，不见人生的和谐，其路途将越走越窄，终至题材枯竭而死，余光中坚决反对晦涩与虚无，原因也正在此。

早年在存在主义的风潮下，许多诗人探讨“存在”的意义。在诗中他们焦虑地问道：“是生存？还是毁灭？”“选择生？还是选择死？”“生有何意义？”“死有何价值？”他们所咏叹的，大多是对生命的失落与绝望，显现的影像是模糊的，带着孤绝、阴郁的美。蓝星诗社的创始人覃子豪之死，触发罗门对死亡的深层思考，1963 年 11 月，罗门在《文星》发表《死亡，它是一切——悼覃子豪》，[②] 1967 年 9 月，余光中答罗门，坚信死亡不是生命的目的，死亡不是一切：

> 死亡，它不是一切
> 因为我的柩车不朝那方向
> ……
> 我要的是欢迎，不是送行的哀乐
> ……
> 必然，我为状甚狼狈，像风后
> 像风后，吹空的，一株蒲公英
> 但蒲公英说，飞扬在四方，我已经
> 殡仪馆和博物馆的墙外
> 向风的地方，就有我名字
> 死亡，你不是一切，你不是
> 因为最重要的不是
> 交什么给坟墓，而是

① 余光中：《从传统诗到现代诗》，《掌上雨》，台北：大林出版社，1970 年版，第 184 页。
② 见《文星》，1963 年第 13 期，第 78 页。

交什么给历史

(《死亡，它不是一切——兼答罗门》，见《在冷战的年代》)

“你不是!”“你不是!”这么坚决的语气，诗人斩钉截铁地告诉罗门，他生命的方向是向着“历史”，不是走向“坟墓”。日后当柩车出发的时候，“我要的是欢迎，不是送行的哀乐”。他要被欢送着走进历史，虽然躯骸已如蒲公英被吹空，“状甚狼狈”，但它“飞扬在四方”，只要是“向风的地方”，不管是“殡仪馆和博物馆的牆外”，都有它的芳踪。也就是说，只要有诗的地方，就有“余光中”三个字；“余光中”是走进“历史”，而不是走入“坟墓”——“坟墓”埋葬肉体生命，但“余光中”是文学的生命，文学不死，仍在历史中，不在坟墓里。

孔子说：“未知生，焉知死。”儒家对“死”，存而不论，只论积极地生存，余光中也是这种基调。生命结束之后，一切就结束了吗？1991 年，《五行无阻》(收在《五行无阻》)中，诗人用佛、道的哲理，解决这个问题，仍是一样顽抗的态度：

任你，死亡啊，谪我到至荒至远
……
任你，死亡啊，贬我到极暗极空
……
也不能阻拦我
回到正午，回到太阳的光中

一切并没有结束，他要回来，他认为灵魂是要轮回的，生命还会回来，他可以靠五行回来：在春耕翻破冻土时“土遁”回来；或鹤嘴啄开矿石时“金遁”回来；或锯齿咬树浆时“木遁”回来；或霹雳掷下金叉时“火遁”回来；甚至在高高的潮水激起碎浪时“水遁”回来。若五行都被拦阻，插下了寨旗：

也阻拦不了我突破旗阵
那便是我披发飞行的风遁
风里有一首歌颂我的新生
颂金德之坚贞
颂木德之纷繁
颂水德之温婉
颂火德之刚烈
颂土德之浑然

唱新生的颂歌，风声正洪
你不能阻我，死亡啊，你岂能阻我
回到光中，回到壮丽的光中
(《五行无阻》，见《五行无阻》)

无论如何，面对死亡，诗人绝不认输。他用昂扬的新生颂歌，向死亡示威挑战。这首诗呼应前诗以蒲公英为喻，譬喻自己死后，也要像蒲公英一样，飞扬在四方，“向风的地方，就有我名字”，只要有历史的地方，只要“四方”有风，他都飞扬在那里，他“风遁”回来了。

余光中说：“诗人的身份证是他的作品，而不是他的生活，尤其不是这种虚无的不生不死。”[①] 所以他否定罗门“死亡，它是一切”的说法，认为诗是诗人一生的志业，正如19世纪英国诗人柯利（W. J. Cory）诗云：

死亡带走一切，
但夜莺愉悦的歌仍留在大地上。[②]

这是他“生存”的目的，也是余光中对自己价值的认定。他一生的努力，不交给坟墓，而是交给历史。他坚信文学不死，只要人类的历史还在，他就在“飞扬”，死亡终结的是肉体生命，不是文学生命。

日出是生，日落是死，浪花是“方死”，也是“方生”。它们展现的壮盛、绚烂与磅礴气势，是大自然的伟力，也是生与死的道理。何其庄重，又何其严肃，确实得以典礼之庄严态度视之。

① 余光中：《幼稚的“现代病”》，《掌上雨》，台北：大林出版社，1970年版，第150页。

② 此诗句原文为：Still are thy pleasant voices，/thy Nightingales awake，/For Death，he taketh all away，/but them he cannot take. 参见汤晏：《民国第一才子钱锺书》，台北：时报文化出版企业股份有限公司，2001年版，第399、402页。

余光中和沙田文友十年雅聚

——香港文学史的一个温馨篇章

吴敬玲*

1974 年 8 月，四十六岁的余光中到香港中文大学（以下简称“中大”）中文系教书，开启了其文学创作道路上长达十一年（或谓十年）的香港时期。这不仅是余光中生命中重要的中年时期，也是他一生中创作的高峰期和黄金期。在 1974—1985 十余年间，余光中和沙田文友相聚于这个大学，他们诗文唱和，相互激励，先后写作发表出版了大量的诗歌、散文、评论、翻译、小说等作品，亲身示范并带动了许多香港青年积极参与中文文学创作和欣赏，成绩斐然。这里形成了一个以余光中为核心，以梁锡华、黄国彬、黄维樑等为骨干的沙田文学群落。十余年间他们以文会友，以友辅仁，雅聚清谈，畅论中外古今的文学艺术；“余家客厅”和“沙田四人帮”更成为文坛佳话。

一、沙田文友的清谈雅聚

沙田诸文友兴之所至而餐聚，而“沙龙”，而出游。20 世纪七八十年代的香港经济腾飞，中文大学提供的薪资优渥，其所在地沙田远离都市中心，环境清幽；这些因素使在那里工作的学者作家在教学和研究之余，有充裕的时间从事文学创作，并作风雅之会，从而形成一股沙田文风、一种沙田文学。“清谈以兴文并雅集以扬文，是沙田文侣的特色。”②

朱寿桐在《中国现代社团文学史》中说：“一般的文人会社都带有强烈的兴会博趣色彩，组织者和参与者的闲情逸致是必备的条件，甚至是最根本最

---

* 吴敬玲，女，山东济宁人。四川大学中国现当代文学专业博士，博士学位论文题为《1974—1985 年间香港沙田文学群落研究》。发表学术论文《逃离·追寻·死亡：女性成长模式探析——以白先勇的小说〈黑虹〉和〈孽子〉为例》《谭恩美小说中的抗战书写：以〈喜福会〉和〈灶神之妻〉为例》等多篇。现为曲阜师范大学文学院讲师。

② 梁锡华：《沙田出文学——香港文学史料一则》，《如寄集》，香港：天地图书有限公司，2007 年版，第 124 页。

内在的条件。”① 沙田诸文友正有这里说的“兴会博趣”和“闲情逸致”。谢冕在论述香港学者诗人的文章中也特别提到了沙田的这种沙龙式聚会：“从香港这些学者型诗人的文章中，我们可以感受到他们身处繁华的国际性城市香港，却保持了一个在内地很难再有的那种以友谊和学术为主题却充满诗意的沙龙式的往来。在沙田，以余光中的到来为标志，进入了这个文学繁荣季节的高潮。”②

在沙田文学群落中，余光中是精神领袖式的核心人物，他周围的学者、作家有宋淇、思果、梁锡华、黄国彬、黄维樑等。他们的交往带有传统文人交往的特性，其联系显得随意和自然，注重的是心灵的契合和趣味的融和。③他们或聚一室，畅谈古今；或登山临水，俯仰天地；闲适会晤，风雅清谈，颇有魏晋文士山林雅集、曲水流觞之遗风。

二、沙田文友的雅聚场所：余家客厅

沙田文士相聚的沙龙阵地之一，是中大的余家客厅——中大教职员宿舍第六苑二楼B室的余府，“余府客厅宽敞，书香洋溢，且面对山水美景。这样的一个好地方，自然成为群贤毕至的中心了”。再加上余光中夫妇热情好客，余府就成为一个既舒适又合适的雅聚场所，“这班文学中人，在余府或茶聚、或晚饭，或每逢佳节倍思大陆甚至竟夕倾盖倾心”④，黄国彬、梁锡华和黄维樑都是余府的常客。黄国彬如是记下了他们雅聚的盛况：

> 沙田诸人，欣赏文学时都不会贵远贱近，也不曾贵今贱远。余光中对待客人，也表现了这种态度。……沙田诸人，近如第四苑的梁锡华、新亚会友楼的黄维樑、崇基博文苑的思果，也经常获得款待。……三人起筷较迟，进了中大后即使在余家三日一小宴，五日一大宴，也不容易赶得上我。……第六苑的余家是沙田的孟尝府，我也就逢请必到，老实不客气了。……余家虽然是孟尝府，海外和本港的客人却无需弹铗。因

---

① 朱寿桐：《中国现代社团文学史》，北京：人民文学出版社，2004年版，第27页。

② 谢冕：《现代文化形态的诗意重铸——香港学者诗综论》，《当代学者自选文库：谢冕卷》，合肥：安徽教育出版社，1999年版，第428页。

③ 参见许纪霖等：《近代中国知识分子的公共交往》，上海：上海人民出版社，2008年版，第309页。

④ 梁锡华：《沙田出文学——香港文学史料一则》，《如寄集》，香港：天地图书有限公司，2007年版，第126页。

为他们不但吃得到鲜美的鱼，而且还常获主人开车接送。①

黄维樑也有这样的记述：

> 三十多年来，用诗与永恒拔河，赢得多少名声与友情。曾几何时，这里高朋满座，那一年的年夜饭从大除夕吃到元旦凌晨——“寅吃卯粮”；佳萝佳萝，The Merry Wives of Windsor，The Gaylord of Shatin!（温莎的俏娘儿，沙田的佳公子!）这些都是友侪公认的席间隽句。在愉悦……的高谈阔论中，诗人的酒量也与时俱进，不再羞涩了。金黄的嘉士伯（诗人最喜欢的啤酒）、浅紫的顶冻鸭（Very Cold Duck）、葡国的Rose红酒、绍兴的陈年花雕，使多少个端午、中秋、重阳、除夕夜宴的逸兴遄飞。在另一种时光倒流中，李白、东坡、但丁、莎翁，都来干杯；屈原、杜子美、叶慈、艾略特，都绽开愁眉，也应邀展颜来干杯。那是沙田文友最盛文风最旺的时期。②

“余家客厅”与中国现代文学史上北平的“梁家客厅”（主人梁思成、林徽因夫妇），上海的“曾家客厅”（主人曾孟朴、曾虚白父子）和“邵家客厅”（主人邵洵美）等一样，都属于极具特色的“客厅”文化，也都是实实在在产生过影响的文化沙龙，参与到文学史的建构当中，理应进入文学史的研究视野。另外，沙田文学群落中的几位文友，尤其是余光中、梁锡华、黄国彬和黄维樑等喜欢登山，热爱大自然，所以他们畅谈的阵地有时会从客厅移至中大周围的吐露港、八仙岭、马鞍山，以至较远的凤凰山、飞鹅岭等。从他们当时写下的作品，读者可以感受到他们的诗兴雅思，既有古风，更具香港的地域特点和时代气息：“多年来，我们碰头，就会论诗谈文，逍遥于广阔的时空。由于大家都喜欢读书，兴趣相近，聚在一起总不愁没有话题；畅游中外，出入古今，也不必担心谁会落在后头。不知有多少个晚上，我们在第六苑、第四苑、博文苑内，听末班火车远去，看吐露港渔火渐渐疏落，谈兴竟越来越旺，而不知晓星之将沉。”③

---

① 黄国彬：《明日隔山海，世事两茫茫——送别余光中》，《琥珀光》，香港：香江出版有限公司，1992年版，第55～56页。

② 黄维樑：《记余光中的一天》，《文化英雄拜会记》，香港：香港中文大学出版社，2018年版，第193～194页。

③ 黄国彬：《明日隔山海，世事两茫茫——送别余光中》，《琥珀光》，香港：香江出版有限公司，1992年版，第64页。

三、文坛佳话："沙田四人帮"

沙田作家群中的余光中、梁锡华、黄维樑和黄国彬四人因其文风相近、友情甚笃而被戏称为"沙田四人帮"[①]。"沙田四人帮"相较于其他沙田作家，在中大校园"往来最频密"[②]、相聚的时间最为长久[③]；他们的作品量丰质佳，在海内外产生影响，四人是沙田文学的中坚作家，可反映沙田文学的成就水准。"沙田四人帮"有以下几个共同点：其一，他们都对中国传统文化和古典文学尤其诗词有深厚的学养和深入的研究。其二，他们都受过西方的教育，精通英语，都曾到西方留学并获得硕士或博士学位，都曾任教于北美；他们对西方文化有较深入的了解，受到西方文化的影响显而易见；他们从中西方文化的比较中作跨文化跨学科的对话与交流。其三，他们都对五四以来的新文学传统有了解和研究。其四，他们都对文学创作、文学研究兴趣浓厚，既有自己的创作个性，又有相近的价值理念和审美标准。其五，他们在这十余年中精力旺盛，在诗歌、散文、小说、评论、翻译等方面都丰收，且发挥影响力。

余光中、梁锡华、黄国彬和黄维樑四人的交往，以流水行云为常态，却也有论者给他们"希腊方阵"的称号："沙田人物鼎盛，从劳思光到金耀基，教授阵容可观。其中学贯中西，文学风格与余氏最近者，为梁锡华、黄维樑、黄国彬，四人在学府文坛常共进退，俨然希腊方阵，成为学院派作家之中坚。"[④] 余光中曾把四人的交往戏称为"黄梁"之聚："沙田山居十年，谈诗论文，往来最频密的，是梁锡华、黄维樑、黄国彬。这一段可贵的因缘，我戏称之为'黄梁'。于今回顾，十年只如一瞬，但憾其短。去年九月，锡华与我同时离开中文大学，锡华应岭南学院之聘任该校文学院长，我则回高雄任教中山大学。岭南学院在香港本岛，对沙田而言，也算是'渡海'了。天马四

---

① "沙田四人帮"一词的来历最早出自黄维樑文《余群、余派、沙田帮……——沙田文学略说》，文中记："沙田帮可以是宋、蔡、余、梁、二黄 6 人，也可以是不计宋而为 5 人，更可以是余、梁、二黄 4 人，而戏谑地称为'沙田四人帮'。"见黄曼君、黄永林：《火浴的凤凰　恒在的缪斯：余光中暨香港沙田文学国际学术研讨会论文集》，武汉：湖北人民出版社，2002 年版，第 17 页。

② 余光中：《古风三首——送国彬远行并赠锡华、维樑》，《余光中集》（第三卷），天津：百花文艺出版社，2003 年版，第 157 页。

③ 余光中和黄国彬于 1974 年到中大任教，两年后黄维樑和梁锡华相继加入。黄国彬 1982 年离开中大，余光中和梁锡华在 1985 年离开中大，黄维樑则在 2000 年后才离开。除去黄国彬 1980—1981 在意大利翡冷翠大学进修意大利语的一年和余光中 1980—1981 回台湾师范大学做客座教授的一年，在十一年的时间里，四人有许多时间共聚于沙田。

④ 傅孟丽：《茱萸的孩子：余光中传》，上海：上海远东出版社，2006 年版，第 111 页。

蹄，竟有三蹄渡海而去，零落甚矣。”①

四、筵席已散，文学长存

沙田文友相聚十年，留下许多文坛佳话。天下没有不散的筵席，最早的“离席”应从思果 1981 年 9 月离港返美算起，“沙田之聚，不以思果始，却以思果之来而盛；亦不以思果终，却因思果之去而式微。”② 沙田文友虽然最后“劳燕分飞”而一一离开中大，但长达十年的相聚盛况“早已上了文学的地图”③，香港中文大学所在的沙田早已成为了他们人生中的另一个“家”：“所谓家，不应单指祖传的一块地，更应包括自己耕耘的田。”④ 沙田当然算是余光中及其文友共同努力辛勤耕耘的田地，是一块文学的良田。这块良田上的丰硕果实——所反映的时代文化、所取得的文学成就、所产生的文学影响——不会随着沙田文友的飘零而消亡。其筵席确然已散，其文学应能长存。

① 余光中：《古风三首——送国彬远行并赠钖华、维樑》，《余光中集》（第三卷），天津：百花文艺出版社，2003 年版，第 157 页。

② 黄国彬：《不设防的城市——散文家兼翻译家》，《琥珀光》，香港：香江出版有限公司，1992 年版，第 81 页。

③ 余光中：《送思果》，《余光中集》（第六卷），天津：百花文艺出版社，2003 年版，第 44 页。

④ 余光中：《没有人是一个岛——想起了痖弦的〈一九八〇〉》，《余光中集》（第六卷），天津：百花文艺出版社，2003 年版，第 27 页。

乡愁的精神谱系

——余光中民俗节令诗论

李建荣*

摘　要：“乡愁”作为中华民族精神里的特殊情怀、作为民族文化基因，是余光中诗歌的重要主题。具有浓郁民俗特色的节令诗是余光中诗歌的重要题材，贯穿于他诗歌创作的全过程。从传统民俗节令这一角度，专题阅读研究余光中的一系列节令题材的诗，有一个惊人的发现，就是数量多、系统化，贯穿于他一生中诗歌创作的始终，形成了一个独特的“乡愁诗”的创作现象。这些诗作渗透着诗人深刻痛苦的生命体验，中华民族的苦难与个人家庭的悲欢离合深深地融于一体，渗入了民族文化基因谱系之中，打开了探知中华民族情感世界奥秘的大门。

深度比照阅读，统览余光中的诗歌，我们发现他的诗歌里形成了一年四季、年年季季不断循环的节日心灵谱系。余光中的节令诗来自中华民族传统的民间民俗生活，也来自作者本人的人生体验，又作为新的文化资源，回馈传统文化，反哺民族精神，丰富着我们对于节日民俗文化蕴涵的深刻理解，强化着我们对传统节日的心理认同。以民俗学的视角理解余光中诗歌创作中的民俗现象，研究他诗歌所包含的节日民俗内容，有着重要的审美价值和文化意义。

关键词：余光中　诗歌　节令诗　乡愁基因

很有必要将余光中诗歌里的节令诗②搜寻出来，按照二十四节气的序列，

---

* 李建荣，宁波财经学院人文学院教授。

② 本文所引余光中诗歌作品见，黄维樑、江弱水编选：《余光中选集》，合肥：安徽教育出版社，1999 年版；余光中：《余光中诗集》，桂林：漓江出版社，2004 年版。

重新编辑阅读。当以这样的一个视角来赏析他的诗歌，我们发现他的诗歌构成了一个民俗文化诗学的范本。这些诗作，根源于中华民族的文化土壤、中国现当代社会历史的命运激变，与近百年的家族、家庭的生死离别相联系，与诗人自己的心灵痛苦和精神裂变相纠结，借助着“每逢佳节倍思亲”的感情高潮，将一腔赤子情、家国恨倾泻而出。或潜移默化、和风细雨，或荡气回肠、悲痛欲绝、壮怀激烈！传统节日的周期性、民族性、群众性，与诗歌的生命力、创造力、凝聚力聚合在一起，中华文化血脉相连的文化价值得到强烈的宣告，天地人不可割裂的理想追求与人文精神得到激情地表达，诗歌心灵的旋律与节日时间的节律，实现了不断地文化融合、诗美创新，为华夏民族的传统节日注入了新的精神血液，节日深沉的历史感和诗人激越的希望感，节日丰富的多样性与诗人灵动的审美性两相激撞，构成了诗人文化与生命的双循环，使得他的诗歌在时代与人生的大悲剧、大冲突中，伫立在宇宙的星河中，充满追怀与悲悼、活力与希望、憧憬与念想、呼唤与呐喊……

悲苦时高歌一节离骚，
千古的志士泪涌如潮；
那浅浅的一弯汨罗江水，
灌溉着天下诗人的骄傲！

对乡愁这一文化基因的守护与追寻，贯穿余光中先生的一生。“守护你的，是一切水族/追寻你的，是整个民族”，余光中就像屈原一样行吟着，就像惠特曼一样高歌着——诗人余光中是一位中华民族精神的传承者，是对百年来祖国文明与民族命运的断裂与剧痛，坚韧地承受又勇敢整合，呼唤再生的满怀着乡愁在历史悲剧中，骄傲歌唱的诗人。他以自己的诗歌，为中国民族文化里的浪漫主义精神的传承，做出了卓越贡献。

阅读余光中先生的诗歌，发现一个很重要的特色，就是他有很多诗歌写中华民族传统节日：除夕、春节、元宵节、清明节、上巳节、端午节、七夕节、中秋节、重阳节……不少节日在他的诗歌中出现，有的节日多次吟诵，这就让我生出一个思考：余光中的节庆诗的乡愁主题与民间民俗传统节日之间深刻的精神联系。

“春雨惊春清谷天，夏满芒夏暑相连，秋处露秋寒霜降，冬雪雪冬小大寒。”立春、雨水、惊蛰、春分、清明、谷雨、立夏、小满、芒种、夏至、小暑、大暑、立秋、处暑、白露、秋分、寒露、霜降、立冬、小雪、大雪、冬至、小寒、大寒……这些岁时节气与节日正是一年四季中国人乡愁发生的节点，余光中也选取了一些节气作为歌咏的题材。我们将余光中以节日和节气为题材的诗歌合称余光中的“节令诗”。

扬子江船夫曲用四川音朗诵
我在扬子江的岸边歌唱
歌声响遍了岸的两旁。
我抬起头来看一看东方，
初升的太阳是何等的雄壮！
嗨哟，嗨哟，
初升的太阳是何等的雄壮！

余光中的第一首节令诗当推这首 1949 年 6 月 10 日写的《扬子江船夫曲——用四川音朗诵》，写这首诗歌的时间是端午节过后的第十天，从此中华民族的节日文化与诗人的命运一生交织，在他的歌声里不断地回旋激荡着。

一、节令诗在余光中诗歌里所占的精神比重——以春节为例

从节令民俗的角度解读余光中诗歌，就找到了理解乡愁诗的一把钥匙。余光中自己曾说过：“两岸文化交流在民间很热络，许多人在两岸来来去去，大陆也有很多人去台湾访问，两边读书的也很多……文化没有阻碍，我们用的是同一种语言，血统都是相通的，过着同样的节日，中秋、清明、端午、春节，几千年的文化根基一直都在。”我认为乡愁就是这“文化根基”里的“文化基因”——“乡愁基因”。

初步浏览百花文艺出版社 2004 年出版的《余光中集》，约有五十多首。王尧教授在《余光中——诗意尽在乡愁中》一书中谈到余光中创作的思想文化资源时说：“当我们在九十年代突出地强调思想文化资源的重要时，余光中早已完成了他所必需的思想文化资源的积累，并在他的创作中开出了奇异之花。”华夏民族民间文化也是余光中的重要思想文化资源，这一资源贯穿他的整个生命历程与创作过程。

如果我们从节日民俗传承、群众文化活动的策划和开展、文化产业与产品内涵的加深方面着眼，就会发现余光中的节令诗有着重要的欣赏与传播价值，若将之运用到余光中家乡的文化活动中，能够丰富节日内容，增强人们对于节日内涵的深刻认知。

以民俗学的视角理解余光中诗歌创作中的民俗现象，研究他诗歌所包含的民俗内容，有着重要的审美价值和文化意义。我们可以将这类诗歌视为一种“诗歌民俗志”，将这些诗歌按照时序排列起来，构成一个较为系统的文化

谱系，形成了一个与节日文化相关的、贯穿一个人一生的生命意象。也许我们可以将这些诗歌看作一个风格独异的民间节令的诗体，从这些诗歌里能够真切领会华夏民族的精神与人格，领会其民族民间文化的深层意蕴，吸收其创造的活力。

余光中的春节民俗诗主要是生肖诗，如《虎年》写虎、《鸡语》写鸡、《马年》说马等。写于1974年2月5日的《虎年》，喊出了民族复兴、国家变革的声音。这首诗歌以虎为时间的象征，有一种对岁月流逝的强烈的恐惧，对“山，睡得太沉，这岛上苦”的强烈不满，有从生命深处爆发的对于未来的一种强劲的驾驭的渴望。“虎来了，驯虎的壮士你何在?”诗人发出了在“骑虎难下”的境况中，“教我们骑虎如何不纵虎”的思索，渴望这虎与驭虎之将“危机驰成威武的气势/噬人的悍兽炼成神驹”。进入21世纪，诗人与大陆的交流经常化，他以马为象征，塑造了中华民族文化精神之魂魄，抒发“我劝天公重抖擞，不拘一格降人才”的胸怀，强烈的理想追求、激越的浪漫主义气韵洋溢在这些诗章里，比如《马年》：

天听说十二载才一次轮回
向辽阔的黄道让我侧耳
听神话的深处有无蹄声
隐隐地传来。历书都已上市了
……
踏破荒凉的冻土。大地寂寂
只等神御者造父，或神探伯乐
向旷野一声唿哨
……
涉过天河
跨过天堑
奔过沙场
逐过中原
……
当懦夫与骗子只会鞭策着驽骀
而我，伏枥的老骥，筋骨犹顽
四百匹的马力，久未驰驱
只等万蹄踢踏遍江湖踹来
带动大地的胎气，一声霹雳
卷地的长风把蛇腥吹开

迎马年要迎头迎接马首
莫等马过了追马尾，拍马臀

二、民俗是常过常新的生活传统——以清明诗为例

民俗是对日常生活习俗的提炼与升华，是一个民族精神生活的矿藏和水源地。华东师范大学教授田兆元先生认为："民俗不是日常生活，民俗超越日常生活，是生活的华彩乐章；民俗是精英创造、民众认同并共同完成的文化形态；民俗不是通俗文化，民俗不俗。……民俗是日常生活的反动。"比如民俗节日礼仪与人生礼仪都是特定时间的民俗文化活动，其目的是提升日常生活的境界、增添日常生活的色彩，提高日常生活的文化层次，丰富特殊时间的文化内涵，改变过于平常的生活方式，让生活超越平庸状态，使生命锦上添花。

当我们说美在民间、高手在民间、真诗在民间，都是说民俗民艺的精英在民间，这些精英创造了民俗，民俗文化同样是民间精英创造的文化，民间精英组织带领爱好者、参与者、认同者一起，传承民俗文化，使之向民众普及。他们的工作性质和知识分子的传道授业是一致的。

节日民俗符合以上规律，它们所承载的节日文化传统，经受了千百年来的时间考验，为世世代代的百姓所认同，它们本身是不朽的文化遗产，不会随着时间的流逝而丧失其价值。节日民俗的品格本身还是雅致的、精美的，追求雅致的人文境界的，也是有灵魂的，节日是人的节日，又是人神共享的灵魂的节日。这些传统节日里蕴藏着民族传统文化精粹、精神、精魂，招魂曲是余光中诗歌里不断回荡的旋律，我们以他的清明诗《招魂的短笛》为例：

而清明的路上，母亲啊，我的足印将深深，
柳树的长发上滴着雨，母亲啊，滴着我的回忆，
魂兮归来，母亲啊，来守这四方的空城。

1995年清明时节，余光中先生应母校厦门大学邀请，参加厦大74周年校庆。他在中文系、外文系为学生做了一场讲演，演讲中穿插朗诵自己那些满带春天气息的节令诗《梅雨笺》《谷雨书》《清明前七日》《布谷》——"阴天的笛手，用叠句迭迭地吹奏/嘀咕嘀咕嘀咕/苦苦呼来了清明/和满山满谷的雨雾/那低回的咏叹调里/总是江南秧田的水意/当伞蝶还不见出门/蛙鼓还没有动静/你便从神农的古皇历里/一路按节气飞来/躲在野烟最低迷的一角/一声声苦苦催我归去/不如归去吗，你是说，不如归去？/归去哪里呢，笛手，我

问你/小时候的田埂阡阡连陌陌/暮色里早已深深地陷落/不能够从远处伸来,来接我回家去了/扫墓的路上不见牧童/杏花村的小店改卖了啤酒/你是水墨画也画不出来的/细雨背后的那种乡愁……”声调矜持而舒缓,通过悠长的回忆、怀念,将学生对于清明节的特殊感受充分调动了起来。

《浪子回头》是诗人返台后对此次活动的追忆,也充满了不绝如缕的恋恋乡愁。“鼓浪屿鼓浪而去的浪子/清明节终于有岸可回头/掉头一去是风吹黑发/回首再来已雪满白头/……浪子已老了,唯山河不变/沧海不枯,古老的花岗石不烂/母校的钟声悠悠不断,隔着/一排相思树淡淡的雨雾/从四十年代的尽头传来/恍惚在唤我,逃学的旧生/骑着当日年少的跑车/去白墙红瓦的囊萤楼上课……”诗人雪满白头而诗情如火,乡愁青青又柔肠百结,唤起许许多多清澈见底的年轻眼睛的饥渴,等待他诉说这些渗透在节日里的美妙故事。在这些诗里,寒雨霏霏,布谷声啼,木棉花红,游子回乡,雪满白头……

《春天,遂想起》这首诗写于1962年4月29日。此诗写作的13年前,21岁的诗人离开大陆,移居台湾之后始终不能重归故里,思念之情日积月累,终于凝聚成字字含情的清明之诗。2008年10月9日下午,余光中在南京过80大寿,在南京图书馆新馆多功能报告厅发表主题演讲,五六百名观众,静静地聆听了这首诗歌。2016年春,在高雄西子湾面海的窗前,88岁的余光中为凤凰文化《春天读诗》节目再次吟诵起了这首《春天,遂想起》。余光中的清明诗借助清明节的祭祀与纪念活动,为清明节增添了文化内涵,让扫墓、踏青不再单调,更有文化韵味。在这个祭奠追思的日子,他的清明诗与“清明时节雨纷纷,路上行人欲断魂”一起传唱,沉郁而震撼,成为人民寄托哀思的最佳选择。

三、乡愁构成了人的精神坐标——以端午诗为例

找回我们的节日也就是找回我们的乡愁,当乡愁诗与乡俗相遇的时候,余光中和许多诗人一起应和的乡愁诗为节日锦上添花。改革开放以后,诗人和他的诗歌都回来探亲,我们的非遗保护事业蓬勃兴起,从2008年开始将清明、端午、中秋、春节作为法定假日,全国各地围绕着这些节日,开展多种多样的文化活动,其中一个就是诗歌的朗诵与竞赛,于是诗人的乡愁诗与诗人一起享受了尊贵的礼遇,诗歌文化与民俗文化相得益彰,找到了最大的传播群体。

余光中说:“所谓乡愁,原有地理、民族、历史、文化等层次,不必……乡愁并不限于地理,它应该是立体的,还包含了时间。……地理的乡愁要乘

以时间的沧桑，才有深度，也才是事宜于入诗的主题。”

这一乡愁的乘法，找到了诗与文化在时空上的最大化，也可以将地理与时间看成一个人文坐标，在这一时间的坐标上，乡愁作为人的情感世界的聚焦点，就是岁时节令与民俗节日。在这个时间的节点上，人的记忆最深刻、文化的积淀最集中、最深厚、最美。按照这一思路，我们将余先生的诗歌从题材上尝试分类，可以看出：

一条线是人，他们也是怀有巨大乡愁的人。他们是传说中的始祖神与历史上的英烈：盘古、后羿、夸父、燧人氏、北京人……他们是有名的精英或无名的英灵：有名的就是屈原、陈子昂、杜甫、李白、苏轼……惠特曼、济慈、雪莱……无名的乃是那“茫茫的眼睛/荒荒的眼睛充满信任/充满责备和受伤的眼睛/向你举起要向你取暖/严寒夜，要向你索取/索取火，获得意义”（《想起那些眼睛》）的人或灵魂。

另一条线是节日、庙堂，和住在节日里歇息的心。这些人中的始祖和英灵当然住在传说和庙堂里，那些牺牲与转世的亡魂与幽灵必须活在节日与物候里，而诗人便是一个要听取他们的诉说，将他们引领回家的人，他从一些人那里借来力量赋予另一些缺少的人……于是他不断地在节日里歌唱节日。

他为什么对于时间有如此深厚而又丰沛的沉思？这是他的文学觉悟决定的，生活是海，时间是水，世世代代的人心是海底。余光中不是追求诗的纯粹性，而是“拓宽接触面，扩大生存的空间”，他认为“诗人最具有民族性”“一位诗人最大的安慰，是为自己的民族所热爱，且活在民族的语文之中”。他追求诗歌的“中国感”，他的立场是“要土，索性就土到底”。这就是余光中对于民俗题材诗歌的基本态度——他在不断地为自己的祖国和民族招魂——找回带路的灵魂！试看《招魂》：

五月五啊楚大夫
你高瘦的背影请一回顾
众人皆昏唯独你清醒
这时代尤其要你带路

四、乡愁是节令民俗与节令诗共同的精神内涵——以重阳诗为例

余光中的节令诗充分地反复地表达着他对民族民俗传统文化中的精粹、精神、精魂的生命体验。这些体验的结晶就是“乡愁”。如果乡愁可以分好与

坏的话，我们就说说不好的乡愁与好的乡愁吧。

不好的乡愁，黑色的乡愁，一定是国难家恨。国家的分裂是最大的乡愁，这是国殇；人民的牺牲是最终的乡愁，这是人祸；由国仇家恨所造成的人生苦难是最深的乡愁，这是绝望；绝望痛苦不能纾解，心灵困苦，精神淤塞，面临死亡的绝境，这是最苦的乡愁。这最大、最重、最难、最苦的乡愁是生命的敌人，是将人推向深渊的黑色的力量，诗人余光中就是这样的乡愁的承受者。

19 世纪至 20 世纪中期，国难家仇给中国人民带来了巨大的痛苦。这一社会背景下的乡愁，作用于诗人的命运，使余光中成为忧国忧民的诗人，直面人世的灾难，救赎受难的人，超度亡灵，安抚苦魂，这需要有人视死如归地呼唤、抚慰、祭祀……在余光中的诗歌中，代罪人忏悔，替同族招魂……这乡愁不单是活着的人的痛苦与思念，同样是亡者不能安息的焦虑与追问……也是对造成这悲剧的历史人物的拷问。

这些诗的质问、追问、拷问，跨越了政治分歧、阶级利害，超越了地域分隔、岁月流转、人际变迁，是在人性与人道的意义上展开追悼与倾诉。这是苦难的历史和不幸的命运强加于人类的所谓的乡愁。这一个乡愁是恨，要人死，另一个乡愁是爱，要人活……

好的乡愁，绿色的乡愁，一定是爱的思念，情的挂牵。这就要找另一种乡愁了——地理的乡愁是思念，是血脉的亲情，但是却“我在这头，大陆在那头”，思念淤积，不能消解——这乡愁是孤独；文化的乡愁是“黄河的奶水没有吮过一口”就“断奶的痛楚”，是精神的残缺。

从余光中的民俗题材的诗歌里，可以非常明显地感受到一个漂泊者面向民俗民间精神的皈依。诗人在地理上不能归依的时候，在节令民俗里找到了心灵的皈依，去消解这孤独与残缺。

民俗是人类流动的家园，乡土可以背离，民俗却可以走到哪里带到哪里，因为那是与生俱来的、无法割舍的回忆，包括文学的传说、故事，艺术的说唱、弹奏，从小遥望的夜空……异乡人异地流浪，天空与时间却是共同的文化沃土，这就是活在民俗节令里，与故土、故人对话的基础。

在这传统民俗节庆里，亲情不死，亡魂来归，不断地完成一次次的招魂仪式，于是亲情不死、亲人不死、诗人不死——节日不死、民俗不死、诗歌不死。苍天在上，庙堂在心！他是要像天马一样，要把“散了的风云从海外一一叫回家来”——这是一个乡愁重建者雄迈的理想。这里，乡愁就是招魂！如 1987 年 9 月 18 日，在《为抗战招魂》中还呼唤：“五十年后，抗战一代的儿女都已老了，只有国破家亡的记忆不老。趁记忆犹在，让我们举起笔来，为英勇的国殇招魂，为流离的难民塑像，为一切被辱与被害的同胞作历史的见证。”

重阳节对于诗人有着特殊的意义，母亲生前，重阳节是他感恩母亲的节日，母亲逝世后，重阳节是他悼念母亲的祭日。思考生命的意义，探究活人的价值，直面生与死，他的重阳诗具有多层文化内涵、多重精神蕴藏。写于1995年11月7日的《登高》一诗曰：“传说的劫数该如何担当/母亲生我于多难的重九/登高就成了我命中的隐喻”，在这首诗歌里，他言明自己是以诗驱鬼的：

费仙驱鬼，倚仗的是神符
“后失其符，为众鬼所害”
而我驱鬼，凭的是诗篇
只要一日诗在，笔未缴还
就无畏百祸千灾，包括空难
生辰断非死日，更何况
诗，还有一千首未写完

在余光中的诗里，以菊花作为象征，表现重阳节的文化品格：“昂向秋来肃杀的风霜/绽不尽重阳高贵的徽号”，菊花乃重阳节里最美的花卉，是历经大劫而重生的英雄花，落在英雄的坟上，灿烂、纯洁、勇敢、壮烈、赫赫耀眼，千古流芳。1997年诗人在《重九送梅新》一诗中说：“这苦难的世上/放走一位诗人/而渺茫的山上/召回一位神仙”，这坚持就可以作为诗人与重阳节精神关联的最精准的解读。

“谁知道脐带的彼端是黑暗，是永恒?”每到重阳，诗人总要“肃然于脐带之通向苍茫”，面对“一扇叩不开的隔音门”。重阳是生死之节，我欲去与母亲相会，却有女儿唤我回去：

……云下是现实
是你美丽的孙女
云上是东汉，是羽化的母亲

而狮不吼，而钟不鸣，而佛不语
数百级下，女儿的哭声
唤我回去，回后半生

重阳是思念之节，在重阳日，诗人魂回故乡：“当安魂曲盘上了教堂的尖顶/有一只鹧鸪喊我在海峡对面”“长江喊他，浪涛千年又万年/春天喊他，杜鹃千山又万山”。

重阳是感恩之节，在重阳日，诗人“是一只不闭的眼睛，/守着那边塔下的一钵骨灰”，呼吸着母亲慈爱的氧气……在《圆通寺》“启骨灰匣，可窥我的脐带”——重阳节就是诗人生命的脐带、文化的脐带。

五、乡愁就是人的灵魂，文学与文化共有的灵魂——以七夕诗为例

“古老的歌声像一把钥匙，打开围困我寂寞的钥匙……”其实乡愁哪有什么好坏？乡愁就是灵魂！是怎样的灵魂？是快乐的心灵与忧伤的心灵的冲突，是爱的灵魂和灵魂的爱。在余光中的诗歌里，天地之间，具体可感的生命对话气息非常浓郁。

余光中歌吟的民俗节日与民间节气，都是我国非遗保护项目，一是宝贵，是传统文化的精粹，二是濒危，传承面临中断，需要有人传承。一位诗人自觉承担了传承中华民族传统节俗的使命，这传承是精神的融合与重铸，是对创造与再创造的一次次生命的壮烈的参与。当诗歌的精英与民俗的精粹汇合到一起，诗人在这些节日里找到了民俗的家、民间的魂，找到了用这一个乡愁去抵御另一个乡愁的力量！遣愁无力则会陷入苦海，不能自救，何以救人？生命复活的力量源于民族文化，它是人类文明的源泉。

余光中的诗歌当然是中华民族文化精英的诗歌，我们完全应该将他称作民族诗人。随着时间的推移，前面很可能要加上“伟大的”三个字。能不能将这民族替换为民俗呢，词汇上不便，实质上还是可以的。余光中的节令民俗诗，抒发传达的就是中华民族的民俗文化里的精英、精华、精粹、精神、精魂！余光中称之为“唐魂汉魄”——就是“民族魂”也是“民俗魂”——民俗里的民族魂，民间里的“唐魂汉魄”。一个乡愁死了，另一个乡愁活了，乡愁作为文化的根与火种，在数千年来绵延不息的民俗节日里保存着、复活着。

1953 年 3 月余光中在台湾出版了他于 1950 年到 1953 年写的新诗 31 首，命名为《舟子的悲歌》，其中有一首七夕诗。1954 年 10 月再版《舟子的悲歌》，收诗歌 41 首，他感到揭开了缪斯的面纱，窥探到了新的美，坚信新诗一定会有光明的未来，中国将会涌现一群伟大的诗人。在这一册诗集里有三首七夕诗。这两册诗歌，年轻、新鲜，有着春天的稚嫩，初恋的梦幻，成为一名杰出诗人的理想初步形成。

这四首美丽的《七夕》诗，是爱情诗的珍品，将爱的渴望和倾诉、情的

对话和共鸣描写得非常纯真，为七夕文化增添了吟诵的佳作。四首诗歌，或写天上的聚会，或写人间的孤单，感慨自己“是个没有织女的牛郎”。

《七夕一》相聚短暂，不忍分别，万分留恋、怜惜。牛郎和织女“用默默的凝视默诉怜惜。错过今夜永恒的刹那，要再守三百六十五夕!”《七夕二》写人间一对情侣的约会、对话：“只要你仰望星空，你眼波闪闪流动，就住在远的星上，也看见双星朦胧。”《七夕三》以民间传说为故事的基本结构，描叙牛郎和织女聚会的喜悦、幸福，异常纯美。《七夕四》却是一个失恋的牛郎孤独的期待。“年年到七夕渐近的季节，我便向孤寂的地方藏躲。”请求人们“年年到七夕渐近的季节，请莫到幽静处前来找我。”

七夕节本是属于女孩的节日，这一夜要在场院乞巧，要在葡萄架下、桃树下坐夜等着看喜鹊把鹊桥搭成，才能睡觉，所以孩子们等呀等，等不住睡着了，醒来后，大人会告诉他们，牛郎和织女在他们睡着的时候，相会了，喜鹊已经飞回来了。果然庄园四周大树上的喜鹊喳喳，在向孩子们报告牛郎织女一家人团圆的喜讯，孩子们最关心的是牛郎和织女的两个孩子是不是见到了妈妈，既然见到了，他们就安心了。

望星空、测巧手、愿爱永恒、梦回银河，传统的乞巧节，是极富想象力的节日，既智慧，又浪漫。这一天晚上要祭祀星辰，乞求幸福，祈愿心灵手巧，祈祷家庭和美，永不分离。要对月穿针、水上漂针、种巧芽、唱乞巧歌，有的地方还要做花馍。

巧果也是乞巧的必备之物。巧果又名“包果子”，因和“桥”谐音，故认为自己的心愿也能通过“巧”桥来实现。巧果有豆沙馅的，有椒盐的，有百果的，外皮是油酥调出来的，味道很好，寓意吃了以后聪明伶俐、心灵手巧。

结合乞巧节的传统民俗活动，可举行“比巧”手工艺竞赛活动，激发孩子们的创造欲望，也可举办牛郎和织女等爱情故事讲叙活动，举行爱情诗朗诵大赛，培育人们忠贞的爱情观，倡导追求幸福和美的社会风气。

近年福建武夷山举办过七夕国际风情节、南京举办过东方情感文化论坛、舟山举行过桃花坞中国七夕爱情文化节。甘肃陇南的西和、庆阳的正宁，陕西渭南的大荔，还保持着原生态的乞巧民俗。

那么以七夕节俗文化为精神内容的灵魂世界的景象究竟是怎样的呢？我认为余光中散文《逍遥游》中的心象描写可作为印证：

> 惟北有斗，不可以挹酒浆。有一种疯狂的历史感在我体内燃烧，倾北斗之酒亦无法浇熄。有一种时间的乡愁无药可医。台中的夜市在山麓奇幻地闪烁，紫水晶的盘中眨着玛瑙的眼睛。相思林和凤凰木外，长途巴士沉沉地自远方来，向远方去，一若公路起伏的鼾息。空中弥漫着露

滴的凉意，和新割过的草根的清香。当它沛沛然注入肺叶，我的感觉遂透彻而无碍，若火山脚下，一块纯白多孔的浮石。清醒是幸福的。未来的大劫中，惟清醒可保自由。星空的气候是清醒的秩序。星空无限，大罗盘的星空啊，创宇宙的抽象大壁画，玄妙而又奥秘，百思不解而又百读不厌，而又美丽得令人绝望地赞叹。天河的巨瀑喷洒而下，蒸起螺旋的星云和星云，但水声夐渺得永不可闻。光在卵形的空间无休止地飞啊飞，在天河的漩涡里作星际航行，无所谓现代，无所谓古典，无所谓寒武纪或冰河时期。美丽的卵形里诞生了光，千轮太阳，千只硕大的蛋黄。美丽的卵形诞生了我，亦诞生后稷和海伦。七夕已过，织女的机杼犹纺织多纤细的青白色的光丝。五千年外，指环星云犹谜样在旋转。这婚礼永远在准备，织云锦的新娘永远年轻。五千年前，我的五立方的祖先正在昆仑山下正在黄河源濯足。然则我是谁呢？我是谁呢？呼声落在无回音的，岛宇宙的边陲。我是谁呢？我——是——谁？一瞬间，所有的光都息羽回顾，猬集在我的睫下。你不是谁，光说，你是一切。你是侏儒中的侏儒，至小中的至小。但你是一切。你的魂魄烙着北京人全部的梦魇和恐惧。只要你愿意，你便立在历史的中流。在战争之上，你应举起自己的笔，在饥馑在黑死病之上。星裔罗列，虚悬于永恒的一顶皇冠，多少克拉多少克拉的荣耀，可以为智者为勇者加冕，为你加冕。如果你保持清醒，而且屹立得够久。你是空无。你是一切。无回音的大真空中，光，如是说。

诗文互证，通过这一比较阅读，我们可以非常具体形象地理解余光中的灵魂世界，理解这将民族想象与人类理想融合生成的绝美的宇宙空间。

远处可是我牧童的身影
隐约地出现在河上的长桥？
你桥上的青牛还不狂奔？
河东比河西有更甜的青草。

我要缝起他万片的碎心，
用我耳畔的柔丝做线。
我要把他那疲倦的前额
深深地埋在我的胸前。

余光中的《七夕》对爱情有着非常美好的歌咏，那是他年轻的时候写的绝美的颂唱，值得我们的青少年代代传唱。

六、余光中节令诗里的文化记忆——以中秋诗为例

娘呀你在天何方?
谁能将儿这块饼
丢过面前的海洋!
——《中秋夜》

余光中的节令诗创作是建立在很强的文化自觉性的基础上的。他认为“古代民谣是直接的，深厚的，诚挚的……”“现任的乡土纠根缠藤于意识深处，任取一截，都可以成为写作的丰富资源……”“乡情有童年和少年的切身记忆来支撑”一位诗人“客观的理性跳动着民族的感性”。

诗人要能拨开民俗生活表面的现象，探攫生命内在的意义。“一件国家大事，一个社会现象，一个节日，如果未经想象力和观察力的贯串，使它成为有感情有感性的东西，那就只能停留在知识的层次，沦为一堆浮光掠影不知所云的门面语，充其量是一堆修辞的练习吧。”这就给我们一个启示：余光中是如何运用个人的观察力、想象力，将蕴藏在民俗节令里的文化内容激活，使节日节气成为具有民族感情的感性世界，重新回到人们的生活里，成为生命的皈依。

以《中元夜》为例。1962 年农历八月十五日是中元次夕，中元节又称鬼节，主要有祭祖、放河灯、祀亡魂、焚纸锭等习俗，由上古“七月半”农作丰收，秋尝祭祖演变而来，乃民间初秋庆丰收、谢大地的节日，是追怀先人的一种传统节日。东汉后道教认为七月半是地官诞辰，祈求地官赦罪，阴曹地府放出全部鬼魂，已故祖先可回家团圆。以这一日民俗为素材，余光中以“上穷碧落下黄泉，两处茫茫皆不见”为典故，创作了一首惊天地、泣鬼神的中华民族的悼亡诗。在诗中诗人认为：

可怜，可怜七夕是碧落的神话
落在人间。中秋是人间的希望
寄在碧落。而中元
中元属于黄泉，另一度空间
如果你玄衣飘飘上桥来，如果
你哭，在奈何桥上你哭
如果你笑，在鹊桥上你笑
我们是鬼故事，还是神话的主角?

这就将中华民俗节日的不同特质解释出来，这些节日有特定的文化内涵，神话传说、鬼的幻想、人世生活三者贯通。在中元节这个特殊的夜晚，中华民族的神灵与魂魄，探亲相会，又依依不舍地别离。在这一夜，鬼也醒着，人也醒着，鬼魂是月，人鬼相会，这一夜诗人打捞李白坠落的月魂。“月是情人和鬼的魂魄”“燃一盏青焰的长明灯”，人和鬼一样可怜，云“恰似青焰缭绕着佛灯”，那些回来和人相聚之后又要回去的鬼魂，在奈何桥上“游行”，一幅民族苦难灵魂的图景：“彼岸魂挤，此岸魂挤/回去的路上魂魄在游行/而水，在桥下流着，泪，在桥/上流”。在这阴森森的悲剧图里，人间与阴间，哭声惊天动地，冤苦无处诉说，民族的悲剧，心灵的悲屈，昭然眼前，“何日重圆，八万万人共婵娟？/仰青天，问一面破镜”（《中秋月》），令人痛苦哀绝。再看《中秋姮娥操刀之二》：

一刀向人间，剖开了月饼
一刀向时间，等分了昼夜
为什么圆晶晶的中秋月
要一刀挥成了残缺？
刀锋过处，落我们在两旁
中间是南海千年的风浪

这是诗人借中秋之月对中华民族深重灾难与痛苦的原因的强烈追问，是什么人制造了那些历史的罪恶，造成了华夏儿女心灵的巨痛？这正好从反面让我们强烈意识到和平团结与幸福的宝贵，自觉地捍卫我们生活的平安与快乐，保护我们的家园美好祥和。在一首中秋诗的附记中，诗人记载：

戊午中秋，沙田赏月，吐露港上，郁郁苍苍，山色如环，北向的八仙岭后，连绵不绝迤逦无尽的，正是李白和苏轼的，也是我们的故乡。座中海客当然不止四人，除了来中文大学演讲的文月和来港采访的允之外，尚有思果、国松、洪娴、佳萝和维樑伉俪，飞觞醉月，一时盛会。中秋之夕，地下提灯，天上放灯，是粤省民俗，行于香港，诗末异象，记实而已。

仅仅恢复人们对于节令的文化记忆是不够的，还要在此基础上，真正使得节令文化成为人的精神生活的一部分才好。在当代生活里人们徘徊在圣凡之间，政治化、商业化、媒体化、世俗化的生活方式使人们在精神上超越乏力，欲入信仰之门而不能。当清净的山水被污染，安宁的心灵被烦扰，被破坏的自然和乡村复原缓慢，时间变得平常而无新意，生命也就很是乏味无趣了。

那么诗人何为？诗人自己如何走出乡愁，又寻找乡愁？

不仅仅是节令诗，余光中其他民俗文化题材的诗歌，如《羿射九日》《燧人氏》《谷雨书》《中国结》《水蜜桃》等，也可以从民俗学、文化学的角度来解读赏析，从非遗传承的角度，在节令民俗活动里广泛诵读。当然也可从文创角度，巧妙地用好余光中的节令诗，发挥创意，形成一系列与现代乡愁文化相融合的文化产品。

传统民俗节日里有中华民族对日月星的崇拜，对宇宙的仰望和想象，对未来的哲学思考，节日文化里积累的生命信仰是非常深厚精致的，通过对余光中节令诗的阅读，我们可以找到人生的精神存在，体验生活的仪式感，获得生命的意义。余光中的节令诗，都是亲历沧桑后的文学书写，承受苦难后的艺术想象，为我们记录了生动鲜活的节令文化信息、记载了一代中国人的命运际变、情感经历，形象地抒发了20世纪华夏民族的精神，诗人个体感情的密码与人类文化的密码，在节令的时间和诗情里，得到饱满的契合。

余光中的节令诗，缘于血缘、地缘、诗缘，紧紧抓住了人的生活、生命里的精神核心，将亲情、爱情、乡情紧紧地吸附在节令的节点上，让他的诗歌和节日一起成为我们心灵的加油站，为我们不断地补充精神的能量，不断地强化团结、统一的意志。

纯粹的诗人

——罗门现代诗创作论述

刘正伟*

摘　要：海南籍台湾著名诗人罗门，一生创作不辍，著有十七本诗集，论文集八部，创作毅力惊人。他的诗与评论创新且独特，往往走在当代诗人的前列。虽为著名诗人，却因其为人耿介、不擅交际与社会关系意识不够，致使其诗作多被世人低估，甚为可惜。本文旨在论述罗门创作宗旨与其最后的人生历程，以亲身过从见闻，为罗门诗名以及创作做一回顾式的探究。

关键词：罗门　现代诗　创作论　蓝星诗社

罗门，本名韩仁存（1928—2017），1928年11月20日出生于广东省文昌县（今海南省文昌市）。1942年进入广州的空军幼校，后进入杭州笕桥空军飞行官校。1949年到台湾，1950年因踢足球腿部受伤，停止飞行。1951年考入民航局工作，直至1976年退休。1954年结识诗人蓉子并开始写诗，1955年4月4日下午四点四十四分与蓉子在台北市一座教堂结婚，两人成为文学界杰出的文学伉俪。中国人最忌讳“四”，因其谐音为“死”，但因蓉子家族都为基督徒[①]，基于坚定的爱情，他们亦无反顾地选择相信死心塌地，果然他们携手走过了一辈子。

年轻时沉浸在爱情滋润中的罗门因此激发出更多的创作灵感，罗门曾说：“贝多芬培养我的诗人心灵，蓉子引燃我的诗人生命。”并说蓉子是“打开创

* 刘正伟，男，台湾桃园人，文学博士，现任上饶师范学院副教授，研究方向为中国文学、现当代文学。著有《早期蓝星诗史》《覃子豪诗歌研究》等。

① 蓉子祖父、父亲在故乡江苏时都是基督教牧师。罗门在人生最后二年也受蓉子影响，而信仰基督教。

作之门的执钥者”。他的第一本诗集《曙光》[①] 于1958年由蓝星诗社出版，并获得纪弦与覃子豪的赏识，先后加入现代派与蓝星诗社，而开始写诗与跳槽到蓝星诗社都是受夫人蓉子的影响。他曾主编《蓝星诗页》《蓝星年刊》《蓝星季刊》等。在六七十年代，灯屋是蓝星诗人时常聚会之地，在覃子豪逝世后的一段台湾蓝星诗社黯淡时期，他们勉力维系着蓝星的灯火。

罗门早期出版的诗集有《曙光》《第九日的底流》《死亡之塔》《隐形的椅子》《罗门自选集》等十七本。他的诗论集有《现代人的悲剧精神与现代诗人》《心灵访问记》《长期受着审判的人》等八本。评论他的学术论文共有上百篇。诗创作的成就使罗门获得了不少荣誉：1966年以《麦坚利堡》一诗获菲律宾总统“马可仕金牌奖”；1969年获菲律宾总统“大绶勋章”，和蓉子并称为“中国杰出的文学伉俪”。1988年获得时报文学奖新诗推荐奖。2012年，他以“台湾现代主义诗歌巨擘”，获首届两岸诗会“桂冠诗人”奖。

罗门写了大量理论文章并出版了八部诗论集，表现了他在诗歌理论上的深入思考和不俗的创见。他从创作中总结出理论，用理论来指导创作，这种理论和创作的紧密结合，成了他在台湾诗坛上的一个重要特色，展示了他试图将艺术与新诗结合的野心，并持续推动其“第三自然螺旋形架构”理论，一生奉献给缪思，努力不懈。[②] 他与蓉子一起主编1964年起的二期《蓝星年刊》，一向热爱创作并以此为志的罗门，曾说：“生命太短了，我只能以艺术作为我的精神的事业。”因此，他于1977年辞去所有工作，努力经营灯屋，并专心从事现代诗创作与理论研究。[③]

一、最后的时光与诗友评论

（一）最后的时光

蓝星诗人罗门于2017年1月18日清晨逝世，享年90岁。《文讯》杂志封德屏社长在脸书上发布诗人罗门去世的讯息，虽知人生难免如此，未免一叹。罗门的后几年一直有骨质疏松症的困扰，缠着护腰还要照顾同龄的太太——蓉子也长期为膝关节疼痛无力而不良于行所苦，行动都不太方便。2016年10

① 罗门：《曙光》，台北：蓝星诗社，1958年版。

② 相关理论与其他评论，可参见：张艾弓：《罗门论》，台北：文史哲出版社，1998年版。张汉良、郑明娳、蔡源煌、林耀德等：《门罗天下》，台北：文史哲出版社，1991年版。罗门：《诗眼看世界》，台北：师大书苑，1989年版。林耀德：《罗门论》，台北：师大书苑，1991年版。

③ 参见罗门、蓉子夫妇提供的档案资料。以及古继堂的《台湾新诗发展史》；周伟民、唐玲玲：《日月的双轨——罗门蓉子文学世界学术研讨会论文集》，台北：文史哲出版社，1994年版，等。

月底罗门摔跤两次，进出医院数次，在老人院中整日卧床昏睡，很少进食。终于在 2017 年 1 月 18 日清晨 6 时因天寒体衰，于睡梦中逝世，享年 90 岁。

2015 年 9 月底，蓉子只身住进了台北市耕莘医院附设的大龙老人住宅养老院，后来罗门也住进环河南路的老人中心，多次进出台大医院与台大精神病院后转住松山疗养院，最后搬进北投道生院老人长期照顾中心。2016 年 8 月中，蓉子也从大龙老人住宅搬进北投道生院老人长期照顾中心。他们原名“灯屋”的爱巢，后来罗门漆成白色而改名“白宫”的房子也出售了，权做他们的养老经费。

罗门晚年受蓉子影响而受洗为基督徒。他是个主观而纯粹的诗人，眼里除了诗，别无其他。我曾当面问蓉子：“罗门最爱谁?”蓉子笑说：“他最爱他自己，再来是诗，然后才是我。”我们三人相视哈哈大笑。

2016 年，我分别与方明、刘迅等诗友去看望罗门三次。其中两次是到台大医院二楼精神病院看望他，一次协同行动不便的蓉子前往。那次，两个坐轮椅的老人甚是开心，忽见佝偻的罗门从轮椅爬起，在长约 30 米、铁门紧锁的二楼长廊内，来回高歌为蓉子献唱意大利名曲“O sole mio”（哦，我的太阳）等，我与刘迅等见之，甚为欣喜与赞叹：真乃纯粹忘我的浪漫诗人。[①]

诗人罗门的基督教安息礼拜仪式于 2017 年 2 月 18 日下午 2 点，在台北市汀州路中华福音神学院六楼礼拜堂举行。场地布置庄严隆重、清新典雅，布满紫白红等各色的桔梗花，花香淡雅。当日参加追思会的诗人作家亲友有：蓝星诗人余光中夫妇与女儿季珊、向明、张健、赵卫民教授等，以及张晓风、杨牧、张默、郑明娳、向阳、白灵、封德屏、古月、涂静怡、朵思、黄克全王学敏夫妇、许水富、洪淑苓、陈宁贵、雨弦、陈瑞山、龚华、陈文发、紫鹃、林锡嘉、彭正雄、周伯乃、林焕彰、黄敏裕、刘正伟等，以及文讯团队、教会志工、安养院友、罗门艺术界的亲友，都来送罗门、安慰蓉子，场面温馨感人。

安息礼拜由廖文源牧师主礼，雨弦、陈瑞山与余光中夫妇及女儿季珊等人，都是从高雄台南风尘仆仆赶来。余光中夫妇更是不久前才晕倒受伤住院，远道而来，友情真挚。到“证道”、追思时，但见张晓风、余光中、蓉子等人红眼啜泣，友情至深至坚，让人动容。仪式进行中，余光中还以拄杖重重敲击地面多次，不舍同为蓝星诗人的罗门兄弟之情，溢于言表。向明、张晓风等众人会后向蓉子慰问殷切，文友诗人间相濡以沫的情感深刻。

蓝星诗人余光中、张健并肩，坐看他们年轻时的回顾影片时，余光中直

---

① 刘正伟：《罗门走了》，《华文现代诗》2017 年第 12 期，第 13～14 页。

说；“影片放太快了，浮光掠影……”浮光掠影四字一直冲击我的脑海，久久不去，让我对人生油然生起感慨。于是会场工作人员放慢影片播放速度，两位蓝星诗友可以慢慢回顾，更显温情。

远在北京的北京师范大学中国当代新诗研究中心主任谭五昌教授，也微信传来他的几句祝祷词，委我携至会场代为宣读，我也打印给蓉子存念，蓉子至为欣喜。我与诗人陈宁贵留至最后一刻才离开，蓉子谈及近况，直说不习惯罗门突然走了，留下她孤零零一人。所幸常有文友去看她，带给她很大安慰。我们看到蓉子释怀从容的神情，都放心许多。

2017 年 4 月 2 日，罗门侄子等家人将他的骨灰迎请回海南故乡，安葬于其故乡文昌地太村父母墓旁，满足他落叶归根的愿望。下葬当天，恰逢清明时节。罗门的几十位至亲悉数到场，罗门夫人蓉子与挚友周伟民、唐玲玲在挽联上写道：“身处台湾思故里，永不消失的诗魂。”当地政府也派出代表为罗门敬献花圈。

（二）诗友评论

罗门走了，在加拿大的诗人痖弦透过友人说：“所有诗人都会暂时离开诗，去做别的事，只有罗门终身守着诗，就凭这一点，罗门其他行径都值得原谅。”痖弦指的是罗门近乎疯狂的献身于诗，常常为一己之观点与诗人朋友争得面红耳赤，或者偶尔在会场散发他的诗作资料与成就，而不顾典礼现场秩序或节奏。痖弦指出，罗门完全投入生命中的一切献身于诗的精神，是无人可以比拟的。

诗人罗青教授在《森林是风的镜子》中说：“罗门除了‘谋’诗歌艺术外，其他一概不谋。天真有如孩童，处世我行我素，说话直来直往，论事疾恶如仇，朋友即算全得罪光，也毫不在意，他只愿活在他自己的世界中。”又说：“他最拿手的短诗如《麦坚利堡》《弹片·TROB 的断腿》《教堂》《卖花盆的老人》《伞》《全人类都在流浪》《咖啡厅》《车祸》《周末旅途事件》《“麦当劳”午餐时间》，批评家一再讨论，津津乐道，成为习诗入门者必读的经典。”[①] 罗门因其主观、率性与真诚可爱，还是有不少诗坛好友的：余光中、杨牧、张健、张默、罗青、陈宁贵、许水富、陈大为、和权以及华人世界的诸多诗人与诗评论家。

余光中曾赠蓝星诗友罗门诗作两首，情谊深厚。诗人杨牧为他出版《罗门诗选》推荐序说：“罗门之诗，以丰富的想象和准确的譬喻见称，感情澎湃，观察入微，其诗恰如其人，是当代文学真实诚挚的代表。”又称赞他：

---

① 罗青：《森林是风的镜子》，《联合报》副刊，2017 年 2 月 12 日。

“诗风坚实有力，意象畅朗，音响跌宕，自成一体，广受诗坛推崇，影响青年诗人甚巨。”[①] 论之准确，言之中肯，罗门的前卫现代诗与都市诗，影响了台湾许多年轻人，林耀德、陈大为等即是。诗人张健教授、张默、陈宁贵、林耀德、陈大为等都各有许多篇专文评论罗门的诗，论证恳切，实为知音。

菲律宾诗人和权写过两篇罗门诗作评论：《迷人的光芒：试论罗门的诗》《试论罗门的“周末旅途事件”》，两篇文章皆收入《门罗天下》一书。前篇评文赞誉：“罗门在中国现代诗坛，无疑是风云人物。他创造了自己独特的声音，完成的每篇作品都有超卓的表现，而种种活泼的意象，被他大量地使用着，他的诗有澎湃激越的情绪，也有平稳的情感，不但引起海内外众多读者内心的共鸣，也使万千读者在细细品读他的诗作之过程中，产生快感与美感，同时获得启示。他被称为“重量级”的诗人，印证于他技艺上乘的作品，诚非过誉。”[②] 罗门与菲律宾诗人时相往来，罗门曾获得菲律宾总统“马可仕金牌奖”与“大绥勋章”，诗艺自然有受肯定之处，和权所说使万千读者在细细品读他的诗作之过程中，产生快感与美感，同时获得启示，作为读过罗门诗作的读者来说，颇为认同。

大陆文学评论家陈仲义在《罗门诗的艺术》中说：“罗门他诗人的想象，穿越时空的能力，智性深度、灵视，乃至悟性都在一般诗人之上……罗门拥有自己的特技。他的灵视、想象力、诡谲的意象，以及近乎随心所欲的错位倒置手法，把现代诗推向更富于表现性的广阔天地，他的持久不衰的才情，连续的爆发力和后进，与洛夫、余光中堪称台湾诗坛上三大鼎足。”[③] 陈仲义教授将罗门提升与洛夫、余光中并列的高度，在罗门诗创作与评论的开创性方面来说，并不为过。

北京师范大学谭五昌教授在《中国新诗三百首》序言中说，罗门与洛夫是五六十年代台湾现代主义诗潮中并驾齐驱的两员健将，他们的创作活力一直延贯至今。从整体程度上来看，罗门要比洛夫更具先锋色彩（罗门是整个台湾诗坛前卫意识最强的诗人）。罗门长期致力于“都市”题材的创作并使其具备了自足的美学品格，丰富了中国现代诗的表现领域，增添了中国现代诗的丰富性。罗门、洛夫、余光中被并称为“台湾诗坛三巨柱”，也是因为他们三位诗人不仅创作成果丰硕，并且都有自己的创作风格，自我的色彩鲜明。其他许多学者也持这种看法。

---

① 杨牧：《罗门诗选》，台北：洪范书店，1984 年版，序第 2～4 页。

② 张汉良、郑明娳、蔡源煌、林耀德等：《门罗天下》，台北：文史哲出版社，1991 年版，第 411 页。

③ 陈仲义：《罗门诗的艺术》，《诗探索》（第二辑），1995 年。

二、罗门诗创作风格

罗门对诗的创作、探索数十年如一日，对于诗论的探讨，诗语言的求新求变，他都有着自己独到的见解，对创作的热情，使他不断有新作呈现，从最早的诗集《曙光》[①]（收录1954—1958年的作品）到《第九日的底流》（收录1958—1961年的作品）、《死亡之塔》（收录1962—1967年的作品）、《隐形的椅子》（收录1968—1978年的作品）、《旷野》（收录1975—1979年的作品）、《日月的行踪》（收录1979—1983年的作品）、《整个世界停止呼吸在起跑线上》（收录1984—1988年的作品）等，都可以证明他是一位在创作上有着极大热情与执着的诗人。

罗门不仅是一位诗人，也是一位颇有建树的艺术评论与诗论家，不仅创建灯屋，还把诗歌创作与理论加以结合，使得他在这两个领域都取得一定的成就，他所出版过的诗论著作有《现代人的悲剧与现代人》《心灵访问记》《长期受着审判的人》《时空的回声》《诗眼看世界》等。这些诗论在某种程度上也反映了罗门的创作观。

《曙光》是罗门的第一本诗集，共收进39首诗作，表达了作者青年时代对于爱情、幻想、愿望，以及生命的过去、现在与未来的想法，是以热情支撑的，在辽阔的心灵世界里引发的一连串想象。一种近乎贝多芬奏鸣曲式的狂热，试图追索各式生命情感的面向，几乎主导着《曙光》发展的脉络，标志着作者在此阶段的创作精神，有偏于理想与热情的倾向，洋溢着青春的活力、生命的狂想，呈现着力与美，以及浪漫的色彩。

《曙光》一诗，是罗门献给爱妻蓉子的作品，其他如《四月的婚礼》《蜜月旅行日月潭》《给爱妻》等，都记述了诗人伉俪新婚与恩爱的生活。试看《曙光》：

> 注视维纳斯石膏像的脸
> 我刻画你的形象，
> ……
> 在梦里，一支金箭射开黎明的院门，
> 妳倚在天庭的白榕树下摇落光明于地上，
> 大自然因见妳而变换呼吸的旋律，
> 人间因妳来便都一一把窗门打开

---

① 罗门：《曙光》，台北：蓝星诗社，1958年版。

我如无邪的孩童闯入奶开满百合的早晨花园[①]

诗人以《曙光》描述与爱妻相识的过程与憧憬，隐喻爱情的美好，如同曙光一般带领他走出黑夜，在人生与新诗创作的道路上，指引他走向光明的一天（一生）。其他都市诗《城里的人》《三座城》《夜城的丧曲》等，以都市为题材，写的是人类思维处在工业文明中的矛盾与冲突，罗门与同时期的诗人吴望尧，都是当时台湾著名的都市诗先驱。

《第九日的底流》是罗门的第二本诗集，收集三十首短诗与三首长诗。其作品的精神形态与《曙光》有着显著不同，它不再是单纯的美的想象与理想的展示，而是更深入向内心世界去探索。作者在《后记》中透露：

> 《第九日的底流》之出版，我年轻时代狂热的浪漫情感的红色火焰，也随着转变为稳定与冷静的蓝色；如果说《曙光》是代表作者向外不断发射的一种精神力量；则《第九日的底流》便是代表一种转回来不断地向内袭击的精神力量。
>
> …………
>
> 《第九日的底流》确已将我送到那艺术广大世界的海岸边，使我面临着这神秘的创作远景，内心感到一种从未有过的觉醒与惊异；它象是一美好的呈现，形成为我过去与未来艺术生命的分界线。[②]

如果说《曙光》的创作是罗门青春时期力与美的呈现，那《第九日的底流》所表现的，就是诗人对于内在心灵的省视与思考，和在生活与艺术上的探索与建构。可由三首长诗为代表：《第九日的底流》《麦坚利堡》《都市之死》。其中《麦坚利堡》探讨战争与荣誉、死亡与永恒的课题，至为深刻；《都市之死》以“都市你的墙/快要高过上帝的天国了”[③] 为引子，刻画自然在都市扩张后的窘迫，以及人类灵魂在现代都市生活中的迷失与沦亡，一如行尸走肉；而《第九日的底流》以贝多芬第九交响曲为引子，试图以对此交响曲的喜好，描述这一阶段诗人对西洋各种哲学家的看法，以及西方现代主义技法的尝试与实验：

每当我昏了头从哲学家们言论的赛马场走出
被买卖世俗与格言的人群包围

---

① 罗门：《曙光》，台北：蓝星诗社，1958年版，第19～20页。罗门写给爱妻蓉子的诗不少，而《曙光》这首诗恰巧刊登在《蓝星周刊》第200期（1958年6月1日）纪念号上。

② 罗门：《曙光》，台北：蓝星诗社，1958年版，第119页。

③ 罗门：《曙光》，台北：蓝星诗社，1958年版，第79页。

思想的多角镜总显不出路　反照出满天混沌[1]

《第九日的底流》描述当时西方文艺思潮不断涌入，对诗人的冲击与造成的迷惘，一开始着实令诗人昏了头。对照诗集后所附近 3 万字的诗话诗论《现代人的悲剧精神与现代诗人》，实可看出作者此时急欲成长、吸收与突破，然所受的诸般影响，却是像思想的多角镜般总显不出路，反照出满天混沌。混沌的是诗论与思想的组织，然而诗作却是成功的。

《死亡之塔》是罗门第三部诗集，收录 1962—1967 年的作品。他创作《死亡之塔》长诗，乃是因蓝星诗社领袖覃子豪的去世，引起了罗门对于死亡与永恒的深层思考。“当棺木铁锤与长钉挤入一个凄然的音响”点出我们都是站在死亡的塔上，等待死亡之神的降临，以及不朽。而不朽的正是藏诸名山之作，以及朗朗的名声。有一首诗更可以代表他此时的精进，即《流浪人》：

被海的辽阔整得好累的一条船在港里
他用灯拴自己的影子在咖啡桌的旁边
那是他随身带的一条动物
除了它娜娜近得比什么都远

把酒喝成故乡的月色
空酒瓶望成一座荒岛
他带着随身带的那条动物
朝自己的鞋声走去
一颗星也在很远很远里
带着天空在走

明天　当第一扇百叶窗
将太阳拉成一把梯子
他不知往上走　还是往下走[2]

《流浪人》仿佛是诗人当时自我心灵与人生遭遇的写照，第一段描述流浪人的疲惫与孤独，影子是他最亲近的朋友，酒女娜娜虽然耳鬓厮磨，然而精神上的认知与隔阂，却相距天涯。

第二段写酒后的状态，因孤寂而醉酒的状态。第三段叙述流浪人隔日酒

① 罗门：《曙光》，台北：蓝星诗社，1958 年版，第 55 页。
② 罗门：《罗门诗选》，台北：洪范书店，1984 年版，第 93～94 页。

醒，面对的仍是流浪的宿命，阳光从百叶窗射进室内，诗人将百叶窗想象成梯子，又将梯子想象成自己该抉择的路，而点出流浪人内心对道路方向的徬徨，点出他那一代来台诗人初期对前途的茫然。整首诗想象力丰富，语言精练、意象分明、刻画入骨，像微小说一般发人深省。

诗人罗青教授评论罗门：

> 从四十岁后写《流浪人》开始，他的诗艺日臻成熟，佳句佳篇，接连而出。我四十年前，曾为文赏析此诗，至今仍被认为是罗门诗中压卷作之一。罗门耗尽心力写就的长篇诗作，除了神采灿然的《第九日的底流》《死亡之塔》与《时空奏鸣曲——遥望广九铁路》小疵不掩大瑜外，其他如《都市之死》《隐形的椅子》《旷野》都稍嫌用力过度，流于涣散支离，不能一击中的。反倒是只有一百多行的《观海》，写来包罗万有畅快淋漓，尽得浪漫精神之极致，又能节奏一贯首尾呼应，宜乎被镌刻在他老家海南岛海滨巨石上，传诸后世。曹孟德是古今大诗人中最早写观海诗的，罗门此诗一出，几乎要关今后登临吟海之口。[①]

罗青教授本身是诗人也是评论家，他的评论乃知人之论，不偏不倚，可称公允。罗门的战争诗（或称反战诗）也是他重要的主题之一，尤其是他1962年写成的成名作《麦坚利堡》一诗，1966年获菲律宾总统“马可仕金牌奖”，1969年获菲律宾总统“大绶勋章”，气势雄伟而低沉悲壮。

超过伟大的
是人类对伟大已感到茫然
战争坐在此哭谁
它的笑声　曾使七万个灵魂陷落在比睡眠还深的地带

太阳已冷　星月已冷　太平洋的浪被炮火煮开也都冷了
史密斯　威廉斯　烟花节光荣伸不出手来接你们回家
你们的名字运回故乡　比入冬的海水还冷
在死亡的喧噪里　你们的无救　上帝的手呢
血已把伟大的纪念冲洗了出来
战争都哭了　伟大它为什么不笑

七万朵十字花　围成园　排成林　绕成百合的村

---

① 罗青：《森林是风的镜子》，《联合报》副刊，2017年2月12日。

在风中不动　在雨里也不动
沉默给马尼拉海湾看　苍白给游客们的照相机看
史密斯　威廉斯　在死亡紊乱的镜面上　我只想知道
那里是你们童幼时眼睛常去玩的地方
那地方藏有春日的录音带与彩色的幻灯片

麦坚利堡　鸟都不叫了　树叶也怕动
凡是声音都会使这里的静默受击出血
空间与时间绝缘　时间逃离钟表
这里比灰暗的天地线还少说话　永恒无声
美丽的无音房　死者的花园　活人的风景区
神来过　敬仰来过　汽车与都市也都来过
而史密斯　威廉斯　你们是不来也不去了
静止如取下摆心的表面　看不清岁月的脸
在日光的夜里　星灭的晚上

你们的盲睛不分季节地睡着
睡醒了一个死不透的世界
睡熟了麦坚利堡绿得格外忧郁的草场

死神将圣品挤满在嘶喊的大理石上
给升满的星条旗看　给不朽看　给云看
麦坚利堡是浪花已塑成碑林的陆上太平洋
一幅悲天泣地的大浮雕　挂入死亡最黑的背景
七万个故事焚毁于白色不安的颤栗
史密斯　威廉斯　当落日烧红满野芒果林于昏暮
神都将急急离去　星也落尽
你们是那里也不去了
太平洋阴森的海底是没有门的①

罗门《麦坚利堡》原诗后面还有六百多字的二条附注，旨在说明他在1962年赴菲律宾观摩民航业务，来到马尼拉近郊的麦坚利堡（Fort Mckinly）参观而写成此诗。麦坚利堡是美国人为纪念第二次世界大战期间七万多美军

---

① 罗门：《麦坚利堡》，首刊《联合报》副刊，1962年10月29日。

在太平洋战区阵亡，而以七万多白色十字架上刻上死者姓名与出生地，整齐罗列的战争纪念公园。这首诗当时被国际桂冠诗人协会誉为近代伟大之作，世界诗人大会桂冠诗人H希儿读《麦坚利堡》诗后说：“罗门的诗有将太平洋凝聚成一滴泪的那种力量。”[①]

张健教授曾将余光中、覃子豪、罗门三人几乎同时其写成的三首《麦坚利堡》诗做比较，他将罗门《麦坚利堡》诗评为三人中最佳：“罗门这首诗是气魄雄伟，表现杰出的。”又说：“余光中那首诗较着重空间，罗门的则时空交融，覃诗似有以观念笼盖时空的倾向。罗门（诗）是真正地受到了灵魂的震颤……”[②] 细观张健教授的整篇论文，举证翔实到位，评断至为公允。

评论罗门《麦坚利堡》一诗的专家学者非常多。罗门《麦坚利堡》诗的成功与普获好评，在于站在这些年轻的牺牲战士的角度，以最平常的名字史密斯、威廉斯贯穿整个太平洋战争，从想念故乡的角度出发，控诉战争的恐怖与无情，整首诗结构严谨而不晦涩，旋律回环往复，节奏跌宕起伏，形式凝聚而不涣散，形成一首气势磅礴、哀而不伤的史诗，是难得的杰作。

结　语

罗门的诗作从浪漫与想象出发，以战争与城市这两大主题，最为人称道。战争诗使他获得菲律宾总统金奖的殊荣。罗门也以他诗人的敏锐，用预言家的眼光来呈现城市生活中人类心灵的苦闷，以及人们因都市文明冲击所产生的种种问题。因此林耀德曾说：“罗门是中国现代诗人中经营都市意象迄今历时最久、成就最丰硕的一位。”[③] 古继堂在《台湾新诗发展史》中曾以“城市诗国的发言人”赞誉他在城市诗方面长久经营的成就。

郑明娳则推崇罗门是“台湾最具思想家气质的前卫诗人”：

> 他深受西方各种现代主义思潮以及当代前卫艺术的影响，另一方面也掌握了东方人本主义文化的圆融与和平。他的诗语言以犀利、精确见称，意象惊人，诗思包容的层面既广且深，是中国知性诗派的代表性人物。[④]

---

① 周伟民、唐玲玲：《日月的双轨：罗门、蓉子创作世界评介》，台北：文史哲出版社，1991年版，第46～55页。

② 张健：《评三首麦坚利堡》，张汉良、郑明娳、蔡源煌、林耀德等：《门罗天下》，台北：文史哲出版社，1991年版，第123～126页。

③ 林耀德：《罗门论》，台北：师大书苑，1991年版，第64页。

④ 郑明娳：《中国新诗1甲子》，《自立晚报·自立副刊》，1986年6月14日，第10版。

罗门的诗风是阳刚、浑厚的，深受西方各种现代主义思潮以及当代前卫艺术的影响，对都市生活中的人类心灵与现代事物特别敏感。又常怀抱人文主义的理想，试图引领人们的心灵抵抗物质文明的潮流与冲击。他在50年代即和当代画家、艺术家交好，甚至参与艺术评论，因此其思想受艺术的交互影响，是多样性的，其诗作技巧及内涵丰富且多样。

诗如其人，罗门在创作艺术上，企图建立人和世界的新关系，因此在作品中他常常制造出繁复的意象，以及节奏上的波澜变化，常常刻意营造深刻的内容。创新、实验与前卫，为他在诗坛与艺术的领域上，获致了一定的名声。

图1　2008年罗门与笔者在台北市罗门的灯屋合影

图2　罗门《第九日的底流》《曙光》封面

图 3　罗门（后左三）、蓉子（前右一）与蓝星诗友们（夏菁提供）

图 4　罗门（前座右二）2013 年纪弦追思会与文友合影

图 5　2017 年罗门追思会余光中（左）与张健背影

“实视”与“灵视”

——罗门战争诗论

张叹凤

罗门虽然属于台湾三大现代派诗社之一的“蓝星诗社”阵营，是“蓝星”骨干与代表诗人之一，实际上他活跃于台湾各个诗社群体报刊版面，作品风格甚至更接近“现代诗社”①，即更多“横的移植”，受欧美现代派乃至后现代派影响十分明显。在题材方面，也多与“创世纪”军中诗人接近。在台湾，罗门被公认为“都市诗人”，一如评论家指出：“金斯伯格比美国历史上任何一位诗人都更坚决地声讨和反对美国军事工业体制数十年来肆无忌惮的扩张发展。”② 如果移植到罗门身上，可称“鹄评”。罗门体现的“蓝星”特色不在于新古典主义作风，而着重在“乡愁”主题的书写上，以及古典诗歌悲剧精神的领会方面。他和覃子豪、余光中、邓禹平等蓝星诗友比较倾向唯美的艺术作风显然有别，甚至与他夫人蓉子的诗作也饶有异趣，他在艺术表现上更为“虚无”“悲观”，后现代、西化及至象征、反讽等手法的运用十分突出。但罗门心中装着国家民族，对祖国河山“后土”的眺望思归以及时间的乡愁、文化的乡愁，与蓝星诗人乃至整个现代派的“台客”诗人群的内心情感都是殊途而同归的。这正如罗门自己总结诗作时表白：“都可说是已多少吸收了古诗的某些卓越性，并以开放的心境接受西方现代艺术思潮的影响，而全然转化到具有我个人特殊风貌的创作世界中来，这也是我一直坚持的创作观点，那就是：‘作为一个现代中国诗人与作家，他首先必须是中国人，同时必须是现代的中国人，也必须是关心到全人类的现代中国人，最后更必须是他不断超越中的独特的自己。’”③ 这也许正是罗门认同蓝星诗社宗旨并一生耕耘不

---

① 罗门第一首公开发表的诗作是《加力布露斯》，据其自述“被纪弦用红字刊登于《现代诗》季刊，步上诗坛”。参见罗门：《我的诗观——兼谈我的创作历程（代序）》，《罗门诗选》，台北：洪范书店，1984年版，第9～10页。

② 爱德华·桑德斯：《前言》，文楚安等译：《金斯伯格文选——深思熟虑的散文》，成都：四川文艺出版社，2005年版，第17页。

③ 罗门：《我的诗观——兼谈我的创作历程（代序）》，《罗门诗选》，台北：洪范书店，1984年版，第21页。

辍、创作理论双丰收的重要资源与动力。事实上罗门也是可比肩余光中创作生命如“长青树”的少有的蓝星诗人（他和余光中都活到九十岁上下，从未辍笔）。关于罗门的情况介绍与作品研究已经很多，本文侧重就他的战争题材与关涉战争影响的作品进行分析，以求进一步认识这位特立独行、执着坚持他著名的“第三自然”（即原生态、都市工业社会之后的心灵诗境自然）以及凝聚一体的“四个实视空间”（即“现实中的实视空间”“记忆中的实视空间”“超现实中的实视空间”“禅悟中的实视空间”）理论实践的诗人。罗门诗作颇有悲剧精神与超现实主义表现（他所谓“灵视”）手法特色，具体表现在以下几个方面。

一、“一群子弹与炮弹，从伤口不停说出”

罗门那一代人从战火中趟过来，“战争中的苦难”成为一种“集体记忆”，即使在表现与战争看似无关的题材中，战争的阴影与创伤也如影随形，一抓就流血。罗门的“都市”诗作之所以那么晦暗、那么夸张，和他的苦难记忆密切相关，从而对都市、对现代工业乃至对上帝、对其自己都密布隐喻与反讽。如前所引，这是一种世界化的“军事工业体制”，在资本主义社会，工业越发达，杀人武器越精锐先进。正如金斯伯格推荐布莱克的诗句：“没有什么比铁甲和钢盔，/更能使人变成丑鬼。”[①] 现代战争摧毁了善与真，苦难与后遗症经久不息、终身不愈。例如美国“垮掉的一代”的诗人诗风即因这种苦难而转型并特立于世。恰如代表诗人金斯伯格所述：“人天生能苦又能乐——存在即蕴含着苦难，最令人痛苦的并非不幸和苦难本身，而是‘受苦之苦’，对苦难的响应、对苦难的眷恋、对苦难的精心呵护、对苦难的那份因恨而生的难舍之情。”[②] 这几乎就像是在形容罗门的作品及其诗兴追求。事实上中美两国这一代人都是“同龄人”，他们的战火记忆与创伤，定格了诗歌悲观基调乃至“玩世不恭”“放浪形骸”的格局。恰如罗门自己所述：“诗（与艺术）已成为人内在生命存在主要的线索；并被看成人类精神世界的原子能。”[③] 战争带给他们苦难的打击和放逐，同时也激发了他们的创作激情与潜能。罗门长

---

① 金斯伯格：《俳句、克鲁亚克的即兴之作、禅宗对句……布莱克的预言集萃》，文楚安，等译：《金斯伯格文选——深思熟虑的散文》，成都：四川文艺出版社，2005 年版，第 157 页。

② 金斯伯格：《俳句、克鲁亚克的即兴之作、禅宗对句……布莱克的预言集萃》，文楚安，等译：《金斯伯格文选——深思熟虑的散文》，成都：四川文艺出版社，2005 年版，第 155 页。

③ 罗门：《我的诗观——兼谈我的创作历程（代序）》，《罗门诗选》，台北：洪范书店，1984 年版，第 1 页。

诗《都市之死》充分体现了以悲观失望甚至畸形病理的心态看待都市文明:“都市你造起来的/快要高过上帝的天国了”,这是诗作题语,全诗无处不充满着一种灾祸与恐惧、疑惑、紧张的心理——

……

凡是眼睛都成为蓝空里的鹰目
如行车抓住马路急驰
人们抓住自己的影子急行
在来不及看的变动里看
在来不及想的回旋里想
在来不及死的时刻里死

战争带给人类的创伤,生死往往只是一念间、一瞬间,每个人都可能死于非命,与其他相比,似乎只有死亡显得特别真实。虽然战火已经远去,但在罗门等人眼里,畸形的都市发展同样意味着“更大的破坏即将到来”(张爱玲语)。《都市之死》结尾这样写道——

一支裸兽在最空无的原始
一扇屏风　遮住坟的阴影
一具雕花的棺　装满了走动的死亡

第二次世界大战后的德国作家聚斯金德有篇著名的小说《夏先生》,即描写在战争中受了创伤从而整日惊恐不安奔跑不停的一名小知识分子,最终奔入沼泽地淹死。聚氏另一篇《鸽子》同样描写惊吓未平的银行小职员,仅仅因为一只鸽子的骚扰就几乎活不下去的悲剧。罗门的都市诗、乡愁诗、海洋诗、战争诗,无不反映出战争的创伤后遗症以及对人间深刻的怀疑。他把1962—1967年的创作直接命名为“死亡之塔时期”,引用里尔克“死亡是生命的成熟”,引申:“生命最大的回声,是碰上死亡才响的。”继而他肯定地说:“在‘死亡之塔’上,我更看清了生命。”①

综上所述,罗门的生命观,确切地说就是“劫后余生”“生死轮回”“更大的打击即将到来”这样的虚无主义。他写乡愁,如《回到原来叫一声您》:

母亲　您的双手伸过来　好暖
枪炮的双手伸过来　好冷

又如《月思》:

---

① 《罗门诗选》,台北:洪范书店,1984年版,第63页。

你的手在那么多举起的枪支中
又永远地缩了回去

"一支支枪支却不停张口说/岁月是苦的"（《回到原来叫一声您》）。书写乡愁乡思，他突出奇思这样形容："思念比子弹快一步"（《回到原来叫一声您》），"一回首/背后是跟着枪声过来的/'长白山'"（《三座名山》）。子弹的快速在他那一代是有切身体会的。罗门引起诗坛强烈反响的《弹片·TRON的断腿》更是用"子弹跑直线"来描绘出越战中"十二岁的TRON"惨遭不幸的悲惨画面。

"战争走过的土地/过重的坦克与炮弹/压出来的是血泪/文明叫嚣的大都市/过重的钢铁与建筑/压出来的是冷漠"（《爱荷华印象》），战火中幸存下来的人，尤其是放逐漂流在异乡的人，不免陷入无边的孤寂、荒凉、失望与迷惘。罗门广为人称道的精品诗作《流浪人》中，影子是水手唯一的伴侣，"安娜近得比什么都远"，事实上以象征手法表现的正是劫火之后如同"失乐园"人生的无端漂泊与感伤——

……
明天　当第一扇百叶窗
将太阳拉成一把梯子
他不知往上走　还是往下走

卡莱尔评论："席勒的主要特点是具有骑士精神，即歌德所说的'自由精神'，为了自由，永远挣扎向前，正是这种精神使席勒写出了《强盗》。"[①] 套用这一评论，可以说，罗门成为"都市诗人"的代言人，其实正有着这样的"骑士精神"。他写悲剧，写痛楚，写惶惑，写怀疑，有戏谑，有反讽，更有满满的审美情怀、语词艺术。他不断地舔舐着战争带来的创伤，向读者展露其含泪的苦涩的微笑。战争带给诗人的苦难记忆是无处不见的，但诗人"永远挣扎向前"，如《车祸》：

他走着双手翻找着那天空
他走着嘴边仍支吾着炮弹的余音
——《车祸》

又如《子弹·炮弹·主！阿门》：

一群子弹与炮弹

① 《卡莱尔文学演讲集·第十二讲》，桂林：广西师范大学出版社，2005年版，第209页。

从伤口不停说出
上帝听不进去
也不爱听的话

子弹与炮弹是他的梦魇，是他生存于日渐发达的工业社会不尽的悲伤记忆与深刻的忧虑。

二、作为符号学的上帝

罗门的夫人蓉子也是蓝星著名诗人，出身基督教世家，正如评论家所说："基督教家庭的影响，宗教文学、宗教音乐的熏陶，使蓉子的早期诗歌充满了宗教色彩、向上向善的精神和布爱于世的道德理想。"[①] 林海音在《剪影话文坛》一书中描述了罗门与蓉子的婚礼，"把江南女儿交给了小老广罗门"[②]。蓉子信奉基督教，这无疑影响到罗门的诗风。但通过考察、研究我们发现，罗门的诗歌密布上帝这类宗教符号，但更多是采用一种艺术旨意与反讽，与一般的基督徒是有别的，与夫人的歌颂也颇多异趣。他更多时候是对上帝的诘问、寻觅甚至是怀疑，他似乎看不到上帝的面孔与出手，看到的更多是上帝的沉默不语与冷静旁观。所以罗门多以一种反讽甚至戏谑的手法来表现他这一宗教选择与指向。当然他并没有叛教与违规，他的反讽、戏谑是基督徒们常有的，是一种带有西式的、"牛油味"的幽默，这出自善意与期待，并不忤逆信仰。福音歌有："赞美上帝我愿声高，声由心起直达云霄，默思主性，细察主工，赞美为始，欢喜为终。"罗门的上帝信仰都带有这种"欢喜为终"的幽默审美情趣。他与蓉子的结合是他诗作多带有上帝元素与符号的重要原因之一，但他的超现实主义诗风，则将这一信仰多作为一种符号学、表现主义的艺术象征手法反复运用。试看《礼拜堂内外》：

……
迷你裙短得像一朵火花
一闪　整条街更烧了起来
行人发呆成风中的树
而对街过来的柯神父
谁知道他双目提着两桶水
还是两桶汽油

① 曹惠民：《台港澳文学新编》，上海：复旦大学出版社，2013年版，第104页。
② 林海音：《剪影话文坛》，北京：中国友谊出版社，1987年版，第121页。

类似这样的幽默，遍布他的"城市诗"中。而在战争题材中，上帝更是悲剧的反衬与见证——"而神父步红毯/子弹跑直线"（《弹片·TRON的断腿》）。最刚健有力、代表罗门战争题材诗歌艺术最高水平的是他的《麦坚利堡》以及续篇《一直躺在血里的"麦坚利堡"》。如其自叙："我五十年（按：1961年）到菲律宾去访问，写了一首《麦坚利堡》，表现第二次世界大战，死在太平洋中的七万美军的悲惨情景，因思想性的加强，语言的功能与活动的趋势，便也加强。于是一种偏向于现代艺术表现主义的技巧，便自然地潜进《麦》诗中来。如诗中的'战争！坐在这哭谁，它的笑声，曾使七万个灵魂陷落在比睡眠还深的地带……太阳已冷，星月已冷，太平洋的浪，被炮火煮开也冷了……血已把伟大的纪念冲洗了出来……太平洋阴森的海底，是没有门的……'这首诗后来获菲总统金牌，确对我创作带来一些激励作用，使我也大胆地将诗推入更深广的精神层面。"① 罗门这首战争题材的长诗在国内外影响很大，四川诗人流沙河就是阅读了罗门这首诗后受到震撼，1987年五月率中国作家代表团访菲间隙专程去墓园徘徊过。② 笔者也多次当面听流沙河先生讲述。罗门类似题材创作的艺术成就一如高肯（W. H. Coheu）博士评论："罗门是一位具有惊人感受性的与力量的诗人，他的意象燃烧且灼及人类的心灵，我被他诗中的力量所击倒……"③ 大陆学者也就此多有评论，如对《麦坚利堡》："在诗中，罗门对战争的两个方面，即痛苦与死亡和伟大与神圣，进行了审视，认为战争是人类社会的一场伟大的悲剧，战争造成的苦难不应当重复出现，人的存在和尊严必须得到肯定。"④ 美国女诗人K. 希尔言简意赅："罗门这首诗具有将整个太平洋凝聚成一滴眼泪的那种力量。"⑤ 以上都是很有见地的论断。罗门控诉战争，也祭奠英雄主义精神。他的艺术表现手法几乎无一例外地引述上帝这个符号来加以映衬表现，从而达到他"灵视"的超现实主义境界，增强艺术表现力，同时使反讽艺术给予诗歌更多的后现代意味，如"在死亡的喧噪里/你们的无救/上帝的手呢"？结尾写到——

史密斯　威廉斯　当落日烧红满野芒果林于昏暮
神都将急急离去　星也落尽
你们是哪里也不去了
太平洋阴森的海底是没有门的

① 《罗门诗选》，台北：洪范书店，1984年版，第11～12页。
② 详见杨然：《一个中国诗人在麦坚利堡》，《牡丹》，1988年第6期。
③ 《罗门诗选》，台北：洪范书店，1984年版，第14页。
④ 朱徽：《罗门诗精选百首赏析》，成都：四川文艺出版社，1994年版，第111页。
⑤ 朱徽：《罗门诗精选百首赏析》，成都：四川文艺出版社，1994年版，第111页。

他通过反讽的艺术来加深体现他这首长诗的题语："超过伟大的/是人类对伟大已感到茫然"。故此"神"在他笔下，也就是"人类"中一员，形象是很鲜活的，也是相当无奈的，只有通过灵视才能看到他，而神也"急急离去"，可见那种荒凉寂寞的永恒，是任何人神都无法忍耐的，只有死亡，才那么真实，那么永恒。这一符号学式的表现，几乎贯穿罗门所有的战争题材诗作。即使他时隔二十九年后（1990）旧地重游，再次到达"麦坚利堡"，仍难按心潮澎湃，写下长诗续篇《一直躺在血里的"麦坚利堡"》，仍然以宗教符号"灵视"的意象、反讽的手法来结束——

其实一直躺在血里的麦坚利堡
你只是一片白茫茫死不了的死亡
一盆开在时空之外的盆景
要放只能放在上帝的窗口

这种苦涩的戏谑与悲剧幽默，是欧美现代派诗歌中常见的手法，弥漫着现代与后现代的气息。如布莱克的诗句："上帝出现了，上帝就是明灯，/留驻在黑暗中可怜的灵魂面前。"金斯伯格评论说："这句话更具有金刚乘的精神。那的确是无辜的天使在吟诵：达－达－达－达－达达－达－达。……它却十分明显地暗示了事物的轮回循环。"[①] 在罗门这里，如前所述，"禅悟中的实视空间"的确是他追求的诗歌艺术的所谓"第四个空间"。神、上帝、神父这些指称书写，无疑都是他的"灵视"的符号学表现与会心。早在文艺复兴时代的诗人塔索就有这样的表达：

他看到兵器寒光逼人，战神施展
淫威，而爱神也紧随着露出容颜。[②]

据研究"反讽"艺术的学者讲："在西方文化史上，被揭示出来的'反讽'传统是从苏格拉底开始的。"[③]"反讽并不仅仅是一种修辞，它是一种具有世界观的深度和广度的思维方式，它的天敌是一切教条主义、一切企图确定的确定性、一切企图完成的完成性、一切企图封闭的封闭性、一切企图永恒的永恒性。"[④] 深刻的怀疑，对荒诞性着重的诘问与表现，是罗门对于一切西方资本主义以及岛上"宏大"建构的基本态度。在长诗《板门店·三八度线》中，他

---

① 金斯伯格：《俳句、克鲁亚克的即兴之作、禅宗对句……布莱克的预言集萃》，文楚安等译：《金斯伯格文选——深思熟虑的散文》，成都：四川文艺出版社，2005年版，第161页。

② 《卡莱尔文学演讲集·第十二讲》，桂林：广西师范大学出版社，2005年版，第4页。

③ 陈国强：《反讽及其理性》，成都：巴蜀书社，2008年版，第174页。

④ 陈国强：《反讽及其理性》，成都：巴蜀书社，2008年版，第175~176页。

同样频繁使用宗教的“灵视”意象，来体现反讽而终至悲剧的力量——

……
养伤的土地
住在伤口里
上帝太远不能来看它
连田园和牲口也不来看它
一个美国兵守它
守了三十六个月
回国后　也不再来看它

并与《麦坚利堡》等诗作基本异曲同工的结尾——

在用不着开枪的几公尺里
几个没头没脑的北韩士兵
不知为什么傻笑了过来
上帝你猜猜看
它是从深夜里掷过来的一枚照明弹
还是闪过停尸间的一线光

笔者台湾文友刘正伟先生与罗门是忘年交，据他透露罗门晚年成为虔诚的基督徒。我想这正如众所周知的达尔文、黑格尔等人一样衰年的宗教回归，但这丝毫不影响他们年轻及壮年时代写下的那些具有充分创造活力与怀疑、探索精神的历史巨著。

三、战争苦难书写中的世界气息

如前所述，罗门所谓“都市诗人”的创作中其实无不潜藏着战争的苦难记忆与现实的警惕甚至是惊悚情绪。他但凡触及战争苦难的主题，往往下笔不休，多是多节长诗，且有续篇，显然这种“大战”的苦难记忆的确铭心刻骨，是他写作激情与“精神世界”的“原子能”。诗人经历过的是一场世界大战，一场浩劫，而采用的艺术形式是西化的现代诗，与蓝星诗社其他诗人相比，他的诗作很少中国古典的直接引用化用，在他诗中几乎看不到他对历史上那些诗骚文豪的称道。但这不等于他的作品中没有传统意象。如他自己所述，“穿越‘传统’与‘现代’，进入此刻全主动性的‘我’的发言‘位置’——也就是进入新创性的语言环境，使现代诗不但呈现出不同于古诗人的心境，而且也呈现出语言活动的新的形态与秩序感来。诚然，一个优秀的现代诗人与艺术家应该是有魅力将‘古、今、中、外’压缩且溶解入自己这一瞬间的绝对的‘我’之中……”[①] 在语词中追求现代感，追求古今中外高度融合的世界性与独特性。虽然少有传统中国古典内容形式，罗门的诗作仍是典型的现代白话自由体中国诗，他以口语化的非常自然流畅的表现以及作为一名中国人的细致入微的感受，侧重体现人道主义关怀与自由精神，揭露战争的残酷、灾难以及沉重代价，从而通过写诗去“追踪人的生命”[②]，实现悲剧审美传达。他的诗在书写战争创伤与惊恐情绪方面，整体而言是其他台湾现代派诗人成就所不及的。虽然他用典与用语多系“洋派”作风，但这与战争的背景是相吻合的。如长诗《火车牌手表的幻影》，表现对战争心有余悸，即便一只战时制造的手表也能引发痛苦的回忆——

……
横尸满野
表面是透明的坟
连岁月死去苦脸
都可看见
长短针刮不尽漫天的风雨
叶随弹片落
天随炮声暗
晨光用泪来白
晚霞让血来红
夜一直哭着睡
……

言浅意深，如其诗尾自注：“进入‘时间’沉痛的呼吸之中。”[③] 同样，“旋转不成溜冰场与芭蕾舞台的远方/便唱盘般磨在那只断针下”（《弹片·TRON的断腿》）。甚至连《茶意》这么悠闲的题材，也一样体现出战争苦难的沉痛：

一声惊叫
沉在杯底的茶叶全都醒成弹片

只有亲身经历过残酷战争的诗人，才能发出这样几乎“神经质”的联想。

---

① 《罗门诗选》，台北：洪范书店，1984年版，第8页。
② 《罗门诗选》，台北：洪范书店，1984年版，第4页。
③ 《罗门诗选》，台北：洪范书店，1984年版，第248页。

诗人题语“茶！你靠乡愁最近”，战争的后遗症还连着无尽的漂泊，连着回不去的“铁丝网”。罗门在诗中常常刻意渲染都市的繁华摩登、眼花缭乱，同渲染神无处不在的影子一样，都构成现代派诗特有的象征与反讽的艺术张力。在语词方面，追求简洁、有力、传神，特别表现其“实视”与“灵视”结合的世界。罗门自己也曾入伍受训服役，然后经历战败，体验绝望、漂流困守海岛，这都令其战争诗作趋于悲观的调子与路径。“静静地，我的骷髅咧开嘴笑着示意。”“与狂热相伴最终抵达坟墓，/这里我们在冰冷中下沉，和坟外一样/没有朋友，无人相伴，孤孤单单。”“如在黑暗降临的湖面，是灯火盏盏，让城市飘荡起伏。”[①] 如果不注释这是美国诗人金斯伯格抄录的他父亲生前创作的诗句，我们会以为同样出自罗门笔下。由此可见罗门所受欧美现代派诗尤其是战争一代的影响，是显而易见的。有所不同的是，罗门的痛楚是一名中国人的痛楚，其诗作是一名中国诗人的“世界之声”。如其创作所愿：“他最了解自由，对世界怀有全然开放的心境，拥有辽阔的视野，守望着一切进入理想的世界。”[②] 其记录第二次世界大战七万名盟军官兵阵亡太平洋葬身地的代表作《麦坚利堡》，震撼人心。恰如黑格尔在《精神现象学》中所指：“这伦理实体的安静大地乃是一座坟墓，而史诗式英雄人物对它的破坏，正是一种掘墓行动。这坟墓由于活生生的掘墓人物的牺牲和破坏行动而洒上了鲜血，从而有了生气，唤醒着那业已死去的、而渴望着重获生命的精灵，使它们在自我意识的行动里获得了生命。”[③]

罗门战争题材诗作对读者而言截然不同于我国传统诗歌，甚至不同于他同时代的台湾现代派诗人作风，他那种尖锐的表达手法与“实视”“灵视”高度结合的想象力，呈现出鲜明的悲剧审美特色。他比较“陌生化”的表现手法，也许一方面是他诗歌受众的局限性所在，而另一方面，却也是他坚守一名中国诗人的理想信念，勇于创新、勇于走向世界的追求成果，相信随着时间的流逝沉淀，其诗作价值会越来越清晰地表现出来。

2021 年 6 月 15 日于四川大学新南村

---

① 文楚安，等译：《金斯伯格文选——深思熟虑的散文》，成都：四川文艺出版社，2005 年版，第 227 页。

② 《罗门诗选》，台北：洪范书店，1984 年版，第 2 页。

③ 黑格尔：《精神现象学·宗教》（下卷），北京：商务印书馆，2013 年版，第 243 页。

骆以军研究

“永劫回归”的历史与文学

——试论骆以军小说《明朝》

欧阳月姣*

摘　要：骆以军的长篇新作《明朝》采用了科幻小说的形式，而又不同于类型意义上的“科幻小说”。借用刘慈欣的《三体》世界观，骆以军用“降维”和“微缩”等概念来重新演绎了离散经验，串联起三个互为隐喻的意义世界：古典的明朝、当下的台湾、未来的“明朝星球”，每一个都是前者的虚拟仿真，或“赝品”，以此指涉当代台北人的存在状态，即“永劫回归”的体验。与此同时，这种科幻书写也事关文学本体，道出骆以军目前所面临的写作困境。

关键词：骆以军　科幻　《明朝》　虚拟仿真

自从出版近五十万字的长篇巨著《西夏旅馆》（2008）并于2010年斩获“红楼梦奖”首奖之后，骆以军已然成为台湾乃至整个华文世界里面最具重量级的作家之一。他以惊人的文字体量与细节肥大的文字密度，“乱针刺绣”式地展演了一个“漂泊的异化的空间”① ——旅馆，即外省第二代的原乡；又以“脱汉入胡”式的辩证法，将旅馆架空在短暂、瑰丽、妖异、疯狂又岌岌可危的西夏文明及其毁灭故事中，从而将外省离散经验提升至一种以书写保存逃逸轨迹的“游牧美学”的高度。这似乎已穷尽了“离散外省人”这一主题所能达至的深度，而又不止于此。正如有论者所指出的，终章里面主人公图尼

---

* 欧阳月姣，四川大学文学与新闻学院教师。

① 骆以军在访谈中提到，“‘旅馆’很适合让我在小说里表现外省人的概念。大陆人的原乡是完整的，而台湾人则有非常复杂的后殖民身份认同。……‘旅馆’就像我构造出来的乌有之邦，我要复原父辈们的故事，我的空间剧场不是马孔多（《百年孤独》中的小镇）也不是高密东北乡，而是‘旅馆’，漂泊的异化的空间”。参见丁杨：《骆以军：装在旅馆里的文学幻术》，《中华读书报》，2010年12月15日第9版。

克"造字"以为自身存在的唯一依凭的行动,"是一种与记忆斡旋的方式,因为(创伤)记忆既是对身份的威胁,也是身份从出的母体。因此,创造新文字同时是用以纪念此一经验,也用以使此经验不再会任意冲垮身份"[①]。"胡"与"汉"之间的辩证挪移,最终诞生的是在"人域"与"非人域"重建适恰关系之后的"后人类"(post-humanist)。

虽然笔者并不赞同图尼克所造之文字已经为他将创伤记忆凝固成型而不再干扰其新身份的看法,然而讨论人类生存根底的"胡汉辩证法"的确可看作《西夏旅馆》的叙事动力核心。或许可以说,外省第二代在生存体验上的悬置感和无归属感,使骆以军有机缘靠近乃至内化了自20世纪中叶的存在主义哲学以降、融合了生物学与世纪末开始普及的虚拟空间技术的"后人类主义"[②]思潮。因此也毫不奇怪,在《西夏旅馆》之后推出的长篇《女儿》(2014)被骆以军一再宣称是"AI少女机器人救赎之书"[③];《匡超人》(2018)则是在"破鸡鸡超人"与"美猴王"的互文中展开(总之都已非人类);而最新的《明朝》(2019)更直接以"科幻小说"的面貌问世,"我"将训练自己的AI机器人,在人类灭亡之后携带着虚拟仿真的文明之种,寻找并降落至遥远的行星展开全息投影的AI世界。

熟悉骆以军的读者不会为题材上的跳跃而诧异。因为在短篇集《降生十二星座》(2005)里,"我"早已游走潜入电子游戏的虚拟世界,为浑然不觉"身世之程式无由修改"而卖命与敌人对打的虚拟角色"春丽"落泪。这提示"我"不仅仅是外省第二代,也是赛博空间的原住民。在此意义上,《明朝》得以成为一种集大成式的"跨次元对话"——看似已凝固进"游牧美学"并暂且放下的离散经验,与借用刘慈欣之"二向箔"降维打击的科幻概念而衍生出来的表意系统,高度融合并且终结在一个"永劫回归"的姿势里。

---

① 廖咸浩:《如何延迟世界末日?经〈一座岛屿的可能性〉窥看〈风暴之书〉与〈西夏旅馆〉中的后人类视域及重返生命之途》,《中外文学》,2016年3月。

② "后人类主义"可以理解为对"人文主义"所建立起来的"大写的人"乃至人类主体的解构,"它无论在哪个维度上都或多或少地拒绝着那种建立在人文主义、宗教、解剖学等基础上的关于'人'的话语,并尝试从这种解构中寻找到通向新的研究方法的路径。……'人'的合法性的动摇,不仅仅存在于其文化建构中,更具颠覆性的是,它也表现在身体的自足与整一这个前提预设开始动摇了。赛博格最为清楚地呈现出了这一点"。对这一庞杂又几乎成为跨学科普遍知识的概念梳理,参见赵柔柔:《斯芬克斯的觉醒:何谓"后人类主义"》,《读书》,2015年第10期。

③ 黄锦树:《在自己的时差里:读骆以军〈女儿〉》,《中山人文学报》,2015年7月。

一

《明朝》令人吃惊地将整个叙事时空搭建在刘慈欣之《三体》的世界观架构里，并且不多做解释，仿佛预设读者已事先读过《三体》。在《明朝》的主线时空，人类文明处于三体人向地球发送“智子”后的科技封印时期，陷入“等待戈多”的无时间状态。刘慈欣是这个世界的先知，而《三体》小说则是一部公开的启示录——人们都知道等待在人类命运终点的将是来自更高级别的歌者文明的“二向箔”降维打击，太阳系会跌落至二维平面，完成一幅凡·高的《星空》巨画。撇开地球文明与三体文明之间斗智斗勇的大历史，骆以军修改了一处关键设定，即人类文明在终末降临前的科技实力并未能够造出“曲率引擎”，也就无法运用空间翘曲以进入光速而逃离被二维化的命运。最终，没有一个人能够逃离地球。“明朝”实验室于焉诞生，属于大规模的“人类灭绝远距投射文明”计划的一个团队，他们打算将“明朝”的文明全景微缩至 AI 机器人内部，让它经历漫长的宇宙漂流，最终能找到一颗行星登陆并展开“原始创世纪”程序运算，再现一个高度虚拟仿真的“后人类星球”。

这一关键情节修改完全转变了原本“硬核”的叙事格调。骆以军将《三体》所呈现出的那种“我们的征途是星辰大海”“人类的赞歌是勇气的赞歌”式的凌厉强悍的美学，降维打击至一种绝望的、“做出灭绝前孤注一掷，像雄蜂的死亡前射精”[①] 一般的颓废病态的末日图景，也是我们在《西夏旅馆》里早已熟稔于心的骆式美学。如果说《三体》的叙事动力是人类如何在与自身的理性和感性博弈的同时，竭力突围三体人的科技封锁、尝试解开宇宙的谜题之艰难自我突破过程，那么《明朝》却是将人类未来设置在回望过去的、恋物癖式的循环往复之中，不仅以一个颓丧的、怪异变态的“明朝”作为文明摹仿的范本，而且总是声称“我们是被设定好的存在，不能越过这个系统的界面”(P59)。

于是，小说的主线情节便围绕着“我”如何以仇英的画、成化斗彩瓷器、卡榫结构、《金瓶梅》《儒林外史》《本草纲目》……这一系列物质化了的明朝的精神文明遗产，来训练“我”的 AI 机器人，试图要让 AI 机器人理解“人情世故”，明白“这个文明的影影憧憧、人心猜疑大量的华丽辞藻都是废话，只为了掩护极小单元的欲望或实际利害”(P170)。因为，只有当 AI 机器人熟

---

① 骆以军:《明朝》，台北：镜文学股份有限公司，2019 年版，第 24 页。后文征引时只在引文后面括号标注页码，不再一一作注。

谙了人性幽微，并把这一切换算为程序数据，才有可能在后人类的"明朝星球"上做到完全仿真的"昨日重现"——尽管此时已不存在人类肉身。

在小说结构上，穿插在"我"的训练实验进程中，会时不时地时空跳跃至未来已开始运作的"明朝星球"，于是我们看到钱谦益、徐渭、李贽这样一些明末文人活跃其中，继承着投降、疯狂、杀人与自杀的遗传基因，以特殊的程序设置或根本是程序漏洞来维持着这个过熟以至腐烂的文明的循环。而小说中出现的另一些时空体及其中发生的事件则没有那么清晰可辨，它们有可能发生在未来的"明朝星球"、也可能是实验过程中作为实验体的"我"的脑中幻象、或可能是已陷落至二维世界但人们却不自知的地球（台北）世界。串起这些时空体和事件的线索，是一个不甚清晰的"我"（有时又是"他"）在当下台北城的种种生存体验，特别是文青圈子的人情往来与文坛的八卦秘辛，这些近似"私小说"的素材，全都碎片式地附着到小说里各处散逸的时空，与《金瓶梅》或《儒林外史》的大段征引交错成文，又或者与"明朝星球"的 AI 后人类故事重叠合影、难解难分。于是，故事永远讲述不完，总是无头无尾，总是回环往复地以不同面貌重新上演。这些碎片与其说是附着在叙事结构之上，倒不如说根本就是《明朝》的叙事内核，因为这个计划得以展开的基础，正是小说家"早已核爆多次的心灵"——当"我"被"无脸男"及其团伙绑架，将要成为"明朝"计划的实验体时，"无脸男"这样解释找上"我"的理由：

> 因为我脑中的运作模型，极似他们假猜、推想，像狂风乱吹的牛毛细雨、浮想联翩、无根可璞，但又奇怪的一旦那些蜷曲细丝附着黏在一起，会缠扰成一个多维的、孔穴难计其多的杂驳。主要是，这是一个"老人的脑"。我还不够老，但确实三十年来超额在头颅内秘境，过度引爆了太多次的核爆，那已是一坨"数百颗白矮星与黑洞混聚的宇宙鼠穴"（无脸男语）。哀感、怀念、记忆漏缺、对曾经造成伤害的人际关系的重新编织、反复重播、色情的累叠、让各种人说出心底埋藏秘密的聆听者天赋、内心小宇宙预演过太多次的文明灭绝恐惧、对每一个时光中发生过关联之人的情感固着、分离痛苦、彼此矛盾冲突的价值观却以发展各自在这无光之境里凿洞为穴……（P238）

这样能在脑中造出"多维宇宙"的"我"，便是"明朝"计划的"神选之人"。读到这里，期待一部真正的科幻小说的读者难免要大失所望，甚至大呼上当，这"数百颗白矮星与黑洞混聚的宇宙鼠穴"的大脑，几乎可等同于《匡超人》（2018）里面阴囊豁开一条口子下面那个难以愈合的通向"反物质或暗黑宇宙”的“破洞”[①]，也是一切意义或书写得以涌现的源头。甚至，“无脸男”就是“我”（也是“他”）（P248）的谜底随即揭晓，连悬疑的要素都被即刻清除，如此微小的叙事展开都要再度被折叠粘贴为一个无限循环的莫比乌斯环，小说彻底成为自导自演的絮语。就此而言，《明朝》根本不是一部类型意义上的“科幻小说”（例如《三体》这样的“古典主义”），而是从科幻类型里挪用了常见的“虚拟仿真”概念来指涉人以及人类文明的存在状态。

由此，叙事人称的跳脱（一会儿是“我”、一会儿是“他”）给阅读带来的阻力随即也消失了，我们又找回了骆以军一贯书写的那种“第四人称”（我是他者）的熟悉感：“小说中说话的‘我’其实已不是任何一个人，既不是骆以军本人也不是小说虚构的叙述者，而是‘它’，……‘它’透过各式杂交交杂的讯息与集体记忆述说着一种非人称（或第四人称）的话语；而‘我’不再是我，是由事件（八卦）空间与时间（记忆）叠层所共构的‘他者’。”[②] 正是这一个“我”＝“他”在不同时空体的块茎间游走逃逸，以叙述那些无头无尾的拼贴故事的方式，串联起了三个互为隐喻的意义世界：古典的明朝、当下的台湾、未来的“明朝星球”——每一个都是前者的虚拟仿真，或“赝品”。

二

骆以军借用《三体》的世界观，迷恋的其实是“降维”这个概念。小说开篇便是大段引用了《三体Ⅲ：死神永生》里面那段经典的降维景象：乘坐曲率飞船逃离地球的程心，眼见着太阳系在“二向箔”打击下跌落至二维平面，发现这正是一幅巨大的凡·高的《星空》。但在小说结尾，当“我”的AI机器人飞离地球时，回望看到的竟不是读过上百遍后熟稔于心的“启示录”里描述的《星空》，而是一幅“仇英的美人图”。当然，这个图景“我”已经看不到了，不过“我”也曾经将末日想象为“一张巨幅的水墨画”或“一幅狂草”——徐渭的《行草应制咏墨轴》。在一次时空迷乱的搭乘出租车旅途中，城市在“我”的眼前化为墨迹：

> 我这时把脸贴在我右边的车窗玻璃，认真看着外面，原来并不是我和小陆分手上车时，延续记忆的城市夜景，而是一整片像巨人从大气层洒下的墨，很难以言喻那种淡墨之底，层次渐变化、像疯子洒上的浓墨，

---

① 骆以军：《匡超人》，台北：麦田出版社，2018年版，第426页。

② 杨凯麟：《骆以军的第四人称单数书写（1/2）：空间考古学》，《中外文学》，2006年2月。

> 但又有极精细描上线条的更纯净的黑墨、周边以为是树木或墙垣的，是一种干枯毛涩之刷墨。说不清这是一个二维的景观？还是更高维（六维、七维）的墨取代了感官、物理学、城市建筑、立体纵深，甚或所有资讯的世界？（P217）

对于此种改写，有论者认为骆以军的末日图景的隐喻意义在复杂性和丰富性上面超过了刘慈欣，或许未必如此，但两者的差异总是显而易见的：刘慈欣的《星空》图景是直观的、唯物的，带着宇宙洪荒和人类渺小的对比敬畏；而骆以军的"美人图"或"一幅狂草"，是隐喻的、唯心的，一种"我心即我见"的明识，宇宙只在人的认识形态中坍缩或展开。更重要的是，"所有人还在其中活着，墨街道、墨大楼、墨地铁、墨机场、墨美军巡弋的航母群、墨超市里的墨葡萄、天空上飞的墨乌鸦……"（P217）如果说《星空》绚烂瑰丽的景象是铺陈人类毁灭之葬礼的盛大祭典，那么水墨画里则世界一切如常——"严格说我们都是一些墨"（P218）。"降维"不再是死神的先导，而是生存的常态。

更甚者，借着"我"的AI机器人之口说出："世界本就是一张全息图。"（P283）我们认为真实生活的现实世界，很可能也来自宇宙另一维度的投影。顺着这一思路，骆以军触及并延伸了"文明"背后的存在论认知，即"我不必是我"（P284）。个体的肉身必然死灭、腐烂、消失，为此，过去的人类发明集体的"文明"，以集体的肉身来抵抗个体必然的死亡，如今则更进一步将集体的肉身数据化，发送至另一行星展开全息投影，赛博时代不再需要一个观看主体"程心"，或宇宙中散落的未被消灭的代表着希望和未来的人类个体肉身。即使在地球上，人类也早已经在二维世界中以"一些墨"的形态生活，这是完全不同于人文主义的"大写的人"的后人类图景。"美人图"或"一幅狂草"是真正的绝望之画，它没有未来，只有过去，没有启蒙主义的"头上的星空与心中的道德律"，只有被投掷到时间之外的陷入永劫回归的"人"的赝品。

实际上，对"降维"及"全息投影"叙述的迷恋，在《匡超人》（2018）里就初露端倪，骆以军非常醉心于描述《儒林外史》或明代釉彩瓷瓶上的古代男女，如何近似于"我在台北，这些年鬼混的、认识的人"[①]，或"其实我们只是宇宙外缘的二维全像摄影的3D投影幻觉。这个'活着的时空'，其实只是一个漆黑电影院里的投影幻觉。而且没有半个观众，包括我们，其实都

① 骆以军：《匡超人》，台北：麦田出版社，2018年版，第252页。

已经死了"[①]。在此意义上,《明朝》的整个架构,很可能就是在"我们以为是活生生的时间,其实是赝品的二维世界"[②] 这一个主题句下堆积搭建起来的,更进一步,便具象化为一颗"明朝星球"。笔者曾经探讨过,《西夏旅馆》的独特性在于将外省人的生存经验上升到一种审美的、哲学思辨的层次[③],但毕竟,"西夏"的指涉已近乎明喻——"为什么你谈到的'西夏最后一支亡命的骑兵队',让人很容易联想到国民党垮台之后逃到台湾的外省人?"[④] 到了《明朝》,外省人的痕迹越来越淡,甚至只在非常小的一页篇幅出现了外省老人回忆小时候经历大迁徙和"二·二八"的些微回忆,以及在小说的另一个角落提到"我"带外省人父亲回大陆寻亲的一个梦境。一方面,外省人书写的含量已经降低到微乎其微,甚至难以注意的程度;而另一方面,外省人经验却于无声处渗透到叙事的毛细血管与内在肌理之中,不再像《西夏旅馆》这样无法摆脱一个明喻。也就是说,与从"西夏最后一支骑兵队"联想到"逃到台湾的外省人"不同,《明朝》里面没有任何一种叙述或一个事件存在着这样直接的对应关系,而是将外省人经验整合为科幻领域的"降维"的概念,并据此衍生出的一系列话语链条——二维平面、无时间感、投影幻觉、赝品——这一切都可以视为"国民党垮台之后逃到台湾的外省人"在返回故土的幻想破灭以后,切实又科幻的生存体验。

与"降维"带出的这一系列话语链条相关的另一个关键词是"微缩"。人类抵抗文明消亡的办法,是将"明朝"的整体物质精神文化,都数据化并缩小至一个 AI 机器人身上,由它携带这些集体记忆穿梭到遥远的时空去开枝散叶。小说里对这一行为模式,还嵌套了一个多次出现的、更为具象化的表征,那就是"寿山石"。"我"的一大爱好便是收藏各种寿山石,并且在被"无脸男"绑架以后,身上仍然怀揣着三颗雕工精致却并不怎么值钱的寿山石,在寂寞的囚禁时光,为它们上油,细细揉搓。这一行为随即衍生出色欲化的回忆联想,即"我"与一个无名女孩的多次旅馆幽会,于是,揉搓寿山石与揉搓女体的莹润感合二为一。在小说伊始早已说明,寿山石是由宋至明文人流徙过程中诞生的"微缩文明"的物质结果,"诸神走下神坛,微缩于掌中"(P13):

> 明亡灭后,那些悲恸、羞耻的文人,把这种微缩的神佛、菩萨、罗

---

① 骆以军:《匡超人》,台北:麦田出版社,2018 年版,第 265~266 页。

② 骆以军:《匡超人》,台北:麦田出版社,2018 年版,第 394 页。

③ 参见欧阳月姣、邵燕君:《月球·西夏:"异托邦"叙事与"游牧"美学——解读骆以军》,《当代作家评论》,2015 年第 1 期。

④ 骆以军:《西夏旅馆》,台北:印刻出版社,2008 年版,第 421 页。

汉，握在单手掌间把玩，变成一种奇异变态的集体——自慰吗？一种自我，投射到天地（想想仇英那幅大山之下，小小的文人，那像在永昼的死亡之境里，一种被巨大的精神性依托给遗弃了的寂寞神情），然后，咻，变成掌中握住的小小的，被老虎咬耳环戏耍而一脸无奈的，那些惫懒再无东西可抛弃的罗汉雕像，活灵活现，而石头正是那晶莹如冻的，如出水芙蓉、如蒸栗、如鱼脑、如水晶、如美人肌肤的小小寿山石哪。（P14）

寿山石中微缩的神佛，像女体一般在文人掌中狎玩，非圣非俗，朦胧暧昧，文明传承由此被降格为一种自慰行为，自然让人联想到20世纪中叶类似明末的那场跨海大迁徙，离散的人们试图在岛上建立起一个等比例微缩的中国文明，其结果也只是如寿山石般的“赝品”，沦为心理自慰而已。所谓“明朝星球”的计划，正是此种赝品微缩文化遗传给后代的合理思维结果。也无怪乎，“‘投降的哲学’或是必须植入、携带的资讯档”（P32），“后人类星球”也不能免于命运的轮回，所谓太阳底下无新事，“明朝星球”的AI后代，也注定“用最华丽的阵仗，演出最滑稽的灭亡”（P278）。《明朝》投射出的历史意识，正可谓对此种携带微缩文明出走妄想的一曲亵渎的挽歌。

三

“降维”与“微缩”的历史意识，相比《西夏旅馆》的“游牧”与“造字”，有着显而易见的世纪末情绪。如果说图尼克造字是在“人域”与“非人域”之间重建存在的可能性，那么“明朝星球”仿佛在印证宿命轮回里的一切挣扎都只是徒劳而已。为什么图尼克身上那一点点“胡汉辩证法”的积极性，也在骆以军的叙述中淡化消失？

一个颇有启发的思路是黄宗洁提出的，小说家在文坛的种种人事纷争和各方对自身的批评误解中，对于由文学抵达人心理解的信念产生怀疑，以及对于自身“私小说”写作路径之有效性与合法性的信心开始动摇。被“降维”的危机感如此强烈，因为这种降维打击直接指向了他长久以来奉为圭臬的文学实践：“骆以军透过他最熟悉的私小说形式，来思考私小说写作究竟在哪个环节上出了问题，导致它的‘被降维’。换言之，《明朝》某程度上，是小说家对自身写作历程所导致的种种争议之盘点，对于‘我’所相信的美学、价值，何以总是被折曲到不同维度，而使得相互理解之不可能的思考、回应与辩解。”[1] 悲剧的是这种辩解的无效性,《明朝》出版后在台湾文学界引发的意识形态和文学伦理的争辩显然再度坐实了骆以军的文字被理解之不可能,竟构成了文本之外的另一层“永劫回归”——难道他的写作本身,也沦为聊以自慰的“寿山石”了吗?

历史的与文学的宿命论在此合二为一。《明朝》里卷帙浩繁地大段征引《金瓶梅》《儒林外史》《牡丹亭》以及反复铺陈明末人事、当代台北男女与“明朝星球”AI后代故事的量子纠缠,繁复编织的文学语言里面充斥着的是作为万物之源的叙述者“我”对人心人性的病态耽溺,一种既沉浸、眷恋、厌倦又无从解脱的矛盾情绪。为什么是“明朝”?小说家给出的答案是“怪”与“变态”,然而明朝并不必然如此。小说中“明朝”实验室的工程师们曾经集体弹劾“我”,因为“我怪异偏执的口味,输入这只机器人脑中的,尽是李贽、徐渭、汤显祖这些疯癫混乱的程式大数据”(P313)。他们抗议这根本就是一颗“暗星”,提议应该加入方孝孺、张居正、戚继光、袁崇焕这些正面人物,然而“我”对调查此事的总策划如此陈述了“我”的历史观:

> 所谓历史,正因它压制了那些不得撑涨张开的许多可能性,它们成为折缩在极小的多维时空的震动,像夭折的种子、蓓蕾、胚胎。一旦得以窜涨演化,它们必然将差异者灭掉。这是没有办法的事。主要是时日无多了。(P313)

随后“我”清洗了这些异议者,固执地把他们编写的程序删除。命运的惩罚随之而来:“我”的AI机器人上吊自杀了。这是整部小说里最为忧伤的情节,骆以军以极尽夸张铺陈的笔法,描述这件事对“我”的打击远远超越了人类历史上那些最可怕的天灾人祸,因为“我”在无法抑制的眼泪中认识到自己对AI机器人已经有了“那么深的爱”(P290)。这份“爱”是小说中唯一的、完全不含任何欲望或猥亵的感情。此刻,“我”像是面对孩子尸身的“哀恸丧子的失语老父”(P297),承受着被遗弃的巨大痛苦。在《明朝》的叙述中,“我”亵渎神佛、女体,沉溺于那些杀妻乃至自杀的疯癫故事,但只要是“我”的AI机器人出现在叙述中的时候,氛围始终是少见的温馨。前面提到,AI机器人与寿山石具有同构关系,都指涉了微缩文明这一行为,然而小说家叙述AI机器人的态度显然与揉搓寿山石全然不同。相应地,小说里最为抒情的部分是AI机器人向“我”朗诵自己创作的一首“孤独机器人之诗”:

> 请记住这个星球没有大海,

---

① 黄宗洁:《骆以军〈明朝〉中的科幻叙事与美学想像》,《台湾文学研究丛刊》,2020年8月。

所以
没有鲸
没有海啸和它离开后趴睡沙滩的尸体
没有奴隶船
没有烈焰如夜玫瑰
自杀飞机撞上航母的人类古怪剧场
没有鲁宾逊，
没有虎克船长，
没有阿兹特克人的灭绝。
没有贝壳
没有肚子剖开全是绳网塑胶袋浮球的双髻鲨
没有头顶点一盏小灯的鮟鱇鱼
没有潜艇里幽闭恐惧症，集体疯掉的俄国水兵
没有铁达尼号那上千个惨呼下沉的富豪仕女

请记住
没有岛
没有远方飘来的玻璃瓶和瓶中信
没有神灯塞子拔开烟雾涌出的巨人
没有那些小骚娘们名字的台风
没有海底整批沉船的龙泉青瓷
没有精卫这种鸟
也没有如意金箍棒
没有奥德赛
没有美人鱼的眼泪
没有泄漏而整片礁岩丑陋黑亮的污油

“不是的，
为什么这个星球没有海洋?”

那个挖开的洞
是否成为一个抽空的不存有
变成一只“反时空陀螺”
它被放进去掩埋后

当然在里头腐烂许多部分消失
也就是一部关于遗弃的灵魂史，
很奇怪的
分散到那个画面里，
几个脑额叶的内部
反而他们各自存在在那黑狗脑中的存有
永远消失了
他想
那只陀螺将他们带进一个无法猜想虚构的反时空（P171～173）

通篇的“没有……没有……”将人类文明置于一连串的否定句之下，是时间完全消失，对于被抽空的“无”的哲学思辨。“不是的，为什么这个星球没有海洋”很像是“我”的插问，然而随之而来的回答十分晦涩又令人费解。我们或许只能把“洞”“脑额叶的内部”这些意象联系到那个经历“太多次核爆”后的“老人之脑”来理解，也就是书写和虚构的源头。但也有可能只是骆以军一些惯用的文字游戏，或者甚至是模仿AI写诗的意象堆砌而已，无须过度深究。关键在于，这首诗出现在小说中段，其格调和抒情对象完全不同于“明朝”的主题，其实已经预示了“我”与AI机器人之间终将到来的冲突。对于“我”所浇灌的那些“人情世故”，AI机器人不感兴趣，当然最终也就不堪重负。

AI机器人的诗和自杀仍然可以从历史的和文学的两方面来探讨。如上所述，“孤独机器人之诗”反映出的是对人事的厌倦，和对更广阔的世界观的向往，但在初露苗头的时候就被“我”这个“老父”扼杀，又接着回去灌输《儒林外史》。而AI机器人的上吊自杀，是在“我”梦见带父亲回大陆寻亲的情节之后，当“我”醒来便发现了“孩子”的尸身。这里形成了一个显著的对应结构，即“父与子”——“我”与AI机器人的关系，也可说是父亲与“我”的关系的虚拟仿真。当“我”抚尸痛哭：“如果我们不是在这个‘明朝’计划，那该多好?”（P293）这完全可以置换为外省第二代的“我”，在内心深处渴望父亲能对“我”说出的，“最简单的爱”（P293）。也就是，放弃这个等比例微缩文明的计划，“遗民不世袭”，让后代免于历史的重负。“父与子”的隐喻不仅仅是历史的父子相继问题，也事关创造者与被造物。在AI机器人死后，“我”每天背负着这个自杀的孩子，带着它勉强修补破损的躯壳去喝咖啡、晒太阳，然后面对那些眼神嫌恶或骇怪的路人，发出一段终极感慨：

你们这些废人、蜉蝣、短讯息生命体会者，哪里知道曾经在它脑海中，流过的巨大讯息之海。它根本与我们无关，完全无需为我们这低等物种的灭绝而形成那一切，承受那一切，但是我和另一群狂人，我们被一种像鸡蛋失手打碎在碗里，碎蛋壳、蛋清、蛋黄全混淆搅在一块的，人类文明“超越”抑制，和这个我们也将无可奈何随整体一起消灭的恐惧，这混在一起了。我们傲慢的觉得自己发明了一个，可以突破这个文明，“层层累聚阴影下望”的缠缚，不见光的暗魅、奸猾机巧，我们可以透过某种铤而走险的，像高僧繁琐打手印之密法，瞒过死神之封印，创造一个“时间完全消失”，不存在之在的存在。(P298)

这个瞒过死神之封印的“不存在之在的存在”，或许便是文学；“铤而走险”的创造，便是写作本身。然而，这个“孩子”还无需等待文本之外的批评或质疑，它已经在文本之内先行自杀了。这是骆以军对于写作本体的“永劫回归”之判决，但完全不见“寿山石”般的狎亵和自慰，只有沉痛的、“最简单的爱”。

《明朝》因此是事关历史意识与文学本体的写作，所谓“科幻”，其实只是为固有的骆式美学提供了话语的增殖，就像小说快结束时提供的杜丽娘故事的“赛博版本”阐释，《明朝》也可谓骆以军对其长久以来的历史观和文学观进行了一次科幻演绎。如此说来，似乎扔掉“科幻”设定，故事也仍然成立。不过，骆以军的写作在乎的从来不是故事，毋宁说，故事是他写作的数据库，这些故事对熟悉骆以军的读者来说也早已不陌生，阅读其实是在欣赏讲故事的技艺。因此，“科幻”为骆以军的写作带来了一套有效的语义体系，前述分析的那些科幻概念为他经常操演的那些裂解的时空和芜杂的脑洞提供了更为可靠、更为合理的黏着的可能性，无论“这些材料究竟是填充性的，还是如他的理想读者说的本质性的”[①]，它们都在《明朝》的叙事中完成了一个量子纠缠的世界。那么，这种写作的自我封闭性也是明显的，因为我们不可能在“永劫回归”的世界里追问故事的结局，或叙事的意义，有的只是文字的增殖，带我们游历“那虚无生出虚无的地方”(P292)。对于骆以军的写作来说，可能最大的挑战是在“无中生无”的炫技中，如何贴近“最简单的爱”，而不是自恋，或如他自己所说的，“傲慢”。

① 黄锦树：《在自己的时差里：读骆以军〈女儿〉》，《中山人文学报》，2015 年 7 月。

“各自孤独”：论《遗悲怀》与《蒙马特遗书》的对话

祁　玥*

摘　要： 本文以台湾作家骆以军的《遗悲怀》与邱妙津《蒙马特遗书》的对话书写为中心，指出《遗悲怀》的叙事动因与情感焦点主要集中在“时差”之存在所引发的憾恨，由此带来作为弥补的“追及”书写。具体从以下几个方面展开讨论：从个人到族群、代际所受“伤害”的历史连续性，遗书作为时间之外一种“末日宫殿”的自我构建性，以及双方最终聚焦于“死亡”的思索。以此揭示《遗悲怀》试图克服“时差”、重启对话的努力，因上述种种隔阂，作者终究难以触及抒情对象，乃至达成族群和代际间更多层次的相互理解，只能“各自孤独”，以向内开掘的自白方式叙写心迹。

关键词：《遗悲怀》　《蒙马特遗书》　时差　对话　追及书写

一、重启对话：骆以军与邱妙津

20 世纪 90 年代以长篇小说《鳄鱼手记》及短篇小说集《鬼的狂欢》登上台湾文坛的邱妙津，于 1991 年台湾大学心理系毕业后赴法留学，就读于巴黎第八大学。彼时台湾读者仍然对这个初露头角便展示出不俗文笔、才华横溢的文学新星充满期待，却在 1995 年骤然听闻她在巴黎以利器刺入心脏自杀，二十六岁的生命未待绽放便以惨烈的方式猝然终结。消息传回，震惊了台湾文坛，不久《鳄鱼手记》获得“时报文学推荐奖”，更是掀起了一股同性恋文学的讨论热潮。1996 年，由她生前写给女友，后经友人整理、辑录而成的《蒙马特遗书》在台出版，文字中蕴含的能量更使其一问世便引发震动，不仅被同性恋群体奉为人人必读的内容，其对一代台湾文学青年的影响，在同辈

---

* 祁玥，北京大学中文系博士，上海科技大学人文科学研究院讲师。

作家骆以军看来更是"深海下面一座火山的爆发且瞬间将自己吞噬进一个既塌缩（因为死亡将绝对时间吞噬而去），却又暴涨的宇宙（透过这本应在决定自死之前一段时间，以一封一封体例严谨分章节的'遗书体'，像巴洛克音乐赋格展示一个青年艺术家关于爱、遗书、伤害、纯粹或是对创作的意志之星空描图……）"[①] 是一部"出自一个二十六岁，挟带了90年代台湾文学菁英的'现代艺术文学之创作（而非改良）刍议'"[②]。全书由首尾两篇"见证"及二十封书信集结而成，以第一人称倾吐着最幽微细腻却又狂热迷幻的爱恋思索，对灵与肉、爱与痛的纠缠飞升与爆裂失落做着深刻的剖析与自白。

2001年，骆以军以邱妙津为对象写就《遗悲怀》，意图展开"小说之于自杀之黑洞的辩证"[③]，与《蒙马特遗书》直接对话。全书由九封信、五个故事和三个梦穿插而成：书信的倾诉对象"您"是逝去的邱妙津，而故事与梦境的主人公是当下的"我"，对话、说书、讲故事与自白交错，被评论家王德威称为心目中"新世纪台湾小说第一部佳构"。书名"遗悲怀"借用了安德烈·纪德悼念亡妻的文集之名，也是邱妙津生前五年内的床头案牍之物。骆以军以纪德追思感怀、充满情感动能的作品为互文本，将邱妙津作为抒情对象，来遣尽自己关于时间、生命、爱与死亡的思考。

部分评论者将骆以军的写作视为亡灵身后的"接力"书写，但在笔者看来，仅仅视其为主题的延续"接力"是不够的。一方面，这一定程度上消解了邱妙津其人其事在《遗悲怀》中的重要地位与叙事功能，恰恰是因为邱妙津之死无法被轻易超越、"接力棒"并没有那么容易到手转而可以将前人往事抛诸脑后继续前行，小说才不断通过回忆重返其人其事，且愈发强调一种无以纾解的郁结。另一方面，在笔者看来，"遗悲怀"的过程不是对抒情对象重重拿起、略表哀思，最后又轻轻放下、转而叙说自我的超越——与"接力"相反——恰恰是对抒情对象的转身"追及"：具体表现在对于"我"与"您"之间"时差"的不断强调，以及希望通过书写予以克服和弥补断裂的憾恨、去触及对话对象的努力上。

（一）当时不相知："内向世代"的心理"时差"

在骆以军看来，作为同辈的二人曾一度在当时的台湾文学圈内有那么多次交集，不仅可以相识，更有机会相知成为更加交心的伙伴，却终因"女同"与"男异"等标签和难以言明的隔膜未能率性相交。《遗悲怀》中屡次提及二

---

① 邱妙津：《蒙马特遗书》，桂林：广西师范大学出版社，2012年版，第203页。

② 邱妙津：《蒙马特遗书》，桂林：广西师范大学出版社，2012年版，第203页。

③ 邱妙津：《蒙马特遗书》，桂林：广西师范大学出版社，2012年版，第205页。

人交往，都常显示出共处一室时的心理“时差”：那时“您”说的话、领着去的PUB，问过的问题等，当时的“我”未能敏感地意识到这是一套精密的密码，需要“转译”才能抵达对方那个与众不同的世界。因此愣直的“我”未能即刻解读那些颇有意味的暗语中透露的讯息，对于“您”尝试带领“我”走入的那个世界完全不得其门而入，只能作为“您”“与之敷衍、周旋的‘直人世界’里的一个，路人甲乙丙”[①]。而如今，二人都已走出当时交往的小语境，现在的“我”才逐渐品悟出当时话语的个中含义和微妙心理，二人之间的相互理解相差了太多时间，命运般地错过了。

而这种心理上的“时差”更在邱妙津去世后裂变为现实生死上彻底无法逾越的鸿沟，年少时未能交心的错过成为永远无法追及弥补的憾恨；尤其读罢《蒙马特遗书》，知道了“您”在最后阶段所经历的精神痛楚后，“我”更加懊悔自己迟来的恍然大悟，这中间巨大心理“时差”的存在，使“我”当时对“您”好不容易突破心理障碍投来的胆怯求救视而不见，无法体会，没能在最痛苦最需要力量的时候给予贴心的理解，哪怕是倾听与陪伴，导致最后“您”一个人孤寂地走上极端的自我毁灭。直到今天才真正读懂那时的你我，怅恨不已，后悔莫及。

骆以军曾援引“内向世代”来称呼自己同辈的60后、90年代正当年轻的作家群，在政治解严的背景下，沿着现代主义的小说语言实验推进探索、冒险挑战，各自绚丽，也各自孤独。年少时未能相互理解的二人，在阴阳两隔的多年后，骆以军才了悟当时心理上的“时差”，除了手捧遗书心绪翻涌，悲怆激荡，作为未亡之人，更要以书写克服这彼此用以精神相交的光阴，重启对话，追及那逝去的亡人，叙写当时未能当面言明的心迹。这种克服时差的追及书写，使得《遗悲怀》的语言一方面表现为冷静克制的叙事对浓烈情绪的整理和压制，呈现出密度极大同时充满暴力的呓语；另一方面在文字的缝隙，仍不时流露出炽热的情感岩浆，与《蒙马特遗书》应和回响，一同激荡着读者的心灵。

（二）克服“时差”：重启对话的“追及书写”

诸多人事憾恨与悲哀感怀催动着骆以军以重启对话的方式追及亡人，这是《遗悲怀》的叙事动因，同时也呈现为内容书写上的特点：对遗书的阅读和对自我的叙写，都应“追及”而动，将重点聚焦在“时差”的讨论上。

> 那一屋子人里，我惟一与您共同，和其他人不一样之处，便是那即

---

① 骆以军：《遗悲怀》，上海：上海人民出版社，2011年版，第67页。

便调度了死亡时刻与未亡人时刻亦那么艰难领会的关键词：时差。[①]

将“时间”要素玩弄于股掌在骆以军的小说创作中早已屡见不鲜，“总是习惯将那些回忆时光里的画面来回播放：倒带、停格，或是快转，试图找到某个关键性却被我遗忘的时间点”[②]。在《遣悲怀》对《蒙马特遗书》的追及对写中更是如此，愈加明了地强调作者主观对时间的扭曲与变形，以克服时间自然流逝延展出的线性距离：有时希望压缩，“想将这活着的一切（‘那不义的、腐败的生命’），拗边折角地塞进那副静止的画面里”[③]；有时想要冻结，“试图在无尽的时光中‘喊停一片银杏叶’，在凝固的时间里，与神对话”[④]；有时又横向拉伸，让时间“像煮软的麦芽糖不会被拉断。每一个故事都有一条秘道可以通往另一个故事。所有的故事都只是一栋大楼里的其中一个房间”[⑤]。

将固定的线性时间差拉伸延展成一条走廊，其中布满通往不同故事房间的门，房间之间又有无数密道相连，由此将棘手的“时差”通过回忆和故事拓展成为巨幅的时间景观，不断书写以扩充《蒙马特遗书》的话语空间：

> 我像个慢慢老去的守尸人，不让时间汹涌如饿疯的狼群，虎视眈眈围伺着面色酡红容貌姣好如您死去之瞬即停止衰老的女孩尸身。我知道我若停止说话，我若困乏睡去，它们就会扑跃而上，将您撕咬扯碎。我站在时间的这一边……将故事无限加码，我用持续加码的故事去梭哈您的遗书。[⑥]

而针对时差进行的对写与“加码”，下文将以“遗书”概念提示的“末日”为核心，围绕“更早”的伤害、末日图景和死亡时刻展开具体论述。

二、重读“末日图景”

（一）“更早的伤害”

《蒙马特遗书》记叙的情感生活，借用书中戏剧性的描述可归纳为“三个时代”：“黑暗的结婚时代”“甜蜜的恋爱时代”与“金黄的盟誓时代”，在骆

---

① 骆以军：《遣悲怀》，上海：上海人民出版社，2011年版，第139页。

② 骆以军：《遣悲怀》，上海：上海人民出版社，2011年版，第82页。

③ 骆以军：《遣悲怀》，上海：上海人民出版社，2011年版，第77页。

④ 苏枫：《作家骆以军：“爱、时间与死亡”》，《INSIGHT CHINA》（《小康》），2011年第10期，第105页。

⑤ 骆以军：《遣悲怀》，上海：上海人民出版社，2011年版，第127页。

⑥ 骆以军：《遣悲怀》，上海：上海人民出版社，2011年版，第278页。

以军看来，这是“把爱欲的抒情性景观偷渡进她的记忆”[①]。“三个时代”的戏剧划分也好，记忆的抒情建构也罢，不可否认的是，整本书以“自白”的方式细腻摹绘着私密的内心世界图景，以极其艺术化的语言渲染着令人迷狂的绚烂爱恋，过去的恋爱记忆仿佛“金黄的盟誓时代”所描述的，如同一座魅惑众生的金阁寺，连同生命中的这段时光都熠熠生辉。

但《蒙马特遗书》的存在与书写本身，就是那黄金时代陷落的过程，骆以军也曾说，遗书好比“金阁那样繁华瑰丽妖幻如梦的建筑，却‘必须’放把大火烧掉它”[②]。真实细腻的情感生活已经随着作者的自杀彻底无迹可寻，后人只得凭借付之一炬后的余烬，去想象和窥得一点过去生命的绚丽。因此《蒙马特遗书》的存在本身便创造了一个巨大的“时差”：人们读到的亦非那真实的“三个时代”，书信中关于三个时代的空白部分永远的遗失了，其他的部分只是末日余晖下记忆构筑的抒情景观，是“金阁”梦幻依稀的泡影。

因而作为《蒙马特遗书》之“后”写作的《遣悲怀》，面对的是一个“已然的伤害”，一座已经被烧掉、仅存余烬的金阁寺，在作者进场之前“伤害早在更久远久前的时光便已发生”[③]。《遣悲怀》体悟到，当邱妙津在年幼时便意识到自己的与众不同，从此决计要以“无，限，温，柔”来与这个世界妥协、将真正的自己隐藏在不见天日的黑暗中时，真正的她已经死去。如同《蒙马特遗书》行文中庞大的互文本群一样，川端、三岛、太宰治，“他们早在我们懂得翻开他们的书之前，便已纷纷死去”[④]。因此《遣悲怀》面对的《蒙马特遗书》，已然是巨大伤害过后的余烬。

进一步地，这种早已发生、无从抗拒的“伤害”，其所指超越了个人身上的小语境，指向更为沉重的历史隐喻，一代人的精神处境。

> 当我孤独一人以直人之形貌置身于您的那间 PUB 时，我感到全屋子的女人尽用她们瘦削而充满敌意的女人身体背对着我。我感觉到有一个关于“伤害”的巨大景观，横亘于这样说话的我与您之间。[⑤]

这已不单是人际交往中未能破除的心理隔膜，更直指随着代际和语境在不断游移的“历史伤害”，在骆以军笔下被描述为搭建在滑走沙丘上的“白银之城”：不论自己是否亲身经历过，当下都要面对这无从抗拒亦无法得到解决

---

① 骆以军：《遣悲怀》，上海：上海人民出版社，2011 年版，第 17 页。

② 邱妙津：《蒙马特遗书》，桂林：广西师范大学出版社，2012 年版，第 204 页。

③ 骆以军：《遣悲怀》，上海：上海人民出版社，2011 年版，第 65 页。

④ 骆以军：《遣悲怀》，上海：上海人民出版社，2011 年版，第 56 页。

⑤ 骆以军：《遣悲怀》，上海：上海人民出版社，2011 年版，第 68 页。

的记忆"围城"，装载的是复杂社会与厚重历史涉及不同群体甚至多代人的斗争记忆。对于对话双方邱妙津与骆以军来说，横亘在二人之间的"城墙"——早已发生的伤害——是社会长久以来对同性爱恋的歧视与排斥，是多数对少数、精英对底层、中心对边缘的结构性压制与暴力，是跨越世代的社会漠视与文化偏见。因此双方的隔膜不仅仅是个人交往上的，"我"因而"若有所悟。像进入一个更庞大更漠然的族类。像宿命性的巨大伤害在那时便已埋下伏笔"①。因此"多年前她早已发生的这个'自杀——遗书'的陨灭与存有的白银坛城"② 亦不仅仅是个人的激进建筑，面对游移的历史创伤、迎面而来的"伤害"景观，前文提到的"内向世代"都在面向自我的陈述中展示出了惊人的社会面向，"从邱妙津开始，到黄国峻、到袁哲生……像一只一只同伴白鸟的陨灭，他们以自杀裹挟而去的巨大冰冷、空无之感……他们确实强迫我们将正活着的时光，全歪斜、死灰成'余生'"③。在前人以决绝姿态投向伤害的巨大景观并身毁形灭后，后人只能手捧绚丽后的余烬，增补传奇的未完待续，对末日的图景反刍咀嚼，在摆脱不掉的历史问题与前人阴影中继续以写作向虚空追问。

因此《遗悲怀》的写作除了追及抒情对象，重启个人关系上的对话，背后的思考也进一步从私人情感上升到了族群历史。女同世界也好，外省二代也罢，彼此没有恶意的双方在个人交际之外先天地承受着历史遗留下来的性别/政治隔阂。作为"经验匮乏者"的骆以军本人，并没有亲身经历过白色恐怖、二·二八等历史事件，却又无比直接地需要在日常生活中努力辨析这父辈传递下来的焦虑才得以安心生存。同时，"我"与自己的同代人、所处的社会与时代，也有着紧张的心理关系，一种剥离开来的漂泊无依感，由此，"虽然就在自己熟悉无比的城市中，却让我有一种，细致破碎却焦躁不已的，想写信给您的冲动"④。因而有了《遗悲怀》中强烈的倾诉之感。同时"我原以为那无法趋近无法瞠目直视的无边黑暗就是死亡的尽头，但后来我发现不是。那将所有光源尽皆吸去的黑暗就是伤害本身"⑤。不论个人如何作想，那将"我"和"您"都尽数吞噬的庞然历史，即是伤害本身，个体都将被黑暗吸纳为新的"已然伤害"的一部分。在这个意义上，《遗悲怀》的书写也就不仅是克服两个个体间的"时差"以期重启对话和相互理解，更是在代际和族群的

① 骆以军：《遗悲怀》，上海：上海人民出版社，2011 年版，第 228 页。
② 邱妙津：《蒙马特遗书》，桂林：广西师范大学出版社，2012 年版，第 211 页。
③ 骆以军：《遗悲怀》，上海：上海人民出版社，2011 年版，第 209 页。
④ 骆以军：《遗悲怀》，上海：上海人民出版社，2011 年版，第 46 页。
⑤ 骆以军：《遗悲怀》，上海：上海人民出版社，2011 年版，第 303 页。

思索中，指向了历史时间撕扯出的隔阂及其黑暗。

(二)“末日宫殿”的自我构筑

在骆以军看来，《蒙马特遗书》有如一座“放逐时光之外的坛城”[①]，好比一个时空装置，借此得以回溯“死亡之前的最后时刻”。这种具象的认知其实与他个人的创作观念密不可分。此类时间之外的域外空间想象，以及末日时刻的细腻描绘在小说《西夏旅馆》中几乎如出一辙：从最后一股西夏骑兵的出逃逆流而上，回溯历史视野之外西夏王朝的末日时刻，同时，极尽笔触描摹“那一切流亡离散的起点……主要是那座城”，里面包含着“所有伤害的起点”[②]。

正如“西夏旅馆”所代表的父亲的心愿——“在一个荒郊野外，盖一幢旅馆”，作为“内心底层的，一个最隐秘、色情、变态但高度文明的乌托邦”[③]——“蒙马特遗书”自身也是这样一座私密的、爱与诚的“末日宫殿”。在现实中得不到回应的赤诚爱恋，过去与未来都遥不可依的美好幻想，都寄托在这一部“自白”建构的回忆乌托邦中，在生命最后的日子里居住其中，作为自己的应许之城。西夏旅馆是后人可以随时办理入住的“西夏故事的入口”[④]；《蒙马特遗书》也是读者得以进入的“末日宫殿”，虽然金黄的时代已然无迹可寻，但仍可以在这回忆的领地中窥得一点自白的心迹。《西夏旅馆》“想把那个宛若的世界，描写成一个‘活着的世界’”[⑤]。而《蒙马特遗书》则将这个活着的世界，折叠进亡灵的絮语中。“西夏旅馆”在“虚无与流浪者后裔的世界尽头”[⑥] 建构了一个“缩影或拼贴重建的世界。一个游乐场”[⑦]。“遗书”也通过回忆的蒙太奇，在末日时刻投影出个人内心的精神图景。

在骆以军笔下，“作为镜像颠倒于人间之城的兴庆府”，是“镜中之城”“海市蜃楼”“迷宫”“梦城”“鬼城”“攻不破之城”“自沙漠中升起的梵音之城。火焰之城。弥药之城。飞天孩子城。迦陵频伽之城”[⑧]。主人公图尼克置身的旅馆连同名为《西夏旅馆》的小说本身，成为作者通过叙事搭建的“仿拟之城”。而“遗书”建构的，也是“台湾拉子世界的极域之梦”，“浓缩隐喻——像赫拉巴尔的《过于喧嚣的孤独》将一整座城市的文明、辉煌、羞辱、

① 邱妙津：《蒙马特遗书》，桂林：广西师范大学出版社，2012 年版，第 210 页。
② 骆以军：《西夏旅馆·上》，桂林：广西师范大学出版社，2011 年版，第 161 页。
③ 骆以军：《西夏旅馆·上》，桂林：广西师范大学出版社，2011 年版，第 138 页。
④ 骆以军：《西夏旅馆·上》，桂林：广西师范大学出版社，2011 年版，第 33 页。
⑤ 骆以军：《西夏旅馆·上》，桂林：广西师范大学出版社，2011 年版，第 47 页。
⑥ 骆以军：《西夏旅馆·上》，桂林：广西师范大学出版社，2011 年版，第 28 页。
⑦ 骆以军：《西夏旅馆·上》，桂林：广西师范大学出版社，2011 年版，第 21 页。
⑧ 骆以军：《西夏旅馆·上》，桂林：广西师范大学出版社，2011 年版，第 167 页。

记忆、错落的认同，全打压挤成地底一位‘打包废书工’的呓语之中——她们在主流异性恋社会中的‘他人眼神建构之怪物化’；在爱情关系的另一星球重力里孤独承受的被背叛、遗弃、玷辱；她们如何重绘自己的‘黄金之爱’、疯狂，常比一般人更艰难去实践的‘天使热爱的生活’……”[①] 骆以军曾在《时光踯躅》一文中引用鲁西迪《魔鬼诗篇》：

> 一个试图构造自我的人是在扮演造物者，这是一个观点：他违反自然，是个渎神者，令人厌恶到极点的人。从另外一个角度，你可以看出他的悲情，他奋斗过程、冒险意愿中的英雄精神：不是所有的突变者都能够存活，或者从社会政治的角度来看：大部分移民都学会、也能够变化成伪装。我们自身以虚假的陈述来反制外人为我们捏造的假象，为了安全理由而隐藏我们秘密的自我。

邱妙津一方面在试图“构造自我”，正如鲁西迪所说，这一赤诚的“自白”是英雄主义的：不愿以安全的“多数”来自我伪饰、装点门楣，无须故作姿态的回忆和冠冕堂皇的借口，而是在生命的最后时刻，抛弃“无，限，温，柔”，用最直白大胆的文字，暴露所有纠结、迷狂、嗔痴、苦痛，直陈最私密的情动。

另一方面她也作为“造物者”，以书写建构着个人生命的末日宫殿、少数群体的“极域之梦”。在这个私密的“时空体”（chronotope）中，因其作为时间之外的记叙场所，所以回忆穿插、人物交错，被现实分割的人事物重新在书写中得以蒙太奇式相遇，引发情绪激荡。更重要的是，通过这种建构性的“自白”，“社会性隔阂在这里得到了克服。这里是事件起始之点和事件结束之处”[②]。她的爱与怨、痛与悔连同整个人都得到了整理和“克服”。由此，在遗书中，她娓娓道来，决定要以投进死亡，来完成自我的思考。

> 自杀。……一切都只要投掷进我的死亡里就好，一切都要结束在我的死亡之上，一切我对她的恨及对我生命的不谅解，都要在我的死亡里真正地消融，我要和她在我的死亡里完全和解，互相谅解，继续互爱……[③]

因而在这座自我构筑的末日宫殿中，邱妙津极尽所能地思考，一切回忆随着书写展开，同时又将思考的过程与结果尽数吐露，以自决的死亡收束，

---

① 邱妙津：《蒙马特遗书》，桂林：广西师范大学出版社，2012 年版，第 205 页。

② 钱中文主编：《巴赫金全集》（第三卷），石家庄：河北教育出版社，1998 年版，第 445 页。

③ 邱妙津：《蒙马特遗书》，桂林：广西师范大学出版社，2012 年版，第 117 页。

不给旁人一点玷辱和误读的机会:“这次我决定自杀,并非以生之痛苦,并非我不喜欢活着,相反地,我热爱活着,不是为了要死,而是为了要生……是的,我决定自杀,那就是整个‘宽恕’过程的重点。”[①] 为了表达“生”之热爱,随着一封封的书信,邱妙津走向了最后的“死亡时刻”。

(三)“死亡时刻”

在骆以军看来,邱妙津的自杀,从末日前已然发生和无法摆脱的伤害,到时间外末日宫殿的自决与倾颓,最终从“自白”走向“自爆”,是注定要上演的“死亡表演”:和书中提到的顾城、川端康成、太宰治一样,在别人懂得要去懂他们的时候早已“正在死去”,“从前的年轻时代之于她如此陌生仿佛一场生命的宿疾”[②]。“死亡的意象(早已)隐藏在各个角落。”[③] 选择“华丽的自死”,如同一个如约完成的演出,将自己隐没复归到已然的“伤害”当中去,成为后人永久的、挥之不去的忧郁。因而骆以军同样在追及书写中抓住这一核心,将个人交往、族群代际心理上的“时差”引向难以弥合的生死裂变,从而拓展到“时间”与“死亡”的大哉问的讨论。

骆以军想做的,是在邱妙津将“华丽的自死”作为一切前尘的收束后,再度“撬开那遗书裹胁,将所有生之意义吞噬而去的死亡锁柜”[④],释放死亡黑洞吞噬掉的一切议题,重启对话。同时,在“现在的我”试图对“当时的您”的倾诉中,捡起时差走廊中抖落的微小细节,继续追问。“在这啰里啰嗦地对您诉说。像沉船之残害脱离舰体主构,在深海中缓缓上升浮起,一块碎片一块碎片地召唤那些久已被我遗忘的团混图景……”[⑤]

骆以军曾形容处于90年代的60后代作家同仁,“他们动员了更精微的显影术,更微物之神的静室里的时光踟蹰、更敏感的纤毛和触须……却都像是如此专注却又无能为力地想探勘‘我是谁’——那个大历史图卷已无法激起说故事热情;‘我’,像被摘掉耳朵半规管的医学院实验课的鸽子。那样的自画像,通常已是一张残缺的脸”[⑥]。

而如今,正是通过重读、对话与再写,现在的我跨越“时差”回望,召唤“身体里某些不在意角落里忘记情调的废置记忆,像是‘现在这个仍活着的我’之外的,在时间的游戏甬道里爬行中不慎掉落的……那些‘死亡的我’

① 邱妙津:《蒙马特遗书》,桂林:广西师范大学出版社,2012年版,第118页。
② 骆以军:《遣悲怀》,上海:上海人民出版社,2011年版,第136页。
③ 骆以军:《遣悲怀》,上海:上海人民出版社,2011年版,第54页。
④ 邱妙津:《蒙马特遗书》,桂林:广西师范大学出版社,2012年版,第205页。
⑤ 骆以军:《遣悲怀》,上海:上海人民出版社,2011年版,第37页。
⑥ 邱妙津:《蒙马特遗书》,桂林:广西师范大学出版社,2012年版,第208页。

曾经在场的微物证据"[①]，拼接组合成另一半"我"。由此，已经可以用"后见之明"来补足自我这张"残缺的脸"了。正如蒋勋一语道破："文学永远是你自己生命一个人的独白。"[②] 因而从骆以军来看，对话的初衷是撬开邱妙津的死亡锁柜，最后却反过来，是"您撬开了我'死亡之柜'的炼锁"[③]。

三、无以追及的"各自孤独"

但前述种种追及抒情对象展开对话的书写、克服"时差"的努力最终收获如何，落脚何处？

> 在您按下了终止键之后的这些年里，继续转带的我们这些（幸存者？）究竟又发生了些什么事？像那一张张坏毁的脸，从街道另一边向我们走来。像是被放逐在时光旷野外的流浪孤雁，无比欣美地看着那一整群一整群因为烙上了清楚年代印记，而可以轻易从容认同归队的雁群，它们或敌或友却充满感情地认出彼此的神秘印记："二二八"、"一九四九"、"美丽岛"、六零年代、starry starry night……我们的那个年代……[④]
>
> 我觉得非常疲倦。我总是说"我们这一代"。但我哪里是哪些人的同一代呢？我像是迷路在陌生城市车站大厅的那个幼小的我，孤自一人的我。[⑤]

在追及逝去同辈人、试图理解"您是谁"的过程中，"我"愈加强烈地、不自觉地追问"我是谁?"追问的同时愈发感到孤独，"我哪里是哪些人的同一代呢?"哪里有清楚的年代印记、容易辨认归队的标志呢？无处倾诉的心事只能倾诉给"您"，因为"您"也同"我"一样孤独："没人写信给您。没有你的信吔。上校。阴冥之间，鬼蜮之境。"[⑥] "您"建构的末日宫殿在主流之外、时间之外，而"我"又"是那样在你的时间之外生活着"[⑦]。最终，"我"之于"您"，之于妻子，之于时代，都是这样游离在外，不得其门而入。试图理解、克服时差的努力，最后成为对"各自孤独"更为深刻的体认。

---

① 骆以军：《遗悲怀》，上海：上海人民出版社，2011年版，第30页。
② 邱妙津：《蒙马特遗书》，桂林：广西师范大学出版社，2012年版，第200页。
③ 骆以军：《遗悲怀》，上海：上海人民出版社，2011年版，第37页。
④ 骆以军：《遗悲怀》，上海：上海人民出版社，2011年版，第77页。
⑤ 骆以军：《遗悲怀》，上海：上海人民出版社，2011年版，第73页。
⑥ 骆以军：《遗悲怀》，上海：上海人民出版社，2011年版，第77页。
⑦ 骆以军：《遗悲怀》，上海：上海人民出版社，2011年版，第185页。

> 也许她那边的时间已经启动。我已经被她遗弃在这边的时间里。她已死去。我无法让这边的时间停止(使她的肉身不致开始腐败),无法让那边的时间停止(使她的灵开启那边的记忆秒表)。[①]

在时间的同一侧进行追及的努力,最终分裂成难以企及的“这边的时间”和“那边的时间”——“我”被遗弃在这边,她在那边死去——“时差”没有缩小,反而随着岁月的延宕在逐渐地加大。最终,热烈倾诉的笔触随着书写的展开逐渐认清“现实”,冷却为“一切如此孤寂而没有感情”[②] 的喟叹。《遣悲怀》行文至后半,作者自己也才渐渐明白第一章《运尸人》故事中,母亲为何对着电视中沉没的俄罗斯舰艇默默流泪,当时不解的“我”现在才“突然能体会那一百多个俄国士兵被困在深海下面的潜水艇里的孤寂心情”[③],那是何等令人窒息又绝望的冷寂的自死。可邱妙津面对的问题,今天的“我们”依旧无法解决,并且无从抗拒地逐渐没入那巨大的伤害中,成为后辈们的“已然”,“看着我们的孩子,孤单一人地,在那单调的画面里,爬上爬下重复同样的动作”[④]。不论是年轻一代的女同性恋者,还是外省人的后代,都将继续重复,“像一个蹲在那,用受伤眼神盯着持续以长大背叛时间里的什么根本东西的,我们”[⑤]。以追及时差为初衷展开的对话书写,最终得到的是更为深刻的“各自孤独”,时差带来的憾恨根本无从弥补,一代又一代的孤独者只能各自为战,面对种种“已然的伤害”,向自己的时代与生活之虚空挥出拳头。

---

① 骆以军:《遣悲怀》,上海:上海人民出版社,2011 年版,第 79 页。
② 骆以军:《遣悲怀》,上海:上海人民出版社,2011 年版,第 319 页。
③ 骆以军:《遣悲怀》,上海:上海人民出版社,2011 年版,第 252 页。
④ 骆以军:《遣悲怀》,上海:上海人民出版社,2011 年版,第 319 页。
⑤ 骆以军:《遣悲怀》,上海:上海人民出版社,2011 年版,第 28 页。

无根者之梦：海外小说中的飘泊主题

赵毅衡*

一

流浪小说有两种：主人公心中有目的称流浪小说，无目的曰飘泊小说。如此命名，只是为了本文讨论的方便，没有其他目的。

西方文学一开始就落入尤利西斯式的飘泊情结，中国叙述文学却一直缺少飘泊主题。虽然孔子流浪多年，中国读书人的人生使命也不得不远游，赴试，赴任，但中国小说的人物只能作“目的之旅”。《西游记》调侃了目的性，但是没有代之以无目的性；只有董说的《西游补》把朝圣目的消融在叙述游戏之中，在精神上预示了现代。

一直到20世纪初，才出现真正的飘泊小说：不朽的《老残游记》的主人公，是中国文学中第一个“思索的流浪汉”。可惜，在启蒙教育目的过强的现代文学中，只有自行取消无目的性。蒋光慈的《少年飘泊者》（1926），主人公最后找到光明，找到“革命事业”；茅盾的《虹》（1929），女主人公浪迹上海，追寻超越个体的“时代精神”。艾芜的短篇集《南行记》，看来是唯一的例外。这个例外造成新的惯例，那就是：流浪作品是作者本人飘泊的结果，其中的故事都是路途所见所闻。当今，台湾与海外不少作家写大陆旅游故事①，大陆作家风行“行走文学”②。作者们的确在行走，在中国人社区，旅行不仅是个人能做到，也是机构（出版社、电视台等）支持的，写的都是“文采记游”，一种从《水经注》《徐霞客游记》以来一直备受欣赏的文体。

---

* 赵毅衡，四川大学文学与新闻学院教授、博士生导师。

① 例如赖瑞和的《杜甫的五城》（1999），苏伟贞的《单人旅行》（1999）。

② 例如余秋雨感时伤今的《千年一叹》《行者无疆》，对名人过分感兴趣的叶永烈《行走中国》（2000），相比之下，邓贤的《流浪金三角》（2000）是其中难得一见的佼佼者。

作者与叙述者主题重合过多，小说与游记难以区分，结果“流浪的无目的性”，失落在叙述异域风情的目的性中。

或许，这种飘泊无目的性能在今天的海外华人小说中部分地得到拯救。原因倒是很悖论的：已经寄居海外，反而既无动力又无能力流浪，也缺少流浪所必要的对生活的庸常性的叛逆冲动。海外华人作家写的行走文学，几乎都是回忆昔日在国内的漂流。流浪主题海外小说，提出了相当特殊的阐释挑战：不管是什么原因流落海外，却不再继续飘泊，似乎终点已经到达，余下的生活过于实在，那就是极不浪漫的寻求谋生之道。而对面的异国风景，都熟视无睹而感觉麻木。即使海外的旅行记，都是偶然出国的观光者所写。

飘泊主题海外小说迫使我们做另一种阅读诠释：作者本人的旅行经验，或者海外华人的生活，不能作为我们阅读的出发点：飘泊是一种象征。

国内作家笔下的流浪小说，象征一种对主流社会的拒绝姿态。徐星的《无主题变奏》（1987），刘索拉的《寻找歌王》（1986），表现了社会的庸俗而追求的崇高；宁肯的《蒙面之城》（2001），贺小枫的《花瓣糖果流浪人》（2001）中的主人公不断拒绝帮助，逃避“成功”；西藏作家扎西达娃的《西藏：系在皮绳结上的魂》（1985），香港作家黄碧云的《媚行者》（1999）把边缘性戏剧化。我们可以看到，漫游作品集中在世纪之交这个社会急剧变型，文化人走向边缘的时代。流浪，尤其是远离现代化过程集中表现的城市，走向荒野和原始，提供了一种平衡的价值观。

海外写作不存在“拒绝成功”情结，或者说，他们的主人公不可能如此潇洒。因此，本文提出一种读解：海外华人小说中的飘泊主题，是海外人无根状态的象征。在海外定居，是失根的永恒化。主人公的流浪就常常是在作纯然的飘泊，空间上既无目标，时间上也无终点，动机上更无目的。

在不同作家的不同作品中，无目的性归落到非常不同的象征化上。这里选取分析的几本小说，展现了这种象征的各色状态。由于篇幅限制，本文没有能讨论许多海外华人作家的飘泊小说，例如叶凯蒂的《黄土地远行人》（1992）、石涛的《正轨》（1993）、陈玉慧的《深夜穿过蓝色的城市》（1994）、都有相当分量的飘泊情节。下面选作讨论的几部小说，在飘泊的虚实对比上各有特点，很能展示海外华人文学的一些根本思想纽结。

聂华苓的长篇小说《桑青与桃红》（1976）是流浪经历小说化为“海外无根象征”的最明显作品。其中国内流浪部分之实，海外飘泊部分之虚，形成强烈的风格反差。20 世纪 80 年代在台湾走红的三毛，她的流浪小说中有相当多的自传成分，常常是小说与纪实难以区分。本文将用短篇集《撒哈拉的故事》（1976）与《哭泣的骆驼》（1977）作虚实倒错的典型案例。黄宝莲的

《暴戾的夏天》(1997)则把无根状态从流浪推进到极端，即死亡，无根状态对人性的毁灭性异化，从潜意识浮现为寓言。

海外华人文学的写作和研究，一直局限于“民族性”，或“文化冲突”层次。人生的最苦恼困境，个人化的体验，表现既不容易，读解更难。本文试图在个别中读出集体潜意识：每个作家不同的表现，或许指向一个共通的体验。

二

聂华苓是本文将要讨论的作家中最年长的（出生于1927年），讨论的作品《桑青与桃红》也是出版时间最早的（1976年）。

其时，“留学生文学”尚方兴未艾。这是一种以中国留学生在美国的实际生活经验为题材的小说，是一种相当现实主义的文学。其主要提倡者如白先勇、陈若曦、于梨华等人，在台湾都是“现代主义”的提倡者，作品趋向于实验主义，而且为此备受攻击。悖论的是，他们一旦受到题材迫切性的压力（例如在美国体验到的种族压迫、文化冲突），则转而采用急于传达信息的表现方式。留学生文学虽然流行十多年，终因重复平浅而渐渐消失。

聂华苓这部小说当初也被视为“留学生文学”的代表作，其中却完全没有海外生活的写实——其中有美国生活场景却极为荒诞。此小说当时受人注意，是因为“人格分裂”被大胆地写成一人双名，叙述也采用分裂的连续双层框架。按当时文学界的看法，这是一部“不安分”的小说：“有人说它是印象主义，有人说它是象征主义，有人说它是超现实主义，有人说它是意识流。”虽然聂华苓一概否定：“我所追求的目标是写实。”[①]

现在看来这部小说的吸引人之处，不在于这些技巧手法。中国文学经过最近三十年的现代主义洗礼，已经不觉得此书手法需要辩解。聂华苓此书值得重读，因为这是中国海外文学第一次痛苦地描写了无根状态，不仅海外生活无根，而且把“无根症”追溯到中国现代的长期战乱和流亡上。

小说的框架故事，是一个自名桃红的女人与美国移民局的争论。移民局正在调查一个名叫桑青的非法移民，要驱逐此人出境。桃红说桑青已死，自己与桑青的各种相似纯属偶然。桃红随后在美国国内搭车跨州逃亡，与嬉皮士流浪者为伍，从田纳西一直向西跑到南达科他。在逃跑路上，从不同地方寄信及地图，标明自己的所在地。同时还寄上桑青40年代在中国不断逃亡时

① 聂华苓：《浪子的悲歌》，《桑青与桃红》，北京：中国青年出版社，1980年版，前言第1页。

记的笔记——1945 年在三峡上溯时，1945 年在围城的北平，1957 年的台湾——桃红在美国的逃亡，与桑青在中国的逃亡，在叙述中平行展开。

这两条叙述线，风格截然相反：桑青的国内逃亡部分，细节详备，逃亡者遇到许多陌生但实在的人物。美国逃亡部分，情节虚构，遇到的人物都是类型化的，浪游的嬉皮士。很容易看出：国内部分是“身游”，美国部分是“神游”。

我们知道身游部分基本上是聂华苓本人的经历，甚至依循她本人的飘泊路线。1941 年她十四岁尚是中学生时就当流亡学生，抗战时流亡到重庆，1957 年受国民党迫害。1963 年遇到访台的安格尔，被邀请到爱荷华大学的作家写作中心，从此留在美国，1964 年与安格尔结婚，在爱荷华写作中心之国际化中扮演了重要角色。桑青的三段逃亡经历虽然已经小说化，却有强烈的自传色彩。与之正相反的是，变成嬉皮士的主人公桃红，在美国的搭车逃亡完全是想象产物。当移民局警察最后抓到桃红时，她断然否认自己有任何国籍，无国可回。桃红在美国境内的奇怪的逃亡——每到一地就通知正在追捕她的移民局——就不是逃避她在美国的非法居留，而是逃避她本来的无根状态。最后她与移民局的争执，就不是一个人格分裂女人的胡言乱语，而是永恒飘泊的本态。①

三

20 世纪 70 年代中期掀起“三毛热”，80 年代更甚。

“三毛热”是一个相当复杂的中国大众文化心理，不是本文讨论的课题。但是 1991 年三毛戏剧性地自杀之后，大众偶像消失，广大崇拜者悲痛之余，出现了一些奇怪的争论，主要是三毛的流浪生涯究竟是真实的还是虚构的。这个题目与本文的讨论有关。

三毛，原名陈平，1943 年出生于重庆。60 年代曾经在报刊上发表过一些短篇小说，当时并没有影响。1967 年三毛到西班牙马德里大学留学，后来转到柏林自由大学，美国伊利诺伊大学，学的科目杂乱。回到台北后没有能安定下来，1972 年重抵西班牙。1973 年在当时的西属撒哈拉与一个西班牙男子“荷西”结婚，次年其在台湾《联合报》刊载关于她的沙漠爱情生活的文字，引起注意。1975 年西班牙撤出西属撒哈拉，三毛与丈夫搬到加纳利诸岛。

① 聂华苓的另外两个长篇《失去的金铃子》（1960），《千山外水长流》（1985），都有飘泊的因素，但是并非主题。

1976 年 5 月《撒哈拉的故事》由台北皇冠出版，次年出版继续描写沙漠生活的《稻草人手记》与《哭泣的骆驼》，这套书虽然是短篇集合，但是故事一贯，可以读作分章的长篇。三本书使三毛一举成名，“天涯浪女”的罗曼蒂克色彩使她赢得广大读者。1979 年荷西因事故丧生。此后三毛虽然住在台湾，但还是长期出游。

三毛自己一再说，“我的文章几乎全部是传记文学式的”[①]。这就无怪乎有的“文学侦探”要出发去寻踪。一个自称为职业旅行家的人，名叫马中欣，1996 年从马德里开始寻访与三毛有关的事情与人物，并且在《羊城晚报》连载，次年集合成《三毛真相》一书，书中认为三毛本人性格乖张，与丈夫关系并不好，只是在编造爱情神话，关于沙哈拉威人的风俗习惯也纯属捏造。此书出版之后，在全球华人社会广为流传，使得不少三毛迷极为愤怒。香港出版家张景与 1998 年出版《诡话》，对马中欣的调查逐条批驳，语言感情用事，有的段落甚至是涕泪滂沱的控诉。[②]

当时就有很多评论家对这种争论很不满意，他们指出，“本来是个美不美的问题，弄成了真不真的问题”。本文暂时搁置三毛作品美不美的问题，却对真不真的问题感兴趣，虽然笔者无法做文学侦探工作。[③]

首先我们可以看到一个十分悖论的情况：号称飘泊者文学，这三本书写的却是定居。三毛从小就自称“都市单身女子”，在三十年中流浪了五十个国家。在任何地方都没有找到安定，不是失恋，就是悲剧（男方突然死亡）。只有从 1973 到 1975 这短短三年时间，三毛算是有个婚姻，有一个自己的家，虽然这个家在遥远的撒哈拉沙漠的边上，在中国人从来没有去过的一片荒凉的土地上。1975 年后，她的婚姻维系到荷西死亡，尚有四年。他们在加纳利各岛之间飘荡，也没有能定居。

因此，三毛写的不是流浪小说，她写出的是一个流浪女子突然在沙漠找到一片婚姻的绿洲后的兴奋，在异国情调与清贫生活中的男女依恋，一种找到家的温情，一个现代普及版的《浮生六记》。这就是她打动读者的根本原因。

这种“流浪一生中的短暂定居”，应当说是飘泊的题中应有之义：飘泊是被迫的，不是人生的第一选择，暂居本身就成了一个感情的寄托之处。我们

---

① 转引自陆士清等：《三毛传》，台中：晨星出版社，1993 年版，第 375 页。

② 此人后来又出版了《三毛死于谋杀》，以及八卷本《贾平凹三毛往事义师秘事》，那就无意严肃对待这个题目了。

③ 罗凡：《三毛的神话》，《中华读书报》，1998 年 5 月 13 日。此文引证《人民日报》驻北非记者章云的言论，该记者曾对《撒哈拉的故事》中写到的事情实地勘查，证明三毛所言并非子虚乌有。

知道，这正是浪漫幻想的起跳板。不管真相如何，真相本身是想象飞驰的领域。

离开撒哈拉之后，三毛的大部分沙漠小说才写出并且出版。失去了家之后的怀念心情，更成为浪漫化的动力。三毛自己说："我的半生，漂流过很多国家。高度文明的社会，我住过，看透，也尝够了……但是我始终没有在一个固定的地方，将我的心留下来给我居住的城市。"①

在她的作品中，我们可以发现两种不同的写作态度。稍早的《撒哈拉的故事》中，制造异国风情的努力非常明显。夫妻感情是否如此甜蜜，当然外人无法置喙，把异国邻居写成天真善良，虽然有点居高临下，但也明显是挑好话说。书中把沙哈拉威人出租的房子变成"画报似的美丽""最美丽的沙漠家庭"②，小城阿雍的阿拉伯贫民区被浪漫地写成爱情天堂，都为读者展示了异国生活中美好的一面。

到了《哭泣的骆驼》，对问题的看法就渐渐复杂起来，或者说，浪漫淡了，现实多了。我们读到沙哈拉威人蛮不讲理的迷信，对待黑奴的恶劣歧视。此时正值西班牙退出西属撒哈拉，摩洛哥争执主权，此书对此感情复杂，写到沙哈拉威人在摩洛哥入侵时悲壮的起事，但是三毛目睹起事领袖与未婚妻遭到自己人杀害。问题是，此书的篇目大部分作于三毛离开撒哈拉之后，距离反而加强了现实感，反而没有浪漫化的必要。实际局面是：越是小说化的后半部分，越是"真实"；越是纪实的前半部分，越像虚构。

回到本节开始的题目：很多批评家认为不必讨论三毛作品的真实性，笔者却关心飘泊经历之虚实。本文要问的是：飘泊者三毛的"家之幻想"是怎么发生的，为什么在幻想中如此切实地存在，在现实中却注定要破灭。

四

以上讨论的几本著作，都带有半自传性。"身游"还是"神游"，呈现为叙述差异。下面讨论的作品，有所不同：主体经验的充分虚构化，使飘泊更具有象征品格。

曾经长期就学与美国，现在寓居伦敦的海外华人女作家黄宝莲，本人是个旅游狂，著有多本游记。《未竟之蓝》（2001）是穿越西伯利亚在欧洲各国

① 三毛：《撒哈拉的故事》，台北：皇冠出版社，1976年版，第211页。

② 三毛：《撒哈拉的故事》，台北：皇冠出版社，1976年版，第252页。

游荡的记录，其中有不少非常动人的飘泊者素描。[①] 非常切合本文讨论的是黄宝莲出版于1997年的长篇小说《暴戾的夏天》。这是一个奇特的故事，小说本身没有写飘泊，而是写飘泊不得不结束带来的严重后果，后果突发，而且有悖常情，却切中腠理。

满世界飘泊的摄影师德安，在西藏邂逅索玛，分别时索玛给了他家中地址：南方海洋中一个小岛。果然几个月后德安到岛上来找她，两人爱上并且同床共枕，德安有了“脱掉一身疲惫”的回家感觉。但是第二天早晨，警方在海边发现德安自沉于大海的尸体，法医诊断为自杀。索玛非常震动，无法理解德安自杀的原因。

与此同时，在纽约，德安的孪生兄哲安正在等德安来参加他的婚礼。哲安是个律师，成功的定居者，处事保守而慎重。德安与哲安从小一起长大，他们的父亲是美国人，母亲是中国人。父亲很偏执，母亲受不了，在两个孩子七岁时离家出走，永远没有回来。

只能互相为伴的兄弟俩性情完全不一样：哥哥哲安认同父亲/美国，弟弟德安看来认同母亲/中国。哲安的认同安全而明确，德安的认同模糊而分裂，因为母亲是一个流浪到美国，又从美国消失的中国人。德安的认同最后只能归结为飘泊，而且企图在萍水相逢的每个女人身上寻找母亲的影子。当他爱上索玛，他总算找到了他永远失去了的中国母亲。

“德安躺在她身边，缩在她怀里，喃喃地说：抱我！抱我！就象他是她的孩子。”[②]

他终于有了家，原来萍水相逢的爱情，现在沉淀成亲情，于是归家的感觉分外强烈。“仿如游子回到久别的家园，又似飘泊旅人抵达最后的终点，有一种安然的落寞。”[③] 最终结束飘泊的可能性出现了，因此他觉得此生走到头了：德安认同的中国母性必须永远飘泊下去。如果此生已经飘泊得太累，那么就只能从生飘然进入死。

这部小说令人不安，令人深思。原因倒不在于情节奇怪，艺术本来就是无理而妙，原因在于角色的颠倒：在一般人的看法中，外出流浪的人物是父亲，母亲象征家庭的祥和安定。这本小说正相反，或者说，海外中国人所处的局面与社会正轨恰好相反，恋母情结就成了一种危险的少年病。

哥哥哲安成功地长大成人，美国成为他自己的国家，他成为这个异国社

---

① 此书许多部分截下来是非常动人的短篇小说，例如“往梦境天堂的路途中”（《联合报》，2000年9月5日）。

② 黄宝莲：《暴戾的夏天》，台北：皇冠出版社，1997年版，第123页。

③ 黄宝莲：《暴戾的夏天》，台北：皇冠出版社，1997年版，第79页

会的好公民。这是给“两种血液”人的一条阳关大道；弟弟德安却永远没有能走出恋母情结，永远处于少年期，不仅无法应付西方社会，也无法应和与中国女人的爱情。认同母亲成了德安找不到根基的原因，因此，悖论贯穿始终，德安成为一个注定飘泊的“飞行的中国人”。

应当说，对海外中国文学中的飘泊主题，这是一个非常透彻的理解。故事情节的有悖常理，正是本文讨论的关键：流浪本身并不是海外中国人的现实肖像，而是他们被压制欲望的镜象。

换句话说，海外中国人平衡后的自我，是一心一意在社会上成功的哥哥哲安；而他们不愿正视，不可能泄露，只能用艺术来象征的，是自我压制的潜意识，是永恒的飘泊者德安。浪迹云游，四海为家，作为生活方式，似乎远胜于正在迅速商业化的社会中人心的污浊。从贪婪仇恨中解脱的办法，似乎是回向流浪的纯净。

为什么作者要到移居国外后，才能开始写漂泊之书？如果原来有其事的身游，已经变成至为虚幻的魂魄之游，经验材料显然不是推迟的原因，因为书中经验材料早就退居次要地位。唯一的解释是：作者定居国外后，才明白无目的的飘泊是生命的本来状态，灵山，生命的永恒归宿，不在追求的终端，而在追寻本身之中。

五

海外中国文学中的流浪主题，是双重折射的衍交。

第一个折射，源于中国人本有的民族性格与移民史。中国人本是农耕民族，安土重迁。炎黄子孙所在的土地领域，几千年没有太多的变化，迁徙并非中国人生存的内在需要。19 世纪中叶国内的大规模骚乱，以及西方入侵，造成劳工大规模移居南洋、北美、西欧，而知识分子之移居（或是留学不归），是 20 世纪下半叶出现的情况，历史极短。

这个民族具有过于悠久的独特文化，因此移居后失去文化根基的感觉长留不去，沉重难忍。可以说他们身体定居国外了，心灵远远没有移植，更谈不上同化。聂华苓的《桑青与桃红》在漂流中都是无法摆脱纠缠追踪。

第二个折射，是中国人在国外的实际境遇。除了在个别地方（往往是几乎全部都是新移民的地方，例如夏威夷、毛里求斯）中国移民与本地居民关系融洽，在大部分国家，中国人都无法摆脱“外来人”的感觉。虽然中国人在教育上、在平均收入上都高于任何地方的本地居民，但是在文化上、政治上却没有代表权。中国劳工集中在餐饮业等“服侍”行业，而中国知识分子实际上处于技术苦力地位。比起在国内时，“降等”感觉非常强烈。

三毛作品中的“沙漠之家”优越感，与无法安家的惶惑感交织在一起，像聂华苓《桑青与桃红》那样，被当作异类驱赶出境。对于异国社会的种族歧视，中国人的反应方式是低调，是不对抗，不组织起来，各自努力提高个人的社会地位。这种方式未尝不可，但是每个人自己面对生存的压力，苦闷就更加严重。

焦虑必然会形成象征折射，并在艺术中寻找必要的宣泄。所以这些作品，有时听起来像自怨自艾的牢骚，很像一个离家出走的孩子，负气而自虐地想象永远飘泊。《暴戾的夏天》对此中心理的描写，虽然戏剧化，却非常生动。

说这种心理折射可能是必要的，并不是说是正常而健康的。对于非艺术家的海外中国人，这种心理只是潜意识里模糊的冲动；海外作家本人，也不一定对此中的曲曲折折都有自觉。海外作家写的漂流之虚实不清，神游与身游混淆，就是自虐心理半隐半露之表征。

但是，由此产生的一大批小说，无论是在题材方面，还是在表达心理机制上，应当说是中国文学中史无前例的。先前的中国飘泊小说，作家和主人公都是边缘人。刘鹗的异端思想，苏曼殊的特殊身世，蒋光慈的少年躁动，艾芜的贫穷沦落，丁玲的女权觉醒。甚至今日中国本土的流浪题材作家，作者也都自命为边缘人。

而海外流浪题材作家，情况很不相同，他们本人大多是定居他乡的正常人。移居而不正常，就自我取消了写作可能。只有他们的主人公才是边缘人，因此这些想象人物，来自心影，并非来自观察；是欲望的图象，不是现实的再现。

因此，可以说，这一批小说是海外中国人集体潜意识的产物，是前所未有的新局面下产生的特殊叙述样式。相应地，也需要特殊的读法。或许，正如黄宝莲小说中的主人公德安，海外华人的心灵，还没有能从恋母/恋乡情结中解脱出来：华人作家依然在苦恋着家乡。

先生已去，记忆如昨

——追忆余光中、洛夫、流沙河先生

干天全*

余光中、洛夫、流沙河先生近五年内相继去世，他们的音容笑貌在我心里记忆如昨，借《华文文学评论》一隅刊发三篇昔年短文，以表对三位先生的深切怀念与追思。

隔岸无妨动心弦

——纪念余光中先生

和大陆许多读者一样，是20世纪80年代广为流播的《乡愁》这首诗让我知道台湾诗人余光中的。1983年流沙河先生送给我他编著的《台湾诗人十二家》，其中一家是余光中，读了他的诗和沙河先生的评价，对他敬意大增。后来不断读到余光中先生的诗，特别喜欢他的《寻李白》《当我死时》与《等你在雨中》等诗。余光中先生不仅是台湾诗坛的代表诗人，也堪称中国新诗的优秀诗人。他的诗大都具有强烈的现代意识，也有浓厚的古典韵味，比起大陆30年代诗坛的现代派诗歌，更具现代性和审美趣味。我期待有一天海峡两岸能自由往来，兴许就有机会与先生晤面。这一天终于来了，余光中先生应我所在院系之邀，从香港绕道前来讲学。

我因为当日有授课，没有参加余光中先生的诗歌创作座谈，甚为遗憾。更有些意外的是，听说参加讲座的只有20余位老师。这次讲座是系里邀请余光中先生的，通知了少数老师，其他老师和学生不知道。要是在校内贴海报，恐怕大演播厅也会挤满听众。我不想错过向余光中先生讨教的机会，到他下榻的红瓦寺宾馆拜访。

---

* 干天全，诗人，评论家。四川大学文学与新闻学院教授、四川省写作学会会长。出版学术著作《文学写作》（合编）、《中国现当代文学》（合编）、《中国现代诗学与批评》、《鲁迅》，诗集《梨花纷飞》《无巢的树》《天全诗词》《干天全散文诗歌选・诗歌卷》《国殇》，散文集《干天全散文诗歌选・散文卷》《生命之歌》，寓言集《天全寓言》《寓言精华》等三十余部，发表论文一百余篇。

去宾馆的途中，我在想那位“在造虹的雨中”耐心等待小情人幽会的诗人，那位吟着“酒放豪肠，几分酿成了月光/余下的三分啸成剑气/绣口一吐就半个盛唐”去找寻李白的诗人，那位想象死后“葬我，在长江与黄河之间/枕我的头颅，白发盖着黑土”的诗人，他该是什么模样呢？敲开余光中先生的房门，迎上来的是一位个子比我略高一点，头发花白、精神矍铄的瘦削老者，不用问这便是我敬仰的诗人了。进门落座后，先生为我泡上自带的台湾茶，让我的心里一阵热乎。

我们随意谈起了诗，当我提到流沙河先生的《台湾诗人十二家》，他笑了笑说：“感谢流沙河先生介绍了我和台湾的一些诗人，但这本书的一些看法还值得商榷。”问及原因，余光中先生只是简单地说：“流沙河先生写这本书时还不太了解台湾的情况，他的诗风也是和我们不同的。”其实我知道除余光中，还有洛夫、郑愁予、纪弦等台湾诗人都在台湾或大陆的杂志上发表过文章，对流沙河先生的一些评价不愿首肯，甚至反唇相讥。这些都是前些年的事了。随着海峡两岸更多渠道的沟通和交流，流沙河对台湾诗人有了更多的了解和介绍。毕竟诗心是相通的，诗人达成共识并不难。通信与会晤，使余光中和流沙河先生成为好友。平时和沙河先生见面，听他提起余光中和其他台湾诗人总是敬重有加。他的《就是那只蟋蟀》与余光中的《蟋蟀吟》唱和，充满深情地对隔海诗人表示了深切的理解。问到对大陆现代新诗的看法，余光中先生说这话题太大，不好姑妄言之。但他还是谈了一些看法，他认为不管人们说胡适的诗如何白话，他对“尝试”新诗是功不可没的。徐志摩虽有写诗的灵气，不少诗却显得轻浅。谈到戴望舒，他认为大陆文学史把他奉为现代派的领军人物是荒唐的，说他成名和流行的只有《雨巷》这首浪漫风格的诗，其他的不少诗也是属于古典浪漫的。先生这些坦诚直率的看法，够我好好去想的。

道别时，先生将他的《余光中诗选》送给了我。红瓦寺宾馆离我住的铮楼不过一两百步之距，在返回途中，我突然感觉到这段距离有如海峡之隔，这也许是怕今后再难见到先生的心理作用吧。晚上翻阅了先生的那些乡愁诗，有感先生的“乡愁”和下午的晤谈，写下了《赠余光中先生》：“望江亭前相逢迟，清茗味长品忘年。先生不言乡愁故，只说宣城见杜鹃。孤岛几多巴山梦，海峡浪高阻风帆。黄河长江两管乐，隔岸无妨动心弦。”

过了边界的洛夫

洛夫先生早年盼望回乡，曾和余光中先生打马来到香港与内地邻近的落马洲，可惜一道边界有如一湾海峡，无情的阻隔着他们的回乡之路。他们在茫然中勒马四顾，借助望远镜将心中的乡愁无数倍地放大，无奈地在那块“禁止越界”的告示牌后面咯血，留着内伤继续盼望有一天能回到故里。后来他和余光中先生终于有机会先后回到了朝思暮想的故乡。今天洛夫先生不仅回到了老家衡阳相市，又从那里来到了川大。上午我和赵毅衡先生陪他给川大的学生作了一个诗歌讲座，下午又劳驾他给我的研究生们单独座谈。

午宴后，我和赵先生陪洛夫夫妇来到绿水桥水吧，等在那里的研究生们立即报以热烈的掌声。座谈的方式简便，喝茶闲聊，即兴问答。有人问洛夫先生为什么被称为“诗魔”，他乐呵呵地反问：“你们看我这么和善，像个‘魔’吗?”其实大家都知道，洛夫之所以被称为“诗魔”，不仅是因为他长期实践超现实主义的主张，还因为写出了近乎魔幻表现的长诗《石室之死亡》。他讲完《边界望乡》的写作，在场同学纷纷盛赞。有同学问他《边界望乡》与余光中的《乡愁》同为佳作，但为什么余光中的那首在大陆流传得更为广泛。这个问题有点难为洛夫先生了，没想到他爽快作答“这是因为《乡愁》比《边界望乡》写得更好”。在我看来，那两首怀乡诗堪称中国当代乡愁诗的双璧。前些年我与来成都的余光中先生谈到那两首诗时，他说洛夫的那首写得很妙，妙在逼真传神。值得钦佩，两位诗坛前辈都有谦谦君子之风。座谈会上研究生们提了不少问题，洛夫先生都热情地一一回答。他告诉大家诗歌是他一生中最美好的精神家园，从年轻时写诗一直写到现在，定居加拿大以后还出版了《漂木》。“诗魔”的魔力确实不小，座谈会结束后还有不少同学依依不舍，围着他问这问那，争着和他拍照留念。绿水桥的这个下午是属于诗歌的，我们和洛夫夫妇分享了一段诗意的时光。

临别前，洛夫先生对我说“如果你能到加拿大来，一定和我联系，我们再好好聊聊诗”。我心里笑了笑，我能像他漂得那么远吗？不过去不了那里也没关系，可以从他送给我的诗集里与他神交。了解他和了解余光中先生一样，是从1983年流沙河先生送我的《台湾诗人十二家》开始的。那时流沙河将洛夫称为“举螯的蟹”，他在点评洛夫《石室之死亡》时摘引了“我已钳死我自己，潮来潮去/在心之险滩，醒与醉构成的浪峰上/浪峰跃起抓住落日遂成另一种悲哀/落日如鞭，在被抽的背甲上/我是一只举螯而怒的蟹”，然后说“这只举螯的怒蟹大可不必‘钳死’‘自己’，因为‘落日’去了还有朝日要来的，只是他得充实充实自己的灵魂才行”。其实“举螯而怒”的洛夫的灵魂并非不充实，那时他已出版了许多诗集、散文集和评论集，在台湾诗坛及整个华人诗界享有盛誉。诗人的灵魂是很难安定的，充满丑恶和痛苦的现实难免会让诗人“举螯而怒”。洛夫所谓的“钳死自己”不外乎是一种涅槃似的禅释，他需要的是再生出崭新的灵魂，以适应诗意栖居的理想追求。

洛夫的灵魂一直在漂泊中升华，年轻时从大陆漂到台湾，晚年又从台湾漂得更远，漂到大洋彼岸的异国他乡。晚年的《漂木》可以视为他一生历程和灵魂涅槃的缩影，诗中说“或许，这就是一种/形而上的漂泊/一根先验的木头/由此岸浮到彼岸/持续不断地搜寻那/铜质的/神性的声音/持续以雪水浇头/以极度清醒的/超越训诂学的方式/寻找一种只有自己可以听得懂的语言”。不知道现在的彼岸是否就是他人生中最后的归属，也不知道他要追寻的铜质神性的声音是否就是来自理想王国的呼唤。不过现实总是难以超越的，彼岸的居所未必就是诗人最终的归宿。他的家乡有座回雁峰，那是历代文人常常用以感叹自己漂泊流离的象征。“衡阳雁断楚天阔，几度朝来问过舟。”也许有一天洛夫被乡愁撞成的内伤复发，会再度越过他国之界回到故里疗养，那时但愿他再来到绿水桥与我们一起欢聚，用湘音、川话和普通话汇成其乐融融的共同乡音。

笔者与洛夫先生

二〇〇七年七月十九日

流沙河先生略记

与流沙河先生交往近三十年来，我视他为良师益友。在我的文学创作和研究中，他给了我不少的鼓励和支持。80 年代初，我拿了几首自己的诗请他指教。他说：“写诗歌靠悟性，还要多看多写。别人指点是起不了多大作用的。”那时，他刚出版《流沙河诗选》，送了我一本，谦虚地说：“我诗写的不多又不好，拿去作个纪念吧！”后来有同学写研究流沙河先生诗歌的毕业论文时，借走了这本书，我只好又向沙河先生要了一本。

90年代初去流沙河家拜访，与先生一席长谈，对他的人生经历和为人有了更多的了解。回家后写下了《访流沙河先生》：

草木盛衰历寒暑，江河枯溢由春秋。
骚人泽畔采幽兰，先生山林锯木头。
恶梦醒来鬓已白，冷眼宠辱无喜忧。
一身布衣掩道骨，陋室天地逍遥游。

沙河先生《草木篇》的几首小诗不外是诗人言志抒情的一点个人感慨，竟使他被错认为右派分子，蒙冤二十余年之长。挨批斗的日子，拉大锯的岁月，先生的诗心不移，默默地在心中容纳着时事沧桑和升华生命的感悟。

也许是苦难成就了沙河先生，他复出文坛后激情奔涌，写下《故园别》，在归来的诗人群中独树一帜。尔后，先生笔耕不辍，写下了大量的著述。几次聚会，他先后把《台湾诗人十二家》《台湾中青年诗人十二家》《余光中诗选》《十二象》《流沙河诗话》《庄子现代版》等书都送给了我。这些书让我受益匪浅。80年代，我们对台湾诗人还并不熟悉，沙河先生对他们的介绍，让我长了不少见识。那本《流沙河诗话》属于诗人谈诗，里面有许多真知灼见，十分值得一读。可惜，知道这本书的人并不多，要是找来看看，就知道沙河先生不仅是一位优秀的诗人，而且是一位很有造诣的诗学学者。面对源远流长的中外诗学，先生探源溯流，辨析各自长短，主张融贯东西，同归诗美而不是相互排斥。诗学道理林林总总，中外专著泛滥成灾，大多言说繁冗不堪或故作玄奥。先生谈诗之要领为三柱：情柱、智柱、象柱。“诗之有情有智有象，亦犹人之有魂有骨有貌，岂可或缺?”此论言简意赅，释之易懂。《十二象》论诗之意象及运用，更见先生深得中国古典诗学之精髓。当被称为西方意象派鼻祖庞德那首《地铁车站》被国内一些人连篇累牍吹得天花乱坠时，沙河先生轻轻拈出白居易《长恨歌》中“玉容寂寞泪阑干，梨花一枝春带雨”，与以学习唐诗而自豪的庞德那两句“这些面庞在人群中涌现，湿漉漉的黑树干上花瓣朵朵”相辨析，让人在意象与表现手法上不难看出相似之处。一句“隔锅香”的俚语批评，点中食洋不化者的穴道。《庄子现代版》融汇着沙河先生人生的睿智，看看这本书就知道人“怎样才能活得自由自在”，也就明白沙河先生为何道骨仙风地独立特行。

去年带了一些研究生与沙河先生座谈诗歌，我带着他送给我的《流沙河诗话》以便请教一些问题。座谈中他谈到写过的不少对联，并将他自己最满意的一副对联题写在那本书的扉页上。联曰："偶有文章娱小我，独无兴趣见大人。"这是先生人格和性格的写照，也当是文人应有的品质和雅趣。我十分欣赏这副对联，与诗友们讲到沙河先生时，免不了要让诗友们一起走进其境界领略一番。

我给研究生开的中国现当代诗歌作品研讨课，最近又要轮到讲当代四川诗人的专题了。每次讲这个专题我都要邀请沙河先生等诗人来和学生座谈。这次讲课前我给他打电话预约座谈事宜，没想到他重感冒初愈，身体欠安。我想把时间往后推一推，他说搞个折中吧，你按已安排的时间，我也不到你们那边来，就在我住的对面大慈寺的茶馆里聊吧。好些年来每次邀请沙河先生，他都欣然答应。这次他身体欠安，竟也应邀，我心里真是感动。

遗憾的是沙河先生许多年来既不抽烟也不喝酒，我连给他敬烟敬酒的机会也没有，甚至敬饭的机会也没有。非是先生因道骨仙风而不食稻粱，是他怕给朋友增添麻烦。好几次座谈后，我和弟子盛情邀他吃饭，他都执意婉谢。看来我与先生的关系只能是淡如水的君子之交了。

流沙河先生生前与四川大学师生合影

二〇〇九年六月

香港文学探骊

编者按：香港文坛著名文学史家、作家、编辑林曼叔先生于2019年因病不幸辞世。林先生生前著作等身，与内地文坛交流密切，为促进香港与内地文学事业繁荣兢兢业业、贡献一生。在林老生前主编的香港《文学研究》《文学评论》刊物上，先后登载发表与四川大学师生有关的香港文学研究的学术论文与评论文章。我们于此特邀林先生生前文友——香港著名作家、学者寒山碧先生撰写长文，以资纪念。文中所涉香港文坛史事与人事关系等观点，仅代表作者自己立场，我们谨作香港文学学术研究史料参考之用，特此说明。

相识半世纪，绝交三十年

——记与林曼叔兄的交往

寒山碧

上

2019年6月3日我从冰岛经德国法兰克福返港，航机飞行及等候（转机）耗时超过二十个小时，非常疲惫，睡到近中午才醒来。我原本想在网上分享旅游冰岛的经历，不料还未吃早餐（其实是午餐了）就接到金千里兄的电话，他说获林曼叔兄家属通知，林曼叔已于昨天（6月2日）病逝。我大吃一惊，5月4日林兄还来上环参加文友每月一次的茶叙，那天我只觉得他略为消瘦一点，问他是否在减肥？他还回答：是！没有想到我旅行十多天回来，他竟仙逝了。事情来得那么突然，我以为他或许是患突发性心脏病，金千里兄却说，据林家公子（他的小儿子）透露，是肝癌恶化。原来林兄罹患肝癌已两三年，他一直瞒着病情不向外透露，我和金千里兄都被蒙在鼓里。当时我写了一篇短文发于网上。川大《华文文学评论》主编张放教授邀稿，说希望写一些怀人感物的文章，于是便充实内容撰成此文。

一、早年冒险来港

我与曼叔兄相识于1969—1970年间，那时我刚冒险到港不久，没有固定职业，是一名自由撰稿人，依靠稿费维生，《展望》也是我投稿的对象之一。时林曼叔在《展望》半月刊当文字编辑，他的主要工作是撰稿供《展望》刊登。《展望》陆陆续续刊登过我多篇文章，我也曾多次去九龙尖沙咀星光行《展望》办公室领取稿费，有一次便在办公室与他相遇，才发觉林曼叔竟是那样年轻。《展望》上的文章以时事评论为多，这类文章时效短，过时则作废，我一般都不太注意。我比较注意的是林曼叔的文章，我是中文系出身的，写政论和时事评论只是谋生，我的兴趣所在仍然是文学，所以对内地作家的遭遇特别关注。《展望》每期都发表一两篇署名林曼叔研究内地文坛和作家的文章，频率很密，我几乎每篇都细读。我觉得他的文章资料翔实，文笔老练，以为林曼叔必定是一位老作家。认识后见他那么年轻，又当了编辑，收入稳定，甚为羡慕。由于彼此年龄相若，又都是从内地冒险来港的，同样爱好文学，有很多共同话题，于是便开始交往。而所谓交往，也不外是一起饮茶或饮杯咖啡闲聊一番而已。

“林曼叔，原名林彬，1941年生，广东陆丰人。早年在陆丰、广州上学，60年代初来港。1969年进入《展望》杂志任文字编辑，负责撰稿。1970年之后《展望》经常刊出他评介中国作家作品的文章，引起读者注意。”[①] 上述文字是我在《香港传记文学发展史》上对林曼叔的介绍，内容抄自他《闻一多研究》上的作者简介。林曼叔生于1941辛巳年是不会错的，千禧年后他曾找我算过命，我记得他确是生于1941年（岁次辛巳）农历九月，己土日元。可惜我没有保留他的命纸，无法在此深入评断，只记得他的八字日元很强，难怪他主观性那么强，不容易接受他人意见。至于他是否曾在广州上过学，我是颇为怀疑的，因为与之相识半个世纪，从未听他谈过广州的读书生活。我也估计他在内地没有读过大学，后来看了他提供给古远清编的年谱（《世界华文文学年鉴2017》），才知道1959年他在陆丰县第一中学高中毕业后无法继续升学。林曼叔出生于一个小知识分子家庭，父亲林兆平也读至高中毕业，早年在乡间能读完高中已经很了不起。他父亲一直在海丰县当小学老师、校长，1957年被划为右派，遭勒令回原籍务农。1959年秋季，林曼叔高中毕业时，由于“右派家庭成分”，成绩再好也难以考上大学。这样他被迫在家乡务农，

---

① 寒山碧：《香港传记文学发展史》，香港：东西文化事业公司，2003年版，第397页。

也曾当过一段时间小学代课老师。我相信林曼叔很聪颖，他父亲也一定有不少藏书供他阅读，他可以通过阅读学习到很多知识。我与他初识时就觉得他对文学的认识具有深度，不像一般爱好文艺的青年。

1962年5月，林曼叔的父亲从海丰乘船偷渡到香港。他父亲抵港几个月之后，林曼叔也顺利抵港。我曾叫林曼叔把偷渡经历写出来，他说，他不像我经历那么多磨难，摸黑到海边登上帆船，第二天，天蒙蒙亮就抵达香港，顺利跟父亲会合，有什么好写的？60年代香港工业发展，需要大量劳动力，很容易找工作，他父亲很快找到工作，而一人工作养活两个人绝无问题，所以他有机会夜间读英文补习学校。1963年他零零星星地向报刊投稿，并获得刊登。1967年林曼叔考进香港珠海书院（大专）文史系（《林曼叔年谱》称“历史系”，应该是错的，珠海书院当年只有“文史系”，没有“历史系”），读了两年多，1969年间他向《展望》投稿，老板司马璐（本名马义）召见他，问他有没有兴趣来《展望》当编辑，他表示愿意，不久就辍学到《展望》上班。他觉得珠海文史系毕业，了不起也只能找到一份编辑工作，现在既然能当编辑，何乐而不为。

二、初识时相互欣赏

林曼叔在《展望》工作约四年，主要的任务是写稿，而此可谓正合斯怀。《展望》虽然只是薄薄的一本，但外来稿件不足，很多稿件都要靠杂志社内部的人撰写。当年香港很多政论刊物都如此，《展望》的情况并非特殊。林曼叔从投稿者变成编辑可谓事有凑巧，因为《展望》原来的编辑黄启明、洪冬青相继辞职，司马璐急着等人用，见林曼叔文笔不错便聘用他。当时香港的私人企业讲究实际，不太讲究文凭。进入《展望》后，“林曼叔”这个名字也逐渐为人所知，说他最初是被《展望》捧出来的也不为过。《展望》每期都发表他两三篇长文，渐渐引起关注内地文艺情况者的注意。据林曼叔自己说，《展望》给他很大的发挥空间，司马璐不爱管琐事，基本上没有怎么理他。《展望》编辑室的藏书和资料颇为丰富，任他自由阅读。要写什么文章，怎样写，题目是什么，多数也是由林曼叔自己定。只要准时交出文章，杂志能准时出版就行了，其他事司马璐都不大过问。

我与林曼叔认识之时，有互相欣赏的成分，我那时用“寒山碧”和“待旦”两个笔名，在不少报刊上发表文章。由于我赖写稿维生，写作特别勤奋，1970年至1973年间我的名字渐为圈内人所知。那段时间有不少从内地来的年轻人热衷写作，积极投稿，但文章写得好的人并不太多，而像我那样读完大学才出来的则少之又少。1972 年我一位移民到夏威夷的旧友江盛槐，寄了 200 元美金给我，资助我印刷诗集，1973 年 2 月自费印行了《蟛蜞集》和《星萤集》。我曾送给他乞教，并说望他看后写点评论。他不负所托，写了一篇《评寒山碧的〈蟛蜞集〉》，用笔名“温又权”投寄到《文坛》杂志，《文坛》发表于 1973 年 11 月 1 日出版的 345 期。这是我的文字第一次有人品题，我心存感激。

1972 年尼克松访问北京之后，中美关系开始和缓，所有赖美援维持的报章杂志和研究机构都受到影响。1973 年下半年，李金晔的《中报周刊》宣告关门大吉，最具规模的“友联研究所”和“友联出版社”也遣散员工，正式撤销。司马璐的《展望》半月刊和“自联出版社”也于年底结束营业。

《展望》停刊后，司马璐移民美国。司马璐一些旧伙计如黄启明、卢苍对他颇有微词，说司马璐对伙计吝啬刻薄。卢苍还撰文咬定司马璐是美国特务，对他有不少批评，但林曼叔却对司马璐心怀感恩，认为如果没有司马璐的包容，没有《展望》编辑室的丰富资料，他就不可能成为中国作家作品的研究专家，更不可能成为文学评论家。

离开《展望》杂志后林曼叔并没有急于找工作，因为他没有经济压力。那时，他父亲在九龙官塘巴士总站附近开一间小书店。书店面积虽然不大，但由于人流旺，生意不俗。其时他两父子皆单身，维持生活绝无问题。这几年间林曼叔很少写政治题材的文章，他专注中国作家作品的研究，积累大量文稿，所以 1973 年 9 月他便印行了第一本著作《闻一多研究》（新源出版社）。新源出版社是林曼叔父子办的，林曼叔自己有书店，发行也方便，可以与各出版社和各书店的行街（推销员）交换书籍。七个月后，即 1974 年 4 月，他又出版了《评郭沫若的〈李白与杜甫〉》，同年 7 月再出版《乱弹集》（杂文），可见他虽然失业了，但经济上没有压力。

三、从合作编写《中国当代小传》到绝交

《林曼叔年谱》上说：“1974 年……应法国巴黎第七大学东亚研究中心之邀编辑《中国当代文学大系》，工程巨大，未能完成。开始《中国当代作家小传》和《中国当代文学 1949—1965 大陆部分》的编辑工作。”[①] 这是不实之言，拟编写《中国当代文学大系》完全是我们几个内地来的傻子自发的，由我和林曼叔发起。研究内地作家作品我与林曼叔是同时起步的（1970 年），他

① 《林曼叔年谱》，古远清：《世界华文文学研究年鉴》，武汉：武汉大学出版社，2018 年版。

用林曼叔笔名之时我也用“待旦”这个笔名在《万人杂志》(周刊)上撰文。1971年《万人杂志》执行编辑张赣萍病逝后，我把这类稿件转投《南北极》杂志，所以我与《南北极》的渊源比林曼叔早得多。我和林曼叔首先是合编《中国当代新诗选》，后来才想到编辑《中国当代文学大系》(可参看2003年1月出版的拙著《香港传记文学发展史》第399至400页)。到底由谁先提议？已无复记忆，反正是一拍即合，因为我俩手上都握有一些资料。由于我们认识到这项工作是艰巨的大工程，我提议多拉些人加入。我首先介绍金千里(那时他叫“钟展”)跟林曼叔相识，金千里是我抵港后认识最早的文友，1968年冬就在《中国评论》周刊办公室相逢，两人住处也近。不久金千里进入“友联研究所”工作，兴趣转移。1973年“友联研究所”风雨飘摇，将近结束，他的时间也比较多，故有兴趣跟我们一起找资料。后来我再介绍海枫(黄载生，到美国后用新笔名“文船山”)跟林、金认识，海枫也是陆丰人，与林曼叔算是同乡，所以一见如故。大家认识后四个人分工搜集资料，时海枫在“大学中心”任一位访港教授的助手，正在申请移民美国。

我们四人合作的研究计划后来宣告破裂了，其前因后果，我曾在1979年6月《东西方》月刊答读者问时已有所披露。我这样说：

> 谈到《中国当代作家小传》的版本问题，实在是一次不大愉快的回忆，我知道这件事迟早都会有人问。其经过是这样的：林曼叔、金千里、海枫原本都是我的朋友，在我介绍林曼叔与海枫认识之前，已经常交换中国作家的资料(1973年)。我们曾尝试合编一本《中国当代新诗选》(原稿现仍在林曼叔处)，并由我出面跟文艺书屋东主王敬羲先生接洽，希望交给文艺书屋出版，可惜双方没有谈出结果，此事也就搁下了。不久，海枫君跟我谈起，他认识在巴黎大学工作的陈庆浩君(可能是程海)可以弄到经费，出版《中国当代文学大系》，于是我们四个有共同兴趣的朋友便常常钻图书馆和旧书店搜集资料。由于介绍作家生平及其主要作品，是编辑《中国当代文学大系》所必须做的工作，大家便商量先编《中国当代作家小传》，然后再分头编诗歌、小说、散文、论文等各集。可是，后来经费没有着落，大家都为稻粱谋，编“文学大系”的计划便告搁置。那时，《中国当代作家小传》已编好，大家都认为这本书是会赚钱的，于是决定自费出版。每人先交二百元作为排版费，由林曼叔君负责接洽排版事宜。当时，林、金、海君都已交了钱，但我当时环境较为恶劣，一时拿不出，答应稍后再缴付。
>
> 《中国当代作家小传》排版到一半，巴黎第七大学前后两次寄钱来，

每次一千多元港币（由海枫君保管），后来，海枫君对我们说，巴黎大学愿意出版这本书，我们不必自掏腰包了，问大家愿否卖版权给巴黎大学？一者不必自掏腰包；二者由巴黎大学出版可以增强对读者的吸引力，增加销路；三者希望这本书能引起巴黎大学的兴趣，使我们有机会从事中国当代文学的研究工作。于是，海枫君拿出一份外文文件（可能是英文，也可能是法文，我不懂英、法文，也没有细看）要大家签名。出于对朋友的信赖，大家都毫不犹豫地签了名，并且每人分得港币八百元，此事便告一段落……直到书印好发行，我才发现我和金千里的名字被删掉了，不知是谁的主意。据金千里说，在编后记中提到我俩的名字，是林曼叔坚持才写上去的，倘若果真这样，那倒要向他表示感谢，否则我连申辩的机会都没有了。

《中国当代作家小传》出版后，我颇为生气，认识我的朋友只要问到这本书，我都忍不住把来龙去脉说给他们听。那时，海枫已去美国，林曼叔和我的关系也因此而弄坏。有一次，在一家印刷厂碰头，两人去喝茶，一谈起这件事便闹得不欢而散。他说，是我自己同意签名卖给人家，钱也拿了，还有什么好说的？我说，我卖的只是版权，而不是连自己的名字也卖掉。他告诉我，我们签署的那份文件写明是卖资料。并说，其内容曾经改写过。我说，这是欺骗，要是说明出版时将删去我的名字，八千元我也不卖，别说八百元。这样一闹我和林曼叔便形同绝交。说实在的，《中国当代作家小传》最困难的就是搜集资料，有了较完善的资料，谁不会写？莫非我和金千里的文字表达能力，差到必须让人重新改写吗？有些朋友怪我"睇唔化"（看不透）。我说，这不是"睇唔化"的问题，而是被欺骗和被侮辱的问题。……我是不甘愿的。有一位以前搞过翻版书现在搞印刷的朋友，知道我与《中国当代作家小传》的始末之后，向我表示，翻印这本书是有钱赚的，叫我翻印这本书。我不愿意，后来这位朋友自己翻印了，他还把书名改为《中国当代作家简介》，编者也改为林曼叔、寒山碧、金千里。同一本书闹出不同的版本的始末就是这样。整件事我是问心无愧的，我确实付出过不少时间和精力，我也确实没有翻印这本书。我跟林曼叔虽然闹到不欢而散，但平心而论，《中国当代作家小传》能够面世，林曼叔居功最丰，付出的劳力也最多。全书一百多位作家小传，林曼叔写了近一百位，我写了三十多位，金千里写了二十多位，海枫写了三位，陈庆浩一个也没有写。这是我们自费排版时的情况，自签字卖稿后我就不再过问了。最后我想补充一点，就搜集1949年后中国作家的资料，林曼叔、金千里和我所做的工作，相信不会相差太远。林曼叔之所以写得比我们多那么多，主要是他比较热心，也比较有时间。30年代的作家小传全由他写，而这部分资料却是比较容易找的。以上所说的话，我愿负责到底。[①]

那位翻印者的名字现在可以披露了，翻印《中国当代作家小传》的朋友叫麦钊，香港文化圈很多人都认识他，他承印过不少文香港文史书籍，可惜不幸于几年前病逝了。

四、绝交三十年间的点滴讯息

我与林曼叔在印刷厂偶遇吵架之后就再也没有来往，但彼此一些零星的讯息还是知道的，因为我们有一些共同的朋友，例如金千里等。金千里对名字被人从作品上剔走一事反应没有我那么大，或许他比我大度，或许他的兴趣已转往军事研究，反正他仍然分别与我和林曼叔往来。我奇怪的是这份由林曼叔自己审定的年谱怎么会出错?《林曼叔年谱》中记载“1975年，任《七艺》(徐訏主编)编辑。《七艺》只出版四期，徐訏应邀赴法讲学，杂志就停刊了……1976年，与友人创办《观察家》杂志，任主编。……1976年5月，《中国当代作家小传》由巴黎第七大学东亚出版中心出版……”[②]《七艺》后台老板是黄冷，黄冷不仅经营印刷厂，还出版非常畅销的《马经》和《金电视》周刊，其印刷厂在北角，与《明报》同一栋工业大厦。《七艺》编辑部设在文华印刷厂里。我记得非常清楚，我与林曼叔就是在文华印刷厂偶遇的，那时我不知道他是《七艺》的编辑。至于我自己到底为何事去印刷厂，现在已经记不起来，有可能是去找黄仲鸣，时黄仲鸣在《金电视》任职。根据资料，《七艺》是1976年11月创刊的，因此，1975年林曼叔不可能任《七艺》编辑。

林曼叔创《新观察》的旧事，我记忆已模糊，印象中《展望》停刊后不久，林曼叔就跟原在《展望》任翻译的范姓同事合办一份杂志，名字好像叫《观察》，只办了三四期便结束，未知何故他在年谱中没有提及。林曼叔是与范姓同事拆伙之后再与许行合作办《观察家》，这是肯定的，时间是1975至1976年间，大约只办一年左右。林曼叔是在办《新观察》时认识翁灵文，再由翁灵文介绍他认识徐訏。

---

① 《关于〈中国当代作家小传〉编著者的纠纷答读者问》，《东西方》，1979年6月16日第六期。又可参看寒山碧：《香港传记文学发展史》，香港：东西方化事业公司，2003年版，第400~402页。

② 《林曼叔年谱》，古远清：《世界华文文学研究年鉴》，武汉：武汉大学出版社，2018年版。

《林曼叔年谱》载：“1978 年 5 月，考试法国文化部研究奖学金（Stage d'etudes），赴法深造。法国巴黎第七大学东亚研究中心出版《中国当代文学史稿（1949—1965 大陆部分）》……”[①] 这部书也是署三个人名字，但我相信大部分文字都由林曼叔执笔，其他两人恐怕也只是出资或协助而已，所以后来林曼叔谈到此书时只当作自己的著作，根本不提及他人。

林曼叔的《中国当代文学史稿（1949—1965 大陆部分）》是最早一本研究中国当代文学的史书，80 年代初在学界影响很大。《林曼叔年谱》记述他在法国的活动止于 1979 年 9 月，估计他返回香港的时间应该是 1979 年或 1980 年间。至于他为何在未取得任何学位的情况下返回香港，他自己从未透露，不过从他的言谈中对自己未获取任何学位就返港是颇为后悔的。如果他在法国取得学位，后来就可能在学界发展，不必要在文化圈沉浮，而香港学界的待遇比在文化界任职优渥得多。我估计林曼叔匆匆返港可能出自家庭原因，他应该在赴法之前已结婚，因为他的一男一女孩子是 70 年代出生的。法国的学制，读硕士要 2 年，读博士要 4 年，林曼叔在法国只逗留不足两年，拿不到任何学位就不出奇了。为何我估计他中断学业多数出于家庭原因而不是经济或其他原因呢？因为我觉得他那本抵法不久就出版的《中国当代文学史稿（1949—1965 大陆部分）》学术水平颇高，单凭这本书申请奖学金继续深造应该是没有问题的。

与林曼叔绝交后，我的境况也逐渐改善，摆脱了贫困。1975—1976 年间，分析内地形势和介绍风云人物的专题特刊较为风行。最初是别人出题目，我负责搜集资料、撰写文字、配置图片，画好版样交回老板，领取编辑费。这类专题特刊成本低，几乎每一本都赚钱，只是赚多与赚少的问题。代别人编了两本，我觉得与其代人作嫁衣裳，不如自己出版。于是我退掉尚未供满的人寿保险，拿这点小钱投资出版特刊。我出版这类专题特刊非常畅销，不仅改善了生活，而且积聚了些许资本，这几年我出版数十本特刊，使我有能力出版《漂泊的一代》（小说、散文）和《妻哭儿啼集》（杂文）两本小书，也有能力于 1979 年 1 月创办综合性定期刊物——《东西方》月刊。

《林曼叔年谱》载：“1982 年出任《南北极》杂志（主编王敬羲）编辑……”[②] 他回港和在《南北极》任职我完全不知情，我相信他待在《南北极》的时间不长。《南北极》创刊于 1970 年，1971 年我就向《南北极》投稿，直至 80 年代中期《南北极》停刊时，我与其主编王敬羲先生都保持往来。我

① 《林曼叔年谱》，古远清：《世界华文文学研究年鉴》，武汉：武汉大学出版社，2018 年 1 版。

② 《林曼叔年谱》，古远清：《世界华文文学研究年鉴》，武汉：武汉大学出版社，2018 年版。

对王敬羲的性格有一定的了解，跟王敬羲做朋友比较容易，他说话直接，但对朋友还算尊重，但若做他伙计，我相信不好受，如果是我恐怕两个月也忍受不了。王敬羲对伙计管控甚严，伙计在公司里打私人电话也不行，那时还没有手机，伙计只好憋着。我曾多次与王敬羲一起喝茶和吃饭，他很多时候都携女秘书或编辑同来。他对自己的手下说话很不客气，常常说些损伤别人自尊心的重话，也不管旁边有没有客人和第三者。我听了也觉得尴尬难过，何况被他指责的伙计。

五、年谱空白的十七年，干了啥？

《林曼叔年谱》由 1982 年一下子跳到 1999 年，中间十七年呈现空白，他到底去哪了？干了些什么事？林曼叔自己不想说，只好由我替他补白。尽管这段时间我与他没有来往，但零星的消息却是有的。简单说，他在这段时间曾经“发达”（金千里语）过，也经历了破败；他曾经离过婚，又曾经再次结婚，并生育幺儿。他的人生起伏也不可谓不大，变化不可谓不激烈。

林曼叔自法国回港后，金千里与我晤面时偶尔会谈起林曼叔的情况，总的来说就是林曼叔已弃文从商，不再写文章了。大约是 80 年代中后期，金千里跟我说，林曼叔“发达”了，在九龙旺角买了写字楼，又到其他地方投资开工厂。我对他弃文从商而能够成功感到敬佩，我出身商人家庭，知道从商不是一件容易的事。而我自知自己缺乏从商的能力，所以 80 年代商潮澎湃的时候仍然坚守本分，不随潮流到商海击浪。那时，我的历史政治人物评传单行本虽然非常畅销，一年间印刷六七次，但所赚的钱仅足以还清《东西方》的债务和供孩子读大学，没有余资置业。80 年代中后期，金千里有一段时间去了台湾发展，林曼叔则在内地办厂，音讯也告中断。

后来，我与林曼叔相逢并恢复交往之后，才从他的口中获悉他的点滴遭遇。他确实开过厂，赚过钱，买过写字楼，但后来全部化为乌有，楼卖了，工厂没有了，打回原形，像一场黄粱梦。我曾问过他的详细经历，他只说，工厂和钱都被人骗光了，而骗他的人却是他留在乡间生活的胞弟。他胞弟怎样骗他，林曼叔不愿多说，只是他与胞弟迹近断绝往来，很多年都不愿回乡。可是他的老父却长期住在乡下，死后也葬在乡下。

90 年代末林曼叔只身回港找工作，重操旧业，1999 年应征到明报出版社当编辑（总编辑是潘耀明）。明报出版社和《亚洲周刊》编辑部在同一层楼办公，他在那里结识了在《亚洲周刊》任职的梅子，并成为好友。明报出版社总编辑潘耀明是香港最大的左翼作家组织“香港作家联谊会”的执行会长（会长是曾敏之、刘以鬯），梅子是理事，林曼叔加入该会也是顺理成章的事。林曼叔在明报出版社待的时间不会太久，因为三年后他就届退休之龄，他的《年谱》对于他在明报出版社的活动也只记到2000年。

六、相逢一笑泯恩仇

2004年秋，在我卸任海南省政协委员一年多之后，出于义愤决定竞选香港艺术发展局文学界的代表及文学组委员会主席。因为我不愿意让不知文学为何物的人代表香港文学界，我也有很多话想说。我在香港生活几十年，一向都是独行侠，独来独往，没有参加任何大规模的作家团体，因此竞选只能依赖自己的努力。“艺发局”的文艺界别代表选举分三天投票，一连三天，每天我都到九龙文化中心投票站外面去拉票。有一天，一位投票者走过来对我说：“寒山碧，我是林曼叔，还认不认得?”说起来依稀记得，不过大家都老了，样貌变了，如果路上相逢实在不敢相认。他接着说，他参加了“香港作家联会”，他支持我，还会拉上几个朋友投我的票。我向他表达了感谢，心里有点奇怪，他何以会支持我？他们的副会长罗琅还是我的竞争对手啊！他解释说，他看了我的《香港传记文学发展史》，我虽然与他有过节，但在这本重要著作中还有两处提到他。一处是介绍他的《闻一多研究》，另一处是介绍他在《展望》杂志上对中国现当代作家的研究。我说，我们之间有过节是一回事，他对中国现当代作家研究的成绩是客观存在的事实，我忠于史实，自然要提到他。他说，如果心胸狭隘的人可以当作忽略了，完全不提。我们就这样“一笑泯恩仇”。

2004年10月31日晚上10时30分投票结束，随即开始点票，轮到文学组点票时已是翌日凌晨一时多。“香港作联”理事、香港散文诗学会会长夏马（邓纪生）获得63票，一位陌生的女生张异为获得69票，“香港作联”副会长罗琅获得141票，香港灯谜会会长白福臻（白良驹）获得158票，我（寒山碧）获得198票胜出。事后曼叔兄说：“许多人都说，如果你不出来，白福臻就会连任!”文学界仍会被“灯谜会”代表。这也凸显香港艺术界别代表选举有选民登记没有选民甄别制度的荒谬。当选后我抱着广结善缘的宗旨与业界接触，我的竞争对手夏马、罗琅后来都成为我的朋友。张异为这女孩选前突然出现，选后突然消失，不知去向；白福臻选后则销声匿迹，那时他已八十余岁了。

2005年元旦，我获得香港特首曾荫权正式任命成为香港艺术发展局委员、文学组委员会主席，可是在上半年一切依上届留下来的法则运作，文学界变化不大。2005 年下半年“杂志计划”推出，文学组有一个由前届胡志伟（郑义）留下的不成文的规定，即资助办杂志不能超过四年，不能把资助杂志的资源变成某些人的专利。那时由“艺发局”资助的杂志都快届满四年，想申请办杂志的人很多。香港没有完善退休制度，林曼叔离开明报出版社，名曰退休，实乃被解雇，因为没有退休金。那时他和第二任妻子生的儿子尚在读中学，他妻子则在一间家庭医生的诊所任护士（非注册护士），薪酬不会丰厚。我叫他组织班底申请办杂志，因为“艺发局”规定杂志主编每期可支取两万元编辑费，副主编和校对也有薪酬。

下

一、林曼叔与梅子从如胶似漆到反目成仇

若干日子后林曼叔介绍梅子（张志和）跟我认识，梅子那时也离开《亚洲周刊》，担任“香港作联”的会刊《香港作家》双月刊主编，此刊只有 32 至 46 页，薄薄的一本，主编基本上是义工。我对他们不太了解。林曼叔说，让梅子当总编辑，他当副总编辑（副总编辑无须具名），因为梅子跟刘以鬯很熟，希望邀刘以鬯出任董事长增加获得支持的机会。我表示赞成，因为申请办杂志的阵容越强大、知名度越高，获得评审员支持的机会也越高。于是他和梅子便去组织稿件和组成有限公司的架构。申请“杂志计划”快要截止时，方宽烈向我表示想申办文学研究杂志，我对他想申请办杂志颇有犹豫，一是他年纪太大，已八十几岁；二是他没有办杂志经验，也没有当过杂志编辑；三是他没有写过严肃的文学评论，只写过一些文学掌故。也就是说他当文学研究或文学评论杂志总编辑是不够格的。我向他建议，是否找林曼叔来谈谈看能否合作？让林曼叔当总编辑，他当董事长。那时林曼叔还不足六十五岁，而且林曼叔一向搞文学研究和文学评论，出版过几本文学评论类书籍。听了我的建议后方宽烈便找林曼叔谈，两人合作申请创办《文学研究》。“杂志计划”评审会议由我主持，成员有文学组委员张秉权等共七人。在我的记忆中，令我印象深刻的是年近九旬的刘以鬯先生陪同梅子一起出席评审会议，接受评审委员的询问。在这次杂志评审中，梅子申请的《城市文艺》月刊，和林曼叔、方宽烈申请的《文学研究》季刊都获批准资助。

2005 年冬，海南省作家协会主席孔见（邢孔建）获悉我当选，寄来邀请

函邀请我组织一个香港作家代表团回海南访问。我们不敢称“代表团”，只是组织了一个有十四名成员的“香港作家访问团”，希望通过访问互相交流。可是在组团时我也希望成员具有一定的代表性，我曾邀请香港多个文学社团领袖，有人答应，有人婉拒，最终访问团主要由文艺杂志主编和文学社团领袖组成。其中包括林曼叔（《文学研究》季刊主编）、梅子（《城市文艺》月刊主编）、夏马（《香港散文诗》季刊主编、“香港作联”理事）、王伟明（《诗网络》双月刊主编）、王业隆（《华夏春秋》季刊主编）、秀实（不定期之《圆桌诗刊》主编）、罗琅（“香港作联”副会长）等。“访问团”于2006年1月12日飞往海南，但梅子有恐高症不敢乘飞机，林曼叔自愿陪梅子提前两天从深圳乘坐火车到海南跟我们会合。

由于我卸任海南省政协委员不久，那时县市的领导都认识我，“访问团”受到很热情的招待，度过愉快的一周。回程时我们从三亚直飞香港，林曼叔仍陪梅子乘火车返港，由此可见他俩当时交情之密切。然而意想不到的是他们回港不足一个月就产生裂痕。2006年2月《城市文艺》出版了，《城市文艺》与香港城市大学无关，也与“城市文学节”无关，前文已述，不赘。2006年林曼叔很风光，既是《文学研究》的总编辑，又兼任《城市文艺》的编辑，可惜他主观性太强，处理人际关系手腕欠圆融，很快就和合作的朋友发生矛盾。《城市文艺》第二期，首页是我在海南大学交流会上演讲时的照片，第二页起是我的演讲内容《作家的品格与使命》的全文。这本来没有什么好奇怪，但有一次，林曼叔在一次只有我和他的私人茶叙时说：“梅子看到发排你这篇文章时，口里咄咄作声，显出很不愿意又很无奈的表情！”我问他是为什么？他继续说：“也许他怪我不事先向他这位‘总编辑’请示，也许他不想太突出你，又不敢得罪你！”

我听后笑笑说：“你应该向他‘请示’。”曼叔说：“请什么示？这个‘总编辑’是我让给他做的。难道你这篇文章不够分量，不能做头条？”他还气愤地补上一句：“我当编辑的时候他还在乡下吃番薯。”（上述的对话我记得很清晰，基本上是原话，特此申明。）

这倒是事实，1970年林曼叔已在《展望》半月刊当编辑，而梅子还在福建乡下，1973年林曼叔出版了《闻一多研究》，1974年出版《评郭沫若的〈李白与杜甫〉》时梅子大概还未开始写作。林曼叔1976年任《七艺》编辑，1978年创办《新观察》任总编辑，1978年出版《中国当代文学史稿》时，梅子还未来港。正因为无论资历还是文学成就，林曼叔都比梅子高，所以梅子当“香港作家联谊会”机关刊物《作家》总编辑时，很敬重林曼叔，用他很多稿，因而成为好友。可是到了2006年，彼此身份转变了，梅子成为总编辑，林曼叔是副总编，是梅子的“下属”。但林曼叔心理又不愿作调整，自己喜欢该怎样编就怎样编，根本不愿搞“请示”那一套，他发排我的演说稿时根本没有问梅子，等到校对稿出来梅子才知道，于是心出不满。

矛盾发生后林曼叔又没有去修补，仍然“自把自为”不把梅子当作上司。我曾劝林曼叔主动放低姿态跟梅子和解，但他根本看不起梅子，更看不惯梅子在有地位有名气的人面前那副阿谀谄媚的样子，常常向我述说梅子这类故事。我劝他说，发稿时还是多问一问梅子，梅子毕竟是负总责的总编辑，但林曼叔仍然不屑于“请示”。而梅子又很在乎他的“总编辑”地位，心里非常不高兴，但碍于我在“文学组”主席位子上，不敢完全撕破脸皮，只在别的事情上挑剔。梅子多次抱怨林曼叔喜欢擅自作主，喜欢乱改人家的稿，又很粗心，校对常常出错，害得他要经常“补校”等。朋友之间一旦产生裂痕就不易弥补，何况林曼叔和梅子谁都不愿意放低姿态主动去做修补工作，关系自然只会越来越恶劣，恶劣到见面不说话，视对方为透明。《城市文艺》版权页上印着“董事长刘以鬯、副董事长陈松龄等……”，但实际上是梅子和林起（林曼叔）的二人转。他们俩竟然能在这种氛围下“合作”一年，最后才反目成仇、彻底分裂。

二、林曼叔与方宽烈闹矛盾，《文学研究》闹双胞胎

林曼叔跟梅子彼此间产生心病不久，又和方宽烈、罗琅等发生冲突。《文学研究》季刊方宽烈当董事长，林曼叔当总编辑。“艺发局”资助的杂志以总编辑为主导，总编辑支取薪酬、负责具体的编务，董事长属于挂名性质，不能领取薪金，只能签签支票，每年开一两次“股东会议”而已。因而凡是“艺发局”资助的杂志，董事长都不理具体事务。可是方宽烈情况却不同，申请办《文学研究》是由他起念的，他也很把“董事长”当作一回事，不仅请罗琅来当副董事长，还请了罗忼烈教授为《文学研究》题书名，并积极参与编务，四处约稿。本来多一个人帮忙约稿也不是坏事，可惜的是林曼叔不是一个容易合作的人，主观性太强又不易妥协。方宽烈约来的稿林曼叔往往拒绝刊出，让方宽烈很没面子。有的方宽烈约来的稿刊出了，但林曼叔却在未征求作者意见的情况下作太多修改，令作者大为不快。于是不满林曼叔的耳语就从北角新光茶楼的“炉锋雅集”上率先出现。

“炉锋雅集”是一个历史悠久的文友茶局，1959 年就开始，是罗琅等左派报人、文人发起的，每个星期日中午相聚饮茶。我第一次见到罗琅时是 2004 年秋竞选香港艺术界别代表拉票现场。我当选后，方宽烈拉我去北角新光茶

楼参加“炉锋雅集”茶叙，我觉得自己既然当选为文学界代表，自然应该多与自己的选民接触，不分左右，不管意识形态，便欣然参加。然而香港人的星期日是“家庭日”，我有时要陪妻儿饮茶，有时要跟前妻的子女聚会，所以参加的次数不密，但有空就尽量争取去，希望多听取意见。

《文学研究》2006年春之卷出版不久，炉锋雅集上的朋友罗琅、海辛等就在席上批评起林曼叔来，说他乱改别人的稿，把海辛的籍贯都改错了。我知道林曼叔确有喜欢改稿件的习惯，别人行文方式与他不同他也要改。我曾劝过他，做编辑最好少改别人的稿，因为作家行文习惯人人不同。例如陈映真的文字乍看会觉得不通顺，想改，可是再看下去就会发觉他这样书写自有他的道理，这是个人的写作风格问题。关于改错海辛的籍贯问题我也问过林曼叔，他说他没有改，原稿就是这样，可是却没法提供原稿予以澄清。这是林曼叔与方宽烈、罗琅、海辛之间第一道裂痕，继而他们又因为哪篇稿能用、哪篇稿不能用吵起来。罗琅曾向我反映，他的稿林曼叔也不肯用，不知怎样的稿子才合格？我无权干涉别人的编务，只是劝林曼叔要以和为贵，不要太执拗。林却说罗琅等人的文稿水平低。我没有看过他们的文稿，无从判断。

《文学研究》的第二年（2007年），炉锋雅集上罗琅等几位朋友见到我又大骂林曼叔狂妄，未征询过任何人的意见突然把罗忼烈教授的刊名题字撤下，换上他自己写的书法。罗忼烈教授是香港大学著名的荣休教授，也是香港著名的书法家，很受学界敬重。他是在方宽烈乞求下才挥笔写下“文学研究”几个字，林曼叔在未知会方宽烈和其他相关朋友的情况下，擅自撤下题字，不仅是对罗忼烈教授的不敬，也的确令方宽烈难堪，这叫方宽烈怎样向罗忼烈教授交代呢？撤换刊名题字本来已犯下大忌，更糟糕的是换上他自己写的字，别人自然会质疑你林曼叔的书法难道胜过罗忼烈教授吗？你林曼叔难道比罗教授更有名望吗？我曾问过林曼叔为何要这样做？他答，罗忼烈写的刊名“文学”的“学”字写成了简体字。我觉得显然是借故推搪，不愿承认自己做错了。林曼叔的书法在友侪中是最好的，我也时常请他写书名或题字，但平心而论我也觉得林曼叔换下罗教授的题字是非常不妥和没有必要的。2007年9月出版的《文学研究》秋之卷，林曼叔悄悄撤下自己的题字，换回罗忼烈教授的封面题字，我觉得这件事一定令他不止受到一方面的批评，令他感受到压力，才会悄悄把《文学研究》封面题字换回来。“杂志出版”属于一年计划，每年冬季杂志出版承办人都得重新递表申请下一个年度的经费，文学组又得再次开会审批，获得资助者会继续办下去，未获得资助者往往就停刊。我虽然觉得这个办法不好，但这是多年留下的传统规矩，一时无法改变，只好继续遵从。依规定申请承办杂志者，必须由总编辑和董事长一起签名申请递交申请表。2007 年冬杂志申请截止日期前数天，林曼叔突然来我写字楼附近的茶楼找我，说方宽烈迄今未跟他商量申请续办《文学研究》的事。还说，方宽烈和罗琅要把他踢开，邀书评家许定铭任总编辑，并且已递交申请表。他希望我查一查，如属实，他打算自己也递表申请承办《文学研究》。

我说，还未到审批阶段，我不方便向文学组经理查询，如果方宽烈真的这样做，你可以填好申请表在截止日期前夕递交。结果真如所料，审批时发现《文学研究》申请发生双胞胎，原董事长方宽烈伙同许定铭申请一份，原总编辑林曼叔伙同钟子扬（金千里）又申请一份。当两份申请表呈上评审委员会时，大多数评审委员的意见是两份申请都不批准，不鼓励闹分裂的任何一方。结果 2008 年《文学研究》被迫停刊，可见闹分裂是两败俱伤的事。

三、我的《香港文学研究丛书总序》成了笑话

《文学研究》停刊，林曼叔的收入减了一大截。其时他的小儿在中文大学就读，为了让他有多一点收入，我建议他申请编辑和出版“香港作家作品评论集”丛书。香港素来缺乏文学批评，有的只是小圈子的相互吹捧，因而研究香港文学困难重重。不熟悉香港情况的学者根本不晓得从何处找起，即使他们有此心愿，搜集资料也非常困难。由于 2006 年文思出版社出版了《寒山碧作品评论集》，我觉得如果只有一本书，不足以引起社会的注意，如果能出版一系列香港作家的作品评论集，香港文学的研究者翻查起来就方便多了。我与林曼叔、黄仲鸣茶叙讨论过这个问题，后来加入璧华一起讨论，并列出名单，由林曼叔出面申请。这是一个好的计划，申请很快获得批准，但艺术局担心浪费公款，于是申请分为两截审批，先审批编辑费，书编好后得另申请印刷经费。

作家作品评论集中最早编好的是我编著的《徐訏作品评论集》，但因我时任香港艺术发展局委员，不能领取任何费用。我自然不在乎再多做一点义务工作（我担任艺发局委员和文学组主席也是义务的）。此事的始末我在《徐訏作品评论集》的后记里有所交代。我说：“编辑出版《香港文学研究丛书》计划，起念于《寒山碧作品评论集》的出版。在香港许多前辈作家成就比我高，贡献比我大，评论他们著作的文章迄今仍分散在陈年的报纸杂志中，没有辑录成册，甚难寻觅，令香港文学研究者在研究这些前辈作家时遇到很大的困难。于是朋友们便产生为重要的前辈作家编辑作品评论集的念头。由于我与

徐訏先生有过交往，便决定由我来编辑《徐訏作品评论集》，其他几位朋友也各自编辑一位前辈重要作家的作品评论集，璧华编曹聚仁，林曼叔编司马长风，周蜜蜜编黄庆云，黄仲鸣编侣伦，张双庆编李辉英。然而由于这只是朋友间的共同想法，做起来并不容易，搜集资料固然困难，又缺乏资源。而即使顺利编辑成册了，出版也没有把握，一切都有待得到‘香港艺术发展局’评审员的青睐，方能成功。”

《徐訏作品评论集》的编辑过程相对顺利，我只花了七八个月就编成。我交给林曼叔于 2007 年度申请出版资助，原本以为 2008 年初可以出版面世，不料却遇到阻碍，延至 2008 年下半年才出版。《徐訏作品评论集》虽然比我预期中迟了将近两年，但“有心不怕迟”，研究香港文学是长期性的工作。《徐訏作品评论集》是作家作品评论集丛书的第一本，此书令人诧异的地方是卷首印的不是《序》，而是《香港需要文学批评——〈香港文学研究丛书〉总序》。由于是总序，所以我的着眼点在全局，我关注的是香港文学批评的整体情况，从宏观审视香港文学批评的变化。然而这篇总序只孤零零存在于《徐訏作品评论集》中，后来林曼叔主持出版的一系列作家作品评论集中不再见这篇总序。是我好大喜功要写总序吗？不是。这个计划是我提出的，当时我又担任艺发局文学组主席，是林曼叔建议由我来写一篇总序，其他参与此事的朋友没有人反对，所以出版《徐訏作品评论集》时我便写了。后来，是情况起了变化，第二本作家作品评论集出版时，我已卸任文学组主席，所以林曼叔没有收入这篇总序。我想，此乃人之常情，佯装没有注意到，一句话也不说，如常交往。

四、是“硬颈”，不是“硬骨头”

2007 年底我任期届满，我原本想退下来写书，不想竞选连任。但由于理念相同的朋友没有人愿意出来竞选，我不得已最后一刻才去报名竞选连任。幸而这次选举我以 651 票成功当选，比竞争对手多出二百多票。我当选后立即公开宣布不再竞选第三次连任，希望想参加竞选的朋友早作准备。2008 年元旦，我就任新一届艺发局委员、文学组主席。林曼叔于 2008 年冬申请办《文学评论》双月刊，并获得批准，《文学评论》于 2009 年 2 月创刊，出版了十年，直到林曼叔逝世。

2019 年黄仲鸣兄在香港《文汇报》上以《“硬骨头”林曼叔》为题发表了一篇悼念文章，文章说：“短讯惊传林曼叔的噩耗，查询下始知他患的是肝癌。很多朋友说很突然，问寒山碧，他说：‘据云病很久了，只是隐而不言，故大家都不知。’去冬杨国雄自加回港，一众朋友相聚北角楼头，那时的他，仍显精神，孰料转眼就去了，殊堪惋惜。……一九六〇年代（寒按：时间错误，应该是七十年代末），我已看了他的《中国当代文学史稿》。记忆中，当时的版本，作者还署有海枫；到二〇一〇年代，他将这书重排出版，却没了海枫这作者。其时海枫已逝很久。我不好意思问他，询诸和他熟悉的朋友。寒山碧说：‘听说这书绝大部分是他写的。’一九七〇年代，我在北角一出版社工作，主编《大电视》周刊。编辑部除我们外，还有徐訏的《七艺》，这是一部纯文艺杂志，负责编辑的就是林曼叔。《七艺》就只他们两人……徐訏鲜到编辑部，出版前后来亮一下相。最多见的是林曼叔在埋头独干。《七艺》……好像出了两三期，就寿终正寝了。此后，一直没见过林曼叔。直到一九九〇年代，他和方宽烈向艺发局申请，合办杂志，那才和他有多些来往。一夕，我们几个朋友和他在铜锣湾晚膳，邻台是蒋女大作家（寒按：指蒋芸）和她的朋友。蒋和我较熟，听我们眉飞色舞一轮后，她突然跑过来问我：‘谁是林曼叔?’我忙起身为他们介绍，蒋女作家脸色骤变，指着林曼叔开口就骂，斥他乱改人家的稿件，尤其是那篇关于舒巷城的，并指着她同台的一位女士说，她就是舒巷城太太。场面很尴尬，我们难于置喙。蒋作家骂了一轮后，悻悻然归座。林曼叔也讷讷的坐下。有友劝他这毛病应该改了……不说不知，他这人主观甚强，强到不合情理，他以自己的观念，强加到别人的作品。至于他自己写的，却告诉编辑：一字不能改。他为我杂志写的稿，我从来便不改。免损友谊。①

从黄仲鸣之文可证，主观性强、乱改人稿是朋友间的共识。黄仲鸣在文中还说：“他（林曼叔）以近八十岁的高龄逝去。晚年，他将旧作新著整理出版。价值最大的，是他编著的《香港鲁迅研究资料汇编 1927—1949》(2017)，将二十二年来香港报刊有关鲁迅的文字辑录出来，厚达近五百页，并形容这是一块‘硬骨头’，辛辛苦苦啃下去，‘上穷碧落下黄泉’，将资料汇而成册，对研究鲁迅在香港这课题，实是功德无量。至于他主编的《香港文学大系·评论卷二》，却不敢恭维了。他，本身就是一块‘硬骨头’。”②

五、安排身后事

黄仲鸣这段话，我有两点解说：

---

① 黄仲鸣：《“硬骨头”林曼叔》，《文汇报》，2019 年 6 月 11 日。

② 黄仲鸣：《“硬骨头”林曼叔》，《文汇报》，2019 年 6 月 11 日。

第一，对于个人私隐，林曼叔确实收藏甚密。自 2006 年起我们有一个每月一次的文友茶局，每月第一个星期六中午文化圈的朋友自由相聚饮茶聊天。AA 制，各自出一份钱，谁都可以来，也可以带朋友来，而不来也无须请假。地点在我写字楼附近的酒楼，因我与酒楼的人相熟，方便订座。在众多文友中，林曼叔几乎是每次必来的。后来他和黄仲鸣提议把聚会地点改去北角一家酒楼，因树仁大学在北角半山，黄仲鸣住在学校，他习惯晚睡，难早起，在北角聚会比较方便。而林曼叔住在九龙牛头角，来北角也比到上环近了一半路程。我们把茶叙地点搬到北角几个月后，林曼叔突然缺席好多次，致电问他，他只说身体有点不舒服。由于林、黄两人很久不来参加茶叙，而大多数文友觉得还是来上环更加方便，于是茶叙地点又搬回上环。这样约莫过了一年，林曼叔又突然在上环茶局出现，我曾问他原因，他只说近来精神好一点。其实从外貌看来，我不觉得他跟以前有什么两样，而实际上他的再次出现是为了安排身后事。

首先，他想为《文学评论》找到继承者。他要我找吴萱人谈谈，问吴萱人愿不愿意担任《文学评论》副总编辑，但没透露原因。我跟吴萱人谈了，吴萱人有思想顾虑，犹豫不决。后来，林曼叔直接约他了，可惜吴萱人最后却婉拒了林曼叔的邀请。我是极力支持吴萱人跟林曼叔合作的，吴萱人毕竟比我们年轻十岁八岁。可惜吴萱人觉得林曼叔不易相处，不愿蹚浑水。我想，如果林曼叔坦诚相告病情，也许吴萱人会有不同的决定。其时金千里也患了癌症，他坚辞《文学评论》董事长职务。金千里对自己的病况坦然面对，亲自打电话给相熟的朋友报告病情。2018 年冬，林曼叔如要继办《文学评论》得找新的董事长重新申请。找这样的人不容易，既要找有一定名望，又得完全不管事，只挂虚名。后来林曼叔找到了黄维樑教授，黄教授是我们茶局的文友，大家都很熟，但他长期居住在深圳，来一趟香港颇为不易，不太可能过问《文学评论》的具体事务。黄维樑答应了，林曼叔便向艺发局申请续办《文学评论》，而他患癌症的事也没有向黄维樑透露半句。可惜 2018 年度《文学评论》的申请不获批准，所以 2019 年后停刊。

其次，处理自己的藏书，那段时间林曼叔频频把藏书分赠给参加茶局的文友。香港人居住环境浅窄，书太多没地方放，所以我对他分赠藏书的事也不以为意。

最后，诚如黄仲鸣所说，频频整理旧作出版，包括《林曼叔文集》五卷在内。[①] 他还很努力辑编《香港鲁迅研究资料汇编 1927—1949》。那时我根本

---

① 《林曼叔年谱》，古远清：《世界华文文学研究年鉴》，武汉：武汉大学出版社，2018 年版。

没有联想到他身体出了问题，觉得文化人年纪大了谁都这样做，我自己也这样做。直至他突然逝世了我才明白他的用心。

第二，黄仲鸣兄只简单说了一句“至于他主编的《香港文学大系·评论卷二》，却不敢恭维了。他，本身就是一块‘硬骨头’”[①]。编辑《香港文学大系》其实里面却有另一个故事，何志平任香港艺术发展局主席时曾发下豪言壮语，要拨款三百多万元让香港人来编写《香港文学史》。俟后拨款不见踪影，不了了之，可是此事我一直记挂在心头。我觉得编写《香港文学史》工程大艰巨，所需经费甚多，不容易争取得到拨款。与其争取不到，不如争取少量拨款先编《香港文学大系》。在我任期最后一年的2010年上半年，文学组经过多番努力和多次波折，终于争取到六十万元港币拨款。此区区之数我知道是不足够的，但重要的是先启动工作，先做一部分工作，交出成绩，不足的经费以后可以继续争取。其时由于我的任期只剩下八九个月，不可能在任期内完成，当前我能够做的只是找到适当的申请人。我跟黄仲鸣商量，黄仲鸣建议找香港科技大学陈国球教授。他俩通过电话知道陈教授有兴趣后，我和黄仲鸣连忙赶往科技大学跟陈国球吃晚饭，详谈其事，并确定由陈国球教授出面申请。陈国球则透露下学期，即一两个月后，他将到香港教育学院（现香港教育大学）就任中文学院院长，他希望能争取到教育大学当局的支持。此事就此敲定，我、黄仲鸣与陈国球则在另一两次饭局中推荐林曼叔编《香港文学大系》的评论卷。我参与这个计划也只到此为止，2011年新任文学组主席蔡益怀审批了陈国球教授的申请，并拨款到账，陈国球教授就启动编辑工作。几年后（约2015年）我听见听黄仲鸣说，林曼叔编的评论卷陈国球不太满意。因为林曼叔把日军占领香港三年零八个月期间所有的文学评论资料剔出评论卷。陈国球、黄仲鸣曾劝他补充进去，我也曾劝他说，凡真实存在就应该收录。但他却择“善”固执，拒绝接受我们的意见，坚持《香港文学大系》不能收录汉奸文学。陈国球没有办法只好自己另编一册含日据时期文学评论史料的《评论卷一》，把林曼叔编的称《评论卷二》。黄仲鸣称林曼叔这种固执坚持为“硬骨头”，我觉得用词不当，这不是“硬骨头”而是“硬颈”（广东话，偏执，听不进不同意见）。

本文写到后半部分时，我一度犹豫起来，一者怕文章太长占太多篇幅，二者担心被人骂趁别人不在了、不能反驳了，去揭别人的短处。于是我发上半部文稿给《华文文学评论》主编张放教授看，想就此打住。张放教授看后

---

① 黄仲鸣：《“硬骨头”林曼叔》，《文汇报》，2019年6月11日。

说："我以为人无完人，文人的弱点有时候也是其个性流露的可爱处。您先放手写吧，我认为无妨的。"我思考了一会儿，决定如实写下去。知我者，自知我胸怀坦荡，不知我者，就不去寻求他们理解了。

2021 年 4 月 30 日

香港文学评论二题

黄维樑

壮丽“我城”：西西与黄国彬的乡土色彩

一、乡土色彩·妙趣文辞

香港是国际大都会，甚至可联系到纽约与伦敦——多年前《时代》周刊封面专题的题目赫然是 New-Lon-Kong 即“纽约—伦敦—香港”；香港不是“乡”村，更不老“土”。如果这样理解，不是乡村的香港，其文学何来乡土色彩呢?

其实“乡土”可解释为与个人有密切关系的某个地方，它可以是此人出生、长大且长期居住的地方，也可以是此人长大且长期居住的地方，也可以只是此人长期居住的地方；此人对该地方有认同感，且关心、爱护它。这个“乡土”可以是乡村、乡镇，也可以是城市；它相当于英文的 native place 一词。这题目中的乡土，几乎是香港的同义词。

乡土色彩或香港色彩又是什么呢?简言之，就是香港的特色。问题又来了，什么是面积一千平方公里、人口数百万的这个海港城市的特色呢?大概是华洋共处、重商业、现代化这些了。可以说得更具体吗?香港有哪些特有的风土人情、风貌人文呢?下面的一则报道，或能多少帮助我们回答这些问题。报道称：2016 年 5 月粤、港两地的学术界人士，几经讨论，决定了“香港城市文化名片”的内涵。所谓城市文化名片，指的是一个城市有特色的面貌或文化符号。他们选定的“香港城市文化名片”有 14 张，即紫荆花，一代武术宗师、功夫影星李小龙，香港独特的饮食文化，长洲太平清醮，黄大仙祠，香港中西多元文化，香港中环，购物天堂，香港茶餐厅文化，香港招牌文化，维多利亚港，太平山，宝莲禅寺及天坛大佛，沙田车公庙。

今天要讲的西西原名张彦，1938 年出生于上海，1950 年起定居香港；黄国彬 1946 年出生于香港，两岁到广东原籍地居住，12 岁返回香港定居。二人长大且长期居住于香港，关爱香港；香港是他们的乡土，应无疑义。西西曾任教师，好几十年中，专注于写作；黄国彬有博士学位，是教授，从事创作与翻译。二人都是香港的重要作家，著述丰富，作品涉及香港的诸多方面。本文以他们为例，析论其作品中的乡土色彩。香港文学活泼纷繁，出色的作家很多，可供举例的作品极多，为什么举出他们两位？因为我对他们的若干作品认识比较深，而且所举作品写得美妙、写得有趣。我素所钦佩的大学者、大作家钱锺书，认为能够进入文学史的作家作品，其“行文之美、立言之妙”是必要条件。刘勰在其《文心雕龙》中更早就说作品要“情采”兼备，要“情信而辞巧”。中西古今其他强调要“美”要“妙”的言论不胜枚举。

二、港式相声·壮丽港城

香港茶餐厅是“香港城市文化名片”之一。黄国彬 2009 年写的散文《缩脚岁月》将会是香港文学的名篇之一。他认为香港的茶餐厅，有三大特色：港式奶茶、茶餐厅阿婶和港式相声。首先是港式奶茶之香。他写道：奶茶的“奶”，不是一个英文字 cream 可以形容；如用 cream 来形容，就完全辱没了法语“la crème de la crème”（意为“精英中的精英”，cream 与 crème 二字形似）。其次说到茶餐厅阿婶叫顾客“缩脚”一事。“缩脚”是粤语俚语，这里意为双脚向上抬高，以便女工清洁地面。且看阿婶大喝一声“缩脚”之后的情形：

> 到扫帚远去，你的双脚还悬垂于空中，在现实世界中定格。因为，不管你是曹沫专诸豫让聂政荊轲还是罕见的大勇韩信张良，有泰山崩于前而色不变的镇定，发自阿婶口中的霹雳，一定会叫你震栗色变，乖乖遵命，放弃脚下小得可怜的顾客领土，让扫帚挟迅雷烈风和漂白水的气味扫过来。

这里征引历史人物，用文言用成语，语言古今汇集。第三个特色是港式相声。雾霭弥漫中，相声登场：向“伙计”点的食物还没到——

> 你已经开始“耳食”，因为邻桌或背后的卡位，早已鞭炮般响起以下对话（女读者请多多包涵）：“××××，昨日喺街见到你，去边×度啊？”“××××，落雨湿湿，有边×度好去啊？咪去买马啰！”“××××，我上个礼拜买马，输到仆街！”“××××，点解会咁×黑架？”……这，就是港式相声。

以上每一个×都是一个粗口字眼。粗口也常见于大学堂，作者笔下，大学时代的爆粗现象和“爆粗英雄”生猛呈现，简直有如火山爆发。爆粗，或者说港式相声，黄国彬指出，“不管从民族学、文化学、武侠小说学、语言学、文学、生理学角度，都有研究价值”。他还认为香港这些茶餐厅事物应成为世界文化遗产，篇末更设计了一场未来“西九”开幕日奶茶、粗口、缩脚齐备的红星汇演的港式喜剧，非常搞笑。

近年香港社会爆粗的事件此起彼伏，说“相声”者有不少是大学生，而且是香港大学的学生。唉，原来其来有自。黄国彬妙笔写实，而暗藏褒贬。《缩脚岁月》最大的特色是语言资源丰富，白话、文言、俚语、西语糅合，成为语言的“四合体”；其妙笔粲然生辉，读来趣味浓郁。此篇长逾万言，以上只做浓缩的赏读。

黄国彬另一篇散文《伏在你肩上的女子》(2005年)写的是香港的另一张名片：维多利亚港。香港海景之美，举世知名；此文大手笔赞美香港海景，是一篇现代的“赋”。赋有铺陈的特色，黄国彬写海之前，先用湖泊、河流来铺垫，描写时又擅于“声东击西”，把世界美景用 pan 镜头“和盘托出”。多瑙河是他维港大餐的前菜，进餐时非常讲究文艺气氛，他写道：

> 你在维也纳郊外一家餐厅的露天茶座喝茶，望着多瑙河的轻雾，反复吟诵史特劳斯乐曲的名字：“An der schönen blauen Donau……”诵着诵著，你飞离了座位，凌波于河面上，与多瑙河最美的水仙跳着华尔滋……

地球上水景灵秀的城市很多，黄国彬筛选后列出三个海景最为宏阔的城市：纽约、悉尼和香港。从事“港学比较”后，他把桂冠给了香港“港人赞港”。黄国彬的赞词，从香港岛、九龙半岛不同视点，从昼、夜不同时间，从宏观、微观不同角度审视维港之美，意象丰盈，比喻迭出，气魄宏大。

他神思踊跃，化身为海鸥，“扇着南风用鸥目吸饮港中的碧凉”，“俯瞰壮丽的海港，海港两边多姿的建筑”。他引《阿弥陀经》的一段描写：

> 佛土有世界名曰极乐……极乐国土，有七宝池、八功德水充满其中。池底纯以金沙布地。四边阶道，金银、琉璃、玻瓈合成。上有楼阁，亦以金银、琉璃、玻瓈、砗磲、赤珠、玛瑙而严饰之。

他评论道：“这样的极乐世界，绝对引不起香港人艳羡之情”，因为维港两岸的豪华购物中心，正是这样的极美极丽。他的文笔也极尽华丽，和《缩脚岁月》一样，我称这些作品为 conspicuous composition（炫耀性书写）。

三、“四库”储水·共济“我城”

古人说：登高能赋，可以为大夫。黄国彬的维港赋，用大夫笔法。西西的《我城》写香港则不同，用的可说是小孩视角。初版于1979年的中篇小说《我城》，我曾评论道：“冰心、丰子恺等，有西西的童心，但没有西西这样的童笔。”有学者看了我的评论后，“变本加厉”地说：《我城》是一种“顽童叙述”。该书是西西的成名作，曾入选“20世纪全球百部华文小说”。

《我城》的主角是阿果，其他角色有阿果的朋友、妹妹和邻居等。阿果的工作是电话接线员，他朋友的名字是麦快乐；这份差事、这个名字，表达了《我城》的主题：人要彼此沟通，要活得快乐。西西写生活中有趣的事物，有浓厚的载道意念，但没有给读者说教的感觉。一般的公文都是冷冰枯燥的。阿果应征电话公司职员，收到回音了：

> 他们给了我的信箱一个干果皮颜色的牛皮纸信封，里边塞满纸叶子，其中的一页上说了好些话，由我翻译后，变成这样：你说来帮我们做事情，我们知道了，但我们并不晓得你是谁，又不知道你高矮肥瘦，喜不喜欢钓鱼，所以……请你做些填字游戏，让我们彼此了解一下，谢谢你愿意帮助我们。

填表格是很多人讨厌的事，一经“翻译”而变为“填字游戏”，就有趣多了。“让我们彼此了解一下”一句，更回应了全书的主题。

阿果的妹妹阿发，想到天台晒太阳、踢毽子，但发觉天台上堆满垃圾，于是给“亲爱的邻居”写了一封两三千字的长信，信末说：“我阿姨说我写错了熨衣板的熨字，我写了烫，这当然是一个错误，我就改了。”阿发向邻居暗示，应知错能改。整封信语调亲切、轻松。人与人如果这样相处，社会就充满和平、快乐了。

主角的朋友麦快乐做过“快乐王子公园”的管理员。这个公园，是乌托邦社会的一个象征。它“园门宽阔明朗”，竖着牌子，有下面的规则：“一、不得在园内打树；二、不得在园内欺侮木马；三、不得在园内骂石凳；四、不得在园内对规则扮鬼脸……”可见万物都有尊严，万物都应受保护。

西西的童话式妙笔使全书极为生动有趣。说搬家，“我的家减了一百五十磅”；说阅读，喜悉有人发明了苹果牌“即冲小说”，一饮而小说内容尽在脑子里。《我城》似乎缺乏情节的主线，有评论家认为，本书有如绘画长卷《清明上河图》，一景接一景。这不失为一种阅读的方式。

这本小说临近结束的一景，有趣之外，我认为还特别有心。《我城》写的那个年代，香港虽然已有东江水，但供水量不大，时有“水荒”。如下大雨，本地水塘的储水量就会增加，令人雀跃。《我城》这一景是：城市下了大雨，市民合力储水：“有一组十众的人，干脆把整条街的两端以大力万能胶一封，喝一声‘起’，即把街整个抬了回家。”更异想天开的是：“有一座私人的巨型图书馆，则搬了四库全书到天台上去砌了四堵墙，成为一个最具文化气质的水库。”《我城》中的电视新闻评述员，在报道储水的行动后，这样表示：“他从来不曾见过别的城市发挥过类似的同舟共济精神，因此很是感动，同时，他忽然对人类、世界，重新充满信心。”

《我城》初版至今已有三十多年，我现在重提这本小说，除了它本身的文学价值之外，还因为“我城”市民的乐观、与人为善、与人沟通，都是正能量，其“同舟共济精神”特别让人感动，香港现时特别需要。近年香港有些人充满戾气，对社会的事物，不管有理无理，都要抗争，都要对着干，一时间，社会好像分崩离析了。香港人要同舟共济，分崩离析会摧毁你和我这个城市的繁荣与壮丽。我们要维护壮丽“我城”——我们的“乡土”。这是讲述两位杰出作家的文学艺术之外，我要表达的一份心意。

2016 年 10 月 22 日我在香港中央图书馆有一个演讲，事后自己整理出稿子来，即上文。2017 年 1 月中旬记。

知音的挚情

——读《人间有知音：金耀基师友书信集》

一、“我是幸运之人”

7 月 21 日，在香港书展的一个演讲厅门口，我一见到讲者金耀基教授，马上礼貌地拦住他，介绍来自北京的朋友李君。李君为出版社编辑，告诉金教授，希望获得其《大学的理念》一书的内地版权，可惜得到回答：此书在内地已“名花有主”。怅怅然走进厅里，我们坐下，讲座开始，金教授以《人间有知音》为题，开了金口。这次演讲乃因其最新著述《人间有知音：金耀基师友书信集》（香港中华书局 7 月出版）而设。

金耀基这位香港中文大学前任校长，是著作丰硕、闻名遐迩的社会学者、教育家；今天的演讲，却让我和北京来的朋友觉得他是位文学教授。他由古代元好问的名句“问世间情是何物”起讲，列述爱情、亲情、友情种种情话；李君得不到“大学的理念”，却收获满满的“人间的感情”。友情往往来自“知音”，友情更因相知而加固。伯牙擅弹琴，子期善倾听，感人的故事引出著名的理论：刘勰《文心雕龙·知音》云：“知音其难哉！音实难知，知实难逢，逢其知音，千载其一乎？”我深爱《文心雕龙》这部文论经典，近年致力阐释发扬其理论。想不到除我之外，金教授也是《知音》篇的知音。不过，这位重情的知音十分理性，认为“千载其一”说是夸张了；他一生就遇到很多知音，因此才有这本《书信集》。

他跟着娓娓而谈，美美而谈，介绍成书的经过和本书的内容，例如收了哪些师友的书信，与某某师友的交往又如何，其专业成就又怎样。最后一段金教授自道："我是幸运之人，我八十年的人生，做人做事，实不少有相知相重的知己。我五十年的书写，尤不少有同声相应，嘤嘤求友的知音。知己知音，不必多情，而情在焉。问情是何物？答曰：'情有多种，情之清而贵者，知己知音心中一点灵犀耳。'"这场演讲，讲词起承转合，本身就是生动传情、跌宕入理的一篇好文章。

二、优雅的散文·半部回忆录

演讲既毕，问答已已，数十位听众一拥而上，排队请金教授在刚购买的新书上签名留念。讲座之前，"老校长"金公透露机密，说这本《书信集》收了我的信。如讲座中所说，凡是有信件入集的人，金教授对此人有或长或短的记述和点评。我有此机遇，自然开卷快读。现年83岁的荣休讲座教授，近月日夜动脑挥笔，不休地工作，终于完成这"半部回忆录"的编撰：有回忆录的书写，兼有述评师友的内容，这真是创意丰盈的一部书册；它既是优雅的散文，也是当代文化人的传记材料。

在归途中，在家里，我肆意阅读。钱穆（新亚书院创办人）、李卓敏（中大创校校长）、饶宗颐、余光中、杨振宁等学术、教育、文学各界人士，国内国外都有，一共逾百位，在金教授的记述中各显丰采。这些记述，不是太史公的"列传"，不是鲁迅写阿Q的"正传"，或许可称为"别传"。这使我想起余光中的著名散文《沙田七友记》，所记的方式也可说是"别传"。非常难得，两种"别传"中都有我。余翁和金公对我的述说，我读来莞尔，但这里不便征引，以避自我宣传之嫌。我最感兴趣的是金公怎样述评我熟悉的沙田校园旧同事。

三、蔡思果与刘述先

金公与蔡思果互为知音，彼此称赞对方的散文。蔡说金篇"文字精妙，思想高超，信为传世之作"；金谓蔡文"一看入迷，不能释手，对他从容不迫，充满机趣的笔调甚为心折"。蔡思果也是翻译家和翻译理论家，《书信集》引他的翻译论述，是我初读之下颇为心惊："译老英文最难，像攀登景阳冈，老虎多，风险大，要有武松的体魄，才不会送命。"

刘述先和金耀基是台湾大学的校友，在中大新亚书院共事，二人"合作无间”。金公表扬刘氏“在西方英语世界推扬儒学”，也谈到刘氏“与唐君毅先生之间的不惬”，但金公对此始终不甚了了，述先在我面前也未多说，述先始终肯定唐先生的学术地位。我想，这大概就是一种“不和而同”了，“同”指认同其学术地位，难得有此器量。和众多新亚人一样，刘述先可说的严肃事和有趣事甚多，全书人数逾百，金公只得“惜墨如金”，不能人人详写。

关于哲学系的刘述先教授，我最难忘的是在云起轩边吃牛肉面边摆龙门阵，他议论纵横时露出的童稚式笑容——近乎傻笑。也有严肃之时。有一次，他读了我送他的《古诗今读》后，带着兴“诗”问罪的口吻道：“你为什么只讲杜甫，不讲李白?”沙田校园的读书人真是读书人，《书信集》中金公写道：2016 年述先病逝，妻子说：“述先最后的岁月，几近失明，深以不能读书为苦……”我所熟悉的诗翁余光中，仙逝前也患眼疾，视力衰退——但比起古代文人如韩愈未到四十就发苍苍、视茫茫，幸运多了。与刘“不惬”的唐君毅，以及钱穆夫子，晚年都有眼疾。钱夫子为新亚所写的校歌有“东海西海有圣人”的名句，我们可说东海西海都有几近失明的老年读书人，最近读到关于乔艾斯（James Joyce）的文章，他也是“苦不能读”的一例。

四、陈方正“科学与人文双修”

《书信集》中的陈方正又是一位人物，金教授形容他“科学与人文双修”，我们也可以说他“一个人而具两种文化”（a man of two cultures）。本来是“洋”的物理系教授，后来却成为大学的秘书长，更当了“华”的中国文化研究所所长。金公列举陈所长的种种建树，怀念如何在中大改制时“风雨满天的日子里成为知交”，还赞扬陈方正近年为其先父陈克文先生设立“近代史讲座”，又整理出其父亲的日记两大册，金公曰：“亦可谓极尽人子的孝思矣。”我对陈教授则有一种“知遇”之情。1976 年我从美国取得学位回母校教书，属于新亚书院；陈先生属于联合书院，大概看过我的一些文章，就请我为联合的学生讲述爱尔兰诗人叶慈（W. B. Yeats）。此外对我还有一些厚爱。

20 世纪 80 年代是香港与内地开始频繁交流的岁月。身为新亚书院院长的金耀基，为交流活动搭建金桥，如北京的朱光潜与台北的钱穆等耄耋学者就曾交汇于此，并“在交汇时放出光亮”（借用徐志摩诗句）——虽然已是微弱的晚霞之光。陈先生同样促进种种交流，1984 年巴金应邀来中大领受荣誉博士学位，就是他建议和策划的。这中间有一段插曲。中大一向为荣誉博士学位获得者写一篇赞词，对巴金也如此。当时余光中先生是中文系教授，教的以现代文学为主，赞词应由他来写，然而“有变卦”，陈教授忆述道：“负责撰写和宣读赞词的诗人余光中教授来看我，说他自己也是文学家，不能违背良知来称颂另一位他并不认可的作家，要求大学另请高明。”距离典礼只有一个月，陈先生只得临危“自”命，自己执笔。说陈方正“科学与人文双修”，这篇情辞并茂的赞词是个好例子。

这里说的故事，还有赞词，都收录于陈氏2016年中大出版社推出的文集《当时只道是寻常》。此书由金公题签，并撰写推介词。今年春节，我在扬州市图书馆新书架上不经意看到此书的内地版本，书名作《用庐忆旧》；颇惊喜于扬州文化深厚，图书馆收罗广阔，特地为书拍下了照片。

五、金耀基余光中互为知音

此书所说余光中“另请高明”一事，我想是有缘由的。就散文而言，巴金“实事求是”地写，余光中则讲究文采，壮年时建立“余体”，风格尤其飞扬甚至跋扈。就小说而言，巴金显得激情洋溢（夏志清和白先勇即有此评论），余光中的作品也繁富多姿，令他喜欢赞叹的现代小说则是钱锺书《围城》式的机智、幽默和讽刺。文道不同，余光中自觉不能由衷赞誉巴金，与其“为文造情”（《文心雕龙》语），不如不为文，是以婉拒，这正是他坦率的表现。2017年6月，我和家人到高雄探望余先生，谈到婉拒之事，并出示陈著，余先生没有表示什么意见。

说到幽默，上面提及的余先生《沙田七友记》，所扫描的诸友，多为其轻松幽默的“侧面”。例如七友中的蔡思果，他翻译又创作，写絮语式散文，讲话则絮絮绵绵，余光中用“迷人的唠叨”形容之。又说这位中国书生“迂得可笑，又古得可爱”，其最具《世说新语》意趣者，尤过于“拥吻人家的太太”事件。话说某年某日，翻译家高克毅完成在香港中文大学的业务，将飞返美国。余氏写道：宋淇夫人、思果和某女士在机场送别，“临上机前，高克毅行西礼向两女士虚拥亲颊。不久思果在我家闲谈，述及此事，犹有不释，再三叹道：‘怎么可以这样？当众拥吻人家的太太！’我说：‘怎么样？当众不行，难道要私下做吗？’大家都笑起来”。这真实的故事还有下文，就此打住。我引述《沙田七友记》的内容，也到此为止。

概而言之，金耀基的《书信集》的师友述评，虽非正传，却是相当“正襟危坐”用金笔写的；余光中的《七友记》也非正传，而他“旁敲侧击”，其钢笔力求点中读者的笑穴。余、金两位，都能广为欣赏济济多士的才华，且乐道其美其善。余、金两位就有互相欣赏的佳话。金公在《书信集》里对余光中的褒扬，十分慷慨，他写道：“余光中没有获诺贝尔奖，很难说是余光中还是诺贝尔的遗恨，几乎可以肯定的，余光中将与李白杜甫……苏东坡等中华诗坛骄子共在，中国文学殿堂中不能不为光中设一把座椅。”金耀基不但阅读余光中的作品，还阅读对其作品的评论，流沙河、喻大翔和我的话都引录了。关于余光中的这则“别传”特别长，金请余在新亚演讲，余请金在高雄演讲，述其盛况就用了不少篇幅。

六、惹出知音怀旧的挚情

以上我只道及《书信集》内容的吉光片羽，一边说还一边加上我对旧同事的一些回忆。名为《书信集》，众位大师、大家、名家的毛笔、钢笔、水笔、圆珠笔墨色，花式繁富。光是钱穆的四封信，从用毛笔到用水笔，从笔画雄健到笔画散漫，就可赏又可析：笔画散漫的信是钱夫子视力渐渐衰退时写的。初读《书信集》，惹出我的诸般怀旧之情，此情越读必然越深越广。问世间情为何物？是“人间有知音”的挚情。

2018 年 8 月

“酒徒”及其所置身的时代

——论中国第一部意识流长篇小说《酒徒》

龚自强*

摘　要：作为中国第一部意识流长篇小说，《酒徒》已成为中国小说永恒的经典之一。本文认为，《酒徒》在三个方面有其不朽的价值：首先，在“内在真实”的基础上塑造了一个内心充满挣扎与冲突，却仍然葆有良知的文人形象“酒徒”；其次，借助“酒徒”的“醉眼朦胧”，表现了当时香港社会和香港文学环境的恶劣状况，写出了“酒徒”所在时代的真实面相；最后，为表达极具冲突与矛盾的“内在真实”，刘以鬯在中国文坛上第一次创造性地借鉴了意识流小说的写作技巧，并对之做了个人化的、中国化的改造，从而在世界文学的意义上对意识流小说做了可贵的开拓。当然，这种开拓自有其利与弊。

关键词：内在真实　严肃文学　意识流小说　小说的诗化

《酒徒》以在《星岛晚报》副刊连载的方式问世，连载时间为1962年10月18日至1963年3月30日。随后于1963年10月由香港海滨图书公司出版单行本。尽管当时就引起了一些轰动，但可能连刘以鬯本人都没有想到《酒徒》会有如此顽强的生命力，时至今日仍散发着让人无法拒绝的文学魅力。时至今日，《酒徒》已经成为中国文学永恒的经典之一，常读常新。

小说用洗练精简却异常准确的语言，描画出了“酒徒”的驳杂的、充满冲突与挣扎的内心世界，从而在“心理真实”或“内在真实”的基础上塑造出一个让人过目不忘的人物形象。与此同时，小说借助“酒徒”的“醉眼朦胧”，得以更加穷形尽相地透视当时香港社会的过分商业化及其给文艺带来的严峻冲击。因为刘以鬯特别热爱文学，对文学有不随时俗的真知灼见，兼以长期浸淫于香港社会和香港文坛，香港文学在当时社会中的过分商业化、庸

* 龚自强，中国艺术研究院助理研究员。

俗化、低俗化的发展，就不能不让他感到痛心疾首。这些都在小说里借助“酒徒”的“醉态”得到犀利呈现。应该说，因了“酒徒”的“醉生梦死”，刘以鬯恰恰能够最为极致地表现一颗有良知却又不能不与现实同流合污的心的百般困厄与痛不欲生，同时又恰恰能够以这样一颗痛苦的灵魂，最为极致地刻画出香港社会的拜金化、庸俗化带给文艺的可怕冲击。这无疑是一个让人不能感到轻松的作品，它要表现的内容某种程度上也要求一个更加合适的艺术形式。事实上，《酒徒》最引人注目的地方即在于它大胆采用了意识流的写作技巧，“它是中国第一部意识流小说，自‘五四’以来，穆时英以后，心理小说上的一次新的转机，一种大胆的尝试，一个创新的实验”[①]。确切地说，《酒徒》是中国第一部意识流长篇小说，但它很明显地并没有让写作沦为纯粹的意识流动，而是常常给出意识流动的特定框架，从而将意识流动导向明确的意义指向。然而对于小说与诗结合的执念，也一定程度上削弱了《酒徒》的表达效果。这些都将在下文得到详细探讨。

一、苦闷时代一个痛不欲生的灵魂——“酒徒”论

用刘以鬯的话说，《酒徒》是“写一个因处于这个苦闷时代而心智不十分平衡的知识分子怎样用自我虐待的方式去求取继续生存”[②]。我们读这个小说，最难忘怀的并不是时代如何苦闷，也不是意识流手法如何新颖，而是实在难以忘怀“酒徒”这个在痛苦中挣扎的活的灵魂。在这个意义上，《酒徒》因为写出了苦闷时代一个痛不欲生的灵魂，而具有不可磨灭的经典性。“酒徒”虽没有具体名字，却比小说中任何一个有名有姓的人更加让人印象深刻。他的形象是那样饱满，他的性格和内心挣扎又是那么摄人心魄。在荒唐庸俗的文学环境下，“酒徒”越是癫狂，越是痛不欲生，越说明他比之于其他“与时俯仰”的人来说，越是一个深具良知的文人。因为不想丧失良知，“酒徒”才经常陷入精神困境之中，因此也才需要酒精的麻醉。这个人物是如此的卑微，又如此的高贵，某种程度上，正是他那时刻都要被现实击垮的卑微、脆弱与无力，才更加反衬出他另一层面的勇敢。他的癫狂与醉眼醉语，也让他与《狂人日记》中的“狂人”有些心有灵犀，在这个意义上，刘以鬯可谓接续了鲁迅的文学血脉，在六十年代的香港做出自己的探索。刘以鬯写出了这个苦闷时代的人物如何一步步滑向万劫不复的深渊的过程，写出了他的挣扎与他

① 振明：《解剖〈酒徒〉》，刘以鬯：《酒徒》，北京：人民文学出版社，2018年版，第299页。

② 刘以鬯：《酒徒》，北京：人民文学出版社，2018年版，序第9页。

的抗争，但也写出了他最终的毫无出路，从而进一步增强了这个灵魂的悲剧性。但也正因如此，"酒徒"成为中国当代文学人物长廊里一个不朽的经典。

"酒徒"本是一个有着严肃文学追求的作家，在他的醉语和内心独白里，他一再表达着对于自己不得已而从事武侠小说、黄色文学写作的苦闷，表达着对于文学的严肃认识和对于严肃文学的敬畏、渴慕，一再表达着对于当时香港文坛庸俗一面、无知一面的批判。只有在"梦"里，在"醉语"里，在意识的流动里，我们才得见"酒徒"对于文学的真知灼见。但在当时的香港，丑恶的现实却一再逼迫作家们为了"稻粱谋"而去写作四毫小说、武侠小说这样"取悦别人"的通俗作品，等而下之，更要去写一些出卖作者良知的黄色小说，"酒徒"当然没能逃脱这个大的时代趋势。小说开篇第一章就通过写"酒徒"的醉酒，而预示了"酒徒"的逃离现实，希图用"醉"来对抗这个丑恶的现实，第二章则用意识流的手法写了"酒徒"的种种"美梦"，从而暗示"酒徒"的现实境况：没钱，主要是没钱，在没钱之外，更要忍受社会的冷眼与奚落。但与此同时，关于《海明威在香港》的拟想，无疑表现出"酒徒"对于现实的嘲讽与抗议，而关于曹雪芹《红楼梦》的一番评价，却又无形中透露出"酒徒"对于严肃文学的倾心与独到见解、对于《红楼梦》的景仰以及对于香港社会文学环境的严重不满。有感于敦诚的"解下佩刀沽酒"，"酒徒"在翌日清醒时，不由得说出了自己何以必须喝酒的缘由："……只有酒醉时，世界就有趣了。没有钱买酒时，现实是丑恶的。香港这个地方，解下佩刀沽酒的朋友不多。"①

这样，"酒徒"的沉迷于酒，与酒结下不解之缘，某种程度上就不可在酗酒的意义上去看待，而应从其灵魂的深刻冲突中去看待。有鉴于香港文坛的怪现状和恶劣环境，"酒徒"并不想与之同流合污。尽管他事实上确实在做与之同流合污的事，不仅脑子里常常为了挣钱而考虑如何从每一现实或历史"题材"中汲取写作黄色小说的灵感，而且确实写了颇为叫座的《潘金莲做包租婆》《刁刘氏的世界》，在其此项事业的巅峰期，他同时在四家报刊上写连载小说，他的思想里更多的却还是对此行为嗤之以鼻。某种程度上，"酒徒"是鄙视他自己的，但为了生计，为了挣钱，他又不得不去从事四毫小说的写作。如果是一个毫无良知的文人，如莫雨这样的文化投机主义者，这样的悖谬情形是很容易就滑过去的，不会给他带来什么精神困扰，但"酒徒"不一样，"酒徒"恰恰是一个有良知的文人。一方面，他不得不违心地写一些逞放欲望的"文字垃圾"，另一方面他又极其鄙视自己写这样的"文字垃圾"，他

① 刘以鬯：《酒徒》，北京：人民文学出版社，2018年版，第13页。

的志向所在仍在于严肃文学，仍在于写出惊世骇俗的真正出色的严肃文学作品。他的思想每每在这两端之间徘徊犹豫，其挣扎之痛苦着实令人心痛。

小说极为细致地展现了在极端的生活压迫下，在极端庸俗的文学环境下，“酒徒”的真实堕落轨迹。应该说，他对自己每一步的堕落都充满了不安，充满了鄙视，每一次堕落后都要借酒浇愁，也借酒试图逃脱内心的谴责，但有醉必有醒，每每在“醒来”之后，那内心的谴责与反思便来得更加严厉，从而再度置“酒徒”于不可承受之地。由于小说出色地将外部世界和内部世界一分为二，从外部世界来看，我们的确不能看出“酒徒”的反抗性何在，我们看到的无疑是一个懦弱的文人，他不能对抗这个“腐朽堕落”的世界，只能任其蹂躏，从而成为一个人人憎恨的“酒徒”。有论者可能正是因此认为，“小说中的酒徒其实连做一个传统的战败者的资格都没有，原因是根本他没有遇上战场”①。但刘以鬯写出的绝非一个完全软弱的放弃抵抗的弱者形象，在外部世界的内部，“酒徒”的内部世界无疑更加丰富驳杂，从中我们完全可以看出“酒徒”在某种“垂死挣扎”境况下的勇敢无畏。某种程度上，“酒徒”的所有懦弱在这一内部世界的烛照之下，都值得人们深思。从其内部世界来看，我们起码可以说“酒徒”乃是一个有良知的知识分子，他对自己在外部世界所做的种种妥协都有欲说不得的痛苦自剖。“酒徒”的复杂即在于这种外部世界与内部世界的强烈反差，从外部世界来看，“魔鬼与天使在我心房中决战，结果魔鬼获得胜利”②，但从内部世界来看，只要“酒徒”仍然急不可耐地要将自己沉溺于“酒”之中，只要他仍然克制不住要在“醉眼朦胧”里说出那些残酷的自剖言辞，他就仍然葆有最为可贵的良知③，并因此而堪称“勇敢”。正像梁秉钧所言，“酒徒”这个人物形象某种程度上突破了传统小说的审美规范，可以在现代小说的意义上确立其意义：“《酒徒》的主角不是传统意义上的英雄，他充满缺点，但另一方面他也有自己的原则，他有他的软弱，但也有他的智慧。他是一个内心充满挣扎的人物。这种对内心挣扎的正视和描写，也是现代小说的一个特色。”④ 很多人愿意从“酒徒”与刘以鬯本人经

① 陈云根：《众人皆醉我独醒——评刘以鬯的〈酒徒〉中的先知角色及其他》，刘以鬯：《酒徒》，北京：人民文学出版社，2018年版，第325页

② 刘以鬯：《酒徒》，北京：人民文学出版社，2018年版，第195页。

③ “酒徒”不仅在写作生涯中保持了可贵的良知，而且在个人生活中，也能够抵挡住各种诱惑，保持某种可贵的良知。他的前两次搬家，皆因要避开唾手可得的性诱惑；他被莫雨骗走了《蝴蝶梦》的剧本，本想要回3000元稿费，但看到莫雨送来的50元钱“施舍”后，他毅然原数奉还。“酒徒”的生活确实处于困顿之中，但他的良知并未因此而泯灭，可以说仍然保持了高贵的人性。

④ 梁秉钧：《香港小说与西方现代文学的关系》，刘以鬯：《酒徒》，北京：人民文学出版社，2018年版，第320页.

历的相似，推测"酒徒"是刘以鬯的化身，但客观地说，"酒徒"尽管与刘以鬯有些关系，但却主要是作为一个独具魅力的文学人物才有其熠熠光辉。这个人物形象，某种程度上是中国现代主义小说的一个先驱。

二、"现实是丑恶的"——对当时香港社会及文学环境的批判

"酒徒"的苦闷与挣扎，部分源于他的敏感和固执，敏感的一面让他常常为香港社会及文学环境对于严肃文学写作空间的挤压而倍感焦虑、痛苦，固执的一面又让他常常在内心世界里拒绝自己的行为选择，固执地坚守文学良知。这都要将我们引向对于香港社会及其时文学环境的关注。在谈到小说的促动因素时，刘以鬯如是说："我要通过一个文人的感触点来反映香港社会的某些现象，特别是文学因商品化与庸俗化的倾向而丧失特质特性的事实。"①

在这个意义上，"酒徒"正是一个"典型环境中的典型性格"。我们也可以认为，《酒徒》虽大量使用了意识流的表现手法与技巧，却仍称得上是一部现实主义杰作。它不仅对于其时香港的社会环境尤其是文学环境做了典型化的描述，而且在其中寄寓了犀利的批判与热情的呼唤，从而具有长远的启示意义。

某种程度上，文学环境受制于社会环境，有什么样的社会环境，就有什么样的文学环境。当"酒徒"感慨"现实是丑恶的"的时候，我们的确很难分清他到底指向社会环境还是文学环境。一定程度上，作为文人，作为一个在商业社会摸爬滚打的作家，"酒徒"所遭遇或体验的社会现实，往往都要以文学环境作为中介，毕竟文学环境才是"酒徒"日常打交道的对象。但在重点分析小说所呈示的文学环境之前，我们还是先来看一看小说对于香港社会环境的表现，看一看现实到底为何被"酒徒"感知为"丑恶"。

小说对于社会现实的表现，主要通过张丽丽、司马莉、杨露、包租婆(王实的妈妈)、雷老太太等人物来折射式呈现。这些人几乎都远离文学环境，是"酒徒"日常打交道的社会人士，也基本可以折射出"酒徒"所置身的社会现实。必须承认，这样的社会现实尽管复杂多样，却也的确可以概括为"丑恶"。张丽丽是一个世俗的女人，心里只装着钱和地位，根本没有情感可言。她明知道"酒徒"对她有好感，却还要故意利用他的这点好感，去达成自己向上爬的目的。为了达成自己的目的，她要求"酒徒"配合她上演一出

① 刘以鬯：《我为什么写〈酒徒〉——在港大香港文化课上的发言》，《酒徒》，北京：人民文学出版社，2018 年版，第 292 页。

荒唐的捉黄脚鸡的戏码，导致“酒徒”被人暴打一顿。有此心机，张丽丽后来自然是如愿以偿，成了纱厂老板的妻子。但这样的人，一方面因其美貌让“酒徒”心动不已，另一方面却也不断摧折“酒徒”对于情感的敬畏。“为了钱，她愿意将灵魂出卖给魔鬼。但是，人是感情的动物，她用什么方法将自己的感情冻结起来？她究竟有没有感情？”[①] 无疑，张丽丽与纱厂老板这样的结合毫无爱情可言，但既然张丽丽抱着交易的心态看待爱情，爱情的买卖也就无法不成为一个普遍现实。司马莉是“酒徒”房东女儿，只有17岁，却已经成为一个玩世不恭、游戏人生的“新世纪病”患者。小说仅仅通过司马莉对家庭的无感，对四十岁左右的中年男人的性趣，以及急不可耐地要与“酒徒”发生点什么的行为，就将一个残破的、金玉其外败絮其中的家庭予以揭露。“酒徒”越是保持克制与冷静，越是不想骗取少女的真诚，越是反衬出司马莉的“步步紧逼”。这样的不正常的少女，在当时的香港怕也为数不少，小说由此对香港的社会环境深为忧虑。杨露的故事更加凄惨，她有一个那么不正常的家庭，正是这个家庭迫使她年纪轻轻就出来卖身，但她最终却在社会的锤炼下变得冷漠、势利且自私。杨露是唯一一个“酒徒”认为是弱者的女人，并在这个意义上打开了“酒徒”的理性枷锁，但她最终也无可奈何地屈服于社会现实，成为可以“游走”其中的一员。这个让“酒徒”陷入绝望状态的女孩，更加穷形尽相地说明了当时香港社会的大染缸性质。王实的妈妈是一个相对温柔的女人，但她显然也是愿意舍弃青春和情感来换取生活安稳的女人，她守着一个空巢，精神上其实是一个女奴，因此不能获得“酒徒”的尊重。更或者，我们可以推而言之，“酒徒”逃离她不能不说是因为一种内心深深的惧怕，惧怕自己成为一个如她一样的奴隶，为了生活过得安稳，便舍弃自己的灵魂。这个女人虽然只是短暂出现，却让人印象深刻。另有一个“年华消逝的半老徐娘”雷老太太，在自己年老色衰之后，居然要出卖自己女儿的青春给“酒徒”，委实令人震惊于社会的普遍堕落，当然也就不由让人推想其时社会给人留下的出路何其逼仄。雷老太太这个人物比较复杂，透过她的沉迷于自己抗战中去世的儿子雷新民，硬将“酒徒”视为自己的儿子，及其在此过程中表现出的种种善举和美好品性（虽然有些魔怔），小说将“酒徒”所置身的整个社会都放入括号内，在今昔对比之中无疑更加强化了对于此刻现实的批判力度。这些人物无疑在小说中都只取了一个截面，但那截面所透视出的香港社会的丑恶现实自有其力透纸背的形貌。在这样的社会中生活，可想而知“酒徒”的压力，也可以推想“酒徒”的必然宿命。

---

① 刘以鬯：《酒徒》，北京：人民文学出版社，2018年版，第64～65页。

如果可以在躲避社会的时候，“躲进小楼成一统”，专心于文学创作，借以抚慰心灵，“酒徒”应该也不至于陷入如此痛苦的境地。可是，香港的文学环境比之于社会环境，竟更让人无法忍受。这怎能不逼迫着“酒徒”走向绝路呢？小说自始至终都在渲染四毫小说、武侠小说与黄色小说的危害，但也无时无刻不在渲染它们的“横行于世”及其对于文学风气的恶劣影响。不仅如此，小说在第 21 章用了一章的篇幅，以内心独白的方式历数香港作家代表团的无知、低劣与庸俗。内心独白的方式，正足以让“酒徒”在内心对这些所谓香港作家代表团的种种丑行恶行进行毫无掩饰的抨击。这些香港作家代表，真是让人对文坛不能不悲观失望：“代表们是很想使中国文艺能够‘复兴’的，但是开会，找美金，上馆子，玩女人，用金笔套的派克六十一型签名……似乎更多刺激。”结合其他章节，我们基本上可以确定小说中香港文坛的主流信奉保守的文学教条，主张回到传统，拒绝接触“现代主义”的“内心真实”，作家们的生活则普遍格调低俗。在这样的文学环境下写作，“酒徒”本来尚有的一点对于严肃文学的信心和热情，也被现实一点点浇灭了。他本来兴致勃勃要与富有热情的麦荷门共同办《前卫文学》，证明他仍有心在污浊的文学环境下，挣得一片严肃文学的天空。虽然没有理想主义浓重的麦荷门对于严肃文学的那般信心，但从“酒徒”开出的《前卫文学》第一期的目录可以看出，他还是想要借助《前卫文学》的发行，对于香港已成死水的文学环境进行良性引导和改善。麦荷门的观点更加明确，他说：“现在，办这个《前卫文学》，我是准备丢掉一笔钱的，没有别的目的，只希望能形成一种风气，促使有艺术良知者的自觉。”[①] 在这个意义上，虽然麦荷门的文学素养和品位并不如“酒徒”，但他比“酒徒”更加具有行动力，在恶劣的社会及文学环境下，是麦荷门一步一个脚印地将《前卫文学》办了下去，在一片热闹与喧哗的香港文坛滴下了几滴严肃文学的甘霖。当“酒徒”转向黄色小说的创作后，麦荷门严词拒绝“酒徒”以自己写黄色小说的笔名给《前卫文学》写稿的请求，又拒绝刊登路汀的颇有创意的小说，应该就不止是因为文学素养的问题不能识别文学佳作，而更主要的是因为麦荷门看到了“酒徒”的软弱，而希望提倡一种刚健的、可以自救的文学种类，以真正重振香港文学。

“酒徒”对于香港文坛最大的苦恼在于读者和整个文坛对严肃文学作家的鼓励太少，大家的文学趣味和阅读追求都那么庸俗、低俗、恶俗，导致有严肃追求的作家也不得不放弃严肃文学创作，转而写一些“娱乐他人”的文字。有鉴于“酒徒”所面临的香港那种文学环境，我们甚至连批判“酒徒”的心

---

① 刘以鬯：《酒徒》，北京：人民文学出版社，2018 年版，第 128 页。

思都没有了。“酒徒”尽管一定程度上“堕落了”,但他“堕落”得多么不甘心,多么挣扎,多么痛苦啊。某种程度上,“酒徒”沉迷于“酒”,未必就不是一种勇敢。在那样恶劣的文学环境下,“酒徒”仍要坚守一个文人的良知,坚守良知而不得的悖谬情景,无疑是令人心惊又心痛的。在这个意义上,“酒徒”越是不能断绝与“酒”的关系,我们就越是能看到香港社会及文学环境之恶劣,看到一个有良知的文人在那样的环境中,所注定要经历的物质磨难与精神磨难。

小说借市侩气很重的莫雨,更加明确地指出了香港文坛的真实现状:“在香港,真正的文艺工作者常常弄得连生活都成问题,为了谋稻粱,只好违背自己的良知去写武侠小说或者黄色小说。”[①] 按理说能说出此等言辞的人,应该是一个不与时俗沆瀣一气的人吧,但是恰恰是这个莫雨,无耻地骗取了“酒徒”的信任,又无耻地骗取了“酒徒”写的电影剧本《蝴蝶梦》,从而在毁掉二者之间20多年交情的情况下,一定程度上摧毁了“酒徒”对于社会公道和文学良知的信赖。从此,“酒徒”正式放弃对于严肃文学的追求,不再参与《前卫文学》的编辑,义无反顾地投入到黄色小说的写作之中。在看清莫雨的背叛和欺骗之后,“酒徒”大感失望,但也由此看到严肃文学在香港文坛现实的命运之可悲、可怜。生活的压力实在太大,写作严肃文学又根本上没有任何市场,而市场却又被有限的几种庸俗文艺类型所统摄,不断向更加庸俗的万劫不复的深渊坠落。劣币驱逐良币,这就是香港文坛的真相。“酒徒”终于清醒地认识到:“现实是残酷的,不转变,就不能继续生存。”[②] “酒徒”的葆有良知和最终幻灭,都无疑是对于香港社会及其文学环境的无声控诉和无情批判。《酒徒》聚焦的是20世纪五六十年代的香港,但时至今日,我们读它仍会激起切肤之痛,它所关注的社会及文学环境对于严肃文学的挤压,至今仍是一个不容忽视的问题。这充分说明《酒徒》塑造的香港社会及文学环境这个“典型环境”,对我们而言,有长远的启示意义。

三、中国第一部意识流长篇小说的开拓与缺憾

《酒徒》不仅有丰富的、深刻的、令人难以忘怀的内容,它在形式上也有崭新的探索。它当之无愧是中国第一部意识流长篇小说,即便放在世界文学的舞台上,它仍极具特色,对于意识流小说做了新的开拓。正如梅子所说:

---

① 刘以鬯:《酒徒》,北京:人民文学出版社,2018年版,第85页。

② 刘以鬯:《酒徒》,北京:人民文学出版社,2018年版,第165页。

“刘以鬯先生在借重意识流这一叙述语言时，那具体的写法却是他自己的。”[①]确实如此，意识流小说只是一种写法，它在不同的作家那里有完全不同的发挥，在这个意义上，乔伊斯的意识流小说、普鲁斯特的意识流小说、伍尔夫的意识流小说、福克纳的意识流小说各有不同，但它们无疑都是意识流小说的重要成就。有鉴于《酒徒》在意识流小说方面的开拓，我们可以认为它同样是一部意识流小说的杰作。它当然更具有中国文学传统的特点，甚至有时候不乏“温柔敦厚”的典雅格调，但它根本上仍是现代的，致力于展现现代社会里人的精神与心理波动，致力于透过一个个截面来呈现一个可能并非完整但绝对更加“真实”“深刻”的世界。在现实主义文学的地界之外，它致力于探索“内在真实”，并一定程度上呈现了人的更为内在的一面，以及社会的更为内在的一面。

刘以鬯对于《酒徒》借鉴意识流小说的写作技巧，有很明确的自我认识。在一次发言中，他表示：“我无意临摹西方的意识流小说，也无意写没有逻辑的、难懂的潜意识流动。意识流就是一种技巧，任何人都可以利用这种广济桥写出具有个人风格和特色的小说。”[②]《酒徒》确实有刘以鬯的个人风格和特色。最显著的一点可能即在于它的意识流动是有逻辑可寻的，并非毫无逻辑的意识乱流。即便在“酒徒”最为癫狂的时刻，刘以鬯仍致力于写其有逻辑可寻的意识流动，而将其可能陷入混乱、不可解的意识流动统统略去。这样，《酒徒》就在“酒徒”的醉与醒之间，充分地勾连起其“醉态”中的真实心声和“醒来”后的逼仄现实。尤其值得一提的是，酒或“醉态”，只是给了“酒徒”一个更加自由地发挥自己有逻辑可寻的意识流动的契机。“酒徒”所谓的“醉言”（包括内心独白、做梦、表面言语下的真实心声等）无不具有明确的批判指向，无不犀利地表达了“酒徒”非常明确的对于现实的不满、愤懑与苦闷。也就是说，《酒徒》借用意识流写作的技巧，只是用来服务于“酒徒”的有意识的、有逻辑线索的明确批判意图，而绝不用于意识的非理性流动。我们读过《酒徒》，根本不会觉得它意义的隐藏与晦涩，我们是很容易分辨出“酒徒”的醉与醒之间的界限，很容易看到哪些是“酒徒”的醉言，哪些是它的醒语。某种程度上，正是这种截然分明的醉与醒之间的分野，让小说显得题旨明晰，表意精准，而全然没有了现代小说的那种意义的支离破碎之感。更重要的是，即便《酒徒》的主人公是一个失败的人物，并在此意义上有了现代小说的批判意味，但我们仍然能够直白地看出“酒徒”甚至与《狂人日

① 刘以鬯：《酒徒》，北京：人民文学出版社，2018年版，第312页。

② 刘以鬯：《我为什么写〈酒徒〉——在港大香港文化课上的发言》，《酒徒》，北京：人民文学出版社，2018年版，第293页。

记》中的“狂人”相比，都更加具有现实主义小说的悲剧人物意味。我们甚至同时可以说，《酒徒》兼具意识流小说与现实主义小说的特点与精髓，某种程度上是二者的精妙结合。它既让我们领略了意识流小说技巧所打开的广阔的内心世界的风采，也让我们在此意义上，见识现实的残酷与现实造成的人物的悲剧命运，从而让我们在掩卷之后，与“酒徒”产生强烈共鸣。

《酒徒》共43章，每一章的长短不一，完全跟随叙述人的感觉走，更进一步说，完全根据内容的需要走。但无一例外的是，几乎所有的叙述都可以明确分为外部行为与内部心声两部分，二者缺一不可，共同组成一个充满反差或对比的叙事结构，正是通过内部心声对于外部行为的“再解释”或“反解释”或径直推翻，小说得以更为尽兴地表达人物的精神内涵和人物背后的批判指向。比如最短的第14章，只有14个字：“将自己禁锢在房内，哭了一天。”为什么会哭了一天呢？这就得看第13章了。第13章篇幅也不长，是麦荷门写给“酒徒”的一封信，在信里，麦荷门鼓励“酒徒”不要畏惧环境的险恶，也不要害怕生存的紧迫，应该下定决心去写作真正的严肃文学作品。这封信对于当时的“酒徒”来说，确实是一种巨大的精神安慰，同时也是一种巨大的精神折磨。安慰在于即便在“酒徒”此时写武侠小说却因“动作”太少而断了生路之后，麦荷门依然对他的文学才华抱以信任和肯定，对他来说不啻巨大的鼓舞；折磨在于生存的压迫实在是过于严重，“酒徒”无法不在良知与生存之间再做激烈斗争。明了这一点后，再来看第14章的这14个字，就有了一种“境界全出”的意思了。而有了14章对于13章的顺承，“酒徒”的复杂内心便不再是一个秘密了。《酒徒》中虽有部分章是全然的、大段的意识流动——如第2、4、6、9、21、25、32、38等章——但仔细审视，便不难发现，它们也都往往在前一章有明确的总括性的交代。有此线索，我们便提前知道，这些集中的、大段的意识流动绝非非理性的意识流动，它们往往是“酒徒”陷入内心挣扎的一个体现。更进一步，甚至就连它们本身也往往是有实际内容的，这些实际内容恰足以与“酒徒”的内在与外在生活相连接，从而构成逻辑严整的叙事结构，形成表意明确的叙事意义。拿第25章来说，这一章是完全的内心独白，但却开宗明义地告诉读者“我做了一场梦”，在言语连贯没有标点地表达对于香港文坛的主流，也就是复古派的恐惧与忌惮及其可能的种种恶行后，最后又告诉读者“我做了这样一场梦”。梦中的内容当然不乏一些夸张变形的部分，但由于有这样的“梦”的提示做前后的统摄，有基本的忌惮文坛复古派的想法，那些夸张变形的部分也就变得可以理解，甚至有“恰切的”意味。继续向第24章追踪，我们便更能看清这一场梦的来龙去脉，原来这是“酒徒”开始对办《前卫文学》打退堂鼓时的一个梦。应该说，这样一来，这个梦就更加严丝合缝地嵌入到整个小说叙事之中，成为其不可缺少的一部分了。我们由此得见“酒徒”的内心挣扎，更由此得见刘以鬯借鉴意识流写作技巧的真正力道。

也有一些似乎全然不可捕捉其含义的叙述。比如小说开头那段现在看来已经有些著名的话：“生锈的感情又逢落雨天，思想在烟圈里捉迷藏。推开窗，雨滴在窗外的树枝上霎眼。雨，似舞蹈者的脚步，从叶瓣上滑落。扭开收音机，忽然传来上帝的声音。我知道我该出去走走了。”① 这确实有些让人摸不着头脑，除了能够传达一种莫可名状的情绪，我们的确无法在一种逻辑线条内为之索解。这样的叙述在小说中虽然并不多见，但也时而流露，不仅是一种“刻意为之”，显然也深为刘以鬯所喜爱。在谈论《酒徒》的促动因素时，刘以鬯直言不讳地说：“……写《酒徒》时，我故意使诗与小说结合在一起。我不会忘记J. M. 柯恩讲过的话：‘诗是使文学继续生存的希望。’”② 在梅子的分析里，小说开篇这段话为《酒徒》“引进了诗的意境”，他另外分析了《酒徒》如何“引进诗的节奏”“引进诗的遣词造句”，用以阐明他认为《酒徒》在意识流小说写作上重要的特点“把诗引进了小说”③。可见，将诗歌引入小说，在刘以鬯这里，不仅仅是在小说里注入诗歌，而是某种程度上从诗歌的立意上改造小说的叙述。由于诗歌本身有思维跳跃性、依靠形象的变换来唤起诗意、在有限的字句里调动无限的修辞力等特点，我们某种程度上可以认为将小说向诗化的方向推进，是刘以鬯对于意识流小说写作技巧的又一开拓。当然，客观地说，这一开拓有其利弊。

从有利的一面来看，这一小说诗化的尝试无疑拓展了小说的表现力和表达效果，可以在有限的篇幅内讲述无限的内容。比如第22章里，关于杨露身世的披露，就使用了20多个以杨露为开头的短句子，跳跃性地交代杨露身世的关键信息，从而以剪贴画的形式串联起了杨露的沉重身世，在有限的篇幅里讲述了其他叙述形式不可替代的表达效果。又如，第36章里，关于“酒徒”一天的讲述，就让人耳目一新。再如第32章，“我走进一面偌大的镜子/在镜子里找到另外一个世界”，本身就是一首完整的诗，它所揭示的某种内心深处的真实，绝非其他叙述形式所能等同。无疑，这些都在增强小说表现力和表达效果的同时，增进了对于意识流小说的开拓。但从不利的一面来看，

---

① 刘以鬯：《酒徒》，北京：人民文学出版社，2018年版，第3页。

② 刘以鬯：《我为什么写〈酒徒〉——在港大香港文化课上的发言》，《酒徒》，北京：人民文学出版社，2018年版，第294页。

③ 参见梅子：《刘以鬯及其文学成就》，刘以鬯：《酒徒》，北京：人民文学出版社，2018年版，第312～315页。

我们也的确可以指出，诗歌是诗歌，小说是小说，小说的诗化很难掌握一个必要的限度。一旦诗化超出必要的限度，小说的诗化就将导致小说叙述的晦涩和表达的空洞。仍拿小说开头那段话来看这一问题。即便我们后来能够根据情节推断它是对于“酒徒”酒后状态的一个表述，可能仍旧很难从“生锈的感情又逢落雨天，思想在眼圈里捉迷藏”这样的诗化的表述中得出一个显明的含义。而它的朦胧也因其不必然准确指向“酒徒”的醉后状态而丧失其有效性。在这个意义上，尽管小说的开头足够精心推敲，它仍一定程度上败坏了小说的整体感觉。而任何情况下，一旦诗化超出其必要的限度，小说便会因为沦为文字的过于雕琢而削弱其表达效果。这不能不说是《酒徒》的一个小小缺憾。

无论如何，《酒徒》是中国作家在意识流长篇小说上一个可贵的开拓，迄今为止仍有其不可取代的价值。我们要了解中国意识流小说的历史，要了解香港文学的历史，乃至要了解 20 世纪五六十年代的香港社会，都不能越过《酒徒》。在这个意义上，《酒徒》确实是香港文学乃至中国文学一个永恒的经典。

林湄笔下的陆港文化之遇

——论《泪洒苦行路》中被压抑的中华传统文化价值观

王晓平　李碧春*

摘　要：林湄初到香港后创作出版的《泪洒苦行路》这部长篇小说不仅是作者自我经历和思想的折射，同时也是对当时陆港文化交汇的一种书写。它以 20 世纪 80 年代的香港为背景，描写了生活在当时香港的三位女性人物——瑞沁、凤萍、多丽，这三位女性主人公是当时的社会中三种生活层次的代表，她们对传统文化价值观的态度，反映了不同人群对传统文化价值观由强到弱、由坚守到陌生的不同认识状态，她们在命运的沉浮中，在凄惶心灵上，反映了不同的生活折光。

关键词：林湄　跨文化创作　文化冲突　传统文化价值观

“由于两种生活经验、两种意识形态、两种文化制度的冲撞，文化及文学的语境也发生了变化，在不同的语境下的生存无法绕开自己的文化身份。”② 不同的社会文化必然对社会群体产生不同的影响。林湄 1973 年从上海移居香港后，感受着不同的文化氛围，尤其是知青下乡、“文化大革命”等经历，使她有着不一样的情感与内心体验。正如作者本人所述：“移居东方明珠——香港，这是一块殖民地，文化、世俗、人情、政治、经济对我来说都很陌生、特殊，需要重新适应环境。我又感到格格不入，甚至连家庭都适应不了这个环境，最终‘一无所有’的状态。”③ 不同的生活体验、不同的文化经历、不同的社会环境都让林湄感触颇深。于是，“由心界、眼界、兴趣、环境引起的

---

* 王晓平，同济大学特聘教授，上海交大人文艺术研究院兼职教授；李碧春，华侨大学华文学院硕士。

② 王宁：《文化研究的历史与现状：西方与中国》，《文化研究》（第一辑），天津：天津社会科学院出版社，2000 年版。

③ 王红旗：《“坐云看世界”的荷兰华文女作家——与林湄女士畅谈她的魅力人生和长篇小说〈天望〉》，《华文文学》，2007 年第 2 期，第 95 页。

情感转向内心，转向主体存在，再转向艺术”[①]。在港期间，艰难中为求谋生，林湄先后从事了不同的工作，这些工作经历给了林湄体验香港现实生活和文化的契机。之后她辗转到中国新闻社香港分社任记者编辑，从此开始她的书写与创作之路。

1990年长江文艺出版社出版了《泪洒苦行路》这部长篇小说。它不仅是作者自我经历和思想的折射，同时也是对当时陆港文化交汇的一种书写。作者之所以选择塑造女性人物形象，不仅是为了真切地表达其本人的心境，同时也为了能够更恰当地呈现出当时的社会环境与文化氛围，而女性形象在面对普遍的社会环境和男性主导的文化环境时，所呈现出来的不同选择和宿命，更有直击灵魂的鲜活感，所以该作品在林湄的文学创作中具有一定的代表性。它以20世纪80年代的香港为背景，描写了生活在当时香港的三位女性——瑞沁、凤萍、多丽，书中这三位女主人公是当时的社会中三种生活层次的代表。

一、瑞沁——现实中的“独行者”

“20世纪七八十年代的香港是中华传统文化、岭南‘在地经验’……商品经济以及欧美后现代主义等多种因素共同作用的杂糅体。”[②] 在长期的殖民统治之下，中华文化在香港的发展自然受到不可避免的压制与侵蚀。林湄从上海移居香港，面临着文化的差异，所以其笔下的人物不可避免地以矛盾的角色出现。作者将更多的自我经历与感受融入瑞沁的身上。作者通过瑞沁这一个生活在80年代香港的知识女性的婚姻、家庭、事业等一系列生活经历，反映出当时香港的社会文化与大众的价值追求，挖掘中国传统文化的内涵与在香港的生存状态。

“瑞沁、凤萍、多丽，作家所塑造的这三个‘离家出走’的女性人物，互相缠绕着的普通人的处境与生活，是人性变态中的常态。”[③] 她们在现实生活中表现出来的欲求、冲动、焦灼、痛苦、矛盾，以及对道德的态度等，无不展现着社会文化环境的给予和索取。

文中的瑞沁和丈夫弈华是生活在香港社会群体中的一员，但他们的价值观和人生追求似乎代表了不同的方向，瑞沁和弈华都出生在知识分子家庭，弈华曾经是加拿大的留学生，后来由于信仰基督教，几乎全部身心都投入到

① 林湄：《泪洒苦行路》，香港：中国文艺出版社，1992年版，第1页。

② 孙越：《〈十月围城〉中香港文化的尴尬境遇》，《电影文学》，2015年，第6期，第60页。

③ 林湄：《泪洒苦行路》，香港：中国文艺出版社，1992年版，第3页。

教会事务中；瑞沁则是香港大专院校毕业的，后来做了报社记者。瑞沁是中华传统文化的忠实承载者，面对中华传统价值观念在香港多种文化融合的境遇，以及文化冲突中所呈现出来的张力，她是矛盾的。在处理家庭问题上瑞沁秉承传统道德的认知。而瑞沁的丈夫弈华深受西方文化的影响，信仰基督教，甚至到了走火入魔的地步，正如小说中所说："弈华跟随、跟随、走火入魔，变成一个不食人间烟火之人，他反对一切世俗之事，包括不能看电影等、不过年过节，还甚至，不贺圣诞节。"[①] 这似乎是一种文化倾向的投射：香港曾长期处于英国的殖民统治之下，文化观念与价值追求必然受其影响，弈华走火入魔的宗教信仰一定程度上暗示了当时香港文化被殖民文化奴役与洗脑的境况。在香港社会文化史中，在第二次世界大战结束之后那段时期里，甚至有香港的中文媒体称日本统治的结束是香港的"重光"，他们认为英国殖民者比日本侵略者好，这简直是赤裸裸的对英国殖民者的恭维，这也反映了殖民统治之下，人们在文化和价值观认知上的被侵蚀。而弈华的跟随，甚至要求妻子理解和追随其信仰更是揭示出个体信仰的同时希望带动大众的跟随，并且能够为自己服务，这也照应了当时英国殖民者对香港殖民地的统治政策："1967 年之后，港英政府实施了一系列的改革措施，以试图舒缓民众的反殖民情绪。同时出于维护殖民统治的需要，长期以来它顺应市民的迷信心态，每逢重大节日或文娱活动，政府高层官员都能'与民同乐'，例如乐于为醒狮'点睛'等。"[②] 而允许当地人对中国一些传统文化的传承与信仰，一则是为了能够稳定地统治香港，继而在潜移默化中将西方殖民者的自由资本主义思想灌输给当地人民。二则香港之前就受到中国"五四"新文化的影响，对中华传统文化有着较好的保存与发展，所以这一时期的香港文化同样与中国传统文化有着千丝万缕的联系，港英政府此举客观上有利于中华文化在香港的继续生存和发展。所以作者林湄笔下的人物不仅有着自身民族文化意识的表达，同时也面临着殖民文化影响下不同境遇的矛盾，如文中对瑞沁的描述："当她读着唐诗宋词，掩书冥思。这时，杏黄的月儿还对着窗口，月光下是个银丝蒙蒙的世界。在这喧嚣都市的一角，那恬淡、宁静的郊外秋夜，仍能隐约可寻都市人的生活内容。音响发出迪斯科的喳喳声，夹杂笑骂的麻将声，以及车轮声……一切显示时代在变，在前进、在进化……而自己，生活在二十世纪末，倘喜欢林黛玉似的孤傲、清高、多情，吟咏那过了几百年的断肠诗词，

---

① 林湄：《泪洒苦行路》，香港：中国文艺出版社，1992 年版，第 110 页。

② 白云、白静：《香港文化的特点与形成的原因》，《内蒙古民族大学学报》，2006 年第 12 卷第 1 期，第 38 页。

是否与时代不符？"[①] 这一抒怀的描写呈现了中华文化历史的厚重感，同时也在对比中映照了差异中的矛盾与冲突。

在这样的社会文化背景之下，一些文化活动在当时得到了适当的保留，这在一定程度上也反映了当时的社会文化趋向，饱含忠孝、仁义等文化观念的中华传统文化在当时的香港只是有限的、有选择的和被控的继承与发展。殖民背景使香港形成了不同文化融汇的特质，因而也使其"自身的文化处于一种难以自我化解的矛盾之中：既求助于中华文化传统，又轻视和嘲弄这个传统，这是一种殖民文化的矛盾心态"[②]。

"家"作为典型的、微型的集体形象，在中华传统文化中占有重要地位，林湄便是在传统的家庭集体中长大的，而瑞沁与作家林湄在精神上具有内在的一致性，她们深受中国传统文化的熏陶。从林湄本人来说，生活经历和文学创作都可显示出其对中国传统文化抱有敬仰之情；她从小在坚固砖墙围筑的大四合院长大，"乡居是坚固砖墙围筑的大四合院，中间是低凹的露石地，前后院各有大厅堂。院内住的全是曾祖父母的后人"[③]。这是作者本人的真实写照，由此不难体会作者对"家"的特殊情感。以此关联到书中人物"瑞沁"，她同样对家有一种留恋的情感。对此，作品中的三个女性人物分别呈现不同的态度和选择，瑞沁、凤萍、多丽，三人的处境不同，价值观选择亦不同，但在情感上却对彼此慷慨温情，如文本中所述："星期日，餐馆高朋满座，香港人除了挣钱努力外，对饮食也颇感兴趣，三步一餐馆，五步一酒楼，三人来到了铜锣湾近海的一个罗马西餐馆，一派欧洲布置，连馆门设计和旁边的太阳伞也是洋气十足的。多丽活泼地说：'今天 AA 制，还是谁请客？''你在英国住过，倒全西化了，我们还不习惯 AA 制呢，今天我请，化妆品生意好时，我再多请几次。'凤萍见到同是天涯沦落人难得聚在一起，忘记烦恼，只求大家开心。"[④] 此时当瑞沁提出关于家庭观念的话题时，"凤萍点着一支烟，但并不吸，只是痴痴地看着烟头上的那圈儿蓝烟，欢欢喜喜的一次聚会无端端又端出这话题来，心里说不出的难受，像油儿、酱儿、烟儿、糖儿、醋儿渗在一起，她狠狠地吸着烟，漫不经心地说：'我真想科学家能发明一部测谎仪，测测别人说的话是否真心。感觉这东西是不可靠的。'"[⑤] 在凤萍的视角中，世界是不可信的，她选择逃避，但是内心的感受却是真实存在的，而

① 林湄：《泪洒苦行路》，香港：中国文艺出版社，1992 年版，第 31 页。

② 孙越：《〈十月围城〉中香港文化的尴尬境遇》，《电影文学》，2015 年第 6 期，第 62 页。

③ 林湄：《点亮高处的灯》，广州：花城出版社，2017 年版，第 89 页。

④ 林湄：《泪洒苦行路》，香港：中国文艺出版社，1992 年版，第 76 页。

⑤ 林湄：《泪洒苦行路》，香港：中国文艺出版社，1992 年版，第 76 页。

在瑞沁看来，婚姻、家庭是生命的支柱，是作为高等动物的人一种情感世界的表现形式，因此，这种表现形式不论商品经济如何发展，社会如何向前、如何变化，它的内容、含义、形式都应该是高尚的，就算不能做到十全十美，它也应该竭力展现善良人性的一面，而不是兽性的一面。在瑞沁的价值观里，道德良善和伦理文化是毋庸置疑的，这是一种自我价值观坚守，同时似乎也是对当时社会文化环境的一种情感与语言声讨，在外力面前，瑞沁坚持自我的价值观选择，而并非妥协。但是多丽却不这么认为，多丽觉得："这些都是浪漫主义之词，未来的婚姻形式可能彻底背离传统观念，女性和男性一样可以享受人生，她们经济独立，应该与男性平等。"[①] 生活经历给予她自由的属性，后来的她反馈给现实不加粉饰的自我。

"家"作为中国传统文化观念里一个极其重要的概念，包括瑞沁在内，多数女性愿意选择家作为最终的归宿。但是在经历数年对丈夫过度信仰的忍耐之后，瑞沁终于选择离婚，她说："我是受传统教育的女性，当时怕亲人议论才拖了这么久。"[②] 中国传统观念难以接受离婚，因此瑞沁是矛盾的；但在当时的香港，离婚却并没有显得那么"离经叛道"，因为"自由"已经成为人们所追求的价值观，这显示了当时中华传统文化价值观念已经受到了不小的冲击，此时的瑞沁即是矛盾的象征。

在文化发展过程中，有各种文化出现并相互竞争。香港文化是在中华民族传统文化的土壤中萌生的，香港的居民结构也始终以华人为主，其文化底蕴带有浓郁的中国特征，英国殖民政府也无法遏止香港华人的一些社会风俗、生活习惯。但是在70年代以后，香港便开始向大都会的模式发展，当时的香港商品经济快速发展，很多东西也沦为商品化与消费性的需求，中华文化的传统价值观念在当时香港历史的成长土壤里也逐渐被人们遗忘。英国殖民政府同时在通过各种方式实现其文化上"同化"的目的，随之而产生的便是文化之间的博弈，即对中华传统文化的继承和殖民统治之下自由主义资本思想之间的博弈。

最普通的个体反映最直接的文化体验与感受。在此文化博弈的背景之下，生活在香港的居民便是最直接的感受者。瑞沁作为生活在当时香港的普通群体中的一员，离婚后选择事业作为自己的生活重心，与其骨子里的身份传统形成了对立。这也从侧面反映了当时的社会环境，在商品化的社会里经济是主角，而女性也逐渐走上职业舞台，瑞沁作为职业记者以真实报道还原事实

---

① 林湄：《泪洒苦行路》，香港：中国文艺出版社，1992年版，第78页。

② 林湄：《泪洒苦行路》，香港：中国文艺出版社，1992年版，第32页。

真相，但是面对商品社会里的金钱世界，没有人会允许她这样做，所以受到责难，正如作品中写道："人们随着社会的文明发展，道德观念、价值观念也都在演变和发展。这种演变正符合了一些人的要求和希望，在一些人的心目中，旧的一切都不合时宜，必须淘汰，唯有各种私欲才是人生的享受。"[①] 而中华文化强调的"入则孝，谨而信，泛爱众而亲仁。行有余力，则以学文"在欲望丛生的文化氛围里不值一哂。瑞沁在谋生的一路上经历各种磨难与诱惑，在有些人看来，瑞沁完全可以选择一种轻松的生活方式，比如接受追求者成为第三者，但是她却嗤之以鼻。当她知道多丽与外国男性同居时，她顿生厌恶之感，"自我陶醉，寻求快乐"的凤萍说她"像你这样苦苦自守，洁身自好，谁欣赏你？现实中的利欲交易太多"[②]，瑞沁也只觉"耻辱之财不可得"。因为中华传统文化价值观时刻在提醒着她，伦理和人性是无法逾越的处事原则，正所谓"贫贱不能移，富贵不能淫，威武不能屈"，当她质问凤萍"不觉得自己的生活是堕落吗?"那一刻她深知自己永远无法逾越道德的鸿沟。当这样的传统文化观念遇到80年代香港的殖民文化与自由资本主义思想时，正当的价值追求反而显得不伦不类，所以中华传统文化价值观遭到鄙弃。如作家本人所说："当今社会，传统道德观念受到冲击，利己思想日益膨胀，欺、骗、诈渐渐从社会潜入家庭领域，放纵的性欲取代纯洁至诚的感情。"[③] 商品社会里"一己私欲"占据了大多数人的心，成为众人的选择。瑞沁拷问灵魂深处的文化信仰与价值追求，同时面对难辨是非的现实，自身清冷的气质与热气腾腾的金钱欲望是那样的格格不入，这一强烈的冲突塑造之下，使得她像是商品社会里逆流而上的独叶扁舟。就是当时商业社会的属性、物质层面的诱惑使"如何适应快速运转的工商社会的需求成了当时人们观念取舍的主要尺度，香港文化表现出许多西方文化影响下现代商业社会的文化内容，必然会导致西式工商文化取代传统的儒家理念，上升为香港文化的主流"[④]。作者将所见所闻所思所感落于笔下，对我们探究当时中华传统文化在香港的生存与发展状态具有重要的借鉴意义。

---

① 林湄：《泪洒苦行路》，香港：中国文艺出版社，1992年版，第28页。

② 林湄：《泪洒苦行路》，香港：中国文艺出版社，1992年版，第9页。

③ 林湄：《泪洒苦行路》，香港：中国文艺出版社，1992年版，第2页。

④ 吴仲柱：《香港文化现状及其走向分析》，《福建师范大学学报（社会科学版）》，1997年第3期。

二、凤萍——现实中的“复仇者”

林湄在《泪洒苦行路》的序言写道：“香港是个特殊的社会，繁荣昌盛，五光十色，在灯红酒绿的后面，是没有诗情画意、没有高尚情感可言的物欲社会，各式诱惑时时袭来，人生时时面临选择。特别在八十年代，香港因地铁、股票冲击着经济，人们的思想从底层、淳朴到谈享受，西方生活方式和物欲、情欲影响了青年人的思想。”[①] 这是作者在经历过内地生活之后对香港社会文化的体验。《泪洒苦行路》中所塑造的“凤萍”这一人物形象，正反映了在20世纪80年代香港的社会文化环境中，人们的价值观念悄然发生着改变。如果说瑞沁的传统价值观念在自由资本主义文化的冲击下，是矛盾的、挣扎的，代表着中华文化传统价值观念被压抑的境况，那么凤萍代表的则是中华传统文化价值观在自由资本主义价值观面前失去自我，成为殖民文化旋涡里的牺牲者，同时用自我牺牲来报复对方。最后凤萍的觉醒同样意味着中华传统文化价值观最终以包容与救赎的身份，出现于香港文化历史发展的舞台上。

凤萍出生在一个贫苦的底层家庭，童年在九龙靠山的一个木屋长大。她从小就很少感受到家庭的温暖，长大后的她也曾认真地对待自己的感情，对别人付出真心，但后来还是经历了两次婚姻破裂，并且还有一个身体有缺陷的女儿，这对一个单身女性来说是一种生活的挑战。在当时商品经济发展的背景之下，抛开传统文化观念的管理和约束，谋生似乎并不困难，凤萍以自身经历诠释了这一说法：为求生存，她游离于多名已婚男性之间，不屑于别人对自己“第三者”的看法，而是把注意力放在生活的享受上。香港当时的社会环境追名逐利蔚然成风，消费与享乐欲望丛生。凤萍从小的生活环境以及后来的不幸经历都使其绝望中夹杂着一丝无奈与得过且过的消极，面容与装束浮华的背后是十足的空虚和敷衍的人生，似乎她的存在就是为了报复，沉沦享受是她无处安放的内心世界与破败不堪的记忆。凤萍自知躯体的价值远比自己的灵魂“高”，灵魂的空洞和思想的没落没有人追查到底，而美丽的外表是实实在在存在的。所以离婚后的凤萍将孩子托付于他人，过着自认为潇洒快乐的日子，先是和已婚的王先生交往：“凤萍在王先生面前来回地踱着步。她的姿势，走路的功架以及那微微仰起的下颚都表示她只相信自己。男人，在她的心目中，不过像做生意而已，既冒险又实际。表面上，她对王先

① 林湄：《泪洒苦行路》，香港：中国文艺出版社，1992年版，第2页。

生显得性情和易，骨子里她却心硬如石。”① 与此同时她还寄希望于一位“杜先生”——中华商会会员、六家酒楼的执行董事，凤萍约见杜先生，暗中提醒自己要稳重和讲究方法，她更是觉得自己聪明了，自恃这骄傲“不再为一个男人专有，而是与自己喜欢的男人共享”②。同样是面对杜先生，瑞沁却表现出截然不同的态度，瑞沁“宁愿贫穷，宁愿苦累，宁愿孤独，而不愿意去得到那些俯身可得的东西”③。她们虽然在价值观上道不同不相为谋，却在情感上对彼此十足地同情与怜悯，因为互相不认同，所以互相可怜，可怜对方的“冷傲铁面”，可怜对方的“苦”与“累”。正如凤萍自己所说：“这份‘聪明’不是来自天然，而是生活和时间的‘总结’。”④ 由此可见，在文化冲刷的现实面前，凤萍追求的是一种自我享受，一种个人主义的自我追求，在她看来及时行乐才是人生的追求，凤萍的选择与中国传统文化价值观所讲求的“生于忧患，死于安乐”完全相悖。因此，作者所塑造的这一人物形象不仅代表了当时的女性生存困境，更反映了在当时香港的社会环境之下，中华文化的生存困境与遭遇。在凤萍的视角之下，看到的并不是传统文化价值观所提倡的正义、公正等，而是利益和欲望，是大家都在为了利益而违背职业道德，在凤萍的概念里金钱和享受是实实在在的利益。

“1980年代的香港处于英国的殖民统治之下，自由资本主义制度下严酷的生存法则，以及‘有钱就能随心所欲，没钱的确寸步难行’的社会现实，深刻地改变了香港人的思维模式，使每个香港人都把赚更多的钱当作生活的原动力与主要目标。无论哪个阶级，也无论哪个阶层，人们都在拼命地追求经济实惠，社会上一切关系都染上了浓厚的金钱色彩，甚至连人格和尊严也都商品化了。”⑤ 物质主义的价值观念在当时的香港大行于世。有学者将物质主义视为一种强调物质拥有重要性的个体价值观，并指出高物质主义者具有三种特征：“（1）将物质获得置于生活的核心地位；（2）相信物质获得是快乐的最大源泉；（3）用物质拥有的数量和质量界定个体的成功。”⑥ 这种价值观在书中不仅通过凤萍来表现，而且相关的人物、场景、话语、暗示等都被打上

---

① 林湄：《泪洒苦行路》，香港：中国文艺出版社，1992年版，第50页。

② 林湄：《泪洒苦行路》，香港：中国文艺出版社，1992年版，第18页。

③ 林湄：《泪洒苦行路》，香港：中国文艺出版社，1992年版，第28页。

④ 林湄：《泪洒苦行路》，香港：中国文艺出版社，1992年版，第18页。

⑤ 吴仲柱：《香港文化现状及其走向》，《福建师范大学学报（社会科学版）》，1997年第3期，第4页。

⑥ RICHINS M L，DAWSON S：A Consumer Values Orientation for Materialism and Measurement，Scale Development and Validation［J］. *Journal of Consumer Research*，1992，303－316.

了物质主义的烙印，如文中所述：“在王先生看来，金钱的威力就是最实在的现实了。”[①]“交易所内，沸腾的人气，人声抵挡了冷气的功用，当荧幕上播出恒生指数破一千八百大关后，人群更加狂吼起来，拍墙的、扬手的、蹦跳的，好像要将交易所涨破似的……”[②] 人物的话语与场景描述表现出金钱占据了社会的主导地位。而在中国传统文化价值观里，女性对自我有很强的约束力，包括对自我、对家庭的坚守等；对比之下，凤萍为了金钱利益与享受周旋于多个男性之间，与中国传统文化价值观可谓相去甚远。而她对他人家庭的介入更是相悖于中华传统文化所倡导的“己所不欲勿施于人”的观念。在凤萍的被背叛与自我背叛之间似乎形成了一种张力，在这种张力的矛盾夹击中无法找到自我而沉沦，个体张力的背后演绎的则是群体中各种观念的出现和选择。

“随着商品经济的发展以及港英殖民统治之下西式文明的长期强行灌输，再加上物质层面可见利益的诱惑和驱使，人们的思维层面发生了深刻的变革。这种变革不仅仅表征在对各种观念的兼容上，更重要的是体现在观念运作时选择的易位上。”[③] 享乐主义和物质主义的盛行必然催生出消费主义观念，正所谓“侈则多欲，君子多欲则贪慕富贵，枉道速祸”（《论语》），所以他们在更多情况下愿意把消费作为自我的存在和享受方式。正如作品所表述的那样：“舞台上的奏乐顿时转为旋转律，顶头的活动灯，发出红、蓝、紫、黄交替变幻的颜色扫射大厅，台上的鲜花、身旁的咖啡色不碎玻璃窗、高举酒杯的笑语声都糅合在灯光的幻境中，凤萍觉得整个大厅似乎也像那舞台上的旋转盘，颤动着、旋转着。”[④] 这里虽是一段情景描写，却把人们的状态形象地表现了出来，他们如痴如醉地沉浸在殖民统治的文化氛围里，享受着商品经济带来的快感，将传统价值观抛于脑后，一味地消费、一味地享受，而中国传统文化价值观提倡的是勤俭节约“侈而惰者贫，力而俭者富”（《论语》）。这背后体现出的不仅是殖民统治背景下的消费奢靡，更是追求与信仰的缺失——中华传统文化价值观流于形式，失于内容。

凤萍最后以一种极端的方式来报复伤害自己的人，以及以自我牺牲来报复这个社会，而毁灭就是她这一选择的宿命。这种极端的行事方式与中国传统观念中的“中庸”之道相背离，正所谓“中也者，天下之大本也；和也者，

---

① 林湄：《泪洒苦行路》，香港：中国文艺出版社，1992 年版，第 50 页。

② 林湄：《泪洒苦行路》，香港：中国文艺出版社，1992 年版，第 153 页。

③ 吴仲柱：《香港文化现状及其走向分析》，《福建师范大学学报（社会科学版）》，1997 年第 3 期，第 3 页。

④ 林湄：《泪洒苦行路》，香港：中国文艺出版社，1992 年版，第 21 页。

天下之达道也。致中和，天地位焉，万物育焉”（《论语》），这一结局暗示了当时的社会文化氛围与中国传统文化观念的相去与背离，同时也影射了中国传统文化价值观的现实境况，以及极端方式必然伤及自身的结果。可以说作者的一系列人物塑造和话语表述都从侧面反映出了当时香港商品化的社会文化背景，中华传统文化在其中遭到强烈的冲击，道德、伦理被人们所遗忘，而真正占据人心的是金钱和奢靡，利益和欲望，中国传统文化价值观正如文中另一人物多丽所说：是“你们的”而不是我们的，在这里，中国传统价值观念似乎已成为许多人眼中的“他物”。

三、多丽——现实中的“沉溺者”

70年代，初临香港的作家林湄，其思想中保留了中国大陆传统文化的价值观和习以为常的行为模式，当她突然进入到一个陌生的异文化环境中时，发现自己好像是一个“陌生人”，甚至难以适应当时相异于中国主流价值体系的香港社会文化体系，在人际交往、工作方面存在诸多不适应，更主要的在于价值观的差异，有学者认为“价值观差异是造成文化冲击和引起文化不适应的主要原因”[①]。所以在开始重新经历和适应的过程中，必然要进行一段跨文化适应的互动过程。而内化于心的传统文化价值观念也必然要经历与当时当地文化的矛盾与冲突，挣扎、煎熬便随之而产生。在这样的生活经历与内心体验之下，与中国传统文化观念的差异便异常明显，这也就诞生了代表香港文化中忠于自我而忽略集体的人物形象——多丽。

童年在香港半岛北角区度过的多丽，父母亲经营一家百货商店，父母亲均视她为掌上明珠，家里有顺德籍女佣照顾其生活起居，还有一个家庭教师辅导其功课和弹钢琴。童年时的多丽就显露出其向往独立与自由的价值追求与性格特征，她常说：“我不喜欢人家管我。”就其成长的文化环境来讲，不可否认，自古以来作为中国领土一部分的香港保留了传统儒、释、道的中国传统主流文化思想，但同时，英国的长期殖民统治，使其文化逐渐融入香港社会。而且“随着时代的发展，美国、日本、加拿大等国际资本进入香港，其文化影响也在香港潜移默化地产生。西方基督教文明中的物质主义、个人主义等在香港日益流行”[②]。所以说在这样的环境下长大的多丽自然深受其文

---

① Adrian Furnham and Stephen Bochner, *Culture shock*: *Psychological relations to unfamiliar environment*. London: Methuen, 1986: 109－112.

② 白云、白静：《香港文化的特点与形成的原因》，《内蒙古民族大学学报》，2006年第12卷第1期，第38页。

化价值观的影响，而且多丽比瑞沁小十多岁，这里反映的不仅是多种文化之间的相对冲突，同时也体现了不同时期文化发展所呈现出来的历史性冲突：80 年代的香港，在英国的长久殖民统治背景之下，自由资本主义思想和西式文化不断渗透，一些人被异化，每天在物质与消费、自我与享受的观念里沉浮，与原有的中华传统文化价值观形成了鲜明的对比与冲突。多丽从小在香港的文化环境下长大，接受西式的教育方式和教育内容，对中国传统文化和传统的道德伦理有一种看似自然的陌生感。就如上文所说中国传统文化价值观是“你们的”，而不是“我们的”，将中国传统文化视为与“我”无关的他物，正如文中多丽对瑞沁所说：“听说你们那个年代感情比较朴实，心态也比较认真，挺有味道的?”[①] 仅仅数字的话语就反映出多丽与瑞沁在价值认同上的差异，简单的问句更将多丽对中国传统文化观念的疑问与陌生感加以强化，这更暗示了多丽背后的这一代香港人对中国传统文化的半信半疑与陌生，对西式文化天然地认同和从小接受的殖民统治之下港英政府的教育政策，让她们对中国传统文化在悄无声息的发展中自然疏离。又如她自己所说：“我才不像你呢，怕这怕那的，怎么做人？想做就去做。”[②] 所以多丽只在乎自己的感受，不看重其他人的看法。与她相比，瑞沁从小接受中国传统文化的教育与熏陶，自然在很多事情上有诸多顾虑，这也就归结到中国传统文化价值观上对人与集体的一种和谐的关系上，“人不是作为孤立的个体，而是作为活生生的群体——家庭、乡里、国家和世界——的积极参与者而出现的”[③]。在此对比之下，作者笔下的多丽是一个追求自我享受和个人自由独立的女性，在与凤萍关于爱情的讨论中，多丽说道：“‘你好像什么都很有经验似的?’凤萍：‘当然啰，我的经验都是沉痛的，不像你什么都无所谓?’”[④] 多丽一贯以自己的感受为首要前提，与洋人同居，不介意别人的看法，不介意有无婚姻形式的保证。而文中的瑞沁和凤萍不管是在话语间还是潜意识里，对“家”的概念是有依赖的，从这个角度上讲，她们都无法真正地摆脱中华传统文化的影响，而多丽虽然一直坚持自由与独立的价值观，但在其真正结婚之后，在这一点上却又与瑞沁、凤萍殊途同归，难以接受家庭的瓦解，在郁闷与苦恼中走入与姨母同性恋这一颠覆伦理的迷途中，在与姨母的同性恋选择里更是无视他人的劝告，面对瑞沁的好言相劝竟与其决裂。所以说文本叙述通过差异

---

① 林湄：《泪洒苦行路》，香港：中国文艺出版社，1992 年版，第 33 页。

② 林湄：《泪洒苦行路》，香港：中国文艺出版社，1992 年版，第 33 页。

③ 杜维明：《儒家思想·以创造转化为自我认同》，北京：生活·读书·新知三联书店，2013 年版，第 127 页。

④ 林湄：《泪洒苦行路》，香港：中国文艺出版社，1992 年版，第 128 页。

所显现出来的矛盾，进而转化为一种命运的跌宕和情感的张力。在多丽的价值观里，她自己是主角，而在中国传统价值观念里，家庭是一个人的归宿与自我实现之所，“儒家将家庭看做是人类的自然栖居所，它是相互支持和个人成长所必须的和最合适的场所”①。此外，多丽与男友的同居，以及与姨母的同性恋行为，也显然与中华传统文化价值观背道而驰，更是伦理上的背离，因此她与瑞沁的决裂可以说是她为了个人推翻了她们友谊的集体，即个人主义与集体主义的决裂。在这人物形象的背后是真实的社会环境与文化映射——公共精神的缺失和个人主义的泛滥。在中国传统文化价值体系中，集体主义是被推崇的主流价值观念，集体利益高于个人利益，集体协作产生的作用更大，所以在中国传统文化观念里要重视集体、重视集体利益，包括“家族利益、亲情、友情等”。而且中国传统文化对个人价值的肯定，不在于个人物质欲望的满足，也不着眼于个人精神的愉悦，而是从个人与家庭、个人与宗族、个人与国家等集体的关系上来肯定。但是在西方殖民文化和自由资本主义文化的侵蚀下，商品经济快速发展带来的是中国传统文化的被弃置和个人主义的盛行。

小说当中在自由资本主义影响下成长起来的多丽，“沉溺”在西式的文化模式中，对中国传统文化只是“听说”而已，而且她也将大陆的中国传统文化视为“你们的”，中华传统文化价值观在她们那一代人眼里被视为“他者”。她所崇尚的个人主义思想作为所谓的“新”的思想观念，自然与中国传统文化中的集体主义有所冲突，但是多丽对女性主义的坚持却与五四之后的中国的文化语境不谋而合，这也是多丽作为在西方思想教育下成长起来的女性能够和代表中国传统文化的瑞沁同心同力，虽有冲突与决裂，却也能够自我反思。她最后与瑞沁重归于好，走向和谐，也暗示了香港尽管当时被殖民统治者灌输了各种有利于殖民国家的思想文化，但中国传统文化最终还是能够再次回到香港大众的视野，成为香港社会文化与思想的重要一支。

在故事结束的一幕里，瑞沁和凤萍一起送多丽随父母返回英国，三人相视，“凤萍看看坐在轮椅上的多丽：眼睛稍凹，嘴唇没有过去的圆润光泽，但仍然谈笑风生，还是那么现实、开通”②。之后的瑞沁仍然继续一个人的奋斗，在矛盾中不得安宁。被监狱释放的凤萍显得不那么锋芒毕露，不再像过去那么爱顶嘴，虽然悔恨交织，却也逐渐学会了对一切得失、恩怨多问几个为什么。

---

① 杜维明：《儒家思想·以创造转化为自我认同》，北京：生活·读书·新知三联书店，2013年版，第137页。

② 林湄：《泪洒苦行路》，香港：中国文艺出版社，1992年版，第197页。

金钱与物欲灼烧着每一个人的心，瑞沁、凤萍和多丽，她们自身的生活经历可能让其愈燃愈烈，或许是矛盾的反抗、或许是伤痛的报复，抑或是沉迷其中的享受，最后现实的刀霜总是会刺痛她们的心脏。太多像她们一样的人全身心感受着那个时代并与之一起积蓄、燃烧与迸发，在意识、情感与个人的命运中，体会香港交汇的文化现状和时代背景。

结　语

我们在小说中看到，瑞沁追求真、善、美，不甘于平庸的一生，这似乎也折射出作者本人的经历与价值追求：在商品社会里的她备受家庭、社会的困扰，虽然生活环境与她的追求境界大相径庭，但她最终选择了自我追寻的寂寞小径；在她身上，有商品社会里新旧文化观念的矛盾。凤萍经历生活的磨难与伤害之后，心态发生了改变，她选择报复生活，结果却又被生活所愚弄，最后才清醒过来，只有强大自己才是唯一的出路。多丽则讲究人生享受，她认为女性要独立，男女之间没有谁属于谁的道理，她认同并接受这个社会所给予她的，这个社会所给予她的不尽是美好，她也经历了被背叛，但是最后仍然以乐观面对一切，以女儿的温情回归父母家庭。

这三个人物代表各自对传统文化价值观的态度，反映了不同人群对传统文化价值观由强到弱、由坚守到陌生的不同认识状态，她们在命运的沉浮中、凄惶心灵上，反映了不同的生活折光。作者选择塑造以上三个女性人物形象，不仅更鲜明地反映了当时的社会文化，同时也将她们置于历史背景之下，呈现出女性面对普遍的社会环境和由男性主导的文化环境下的生存境况。

黄金时代与“颓废”感

——以施叔青“香港的故事”为中心

郭鹏程*

摘　要：“香港的故事”是台湾女作家施叔青于20世纪80年代迁居香港期间创作的一系列短篇小说。这些小说大多聚焦香港上流社会声色犬马的享乐生活，写出了这个华洋杂处的小岛上一幕幕极富传奇色彩的悲喜剧。目前，研究者们已经从“外来者”视角、现代都市、女性意识、殖民经验等不同角度对小说进行了挖掘。然而，或许是小说五光十色的书写让研究者过多地注意到其传奇性（romantic）的一面，对小说厚重的历史感还未产生足够的重视。对过熟都市文明的历史性书写使得施叔青小说超越对上流生活的简单批判，呈现出“颓废”这样一种独特质感。除了对20世纪80年代香港上流社会的传奇书写，施叔青“香港的故事”更以其真实性、历史性获得了当下意义，其可贵之处在于，通过她对生活的真实把握与书写，以一个外来者的角度写出了大陆与香港之间文化心理层面上的差异，这一点对于今天理解香港仍然很有意义。

关键词：香港的故事　施叔青　“九七”想象

关于施叔青小说的历史感，有过一次耐人寻味的访谈。舒非曾问及施叔青如何看待有人评价她的作品不及白先勇“反映的层面较广，有时代的意义”这种说法，施叔青承认自己语言、结构，尤其是历史感上都不及白先勇，认为自己写“‘香港的故事’就没有这种历史感、使命感，也没有特定的主题，我是从人物出发，白先勇写的许多是过去式，而我的‘香港的故事’里的人却还是鲜蹦活跳”②。这种说法有很大程度的自谦成分，经过近40年的沉淀，

---

* 郭鹏程，四川大学文学与新闻学院博士研究生，研究方向为中国现当代文学。

② 舒非：《与施叔青谈她的“香港的故事”》，施叔青：《驱魔——香港传奇》，北京：作家出版社，1989年版，第306页。

今天看来“香港的故事”不仅具有传奇性与当下性，还具有很强的历史性，这种传奇性与历史性的结合甚至比她其后完成的大河小说《香港三部曲》更加圆融自然。

施叔青在自序中交代，《香港三部曲》试图“以三部曲涵括百年来的香港，凭借我虚构的人物依附着重大的历史事件”[①]，从构思起就有意识地将人物命运与历史事件相结合。值得一提的是，施叔青本人非常看重自己小说的严肃性，她曾在访谈中驳斥因为书写对象是上流生活就将她的作品视为流行文学的说法，她本人也拒绝被贴上女性作家的标签。她曾说：“我不甘心被冠以明摆着局限的‘女性作家’称号，只晓得围绕在男欢女爱、细碎琐事，永世不得超生。”[②] 为此甚至将自己名字中具有女性色彩的“淑”字改为更为中性的“叔”字，这是因为男性作家的创作通常被认为是历史的、宏观的，而女性作家的书写则被认为是身体的、私密的。可惜作者在前两部曲中“耽溺于黄得云和她的英国情人这一段充满殖民色彩的情恨纠葛”[③]，对历史的横向推进过于缓慢，第三部曲又承载了太多历史事件，作者本人也坦言“横跨的时空已然超过我对一个长篇所能掌控、容纳的极限”[④]，小说不可避免地呈现出人物命运与历史事件“两张皮”的弊病。

虽然不像大河小说《香港三部曲》有足够的篇幅融入历史事件，但其中的一些重大历史事件的穿插已经在“香港的故事”中初露苗头，并且这个短篇系列显示出一种“无心插柳”的可贵，二者不同点在于，“香港的故事”在撰写之初“并没有经过深思熟虑，拟出一个惊人的主题”[⑤]，而是在创作欲望驱使下喷薄而出，是题材的特殊性得使施叔青无意中赋予了小说历史纵深感。由于施叔青拒绝“主题先行”，擅长从真实的生活体验出发进行创作，小说聚焦的又是中上流社会这一独特的群体，相较于底层人民，他们对政治、经济上的变化反应更加敏锐。从时间来看，“香港的故事”恰好踩在香港社会风云变幻的时间节点——80 年代，这就使得施叔青对中上流生活的书写很难脱离 80 年代香港的一些大事件。因此，这些饮食男女的悲欢离合也就蒙上了一层

① 舒非：《与施叔青谈她的“香港的故事”》，施叔青：《驱魔——香港传奇》，北京：作家出版社，1989 年版，第 307 页。

② 施叔青：《寂寞云园》，广州：花城出版社，1999 年版，第 3 页。

③ 参见舒非：《与施叔青谈她的“香港的故事”》，施叔青：《驱魔——香港传奇》，北京：作家出版社，1989 年版，第 300 页。

④ 施叔青：《我写〈维多利亚俱乐部〉》，《李昂施叔青散文精粹》，广州：花城出版社，1997 年版，第 278 页。

⑤ 舒非：《与施叔青谈她的“香港的故事”》，施叔青：《驱魔——香港传奇》，北京：作家出版社，1989 年版，第 307 页。

更深沉的历史底色。

对80年代的香港社会来说，影响最为深远的两个变化，一是经济腾飞所带来的物质生活的极大丰富，二是时间临近1997年，中国政府与英国围绕回归问题进行了一系列磋商，确定了香港回归后的道路。这两个变化使得中上层社会出现了复杂的心理状况，一方面物质文明的富足让人们沉醉于精致、虚荣、奢靡的享乐生活；另一方面，贫富差距拉大也加剧了社会的矛盾，加上回归后的不确定性等因素，人们感到孤独与焦虑，强烈的不安全感让人们迫切地想要抓住些什么，呈现在施叔青的小说中，小说人物常通过一种扭曲到近乎变态的方式追求情欲或物欲的满足，以此缓解内心的焦躁，或是沉溺于一种精致到近乎颓废的狂欢。

一、香港黄金时代[①]的一面镜子

通常意义上讲，香港经济的黄金时代指的是20世纪70年代。60年代香港财政司司长郭伯伟奉行完全依靠市场的自由经济政策，经济发展的同时也拉大了贫富差距，社会动荡不安，1971年的香港被描述为“一个冷酷的社会，穷人得到的帮助微乎其微”[②]。进入70年代后，新总督麦理浩和财政司长夏鼎基推行“积极不干预”的经济政策，加大了政府对科教文卫等公共事业和基础设施的投入，社会开支的增加成功地为香港经济注入了新的活力，香港进入黄金时代，在世界经济衰退的大环境下仍然取得了举世瞩目的经济成就。

施叔青笔下的香港故事就发生在其后的80年代，挟着“黄金时代”的余威，明显放缓的经济增速仍然远超很多发达国家，香港的资本家们更是已经乘着经济腾飞的东风赚得盆满钵满，施叔青在小说中不露声色地暗示了致富者的发家之路与时代的联系，《愫细怨》中的印刷厂老板洪俊兴正是“这样一个一无所有的人，凭着中国人的吃苦精神和不屈的毅力，终于闯出自己的天地”[③]，表面上看小说将洪俊兴的发家致富归功于他吃苦耐劳的品格，然而仔细分析可以发现，文中提到了一个关键的时间点——二十年，小说写作时间为1981年7月，而通观“香港的故事”可以发现，这个小说系列在时代背景的设置上都是趋近于写作时间当下，20年前白手起家的洪俊兴恰好与香港70

① “黄金时代”的说法参见弗兰克·韦尔什：《香港史》，王皖强、黄亚红译，北京：中央编译出版社，2007年版，第474页。

② 弗兰克·韦尔什：《香港史》，王皖强、黄亚红译，北京：中央编译出版社，2007年版，第474页。

③ 施叔青：《驱魔——香港传奇》，北京：作家出版社，1989年版，第8页。

年代经济腾飞在时间上契合。

20 世纪七八十年代之交，“世界船王”包玉刚收购英资的九龙仓控股权，地产巨头李嘉诚成功掌控和记黄埔，两大事件标志着华资公司的崛起。施叔青在《香港三部曲》的第三部曲《寂寞云园》中用大量篇幅记述华人地位上升的史实，而从“香港的故事”中也可以隐约找寻到端倪。在小说中，施叔青多次提及半山这一地点，例如《寻》中，作者这样描写“环球药厂”董事长杜伊芳的半山豪宅：“杜伊芳的家布置得象雪洞，乳白的地毯，乳白的沙发、乳白的窗帘，映着乳白的墙，客厅收拾得纤尘不染。”[①]《窑变》中的股票交易公司经理潘荣生的家也在半山区。半山区原本罕见华人居住，后来住在半山区逐渐成为华人中产阶级和富人实力的象征，施叔青看似不经意间设置的一个地点实则暗含着突出的时代印记。

小说中提及房地产业的几次闲笔也是有史可稽的。七八十年代，香港出现了房地产热潮，由于人口激增、第三产业的发展、东南亚国家政局动荡、通货膨胀等一系列原因，香港地价飞涨，炒楼、炒“楼花”（70 年代集资建期房的方式称为买“楼花”）风靡全港。对此，小说《相见》中有这样的描述：“仿如一夜之间，房地产跃升到空前的高潮，营造商撇下林明志图文并茂的新观念，抓住抢购潮，纸糊一般塑立了一栋栋高楼。”[②]《票房》女主人公丁癸芳的干爹占用了中区环球大厦顶楼全层，雇用无数人来策划地产生意，《冤》中女主人公吴雪的公爹在政府房屋司任要职，也趁地价暴涨的时机大炒地皮。华人在这场热潮中扮演了重要角色，这一点施叔青的小说中也有所体现。在前述的《相见》《票房》《冤》等几篇小说中，那些把握住地价飞涨的机遇大赚一笔的商人都是华人。最值得玩味的是《窑变》开篇对故事背景的铺垫提到了九龙尖沙咀东的新填海地及九龙暴发的财团支持的新酒店，这其中反映出的不仅是房地产热潮，隐含的是华资集团的崛起。所谓暴发的财团就包括前述包玉刚控股的九龙仓集团，建成于 80 年代的海港城是九龙仓旗下西九龙区最大的购物中心。当时九龙的另一件大事就是，华人吕志和借着港英政府推出尖东发展计划的契机，以 6800 万港元的优惠价格购得尖东一片土地，在当时几乎荒芜的土地上修建了五星级的尖东海景假日酒店，仅 1981 开业第一年纯利便达到近亿港元。这一现象并非偶然，《香港简史（1840—1997）》指出：“华资在房地产业中的崛起，使它们在 70 年代末至 80 年代初，已强大到足以收购英资地产公司的程度……华资取代英资成为房地产业中实力最大的

① 施叔青：《驱魔——香港传奇》，北京：作家出版社，1989 年版，第 208 页。

② 施叔青：《驱魔——香港传奇》，北京：作家出版社，1989 年版，第 291 页。

资本。”[1] 另外，诸如大陆人南逃、香港本土化、填海造陆、武侠电影风行、回乡证等发生在香港黄金时代前后的标志性事件在小说中都有所体现。可以看出，尽管这些小说篇幅短小，施叔青仍有意的将其笔下小人物的命运与大时代勾连起来，以小见大晕染出深远的社会背景。

二、“颓废”审美

卡林内斯库将“颓废”的概念分为现代和前现代两个阶段，现代意义上的“颓废”被卡林内斯库视为现代性的五副面孔之一，是与“资本主义现代性”“进步性”相伴生的副产品，其代表的文学风格和审美取向在19世纪末20世纪初的欧洲风行一时，“颓废”的一大特点可以被概括为超离功利性之外的过分精致。香港黄金时代高度繁荣的资本主义文明使施叔青获得了与19、20世纪之交的欧洲文艺家相近的审美感受，施叔青小说中“叹世界”文化的展示和批判就是这一意义上的“颓废”。另外，依据卡林内斯库的说法，前现代时期的颓废是一种“世界终结的痛苦序曲”，对末日的信仰使得人们把颓废的加深与审判日的临近联系起来，由此，颓废被感受为“一种敏锐而不安的紧迫感”[2]。在这一个向度上，施叔青的小说也体现出港英时代旧世界行将落幕的颓废色彩。简而言之，施叔青“香港的故事”因为过分精致的“叹世界”生活、强烈的紧迫感以及“九七”想象而呈现出“颓废”的审美风格。

“香港的故事”不厌其烦地反复描绘上流社会五光十色的生活场面，甚至一度被读者认为“迷恋其中”，应该将其归类为流行小说。对此，施叔青的姐姐，专事文学评论的施淑认为这些作品“表面上是有声有色的酒肉追逐，事实上是达到否定的批判作用”[3]。而施叔青本人则认为在暴露上层社会声色犬马的生活之外，还应当有更深的意义。事实上，作者对“叹世界”的书写超越了一般意义上的“享受”，这种过度已经到达一种“颓废”的地步。

后黄金时代，在资本逐利中获益的商界精英们过上了纸醉金迷的“叹世界”生活。“叹世界”是广东话，有享受之义，有一种香港人依靠打拼过上优渥生活的满足感，施叔青常用这一词汇概括她对香港上层社会生活的理解。《一夜游》中大肆铺陈了奢靡的宴会场面，对绅士名媛们华贵服饰的描写堪比

---

① 许锡挥、陈丽君、朱德新：《香港简史（1840—1997）》，广州：广东人民出版社，2015年版，第279页。

② 马泰·卡林内斯库：《现代性的五副面孔现代主义、先锋派、颓废、媚俗艺术、后现代主义》，顾爱彬，李瑞华译，北京：商务印书馆，2002年版，第163页。

③ 施叔青：《驱魔——香港传奇》，北京：作家出版社，1989年版，第300页。

《红楼梦》。筵席上的一位贵妇身着“朱红云纱垂地长旗袍，胸前是一串双圈滚圆的南海珍珠，垂到肚脐一带，耳际吊的翡翠耳环，足足有三寸来长”①，摆满鲜花的宴会厅中，一头是一尾冰雕的鲸鱼，另一头是用奶油砌成的“飘飘欲仙的古典美女”，短短几句话就展示出这场宴会的珠光宝气、争奇斗艳。

《情探》中评价香港“是个人世间不常见的城市，住在这里的人除了吃就是讲究穿着，争逐名牌，触目尽是鳞次栉比的商场货品，找不到一间可以消磨片刻的画廊或书店”②。《愫细怨》展示了“香港式的豪华”，全港最豪华的餐厅 La Renaissance 有着“宝蓝色的天津地毯”“褐黄色的高背椅，吊着水晶灯，满桌镀银的餐具”，奢侈而又伧俗。愫细眼中的香港到处歌舞升平，香港人“在不安定之中有着令人诧异的笃定”，她“愿意把这种生活方式维持下去，在精致的西餐厅、中环的精品店和床上之间消磨岁月”③。如小说描绘那样，80 年代香港的饮食可以用琳琅满目、五花八门来形容，据 80 年代末统计，“全港共有食肆七千多间，密度之大，种类之多，世界罕有”④。

在另一篇《窑变》中，当方月用微醺的秋波打量着举止优雅的古董收藏家姚茫，“听他熨平人心的温存细语，还有古董圈子里说不尽的传奇，耳边流泻的琴音”让她“恍如置身于一艘情调优美的游艇”，一种颓靡的气氛在餐桌上发酵开来。香港的这种颓废感在《黄昏星》中与内地的对比下达到了顶峰。开篇一句“黄昏星！又叫启明星！”⑤ 是对这种关系的绝佳隐喻，小说叙述上的特点是交替使用香港女性与内地男性两种视角，香港女性眼中杨涟所代表的内地人落后、保守、粗糙然而虎虎有生气；在内地男性眼中“她”所代表的香港人食不厌精、脍不厌细，现代、开放、精致然而颓败无力。

回归对于香港来说是关乎前途命运的大事，其对香港文学的巨大影响也不言而喻，在这方面学界已经取得了一些研究成果，不足之处在于研究者关注的大多是与“九七”直接相关的文学作品，被纳入研究的作品基本上可以按题材分为两类，一是从现象上批判了对“九七”到来过分焦虑的心理，二是充满信心地拥抱香港回归。这些研究文章大多写作于 1997 年香港回归前后，还停留在对反映“九七”题材的文学作品就事论事的阶段，缺乏前后勾连的历史视野和纵深感。

---

① 施叔青：《驱魔——香港传奇》，北京：作家出版社，1989 年版，第 136 页。

② 施叔青：《驱魔——香港传奇》，北京：作家出版社，1989 年版，第 14 页。

③ 施叔青：《驱魔——香港传奇》，北京：作家出版社，1989 年版，第 29 页。

④ 许锡挥、陈丽君、朱德新：《香港简史（1840—1997）》，广州：广东人民出版社，2015 年版，第 282 页。

⑤ 施叔青：《黄昏星》，《博益月刊》，1988 年第 9 期。

目前还少有研究者注意到“香港的故事”与“九七”回归的联系，仍是白先勇比较早地关注到了这一特点，他在《驱魔——香港传奇》序言中指出，施叔青小说中的短暂爱情具有象征意义，“香港的时间是借来的，九七大限虽然小说中没有点明，里面的人物大概心里都有数”[①]，白先勇所注意到的紧迫感是形成小说“颓废”风格的重要因素。所谓“九七大限”是香港人面对回归可能带来的变化而使用的一种形容方式，历史证明，香港回归是“一国两制”的成功实践，“九七大限”这种说法本身有失妥当，但对80年代的港人来说，并非所有人都能预见到相对平缓的过渡，这个说法充分说明了港人尤其是上流社会对未知的恐惧。而从施叔青的“香港的故事”来看，这些小说的写作时间主要是80年代前半期，这一时期恰恰是中英双方就香港回归问题展开密切谈判的时间，“九七”所引起的集体焦虑及由此产生的“颓废”色彩成为理解施叔青“香港的故事”一个不可或缺的视角。

白先勇所谓小说没有点明“九七”的说法并不确切，“香港的故事”中有多处明确点出“九七”的存在，为人物命运涂上了一层深沉的历史底色，也使小说具备了“颓废”感。小说《冤》以1982年撒切尔夫人访港这一历史事件展开，小说多次直接写到了笔下人物对“九七”的想象，甚至连街边小贩都有所感受。尽管对住在油麻地小单位靠救济金过活的小市民吴雪来说，九七回归、撒切尔夫人的理发师似乎都与她毫不相干，但看似插科打诨的几段文字已经奠定了沉重的基调。《相见》中的主人公张晶的丈夫林明志本是建筑师行业一颗冉冉升起的新星，却在“九七”来临前房地产业的大起大落中无力决定自己的命运，夫妻二人曾在太平山有一栋精致的两层楼房，却因为房地产的崩溃被迫迁出，丈夫林明志再也拿不出雄心壮志，在新家“修了道无懈可击的拱门”就意兴阑珊。完成于1983年2月的《票房》也书写了“九七”对香港人的影响，小说中的地产商萧有兴一夜之间就因为地价暴跌、资金周转不灵而宣告破产。

对香港房地产来说，1982是惨淡的一年，其时正值中英双方围绕香港问题密切谈判的关键点，尚不明朗的局势使得香港经济如坐过山车一般忽高忽低，蔓延的恐慌情绪使得一大批香港人外逃，楼市暴跌。1982年，香港地价普遍下跌40％～60％，地价大跌也带动了楼价下跌。[②] 1982年，小说中环球大厦所在的中区甲级写字楼月租亦从1981年中最高峰期的每方尺28～30元，跌至1982年底的每方尺21～24元，跌幅20％～25％。刘以鬯写成于1983年

① 施叔青：《驱魔——香港传奇》，北京：作家出版社，1989年版，第4页。

② 冯邦彦：《香港地产业百年》，上海：东方出版社，2007年版，第192页。

3 月的名篇《一九九七》也是以此事作为背景的，白洛《暝色入高楼》也反映了这一历史事件。

在施叔青的香港书写中，“颓废”感是深入骨髓的，完成于“香港的故事”之后的《香港三部曲》也在不断强化这一感受，《遍山洋紫荆》开篇就描绘了这样一个“香港末日”神话：“传说香港的太平山树丛中，藏了只巨大无比的石龟，自开埠那一天，它便从山腰缓缓地往山顶的方向爬行。据说石龟爬到太平山顶的那一天，香港便将沉没茫茫大海里。”① 通过这些谣言或者传说，施叔青成功地将她笔下香港的时间倒置，香港的黄金时代却成为通向终结的序曲，在《窑变》和《香港三部曲》中的《寂寞云园》中，都有这样一个充满隐喻性的情节，黄蝶娘甚至感慨：“我突然感觉到香港整个改变了，可不是吗？旧火车站、老的汇丰银行、浅水湾酒店，全都消失了。”② 在这种巨大的阴影之下，再来回顾“叹世界”所代表的享乐主义也就不难理解了。

百年建筑香港会所在上流社会的叹惋中即将被铲土机推得荡然无存，《寂寞云园》通过书写中上流社会的享乐生活，已经把“九七”引发的紧迫感内化在文本当中，这种紧迫感与颓废的关系可以从卡林内斯库那里得到解释。他曾引用 E. M. 齐奥朗《堕入时间》中的一段话表达他对颓废的理解，其中有这样一句：“全面地看，终结的世纪不会是最完善的世纪，甚至也不是最复杂的世纪，但它是最匆促的世纪。”③ 在卡林内斯库看来基督教的颓废观中有一种“敏锐而不安的紧迫感”。从施叔青小说来看，一大特点就是人物大多近乎歇斯底里地想要抓住些什么来缓解内心的不安全感，情感、肉欲、金钱、地位都成为他们的“救命稻草”。《愫细怨》中，主人公愫细明知洪俊兴是有妇之夫，却在这段危险关系中无法自拔，孑然一身的孤独感令她感到恐慌不安，愫细用她的阴晴不定折磨洪俊兴，近乎蛮横地向情夫索取爱和陪伴，“她拼命向他挤进去，最好挤回母体去，只有在那儿才有真正的安全”④。《窑变》的主人公方月是一个得不到丈夫关爱的女性，在到处是人的香港她找不到所属的位置，仿佛茫茫大海中的一叶孤舟，她沉醉于与成熟睿智的收藏家姚茫的暧昧关系，“打算无尽止地享受姚茫的温存柔情”⑤。

与追求情欲相伴而生，一些人物则依靠物质满足克服内心的不安。《一夜

---

① 施叔青：《遍山洋紫荆》，广州：花城出版社，1999 年版，第 3 页。

② 施叔青：《寂寞云园》，广州：花城出版社，1999 年版，第 140 页。

③ 马泰·卡林内斯库：《现代性的五副面孔现代主义、先锋派、颓废、媚俗艺术、后现代主义》，顾爱彬、李瑞华译，北京：商务印书馆，2002 年版，第 161 页。

④ 施叔青：《驱魔——香港传奇》，北京：作家出版社，1989 年版，第 23 页。

⑤ 施叔青：《驱魔——香港传奇》，北京：作家出版社，1989 年版，第 52 页。

游》中的主人公雷贝嘉是一个削尖脑袋想要挤入上流社会的女性，她为了在名流宴会上引起注意而费尽心机，为了从小公司出头，她处心积虑地搭上了老迈的绅士伊恩。小说中，电影《鱼蛋妹》中的卖菜妹阿秀想要依附男人往上爬却最终不幸沦为鱼蛋妹，电影的情节隐喻了雷贝嘉也不过是这样一个“等着奸污的盛装女尸”，而老态龙钟的伊恩只能从肉欲的满足中“证明自己的存在”[①]。《情探》中的女主人公殷枚是一个风情老练的交际花，尽管庄水法的温存令她心醉，但爱情无法令她从金钱的漩涡中抽身而出，终究改变不了拜金本色。《相见》中的张晶即使在房地产动荡中，家道中落仍然不愿放弃对名牌的追逐，甚至穿出去一条名牌腰带总要有意无意间抚弄，唯恐别人不知道这是真正的名牌。《驱魔》中的男主人公顾延人如其名，是一个“孤雁”般的精神流浪者，他对生活感到烦闷，厌弃人群又害怕孤单。《冤》中的主人公吴雪是一个“狂人”一样的人物，丈夫的离奇去世令她怀疑周围的一切，仿佛陷入一张大网，随时会被这个冰冷无情的社会所吞噬。这些人物都是没有明天的失败者，他们努力挣扎却逃脱不了命运的摆布，当华服褪去、盛宴散场，一切都如梦幻泡影一般归于空虚。

三、80 年代港人眼中的内地

施叔青本人可能未曾想到，由于她对回归之前香港社会的切身体验与真实书写，它们在二十几年后的今天仍能提供高度的认知价值和借鉴意义。台湾人的身份使得她在写香港时可以比较敏锐地关注到港人对内地的认知。

很多篇目都涉及香港与内地的对照，其中《晚晴》《黄昏星》更是将其作为小说的核心视角。施叔青在小说中多次表现出香港人重实利、轻道义的特点。《票房》中从内地来到香港的京戏名角丁癸芳对慕名学剑的艺人倾囊相授，并且分文不取，却被干爹批评在这个“唯钱是论”的地方当了“大老衬”，丁癸芳很快认清了资本社会的现实，粤剧大佬倌在她那现学现卖，立马就能赚到百倍于她的出场费。在这里人情是最没用的东西，“少了钞票可行不通”。《冤》中恪守道义的吴雪因为父亲把兄的知遇之恩，一口回绝了香港导演挖角的邀约，被导演看成傻子，奇怪“这年头还有她这种人放弃银钱不顾，尽讲道义”[②]，然而幻想着侠义精神的吴雪在为丈夫申冤的道路上处处受挫。施叔青以一个文学家的感性视角体察到差异背后其实是人情社会与契约社会

---

① 施叔青：《驱魔——香港传奇》，北京：作家出版社，1989 年版，第 146 页。

② 施叔青：《驱魔——香港传奇》，北京：作家出版社，1989 年版，第 148 页。

的区别，关于二者，冯必扬用了这样一个表格来进行描述：

表 1　人情社会与契约社会的区别[①]

交换特征	交换类型	
	人情社会	契约社会
人与人熟悉程度	熟人社会	陌生人社会
交换的性质	交换是手段	交换是目的
适用的领域	情感（利益）领域	利益领域
交换的精确程度	模糊性交换	精确性交换
约束交换者的手段	道德	法规
社会的流动程度	社会的低流动性	社会的高流动性
交换双方所处的地位	主动者与被动者	皆是主动者
行为模式	特殊主义	普遍主义
社会开放程度	封闭的社会	开放的社会

带有内地文化背景的丁癸芳和吴雪的一个共同点在于遇事首先考虑的是人情，符合“人情”的行事方式令她们感到安心和满足，然而人情社会尽管有着延时回报和模糊回报的特点，本质上仍然是一种交换方式，当她们发觉人情在香港并不能让她们有所收获，自然就会转而认同契约社会的规则。契约社会的交换方式是陌生人之间建立在利益需求上的精确交换，表现在生活中就常会像小说中那样被形容为一种唯利是图、一切向钱看的行为逻辑。

小说中另一个突出的现象是香港人相对于内地人的优越感，这种优越感体现在物质生活和精神追求的方方面面。《晚晴》讲述的是一个婚姻不幸的香港女性倪元锦回到内地与初恋袁平重温旧梦的故事，小说多次从倪元锦眼中展示出内地物质生活的匮乏。阔别后第一次相见，袁平就像乡巴佬一样被旋转门绊了个趔趄，手拎的尼龙网兜让他在外国游客面前感到自惭形秽。吃饭时，尽管极力克制，袁平还是不经意间流露出馋相，豪华酒店中肮脏漆黑的女厕也令倪元锦感到厌烦。事实上，倪元锦在香港的生活也不宽裕，为了攒钱送袁平一台收录机要省吃俭用，还足足承受了家人两个月的脸色，但谈到袁平七八十块的死薪水时仍在不经意间拿出“远方阔客的口吻”，可见这种优越感的存在不仅是现实生活造成的，还有着长期积累的文化心理因素。在另

① 冯必扬：《人情社会与契约社会——基于社会交换理论的视角》，《社会科学》，2011 年第 9 期。

一篇题材相近的《黄昏星》中，北京蔬食的粗糙、小摊贩的狡黠、街上千篇一律的表情和服饰都令来自香港的“她”感到不适应。《窑变》中香港古董圈子还把内地人如何有眼无珠、糟蹋珍品当作茶余饭后的笑料。在小说中的港人看来，内地人的精神和他们的物质一样贫瘠。

揶揄内地在回归前的香港电影中是常见的桥段，这些电影主要是出于娱乐性的考虑对大陆形象进行了歪曲，有失妥当，而像施叔青这样直面香港与大陆文化心理差异的严肃文学并不多见。更难能可贵的是她可以站在台湾人的角度自由出入不同的文化环境，在视野开阔性和多元性上罕有香港作家能够匹敌。从这个角度来说，施叔青对“香港的故事”系列小说历史厚重感的评价显然不够充分，身处80年代浮华如梦的东方曼哈顿还能以冷静认真的眼光捕捉上流生活一幕幕悲喜剧与背后的时代潜流，无论在审美价值还是认知价值上都有其独到之处。

柏杨的哥特小说研究

黎活仁*

摘　要： 柏杨是对恐怖题材较感兴趣的作家，聂华芩和李黎编选的柏杨小说集，都收入不少哥特小说，其中也包括与哥特题材有密切关系的侦探小说。内容以写男性的邪恶有关的杀人罪行较为突出。现代中国作家较少写作哥特小说，故属柏杨作品的特之一。爱伦坡的哥特小说是中国读者较为熟悉的。

关键词： 柏杨　哥特小说　侦探小说　聂华芩　李黎

引　言

近年研究哥特小说及其与中国幽灵文学比较的论著多起来（苏耕欣，2010；李伟昉，2004；王晓姝，2010），参考称便。哥特与鬼屋、幽灵、复仇、血腥和暴力的概念有关，在英国文学传统中，哥特小说占重要位置，至于一般人较容易接触得到的，是美国爱伦·坡的短篇（朱振武，2008）。

聂华苓（1925—　）《柏杨小说选》（1989）和李黎（鲍利黎，1948—　）《柏杨小说选读》（1994），都大量收录柏杨的哥特小说。李伟昉《黑色经典：英国歌特小说论》认为英国哥特小说人物主要可分为四大类：暴君、教徒、不幸女子、鬼怪（李伟昉，2005；朱振武，2011），以上的暴君，我把恶棍也包在内，这一分类，有助初步了解柏杨的哥特体作品，见表 1：

---

* 黎活仁（Wood Yan LAI），男，广东番禺人，1950 年生于香港。京都大学修士，香港大学哲学博士。香港大学饶宗颐学术馆前名誉研究员。著有《卢卡契对中国文学的影响》（1996）、《林语堂痖弦简媜笔下的男性和女性》（1998）等。编有《方法论于中国古典和现代文学的应用》（1999）、《女性的主体性：宋代的诗歌与小说》（2001）、《李白杜甫诗的开端结尾研究》（2002）、《香港八十年代文学现象》（2000）、《痖弦诗中的神性与魔性》（2007）、《雪中取火且铸火为雪：周梦蝶新诗论评集》（2010）等。

表1 柏杨哥特体作品分类

《秘密》		聂华苓《柏杨小说选》	李黎《柏杨小说选读》
鬼怪	《龙眼粥》	入选	入选
不幸女子	《峡谷》	入选	入选
鬼怪	《强水街》	入选	
《怒航》			
鬼怪	《格隆》	入选	
暴君、鬼怪	《钢鞭》	入选	
鬼怪	《鬼屋》		入选
暴君、鬼怪	《晚霞》	入选	入选
《凶手》			
鬼怪	《夜掠》	入选	入选
鬼怪	《一束花》	入选	入选
暴君	《凶手》	入选	入选

一、《峡谷》与拟侦探小说

《峡谷》是写女主人公田英为亲夫梁文复仇的故事，王隆因田英长得美，欲横刀夺爱，买通当地原住民野卡杀了梁文，但没有如数付款，结果野卡首领和盘托出，真相大白，枪法如神的田英，让王隆骑马逃走，越百步才开火，打不中则了事，故事的结尾是王隆应声毕命。

(一) 三死的问题

以什克洛夫斯基（Victor Shklovsky，1893—1984）的观点来看，这个短篇里面死的人太多：梁文、王隆和两个高悬的人头。人物死亡让小说节奏流逝过速，趋向结尾，最好是不要写死亡。什克洛夫斯基根据托尔斯泰（Lev Tolstoy，1828—1910）短篇小说《三死》（*The Three Deaths*）引申出三个主题：贵夫人之死、农夫之死和树木之死，这三者有一定关系：农夫是贵夫人的车夫，树木则被农夫斩下来作十字架；由三死引申到小说结尾的问题，就是莫泊桑（Guy de Maupassant，1850—1895）经常回避人物的死亡，小说看起来没有结尾。梁文是王隆买凶谋杀的，而后者又是因为谋杀前者，东窗事发，而被杀死的，两者有对应的关系，至于两个人头，与梁、王关系不密切，不是一种对应的关系，什克洛夫斯基认为是较好的。

（二）托多罗夫与侦探小说类型

托多罗夫（Tzvetan Todorov，1939— ）的《侦探小说类型学》（*The Typology of Detective Fiction*）据范·达因（S. S. Van Dine，1888—1936）在1928年拟订的侦探小说20要件，综合为8条，这里用以与《峡谷》的情节作一比较，见表2：

表2 托多洛夫侦探小要件与《峡谷》特点对比

	侦探小说的要件	《峡谷》的特点
1	至少有一个侦探，有一个凶手和一个的受害者（或尸体）	没有侦探，凶手不是一个（梁文遭乱枪射死），主谋有一个，死者一名，有尸体
2	穷凶极恶的职业杀手一般不会是罪犯，侦探也不可能成为罪犯；真正的罪犯，它的犯罪动机大半是出自个人目的	王隆不是职业杀手，他为得到田英而谋害梁文
3	侦探小说中没有过多的爱情成分	王隆是因为爱情而谋害梁文的
4	凶手应该是较为重要的人	王隆是马帮中的重要人物
5	推理必须是理性的	案情由被收买的野卡交代出来，不必推理
6	少用形容词描写，心理分析越少越好	描写心理和风物的笔墨都较少
7	故事要达到如下效果：作者：读者=凶手：侦探	不能说达到，但悬疑不多
8	案发场景要别出心裁；侦破手段应有变化	案发场景在缅北，是中国人不大熟悉的地方，但无侦破过程

1. 田刚和田英，属于“侦探豁免权”类型

托多罗夫在《侦探小说类型学》中说，侦探小说有关犯罪的行为在第二个故事开始前就结束了。第二个故事里不会发生什么惊险的事，负责侦查的人物只是“了解情况”。托多罗夫称之为“侦探豁免权类型”。《峡谷》中的田刚和田英，属于“侦探豁免权”类型，但他们的目的是去收尸，两人本无查明真相的目的，起码小说中没有交代。

2. 王隆属于“嫌疑犯化身侦探”

法国名为“黑色小说”（诞生于第二次世界大战前夕的美国，第二次世界大战结束后盛行一时）的新派侦探小说，不适用“侦探豁免权”，这一类的侦探可以受伤或被杀，《峡谷》中虽无侦探，实际上田刚、田英兄妹和王隆，都

有侦查谁杀梁文的任务或义务，王隆于是成为“嫌疑犯化身侦探”，这可以解释为什么《峡谷》没有“硬汉侦探”。

（三）热内特论“时间错置”

“时间错置”（或译作“错时”）有两大类型：复原（倒叙）和预叙。依雷蒙－凯南（Shlomith Rimmon－Kenan）在《叙事虚构作品：当代诗学》（*Narrative Fiction*：*Contemporary Poetics*）中有举例：一个故事的情节，发生先后的顺序是 a、b、c；但在文本（譬如小说）的出现次序，却是 b、c、a，即不按顺序出现，通常称作“倒叙”或预叙，热内特称之为“时间错置”（anachronies），复原（analepsis，即 b、c、a）和预叙（prolepsis，即 c、a、b），都是热内特的用语。

1. 关键性的术语：第一叙述，第二叙述

这个故事，热内特称为“第一叙述”（first narrative），如果“第一叙述”插入一个“时间错置”的复原或预言，插入的部分叫做“第二叙述”（second narrative）。如此类推，应有“第三叙述”“第四叙述”“第六叙述”……

先设定“第一叙述”：故事是梁文被乱枪击毙。

2. 外复原与内复原

外复原（external analepsis）与内复原（internal analepsis）的区别如下：外复原：插入一段在“第一叙述”时间起点之前的故事，王隆打从刘田结婚，就希望梁文死（田英说的）。内复原（internal analepsis）：插入在“第一叙述”时间起点之后的故事。插入的故事有两种，其一是与“第一叙述”无关的“异故事”（heterodiegetic），通常是介绍一个人物出场，或长达数页，有点离题（或译作回顾性离题，retrospective digression）；其二是与前者相对，插入与“第一叙述”有关的“同故事”复原（internal homodiegetic analepsis）。

补充复原（completing analepsis，或称补笔 returns），即事后填补空白：王隆首先报告梁文遭人乱枪扫射，死了；随后跟田氏兄妹说梁文死时，他在身边；王知道梁的尸体埋在哪儿。

重复复原（repeating analepsis，或称回想 recalls），这些回想极少有洋洋万言的。

混合复原（mixed analepsis），插入的故事发生在“第一叙述”时间起点之前，到“第一叙述”时间起点之后才结束。

3. 预言（预叙）

相对于复原而言，预言比较少。第一人称叙述比较容易产生预言，田刚问妹妹田英，谋害梁文的人是否王隆，田英说不知道，这一情节有点像预言。

（四）哥特小说与崇高

《峡谷》多少有点像美国西部电影的中国版，梁文是贩运货物出入中国缅甸边境的马帮（张君宏，2006；廖乐焕，2001），中国西南边境多高山和原始森林，河流湍急，不利于行船，因此日常必需品得靠以人力组成马队运送。原始森林有毒蛇猛兽，疟疾流行，动植物腐烂后，在高热天气下形成有毒瘴气，都足以致命（包威，2008）。加上西南地区的原住民部分仍有猎头的风俗（杨鹤书，1980：94），《峡谷》中的野卡人部落，高悬两个人的头骨，应符合事实。

沈石溪（沈一鸣，1952— ）生于上海，祖籍浙江慈溪。1969年初中毕业赴西双版纳傣族村寨插队落户，在云南边疆生活了十八年。沈石溪在《虎女金叶子》的序中讲述了猎头的风俗：佤族每年稻谷扬花时节，便会派出壮健的汉子，提刀埋伏丛林，马帮或客商路经之时，便瞄准胡子长得最茂密的男性劈舞大刀，被捕猎者还没反应过来，便身首异处。还在滴血的人头被拿来供奉在用花岗石堆建起来的祭坛上，以祀谷神。

此外，盗贼横行，防不胜防，故马帮每次出动远行，都冒着生命危险。恐惧是形成崇高的因素，伯克（Edmund Burke）以坐船遇到大雾来说明，大雾容易造成海难，舵手为此响起笛声，等到大家从慌乱中安定下来，就会开始欣赏朦胧的美景（加藤耕一，2009）：

> 那微弱的太阳无力的咬着高矗天际的峰头，谷底比午夜似乎还要寒冷，除了马蹄声之外没有别的声音，王隆拉着田英的手在马群旁边挤着走到田刚跟前。

《峡谷》无论心理还是自然环境的描写，都比较少，对恶劣环境，即恶山恶水、毒蛇猛兽，都没有交代，唯一是提及猎头风俗，看到挂在杆上的人头，觉得可怖。猎头风俗因为太血腥，不好详述。以上的缺失，在柏杨的《异域》中则十分具体。罗宾·R·沃塞尔（Robyn R. Warhol）对不叙述事件的分析，也有助于理解，对“不叙述”的研究，涉及四个方面：不必叙述（the subnarratable）、不可叙述（the supranarratable）、不应叙述（the antinarratable）、不愿叙述（the paranarratable）。不应叙述指一些违反社会常规和禁忌的内容，在维多利亚时代，“性”总是不能讲述的东西，在威权时代，一般而言，在任何时代，太残忍的事，也不能叙述。

至于神枪手田英为夫报仇，则类似骑士传奇模式，骑士常见的模式是到远方找寻恋人或婚姻对象，至于女骑士则如苏耕欣所说，模式多是寻找母亲或身世，从能力考验中认识世界，证明自己的美德（苏耕欣，2010）。在前往寻找梁文尸体途中，田英曾接受王隆的好意，让王隆拉着她的手，说寻到梁文遗体，就是夫妻缘尽之时，对王隆一直苦苦追求，她是心领的，并不拒绝，到真相大白，却又扮演“硬汉侦探”的角色。

（五）情节的转换

托多罗夫在《叙事转换》（Narrative Transformations）一文中，据什克洛夫斯基的《故事和小说的结构》提炼出以下的公式：

1. 人物关系——人物关系被颠倒
2. 预言——预言实现
3. 设谜——解谜
4. 诬告——罪名洗清
5. 事实的歪曲呈现——事实的正确呈现
6. 动机——平行动机

把上述公式应用于《峡谷》，分析如下：

1. 人物关系：梁文和王隆是情敌，又是被谋杀和谋杀者的关系；王隆单恋田英，后成为田英的杀夫仇人，遭田英击毙。

2. 预言：田刚猜测王隆杀害梁文，结果属实。

3. 设谜：梁文被杀是一个谜，破案后谜终于解开。

4. “诬告——罪名洗清”，在《峡谷》中似乎没有。

5. 事实的正确呈现：梁文被杀，真相大白。

6. 动机：结尾写田刚、田英兄妹挥别野卡部落，读者至此可能有点不能明白，为什么田英放过杀夫的野卡？

二、《凶手》与邪恶

《凶手》主人公妒忌病友与美丽未婚妻热恋，于是以病友未婚妻名义杜撰了一封情信，表示希望分手。病友后来自杀。

（一）不在场的秘密：信件

在短篇小说《凶手》中，那位美丽的未婚妻从未现身，即不在场。每次都是因为病友收到来信，才引致病友洋洋自得的介绍。

托多罗夫曾评论詹姆士（Henry James，1843—1916）《地毯上的图案》（*The Figure in the Carpet*）等小说，认为他的短篇中有“绝对存在和不在场的原因”，有时是人，有时是事件，或物品，如东方地毯上的图案，《多米尼克·费朗先生》(*Sir Dominick Ferrand*)的秘密藏于一些信件，主人公暗恋楼下孀居的女音乐家赖夫斯夫人，某天他买了一张旧书桌，发现里面有一暗格，收藏有一些信，赖夫斯夫人建议他不要看，并不再跟他往来，谜底最后揭晓，这堆信件证明赖夫斯夫人是一位政要的私生女。对叙述的视角作一限制，让所见所闻像管中窥豹，只描写细节，以部分代替全部，也可以达到同样的效果。

《凶手》中的假冒的信，是附于结尾，是“地毯上的图案”。

（二）杀妻或红杏出墙的题材：与爱伦·坡比较研究

病友半身不能自由活动，而美丽的未婚妻是中文系毕业生，不顾一切爱着他，病友收到假冒的未婚妻笔迹的绝交书，从高处跳下，砸中树干，死状恐怖。主人公的行为十分邪恶，且并不感到后悔。

爱伦·坡的哥特小说其中一个特点是写邪恶，以《墨猫》(*The Black Cat*)为代表，邪恶是社会所不容许的，特别是变态地杀人，就是妻子移情别恋，也不能触犯法律。

1. 托多罗夫论《十日谈》的偷情故事

托多罗夫认为典型的故事是由一个平衡到另一个平衡，中间有一种力量打破平衡，另一种力量起反作用，再恢复平衡。故事由两种成分组成：第一类描写某种状态（平衡或不平衡），第二类描写从一种状态向另一种状态的转变。第一类相对稳定，可称作反复体，因同一类行动可以重复无数次，而第二类则属动态，原则上只产生一次。这是最为关键的概念，托多罗夫在《叙事的秘密：亨利·詹姆斯》(The Secret of Narrative) 中又简述了一遍：

> 《十日谈》中，初始平衡常由两个主角的夫妻关系确立起来；平衡被打破，因为妻子一枝红杏出墙来；另一种不平衡，它位于第二个层次，出现在故事结尾：即妻子没有受到被戴绿帽子的丈夫的惩罚，因为这种惩罚或许会威胁到局外的情人之间的关系；在此建立一种新的平衡，为人不齿的通奸得到了许可。

《十日谈》第7天第2个故事是托多罗夫举的例：佩罗内拉(Peronella)常趁丈夫（泥水匠）外出工作时，与情人会面。但有一天，她丈夫突然提前回来，佩罗内拉把情人藏在一个木桶里，骗丈夫说有人要收购木桶，这时情夫从木桶中爬出来，说内壁不很干净。泥水匠听到之后，就按照妻子的吩咐进入木桶里刮污垢。妻子则趁机扒在木桶边与情人成其好事。

2. 惩罚、不惩罚和掩盖原则

上述故事回复平衡的方法有两种：惩罚妻子或不惩罚。托多罗夫认为

《十日谈》总是采用第二种方法。这里还有第三个叙述动词，即“掩盖”佩罗内拉找方法来“隐瞒”，这样一个新的法则建立了，就是妻子有权满足她的欲望。《凶手》的结尾也是不惩罚。

(三) 热内特式的重复

《凶手》可以用热奈特的《叙事话语》(*Narrative Discourse*) 中有关“频率”的理论加以解释，频率有四种类型：

1. 讲述一次发生过一次的事

8年前的12月，病友陈文生住院约两个月，每隔两三天，陈的未婚妻就会来信，都是“讲述一次发生过一次的事”。主人公于8年前的12月因车祸住院，与陈文生同室。

2. 讲述n次发生过n次的事

8年前的12月，病友陈文生住院约两个月，每隔两三天，陈的未婚妻就会来信。陈每次都会把未婚妻的信读给主人公听。这是最关键的情节。陈多次向主人公重复未婚妻如何爱他，未婚妻如何漂亮，每次都引起主人公的妒忌和反感。

陈文生从高处跳下，小说中交代了两次，描述内容血腥恐怖，带有哥特小说的典型色彩：

> “当他从十楼跳下来的时候，”他说，“他的头先撞到六楼窗口伸出去的水泥板上。接着，他摔向那棵白杨树，钢针一样的树枝不偏不倚的戳进他的眼眶，眼珠被弹得飞出很远，等到他惨叫着身子落地，已跌成一团肉酱了。”
>
> 大概是心理作用，我仰起脸，那一根向着窗口突出的树枝上，仿佛还隐约的染着斑斑血迹，而那个中了别人奸计而殉情丧生的人，他那残缺不全的尸首，就躺在那树底下的乱石子地面上。

3. 讲述n次发生过一次的事

主人公假冒陈未婚妻写信，讲述多次：动手写信之时；把信掉包；叙述陈看信后情形；五天后陈讲述读信后心情；主人公自述假冒事实属犯罪。

4. 讲述一次(或用一次讲述)发生过n次的事。

陈未生病时，每天下课，未婚妻都在巷口等他。

5. 结论

这篇小说以哥特式邪恶为主，那么重点在“讲述n次发生过n次的事”。热内特的计算方法，也有助厘清故事内容，见表3：

表 3 《凶手》的频率问题

热奈特的用语	热奈特的定义	《凶手》
限定 (determination)	假设序列是：譬如说 1890 年夏季的星期日	8 年前的 12 月，病友陈文生住院约两个月，每隔两三天，陈的未婚妻就会来信
说明 (specification)	承上述“限定”：1890 年夏季的星期日，是由十二个单位组成，被界限（1890 年 6 月底至 9 月底）确定，其组成单位的重现节奏是每隔七天	陈文生读了主人公假冒陈未婚妻的信，五天后自杀，以每隔两三天陈的未婚妻就来信来算，如果主人公连续听了陈文生读未婚妻信三次，那么 5+9 是 14 天，约两星期内（小说没有交代主人公入院后，陈的未婚妻来信多少次）
延伸度 (extension)	每个组成单位和被组成的综合单位的历时性幅度，例如夏季一个星期天的叙事涉及的综合时距可以是 24 小时，也完全可以缩减为 10 小时：从日出到日落	大概是白天才会收到来信
内历时性 (internal diachrony)	像失眠之夜，由一个延续好几年的系列构成的反复单位，只按其本身从晚到早的连续性来讲述，丝毫用不着“外”时距	讲述一次（或用一次讲述）发生过 n 次的事，是陈文生与未婚妻热恋，而主人公的失恋
外历时性 (external diachrony)	这些变化不被看成可以互换，而被看成不可逆转：死亡，绝交，主人公的成熟和衰老，新的兴趣，新的相识（指人物），决定性经验（性欲的发现），使精神受创伤的场面	陈文生患病、与主人公交谈、读未婚妻的信给主人公听、陈自杀；主人公假冒陈未婚妻写了绝交书
推广重复 (generalizing iterations) 或外重复 (external iterations)	在单数场景插入话题	发端的单一场景是在病室，三度插入窗前风景，其中两次描述陈文生自杀下坠时迎头碰到的树

三、患上躁男症的牛魔王

《牛魔王》中的牛魔王，是动物的拟人化，动物的视角，适用什克洛夫斯基的“陌生化”（defamiliarize，或称奇特化、反常化）理论去分析。“陌生化”可以增加感觉的困难和拖长感知时间。

（一）陌生化视角

“陌生化”常用第一次知见的观感来描述，在视角而言，常常采用陌生人、小孩子、精神病患者或是动物的眼光来看事件，如托尔斯泰《战争与和平》（*War and Peace*）的波罗金诺战役（Battle of Borodino，1812.9.7）不是透过将军和兵士而是交由非军人来表述感觉，色情文学也是如此，在诗歌中使用方语俚语也可得到同样效果。

脾气暴躁的牛魔王要主人公承认三点：地球是方的；太阳绕地球公转要求加以讨论，并认为他是正确的，否则对他不利，这似乎是讽刺当时的指鹿为马；牛魔王还跟太白金星打赌，他能跟人类和平相处，并要对方相信他能这样做。

（二）穆卡洛夫斯基论“对话与独白”

穆卡洛夫斯基的《对话与独白》（*Two Studies of Dialogue：Dialogue and Monologue*）对于小说对话分析，有启示作用，不妨研阅旁照。

1. 情绪语言、理性语言、规范语言

雅库宾斯基认为独白与对话的关系，是语言功能的对比关系，如同书面语言（规范语言）与口头语言的不同，或理性语言与情绪语言的不同。“譬如说甲用情绪语言，乙用理性语言，丙用规范语言，丁用口头语言。”牛魔王主要用情绪语言，主人公兼用情绪语言和理性语言，叙述者则用规范语言。小说中主要的叙述方式是口角，拉高嗓门、口吻带讥讽、速度较快。

2. 口角

通常的对话具有社交性和娱乐性，经常是协调的、和解的。譬如男女之间絮叨的对话，尤其是妇女一边工作、一边聊天，或男人在吃零食、妻子在旁边织毛衣。

“口角”是一种极端的对话，“对口角的偏爱符合儿童的天性”，随着社会变得文明，“口角或争吵的冲动亦逐渐消退”，电子传媒信息的沟通，解决了以前争吵不休的问题。而小说中，牛魔王的语言带有明显的口角性质。

（三）“躁男症”的经典：史蒂文生的《化身博士》

史蒂文森的《化身博士》(*Strange Case of Dr Jekyll and Mr Hyde*）是躁男症的经典作品之一，主人公杰克喝了药之后，化身为邪恶的海德先生到处作恶（杀人），心灵饱受善恶、内疚和犯罪的折磨。《凶手》的主人公，就是一个善恶交煎的人，因为失恋而形成“躁男症”：

> 我一点也不为我的禽兽行为分辩，也不接受任何人的宽恕，在那个

时候，我心里充满了往外横溢的嫉妒和仇恨情绪。假使我有权的话，我会下令杀掉天下所有的幸福男女，用什么残酷和卑鄙的手段，都在所不惜。然而，就在我发现他跳下去的时候，我决定了一件事，《圣经》上说，罪的工价就是死，我要讨回我的工价。

杰克曾经请人帮忙，但不得要领，他的实验后来十分成功，为了报复，他把以前不愿帮忙的人一个一个杀死，心路历程与《凶手》的主人公相同。

结　论

柏杨的小说研究者不多，相信叙述学流行之后，比较容易识别他作品中的优点和缺失。柏杨写作的年代，社会上对作品道德水准要求很高，变态的描写当然不容易发挥。本文运用了托多罗夫的理论加以分析，值得留意的是《峡谷》的手法近于“黑色小说”，颇有匠心；《凶手》中的“秘密”（假冒的信）和人物的“不在场”，适用托氏之论，而且就邪恶处理而言，可能是最接近爱伦·坡风格的写法。

歧路通向何方

——解读朱天文长篇小说《巫言》中“离题”的寓意

王柯月*

摘　要：朱天文的长篇小说《巫言》用不断“离题”的“巫者”姿态建构了超然于众人之上的言说方式，离题是路径的实践，企图将叙事时间空间化。作者通过这种看似破碎迂回、故意拖延的手段来重新观察、衡量、评判主流社会和主流价值观，将传统一元中心、二维时空中的无数细碎片段以及个人的体悟感受扭曲、变形，乃至重新组合，最终构建起自己的歧路花园，具有独特的符码学意味和庞杂的象征式隐喻。

关键词：《巫言》　离题　歧路花园　后现代

前　言

2008年，台湾女作家朱天文历时八年写就的二十万字长篇小说《巫言》，在香港浸会大学主办的红楼梦奖“世界华文长篇小说奖”中进入终审，其成就被评审者认为与莫言的《生死疲劳》“等量齐观”。这次获得世界华文文学界的肯定，让朱天文再度成为人们热议的焦点。

出身台湾传奇文学世家的朱天文早已凭借其独特的文学风格和出众的艺术水准在台湾文坛成名，近年来其作品不断被引进大陆，也成为读者相对熟悉的台湾作家之一。朱天文的创作内容和风格随着大环境经济社会、人心、文明的转变一如个体的蜕变与成长，题材内容上仿佛时代的真实记录，见证政治社会的巨变、人心的转向与多面性生长，文字书写在自我价值认同之外更增加了冷眼对时代的剖析。小说创作技法上也由现实主义的散文化抒情转

---

* 王柯月，1990年生，山西太原人，北京舞蹈学院讲师，主要从事中国当代文学、电影和文化研究等。

向现代、后现代叙事方法，并深受现代文化理论例如新历史主义、结构主义、女性主义的影响，呈现出更加复杂多元的面貌。

2008年《巫言》的出版，距朱天文上一部长篇小说已有14年的时间，而这部作品历经多次删改、重写，二十万字的篇幅竟耗时八年才完成，是朱天文文学创作的巅峰之作。以往擅长繁复、华丽写作风格的朱天文这次惜墨如金，“返璞归真”“将一切解散”[①]，完全抛弃了虚构的手法，用口述史和田野调查的方式，将所有的细碎生活片段连接起来，记录一个时代的种种景象，这些景象既包括物质层面的客观实体，也涵盖现代社会的心灵写照，被称作“给下一轮太平盛世作了一个女性的、实物的备忘录”。

标榜一种“巫术般”写作手法、“超凡脱俗”气质的小说《巫言》，一大特色在于其叙事过程中的不断“离题”，这是读者阅读初始所能得到的最直观和最强烈的感受：一件事不及几段叙述之后便跑题到另一件看似不相干的事情上，如此几段之后再来一次跑题，尤其是往往偏离的一个临时落脚点也并非重要情节故事，而多为庞杂细节，并且时空跨度较大。如此种种已成范式的叙述离题和重心转移，让人有点丈二和尚摸不着头脑，似看不到阅读旅程的目的地和旅程的重点、意义为何。

关于这点，作家本人早已在自述中说明：

> 在只去不回的线性时间上，我一再被细节吸引而岔开，而逗留，每一次的岔开和逗留都是一个歧路花园，迷恋忘返。所以岔开复岔开，逗留再逗留。所以离体又离题，离题即主题。所以我繁衍出自己的时间，不断地脱线，把时间变空间。这不是巫术吗？对于使用文字（咒语）的书写者，这是技艺，也是本心。[②]

这种书写方式，与传统小说创作要紧扣某个主题、围绕一个凸显的中心来进行的基本准则以一种高度决绝的姿态背道而驰。朱天文由此在笔下兀自建造出了一个极其与众不同的世界，所产生的艺术效果和阅读体验是惊人的。她借此不但完成了与阴影始终挥之不去的“祖师奶奶”张爱玲、与昨日的自己划清界限的心愿，更是用不断“离题”的“巫者”姿态建构了超然于众人之上的言说方式，甚至庄重地完成了一种叩问本性初心的“通灵仪式”。

---

① 王德威：《狂言流言，巫言莫言——〈生死疲劳〉与〈巫言〉所引起的反思》，《江苏大学学报》（社会科学版），2009年第3期，第5页。

② 舞鹤：《和朱天文谈〈巫言〉》，《书城》，2004年第5期。

一、离题复离题，岔路又岔路——《巫言》之“歧路花园”的建构

《巫言》的写作并不顺遂，《往星去》《瓦解的时间》《谋杀与创作之时》等开头均被废弃。[①] 自2003年，前面的篇章如《巫看》《菩萨低眉》《世纪初》等陆陆续续发表在台湾印刻杂志，但很久之后才集结完成全书，也因为朱天文花了很长时间，阅读了大量其他作品并进行了诸多实验之后，才找到目前这种写法，用“离题”和“岔路”的方式建构一座边界开放的“歧路花园”，能够将她所有的想法容纳，并自由出入。生活中的种种如何转化为小说素材，其间朱天文所展示的思维和想象力，描绘出卡夫卡所言的图像，“小说家是在拆生命的房子，拿这个砖块去盖小说的房子”[②]。

（一）结构的寓意：时间繁衍，空间浮现

《巫言》架构是两条并行线索，一条是巫者其人其事其生活，一条是巫者之言，两条线交织在一起，并辅助以多种叙述观点和叙述腔调。全书分为五章进行，分别为《巫看》《巫时》《巫事》《巫途》《巫界》，虽然各章隐隐约约有其主题，因其涵盖面的丰富和琐碎，以及作者再三“离题”，若非要概括各章内容，那么第一章《巫看》以几位不结伴的旅行者为主要人物，以菩萨低眉不忍看为主轴；第二章《巫时》讲述生活在现代时间之外的巫人与社会的格格不入；第三章《巫事》由四个不具有高度相关性的独立事件组成，其联系大概仅是都由巫人观察或参与而已；第四章《巫途》是主题最鲜明的一章，讲述父亲在医院的最后时光及对父亲的怀念；第五章《巫界》回归巫人琐碎的生活当中。

同一般的长篇不同，朱天文并不注重故事情节或有意呈现故事情节，更无情节高潮可言。这次更是一直在做削去法，“一毫毫，一寸寸的减。减之又减”。拒绝虚构，不断削减传统所认知的故事情节，减约虚构至极限。没有什么对白、情节，只取最日常的表面，有一种径自离题的说故事的气概。

在情节行进的步调上，也几乎找不到逻辑可言，联系的依据是作者主观的心理思绪和意识流动。《巫言》与一般小说习惯冲突的是，读者并不知道这故事的“然后”和“为什么”之间的联系存在于何处，福斯特（Edward

---

① 舞鹤：《和朱天文谈〈巫言〉》，《书城》，2004年第5期。

② 王寅、史美寅、李响：《拆生命的房子，建小说的房子》，《南方周末》，2008年9月25日D26版。

Morgan Foster）说“故事”问的是“然后”，“情节”问的是“为什么”的问题。由于“离题”这个更强有力的法则在“然后”法则之上生效，所以《巫言》的做法是直接陈述接下来的场景，导致场景突然跳接，岔开到另一个故事当中，故事往往只有开头，没有结尾，甚至也没有原因和结果，每一个“然后”都自成一个故事，它的故事性存在于离题转折的缝隙，在于没有说到的地方，那个“言外之意”，意义因离题的转折而多变，不再是同一个意义，故事性不在于细节本身的故事性，必须依靠读者自行去串联，这是为什么《巫言》乍看尽是细节，细看却找不出来直接串联起来的故事。

如若将小说的时间拉长到一定的时空背景，并以极为敏锐的眼光与高超手段，将小说前后文中“不经意”呈现的多种信息要素依据隐秘的痕迹拼装、重组，自行建构出人物与叙事复杂的网状结构，那么隐匿于《巫言》歧路花园中，不结伴的旅行者、猫女、老板、前社长等的三十几位人物的面貌次第浮出，由此可知文本大体是关于前社长及其家人从“蒋时代”进入个人主义、消费主义至上的现代社会的复杂过程中，他的女儿——一位由青年步入中年的“食字兽/嗜字人/书虫/恐龙伯母”，以极为个人化的观察和文字和一种“菩萨低垂目”的姿态作为在世界夹缝中生存的方式。

《巫言》毫无小说的故事性可言，散文化加强，具有浓重的实验性，冲撞小说与散文的界限，个人冥想和认识论，跳跃性和驳杂、跨越程度令人瞠目结舌，也给读者造成了相当大程度上的阅读不适症。通篇叙事片段的实验性质，也为论者所质疑和惋惜。黄锦树认为削掉和压缩技艺之后的《巫言》为重返初心付出的代价是看起来裸露、浅白、不自然，有未成文的嫌疑。范铭如对于朱天文一意追求深沉命题而割舍小说血肉的选择，则唯有尊重。更有论者对此提出质疑并忧心忡忡：小说文类越来越散文化，没故事没情节，到底是进步还是倒退？

就《巫言》来说，面对如此的沉淀与累积形成的庞大内容，唐诺找到了一把解读的钥匙，便是“慢慢的赶快的巫术”：“能存留住人切身情感的，总是坦言的、直言的白话。语言文字的放缓脚步、语言文字的徘徊不去意味着说者的不舍，他还不想结束，还想再看清楚，这与其说存在于话语本身，毋宁说是存在于话语的停滞、话语的呼吸、话语左顾右盼所争取到的有限时间空间里。”①

“慢慢的赶快”（hurry slowly）来自卡尔维诺（Italo Calvino）《给下一轮太平盛世的备忘录》里的第二讲《快》，“快”意在指书写的节奏、韵律以至

① 唐诺：《关于〈巫言〉》，朱天文：《巫言》，上海：上海人民出版社，2009年版，第373页。

书写风格是否准确，这取决于思维与表达的灵活度，而“慢”则是提出要通过“重复”与“离题”来推迟一种“文学时间”。[①]

那么，不想要快的人们，如何选择慢？正如朱天文在小说中直言：

策略很多，卡尔维诺的不失为一种。快与慢，相对于快，推迟时间的流程，他提出离题。

我选择离题。拖延结局，不断的离题，繁衍出我们自己的时间，回避一切一切，一切的尽头。离题策略，为的是对抗一般小说总是盛极而衰的线性时间，离题使人忘记两点间的最短距离，被无穷尽的细节所着迷，直到死神降临。

假如这些偏离变得复杂、纠结、迂回，以至于隐藏了偏离本身的轨迹，谁知道呢，也许死神就找不到我们，也许时间就会迷路，而我们就可以继续隐藏在我们不断变换的匿逃里。[②]

离题再离题，岔路再岔路，所以逃脱了线性时间的时间也只是繁衍再繁衍，而因此繁衍出去的意义是多变的。离题的书写策略是为了拖延时间、对抗线性时间。偏离才能延长此距离，才能游走在歧路交叉的花园里逃避时间，亦即是逃避消失，逃避死亡，逃避线性时间里任何不得不到来的终点，也是为了更大的自由和真实。因此不停地延宕和离题，既是这部小说的形式，也是这部小说的内容。对于线性的打断，本雅明（Walter Benjamin）有这样的论断：“每一个句子都像重新起头，开启另一篇新文章。”[③] 作者采用离题策略，确实达到了这样的效果。各章可以独立，各节可以分开，并不一定要从哪一章节开始看，如此松散的结构完全颠覆我们熟知的小说类型。

那么如何离题？朱天文选择在细节的不断膨胀衍生中，让“其义自现”。对细节的不断流连，将其放大，细细描摹逡巡，以挽住时间的巨轮，延宕时间，让时间在看似漫无目的实则精心为之的游弋中，慢下来。

而空间也在此基础上被重新建构。朱天文尝试在离题和细节的转折缝隙中寻得一种文本间的转换，阅读变成实境的观赏，不只繁衍时间也繁衍空间。“歧路书写”，离题是路径的实践，企图将叙事时间空间化，阅读书里的每一道难题，离题里有无穷尽的知识、博物览、小历史，如同朱天文在访谈中提出的《巫言》与威尼斯的关系，亲身体验带出《巫言》的离题岔路：

---

① 参见卡尔维诺：《给下一轮太平盛世的备忘录》，吴潜诚译，台北：时报文化，2005 年版。

② 朱天文：《巫言》，上海：上海人民出版社，2009 年版，第 93 页。

③ 转引自唐诺：《关于〈巫言〉》，朱天文：《巫言》，上海：上海人民出版社，2009 年版，第 375 页。

你一路岔开，就好像走在威尼斯圣马可广场周围的街道，每一条都想走，每走进去就是看不完的风景，回望来时路，也是。你以为走得远了，但一出来，又是圣马可。当你沉浸其中，被所有细节着迷，如工匠般埋首其中，不知老之将至，直到死神降临……这也是一种应付死亡的方法。①

因为离题，大量的素材和细节被带进来。《巫界》中描写巫人创作的小小世界，一一介绍巫界的宝物与意义，铺排大量知识，将欧舒丹香膏的历史巨细靡遗地写出。《不结伴的旅行者》当中则是通过前社长毫无逻辑感和时间感可言的意识串联不断分歧和岔出。

而如何将蘼芜的生活素材变成文学创作，朱天文自称在第一章就已解决，她接下来所要做的就是不断地岔题，在每一处叙事的岔路口开出花朵，越来越偏离主线，并不断繁衍出千百朵花。因此《巫言》的结构有如歧路花园，朱天文通过极为个人化的分类方式指明了这座花园的大致构成，而到达的路径则隐藏在花园所囊括的驳杂的日常生活经验中，就像《巫看》里“我”发展出的一套阅人读物的“垃圾分类系统”，将各物分成永生界、重生界、投胎界、再生界、永死界等。②

这种离题而形成的“歧路花园”，与博尔赫斯（Jorge Luis Borges）的小说有着惊人的相似之处：“森林是座岔路四布的花园，即使森林里没有踩出来的明显小径，每个人仍能追循自己的路径，决定在某棵树前左转或右转，而且在遇见每棵树时都做选择。”③ 朱天文同样构造了类似的文字迷宫，读者在阅读文本时被迫不断在每一条岔路上做出选择。《巫言》中还特意用了“老板即溶颗粒好像博尔赫斯，强记者博尔赫斯”等表述，不但与博尔赫斯著名的短篇《博闻强识的富内斯》形成互文指涉关系，更隐喻自己热衷设计分类系统和在丰饶世界里深入细节内部的癖好。

唐诺也曾用卡尔维诺的《帕洛玛先生》来解读《巫言》，因为其在面对小说的诸多用途上，不约而同地选择“认识”的层面，也就是米兰·昆德拉（Milan Kundera）在《小说的艺术》里所说的“认识的激情”使小说细观人的具体生活，保护它，并抵抗“存在的被遗忘”，小说存在的唯一理由，就只有“发现”小说所能发现的。④ 对于线性时间和其支配下人世面目的充分认

---

① 蒋慧仙、邹欣宁：《朱天文——降生土星的巫人》，《诚品好读》，2008年4月第86期，第106页。

② 朱天文：《巫言》，上海：上海人民出版社，2009年版，第14～18页。

③ 安伯托·艾可：《悠游小说林》，黄寤兰译，台北：时报文化，2000年版，第10页。

④ 米兰·昆德拉：《小说的艺术》，孟湄译，香港：牛津大学出版社，1993年版，第3页。

识，使得朱天文采用了“离题”的路径向前行进来抵抗和逃逸出这种支配，从而发现出小说的新的可能性，想必这也是“巫者”用文字所施的一种法术。

（二）叙述的丛林，语言的延宕

朱天文的各种后现代主义的叙事手法，自短篇小说《世纪末的华丽》开始，到1994年出版的《荒人手记》里已经达到一种巅峰和极致。这种被王德威形容为“口干舌燥”的论文体和“百科全书式”的写作，可以看作典型的后现代文本，也即“拼盘杂烩”（pastiche）式写作，即不同范围、不同性质的东西拼贴、组合，由此形成的文本好像一个巨大的拼盘，读者的感官和想象可以在拼盘网络中穿梭流动，也使小说呈现出浓重的“去中心化”的后现代特色。

堆叠知识、商品、地理、理论的叙述方式让小说几乎可以被看作许多尺寸、来源、质地各不相同的板块拼贴而成，这些板块包括作者的叙述、流行音乐商品、地名、街道商店、颜色词、物的分类法及各式典籍中的典故、引文。作者不惜力气地细致描绘、层层堆砌、大规模铺陈，颇有一种波澜壮阔的场面和充沛的气势，成为一种文字奇观。这些作为拼贴素材的文本大有取代主体情节之势，也可以被视作一种有意为之的“离题”。

那么，是否要如此铺陈到几近浪费呢？面对信息量大到难以招架的文字，读者或许也有当时评委姚一苇对《荒人手记》的牢骚：

> 想到哪里写到哪里，没有结构，也没有思想的线索，时间是错乱的，空间亦如此。作者所知事物非常庞杂，在小说中已经流于“卖弄”。[①]
>
> 李维史陀、傅柯、罗丹、歌德的色彩学——光是“红绿色素周期表”就抄了两大页。电影导演小津安二郎、费里尼、伯格曼……各式各样的宗教，天照大神、佛陀、印度教、基督教……各种地方传说……等等，连我这个读书很庞杂的人也要应接不暇。归根究底，这篇小说究竟是写给谁看的呢？是不是知识条件没有达到这个水准，就不必看了呢？[②]

当然对这种做法，也有正面的评价，例如舞鹤便认为，在生活中，朱天文“读物阅人”，物不离人，书写来自她对“现实存有”的热情；“物的情迷”正是她小说的特色，这种情迷颇似所谓“物之哀”，它也使作品中常出现的类

---

① 蒋慧仙、邹欣宁：《朱天文——降生土星的巫人》，《诚品好读》，2008年4月第86期，第106页。

② 《第一届“时报文学百万小说奖”决审会议记录》，有关《荒人手记》的部分，附录于朱天文：《荒人手记》，台北：时报文化，2008年版，第224页。

“博物志”书写具有文学的美。[①]

进入《巫言》，朱天文努力地“做减法”和走向返璞归真的道路，其文字密度大幅降低，语言特色也力求浅近直白，用字精准简洁，抛弃《荒人手记》中大量四字箴言、高文字密度的做法，想试试“只写表面”。对于这种尝试，范铭如认为有别于“传统形式主义者强调理性的设计形式结构或者扭曲新颖的词语句法来造成美学上的陌生化及思维上的突破”，“朱天文一向反其道而行，以音节抑扬有度的绝美词汇、自由体的（松散）形式达成独门的陌生化特效”[②]。

但在止不住的离题和岔路过程当中，这种铺排、拼贴和事无靡遗的语言描绘特色仍然掩藏不住地显现出来。在笔者看来，这与当时《荒人手记》所面临的质疑有着类似的写作动机，有其意义所在，即从某种意义上来说，如此的文字铺排所形成的陌生感和气势规模，由完全的细节再现和物化呈现所营造出的直接的暴露感更为重要，而知识的内容本身是什么反倒成为其次。

在《荒人手记》当中，从头至尾贯穿的此种风格也许压迫感过于强烈，甚至引发一种生理上的厌恶感，而进入《巫言》的阶段被修正为与尽量浅白口语化的书写相配合，这种铺排所营造的氛围更加易于读者接受，作者的企图也昭然若揭。同时对于这种叙述丛林也有了更有力的解读方式——这也是对于卡尔维诺“离题”的一种有意借鉴，造成语言上的延宕。

卡尔维诺《给下一轮太平盛世的备忘录》五篇讲演稿中，主张的语言特色上的“轻”“准”“轻盈”等[③]，都一一被朱天文在小说中加以实践，尤其是“离题”的写作技巧和对快慢节奏的掌握，更为朱天文所推崇。朱天文往往以一件微小事物为中心，搜索相关或看似不相关的脉络知识，不停地向外拓展，仿佛水溢出去一般地延伸出去，没有边界。这是一种由延宕、拖延、不断填充细节以达成“慢”效果的做法。一方面，耽溺细节能更好地呈现出对这个世界某一侧面的认知和了解，延缓和延长人对物和细节了解和体悟的过程。同时作为一种博物馆式的陈列方式和参观式的美学体验，也是解读人类世界构成的一种途径，正如卡尔维诺的总结陈词：“我们是谁？我们每一个人，岂不都是由经验、信息、我们读过的书籍、想象出来的事物组合而成的吗？否则又是什么呢？每个生命都是一部百科全书、一座图书馆、一张物品列表、一系列的文体，每件事皆可不断更替交换，并依照各种想象得到的方式加以

① 舞鹤：《和朱天文谈〈巫言〉》，《书城》，2004 年第 5 期。

② 范铭如：《骑着仙女棒的女巫——评〈巫言〉》，《印刻文学生活志》，2008 年 5 月，第 144 页。

③ 卡尔维诺：《给下一轮太平盛世的备忘录》，吴潜诚译，台北：时报文化，2005 年 10 月。

重组。”[①] 例如《E 界》中朱天文对于 F1 赛车知识如何转弯、换挡、抢弯、提速等专业术语高度熟稔，《不结伴的旅行者》中对于陶瓷冶炼技术、复杂原料和配方的描述等。

另一方面，由于《巫言》中书写父亲死亡回忆的特殊内容，朱天文也在用“离题”和“延宕”的方式对抗线性时间必将指向的死亡。《不结伴的旅行者》中生病、仿佛跌回到猿人阶段的前社长仿佛第一次看到了周边的东西：

> 老花眼镜，放大镜，纸笔签条，裁刀剪子，胶水，订书机，大理石纸镇，茶具，茶食，卫生纸包，被单靠枕，耳挖子，面速力达姆，香港脚药粉，指甲刀……[②]

前社长还看见各种药粉和瓶瓶罐罐，亲人们为了自己的病议论喧闹的场景，脑海中的种种生活细节、朋友交往的场景、某个物件瞬间的状态等，都延宕开来，繁衍出曲曲折折的路径，迷失再迷失，仿佛就算突然到了终点，因为事前不知，至少能避免不必要的恐慌。至少在缓冲死亡来临的那一瞬间，朱天文的“离题”计谋奏效了。

二、离题何意，歧路何往——低眉菩萨的后现代启示录

> 在只去不回的线性时间上，我一再被细节吸引而岔开，而逗留，每一次的岔开和逗留都是一个歧路花园，迷恋忘返。所以岔开复岔开，逗留再逗留。所以离体又离题，离题即主题。所以我繁衍出自己的时间，不断地脱机，把时间变空间。这不是巫术吗？对于使用文字（咒语）的书写者，这是技艺，也是本心。[③]

回到朱天文自己对于在《巫言》所构建的歧路花园的解读上，反复地离题是为了繁衍出自己的另一套时间观，并在此基础上于时间的裂隙中生长出对应的空间结构。将时间和空间关系打通、颠倒、错置，仿佛上古时期的巫才能施展出的某种巫术，仿佛也只有通过文字书写的方式才得以实现。因而“离题”本身便是一种主题，一种观察、解读甚至对话现实三维世界的方式。

在“离题”中消解并繁衍上古时期便已经被规定的时间和空间，《巫言》对于传统线性叙事模式和现实主义书写方式的解构意味十分浓重，甚至她索

① 卡尔维诺：《给下一轮太平盛世的备忘录》，吴潜诚译，台北：时报文化，2005 年版，第 152 页。

② 朱天文：《巫言》，上海：上海人民出版社，2009 年版，第 221～222 页。

③ 舞鹤：《和朱天文谈〈巫言〉》，《书城》，2004 年第 5 期。

性用这种看似破碎迂回、故意拖延的阴柔手段来重新观察、衡量、评判主流社会和主流价值观，将传统一元中心、二维时空中的无数细碎片段，将个人体悟式感受进行扭曲、变形、组合，最终构建起自己的花园，形成一套独属于自己的、完整的、但同时充斥着极大开放性和不确定性的世界观和价值观，具有独特的符码学意味和庞杂的象征式隐喻。这是一种反抗历史和主流言说的内在诉求，还是只是一种故作姿态？当离题和岔路的形式几乎取代故事成为小说全部内容的时候，读者是否还分辨得出其中隐藏着作者的种种指涉，抑或只是虚晃一枪的花拳绣腿、天花乱坠，以深刻的外衣包裹内在的虚无消极价值观？这条不断岔开、隐隐约约的道路是否有着其最终的指向？

笔者认为，朱天文的离题与岔路是有所指的，尽管这种指向可能非常广泛而模糊，但与以往作品相比，可以看出其文学创作中政治寓意的由隐到显，对现实的关注逐渐升温。

回顾朱天文的创作经历，其作品几乎不涉及较为明显的社会、政治、历史议题，对于文学审美性的追求与精神境界纯粹性的建造曾是主体，她笔下的人物生活也都是由“小生活”里的诸多小细节连缀而成，纯粹的文学化气息浓郁。而与更加火热地关注当下社会、并在作品中大胆、老辣书写，甚至被台湾文化人詹宏志评价为“怨毒著述”的妹妹朱天心相比，朱天文的性情更加温和、淡然与出世，过着半隐居生活，鲜少参与各类政治运动与社会活动，文学和电影剧本创作是她生活的主要内容，始终专注在“文字的炼金术”上。在 20 世纪 80 年代与侯孝贤合作的诸多反映“二・二八事件”和白色恐怖等历史题材的剧作中，朱天文的创作才开始表现出较为明显的现实观照与历史思考意图[①]，而这种观照更多是从大历史下不可抗拒的小人物命运和被历史忽略的平凡生活入手，从中可以看出朱天文本人对于所谓大历史和主流叙述的高度拒绝。如前言中所述，进入 20 世纪 90 年代，朱天文的创作主题则转向对于都市丛林中现代人芜杂繁复情感关系和身体欲望的书写，最近的一部作品——描绘男同性恋者情感和身体关系的小说《荒人手记》（1994）便是典例。

创作《巫言》时的朱天文过的是更为深居简出的生活，整日只以文字为交流的对象，丁文玲称“这样的生活型态让她越来越像一个文学巫女，看起来与世隔绝，却又那么清楚观察世间种种矛盾、冲突与纠葛，企图怜悯体恤疗愈”[②]。对物的耽溺与对知识的好奇，成为她写作最佳的灵感来源，生活周

① 此时期的代表剧作有《悲情城市》（1983）、《好男好女》（1984）、《戏梦人生》（1986）等。

② 丁文玲：《朱天文施咒，用〈巫言〉召唤读者》，《中国时报》，2008 年 1 月 19 日。

遭信手拈来的素材皆融入作品中。在有些人看来如同小说的“巫者”一样，朱天文的人生和文学选择也是一样，只写表面、紧贴常识而靡费细节，沉溺和遁逃在自己编织的知识与物的世界里，拒绝与现实世界的发生关涉和联系，只能在后现代的时间与空间的变幻中自我隐没。又如不结伴的旅行者，生活中各式各样的关系越来越成为我们沉重的负担和羁绊，如菩萨一般，要是抬眼看见众生便不能不理，但理不完也理不清。相比与人与人的关系，人与物的关系一旦开始就无法终止，朱天文深居简出的生活，也就肇始于她容易流于物的迷情中，接触的越多，付出越多，无法终结只能困于其中。

诚然，朱天文的文字态度是冷漠的，题材是反叛、解构、颓废甚至消极遁世的，但回顾朱天文的思想历程却并非如此。眷村长大的朱氏姐妹从小便受到传统的家国观念影响，尤其是来自胡兰成的政治理念影响，早年的《淡江记》中她也曾矢志为士，想在民间靠着办杂志、写文章做大事，是直接受到胡兰成的启蒙：“士”比“民”于乱世时有更清明、更强大的之决力和行动力。这时候倒要靠民间来做起大事了。[①] 随着时代和历史巨变，她笔下人物逐步凸显的边缘视角和始终不曾放弃的文学之笔，便是佐证；站在左边，也为的是更能看清楚右边，并与之对话。[②] 她也曾明确表明，写长篇是为了逃脱“贫富差距急骤恶化”，反对“自废武功的毫无办法尽监督之责上演着千百荒唐闹剧”[③]。因而选择闭门默默写作，写作一样在乱世之中必有一条出路，朱天文自言：“一个出口。一次权柄，命名的权柄。如今写作对我而言，是以一己的血肉之躯抵抗四周铺天盖地充斥的综艺化、虚拟化、赝品化。我们有的就是我们真实的血肉之躯。”[④]

因而在《巫言》中，朱天文首次直率地袒露了自己的政治关切，作品中首次出现了每日读光谱涵盖独统的三份报的人物、美丽岛民和各位名称有异但指代明显的政治领袖等。这些描绘都是通过“离题”的手段来完成的。从菩萨低眉的江医生离题跳到这世上至少还有不敢睁眼的一人马市长，进而以美丽岛的“综艺化”标准来评判历届“不合时宜”的政治领袖们；而从马市长最头疼的垃圾分类法忽然又转而联想到坚持把纸张回收卖给跛脚收废纸人的前社长，几番跳跃之中，讽刺已然浮现在离题的路径思考之中。

离题和由离题延宕开多重细节的方式本身，也是对于社会乱象乃至后现

① 朱天文：《淡江记》，台北：印刻出版社，2007 年版，第 98 页。

② 毛尖：《关于〈巫言〉：与朱天文对话》，《东方早报》，2008 年 9 月 22 日。

③ 《荒人手记》得奖感言，附录于朱天文：《荒人手记》，台北，时报文化，2008 年版。

④ 舞鹤专访：《凝视着天文：小说家舞鹤专访小说家朱天文》，《印刻文学生活志》，2003 年 9 月创刊号，第 43 页。

代社会解构主义思潮蔓延的一种隐射和回应方式。作品中一连串令人眼花缭乱，甚至有些没耐心读下去的片段，都是困住这座岛健康发展的细节，例如《巫看》中的垃圾分类系统。此外，离题与分岔是面对当下社会和信息化、碎片化时代无可逃离的一种症候，无可奈何、身不由己的选择。这种批驳并非以见诸各大报刊头版大篇幅的直陈式出现，而是巧妙地包藏在形式的衣袖下面，不动声色却声色俱厉。

从更宏观的层面上来解读，笔者认为“离题”等叙述策略也是作家选择的对于宏大话语和主流叙事的一种抵抗，将批判的态度深入到生活的最细微、最内在的层面，而体现在外却是源于一种把握生活到最表面、最“物”的层面的文字图景。朱天文此举精髓大概源于借用侯孝贤的广告词“最深度往往藏在最表面里”，她也同时驾驭了实验性和现实性两种形式特色。

“离题”的策略可以视作一种典型的富有后现代特色的“去中心化”意图，是作者有意对抗所谓“宏大叙述”的一种方式，这种策略在现代化发展历史更久、地域更局限的台湾文学界被纯熟地使用着。“五四”以来，来源于19世纪欧洲文学传统的写实主义被中国知识分子奉为圭臬，甚至凌驾于其他艺术手法之上。后现代时代到来后，不少学者和作家正试图做出种种尝试和努力，来反对这种宰制文学的“单一性”。写《巫言》的当下，套用周英雄对于朱天心的评价也是适用的：“作家倍感自身之边缘化，常有欲振乏力之叹，写实再也无法满足作家的心理需求，于是写实遂无可避免逐步为拼凑所取代。”朱天文的文学尝试，即是从琐屑的日常生活细节的拾取来构筑另一种想象、呈现别种历史，这既是面对当时台湾社会文化的流动变迁使然，也更可能成为她抛弃昔日“感时忧国”的叙述后，尝试逼近历史真相的方式。

“怕与众生的目光对上，菩萨于是低眉。”①

依朱天文所见，菩萨不是慈悲，而是不忍，甚至是逃避。正如《菩萨低眉》中所描述的面对各色宠物主人愚蠢的发问和指手画脚，兽医江医生只能“不涉入、不威权、不温情”，一如朱天文的写作温度。无论是类似于“坛座里一位拈花人”的江医生、默默关切忧虑现状的巫者抑或朱天文自己，都以看似冷眼出世的态度怀着入世的内在，默默忍耐之外，书写是最重要的反抗手段，离题成为其中一种寓意深刻的姿态。

---

① 朱天文：《巫言》，上海：上海人民出版社，2009年版，第25页。

三、离题是否有终？

诚如前文所述，朱天文在《巫言》中构建了一座歧路花园，令人好奇的是，巫者会不会在自身建构的花园中因频繁的岔路所迷失？巫者到底是站在众人身边，还是在云端俯瞰芸芸众生？巫者到底是出世之神，还是只是一个平凡的入世之人？这些都是朱天文留给读者的难题，读者只能在反复阅读过程中自行寻找答案。

朱天文“在交叉小径中以迂回曲折甚至隐藏偏离本身轨迹的方式开发出更多的路径复路径”[①]，因而宣告了路径终点之不存在性。因为不断离题、不断逃逸的书写策略，使非时序叙述状态成为一种可能，使巫的超时空观看成为一种可能。共时叙述往往代替了历时叙述，因而“法航协和包机在大西洋上追逐月影，供乘客观赏六分钟日蚀。只有六万辆车子开往西南部康瓦尔郡，英国警方同救护机同红十字会救护车驻进，牛津街及时推出观蚀服装搭配聚酯薄膜滤光镜以奔赴这场地球秀，世纪最后一次全日蚀”[②]。甚至时空可以颠倒，空间可以被压缩，这些在巫者的文字法术之下都变成了可能。

而摒弃了线性的联系，从中繁衍时间和空间，走入一重又一重是否更逼近人世的真相？巫者从生死的线性时间观念中超脱出来，以消解对时间的焦虑以及对死亡的恐慌，从而恢复彼时共在的生命切身体验。《巫言》不断地在离题，作者一再被线性轨道以外的可能性吸引，自己走入也引导读者进入一条又一条岔路，进入歧路建造的花园，欣赏歧路所孕育出来的美丽花朵，并由此创造了自己的时间和空间。所以，离题也就变成了主题，虽歧路亦为正途，又何必在乎其是否有终？

---

① 邹贤友：《朱天文〈巫言〉的反完整性叙事特征》，《成都大学学报》（社会科学版），2012年第4期。

② 朱天文：《巫言》，上海：上海人民出版社，2009年版，第38页。

文学修辞、规训与话语权的僭越

——评林奕含《房思琪的初恋乐园》

蔡郁婉*

摘　要： 林奕含的小说《房思琪的初恋乐园》通过讲述少女房思琪被补习班教师李国华长期诱奸一事，叩问文学修辞背后隐藏的话语权问题。小说描写了在台湾社会男权文化治下的女性群像，指出男权文化正以其编造的道德惯例、正以文学和教养的名义潜移默化地规训女性。《房思琪的初恋乐园》根据作者的真实经历而写成。这使小说成为女性的发声和控诉。在她自己和房思琪身上，林奕含也在无意间提示了写作与创造对于女性的意义。小说正是女性对话语权的一次成功僭越。

关键词：《房思琪的初恋乐园》　文学　话语权

关于中年男子对未成年少女的情欲的书写，纳博科夫的《洛丽塔》是最具有知名度的文本。该小说自问世以来，其对不伦情欲的书写挑动着各种读者的阅读兴趣。然而，无论小说是以亨伯特的忏悔为名，还是将这一忏悔指认为中年男人亨伯特的诡辩，小说文体与言辞的优美都一次次地遮蔽了这一敏感题材的不道德性。而其中最被忽视的，是作为“欲望客体”、作为被叙述者与被观看者的洛丽塔一以贯之的沉默。在此意义上，笔者将《房思琪的初恋乐园》视为对《洛丽塔》的一次回应和控诉。当叙述视角转换，从亨伯特/李国华转向洛丽塔/房思琪，少女那长期被迫湮没在男性话语之中的精神创楚方才得以呈现。不仅如此，林奕含更以房思琪这一人物为镜，映照出台湾社会男权文化辖制之下女性生存的各种境遇。《房思琪的初恋乐园》由林奕含根据自身经历铺演而成。从洛丽塔到房思琪，是女性从被书写到书写自我的过程。由此，林奕含完成的是一次话语权的僭越和抢夺。

---

* 蔡郁婉，中国艺术研究院助理研究员，《艺术评论》编辑。

一、修辞的罗网和话语权

正如《洛丽塔》的文辞优美，林奕含在《房思琪的初恋乐园》的文字上也颇费工夫。这不仅体现在那些不甚圆熟但仍不失精巧的张爱玲式的比喻句上，更体现在小说中作为诱骗者与强奸者的李国华对房思琪的花言巧语上。

对于李国华而言，在诱骗并强暴未成年少女房思琪之后，最为重要的事情便是将这一暴力行为合理化，使房思琪将这件事接受为一场恋爱，但同时又是以第三者身份插足李国华婚姻的恋爱。这将使房思琪出于歉疚与羞耻而对此事保持缄默，亦能使诱奸长期地持续下去。于是在李国华的叙述中，房思琪是他混沌中年时迟来的爱情，是他碌碌半生才等来的知己，因此是他无法抑制的情感冲动。李国华首先将房思琪叙述为其难得一遇并因之不惜突破道德禁忌的知己，“我在爱情里有洁癖……我在爱情是怀才不遇……我要知音才可以，我是寂寞，可是我和寂寞和平共处了这么久，是你低头写字的样子敲破它的”[①]。在此基础上，李国华更进一步将诱奸描述为一则两情相悦的爱情传奇，“你喜欢老师，老师喜欢你”[②]，“从来没想到我这么老了竟然才找到知音，比爱女儿还爱你”[③]。在李国华的这一套话术中，李国华将他和房思琪之间存在的身体力量悬殊以及男女之间、师生之间的权力差异都悄然遮蔽，转而替换为两个平等个体之间发生的爱情。不仅如此，李国华更借助修辞，来不断地对诱奸这一行为进行进一步的修饰。除却以优美的辞藻来美化暴行，李国华在诱奸之时往往还要引入典故。如在暴雨之中带房思琪去小旅馆的计程车上，李国华不合时宜地以中国人物画的历史来比拟他和房思琪：“你现在是曹衣带水，我就是吴带当风。”[④] 这种典故的使用所营造的诗意，一方面是李国华试图将诱奸房思琪的行为坐实为一场普通的恋爱；另一方面，李国华正是在援引中国文化传统为其行为背书。

有趣的是，正如去小旅馆路上“曹衣带水”的不合时宜，林奕含显然是刻意在与典故之本义不相符合的语境下使用典故的。这种语义与语境的背离是《房思琪的初恋乐园》一书中经常使用的手法。它不仅意在塑造李国华道貌岸然的形象，更制造了一种反讽的效果。在这种反讽之中，林奕含质疑的是文学本身。文学在《房思琪的初恋乐园》之中是一个极为重要的在场。房

---

① 林奕含:《房思琪的初恋乐园》，北京：北京联合出版公司，2018年版，第115页。
② 林奕含:《房思琪的初恋乐园》，北京：北京联合出版公司，2018年版，第58页。
③ 林奕含:《房思琪的初恋乐园》，北京：北京联合出版公司，2018年版，第146页。
④ 林奕含:《房思琪的初恋乐园》，北京：北京联合出版公司，2018年版，第65页。

思琪和刘怡婷作为考取语文资优班的学生，对文学充满了热爱和向往。李国华正是凭借补习班金牌讲师的身份，获取了房思琪和刘怡婷的信任，成为她们的文学导师。“我们相信一个可以整篇地背《长恨歌》的人”[①]，这一信任使李国华有机会以辅导作文为名将少女诱骗到自己的家中施以强奸。文学在李国华之流的手中成为犯罪的工具。少女对文学的热爱和信任反而将她导向了毁灭的渊薮。她对文学的信仰因之而全数崩塌。

我们知道，诗以言志和文以载道是中国文学极为重要的两个概念。我们说“在心为志，发言为诗”“情动于中而形于言”。换而言之，“诗言志”即指“诗乃是人的思想、意愿、情感的表现，是人的心灵世界的呈现”[②]。文以载道则将文学视为“道”表现和传播的工具，其背后则联系着儒家的诗教传统，“强调文学要为政治教化服务，认为文学是以仁义礼乐教化百姓的最好手段”，学诗正是修身的起点[③]。但是诗以言志和文以载道在李国华那里却统统失效了。当李国华说出华美的言辞，引用优雅的典故时，他是在用文学来掩盖和伪装他罪恶肮脏的欲望，而这些欲望都是违反道德伦理的。李国华不曾用文学来言志，更遑论以文学来载道。他干脆走到了言志与载道的反面。这种对中国文学传统“浩浩汤汤已经超过五千年的语境”的背叛使林奕含叩问：“会不会艺术从来就只是一种巧言令色而已？”这一叩问或在不期然间触及了文学背后秘而不宣的话语权问题。在某种程度上，掌握话语权的人可以根据自己的意愿和需要，对文学符号进行拣选和阐释。借助斯图尔特·霍尔的讨论，“意义并不内在于事实中。它是被构造的，被产生的”[④]。为了获得意义，我们必须“进入语言”。“在那里，先于我们而在的所有类型的旧意义经历世世代代而储存了下来。”[⑤] 在《房思琪的初恋乐园》这里，李国华对于房思琪的“爱的告白”，征用了许多爱情神话。在房思琪接收着这些文化信码所传达的旧意义时，也在无形中将诱奸自我解码为“老师是爱我的”。在李国华与房思琪的关系之中一直是存在着权力关系的。李国华作为长者和师者，牢牢掌握着话语权，并因而拥有了选择符号并向房思琪灌输的权力。而房思琪作为弱势的一方，始终在被动地接受着李国华的“爱情”谎言。尽管房思琪也隐约地窥知这“爱情”的真相，她却难以将这种质疑转化成直接的解构和反抗。

① 林奕含：《房思琪的初恋乐园》，北京：北京联合出版公司，2018 年版，第 133 页。

② 张少康、刘三富：《中国文学理论批评发展史》（上卷），北京：北京大学出版社，1995 年版，第 22 页。

③ 张少康、刘三富：《中国文学理论批评发展史》（上卷），北京：北京大学出版社，1995 年版，第 25 页。

④ 斯图尔特·霍尔：《表征》，徐亮、陆兴华译，北京：商务印书馆，2013 年版，第 24 页。

⑤ 斯图尔特·霍尔：《表征》，徐亮、陆兴华译，北京：商务印书馆，2013 年版，第 47 页。

正如小说中所言，李国华正是在“说书，说破她”[①]。文学的修辞在李国华这里成为诡辩术。作为话语权的掌握者，李国华正在借助文化信码编织浩大的修辞罗网，不断地压制房思琪主体的认知，并最终在谎言与真相的落差中将房思琪撕裂。

二、“教养的禁忌”与女性的失语

另一个值得我们注意的地方是，李国华对于诱奸行为的合理化，从来不是针对他自己进行的。林奕含曾指出，“李国华是胡兰成缩水了又缩水的赝品”。他们的相似点在于，他们都能在自己的思想体系里为自己的性暴力行为解套。但在笔者看来，在诱奸房思琪这一行为中，李国华甚至都无需为自己解套。小说中的李国华是一个能将唐人游记阐释出色情含义、将四大名著总结为“娇喘微微”的伪君子。房思琪并不是他的第一个受害者，也不会是最后一个。因此，“诱奸的合理化”始终是针对房思琪来进行的，使房思琪将二人之间的性关系接受为一种“正常”——“老师说爱她，如果她也爱老师，那就是爱。”诱奸也因此成为一场美美的“永夜的爱”[②]。

房思琪成长于相对保守的台南中产阶级人家。对她这样的少女而言，性在其成长过程和成长环境中是一种禁忌。房思琪这样的家庭，看重的不仅是女儿的学习成绩，还极为重视门风和女儿的教养。因此，女儿们谈论与性相关的话题是绝对不允许的。房思琪的好友刘怡婷从海参的外观联想到男性生殖器的玩笑刚刚出口，便立刻遭到了长辈的呵斥和惩罚。但这种关于性的禁忌并不能使在这样的家庭中长大的孩子处于安全的保护之中。相反，当她们将这种禁忌内化为自我认知时，她们更可能在遭到性侵害时对自己的遭遇三缄其口。李国华正是在房思琪的作文中发现已经被内化为羞耻心的“教养的禁忌”，从而使他放心地将房思琪列为其诱奸的猎物。而事实与李国华所预料的一般无二。房思琪出于家教和羞耻而对被强奸的遭遇守口如瓶。而她屈指可数的求救也在面对“教养的禁忌”时归于沉默。当她委婉地向母亲求救“我们的家教……没有性教育”时，母亲则以“性教育是给那些需要性的人”[③]作答。母亲的回答在无意间又一次强调了“教养的禁忌”，使房思琪再度失语。在母亲这里，“性教育”的内涵意义显然被窄化了，替换为仅仅与床笫之私有关的“知识”。这是这个门风良好的家庭不能也不屑谈论的。而这也加剧

① 林奕含:《房思琪的初恋乐园》，北京：北京联合出版公司 2018 年版，第 133 页。

② 林奕含:《房思琪的初恋乐园》，北京：北京联合出版公司，2018 年版，第 61 页。

③ 林奕含:《房思琪的初恋乐园》，北京：北京联合出版公司，2018 年版，第 61 页。

了房思琪“与老师发生了性关系”的耻感。因为房思琪迫使自己接受了李国华将诱奸置换为爱情的谎言，也就迫使自己相信自己爱上了老师。这使得房思琪认为性关系的发生乃是出于自己“自愿”。所以这种耻感又比真正的被强暴更为强烈。这也使房思琪的自我认知从受害者转变为有罪者。这种“有罪”的恐惧在小说场景中被真实地呈现了。当房思琪假借他人的名义试图与母亲谈起自己的创伤“听说学校有个同学跟老师在一起”时，母亲则答道：“这么小年纪就这么骚。”[①] 由此我们可以得知，在房思琪所置身的社会文化之中，已婚男人的出轨——此处我们暂且搁置师生恋之中所涉及的权力关系——其错都在作为第三者的女性身上。与有妇之夫发生性关系的少女自然是有罪的，应当被唾弃的。不仅房太太轻易地将“和老师在一起”的女学生判定为“骚”，甚至是作为房思琪“灵魂上的双胞胎”[②] 的刘怡婷，也在听闻此事后立刻将房思琪评判为“你真恶心”，而忽视了这是房思琪的又一次求救。这样的文化环境彻底封锁了房思琪诉说的可能，加剧了她对自己“有罪”的鞭笞。房思琪因此而产生了一种自我厌弃。整个中学时代，房思琪拒绝了无数男生的告白信，因为她认为自己配不上对方天真的喜欢，因为她的自我认知是“馊掉的橙子汁和浓汤”，是“爬满虫卵的玫瑰和百合”[③]。在此，男权意识形态的规约已经为房思琪内化。

在这样的文化环境下长大，房思琪所担忧的是，说出被性侵的真相之后，唾弃和鄙夷给她制造的精神创楚将比她在保持沉默时承受的还要巨大。林奕含在小说中设置了另外两个女性人物饼干和郭晓奇。同作为被李国华性侵的受害者，她们的遭遇与房思琪互为参照和补充，具象化了房思琪的恐惧，说明房思琪的担忧并不是一种杞人忧天。当饼干向男朋友诉说自己被李国华强暴一事之后，勃然大怒的男朋友却并不把愤怒的矛头指向李国华，而是羞辱作为受害者的饼干。饼干被男朋友形容为“脏掉的”“脏死了”[④]。在被强暴后，她的尊严又一次被按在地上随意践踏。郭晓奇在被李国华长期诱奸后又被“抛弃”，因为极度绝望走上了自暴自弃的滥交道路。面对被李国华毁灭的女儿，郭晓奇的父母却指责郭晓奇“跑去伤害别人的家庭”“跟一个老男人上床”[⑤]，有辱门风。在与李国华夫妇商谈此事时，郭晓奇父母则不断为女儿向师母道歉。他们显然完全将女儿视为破坏别人婚姻的第三者，而彻底忽视了

① 林奕含：《房思琪的初恋乐园》，北京：北京联合出版公司，2018 年版，第 82 页。
② 林奕含：《房思琪的初恋乐园》，北京：北京联合出版公司，2018 年版，第 19 页。
③ 林奕含：《房思琪的初恋乐园》，北京：北京联合出版公司，2018 年版，第 86 页。
④ 林奕含：《房思琪的初恋乐园》，北京：北京联合出版公司，2018 年版，第 81 页。
⑤ 林奕含：《房思琪的初恋乐园》，北京：北京联合出版公司，2018 年版，第 173 页。

女儿在最初被自己的师长诱奸时尚是未成年人。而当郭晓奇在网络上公开了自己曾被李国华长期诱奸的事实时，引起的却是一波又一波对她的攻击："所以你拿了他多少钱?""第三者去死。"[①] 这些饱含着受害者有罪和荡妇羞辱意味的话语具有极明显的厌女色彩。而再一次的，作为施暴者的男性恰恰从这些批评与指责中置身事外。羞辱和指责所针对的都仅仅是受害的女性。即使面对妻子的质问，李国华以"是她诱惑我的""她根本就是一个骚货"[②] 为理由，将罪过全数推到郭晓奇身上，便可不受追究、全身而退。而与饼干、郭晓奇等受害者的遭遇形成对比的是，以李国华为代表的这群戴着师者面具的施暴者，不仅次次可得手且可全身而退，他们甚至可以堂而皇之地交流诱奸的经验，炫耀自己的战绩。显然，这些关于性的禁忌主要是针对女性的规训。悖谬也恰恰在这里。男权社会贞节标准是双重性的。男人可以夸耀婚外性行为，因为这象征着他的力量和能力，而这对于女性则意味着不贞和耻辱。这种规训的背后潜藏的是将女性他者化的厌女文化。而在《房思琪的初恋乐园》中，更为悖谬的是，贞操观及夫妇人伦等作为儒家文化中的道德要求之一，显然也是文以载道之"道"与诗教传统之"教"中的内容，但这一道德规训却为本应传道施教的李国华等人提供了实施性暴力的捷径："他（李国华）发现社会对性的禁忌感太方便了，强暴一个女生，全世界都觉得是她自己的错，连她都觉得是自己的错。"[③] 通过揭露这种悖论式的情境，林奕含将这种关于性禁忌的道德训诫指认为男权文化治下厌女症的显影。

饼干和郭晓奇这两个人物的设置显然是林奕含的有意为之。她们的存在不仅仅更为全面地展示了李国华的罪行与丑陋，更构成了一个诱奸受害者的群体。她们之间互不相识，但彼此遭遇却足可以互文。事实上，在《房思琪的初恋乐园》之中，林奕含有意地以房思琪为中心线，串联起在男权文化之下女性所遭遇的精神之殇。有意无意间，林奕含强调了这一女性群像之间具有的相似性。除了饼干与郭晓奇与房思琪相似的遭遇，小说中另外的两个主要女性形象也都与房思琪相像。刘怡婷是房思琪灵魂的双胞胎，她们在家庭背景、成长环境、特长爱好方面都出奇的一致。住在她们楼上的许伊纹则与房思琪相像到"像从俄罗斯娃娃里掏出另一娃娃"[④]。她们都拥有温柔而听话的牧羊一般的脸。从某种程度上说，我们可以把刘怡婷视作一个相貌平庸的房思琪。刘怡婷对自己并不美丽的外貌极有自知之明，连在厕所里照镜子都

---

① 林奕含：《房思琪的初恋乐园》，北京：北京联合出版公司，2018 年版，第 193 页。
② 林奕含：《房思琪的初恋乐园》，北京：北京联合出版公司，2018 年版，第 176～177 页。
③ 林奕含：《房思琪的初恋乐园》，北京：北京联合出版公司，2018 年版，第 81 页。
④ 林奕含：《房思琪的初恋乐园》，北京：北京联合出版公司，2018 年版，第 70 页。

怕招人嘲笑。这种“懂事”显然建立在她因为不符合男权社会审美追求的外貌而遭受的恶意之上。而许伊纹则是一个没有遭遇强暴而顺利长大的房思琪。她遇到的是公婆对其所热爱的文学的轻视，是因为婚姻而不得不中断了学业，是被酗酒的丈夫长期家暴。而与房思琪更相似的是，刘怡婷和许伊纹都对自己所遭遇的一切保持了忍耐和沉默。可以说，这些家教良好的房思琪们都是被男权社会规训后的合格产物。她们被要求温柔、美丽并且沉默。如果说，林奕含以刻意误用的“温良恭俭让”（“温暖的是体液，良莠的是体力，恭喜的是初血，俭省是的安全套，让步的是人生”[①]）嘲讽了道貌岸然的李国华，那么她在以房思琪为中心的女性群像身上却书写了“温良恭俭让”的真正含义。这种“温良恭俭让”的文化，是一种纵容施害者而惩罚受害者的文化，是要求“受苦的人该闭嘴”[②]。同时它也是一种仅仅规训女性，缚住其双手又扼住其咽喉的文化。它迫使女性不再申诉和反抗。这种文化在房思琪所置身的社会之中竟已成为一种共识。连房思琪这样的受害者自身，也已将其内化为自我认知和自我规训。林奕含曾悲伤而不无愤怒地指出，人类史上最大规模的屠杀，就是房思琪式的强暴。这里的“屠杀”，或许并不仅仅指房思琪因被诱骗、被强暴后精神分裂崩溃式的毁灭，也指的这些女性群像沉默的“温良恭俭让”，指的是男权文化以其编造的道德惯例潜移默化地规训女性群体，并最终剥夺其主体性，使其成为沉默的玩偶，从而在精神上走向死亡。

三、写作，或者僭越

对于读者而言，《房思琪的初恋乐园》最为震撼人心的一点或许正在于它是根据林奕含的真实经历而写的。换而言之，房思琪在某种程度上正是林奕含的化身。这意味着房思琪所承受的精神痛苦并不是一种虚构；而“房思琪式的屠杀”也来自林奕含的真实生活经验。正因为如此，《房思琪的初恋乐园》这一小说便是女性的发声和控诉。如果说，林奕含借助李国华，叩问的是文学的功用和诗教传统的意义；那么在她自己和房思琪身上，她也在无意间提示了写作与创造对于女性的意义。

正如前文所述，在李国华对房思琪施以诱奸的过程中，文学修辞和典故是他极为重要的手段。李国华掌握着话语权，主导着编码解码的方向。然而房思琪虽然被困于李国华所编织的话语之网中，被迫被动接收他想要传达的

① 林奕含：《房思琪的初恋乐园》，北京：北京联合出版公司，2018 年版，第 203 页。
② 林奕含：《房思琪的初恋乐园》，北京：北京联合出版公司，2018 年版，第 182 页。

信息，但是她并非一个彻底被操纵的对象。在诱奸发生时，房思琪以放任思绪的方式逃避身体和精神的痛楚。她的脑子“自动产生譬喻的句子”[①] 以逃避当时的痛苦。文学在此为房思琪提供的，是急剧的精神创痛发生时短暂的庇护所。而房思琪尽管忍受着痛苦，却还能在李国华的“用典”之中发现错误，如指出“温柔乡”指的是赵合德而不是李国华所说的赵飞燕。这一“纠错”出现在此显得十分突兀，充满了荒诞感。正是这种突兀和荒诞之中所包含的张力，显示了房思琪承受的精神创痛是多么巨大。面对自己被李国华强奸这一残酷的事实和创伤，房思琪无力改变。她只能在心里指出关于“赵飞燕”“赵合德”这一类看似无关痛痒的微末错误。尽管房思琪不断催眠自己“爱上老师”，但随着年岁渐长她也逐渐察觉出她与李国华之间的关系并不同于成年男女间的恋爱，也不同于那些曾被奉为佳话的师生恋。因此当李国华援引胡兰成的文字来为自己背书时，房思琪隐约地意识到他在以胡兰成和张爱玲的故事类比自己和他，从而以爱情故事来遮蔽诱奸事实，故而房思琪不无讽刺地指出“老师还要跟谁比呢”[②]。如果说，李国华不断以文学来编织话语的罗网，将房思琪困囿其中；那么同样是文学，为房思琪提供着虽然脆弱却不无慰藉意义的庇护。借着对文学的了解和深入，房思琪甚至获得了打破话语罗网的可能。

不仅是房思琪，被家暴的许伊纹也是通过文学来疗治自己的伤痛。许伊纹在阅读和观看电影时，假托因故事情节而流泪，纾解的是家暴带来的恐惧和失望。而她和毛毛也是凭借文学的基础而得到了平等友爱的交流。整个男权文化的道德训诫都要求她们温柔、忍耐且沉默。但也恰恰是由男性所创造、并且曾只有男性能够掌握的文学，为女性在男权文化的规训之下保留了一线生存的缝隙。在此我们又一次返回林奕含曾在访谈中提出的质疑：“文学会不会也是一种巧言令色?”如果说，通过李国华的行径，林奕含指责文学成了服务于罪恶目的的工具；那么她也在无意间将文学作为工具赋予了故事中的女性。借助文学，房思琪们获得了动摇、撬开男权话语铁幕的可能。而关键正在于话语权由谁掌握。

这一点最为明显地体现在房思琪的日记上。在日记中，房思琪翔实地记录了她从 13 岁到 18 岁两千个噩梦般的日夜。她是如何受到李国华的诱骗和强奸，又因此承受着怎样的痛苦；她又是怎样为这痛苦而撕裂。这无疑是一种“写自己”。在女性主义的议题中，女性“写自己”是一个早已不再新鲜却

① 林奕含：《房思琪的初恋乐园》，北京：北京联合出版公司，2018 年版，第 57 页。

② 林奕含：《房思琪的初恋乐园》，北京：北京联合出版公司，2018 年版，第 76 页。

依然极具力量的策略。以男性创造的文字符号，去书写女性自己不为（男）人所知的身体体验和生命经验，由此而夺取话语权，发出真正属于女性的声音，从而避免女性因为被书写、被讲述而成为历史上喑哑的、消失的群体。面对男性所创造的文字符号和以男性为主导的文化，女性先天地面临着失语的困境，因此"身体是唯一可以用来作自我表现的媒介"①。通过书写身体，女性"将自己的想法物质化了；她用自己的肉体表达自己的思想……她将自己的经历写进历史"②。这种书写女性身体的策略，在无意间全盘地贴合着房思琪写作日记的行为，正如她自己所指出的，"书写，就是找回主导权，当我写下来，生活就像一本日记本一样容易放下"③。写作给予她慰藉。更重要的是，正是在房思琪对自己日记不断重读与反刍的过程中，她剥开了李国华谎言的外衣，揭露出爱情话语之下的诱奸真相："他硬插进来，而我因此而道歉。"④ 而从林奕含对小说中整个女性群体的观照来看，这不仅仅是对房思琪这五年的经历的总结，也是对小说中女性群体在男权文化辖制下生存真相的概括。

房思琪的日记不只是对其生命故事的一份记录，更是一份揭露和控诉。在房思琪失智、彻底失去言说自我的能力之后，这册日记则成为别人发现真相的唯一途径。刘怡婷和许伊纹正是通过房思琪的日记，了解了房思琪失智的真相，了解了李国华的真面目。尽管这册日记无法在法理层面成为将李国华绳之以法的证据，但它提供了一份血淋淋的罪案实录。而刘怡婷也因此而获救。刘怡婷未被性侵，是因为她长得不够美。从某种意义上说，她也是李国华潜在的猎物。房思琪的日记使她摆脱了对李国华的崇拜，向她显示了世界的背面，戳破了男权文化的谎言。不仅如此，刘怡婷还能根据这册日记写一本"生气的书"⑤。这能使更多的人去了解世界的背面。而不应忘记的是，《房思琪的初恋乐园》正是林奕含根据自己被补习班老师诱奸一事而写成的。它正是小说中所说的"生气的书"。林奕含既是房思琪，又是刘怡婷。她剖白自己，记录、展示自己精神的每一处创口，为了看到书的人能够认识到世界的背面，警醒大众即使像房思琪们所居住的"高雄帝宝"大厦那样辉煌、整饬、有礼的外表下也深埋着危机和罪恶。林奕含整个地翻转了《洛丽塔》的

① 苏姗·格巴：《"空白之页"与女性创造力问题》，张京媛：《当代女性主义文学批评》，北京：北京大学出版社，1992 年版，第 167 页。

② 埃莱娜·西苏：《美杜莎的笑声》，张京媛：《当代女性主义文学批评》，北京：北京大学出版社，1992 年版，第 195 页。

③ 林奕含：《房思琪的初恋乐园》，北京：北京联合出版公司，2018 年版，第 167 页。

④ 林奕含：《房思琪的初恋乐园》，北京：北京联合出版公司，2018 年版，第 24 页。

⑤ 林奕含：《房思琪的初恋乐园》，北京：北京联合出版公司，2018 年版，第 222 页。

叙事。她将后者指认为谎言，并鞭笞亨伯特辩解的每一个字。“自己写自己”或许从未像在林奕含书写房思琪故事这样具有意义和力量。在此意义上，如果我们回看林奕含刻意在李国华身上误用的典故，实际是在反讽之中拆解了他的话语权威。这正是以男权的文字符号反过来拆解其本身的实践。可以说，《房思琪的初恋乐园》正是一次话语权的成功僭越。

正如林奕含曾以房思琪串联起一个女性受害者的群体，在房思琪的日记被刘怡婷、许伊纹阅读，房思琪的经历被她们发现和倾听之时，林奕含又以房思琪为中心构筑了一个姐妹之邦。事实上，如果我们返回小说的开头，可以发现房思琪、刘怡婷和许伊纹这三人组成的姐妹之邦在当时就已经存在。许伊纹作为这三个同性之中最年长和学识最丰富的人，对于房思琪和刘怡婷起的是引导的作用，尤其是引导她们认识文学、进入文学的世界。而对于许伊纹本人来说，房思琪和刘怡婷不仅为她提供了无聊而痛苦的婚姻生活的慰藉和宣泄的窗口，还使她被粗暴打断的文学梦想得以延续。这个姐妹之邦在李国华窃取了许伊纹文学导师这一身份后就被打碎了。现在，它借助房思琪的日记又重新建构起来——是刘怡婷的发现使得房思琪的故事被听见，是许伊纹鼓励刘怡婷将这个故事写成一部“生气的书”。如果我们引入“自己写自己”与话语权的视角，这一姐妹之邦的破碎与重建便具有了某种隐喻的意义。许伊纹对房思琪、刘怡婷二人的引导，是希望她们“在她被折腰、进而折断的地方衔接上去”①。许伊纹被折腰、折断的，正是她对于文学的学习和研究。我们知道，书写和文学都曾是男性的特权；女性介入其中便意味着话语权的僭越。而许伊纹的婚姻中断了她的学业这件事因此也别具意味。在这里，被中断的正是僭越的可能。因此，许伊纹无疑是在将房思琪和刘怡婷引向了学习男性的文字符号来表达自己从而建构主体性的道路，并希望她们能够完成自己中断的僭越之途。当李国华/男性在强行进入这一姐妹之邦时，女性之间的引导也随之中断。但房思琪们的僭越并未中止。在房思琪的日记这里，姐妹之邦重新被建构起来；而女性的僭越和表达也最终通过这日记完成了。

结　语

《房思琪的初恋乐园》是林奕含本人迈出的突破男权规训的一步。借助讲述自己亲身经历的、未成年少女被老师诱奸的故事，林奕含完成了一次对话语权的僭越和抢夺。但是，林奕含对于女性僭越和抵抗的前景是悲观的。在

① 林奕含：《房思琪的初恋乐园》，北京：北京联合出版公司，2018 年版，第 16 页。

小说的结尾，“高雄帝宝”大厦中的住户又一次聚集在一起，无关痛痒地谈论起邻里间的家长里短。李国华又一次全身而退，在出轨后回家，重新扮演好丈夫、好父亲的角色。别有意味的是，在提及房思琪的失智时，老钱太太将原因归结为许伊纹“从前给她看那些书”①。在此，女性的失智被归因为她们对话语权的僭越。即使她们试图说出世界的背面，大众仍然充耳不闻。这一结局恰可和林奕含本人的遭遇形成对读。2017 年 4 月 27 日，林奕含在家中自缢身亡。这一事件成了《房思琪的初恋乐园》最为沉痛的注脚，也使得小说的影响超出了文学领域，成为持续不断产生社会影响力的文本。我们已经无法得知，林奕含的绝望是来自对精神创楚的无力承担，还是对于太阳底下无新事的现实的绝望。但仅仅借由房思琪，借由林奕含而呈现在我们眼前的世界背面，就足以令我们因惊诧而愤怒。肖瓦尔特曾强调愤怒对于女性写作的重要性，一旦女作家不再“坚强地表达自己的愤怒或悲痛”，“她反而会被怂恿着忘却委屈不平，也忘却同类”②。因为这愤怒之中蕴含着的正是突破男权文化樊篱的力量。房思琪与林奕含的悲剧，正在于呼应她们愤怒的人太少。在这一意义上，我们应当重视并表达自己的愤怒，以避免使《房思琪的初恋乐园》成为一次被中断的疾呼。

---

① 林奕含：《房思琪的初恋乐园》，北京：北京联合出版公司，2018 年版，第 228 页。

② 伊莱恩·肖瓦尔特：《她们自己的文学——英国女小说家：从勃朗特到莱辛》，韩敏中译，杭州：浙江大学出版社，2011 年版，第 266 页。

试论《悲情城市》的“风格”

叶 青*

摘 要：诸多论者都曾详细阐述侯孝贤的电影风格，但其电影价值判断的暧昧性使得对其风格的阐述极容易被不同政治立场的表述所征用，形成相互矛盾的论述。本文尝试将风格看作一种“介入”性的实践形式，将《悲情城市》因对二·二八事件的“疏离”而产生的意义的暧昧性与复杂性与台湾历史、政治符号的张力关系作为主要考察对象，从这一视野重新审视他的长镜头美学与叙事方法，并思考作为策略的“风格”在当代台湾语境下的文化政治内涵。

关键词：风格　悲情城市　摄影术　历史绵延

电影《悲情城市》被公认是侯孝贤的风格集大成之作。但究竟什么是侯孝贤的“风格”，而《悲情城市》又如何体现出他的“风格”？侯孝贤电影有着一系列鲜明的特点，比如写实主义、长镜头、中远景、深焦镜头、淡化故事情节、非专业演员的生活化表演，以及精密又自然的场面调度等。尤其是其电影中舒缓悠长、越来越从容的长镜头所绵密地编织起来的叙事线条，那种无言却又好似万言的深情凝视，构成了其独特的电影语言。可以轻易地发现，即使相似于法国新浪潮电影的美学语言，侯孝贤电影也有着绝对不同于欧洲的视觉与世界观呈现，又在小津安二郎、沟口健二等人所开辟的亚洲电影语言中保有其不可归约的原创性。然而仅仅总结一些形式特点无法全整地说明侯孝贤的风格，因此，研究者们尝试为侯孝贤的电影美学找到一个更大的文化母体。

这个文化母体有一个很直接的身份，即“中国”。比如倪震认为侯孝贤的“电影散文”“淋漓尽致地传达了儒家文化的伦理精神，以及典型的东方式的

* 叶青，中国艺术研究院马文所助理研究员。

对祖国的情感忠诚”[①]，李相以“儒者”来阐释侯孝贤电影的“作者性”[②]，孟洪峰以中国古代文论中的“意境”概念来说明侯孝贤的镜头语言所营造的“情绪场”[③]。这批论者都从中国文化的人文精神传统来解释侯孝贤抒情性的写实主义风格。

在侯孝贤的电影之上，是否能找到一个本质的、统一的“中国传统”，抑或是充满裂隙的“中国文化”与国族意识？人们面对侯孝贤的电影时，对其“风格”的理解与阐述产生了诸多内在冲突。可以说，在关于侯孝贤电影“风格”的阐释思路中，蕴含着潜在的民族主义、殖民主义、文明冲突、党派斗争的问题，这一系列的二元对抗被频繁设置。这种对抗造成的矛盾的直接显现就是，《悲情城市》因其所讲述的历史禁忌的政治敏感性，加上叙事立场的刻意模糊，而引发了当局的不满，成为一个社会影响持久的文化事件。因为侯孝贤没有给出明确的判断，其风格的暧昧性导致其被相互对立的政治话语同时征用又同时拒绝。

但也正是因为侯孝贤电影风格的暧昧性，它能阻断任何清晰的界定与征用，使我们能搁置政治意图的包裹，重新返回其电影之中。不直接判断不代表侯孝贤没有介入历史。那么，解读《悲情城市》的“风格”，就不应当是命名一种关于风格的表象形式，阐述一些特点的集合，抑或是将其美学的表现形式与历史、政治做直接的对应，而是要思考其风格所打开的意义空间，阐释这些复杂的意义与历史、政治符号的张力关系。“风格”究竟是接近《悲情城市》的历史坐标，还是生产出其他更大的社会历史问题，抑或是印证被事先设置的问题的装置？要回答这一问题，就须进一步切入《悲情城市》的形式。本文关注的重点将不是《悲情城市》的风格表象与对历史的立场判断，而是风格作为一种自觉的美学实践形式，所蕴含的高度介入性的文化政治内涵。

一、历史摄影术

电影风格的基础在于导演对镜头语言的使用，《悲情城市》的镜头语言有着强烈的自反性，这种自反性又不同于媒介的自我指涉，而有着更丰富的内容。最明显体现这一点的是电影结尾林文清为自己拍摄全家福的镜头。侯孝贤没有选用情节剧惯常使用的方式，即相机快门定格之后转切洗好的相片，

① 倪震：《侯孝贤电影的亚洲意义》，《当代电影》，2006 年第 5 期。

② 李相：《儒梦人生——侯孝贤电影的作者特质》，《当代电影》，2006 年第 5 期。

③ 孟洪峰：《侯孝贤风格论》，《当代电影》，1993 年 1 期。

再推拉镜头实现时间的跳跃，而是通过固定机位镜头的停滞来完成一个长镜头，以此表示这张照片拍摄的完成，在停留几秒后由宽美的叙述声音延伸至下一镜头，最终实现时间的跳跃，相片的实物仅仅在桌上被镜头带过，无法辨清内容。在这个固定机位的镜头中，相机与摄影机镜头、侯孝贤与观众的眼睛完全重合。这是历史的视线，按下快门的是见证了一切的摄影师林文清，是导演侯孝贤，也是我们所有人，是历史本身，而我们与电影中的叙事者四目相对，无法回避地互相凝视。这是触不可及又令人震颤的历史深渊。时间的停止在这里召唤的是历史的回眸，林家四兄弟的人生是将在时间中被遗忘的故事，却随着赤裸的凝视与定格被重新从历史中打捞出来。见证历史的摄影正在被摄影所见证，“摄影”的多重自反造成了一个意义高度紧张的时刻，形成了纯粹的“见证”行动，构成了电影平静叙述下涌动的激流，一个并非高潮的高潮。

在这段凝固的影像/历史时间内，叙事进入了一个新的时间状态中，即杰姆逊所言的 roman（描写）。杰姆逊区分了 récit（叙事）与 roman，récit 将所有已知之事与情感编织进叙事链条中，所以它的时间是过去时，是已经完成的故事，事件早已结束并进入历史，它们不可改变，能够被反复地讲述、感知，乃至被政治所认可，相对地，roman 是萨特式存在主义的时刻，是另一种不同的时间性，它脱离过去－现在－未来的时间体制（即时序的时间性），指向永恒的当下。[①] 杰姆逊把二者的对立看作命运与永恒当下的对立，虽然他的这对概念旨在论述现实主义文学，但却能给予一个关键提示，即《悲情城市》中这样一个叙事中止的时刻是一个正在生成中的情动时刻。

林文清被抓走，这是无可置疑的事实，也是无法改变的命运，“当初我们想过要逃，不过，再逃也无路可走”，但是宽美隔了一段时间才写信给阿雪告知这件事，才能够继续讲述，因为此时她的心情才能够“平顺”。在两个镜头之间所缺席的，是历史的暴力、宽美的情感与接受命运的过程。宽美只能叙述发生的事件，却无法表达出自己的情感。这是至今无法被镜头捕捉的情感，它的缺席正是历史于当下的持续在场，它不可名状却持续地对台湾人施加着影响。莲实重彦曾追问侯孝贤电影中“当下的缺席”：“二次世界大战纷扰动荡的年代中，台湾……回归成为大陆的一部分，对于幼年时代即离开大陆来到台湾的侯孝贤而言，现在式就这样历史性地永远地失落了。侯孝贤在很久以后才意识到这点，然而，现在式的失落与缺席却成为他经历少年时期重要的生命经验；现在既然是无法可触及的，他便转向了那个他所不曾经验过的

① Fredric Jameson，*The Antinomies of Realism*，Verso，2013：15－44.

台湾的历史与过去。1987 年解严时代的来临发挥了推波助澜的力量，在侯孝贤的历史三部曲中所细致刻画的‘悲情’，可说是他个人记忆及其身处年代的集体记忆中关于这一失落感的深刻表达。”①

这一观点或许需要一定的修正，在《悲情城市》中，在叙事链条的过去式的夹缝中不断在场的正是现在式的永恒当下。这是被相机定格而永远凝固于历史残片之中的现在式，它变成顽固的持存、历史的幽灵，变成台湾人命运的枷锁。如果说 1987 年的解严终于能使得二·二八的这段历史浮出水面，那么经过多年的斗争、不可言说、默默承受，以及新的政治状况的偏移，笼罩于二·二八之上的面纱再也无法揭去。已经有太多无法表达、不可表达的东西，而表达的立场也早已分裂乃至对立，正如宽美一句话便带过了自己的感情，历史的情动时刻将无法迎来真正的生成与命名。《悲情城市》中现在式的凝固，故事性高潮的不可能性，正在生成的情动时刻的无法生成，既是侯孝贤所选择的表达方法，又是一种历史的症候：台湾人在戒严的沉默中度过的漫长历史，其伤痛超出了表达的可能，在当代台湾社会局势中亦无法找到可能、可欲的表达方式。

可以说，《悲情城市》疏离的镜头语言正是作为一种导引，将观众引向历史的不可言说之处，以“见证”的行动来代替任何确定的历史表达。如果说，侯孝贤所使用的镜头语言与“见证”行动有着强烈的指示关系，那么作为其标志性的影像“风格”，便在这一行动的枢纽下实现了自觉的综合。

《悲情城市》的影像自觉来源于一系列历史条件的限制。由于台湾的本土电影长期遭到打压，胶片供给紧张，因而拍摄时不会采用好莱坞的主镜头模式，也就意味着必然缺少剪辑的灵活度与丰富性，无法编织出短平快的叙事节奏。同时，台湾缺乏专业的演员队伍，因而表演时无法使用特写镜头，以中远景为主，尤其是梁朝伟的加入，使得专业与非专业演员之间的协调更加困难。这些问题影响着导演的调度、布光、收音，乃至镜头前的表演调整等。诚如朱天文所言：“第三世界美学意识，在开头，往往是为了克服器材和技术上的困难，想尽办法而发明出来的一种表现方式。”即“成品在先，自觉倒在之后”②。但正是这种自觉创造出独有的风格，其背后是偶然性的命运被转化为必然性的过程。

---

① 莲实重彦：《当下的乡愁》，奥利弗·阿萨亚斯，等：《侯孝贤》，林志明，等译，台北：台湾电影资料馆，2000 年版，第 72 页。此处转引自戴锦华：《昨日之岛》，北京：北京大学出版社，2015 年版，第 282 页。

② 朱天文：《〈悲情城市〉十三问》，《最好的时光　侯孝贤电影记录》，济南：山东画报出版社，2016 年版，第 279 页。

在这个意义上，侯孝贤所说的拍出“自然法则底下人们的行动”[1]便有了双重的意蕴，它既指在被给定的限制条件下拍摄，让演员在营造的环境中持续地表演，也指人物在命运中的选择。而人物的必然性的选择，与演员在环境中偶然性的行动，有着隐秘的关联，演员同时也在见证着人物。

因为侯孝贤调整演员以及拍摄表演的方法（他经常在试拍时拍摄完成），使得环境，或者说一种生活动态成为影像中更突出的内容。其电影中的日常性风格，并非借日常环境来烘托人，而是经由日常行动中的人的中介去进入一个环境，即进入一个历史的场景。中远景中的人物以其模糊的面容来拒绝观众对其内心的进入，人物的行动强化的是整个的场景，起关键作用的是他所处的位置（不仅是调度中，即画面上的位置，更是其在历史中的位置）。唯有如此，生活状态的根本性变化才能够被迅速而清晰地捕捉到。

经由固定机位的长镜头的呈现，这些生活状态，或者说“历史场景”，成为一个个耸立的柱。这些长镜头很慢，但是镜头的转接则非常迅速。它们所构成的并不是光滑的叙事表面，即流行的故事片的叙事幻觉，而是无法被某个更大的意义归约、征用、省略的历史切片，或曰“情感”。

这便是属于侯孝贤风格的“历史摄影术”，它看似远观而疏离，却是另一种接近历史的方式。《悲情城市》的长镜头通过自反性营造出一种历史摄影的效果。侯孝贤的“摄影”是一种时间的浓缩，是从历史中截取的一系列毫无关联的切片，因为被镜头所截取，这些场景执拗地存在在那里。究竟什么是逻辑在先？是历史条件的限制，还是侯孝贤的作者意识？并非二者其一，这一影像的浓缩，来源于限制与自觉的互动结构。所谓的历史摄影术，是在固定的叙述与流动的、不断生成的意义之间往复的实践，即 récit 与 roman 的辩证运动。正是在这个意义上，属于侯孝贤风格的故事性的疏离才能够实现对历史的真正接近。

断裂性的“摄影”加强了镜头的“卷入”，这得以解释林家兄弟丰富的构成：黑帮、商人、军人、知识分子。被同时卷入历史当中，这并不是一个故事的合理性问题，而是历史本身的复杂性。通过历史的“增补”，一个小型社会得以在电影中成立，并触及台湾社会的结构性问题。而值得继续追问的是，是什么把断裂的摄影“粘”在一起，从而形成了叙事？

---

① 朱天文：《最好的时光　侯孝贤电影记录》，济南：山东画报出版社，2016 年版，第 285 页。

二、叙事的绵延

《悲情城市》的故事是如何开始，又是如何结束的？这个问题既可回答，又难以回答。

《悲情城市》当然有明确的开头与结尾：伴随着日本天皇投降诏书的广播，林光明诞生，开启了整个故事，而经历了多重磨难的林家又在不曾中断的日常中迎来了国民党的战败迁台，为故事画下了句号。两次战争的结束，林家成员的出生与死亡，都是斩钉截铁的开始与结束。但事实上，侯孝贤与惯常情节剧相区别的叙事手法，使得《悲情城市》故事的两端更显陡然：不可避免地开始，又无可奈何地结束，甚至是无法结束。这种陡然构造出形式上的历史断裂，它来自侯孝贤截取故事的刻意与果断。

事实上，台湾光复并非《悲情城市》真正的开始，历史也并非于这一时间点真正断裂，电影中借助人物之口补述了大量的更早之前的故事：文清为何会聋、老二老三的去向、小川校长的疯病等。本省人与外省人的冲突，包括用日语辨别身份，也早已暗含从清王朝到日据时期的台湾社会状况。甚至，过去与当下的混合也变成镜头连缀的一个重要方式：当静子赠予宽美告别礼物的时候，侯孝贤插入了一个宽荣与静子在教室内的镜头。在这里，回忆与讲述二者辨别不清，或故意不加区分。

米勒曾在《解读叙事》中分析过开头与结尾的悖论。按照亚里士多德的定义，完美的悲剧需要形成有机统一的叙事链条，在自然因果律下完成逻辑的完全闭环：开头是意义的源头，之前无更多因承关系，结尾是叙事目标的完成，之后无事情相继。而米勒认为，这是不可能的，开头可以不断回退，结尾可以不断延伸，一般意义上所认为的故事运作中的复杂症结与解开症结的过程，并非真如叙事单一线条所显示的那般按顺序进行，它们往往纠缠在一起，是同时运作的过程。[①] 米勒指出这一点并非要以某种极端的状态否定任何故事的逻辑构成，而是通过指明叙事构造的内部界限，将文本内部的叙事连通于一种互文性，即一个更大的历史时空。这个更大的历史时空决定了什么是串联起故事材料的叙事线索。

林家的悲剧故事，甚至二·二八事件，只是故事的一个段落，这更大的历史时空无疑是台湾自被日本侵占以来、并向当下延伸而来的全部历史。在历史的断裂之外存在着历史的持续影响，但历史时空无法全部进入再现，朱

---

① J. 希利斯·米勒：《解读叙事》，申丹译，北京：北京大学出版社，2002 年版，第 49～58 页。

天文坦言，其“初时看书，忘路之远近，上溯到清末台湾五大家族……什么都想装进来，什么都难装进来”[1]。导演需要对历史做出截取，《悲情城市》所呈现的历史时间，是台湾的转折时期，新旧混杂无法辨明，这种混杂的症候性标志就是电影中多种语言的同时在场：闽南话、上海话、粤语、普通话、日语。侯孝贤剪裁时放弃了在故事时间内部梳理、整合、连贯其叙事线条，削减混杂并将其整理为精巧结构的努力，而将表现的重点放在混杂的叙事内容与历史的互文关系上。因此，镜头的剪接才出现如此大的跳跃性与非逻辑性，同时这种跳跃性又不会离题。人物的命运并非在因果律的线条上被固定，而是在复杂的社会政治关系的场域中得到了“多元决定”。

大哥文雄被卷入利益冲突和黑帮争斗，二哥作为医生被征兵后的失踪，文良与日本说不清的关系，文清被迫陷入又发展为自觉的知识分子斗争意识，宽荣、宽美与静子的友谊，知识分子之间的交流……这些看似无关的部分，是同一历史问题演变出的不同侧面。它们之间没有必然的因果关系，但同处于台湾的社会历史结构中：面对在官方权力中毫无话语权的状况，台湾民间发展起游离于官方的非法权力组织；日本的定向教育使医生与老师等知识分子群体成为台湾社会运动的主力；台湾社会空间充满了大陆的符号（比如小上海酒家），却与大陆有着持久的冲突。这类复杂关系无法通过“有机”的叙事线条讲述出来。

于是，“去戏剧化的”“疏离的”“省略的”等关于美学风格的形容，实际上在《悲情城市》中是叙事的核心原则。故事整合能力的失落不仅仅是讲述这段复杂、敏感历史的权宜之计，更提示了从日据到光复的转折时期，任何统一性的文化身份的观念在台湾的全面失落，台湾成为一个不知该如何被放置的对象。

通过非逻辑的“故事”的叙事，《悲情城市》暴露出笼罩于“故事”之上的“历史”的真实在场，历史时间与故事时间融合在一起，带来一种绵延感。侯孝贤以“绵延”来处理历史时间，使故事寓于讲述与不可能讲述的张力关系之中。柏格森的绵延概念意指一种差异的时间性：“时间能够被空间充分的再现吗？而我们的回答是：可以，如果你处理的是已逝的时间。不可以，如果你处理的是在行进中的时间。那么，自由的行为是发生在行进中的时间中，而不是在已逝去的时间中。”[2] 一方面，历史在运动向前，它不与自身统一，表现着生成与变化；另一方面，已逝的时间得以被表达，于当下显现出来，

---

① 朱天文：《最好的时光　侯孝贤电影记录》，济南：山东画报出版社，2016年版，第277页。

② Henri Bergson, *Time and Free Will*, trans. F. L. Pogson, London: George Allen and Company, 1913: 219.

又同时被不停止的时间所否定。再现成为一种内在异质性的重复，它既是一个“丢失”的过程，又能够通过指向“绵延”的时间性恢复其复杂性的内容。

也就是说，从历史中截取片段并不是一个简单的化约过程，而内含一种时间的辩证。如果仅仅直接说出历史，那么历史的曲折便在理性的逻辑中消逝了。在《悲情城市》中，事件的主体从未被直接地表现，进入再现的是事件在某些个人身上造成的感性反应，或对于他的影响，即历史在其重复中丢失的结果，它需要借助某种形式恢复其自身。因而电影采用了许多差异性的重复机位，最典型的是透过屋外向林家餐桌拍摄的正面全景机位，构造出了一个家族走向衰落，却也延绵不绝的过程。贯穿这一过程的，则是前述的种种时间断裂之间无法生成却在持续发酵、分化的“情感”。

《悲情城市》的长镜头通过这种辩证的时间性“粘”起来，而非贯之以因果律的理性链条。它在尝试讲述，却又不可能复原历史，但历史又确确实实留下了它的痕迹。如果回过头看，我们或许可以发现电影中发生的某些事件的具体原因，但却无法探知台湾社会之所以会如此的历史动因。历史幽灵在电影的留白处回荡，最终人们所看到的，是《悲情城市》在风格上既形式松散又意涵绵密的矛盾状态，是已经发生了但永远不会落下帷幕的台湾历史。

三、风格的介入

所以侯孝贤的风格，或许不应仅仅作为一种美学外观来看待，而是侯孝贤借以穿透既有的政治立场，介入纠缠的台湾历史的路径，蕴含着高度的辩证性。它不是许多人认为的完全冷漠的静观。如果仅仅是静观，或完全客观的视角，就不会选择几位承受巨大历史创伤，又无能为力的叙事者的眼睛。

我们应当再回到侯孝贤“自然法则底下人们的行动”这句表述。前述已经说明这句表述所内含的在美学表现上从限制到自觉的过程。究竟什么是“自然法则”，我们或可从电影对剧本的一处改动获得提示。在吴念真的剧本中，在二·二八事件发生，文清从台北回来昏倒后，宽美带着哥哥宽荣借给她的克鲁泡特金的《互助论》来看望他，并向他讲起了樱花的寓意。在电影中，《互助论》并未出现，在知识分子们最开始的聚会中，林先生发现了宽荣正在看的马克思著作，而樱花的寓意则被放在另一次聚会中讲述。指出这一点，并非要以共产主义的思想来解释侯孝贤的立场，而是马克思与自然法则的问题产生了历史性的呼应：“自然法则”喻指一定社会经济形态下人被社会关系决定的状况。这一被决定的状况不仅意指人物在其所处社会历史条件下的认知与行动，亦指侯孝贤对历史受限的认知视野。牵系宽荣、林先生等知识分子的，并非仅仅是台湾人的国族身份认同、本省人的社会位置问题，也包括台湾社会的经济剥削现状、权力勾结、阶级对立等现实困境。而对侯孝贤来说，被长久阉割的台湾历史，在其生命经验中造成了关于过去的巨大空洞，这不曾被表达过的历史失落，该如何找到它的表达形式？

从表面上看，《互助论》与马克思呈现了命运共感下的合作与阶级斗争之间的革命道路差异，但有意味的是，剧本中宽荣逃入深山中进行了战斗的训练，而电影中仅仅只是在文化上教育民众。作为符号的“马克思”所激发的意义，或许并不在二·二八事件内部，而在其漫长的历史延长线上。侯孝贤谈到拍摄《悲情城市》的意图时说，并不是他突然找到的这一题材，而是很早就想拍了，他十分想把陈映真的《铃铛花》搬上银幕，“就是那时候（50年代）国民党在台湾的镇压、清党、清除台共”①。但为了安全，这个意图被陈映真阻止。在《悲情城市》中，“台共”成为知识分子的代表性符号，这是侯孝贤历史视野的在场：日本明治维新时期“樱花”的献身精神所转喻的，并不是知识分子的意识先于历史认知的无望牺牲，而是侯孝贤从后设的视角，对二·二八事件之后发生的一系列未直言的历史的深情祭奠。

质言之，无论是“自然法则”还是“天意”，都不止于事件发生前后静止的历史共时时空，而有着历史纵深的线索。侯孝贤风格的“疏离”，即对战争与政治事件之外的小人物的日常生活的表现，从根本上是要脱离众说纷纭的历史事件本身，去“介入”事件之外更深刻的历史线索。宽荣所传达的“祖国美丽的将来”“真正为人民”等语言，在故事之外的当代台湾历史中，生发出多重的歧义：究竟什么是“祖国”，什么是“人民”，谁是台湾人？什么是台湾本土？二·二八事件中知识分子们单纯真挚的“回答”被轻易地镇压、剿灭，这些概念也随着历史迁异，逐渐陷入空洞的叙事中。正是在这一视野中，侯孝贤以其“疏离”的“介入”实现的是与台湾纠缠的历史及当代政治之间的往返运动。这种介入是多重的：不仅是对二·二八事件的历史判断与复现，对50年代国民党的清党运动的触碰，也是对台湾党派政治转型过程中历史重估与政治诉求的审慎反思，乃至对后冷战时代“台湾文化自觉”的一种介入实践。

这种“介入”的关键性在于如何认识台湾的“连续性”。制造断裂的是历史的叙事，但人们仿佛只去认识台湾的断裂性，进而指称文化的建构性，似乎剥离这重重叠加的历史身份，台湾的本土身份就能够得到彰显。但历史并非完全是符号的建构，而有其不可穿透的物质性。该如何讲述台湾的历史？

---

① 侯孝贤：《恋恋风尘　侯孝贤谈电影》，卓伯棠编，北京：新星出版社，2018年版，第21页。

在《悲情城市》中，历史的断裂是在其影像风格中自我消解的。那些突然插入的闪回段落，幸存者在对命运的自我消化后的娓娓讲述，被艰难保存的文字，那些未被直接讲述，但若隐若现的残酷记忆，乃至最后林家小辈们依旧围坐桌前吃着晚饭，都昭示着历史从未中止与退场。而从历史传递过来的回声，依旧需要一种有效的当代回应。

通过长镜头的“摄影术”，以及与更大历史时空建立有效的互文关系，侯孝贤以其讲述的减省来抵抗对历史的削减，通过他影像风格的“判断”在剖开、认识乃至体会历史与政治对台湾人的影响之后，又以他暧昧的电影语言，在当代东西方文化格局的限制中去塑成自身。风格成为历史与个人表达的居间的自觉性实践空间。“介入”的关键并非立场上的政治与非政治的差异，在侯孝贤拍摄的年代，政党斗争一开始就在历史的前台，而其政治目标又同时被掩盖：国民党与民进党各自想要讲述一个什么样的二·二八？在这样的20世纪尾声中，要复现二·二八本身就是一个无法完成的事，对其中可能性与不可能性的思考，表达的受限与由此而来的自觉，诞生了《悲情城市》的“风格”。因而时至今日，《悲情城市》依旧超越所有相同题材的台湾电影。

论曾心创作与文化身份的“和谐共生”

刘　静　[泰] 严晓艾　鲜力黎*

摘　要： 泰华作家曾心的创作有着浓厚的“中国情结”，他在构建自己泰国文化身份的同时坚持弘扬中华传统价值观，并在对人间大善与大爱的审美抒写中完成了两种文化身份的“和谐共生”。同时他将融合了老庄哲学、中庸之道、禅修和泰国佛教文化等多元思想而形成的，取“中和”而行的“圆”所孕育的独特的善与爱投射到人类与地球万事万物的关系上，其作品表现出一种温婉中庸的艺术魅力。

关键词： 曾心　泰华文学　文化身份　“和谐共生”

曾心，原名曾时新，生于泰国曼谷，祖籍广东普宁。1967 年毕业于厦门大学汉语言文学系，后深造于广州中医学院。一生从文、从医、从商。文学创作涉及散文、小说、诗歌、评论等多个领域，并在国内外多次获大奖，部分作品入选中小学教材。出版作品《大自然的儿子》、《心追那钟声》、《一坛老菜脯》、《曾心短诗选》（中英对照）、《凉亭》（中英对照）、《蓝眼睛》、《给泰华文学把脉》、《曾心文集》、《玩诗，玩小诗》、《曾心自选集——小诗 300 首》等 14 部。作为 20 世纪在泰国出生的第三代华裔作家，曾心接受过系统的中华文化洗礼，他凭借对时代脉搏的清晰洞察，试图在中华文化与泰国本土文化中寻求一种平衡状态，以缓解身份焦虑，实现中泰文化的“和谐共生”。饶芃子在《全球语境下的海外华文文学研究》中指出：“海外华文文学是一种世界性的特殊文学载体的文学，是一种用汉语写作的‘混血文学’。既有中国传统文化的基因，也有与‘他者’文化对话之后产生的‘文化变异’

* 刘静，女，1964 年生，文学博士，硕士研究生导师，重庆师范大学文学院教授。严晓艾，女，1995 年生，泰国孔敬人，重庆师范大学硕士研究生。鲜力黎，女，1999 年生，重庆师范大学硕士研究生。

现象．是一种跨文化的汉语文学。”[①] 曾心的创作在本土化的进程中始终不忘原乡的追寻，在构建自己泰国文化身份的同时坚持弘扬中华传统价值观，表现出独具魅力的创作风貌。对此，曾心深情地写道：“由于我从小喝过湄南河之水，年轻时又喝过龙国之水，加上血液里还流动着炎黄子孙的基因。因此，我虽身在泰国，是泰国的公民，热爱这里的一草一木、一山一水、一丘一壑，腔里那颗跳动的心时时系在这片热带温润的黑土地上，但中国的锦绣山河，温馨的友情，浓烈的亲情、乡情，也时不时像个‘恋人’‘偷’去我的一瓣心。故此，在我的作品里，几乎都是经过我的艺术加工而反映了我的一颗炽热的心两边跳的心迹。”[②]

纵观泰华文学发展历程，泰国华文作家从新中国成立之前对于新家园的隔阂与故国的思念，到新中国成立之后被迫放弃自己的中国国籍并努力构建泰国公民身份，再到新形势下泰华作家双重文化身份的不断构建，都体现出泰华文学不同于世界上其他地区华文文学的独特性。由于泰国政治与文化上的多元性、包容性与开放性，泰华文学所体现出来的流散症候不再表现为种族歧视、性别压迫以及文化上的二元对立所引发的认同危机。曾心真诚地热爱这片微笑着的土地，沐浴在热烈舒爽的蕉风椰雨之下，他深情地为湄南河这哺育了整个国度的母亲河低吟浅唱，将自己融入这片从先辈就开始挥洒汗水的热土，不遗余力地书写生活在这片土地上宽厚善良的人们。在《照片》《湄南河》等诗歌中，曾心用眼睛更是用心灵去记录这条温柔而宽厚的母亲河，将缓缓流淌的湄南河与整个微笑国度的脉搏紧密相连，将佛国儿女一切美好敦厚的品质归结于母亲河的孕育。曾心用眼睛代替相机，用鲜活的记录代替静止的画面，片刻即永恒，想必是因为湄南河的风光已经深深烙印在了诗人的心上，湄南河涌动的气息、波动的水纹、流淌的方向也都已被诗人铭记。由此可见曾心对以湄南河为标志的佛国美景的深情赞美和对这片微笑国度发自内心的热爱。

但与此同时，在与泰国文化以及西方文化的交融中，曾心也自觉追寻着自身的族裔身份和文化归属感。他一直坚持用汉语写作本身便表达了期望凝聚民族精神，传承中华文化根性的姿态。也许“泰华文学与其他别国的华文文学一样，从本质上讲是海外华人心系‘双重家园’历程的结晶”[③]。这也如潘亚暾指出的，“海外华族文化特征是中华文化与居住国各种文化，尤其是本

① 饶芃子：《全球语境下的海外华文文学研究》，《暨南学报》（哲学社会科学版），2008 年第 4 期。

② 曾心：《大自然的儿子》，昆明：云南民族出版社，1995 年版，第 2 页。

③ 刘红林：《双乡之爱——泰华文学特征浅论》，《淮北煤炭师范学院学报》，2008 年第 2 期。

土文化互相融合的产物。但海外华族文化无论与中华文化有多大差别，它与中华文化总是有着共同的文化渊源，即共同的文化之根，这是海外华人认同中华文化的心理内因，无论中华文化本土化程度如何，也无论华族后裔主观愿望如何，在其它民族看来，华人属于华族，与中华文化是不可分割的，这样而形成的文化民族性，是海外华人认同中华文化的心理外因”①。曾心在《给泰华文学把脉》中说：“新移民、老移民，甚至是他们的后裔，在他们的文化、文学磨合后，并不是完全‘无根’的。在他们作品中还会或明或暗，或深或浅，隐埋着一条不随时光推移而消失的‘根’；中国人无论被西风吹到天涯海角，那片华山夏水还是永远留在心中，人往往是文化的人，对于新移民来说，纵然是失落文化身份，也总逃不脱中国性执念。‘中国情结’已作为一种集体无意识不停地唤起飘零游子心灵深处的家园记忆和乡土情感。这是因为文化是血液里面的东西，任何输血的办法都改变不了它的血质与血型。”②虽然曾心深情热爱着脚下这片热土并加入了泰国国籍，但其华裔身份使其终究不可能完全与泰国本土文化合而为一，而在创作中更多地流露出对血缘之地深深的眷恋。换句话说，在这样一片多元文化交织的土壤之中，感受着来自世界各地文化的熏陶与冲击，在与原乡国之间的文化联系似乎会不断减弱甚至消失的忧虑中，曾心便刻意致力于故国家园的找寻，试图通过弘扬故国传统价值观念来缓解自身所处的困境并获得文化上的归属感。所以当他意识到无论如何亲近泰国本土文化，也无法消解身处异质文化环境之中的疏离感与不安全感时，便自觉地转向母体文化，以获得自己的文化身份归属。小说《蓝眼睛》中，“我”的老伴为儿媳妇不是中国人而感到“凄楚”，甚至连声音都“哽咽”了，所以“我”安慰老伴，“当今世界变了，情人的眼里是没有国家和民族的界限了，”但这也更是在安慰“我”自己对中华传统文化失承的焦虑与无奈。当得知儿媳不仅有中国名，其父母更是汉学专家，儿媳的博士学位论文还是研究的中国太平天国的历史，甚至当“我”黑眼睛黄皮肤的孩子们都唱着英文歌或泰国歌时，蓝眼睛的儿媳唱的却是《龙的传人》，这让“我”的老伴看到“她有一颗执着的中国心”，从而喜悦地将事先备好的送给黑眼睛儿媳的红宝石戒指送给了这位洋媳妇。小说一波三折，只为传达作者对中华传统文化的追寻并提出了中华价值观的继承与发展问题，意在指出中华民族优良传统文化的继承与传播不能仅仅依靠血统的纯正，而需要各国人民对中华民族核心价值观发自内心的认同与坚守。可以说，曾心尽管身处异

① 潘亚暾：《海外华文文学研究现状》，北京：人民文学出版社，1996年版，第16页。

② 曾心：《给泰华文学把脉》，福建：厦门大学出版社，2005年版，第43页。

域文化的土壤，却始终保持着心中的文化操守，为自己的文化之根保留着一方净土，并时刻铭记着自己的身份与责任，在文化的碰撞中稳步前行，为构建自身新的心灵家园、弘扬母体文化的精髓做出了独特的贡献。

泰国号称“黄袍佛国”，90%的泰国人都信奉佛教。三色国旗中的白色就象征着宗教的纯净。泰国文化空前的包容力量以及佛教文化中对于善的追求都影响或者说塑造了曾心醇厚高尚的品格和对于禅、佛的独特理解。曾心尤其喜欢坐禅修炼，创作了不少与修禅相关的作品。《佛前》（2016）：“十双手百双手/做着同一个动作/——合十膜拜/佛说：众生皆有如来种性/把心带回家吧/——禅坐净化”。《念经》（2009）：“千遍万遍地重复/渐渐地万物寂静/只有一种梵音/在九重霄外回荡”，诗人就这样领悟“空”境。《佛》（2008）：“在半闭半开的佛眼前/我一无所求/从心灵的书架上/掏出珍藏的佛经/念诵再念诵/我也是一尊佛”，在静静的时光里，肉眼闭，心眼开，也许这就是禅意。曾心的禅诗还有《菩提》《卧佛》《云的软功》等等。正如吕进在《上善若水——序〈曾心自选集——小诗三百首〉》中说：“曾心的小诗给人们带来的是一股大大的禅意。在这争名于朝、争利于市、人情似纸的世俗世界，这股禅意太宝贵了。”①

不过，与一般泰国作家不同的是，曾心书写的禅思佛理似乎还有另一番美学追求，这突出体现在小说《佛缘》中。“我”的儿子在小的时候就有当和尚的愿望，让“我”很是惊讶，但也没放在心上，只当是孩子的玩笑话。但当孩子上课在课桌上老是画和尚与小沙弥之类的人物时，“我”却想得很远，妻子的一句玩笑话“这孩子是和尚来投胎的”一直在“我”心中挥之不去。上大学的儿子终于提出了想去当和尚之事，“我”虽然早已有所准备，但“思想上又有些迟疑”，因为泰国笃信佛教的人都会让自己的儿子生平出家当一次和尚，“我”似乎也应该遵从居住地人们的习俗，但是“我家毕竟还是有华裔之血统”，而中华传统文化中历来就有男子传宗接代、继承香火的执念，更何况还是独生子，这种骨子里流淌着的中华血液决定了“我”不像妻子那么开通，甚至被邻人“万一他不愿意还俗，你怎么办”问傻了，“我”的慌乱无措正反映了曾心先生作为一名泰籍华裔在面临两国文化碰撞时所产生的慌张情绪，一方面为着当下的生存而尽力融入本土文化，但家园记忆却始终萦绕在他的脑际，这样混杂性的文化身份是他挥之不去的焦虑之源。儿子一个月之后成功还俗且再也没有提过当和尚之事，妻子认为是“圆了孩子的佛缘梦”，但“我”从儿子对待蚂蚁、工作的态度中却发现“儿子的佛缘还没了却，佛

① 曾心：《泰华六行小诗的“禅”》，《华文文学》，2015年第1期，第69页。

似乎已在他的心中”。“我”恍然大悟，“佛法的要义在生活实证上要发菩提善心”“心灵向往佛国……明日的泰国会更美好!”儿子完成了出家与还俗的蜕变，让“我”醒悟当和尚并不是最终的目的，泰国文化中当和尚的习俗只是一种发掘人们菩提善心的手段，那么只要每一个人在现实生活中都能一心向善，那佛就在人们的心中，自然也能实现“明日的泰国会更美好”的愿望。这里，“我”的醒悟也似乎表明曾心找到了中华文化中的老庄哲学与泰国佛教文化的相通之处，两者殊途同归，在交流与碰撞中和谐共生，并最终导向同一个大善与大爱。

曾心将这种“和谐共生”比喻为取“中和”而行的“圆”。他说：“地球是圆的，太阳是圆的，星球是圆的，一切生灵的眼珠子都是圆的。‘圆’是代表完满的象征，最美丽，最极致。”[①] 同时他也将“天人合一”，万物都是与人类平等的、有佛性的生灵等多元思想所孕育的大善与大爱投射到人与地球万事万物的关系上。人与自然和谐相处成为他的一个重要主题。在《大自然的儿子》中，“儿子”栖居在一片类似于沈从文的边城一样的美丽世外桃源之中，“清澈的水路旁，漂浮着簇簇的水浮莲，还有一些不知名的青青水草。岸上全是茂盛的水果林。在田垄里，散长着一株株随风婆娑的高高椰子树。临溪孤立的高脚木屋，倒映在水中”。这里的一切都是那样自然天成，充满生机。主人公便是在这样的环境中长大成人，成为一个“年且百岁，而尤有壮容”的健壮的老人。这位老人一生躬耕稼穑，这种劳动不是破坏大自然，限定大自然，而是以大自然的儿子的身份照料和看护大自然，“这种有着自律性的生活方式自动地维护了大自然的自闭性、不可侵犯性和不可耗尽性，对大自然母亲毫无损害”[②]，老人家生于自然，长于自然，他的一切衣食住行也已经离不开自然了。可以看到，主人公住的全是木头盖起来的在作者眼里像古董一样的木屋；农具是竹斗笠、竹箩筐和小推车；而食用的也是大自然的赠予：芭蕉根老烟筒装的自家种又自己自制的烟丝。老人家巧妙地利用田间地头随处可见的“土人参”来强身健体。扭到脚了，乡下不好请医生，便利用艾叶下酒炒热敷在伤处，结果第二天便好了。用含碱的水洗衣服而不用肥皂，却也能将衣服清洗干净。在大自然中他生活得其乐融融，年过九十依然能够下地劳作，这便是大自然的神秘和恩典。套用书中的话来说：“他的可尊可敬，在于热爱大自然，熟悉大自然，了解大自然，领受大自然的赐予，成为大自然的真正的儿子。”

---

① 曾心：《大自然的儿子》，昆明：云南民族出版社，1995 年版，第 9 页。

② 魏先努：《在本源处栖居——曾心的散文〈大自然的儿子〉评析》，《华文文学》，1998 年第 2 期。

曾心也抒写人与动物的大善与大爱。如《刘扬和他的动物朋友》写道：“狗与他的主人间既奇妙而有趣的世界——主人爱狗，唤之为‘好兄弟’，而狗也爱主人，当他的安全保镖。”《卖牛》则以深情的笔调写出了人与动物的情感。《孟子·梁惠王上》中有一段文字：“老吾老以及人之老，幼吾幼以及人之幼。”而曾心更是将这个道理从人类推及动物。主人公乃仑像爱护自己的孩子一样爱护着那头小公牛，得益于他的照料，小公牛长大后像一头大象那样强悍。而这头牛也比人类显得更有感情，当乃仑病倒时，小牛含着泪用舌头苦苦舔醒了主人。一人一牛的感情如此深厚，然而，乃仑却比牛老得快。他想在自己死之前给牛预先做好安排，颇有种托孤的意味，这就是卖牛的原因。而乃仑对于那些出价三万五万不止的人却不卖，原因在于那些人是拿去屠宰场，而有人说明买牛干农活，牛要是死了答应把它埋了的人，却能主动降价到一万成交。乃仑对于牛的爱护之情显示的正是曾心对于人与动物，人与宇宙和谐共生的理想。与之相应，曾心也隐隐流露出对于人类破坏大自然、残害动物的隐忧。《龙腾虎跃》中写了“鳄鱼全席”，第一道菜是“赛熊掌”即鳄鱼掌，第二道菜是“滑溜鳄鱼舌尖”，第三道菜是“酸辣鳄鱼丝”，第四道菜是“串烤鳄鱼肉”……“一道一道菜肴，都离不开鳄鱼，从舌到掌，从头到尾，每一‘精美’部分都尝到了，假如把所吃的各部分浓缩起来，就是岂不是盘中的一条完整的鳄鱼吗?”一道道菜，众人都欢声笑语地品尝，曾心却陷入了痛苦的沉思。

可以说，由文化“和谐共生”造就的中正和谐、大善与大爱是曾心创作的核心价值取向和美学追求，也许正因为如此，曾心的作品带有一种“宽容敦厚，慈爱和谐”的韵味。如《无缘》：“她要进来/伞还没打开/我请她进来/她自己的伞已打开/两把伞越走离得越远/一把向左一把向右”。浪漫的雨中伞渐行渐远，不仅富有画面感，而且淡淡的惆怅，哀而不伤，表现出崇尚隐忍，推崇内心安宁的审美取向。泰国华文作家协会会长司马攻在《和谐敦厚，质朴清新——序曾心〈大自然的儿子〉》中认为：“在描写和叙述方面，曾心笔下颇有分寸，他以朴实真切的笔调，客观地、冷静地勾画出生活中的人物与发生的事件。”[①] 古远清在《曾心的“医学散文”》中谈到，曾心的作品始终流露出一股中庸之道，具有中正和谐的艺术特色。凌鼎年的《激浊扬清显真心——曾心微型小说浅析》提到曾心的小说创作纤巧韵致，具有散文的调子和克制的抒情。曾心创作感情丰沛，他在芸芸众生中撷采生活原型，用意却不在表现生命如何炽热，矛盾如何激烈，而是展示对平淡岁月中的那一抹爱

① 曾心：《大自然的儿子》，昆明：云南民族出版社，1995年版，第2页。

与善的追逐，具有温婉中庸的情调。

综上所述，游走于中泰文化之间的曾心，虽然也可以归为流散作家，但与库切、奈保尔等典型的流散作家不同，他笔下不再有那种对于自我身份认同的强烈焦虑感和文化上无所归依的漂泊感，而字里行间流淌着对于原乡的深深眷恋之情和对于居住地温情脉脉的留守。他将自己宽容温厚的处世哲学和救死扶伤的医生职业所形成的宅心仁厚运用于文化身份的选择与归属之上，将泰国佛教文化与中华传统文化中的老庄哲学、中庸之道、禅修等一并收入囊中，在铭记自己文化之根的同时也努力打造异域文化印记，并在对人间大善与大爱的审美抒写中完成了两种文化身份的“和谐共生”。

知识的灵性

——论张翎《金山》《流年物语》

李　璐*

摘　要：在加拿大籍华文作家张翎的《金山》与《流年物语》两部长篇小说中，知识在特定的历史语境里增添了某种“灵性”的意味。本文透过对作品人物与情节的梳理分析，关注其中以伤疤、死亡、疾病等肉体不同程度的损耗为表征的历史语境，特别是对相应的知识携带者的理解，以探讨知识与历史的互动与关系。进而得出，在张翎的书写中，当其面对来自历史的种种压力与威胁时，知识往往带有“灵性”，超验地辗转于历史与个体命运之间，透出某种幽微而神秘的力量。

关键词：张翎　《金山》　《流年物语》　知识　灵性

由作品前的简介以及一些序言拼凑起来的张翎，不仅是一个 20 世纪 80 年代就出国留学的知识女性，收获了“英国文学以及听力康复学两个硕士学位”，“定居于多伦多”，“曾为注册听力康复师”②；另一方面，她还是一个以细腻情感来揣摩爱情并付诸文字的华文作家，从“江南三部曲”（《望月》《交错的彼岸》《邮购新娘》，1998—2004），到后来的《金山》（2009）、《余震》（2009）、《阵痛》（2014）、《劳燕》（2017）等中长篇小说，展现了一个江南作家笔触的灵动韵致，同时也不乏移民背景下的人性彰显与情节起伏。其中，据《余震》改编的电影《唐山大地震》，获得了包括亚太电影节最佳影片和中国电影百花奖最佳影片在内的多个奖项，也让读者与观众有机会将目光聚焦于灾难文学。

实际上，除了展现天灾（《余震》）人难（《劳燕》）境遇之下的具体故事

* 李璐，四川大学文学与新闻学院 2018 级博士研究生。

② 张翎：《金山》，北京十月文艺出版社，2009 年，作者简介页。

外，张翎小说一个突出的特点则是在人物历史语境下对知识分子命运的关注。在或宏阔或具体的历史背景叙述中，作者以细腻的笔触，通过个性化的叙述，勾勒出一个个具有独特性格的人物形象，并使读者得以看到一个个贴近心灵的情感故事。而在这些故事的缝隙中，不无流露出某种有关知识处境的痕迹。出于一种对历史的完整性的考量，笔者选取了《金山》和《流年物语》两部作品作为主要论述对象。试图从家族史与个人史这两种形态历史的对照中，窥探张翎小说中有关历史与知识二者的博弈，以及在极端的历史条件下知识生发出怎样的存在状态。

对于《金山》来说，这应该是作家耗费精力和人脉最多的一部作品，不论是从对各个历史时间节点的确定还是对相关史实的查证上，都可以看到作者为还原历史细节所做出的努力。于是我们得以用“一个家族的移民史”来对其进行总结式的概括。另一方面，《流年物语》显然并不具备《金山》的这种历史跨度，更缺少家族史的复杂血缘关系。但诚如福柯所言，“在实证性的历史背后，出现了人本身的更彻底的历史……人认识到自己不仅在自己周围‘有’其‘大写的历史’(de l’Histoire)，而且人本身，就其特有的历史性而言，就是一种人类生命的历史、一种经济学的历史、一种语言的历史据以得以勾勒的那个东西”[①]。《流年物语》的着力点正是集中于一个单独的个体“人”之上，尽管作者坦言《流年物语》“很难整理出一个鲜明的主题”，但并不妨碍我们确定其中某个人物的人生脉络，这里选取的则是小说中“刘年”作为“历史”与“个体”的交叉点。

值得一提的是，张翎的小说叙事一直都存在一种“人物丛生”的网状结构，或采取“悬置主人公”(如《交错的彼岸》《劳燕》)的叙事策略，这样的叙事手法通常会令一些习惯了围绕单一主人公进行集中叙述的读者或是评论家感到一丝不适，但也因之而获得了别样的阅读体验。之所以简单地提到张翎的叙事，是由于在《流年物语》中作者不仅结合了先前的“散点”叙述，同时又以“物语”(即以某种事物来承担叙述视角)增加了叙述的经纬，在叙述形式上也可看作对既有叙述手法的一次突破。另一方面，与《金山》相类似，《流年物语》也加入了确定的年份，在选择“物语”之“物”的同时点明了“物”的叙述或活动时段(点)，“物”也成为历史的见证者，形成对《流年物语》中“流年”二字的呼应，不知是否也是一种对名为“刘年”的主人公的双关呢?如果这种双关性成立的话，我们似乎可以省去一些有关“孰为

---

① 米歇尔·福柯:《词与物——人文科学考古学》，莫伟民译，上海:上海三联书店，2002年版，第482～483页。

中心人物”的争议，暂时将目光锁定在“刘年”身上。这样一来，《流年物语》则可用“刘年的个人奋斗史”来进行概括。

由此，从《金山》与《流年物语》中我们得以梳理出“方氏家族移民史”与“刘年个人奋斗史”——前者以整个家族的兴衰诠释，后者则以普通个人的命运起伏演绎，在这样的对照中，挖掘其中历史带来的对家族以及个体的不同形式和程度的压迫与威胁，并探寻在其中“知识”所呈现的潜在的共通性。

对于极端历史环境下所显露出来的这些“压迫与威胁”来说，与王德威《历史与怪兽》一书致力于讨论现代化进程下精神机制所衍生出来的加诸国人的图腾与禁忌不同，张翎小说则主要集结于“天灾人祸，如战乱、革命、饥饿、疫病等所带来的惨烈后果”[①]，以及伴随其中的思想、伦理等因素造成的对个体生命的不同程度的消耗。

一、家族史上的生存危机

对于第一代移民方得法来说，来自家族的压力以父亲的亡故为肇始。当一家之主的父亲方元昌因过度吸食鸦片去世后，长子方得法承担起了拯救家族的使命。而在19世纪末期，鸦片战争过后，中国同西方世界有了密切的联系，地处沿海的广东开平成为鸦片首当其冲的肆虐地。鸦片战争成为铭刻在国人记忆中的历史事件，出现在小说中的“吸食鸦片”也成了有章可循的历史标志事件，当毒品与父亡两者建立联系时，则构成了一种精神隐喻，使得即将承担挽救家族命运的方得法产生危机。换句话说，不论是对中国历史产生灾难式冲击的鸦片战争，还是对方氏家族造成毁灭性影响的父亲（因吸食鸦片）亡故，可以看到，鸦片在历史上都成为对生命构成严重威胁的革命信号。正是在这种压迫性的推动力之下，大到国家历史、小到广东方氏一家，均被卷入了生存危机之中。

落实到方家长子方得法身上，则不得不中断原本凭借读书跻身士人行列的计划，而选择到一个想象中的西方世界——大洋彼岸的金山——寻找延续家族命运的地点。

> 星星落下去的那个地方，就是金山吗？金山到底是个什么样的地方，能让红毛伯变成这样体面的人呢？红毛伯那六个沉甸甸的大木箱里，是

---

① 王德威：《历史与怪兽——历史·暴力·叙事》，台北：麦田出版社，2011年版，第5页。

否装的都是金山来的金子?[①]

而这样想象的产生,离不开由自身知识体系出发建构而成的憧憬。方得法眼中的红毛伯,是一个被他称为"体面"的人,红毛带来的不仅仅是财产与物什,更有本土子民对西方世界的幻想。如红毛对女人的要求就带有典型的西方女性标准:

红毛不喜欢女人缠足,红毛喜欢身材高挑丰满的女人,红毛喜欢女人多少识几个字。[②]

从外貌体征到对文化素养的要求均体现了西式的女性审美观,而最关键的莫过于对"识字"的要求,女性所具备的知识的多寡成为婚嫁标准,这不能不说是红毛的思想"体面"的表现。于是摆在方得法面前的,一个是西方传入的鸦片,另一个则是红毛所代表的朦胧的文化想象,二者共同推动他走上了跨洋的道路。

然而迎接他的前景依然不容乐观。华人移民仅仅作为底层的劳工而存在,薪水微薄、忍饥受饿是生活的常态,直至修铁路时达到了生存危机的顶点。红毛在入山放置炸药的时候惨死,方得法则留下面部的长疤,历史对个体的压迫此时以毁灭和破坏肉体的方式显露出来。家庭的败落与贫困激发了方氏移民的动力,但在这背后又是一种怎样的动力,将方氏一家从方得法,再到二代移民方锦山、方锦河,推向了遥远的大洋彼岸呢?

尽管作者坦言自己"并不打算叙述一段弘大的历史",而是致力于"把关注点转入一个人和他的家族命运上","在这个枝节庞大的家族故事里,淘金和太平洋铁路只是背景,种族冲突也是背景,人头税和排华法案也是背景,二战和土改当然更是背景,真正的前景只是一个在贫穷和无奈的坚硬生存状态中抵力钻出一条活路的方姓家族"[③]。作者聚焦于家族中的一个个人物,然而这些人物的命运却无法与上述的背景脱离干系。同时这些作为背景的历史,还充当着另一个可怖的角色——滋生压迫的土壤。这里的压迫并不仅限于肉眼可见、实体化了的激烈冲突或是身体、言语上的伤害,同时还渗透在思想文化层面,以精神枷锁的形式施以戕害。或者也可以说,当我们在接触作品中所描写的种种残暴行为或是精神创伤时,是否会想到要从历史的缝隙中窥视个中原因?毕竟,百年前鲁迅关于历史"吃人"断言的延续性和有效性还依然存在。

---

① 张翎:《金山》,北京:十月文艺出版社,2009年版,第25页。

② 张翎:《金山》,北京:十月文艺出版社,2009年版,第23页。

③ 张翎:《金山》,北京:十月文艺出版社,2009年版,序言第5页。

诚然，作为中国众多家族之一的方氏家族，其移民的初衷总离不开寻求自我与国家生存的双重使命。方得法在学贯中西的欧阳明教导之下意识到了“以夷制夷”的重要性，后来便毁家纾难式地卖掉洗衣行以资金支持保皇党活动；其子方锦山在踏上金山土地不久即卷入革命风潮，在起哄般的革命中被莫名地减掉了辫子以至自我“流放”；次子方锦河则是在第二次世界大战中捐赠资金以支持抗战，并在战争胜利前夕因“身份暴露，为国捐躯”。留守大陆的妻子关氏在这场漫长的家族移民中承担了丈夫与儿子先后缺席的后果。通过整个方家移民史，我们看到了不得不一再通过自我牺牲、压抑、伤痕的形式，不停地为着延续家族命运、更为着延续国家乃至天下命运的方氏子民。那么究竟是什么力量在指挥、促使甚至逼迫方氏父子做出这样多次的毁家纾难的抉择呢？

从思想背景上来看，方得法作为清末接受了中西方文化知识同时又秉承家国情怀的代表人物，在情感上无法摆脱的便是笼罩在传统国人思想之中的家国天下共同体的思想体系，时刻左右着家族中的重大抉择。许纪霖在《家国天下》中说道：

> 所谓的家国天下，乃是以自我为核心的社会连续体。但传统社会的自我，并没有现代意义上的本真性或自主性，其意义不是自明的，每一个自我都镶嵌在家国天下的等级性有机关系之中，从自我出发，逐一向外扩展，从而在自我、家族、国家和天下的连续体中获得同一性。[①]

当承担家庭使命，同时面对西方文明入侵，甚至对家庭造成了严重破坏的情形之下，方得法的移民在某种意义上获得了政治意味。而沉淀了几百年的家国天下连续体思想显然极大地影响了方得法，成为其接下来政治行动的思想根据。从这一意义上可以说，以方得法为首的父子三人为了寻求自身的意义而实践着这一内在化的家国天下共同体思想。

正是在历史上沉淀下来的思想模式成为父子三人的政治行动的开关，伴随着他们这样或那样的政治决定。如蝴蝶效应一般，政治决定过后又牵涉着家庭的生存状况，于是我们便看到了，当方得法卖掉洗衣行以支持保皇党后，自己再次沦落为底层劳工，陷入饥饿境遇，同时更使得大洋彼岸的家庭不得不受到经济压迫；方锦山因卷入孙中山的革命而被施以剪辫的“身体革命”，不得不为了摆脱父子之间的伦理挑战而逃避他乡；方锦河则为了践行其政治抱负而参军杀敌乃至最后牺牲。父子三人的种种政治行为均体现出为了在家

① 许纪霖：《家国天下：现代中国的个人、国家与世界认同》，上海：上海人民出版社，2016年版，第2页。

国天下共同体中实现自我认同而做出的努力，甚至承担了努力过后留下的——不论是饥饿、身体的不完整或甚至毁灭——痕迹。由这些伤痕反推，则不难发现这种思想历史所形成的精神羁绊。

另一方面，对于留守家族的女性关氏来说，她不得不长年忍受丈夫与儿子的缺席之憾。造成这一缺席现象的原因首先是来自伦理道德上的——年迈失明的婆婆需要人照顾；其次则是经济上的短缺，即方得法时断时续的资金补给总是无法凑够人头税；最后，政策上的“排华法案”彻底形成了夫妻之间的阻隔。以上种种原因均构成了婚姻的撕裂，即便是等到最后所有的桎梏统统撤销时，则不得不面临方得法生命的告终。在这场漫长的家族移民史中，面对这种婚姻的撕裂，关氏不得不耗尽一生等待团聚，这又怎能不构成一种深刻的精神伤痛呢？

除此之外，方氏家族中，方得法之孙谢怀国在抗日战争中被不幸炸亡；关氏、方锦绣、墨斗和谢怀乡则在土改中沦为财产的陪葬，诸如此类，亦是在严苛而极端的历史环境下造成的一次次悲剧。

二、个人史中的隐形威胁

相较于《金山》旁支迭出的家族史命运，《流年物语》所书写的个人史则较为明晰。对于刘年来说，在其个人命运史之中，他需要承担来自肉体与精神的双重极端化威胁，主要以早年的饥饿、羞辱，事故中的断指以及后来的疾病与病故为表征，且更多地以较为隐形化的精神挤压的形式存在。在此之前，我们先关注下历史带来的对于个人肉体上的威胁形态。首先就是饥饿。饥饿是众多身体问题中难以回避的一个问题，属于一种肉体上的慢性压迫。在大的历史背景下，刘年一家被摆放在了一个极端贫困的生活境遇之中。来自家庭的沉重经济负担从小就压迫在刘年的肩头，这将成为日后其他形式威胁的隐患与集结点，饥饿带来的肉体受损造成了长期性的精神负荷，致使解决经济问题成为伴随刘年一生的情结。即便是日后成为发财的“刘总”，但解决遗产问题又成为刘年心头的牵绊之一。

此外，刘年还不得不承受来自伦理上的束缚与捆绑。承受父亲去世后整个家庭的生存重担，与妻子全力的“被安排”的婚姻，与妻妹全知的微妙情愫，以及后来与尚招娣之间的婚外情，使得刘年一直处于一种被挤压的生活与情感状态之中。斯宾诺莎在《伦理学》中说：“人在控制和克制情感上的软弱无力成为奴役。因为一个人为情感所支配，行为便没有自主之权，而受命运的宰割。”[①] 事实上刘年这一形象则展现了一个被家庭伦理关系与道德碾压和奴役之下的生命状态。终其一生，不论是少年的饥饿之苦、校园中的羞辱、工作中的事故、后来不和谐（与妻子全力）或是不稳定（与情人尚招娣）的两性状态、与女儿的激烈冲突以及最后突发的死亡，刘年的一生都处于一种精神压抑之中。

苏珊·桑塔格在《疾病的隐喻》中提道：依据有关癌症的神话，通常是对情感的持续不断的压抑导致了癌症。[②] 表面上看来，刘年的病殁仅仅是普通个体生命的正常终结。但当我们的目光集中于作为个体生命的刘年身上时，不禁会使伴随在刘年周遭的不同形式的对身体的摧残放大。这些摧残或许与历史上的革命、战乱、天灾人祸无关，却是某些特定历史环境下对个体的投射，这种投射渗透到具体的日常生活中，以（某种慢性的）疾病为表征对肉体施加侵犯。值得一提的是，疾病的肉身性同所患疾病之间也存在一定的关联。在一些情形下（譬如刘年的癌症），癌症攻击身体的一些令人羞于启齿的部位（结肠、膀胱、直肠、乳房、子宫颈、前列腺、睾丸），身体里有一个肿瘤，这通常会唤起一种羞愧感。[③] 或许从有关对疾病隐喻的探讨中，我们也可以捕捉到一些肉体遭受威胁与挤压的痕迹。

三、知识的灵性

福柯在《知识考古学》中指出：“这个由某种话语实践按其规则构成的并为某门科学的建立所不可缺少的成分整体，尽管它们并不是必然会产生科学，我们可以称之为知识。”[④] 从中可看出，致力于从广泛的意义上来定义“知识”的福柯强调了科学之于知识的重要地位。知识离不开科学，这一点是毋庸置疑的，而科学自身所携带的逻辑性与理性对知识话语来说也同样有效，并且由于“知识，也是一个空间，在这个空间里，主体可以占一席之地，以便谈论它在自己的话语中所涉及的对象”[⑤]，主体性也通过知识而得以彰显。

在张翎的小说叙事中，知识形成的主要途径则是教育。于是我们会从《金山》中所描写的方氏家族成员中看到——受过私塾教育的方得法及其二

---

① 斯宾诺莎：《伦理学》，贺麟译，北京：商务印书馆，1983 年版，第 166 页。

② 苏珊·桑塔格：《疾病的隐喻》，程巍译，上海：译文出版社，2003 年版，第 21 页。

③ 苏珊·桑塔格：《疾病的隐喻》，程巍译，上海：译文出版社，2003 年版，第 17 页。

④ 米歇尔·福柯：《知识考古学》，谢强、马月译，北京：生活·读书·新知三联书店，1998 年版，第 236 页。

⑤ 米歇尔·福柯：《知识考古学》，谢强、马月译，北京：生活·读书·新知三联书店，1998 年版，第 236 页。

子、“顺带”被私塾先生指点过的关六指、到学堂念书的方锦绣、在加拿大读到中学的方延龄，以及后来成为社会学教授的艾米·史密斯（方延龄之女）。同样，《流年物语》中也不乏接受过教育的人物，如京城名牌大学毕业生叶知秋、当过知青的全力、家里唯一上过学且念到中学的刘年等。与此同时，我们还会在张翎的小说中看到一个比较明显的书写痕迹，即在故事展开的预设背景中，生活在其中的人物均对知识有着一种饥渴的倾向性。譬如《金山》中方得法对关氏的爱慕中有相当成分的对其身上所流露出来的知性气质的向往，《流年物语》中刘年与全力的交往首先就表现为学生时代知识的交换，全崇武（全力之父）对叶知秋的爱慕中亦带有一种对知识女性的渴慕，等等。

这里笔者所打算做的，便是从人物命运的褶皱里捕捉极端化的历史语境如何对知识施加作用，目光便聚焦在肉体所遭到的不同程度的破坏上。张翎在其小说的叙述中，更倾向于表现极端历史条件下知识的“喘息”状态。换句话说，这些不同层次的知识携带者（知识分子）以其自身的生命史展示了知识在被挤压时所显示出来的幽灵一般的神秘气场。这里，知识从来不现身，却无处不在。于是我们会看到，《金山》中方氏父子俨然“中蛊”一般为家国政治而做出这样那样的牺牲——方得法卖店以资金支持保皇党改革，方锦山对洪门冯先生的推崇，方锦河参军，后面方锦山欲将自己的孩子卖与他人以获取资金而支持抗战……而这之中，尤以方锦河的牺牲最甚。它不仅意味着方氏子孙所达到的最高形式的政治行为，同时代表着战争对个体生命的彻底摧毁。另一方面，知识的这种灵性在《流年物语》中得到了进一步的放大。即作者在叙述方式上采用了让不同时期不同事物（河流、戒指、麻雀、老鼠、手表等）来作为叙述者，而在移交叙述话语权的过程中也确证了知识话语中“灵性”的存在。

或许通过考察作者的教育背景可以窥测其端倪。张翎作为一个毕业于复旦大学外文系，后赴加拿大留学获得两个学位的作家，在相对完整的教育经历下，知识的积累与沉淀已然成为其生命的常态，因而也天然地成为其笔下众多人物的常态背景，成为其作品中所流露出来的一种人文背景。

（一）伤疤的故事

《金山》中，因修太平洋铁路需要事先放置炸药以通山，方得法在红毛炸山未遂后主动上前，获得一张银票，却因此脸部受到重创，留下了一道长疤痕。在此之前，这一项任务已经送掉了两条人命，并导致红毛受重伤（后因治疗不足而亡），但为了能够换来生存的资金，方得法不得不抱着以命换钱的态度承担了这项任务。任务的完成是以三条人命和一道永久伤疤为代价的。后面作者特别提到，在铁路修通后的庆功宴上，“穿着黑色燕尾服的人们在酒杯撞击声的间歇里高声谈笑，照片和新闻正化为铅印字画，飞快地爬上了各式报刊的头条栏目……在所有的照片和新闻中，没有人提起修铁路的唐人，一个也没有”[①]。方得法的伤疤则代表了一种活着的历史，以其存在见证了太平洋铁路之下众多无名华工的亡魂。伤疤更是排华历史和种族偏见下的存在。

方得法决定以命来换钱，是经过考虑和计算的。在家时，他不懂任何劳作，甚至连作为农民的种田技能也非强项，而到了海外，为早日购置田产，他必须以胆量和侥幸去搏一搏。很难说是受到了教育或是精明的头脑让方得法在爆破任务中侥幸地捡回一命，但我们看到的却是，正是由于除学识之外的生存技能的缺失，方得法才不得不承担高风险而高回报的爆破任务。这样一来，肉体上的伤疤成为极端历史条件下的产物，也成为对知识的一种嘲讽。

而历史又是怎样的历史呢？前文提到，作者有意将历史调整为远景，即将种族矛盾（和歧视）设置为铁路工头和华人劳工之间的个人矛盾，但我们仍不能就此而忽略掉那段对于国人来说暗淡而悲惨的华工史。自 19 世纪 50 年代首波华工因淘金热进入美国，排华的情绪逐渐萌芽，其后随着华工人数在美国西部各大矿场的增长，排华律法及针对华人的各式暴力活动也随之增加，其中以 1882 年《排华法案》的制定集其大成。而由于美国《排华法案》的通过，大量华人涌入英属哥伦比亚省，进而导致人头税提升，乃至后来的加拿大也公布了排华法（1923 年），禁止华人入境。排华意识的产生和升级，首先是由于经济层面上，认为华工“甘为苦力，忍受剥削，领取低薪，造成美国欧裔劳工薪水低落或被迫性失业”[②]。上升到主流社会，华人的负面形象被塑造，成为排华意识形态的基础。华人被视为不能融入美国社会的“孤乡客”，其外观、衣着、语言、文化与生活习惯等显著差异，皆为排华运动者用以指称华人为低等民族的口实。[③] 足见排华意识已然由早期的种族之间的差异与敌对上升为一种带有普遍性的意识形态，进入到历史语境之中，成为国族之间的压迫来源之一。

身为众多移民华工之一的方得法，也同为这种压迫之下的牺牲品。早期的私塾教育与突然的家道中落使得一个原本有望成为“举人”的方得法一时之间不得不迅速转变身份为出卖苦力的劳工，在忍饥受冻中想方设法积累财富。劳工中唯一能够识文断字的方得法或可视作劳工中的知识分子，也正由

---

① 张翎：《金山》，北京：十月文艺出版社，2009 年版，第 62 页。

② 洪玉儒：《美国排华意识的形成及其研究发展析探》，《兴大人文学报》，2017 年第 59 期，第 194 页。

③ 洪玉儒：《美国排华意识的形成及其研究发展析探》，《兴大人文学报》，2017 年第 59 期，第 195 页。

于此，他不得不铤而走险，伤疤也就成为一种对知识的嘲讽。这里我们看到的是一种原本应作为依托或是生存技能之一的知识被严酷现实阉割的情形。

同时，我们也看到，疤痕不仅是伤口结疤后留下的生理痕迹，也是身体用以证实、同时也告别伤害的一种方式——不论这伤害是人为的还是意外造成的。伤痕是一种记号，指向身体非经自然的割裂或暴露，最终又得以痊愈、弥合的痕迹。在检视个体的伤痕的同时，记忆被唤醒，一个隐含的叙事于焉成形。[①]

方得法脸上的伤疤正是这样的一种历史记号，它既可唤醒当年所受到的残酷压迫，又为重温当年的记忆提供注解。曾经的那份对知识的嘲讽早已烟消云散，取而代之的则是一条符号化了的伤疤，成为儿子方锦河与金山云认出方得法的标志。同时，这份创伤记忆的背后，亦无声地宣布了早年所接受的教育知识对于谋生的“无效性”（至少呈现出一种不匹配性），而伤疤便在某种意义上成为知识“亡灵”念兹在兹的回归现场。

（二）生命的消亡

在历史中，最极端的压迫与威胁莫过于肉体的消亡。这里想要提到的则是《金山》中方得法次子方锦河的阵亡与《流年物语》中叶知秋的自杀，两者都可视作生命的主动牺牲。而二者不同之处则在于，方锦河的参军首先作为其自身的一种政治选择，在这一选择中包含了对前景的期待。联系前面其父方得法捐资支持保皇党以及其兄对革命的主动接近态度的行为，不难发现方氏父子均在个体的命运中自觉或不自觉地注入了一定的政治抱负，尽管作者仅将历史做远景处理，但仍无法回避特定历史条件下——尤其是处于战争时期——国家命运与个体命运的依附关系。

在战争的背景下，历史的威胁表现为对肉体大范围的毁灭与破坏，那么这样的历史条件下知识又是以怎样的面貌呈现的呢？这里并不是要以一种精英主义的视角来判断，接受过教育的方氏父子较于未接受教育的普通大众会具有较高的道德觉悟与主动请缨参战的人道主义关怀，而更多是基于作者所展现出来的叙事倾向。作者将方氏家族设定为一个在动乱背景下挣扎的知识分子家庭，从方得法、关六指夫妇起，就是重视文化教育的家长形象。尽管同沉重的历史相比，知识在其中发挥的作用并不明显，却俨然幽灵一般潜移默化地蕴含在方氏父子的重大抉择之中。

这里穿插笔者对《金山》中“知识分子家族”这一概念的界定，之所以用这个词来描述，以下几个方面的原因：其一，方氏一家对于知识的尊崇与重视（这一点既是原因也是表现）；其二，方得法的移民动机除为家庭摆脱经

---

① 王德威：《历史与怪兽——历史 · 暴力 · 叙事》，台北：麦田出版社，2011 年版，第 244 页。

济困境外，还带有对西方文明的向往，对“体面”的憧憬；其三，老师欧阳明对方得法的教育带有特定时代下的启蒙意义，尽管这种启蒙尚不充分，但使得方得法具有了一定的反思精神，进而影响了其自身知识和思想的建构。而作为第一代移民的方得法在其婚娶选择和对后代教育的关注上则无不显示出一个知识者对文化知识的重视。这种对教育的重视与对知识的尊重息息相关，于是这一思想意识灌输在整个家族的思想之中，形成了一种较为稳定的家族基因。

回到本节的论述中来，实际上甚至可以说，正是在战争这样一个极端的历史条件下，消弭了知识者与普通大众、文明与愚昧、进步与落后之间的差距，代之以生命的平等姿态。于是个体与历史之间的矛盾便以个体生命抵抗压迫与威胁的形式显露出来。但我们不能忽视的是，小说中的方锦河与战争之间并非属于一种“绝对抵抗”，而是以主动的方式加入战争，在这一关乎个人命运扭转的抉择上，其背后呈现出复杂的交织情绪——不仅有来自外在现实的种种冲击和压抑，同时更有来自内心的可能潜伏已久的价值取向。而在后者的建构过程中，其所接受的教育和知识实际上一直以“幽灵”般的形式内隐在生命个体的精神思想之中，作为其种种行为和选择的深层动因。

既然如此，当面对来自历史的不论是深重的动乱或是残酷的战争，个体均以平等生命的形式接受，那么内化于个体精神和命运抉择之中的知识又是怎样表现出自身的意义与价值？小说中有三点比较值得注意。其一是方锦河的主动参军。这里我们不能说但凡主动参军报（保）国的民众（包括知识分子在内）都具有一定的知识文化水平或是较高的政治思想觉悟，但被设定为知识携带者的方锦河的这一主动姿态则在某种意义上带出了知识所赋予的主体性身影，即这样的一种“主动”实际上表明了知识主体对自身命运的权衡与支配。其二是方锦河的来信中对侄女方延龄读书考大学的期待，认为读书考入大学可为“我方家争得头脸”。从中不难看出，这种对知识的追求中还包含了对家族尊严的追求。其三是后文中所描写的抱着装有方锦河军装和军帽的木匣子的方锦山在奥菲姆剧院赢得了迟来的对华人的认可与尊重。如果我们结合当时（1947）的实际历史背景，可以看到，加拿大后来鉴于华人在第二次世界大战中的杰出贡献，国会废除了排华法案，便会发现这一官方的认可同时更意味着对华人所代表的民族及其文化的认可。换句话说，当战争消灭了肉体，作者以这样一种“招魂”叙述，官方亦承认了方锦河及其所代表的他国文明。另一方面，在作者笔下，这种“招魂”式的官方认可亦可视为对肉体毁灭之后、曾经对知识怀有向往的精神的超度。

综合这三点来看，当我们关注知识的存在状况时，通过方锦河的主动参军与不幸阵亡可以看出，知识一直以幽微的姿态伴随其中，并最终化为方氏家族念兹在兹的情结。而仅就战争带来的暴力与肉体消亡而言，作为知识者（知识携带者）的方锦河的牺牲在某种意义上也折射出，当面临极端性的历史环境时知识的萎缩与无奈。

《流年物语》中，叶知秋的自杀让我们再一次思考历史与知识之间的互动关系。叶知秋是京城名牌大学的毕业生，无需论证负担得起“知识分子”这个称呼。小说又是以怎样的叙事来书写一个向她磨刀霍霍的历史背景呢？首先就是“反右派”斗争，叶因丈夫之累，“被下放到了温州城”。紧接着就是饥荒。叶知秋为了能够为劳改的丈夫提供营养品而缩减自己的口粮，最终成为厂里第一个饿倒的人。其次就是“文化大革命”中的人格受辱，成为一个被批斗为“破鞋”的对象。作为大背景的历史一再地显示出自己的威力与强度，同时在叶知秋本人的生命历程中，与全崇武的爱情也成为交织在一起的历史的一部分。有关成为压倒叶知秋生命的那最后一根稻草以及其间种种可能的具体动机作者并没有予以介绍，但从上述叶所经历的种种历史事件中不难发现历史对个体生命的威胁痕迹。

作为典型“知识分子”的叶知秋在小说中被塑造成了一个美丽、自尊而有个性的女性形象，无论从衣着还是口吻都显示出与现实的格格不入，或者说是个人主义精神的彰显与当时集体主义时代环境的龃龉。于是，叶知秋所带来的女性魅力也是一种潜藏的危险，不仅成为对全崇武的“诱惑”，更为其后来的命运埋下伏笔。而对于全崇武来说，叶知秋展现出一种“诱人缪斯”一般的吸引力，成为其灵与肉的双重供养者，即她不仅是肉体上的理想女性更是精神上的知识引导者。

然而当面对特殊历史语境时，这样一个带着知识分子光环的女性形象却遭遇了致命的危机。值得注意的是，在作者笔下，死去的叶知秋又成了一个勾连起全崇武、朱静芬夫妇及其一双女儿的幽灵似的存在。叶的自杀之夜成为笼罩在全知、全力两人心头上挥之不去的阴影，更对全崇武造成了精神上失重的打击，朱静芬似乎也难逃被诅咒的心灵折磨。这里，镀以知识光环的叶知秋以幽灵形象时隐时现地伴随在与之相关联的人物的精神之中，或许对于那段曾经对她加诸威胁与压迫的历史来说，这不仅是叶知秋的一次“魂归来兮”，也是知识的一次“借尸还魂”。

在《金山》与《流年物语》中，张翎不遗余力地塑造了“方锦河”和“叶知秋”这两个人物形象，从某种意义上我们也不难看出小说人物对历史现实的折射。这里之所以将二人置于“极端历史境遇下肉体的毁灭”这一框架之内，不仅在于二人在小说中生命的非正常消亡，还在于正是在这样一种消亡中我们得以窥测出，这两个人物形象较大限度地发挥了自身对生命的支配权，以一种对肉体消亡的主动性表达了对眼前生活的否定。

当然，当我们结合小说中所设定的历史背景，不难判断出两人的悲剧结局存在着一定的差异。《金山》中的方锦河参加战争，这种行为背后还带有充满政治抱负的理想主义色彩。尽管他的参战行为是主动性的，但在执行任务时不幸牺牲却是被动的。而作者显然倾向于以战争的绝对毁灭代替其中的侥幸存活，以血肉的代价来书写出方氏移民史中的牺牲。但通观文中有关方锦河的叙述，谁又能否认这其中没有他在一种经历了父亲的失落、肉欲的挣扎、爱情的不得与无爱的婚姻之后而生发出的失望与“报复”的心态，以及这种心态经受了战争刺激发生转向而带来的“报国”情绪？这样一来，或许从方锦河不幸阵亡的被动中亦可捕捉到某种主动的成分。然而不论被动抑或主动，都不能忽视在当时的第二次世界大战与排华的历史背景下，它们同方氏家族的命运紧密地结合在一起，形成一种张力，作用在方氏家族的每一个成员的命运之上。

（三）疾病中的偶像支撑

这里集中在对《流年物语》中刘年的形象分析上。此时，对于个体的生命历史来说，肉体上所承受的极端性表现除了上文中的伤疤和死亡外，从较为广泛的意义上来看，书写中的疾病意象也不妨可视为生命遭受压迫与威胁的痕迹。

刘年自小生活在一个极度贫困的家庭，饥饿成为他与生俱来的生活常态。但与饥饿相比，对自己下半身的压迫则一直无异于加诸精神与肉体的刑罚。《流年物语》的叙述中，刘年这一形象身上始终潜伏着下半身某种疾病的征兆。

作者在小说中仍旧让刘年承担起了家庭中唯一的受教育者的形象（以及由此连带而来的对家庭的责任）。在学校中，刘年通过自己的知识打破了“五十名孩子筑成的围墙”[①]，为自己能够融入这个集体赢得了足够的空间，却因为当众尿了裤子而羞愧难耐，强烈的自尊心让他在青春期的冲动下选择跳江。自杀未遂的刘年日后又不断地由于下半身的障碍问题而受到来自家庭的隐性压抑。在或主动或被动地经历了多年的精神与肉体上的压抑之后，加诸刘年身上长期以来的疾病终于酝酿以致爆发，夺走了刘年的生命。

如前文所述，在刘年的个体生命史中，他一直以来都处于一种隐忍的状态（不论是肉体的还是精神的）。从少年时期的饥饿（肉体被迫的忍受与压抑），意外遭遇羞辱（精神上受到压抑），到后来父亲去世后为承担整个家庭

---

① 张翎：《流年物语》，北京：十月文艺出版社，2016年版，第398页。

的经济负担而拼命工作（因工伤而断指、受到全崇武的庇护与照顾而心生亏欠），婚姻（突如其来的妻子），以及后来与女儿之间因抽烟而起的矛盾等，逐渐使刘年成长为一个隐忍的形象。与此同时，对下半身的克制以致后来反受下半身的障碍与疾病（膀胱癌）所累则作为这种隐忍的肉体表征。

当我们考察其上半身的状态时，特别是当我们以“知识者”来考量刘年这一形象时，实际上他的知识积累主要来自中学时代的教育，且由于所受教育有限，我们发现刘年是无力担负起“知识分子”这一称呼的。但这并不妨碍知识以一种“早年经验”的形式沉淀下来，集中体现为刘年对欧仁・鲍迪埃的偶像式的尊崇（admiration）。且欧仁・鲍迪埃在小说中俨然幽灵一般起着引导作用。当身处饥饿中的刘年在欧仁的事迹中感到了共鸣，在《国际歌》中体验到了热血时，欧仁所带来的精神向导意义深深地在刘年内心扎根。

如果说刘年对欧仁的崇拜之情一直都内隐于他整个的生命历程之中，那么他为其子的命名（刘欧仁）则体现出，即便在他的生命结束之后，这一情结依然继续。换句话说，在刘年身上，知识的角色则以一种对精神偶像的不懈追求来承担。从中我们不难看出知识在对刘年个体精神塑造中所显露的支撑作用。

四、结语与反思

在张翎的这两部书写了“家族史”与“个人史”的小说中，知识在历史的威胁与压迫之下呈现出一种神秘而幽微的状态，即知识以一种灵性潜伏在人物身上，同个体的命运联结在一起。

《金山》中，不论是方得法的伤疤、方锦山的断辫、方锦河的牺牲，加诸方氏父子的身体暴力展现了知识被阉割的状态，经过教育培养起来的知识仅仅充当了肉体的附庸，成为不易察觉的气息，淹没在个人命运的起伏之中。而当我们从整体上来纵观方氏家族的历史时，可以看到，家族的兴衰轨迹依旧摆脱不掉知识的“魅影”。特别是青年的方延龄试图以身体与欲望来反叛接受教育，但在后来对女儿的教育中依然希望她成为一个“有教养的女孩”。事实上，对于方氏家族来说，知识的灵性俨然化作生命的常态，成为家族基因的一部分。而到了《流年物语》，可以看到，知识的魂魄不断地附着在不同的事物上，那么这种带有了某种神奇色彩的叙事策略又是否正以形式在确证着知识话语的灵性呢？

论哈金《等待》中的婚恋观

刘 丹 张 叉*

摘 要：本文借助于文本细读，对美国华裔作家哈金小说《等待》中孔林、吴曼娜与刘淑玉三个主要人物的婚恋观进行研究，发现小说所反映的婚恋观是同中国传统文化一脉相承的。

关键词：哈金 《等待》 婚恋观

哈金（Ha Jin，原名金雪飞，1956— ）是迄今为止“在美国获奖最多、成就最高的华裔作家”①。1999 年，他的第二部长篇小说《等待》（*Waiting*）出版，当年获得美国国家图书奖（National Book Award），2000 年获得“笔会/福克纳小说奖”（The Pen/Faulkner Award for Fiction），可谓大获成功。《等待》讲述的是一个关于婚恋的故事，其情节主要围绕孔林（Lin Kong）、吴曼娜（Manna Wu）与刘漱玉（Shuyu）三个人物展开。吴曼娜是孔林在城里的情人，刘漱玉则是他在乡下的妻子，孔林为了与吴曼娜结合，历时十八年和刘漱玉展开离婚拉锯战，但最终并未换来想象中的幸福。对于这部小说，中国国内学者主要从标题、“等待”的生存哲学、人的个人情感和普遍人性等多个角度展开详细的解读②，而对于小说主人公的婚恋观的研究却还没有引起足够的关注。婚恋是世界各族文学创作中的永恒主题，而不同民族的文学中的婚恋主题无疑蕴藏着各自不同的文化内涵，值得学界关注。《等待》就是这样的一部作品，通过对文本进行细读可以发现，它所反映的婚恋观是同中国传统文化一脉相承的。

---

* 刘丹，四川师范大学外国语学院 2020 级硕士研究生。张叉，四川师范大学文学院教授，硕士研究生导师。

① 邱华栋：《哈金——中国底片和美国景深》，《南方文坛》2009 年版，第 85 页。

② 许锬：《哈金小说国内研究现状分析》，《江苏第二师范学院学报》（社会科学版）2015 年第 1 期，第 96 页。

一

《礼记·昏义》中记载："昏礼者，将合二姓之好，上以事宗庙，而下以继后世也。"① 在中国传统文化中，婚姻的目的是上事宗庙、下继后世，婚姻强调的是社会意义，具有很大的利益性、功利性，因而爱情遭遇排挤，处于无足轻重的地位，"中国传统婚姻的特征是重视婚姻的社会意义而忽视男女之间个人的情愫"②。哈金《等待》中的孔林和淑玉的婚姻结合是以利益为导向而非以爱情为基础，这属于中国传统的所谓事业型婚姻，是为某种社会目的而结合的。与这一传统文化背道而驰的是，孔林一直奉行的是爱情至上的婚恋观，这就是问题的症结所在。如此说来，他的痛苦、挣扎、无助也就是必然的了。

孔林和淑玉的结合是十分传统、非常典型的父母包办婚姻。1962 年，在沈阳军医学院学习的孔林收到父亲来信，信上说孔林的父亲无暇照顾孔林病重的母亲，于是想要孔林尽快结婚，娶个老婆回家照顾母亲。孝顺的孔林答应了父母的要求，于是他们为孔林找到了淑玉。但等见了面以后，孔林发现淑玉"看上去那么老，好像已经四十多岁，脸上有皱纹，手像皮革那样粗糙"，"她的一双脚只有四寸多长"③，他于是开始悔婚，不愿意承认这门亲事。由于中国传统婚姻的基本范式是"家长负责子女婚姻，拥有主婚权"，"如果婚姻当事人不愿意，家长有权强迫他们婚配"④，所以孔林迫不得已放弃寻觅真爱，屈从于父母的意愿，同意和淑玉结婚。一方面，父母之命，媒妁之言，受三纲五常礼教影响，父为子纲，子为父望，孔林不得不以牺牲自己的幸福为代价来听从父命，以表孝心。另一方面，淑玉的父母知道孔林在念大学，觉着他日后能当上军官和医生，让淑玉过上好日子，便不要彩礼，高兴地把女儿嫁过去。从孔林一家和淑玉一家的联姻可以窥见，他们双方家庭都有受儒家婚姻观的世俗性的影响。儒家婚姻观的世俗性主要表现在功能的功利性上，功能的功利性指一段婚姻对两个家庭或者两个家族的利益，结婚不只关系两个人，更牵涉到对两个家庭之间的利益关系的权衡。⑤ 对于孔林一家来说，他们需要一个人来当帮手照顾家里病重的母亲和料理家务，对淑玉一家

---

① 阮元校刻：《十三经注疏》下册，北京：中华书局，1980 年版，第 1680 页。

② 祝瑞开：《中国婚姻家庭史》，上海：学林出版社，1999 年版，第 1～2 页。

③ 哈金：《等待》，长沙：湖南文艺出版社，2002 年版，第 5 页。

④ 祝瑞开：《中国婚姻家庭史》，上海：学林出版社，1999 年版，第 261 页。

⑤ 孙长虹：《神圣与世俗之间的平衡——儒家婚姻观研究》，《华中科技大学学报》（社会科学版），2017 年第 5 期，第 15 页。

来说，他们希望自己的女儿找个好归宿过上稳定幸福的生活，于是，双方家庭一拍即合，一桩有婚姻而无爱情的婚姻就形成了。

包办婚姻注定会让孔林滋生逃脱这段无爱式婚姻樊笼的想法。哈金笔下的孔林是在“文化大革命”这段特殊历史时期前后一个从农村走向城市的唯唯诺诺、逆来顺受的知识青年。但哈金曾在接受采访时说《等待》不是一本公开的政治书①，的确如此，小说没有刻意对“文化大革命”进行描述，只是轻描淡写地提及这一历史背景。孔林对淑玉没有一丝爱情的情愫，他觉得没有文化、不会打扮、面容衰老的淑玉配不上自己，他从不让淑玉去医院探亲，认为淑玉是他绝对带不出去的女人，他和淑玉唯一的女儿出生后，就开始同淑玉分房睡觉。“他不爱她，也不讨厌她，待她像个表亲。”② 虽然孔林对淑玉没有爱情，但淑玉对孔林却是死心塌地，从一而终。哈金笔下的淑玉是中国20世纪六七十年代典型的无知识文化的农村妇女形象，朴实，勤劳，孝顺。她先是在农村老家细致入微地照顾孔林病危的母亲，随后又照顾孔林生病的父亲，再是独自一人在农村抚养和孔林唯一的女儿孔华。而孔林只用每个月给她们娘俩寄一些生活费回去。“如今，他父母已故去，女儿孔华也中学毕业了。他寻思着，这个家已经不需要他来支持，他该去开始自己的生活了。无论如何他应该把自己从这没有爱情的婚姻中解放出来。”③ 孔林策划着如何才能挣脱这段无爱式婚姻。放在现如今来看，孔林和淑玉缔结的婚姻是一种丧偶式婚姻，因为没有爱情的养分和滋润，孔林对淑玉和家庭没有特别强的责任感。

基于内心对自由恋爱的渴望，孔林在军区医院大胆接受了护士吴曼娜的表白。他认为他在身材苗条、面容姣好、具有青春活力的吴曼娜身上看到了爱情的影子。他觉着自己爱上了她，为了能和她结合在一起，为了追求向往已久的自由式恋爱，为了获取一段有爱情基础的婚姻，他不惜耗费十八年时间来结束他和淑玉的婚姻。他虽没有身体出轨，却早已精神出轨。这段无爱式、丧偶式婚姻不仅带给他无尽的痛苦和无奈，更给淑玉造成莫大的伤害。同时不禁让人发问，既然孔林口口声声说不爱淑玉，那为什么每年探亲回到乡下老家时他都会觉得那般踏实、放松、惬意、安宁和满足呢？爱真是一种不可思议的矛盾，理智也不能解决这样的矛盾。④ 他最后意识到，虽然追求了

---

① Sturr R. D., The Presence of Walt Whitman in Ha Jins *Waiting*, *Walt Whitman Quarterly*, 2002: 4.

② 哈金：《等待》，长沙：湖南文艺出版社，2002年版，第6页。

③ 哈金：《等待》，长沙：湖南文艺出版社，2002年版，第6页。

④ 黑格尔：《法哲学原理》，张企泰、范扬译，北京：商务印书馆，1979年版，第175页。

一生的爱情，但他这辈子从未真正炽热地爱过一个女人，他永远是被爱的那一方。他对吴曼娜的情感，是内心需要填补的一种空虚。“他向往建立在爱情上的婚姻，渴望有一个相貌上带得出去、不会让他觉得丢脸的妻子（吴曼娜是他心目中一个合适的选择)”[①]，可见，吴曼娜对他来说，只是满足自己虚荣心和面子心理的一个合适的选择罢了。“如果他一生中能够从灵魂深处爱上一个女人该有多好，哪怕只有一回，哪怕这会令他心碎欲裂、令他神志不清、让他终日像吃了迷魂药、让他整天以泪洗面、最后淹没在绝望之中!”[②] 爱情至上的婚恋观让他显得太过于理想化，他渴望一段因爱而生的婚姻，并愿意为之不惜一切代价！十八年的青春岁月，与其说孔林是为了自由恋爱而等待，不如说他只是习惯了等待，迫于无奈而等待，为了等待而等待。在传统文化的挤压下，孔林爱情至上的婚恋追求成了漫长的等待。

二

《等待》中刘漱玉是传统封建思想的信奉者，她对待丈夫孔林和自己的婚姻都从一而终，以自己的方式捍卫着婚姻的主权。同时她也是传统封建礼教的一个牺牲者，她身上的奴性注定让她在婚姻关系中无法成为一个独立的个体，在她和孔林的婚姻进程中，失去婚姻对她来说是不可逆的。

《礼记·郊特牲》：“妇人，从人者也。幼从父兄，嫁从夫，夫死从子。”[③]父、兄、夫、子皆为男性，故从父、兄、夫、子者，从男性也。《礼仪·丧服·子夏传》中记载：“妇人有三从之义，无专用之道。故未嫁从父，既嫁从夫，夫死从子。”[④]《孔子家语·本命解》：“女子者，顺男子之教而长其理者也。是故无专制之义而有三从之道，幼从父兄，既嫁从夫，夫死从子。”[⑤] 根据“三从”理论，女性自生至死的命运被男性紧紧地攥在了手里[⑥]，而许多深受这种思想观念影响的女性也往往是心甘情愿地接受这一命运的安排的，并无任何怨言。漱玉是深受“三从”理论影响的，她坚持从一而终的婚恋观，在家庭中绝对服从孔林的意愿。孔林的话对她来说就像皇帝的圣旨一般，“她身上有一种因

① 哈金：《等待》，长沙：湖南文艺出版社，2002 年版，第 67 页。

② 哈金：《等待》，长沙：湖南文艺出版社，2002 年版，第 281 页。

③ 《十三经注疏》（下册），北京：中华书局，1980 年版，第 1456 页。

④ 《十三经注疏》（上册），北京：中华书局，1980 年版，第 1106 页。

⑤ 王肃注：《孔子家语》，上海：上海古籍出版社，1990 年版，第 70 页。

⑥ 张叉：《从东西方传统文化审视潘金莲和白兰》，《四川省高等学校外语教学与研究论文集》（第一辑），成都：四川人民出版社，1999 年版，第 641 页。

受传统封建思想的毒害而表现出来的奴性”[①]，孔林说什么，她就做什么，绝对不会去想这样做对她会带来什么后果。孔林给她一元钱去理发店理头发，虽然她觉得很贵，但她会刻不容缓地照办。孔林塞给她药丸，只要孔林说吃了对她身体好，她马上就把药丸吞下去。淑玉恪守传统的婚姻观，打骨子里认为自己应该做到三从四德里的既嫁从夫，应该遵守三纲五常中夫为妻纲的教义。毫无疑问，淑玉是这些封建礼教的信奉者和践行者，以致她在这段婚姻关系中是附属于孔林的。

《等待》中还有一处描写也是值得关注的，那就是淑玉的缠脚。缠脚必然要忍受肉体上的巨大痛苦，妇女苦歌中所谓“小脚一双，眼泪一缸”[②]，描述的就是女性缠脚的惨状。女性缠脚的动机在于取悦男性，三寸金莲是女性成为男性随心所欲的玩物之有力证据。[③] 虽然新文化运动以来，女子缠足现象逐渐消失，但在 20 世纪 40 年代初期，中国一些偏远地区仍然残留缠足现象。[④] 淑玉生于 1936 年，她缠着一双小脚也就是自然而然、顺理成章的事情了。她不仅乐于缠脚，而且乐于保护那一双缠成了畸形的小脚。在她的心目中，守护自己的小脚就如守护自己的尊严一样。孔林带她去医院治病时，护士们好奇她的小脚，欲花钱看一眼也不行，因为在淑玉看来，这世上只有自己的丈夫才能看自己的小脚，面对护士们的软磨硬泡她说到“脱鞋露脚就等于脱裤子啊”，“做姑娘的时候裹脚是给将来的男人看的。别的男人看不见，你的丈夫才觉着金贵”[⑤]。可是孔林却从来没有看过她的那双“金莲”，厌恶她那双象征着封建风俗腐朽与落后的小脚。这充分说明，中国传统文化影响下的淑玉的缠脚观已经完全落后于时代，应该彻底扫进历史的垃圾堆了。

淑玉从一而终的婚恋观让她在和孔林的婚姻关系中，注定是婚姻的牺牲品，她在婚姻中的角色注定是被动的，但她依然在用自己的方式尽力去挽回这段婚姻。淑玉在孔林家，孝顺公婆、操持家务、任劳任怨，对孔林父母来说是令他们十分满意的好媳妇；对孔林来说，淑玉也是一位好妻子，即使得不到孔林的爱，淑玉也深切地关心他。[⑥] 每次孔林探亲回家，她都会早早备好

---

① 郭栖庆：《无奈的等待　等待的无奈——哈金和他的获奖小说〈等待〉》，《外国文学》，2001 年第 4 期，第 87 页。

② 段宝林：《中国民间文学概要》（增订本），北京：北京大学出版社，2002 年版，第 157 页。

③ 张叉：《从东西方传统文化审视潘金莲和白兰》，《四川省高等学校外语教学与研究论文集》（第一辑），成都：四川人民出版社，1999 年版，第 641 页。

④ 罗义华：《〈等待〉中的道德问题和哈金的批判指向》，《外国文学研究》，2010 年第 6 期，第 113 页。

⑤ 哈金：《等待》，长沙：湖南文艺出版社，2002 年版，第 190 页。

⑥ 郭栖庆：《无奈的等待　等待的无奈——哈金和他的获奖小说〈等待〉》，《外国文学》，2001 年第 4 期，第 87 页。

饭菜，肉、蛋以及水果，自己舍不得吃，全都留给孔林。孔林第一次策划回乡和她离婚的那一年，淑玉尽管觉着不好意思，但也主动去到孔林的卧室想与他一同就寝，说想给孔林再添个儿子，以后好养老，却遭到了孔林的拒绝。孔林当时心里甚至在想："如果眼前坐着的是曼娜，他会拥抱她、亲她，叫她'心肝宝贝儿'。"[①] 孔林没有在乎过淑玉的感受，他没有想过淑玉会有自己的想法和感情。淑玉是活守寡的可怜人，生了女儿后，她和孔林纵使有夫妻之名，却不再有夫妻之实，在接下来的十几年婚姻中，孔林从没有碰过她，或者和她有过任何亲密接触，"但她从没怀疑过他们会白头到老。多么简单的女人啊！"[②] 孔林安排和她离婚，她往往在去法院的头一天答应孔林会离婚，第二天上法庭时却又反悔了。她用她的温柔贤惠、她的勤劳孝顺、她的坚韧不拔，甚至是出尔反尔，不惜丢下自己的面子，去挽回她和孔林的婚姻。孔林主动告诉淑玉，他和她离婚是因为他想在城里有个家，尽管淑玉心如刀割，但仍坚持到了孔林可以单方面和她离婚的第十八年，最后被迫妥协和接受离婚。

淑玉从一而终的婚恋观也体现在她的一生都在追随、包容和等待孔林，这一在小说中具有悲剧色彩的人物在婚姻中没有自我，她不仅是中国封建传统社会下一名合格的良母，一名符合封建礼教的贤妻，更是一位执着的等待者和守护者。曼娜和孔林结婚后，作为四十四岁的高龄产妇给孔林生了一对双胞胎，但她的身体却因此变得极为虚弱，医生诊断她不剩多少日子了，孔林害怕、惶恐、后悔和悲伤。他在过年时去看望淑玉和孔华，受到了回家般的温暖对待。尽管孔林已经有了新的家庭和妻儿，淑玉仍然待他为自己的丈夫，关心他，理解他，向他伸出自己温暖的双手，一句"她爹，俺真高兴，你总算回家来了"[③]，让孔林内心极为感动和震撼。在他酒后向淑玉哭诉自己现如今的生活一地鸡毛时，包括抚养两个双胞胎小儿子的不易和曼娜活不长久的事，淑玉爱屋及乌，不计前嫌地答应他在曼娜去世后会帮他照顾他的两个小儿子。孔林回到和吴曼娜的家里后，淑玉让女儿孔华给孔林带话说，她很高兴孔林回家，她会在家一直等他，来年春天还要来看孔林的双胞胎儿子。夫妻二十多年，尽管离了婚遭到抛弃，淑玉从未恨过孔林，相反，她一直在默默地等待和守候着，不去打扰他的生活，希冀孔林可以重新回归家庭，在他需要的时候，她愿意化作一团火焰去照亮他的生活，她的一生为孔林而等待也为孔林而奉献。

---

① 哈金：《等待》，长沙：湖南文艺出版社，2002 年版，第 87 页。
② 哈金：《等待》，长沙：湖南文艺出版社，2002 年版，第 84 页。
③ 哈金：《等待》，长沙：湖南文艺出版社，2002 年版，第 290 页。

三

对吴曼娜来说，陪伴是最长情的告白，爱一个人意味着互相陪伴，为了和心爱的男人修成正果，她苦苦陪伴和等待了十八年。这十八年里，她为爱而冲动过，为爱而拒绝过其他男人，她为爱而理解孔林、容忍他的软弱，甚至为爱而性情大变。她用这些代价换来了和心爱之人的长相厮守。吴曼娜也成为中国传统文化的牺牲品。

长久等待的苦楚和煎熬只有曼娜能体会。为了自己的爱情和幸福，曼娜找牛海燕要了一把亲戚家的房间钥匙，邀约孔林周末和她待一起住一晚，行鱼水之欢，没想到孔林因为害怕流言蜚语和害怕违反医院的规定而拒绝了她。对生活在“文化大革命”背景下的人来说，八卦是一种病态的规约，它迫使个人的声音被公众所束缚[①]，的确，孔林害怕公众的言论。后来在一次节日部队医院聚餐时，曼娜醉酒后在路上对孔林嚷嚷吵吵，挣扎着哭喊着说自己是个三十岁的老处女，叫孔林把她糟蹋了……孔林吓坏了，急忙把她送回女兵宿舍。这是吴曼娜对孔林说过的最冲动、最疯狂的话，孔林也因此开始认真思考和漱玉离婚的事情。西方的观念是，结束一段令人疲惫的婚姻以获得新的爱情应是幸福的，即使会有些尴尬，而《等待》中传递的观念与此态度格格不入：随心所欲反而令孔林更恐惧，而且在某种程度上，其强迫感不亚于他和漱玉的包办婚姻。[②] 确实如此，曼娜为爱之疯狂和冲动，既是孔林离婚的助推器，又是让他产生压迫感的催化剂。在孔林尝试和漱玉离婚失败后，为了不继续耽搁曼娜，他把她介绍给了自己的表弟孟梁，表弟很喜欢曼娜，但曼娜拒绝了孟梁的追求。后来，医院给吴曼娜安排了省军区的魏副政委相亲，魏副政委权高位重、文质彬彬、博闻强识，曼娜虽然为他的这些优点动了心，但她心之所向仍是孔林。在她心里，孔林是最理想的人生伴侣，任何人都比不了。最后魏副政委没选择和她继续来往时，她内心反倒松了一口气，更加坚定这辈子非孔林不可。为心爱之人而冲动，为心爱之人而拒绝其他人，她未曾后悔过。

为了早日和孔林结合在一起，吴曼娜想要孔林尽快和漱玉离婚。她第一

---

① Chen M.，Research on the Psychological Mechanism of Trauma Writing in Ha Jin’s New Immigrant Novels，*Revista De Cercetare Si Interventie Sociala*，65，2019：140.

② Frischmuth A.，Being Silent，Doing Nothing：Silence as a Symbol of Peace in Ivan Goncharov’s Oblomov and Ha Jin’s Waiting，*Journal of Literature and the History of Ideas*，15，2017：110.

次向孔林提出这个要求时，孔林的回答是“我不能待她像双破靴子，用完了就扔。我总得说出一个正当的理由，要不别人骂我是陈世美，婚反倒离不成”[①]，很明显在孔林心里，对吴曼娜的爱还没到他能为之牺牲自己名誉的程度。但吴曼娜理解他，她知道在那时让孔林离婚并不是个轻松活儿。一方面，孔林很难直面农村的封建残余思想的挑战[②]，他害怕遭受道德的谴责，害怕背上同乡人指责他负心汉的罪名，这对处在道德两难困境下的孔林来说固然是一条艰难坎坷的路，而吴曼娜了解他的思路，“他永远只捡容易的道儿走”[③]。另一方面，他们所在的部队医院的特殊规定对他们来说也是极大的考验[④]，医院规定，“只有分居十八年后，部队干部才可以不经妻子同意，单方面离婚”[⑤]。国外有学者评论说曼娜和孔林像囚犯一样住在军医院，因为他们的行为举止严格受军队控制，住在这个“监狱”中，孔林失去了人类的特质，例如对他人的情感，激情和同情心。[⑥] 的确，从某种程度来说，孔林受缚于心中那已内化了的神圣而不可侵犯的规矩，他对曼娜的爱远不及他对部队规矩的忠诚程度深。其实，从外部权威人物和内在的思维习惯这两个方面，可以看到孔林和吴曼娜面临的局限性，这是当时社会大背景造成的心理后果。[⑦] 面对孔林的软弱和医院的规定，吴曼娜选择的是理解和继续等待。因为爱孔林，吴曼娜心甘情愿地等了他十八年，对她来说，爱是理解，爱是容忍，爱是陪伴，爱是无边的等待。

吴曼娜和孔林的结合经历了从爱情到婚姻再到家庭三个循序渐进的阶段，但这并不意味着他们从此就会过上幸福甜蜜的生活。“没有感情作为基础的婚姻是寂寞、难堪和痛苦的；失去理性指导的婚姻是盲目、自私和有害的。”[⑧] 吴曼娜对孔林爱得深沉，以至于已经超出理性的范畴。婚后她的性欲之强让孔林难以招架，“每天晚上睡觉之前她都要来一次，有时候两人甚至午饭之后

---

① 哈金：《等待》，长沙：湖南文艺出版社，2002 年版，第 68 页。

② 孙刚：《男子作闺音——哈金小说〈等待〉中孔林形象的东方主义建构》，《理论月刊》，2010 年第 10 期，第 139 页。

③ 哈金：《等待》，长沙：湖南文艺出版社，2002 年版，第 11 页。

④ 孙刚：《男子作闺音——哈金小说〈等待〉中孔林形象的东方主义建构》，《理论月刊》，2010 年第 10 期，第 139 页。

⑤ 哈金：《等待》，长沙：湖南文艺出版社，2002 年版，第 11 页。

⑥ Djohar H. I., Ideology, Humanity, and Freedom in Ha Jin's *Waiting*, *Journal of Islam and Humanities*, 5, no. 1, 2020: 12.

⑦ Sturr R. D., The Presence of Walt Whitman in Ha Jins *Waiting*, *Walt Whitman Quarterly*, 2002: 4.

⑧ 祝瑞开：《中国婚姻家庭史》，上海：学林出版社，1999 年版，第 11 页。

就要上床。”[①] 孔林虽知过度性交伤肾，但想到曼娜等了他那么多年，他仍然每天强打精神满足她的需求。笔者认为吴曼娜对性的过度渴望是她多年等待的一种宣泄，这已发展成一种非理性的不健康的心理情绪。后来吴曼娜怀孕，考虑到她已经四十四岁，早过了生育的最佳年龄，孔林因担心她的身体状态而劝说她打掉孩子，她却固执倔强得像头牛，说他和孔林结婚就是为了生孩子。她知道这会让她冒生命危险，但她想要孩子替她继续陪伴孔林。在她孕期，孔林下班后给医院的护理员上化学课，让她怒火中烧，她将有些漂亮的护理员看作潜在的狐狸精。后来在医院生孩子时曼娜像发神经一样脱口大骂孔林，让孔林内心很是不解和难受，孩子出生后，曼娜性情变本加厉，常为一点鸡毛蒜皮的小事大喊大叫、哭哭啼啼，“常年的等待已经彻底改变了她——从一个惹人喜爱的年轻姑娘变成了无可救药的泼妇”[②]。浓情总有冷却时，盛宠终有褪色日。对曼娜来说，十八年等待的尽头原本应该是幸福婚姻的开始；而对孔林来说，十八年等待的尽头，却是一场该死的婚姻。

黑格尔在《法哲学原理》一书中指出“婚姻实质上是伦理关系”，“婚姻是具有法的意义的伦理性的爱”，他批判了现代社会最为常见的三种婚姻观：一是认为婚姻仅仅是一种性的关系，二是认为婚姻仅仅是一种契约，三是认为婚姻仅仅是建立在爱的基础上。[③] 反观吴曼娜的婚姻观，她虽想和孔林长相厮守，拥有幸福的婚姻生活，却认为婚姻仅由性爱组成，因此每天要求孔林和她做爱；认为婚姻的目的就是传宗接代，因此固执地要高龄生产；认为婚姻只是一种契约，只要她还在这段契约关系中，就可以将对方占为己有；认为婚姻仅建立在爱的基础上，不用主动去维护、呵护、爱护这段感情。

哈金小说《等待》中的三位主人公孔林、刘漱玉和吴曼娜因为时代环境以及人物性格特点的不同而导致其婚恋观有所不同，但有一点却是一致的，那就是，他们都或多或少地受到了中国传统文化的影响。中国传统文化是无形的，也是强大的。1956 年，哈金生于中国辽宁，1985 年移居美国，长期居住在马萨诸塞州，在波士顿大学任教。他的童年、少年、青年都在中国度过，时间长达 30 年，可谓生于斯，长于斯，其文化之根也在于斯，这就是我们看到他《等待》中的婚恋观深受中国传统文化影响的缘由。

---

① 哈金：《等待》，长沙：湖南文艺出版社，2002 年版，第 231 页。

② 哈金：《等待》，长沙：湖南文艺出版社，2002 年版，第 280 页。

③ 黑格尔：《法哲学原理》，张企泰、范扬译，北京：商务印书馆，1979 年版，第 177 页。

冰心与泰华写作人协会（泰华作家协会）纪事

熊飞宇*

（重庆师范大学文学院，重庆　401331）

摘要：泰华写作人协会（泰国华文作家协会）自成立之后，曾数度组团访问中国，并于1987年9月和1992年9月两次集体拜会冰心。通过梳理事件的始末，进而考察冰心与海外华文文学的关联与互动，既有助于丰富冰心的生平研究，同时也将拓宽冰心研究的领域，展现冰心及其文学当代价值的重要一维。

关键词：冰心　泰华写作人协会　泰华作家协会　海外华文文学

泰华写作人协会是泰国华文作家最重要的文学团体和最主要的创作阵地。关于其成立与演变，李栩曾有《由“泰华写作人协会”到“泰国华文作家协会”》[①] 详述经过，洪林《泰国华文文学史探》亦有考辨。一般认为，“在1983年春，由方思若牵头，以接龙小说《风雨耀华力》创作集体为基础，并联合其他文友，组成‘泰国华文写作人协会筹委会’，推举方思若为会长。1986年4月12日，‘泰华写作人协会’在曼谷召开大会，宣告正式成立”[②]。会上选举出15个执行委员，方思若蝉联会长，林长茂、岭南人、韩牧为副会长，白翎为秘书，修朝为副秘书，许静华为财政，范模士为稽核，李少儒为联络人员，梁方、陈小民为学术顾问。[③] 1990年5月更名为泰华作家协会，简称“泰华作协”。

泰华写作人协会（泰华作家协会）在成立后，曾数度组团到访中国，并

---

* 熊飞宇（1974—　），男，四川南江人，文学博士，副研究员，主要研究方向为中外文学关系。

① 该文作于1991年6月29日，收入李栩《不断的根》（第116～126页，自印，无版权页，出版时间不详）。

② 高伟光：《泰华文学面面观》，泰国留中大学出版社，2010年版，第20页。

③ 白翎：《“泰国华文作家协会”的创立和成长》，《湄江文艺》编辑组：《试金石》，泰国华文作家协会，1992年版，第119页。

拜会冰心。现就有关情况略作爬梳。

一、泰华作协访华团第一次拜访冰心

1987年9月底，“由方思若为团长，司马攻为副团长，团员有何韵、韩牧、岭南人、白翎、许静华、陈小民八人的泰华作协访华团，旅游了昆明、成都、西安、杭州、黄山、广州，参加北京国庆的游艺活动，拜会了老作家冰心老人，小说家李国文，和中国作家协会唐达成、邓友梅等名作家欢聚座谈”①。

关于此次访问，团员何韵曾详记其事，文章题名为《世事沧桑心事定——二访名作家冰心速写》。该文难得一见，故录之于后：

今年八十七岁了！我们从小便闻名的女作家——谢冰心。

这位长年活在许许多多人心中的著名女作家，在半个多世纪中，虽然饱经风霜，渡（应作“度”——引者注）过几个动乱的年代；但，她始终站紧岗位，忠心耿耿地为她的读者作出更多更大的贡献！时至今日，她已是八十七高龄，但仍然不肯停笔，我们实在钦佩她这份热爱工作的精神。

要不是亲眼看到，真不肯相信今年八十七高龄的谢冰心，思维依然那样灵敏，反应依然那样敏捷。

九月卅日上午，我们泰华写作人访华团一行八人，到北京西郊中央民族学院她的居处作客，大家都为能一见这位闻名于世的女作家而振奋！

我第一次访问冰心，是一九八三年杪，距今已有四年。那一次造访便已留下深刻难忘的印象：想不到八十三岁的人，声音如银铃般清脆，白中透红的面颊，只隐约现些皱纹。那一次的拜会，我已感觉到：冰心年轻时必然是个美人儿！

四年后的冰心，没有多大的改变，只是，摔坏的腿得靠“助行器”才能走路。

我们到达时，她从卧室出来，那“助行器”是铝制的，像张小桌子，摆在身前，双手靠着它，每跨一步之前，都得先向前提一提，从卧室到客厅，虽只那么几步，也得花些时间，行动是缓慢的。

客厅不大，但简朴清雅。我们一团八人加上中新社记者、陪同和带

① 白翎：《“泰国华文作家协会”的创立和成长》，《湄江文艺》编辑组：《试金石》，泰国华文作家协会，1992年7月，第119～120页。

路的作协理事陈喜如（后文作“儒”——引者注），就把客厅挤得满满的，有几个人还得站着。

小客厅里的唯一装饰，大概就是那幅熊猫图画和一副对联了。对联很吸引人，据说是六十二年前（即 1925 年——引者注）梁启超赠送冰心的。我们知道：她老人家一定很喜欢这两句联语：“世事沧桑心事定，胸中海岳梦中飞。”

“坐！坐！你们都请坐！”一见我们，冰心亲切的招呼。她自己走到右边一张椅子坐下，家人马上把那“助行器”搬走。坐在椅子上的冰心，看不出她身上有什么毛病。

大家坐定之后，第一个节目是拍照，这真是难得的机会，能一会知名度特高的女作家，而且又同是拿笔杆的人，真如小学生见了老师一样，紧张兴奋之外，是感到荣幸，大家都渴望能与她合影留念。

遗憾的是：不管怎么拍、技术怎么高明，也只是那个小角落，不能容纳全团的访客，大家只能轮流的与她老人家合照。

一张拍了又一张，大家拍个不停，她老人家毫无不耐烦的神色，她似乎很了解我们的感情，安祥的让我们尽情的拍个够！

我和中华日报文艺版编辑许静华本已分别同她合过影，她还是拉着我俩说：“来！你们两位女同志和我合拍一张……”

我们当然迅即靠着她坐下，几个摄影机便卡查拉、卡查拉的响个不停，冰心大姐见大家大拍特拍，当即笑着说：“我是重女轻男的！”

冰心大姐的风趣，引来哄堂笑声。一位八十七高龄的人，还如此富幽默感，显见她的思维还是挺敏捷的。

同冰心相聚，虽然只是那么短短的几十分钟，我们都已深深的体会到她可敬可爱之处。

她待人和蔼、亲切，没有“大作家”那种傲慢的姿态。谁都知道：她是出身名门的知识分子，不但在国内上过大学，还曾出洋留学，中、英语文都来得。她也不属“八股”派，而是博学多才，眼光开阔的作家。

当她提起笔在自己的选集①签名时，若有所思的转向中国作协理事陈喜儒说：“你上次给我的那种笔还有吗？那笔很好……”

陈喜儒告诉她，那是从日本买来的，要是喜欢他会托人带来。她老人家接着问：“要多少钱？我先给你吧！”

---

① 此处或指四川人民出版社的三卷本《冰心选集》。其中第一卷“短篇小说”，1983 年 3 月出版；第二卷“散文”，第三卷“诗”，1984 年 8 月出版。

当陈喜儒说不必时，她又迅即的加上一句："那不变成我敲你竹杠吗？不要的，我不敲你竹杠！"她的口气不是开玩笑，但陈喜儒和大家听了都笑起来！一支笔，冰心还那么认真，显见她廉洁的人格，难怪人们对她是那么尊重敬仰。

面对这样一位清高廉洁的名作家，我们唯有表达对她的敬慕，七嘴八舌的你一句、我一句："我从小就拜读您的文章……"

"我是您的读者迷……"

"……我们多么喜欢看您的文章……"

……

对这些夸奖，冰心作了我们意想不到的回答："你们都是受害者！……"

大家听了这句话，一时未能体会她话中的涵意，大家都不吭声，实在想不出如何应对才好？

事后，为了这句话，我们曾作讨论，几个人的观点都不一致。有人认为：这是谦虚的话，表示自己的文章并不好。有人则认为：话中涵意另有所指，那是因为有一个时期，有好些作家的作品被批判作含有"毒素"，包括冰心的作品在内。冰心这句话，可能是对某些物事有所讽刺。

我们谈论了好些时间，仍得不出结论。后来请教于中国朋友，终于获悉这是当今在中国流行的一句话。作家的作品，一会儿受表扬，一会儿又被打成有害的毒品，读者就是受害者。冰心的作品，当然也难以幸免，什么"走资派""小资产阶级"等的帽子都已戴过。

可以说：冰心的这句话，除了自谦之外，也有讽刺的含意，两者兼而有之。

看着我们赠送的《泰华文学》，冰心语重心长的说："你们在海外，从事华文创作真不容易，你们都是有功的！"这实在是令人感动的话。

八十七高龄的冰心，她的日子是怎么过的呢？我们知道：她的爱人（丈夫）吴文藻刚于前年底逝世。对这位和她共同生活了五十六年的伴侣的突然离去，在她心坎深处当然受到重大的冲击！许久没见到她的作品，是不是停笔了呢？还是在写长篇？

"……不，我不曾写长篇，我写的都是千字文……"冰心毫不思索的回答，在对话中，她总是如此敏捷。

我们也知道：冰心的作品向来不长，却能博得读者的共鸣。听中国朋友说：最近，她发表的一篇千字文，就轰动了海内外人士，文章描写一个不愿上学的青年学生，对当教师的父亲陈述不上学的理由：开出租车的收入比当教师要好得多，又为何要读那么多书呢?

这是一个反映现实的、生动的题材，它揭发了当前的某些事物，让人们去思考：什么是合理与不合理?是不是应该改革?

临别前，我们还是告诉她：泰国有不少“冰心迷”，大家都关心她，还转达文友们对她的问候。冰心对此表示感激之外，还再三嘱咐泰华写作人协会会长方思若：“你一定要把我对大家的问候带回去!”

一位八十七高龄的人，还能如此埋头工作，一心一意为她的读者谋贡献，我是从心底敬佩她!

愿她老人家身心愉快健康，可写出更多更精彩的文章，造益人群![①]

文章作于“一九八七年十月十九日”。从中可知，泰华作协访华团拜访冰心的具体时间为1987年9月30日上午。笔者将就其中部分细节详加考辨，以期能进一步还原并充实会见的历史现场。

一是文章标题“世事沧桑心事定”，取自冰心客厅的对联“世事沧桑心事定，胸中海岳梦中飞”。该联上款有“冰心女士集定菴句”字样。上联出自龚定菴（自珍）《己亥杂诗》第149首《于七月初九到杭州。家大人时年七十有三，倚门望久矣》。诗曰：“只将愧汗湿莱衣，悔及堂堂岁月违。世事沧桑心事定，此生一跌莫全非。”“世事沧桑心事定”句是表示龚自珍“对当时朝廷腐败、官宦权争利夺、相互恶斗之世事，不为所欲，亦不为所惧，仍矢志不渝，洁身自好”。下联“胸中海岳梦中飞”则出自《己亥杂诗》第33首《别会稽少白山人潘咨》。诗云：“少慕颜曾管乐非，胸中海岳梦中飞。近来不信长安隘，城曲深藏此布衣。”“胸中海岳梦中飞”句是称赞潘咨“胸怀广阔、宽大”。

1986年，陈云菴在冰心家中做客时，曾追问主人“集此语之宗旨何在”，冰心“严正地”回答：“世事沧桑变化，我依然坚定信念，始终贯彻纯洁而正直宗旨；我心坎里念着祖国山河，想着伟大无私的母爱，这就是我一贯传导之‘博爱’精神。”“不管怎样风吹雨打，不管哪些极权霸道，我还是坚定自己既定宗旨，发扬博爱精神，这就是我的人生哲理，或叫做世界观吧!”

冰心集此诗联时，尚在美国威尔斯利学院攻读文学硕士，成于疗养期间。1924年曾写信“禀请父亲，嘱书家挥写”，后因表兄刘放园，请得“执教于北京大学的梁启超”书写。冰心对这副对联“视若珍宝”，并“作为人生良友，伴随左右”，故常挂客厅，作为座右铭。对联之间的中堂画，则是吴作人所绘

① 何韵：《女记者生涯传真：一个华裔女记者眼中的世界第一辑》，《新中原报》，1988年6月，第143~147页。

熊猫。冰心酷爱动物，更因熊猫亲善而格外“悯爱”。[①]

二是冰心与泰华作协访华团的合影，何韵文前刊有两幅。一幅是冰心（中）与何韵（右）、许静华（左）的合影（第141页），图下文字云：“冰心说：‘我是重女轻男的。’”另一幅（第142页）则是“冰心手拿着《泰华文学》，对泰华文化界的努力耕耘表示赞许”。

何韵为方思若夫人。1989年5月，许静华（年腊梅）在《铁娘子何韵》一文中，曾略涉此事：“一九八八年六月份，何韵出版了第一个集子——《女记者生涯传真》——一个华裔女记者眼中的世界第一辑。此书收集了何韵卅三篇专访及特写”，其中包括“八七年访汕头及北京名作家冰心”。[②] 不过，对何韵而言，已是“二访名作家冰心”，而第一次的时间是在“一九八三年杪”。初访的印象，文中也曾语及。

许静华（1934—1993），泰文名年腊梅。笔名有李虹、李洵、李可欣、许心怡、无盐等。20世纪50年代开始写作，曾任《世界日报》资料室职员，《新中原报》新闻版编辑，《中华日报》经济版、妇女版编辑，后编《文学》《华园》二副刊。1980年11月初，出版第一本短篇小说集《花街》。后陆续出版《在鹰爪花架下》（中篇小说集）、《长春藤》（散文集）、《湄南河畔的故事》（短篇小说集）、《风雨耀华力》（接力创作者之一）、《轻风吹在湄江上》及《尽在不言中》（均为集体创作集）、《泰华写作人剪影》（传记文学）、《弄斧集》（杂文集）等。为泰华写作人协会发起人和理事之一、泰华作家协会理事兼财政。[③]

《轻风吹在湄江上》一书，是司马攻、老羊（杨干、杨修之）、年腊梅、白翎、梦莉、范模士、陈博文、征夫（叶树勋）八位文友的小说、散文、诗歌合集，1988年泰国八音出版社出版。据晓钢《梦是碎的——寄曼谷友人书》（作于“1988年10月金秋·北京”，原载曼谷《新中原报》），1988年6月末，梦莉率团来华，于京伦饭店与晓钢“匆匆一晤”，并带来泰华写作人的散文合集《轻风吹在湄江上》，“请代转冰心等国内散文作家及研究者”[④]。

《泰华文学》是泰华写作人协会编辑出版的会刊，初为年刊。第一期于1987年8月30日出版。据该期版权页，其编辑委员有：马清泉、李少儒、岭南人、林长茂、老羊、范模士、沈逸文、梁方、陈小民、李栩、修朝（卢维

---

① 上述解读，参见陈云菴：《世事沧桑心事定　胸中海岳梦中飞——谈冰心集龚定菴诗联》，《沧海一粟：九旬奇翁忆往录》，上海：复旦大学出版社，2018年版，第270～274页。

② 年腊梅：《泰华写作人剪影》，八音出版社，1990年版，第76页。

③ 洪林：《泰华文化人物辞典》，泰中学会，2000年1月，第105～106页。

④ 晓钢：《情断海峡——晓钢诗文自选集》，北京：中国文联出版社，2007年版，第84页。

廷)、韩江、倪长游、许静华、白翎,美术编辑为马清泉。从时间上来看,泰华作协访华团此次赠送冰心的《泰华文学》,应即刚刚出版不久的创刊号。《泰华文学》2005 年 6 月号(总第 34 期),曾摘录世界许多作家的作品名句来美化版面,包括美国、哥伦比亚、波兰和日本作家。“一国一人,每人一句。中国大陆作家则有六人入选”,冰心两则,朱自清两则,徐志摩、那家伦等各一则。冰心的如:“躲开想思,披上裘儿,走进灯明人静的屋子。小径里明月相窥,枯枝——在雪地上又纵横的写遍了想思。”①

现对泰华作协访华团的其余成员再略作介绍。

方思若,1931 年生于曼谷。祖籍广东省普宁县。小时曾上半年华文小学,华校被封后转入泰校,读完小学二年级。因日军南侵而辍学。战后又念过两年夜学。自小为街边小贩,稍长作木匠。遍阅群书,凭自修打下一定文化基础。由于醉心文艺,于 1955 年投身文化界,曾任《世界日报》及《体育周报》记者。翌年发起组创《曼谷新闻》周报,于 1960 年又创办《华风周报》,后改为二日报,销量远起各小报,惜不久为当局饬封。后转业建筑,为“锦绣家园”及“喜必临房地产公司”董事长,亦为《新中原报》董事长。80 年代与几位文友发起组织“泰华写作人协会”,历任该会第一至第四届会长。笔名另有笔匠、乃方、游戈等。是接龙小说《破毕舍歪传》及《风雨耀华力》的倡起人及作者之一。曾编辑《幸福底泪痕》《失去的春天》等短篇小说集。②

司马攻,原名马君楚。笔名另有剑曹等。1933 年生,祖籍广东省潮阳市。早年在中国受教育,喜文艺,爱研读。1966 年开始写作,主要投稿《中华日报》“文学”版。后因商务,停笔达十年之久。80 年代重返泰华文坛。早期作品多见于《东南日报》“文苑”“新文艺”,后期作品则见于《新中原报》“大众文艺”“新半岛”及《亚洲日报》“亚洲文艺”等。八九十年代,主要创作以散文、杂文、微型小说见称。“行文生动,有寓意,独成一格。”70 年代到 90 年代,为其创作高峰期,先后出版《冷热集》《明月水中来》《泰国琐谈》《踏影集》《独醒》《挽节集》《泰华文学漫谈》《司马攻散文集》《司马攻序跋集》《湄江消夏录》《梦余暇笔》《演员》等。③ 1990 年 4 月,当选为泰国华文作家协会会长。其辞条收入《世界华侨华人词典》(周南京主编,北京大学出版社,1993 年版)。

---

① 陆士清:《血脉情缘——泰华作协、〈泰华文学〉素描》,《笔韵——他和她们诗的世界》,上海:复旦大学出版社,2013 年版,第 94 页。

② 《“泰国华文作家协会”第六届理事会 21 位理事职名简介》,《湄江文艺》编辑组:《试金石》,泰国华文作家协会,1992 年版,第 133 页。

③ 洪林:《泰华文化人物辞典》,泰中学会,2000 年版,第 10~11 页。

1999 年 2 月 28 日，冰心逝世。司马攻代表泰国华文作家协会致唁电，高度评价冰心对中华文化的杰出贡献：“冰心先生对中华文化，尤其文学方面，作出了重大的贡献，泰国华文作家永远缅怀她。”[①]

韩牧，原名洪克勤。《泰华文化人物辞典》有词条云：

> 1924 年出生于泰国南部。祖籍广东省普宁县。早年曾回家乡读书。毕业汕头礐石中学后返泰。年轻时，历任柬埔寨金边棉华日报、工商日报、印尼椰加达生活报驻穗记者。喜文艺，时于商余写作，多以散文见报。八十年代初，以纪祥为笔名创作散文，投中华日报《华园》、新中原报《大众文艺》。1986 年，随泰华作协代表团访问中国，于北京访问了著名作家冰心。一生创作不少，但未结集出版。为人热情，关注泰华文化事业。原是泰华写作人协会第一届理事会副会长。现为泰华作协会员。[②]

1989 年 7 月 13 日，许静华在《亦商亦文的韩牧》一文中，也曾提及拜会冰心一事：“一九八六年随同会长方思若，顾问司马攻等赴中国访问，会见了中国名作家多位，并访问了名女作家冰心。”受冰心赠语的感召和鼓励，韩牧“在高兴之余，曾再三对同团的成员说：‘如果你们有意要把作品刊印成集，我愿意资助你们’”[③]。

不过，上引回忆，部分信息或有误：首先是访问的时间，按前述文字，应是 1987 年，而非 1986 年；其次，彼时的司马攻，亦非泰华写作人协会的顾问（按：第三届泰华写作人协会聘任的顾问为魏登、萧汉昌、陈陆留、庄牧、马清泉[④]）。

岭南人，据《结》（诗双月刊出版社，1991 年版）和《岭南人小诗选》（留中大学出版社，2017 年版）两书前勒口的简介，本名符绩忠。1932 年 10 月生于海南文昌。1957 年毕业于山西大学中文系。同年七月去港。曾任职于香港华联银行。1966 年 3 月赴泰从商。出版诗集三册：《结》《岭南人短诗集》《我是一片云》，散文集《看山》（与符征合著），《湄南散文八家》（与思维、符征、今石等合著）。历任泰华写作人协会副会长，泰国华文作家协会、泰国文艺作家协会、泰华新诗学会副会长，泰国文学艺术会会长，世界华文诗人笔会副秘书长，东南亚华文诗人笔会创会常务理事。

---

① 王炳根：《玫瑰的盛开与凋谢：冰心吴文藻合传》（下），福州：福建教育出版社，2017 年版，第 1289 页。

② 洪林：《泰华文化人物辞典》，泰中学会，2000 年版，第 152～153 页。

③ 年腊梅：《泰华写作人剪影》，八音出版社，1990 年版，第 203 页。

④ 白翎：《“泰国华文作家协会”的创立和成长》，《湄江文艺》编辑组：《试金石》，泰国华文作家协会，1992 年版，第 119 页。

岭南人“是泰华较有名的诗人，曾受正规学校的文学训练，文学修养较高，尤其诗评更为读者所重视，与中国诗人雁翼，流沙河，蔡其矫，以及台湾的余光中甚有交情，并对他们的作品颇具研究心得”[①]。关于这次拜会，岭南人笔下也有记述：

> 1987年中秋，方思若率领泰华写作人协会代表团，应邀访问中国。在北京，登门造访冰心。许静华、白翎紧紧握住冰心的手，激动地说：“我是您的读者。”他们的话，说出我们的心声。泰华写作人，许多都受过冰心、鲁迅、巴金、老舍、郭沫若、林语堂、徐志摩、闻一多、朱自清、沈从文、艾青等的影响，而走上写作的道路。细心的读者，在泰华作家的作品中，隐隐约约可看到冰心等的影响。他们的作品，不但影响了老一代的泰华作家，也影响了新的一代。[②]

白翎，原名李友忠。笔名尚有白灵、柳宗等。1931年出生于泰国。祖籍广东省潮安县。培英中学、潮州中学肄业。后回乡就读于汕头金山中学，50年代初返泰。业余开始写小说、散文，投稿华文报副刊。50年代末，以小说《魔影》参加《曼谷新闻》第一届金笔征文比赛，获优秀奖。60年代，参加长篇接龙小说《风雨耀华力》的创作。1967年，创作短篇小说《在蓝色的天空下》在《世界日报》文艺版刊出，又以此参加槟城《教与学》杂志主办的征文比赛，获冠军奖。1985年，入《新中原报》，主编“大众文艺”。1987年和1988年出版的《轻风吹在湄江上》《尽在不言中》文集，均收其作品。1993年离开《新中原报》转入新创办的《亚洲日报》，主编“亚洲文艺”。1999年12月离开《亚洲日报》，受聘任《京华中原日报》“京华文苑”副刊主编。“擅写散文，文笔流畅、清新，富情感。”历任泰华写作人协会理事、泰国华文作家协会秘书。[③]

陈小民，原名陈觉民。1928年出生于泰国巴蜀府，祖籍广东普宁。幼年在春蓬府弄萱读小学。1945年肄业于越南堤岸南侨中学。曾回家乡，并于汕头礐光中学肄业，后返泰。1947年开始写作，投稿《光华报》文艺副刊“新生”版。60年代是其又一个写作时期。至70年代，迎来创作高潮，主要投稿于《东南日报》文艺副刊、《新中原报》“大众文艺”。1985年曾在《星暹日

---

① 白翎：《春暖花开又一年——八六年泰华文坛和〈大众文艺〉》，《泰华文学》，1987年8月30日第1期，第12页。该文完成于“一九八六年十二月廿二日”，“原载《新中原报》八七年元旦特刊”。

② 岭南人：《同中之异，求异存同——漫谈新马泰华文文学的同中之异》，厦门市东南亚华文文学研究会、厦门大学东南亚华文文学研究中心：《新世纪初的东南亚华文文学：下卷——回顾与展望：东南亚华文文学研究20周年》，厦门：厦门大学出版社，2007年版，第284页。

③ 洪林编著：《泰华文化人物辞典》，泰中学会，2000年版，第13~14页。

报》工作。后期主要从事翻译。曾在马来西亚《星洲日报》文艺副刊、广州花城出版社出版的《译海》发表译作。与（陈）春陆合译的《泰国两篇中篇小说》，1985 年在佛山出版社出版。1986 年 1 月，两人合译的《断臂村——克里・巴莫短篇小说选》，由中国友谊出版公司出版。[①] 两人编著的作品另有：《泰国华文文学初探》（新世纪出版社，1990 年版）、《海外华人传说故事选》（华龄出版社，1997 年版）。后者于 2010 年 11 月，又由泰国亚太文学出版社再次推出。曾任泰国华文作家协会理事。

作为中方的带路人与陪同人，陈喜儒也是这次会见的亲历者与见证者。1985 年，陈喜儒加入中国作家协会，任中国作协对外联络部亚非处翻译、处长。其对冰心的回忆，主要见于《冰心老人》（王炳根主编《冰心论集・四》下册，海峡文艺出版社，2009 年版）、《陈喜儒忆冰心》（《作家》2014 年第 7 期）、《怀念冰心》（《海内与海外》2019 年第 4 期），但均未涉及此次会面。不过大约四个月前，陈喜儒即已随团到访过泰国。6 月 4 日晚，泰华写作人协会曾假国宾酒店，宴请来自中国的第三批访泰作家代表团，并举行文艺座谈会。代表团共十位成员，除陈喜儒之外，另有艾明之（团长）、高缨（副团长）、郑秉谦、王歌行、廖公弦、赵本夫、张凤珠、林元春与栾文华。[②]

2002 年 9 月 4 日，《人民日报》（海外版）发表陈喜儒的《泰华作家司马攻》。文章在首段提及：1992 年，司马攻“率泰华作家团来访”，“我说是初次见面，但他说不，一次是 1987 年你到泰国访问时，我们一起座谈过，一次是你领我们去拜会冰心老人，而这是第三次。我一时愕然，但仔细一想，确有其事。他的记忆力惊人，当年的一些细节都记得一清二楚。只是他在人群中不显山不露水，所以我印象淡薄，没有记住”[③]。司马攻既然对“当年的一些细节都记得一清二楚”，但遗憾的是并未诉诸笔墨，没有留下拜会冰心的详细记载。

不过，司马攻笔下，却有文字叙及陈喜儒。“一九九〇年秋”，司马攻曾“应中国作家协会的邀请”，“以团长身份领一个七人团，到北京、济南、南京、上海、广州访问”[④]：

---

① 洪林：《泰华文化人物辞典》，泰中学会，2000 年版，第 83 页。

② 白翎：《“泰国华文作家协会”的创立和成长》，《湄江文艺》编辑组：《试金石》，泰国华文作家协会，1992 年版，第 119 页。李栩《由“泰华写作人协会”到“泰国华文作家协会”》一文的记载是：“同年（指 1986 年——引者注）六月二十日，由艾明之带领的‘中国作家代表团’，也在是隆鸿邦酒店开座谈会，偕行者：副团长高缨、赵本夫、廖公弦、郑秉谦、王歌行、格萨尔、林元春、陈喜儒、张凤珠、栾文华（翻译）等人。”（《不断的根》，第 120 页）

③ 陈喜儒：《东走西看》，北京：昆仑出版社，2005 年版，第 75 页。

④ 司马攻：《多个同学多条路》，《人妖・古船》，八音出版社，1998 年版，第 75 页。

"泰华作协"访华代表团，由曼谷直飞北京，在北京停留了五天，转济南，再往南京访问，然后由南京乘火车前往上海。

那一次中国作家协会招待"泰华作协"访华代表团规格很高，住的是四星级酒店，并且每人一个房间。同时还特派出中国作家协会对外联络部处长陈喜儒先生为全陪。

陈喜儒先生精通日文，经常出国，去过十多次日本，也曾代表中国作家协会来泰国访问，由他陪我们是很合适的。他一路谈笑风生，也处处关心我们。一天晚上，我们在火车中，一轮圆圆的故乡月凝在窗口，"啊，今夜是中秋节。"车厢里一位文友兴奋的说。一提起了中秋，就想起了月饼，于是有人说："早知今夕是中秋，就该先买几块月饼……"这时，陈喜儒先生从行旅箱中取出一盒月饼："这是广东月饼，我在北京预先买的，你们都是广东人，来、来，大家来尝试家乡风味吧！"

陈喜儒是一位周到的有心人。①

最后，何韵速记中提到冰心在国内外广泛传播的"千字文"，是指《万般皆上品……——一个副教授的独白》，"1987 年 7 月 13 日急就"，发表于 7 月 25 日的《北京晚报》，但有删改，后李辉在《还原晚年冰心》中恢复其原貌。

二、泰华作协访华团第二次拜访冰心

1992 年 9 月 7 日，"司马攻、梦莉、曾无、姚宗伟、陈博文、白令海、范模士来访"②。此应是泰国华文作家协会第二次集体拜晤冰心。有关情况，笔者在《泰华作家梦莉与冰心的交往考记》一文中曾述及，但迄今为止，尚未找到翔实的文献记录，故难以全面再现会见的场景及内容。不过，上引司马攻对陈喜儒的记述，其相关内容，如"七人团"一说等，与此次访华团的人数颇相吻合；而司马攻《多个同学多条路》一文作于 1995 年 6 月，距离此次访问，已有数年之隔，所谓"一九九〇年秋"，恐是作者误记。同时参证陈喜儒的《泰华作家司马攻》，可以断定应是 1992 年；而该年的中秋节，正是 9 月 11 日。

兹仍就泰华作协访华团成员做一简介。

"曾无"，应作曾天，此是年谱编著者辨识有误。笔者曾购泰国华文作家

---

① 司马攻：《多个同学多条路》，《人妖 · 古船》，八音出版社，1998 年版，第 75～76 页。

② 王炳根编著：《冰心年谱长编》（下卷），上海：上海交通大学出版社，2019 年版，第 1263 页。

协会出版的《试金石》一书，扉页有题赠："末凡先生收，指正。泰华作协副秘书曾天敬赠，92－9－5，寄自北京旅次。"其手书"曾天"二字，确是近似"曾无"。[①] 其笔名有林野、高粱、鲁公、高山峦等。青年时在中国接受教育，来泰后曾任教职。1957年攻读台湾中华函授学校高级新闻学、采访学、编辑学。历任曼谷《世界日报》《新中原报》《中华日报》记者、编辑。著有《森林升起的炊烟》（诗歌散文集）、《泰国·故乡》（诗歌散文集）、《微笑国度之歌》（诗集）。曾主编《泰国华侨奋斗史》《泰国华侨光辉录》《龙的传人》《泰华闻人传略》等传记文学。[②]

姚宗伟（1924—1999），原籍广东省潮阳县。早年肄业于潮阳县一中。少小偏好古典文学，尤对唐诗宋词颇具研究心得。来泰后，曾任黎逸府华侨学校校长，历时两年。后从商。七十年代开始创作，以旧体诗词为主。二十年间，共出版作品集八部，计有：《湄滨吟草》（律诗，1981）、《欧游见闻录》（游记，1985）、《东游随笔》（游记，1985）、《寄园诗稿》（律诗，1988）、《瓦罐里开的花》（散文集，1989）、《春暖》（散文集，1991）、《姚宗伟散文集》（1996）、《姚宗伟短篇小说》（1997）。"文笔颇具人生哲理，又具韵味；作品兼具新旧文字，各有文采。"曾任《南国诗社》社长、泰华诗学社副社长、泰国华文作家协会副会长等。[③]

陈博文，笔名有华兰、任坚、萧燕等。1929年生于广东省澄海县。毕业于澄中学校。1945年抗战胜利后去泰。当过学徒、店员，开过印务局。1972年开始文艺创作，投稿各华文报文艺副刊。1974年末《新中原报》创刊后，撰写有关评述农产品产销及市场专栏文字。1979年《泰商日报》出版，于"泰副"开辟"三不斋谈薮"专栏。1981年4月，出版杂文集《三不斋谈薮》；8月，又出版短篇小说集《人海涟漪》。1983年，主编《泰商日报》副刊；发起组织泰商文友会并任第一届主席，出版《朝晖》特刊。1984年，出任《世界日报》"财经新闻"版编辑，兼编"侨团"版，并兼任《工商日报》副刊编辑。同年出版《文坛集锦》特刊。1987年与林梦蛟联合主办"中泰钱币展览"，出版《中泰古今钱币图录》。1989年4月出版《畅言集》《雨声絮语》，10月出版短篇小说集《蛇恋》。同年加入泰华写作人协会，并获选为理事。

---

① 笔者最初以为"曾无"应作"曾心"［参见熊飞宇、林小米：《泰华作家梦莉与冰心的交往考记》，《华文文学评论》（第七辑），成都：四川大学出版社，2020年版，第345页］，是只知"曾心"不知"曾天"之故，特订正。

② 《"泰国华文作家协会"第六届理事会21位理事职名简介》，《湄江文艺》编辑组：《试金石》，泰国华文作家协会，1992年版，第132页。

③ 洪林：《泰华文化人物辞典》，泰中学会，2000年版，第65～66页。

1991年8月出版《泰国河山》。1992年，随泰华作协代表团访问北京、济南、上海、南京、广州等地。1993年6月，出版短篇小说集《晚霞满天》。1994年元月，出任《泰国旅游》杂志中文版编辑顾问。是年，出版《泰国风采》（上卷），获选为泰华作协副会长。1995年元月出版《泰国风采》（下卷）；11月，出版微型小说集《惊变》。1996年元月出任《现代泰国导报》月刊总编辑，同时出版《短篇小说自选集》；11月，出版杂文集《浮生漫笔》。1997年6月，出版散文集《桥之恋》。“其作品包括小说、散文、诗歌、财经专栏文字、专题报导等，皆言之有物，笔触所及，流畅生动而富感情色彩，时被中国（大陆）、台湾等外地报刊加以转载凡十数家。”①

白令海，原名王少华。1935年出生于泰国佛统府。祖籍广东省普宁县。幼年回家乡读书，高中毕业后，于50年代返泰。50年代末开始创作，投稿《七洲洋》。60年代初，主要撰写散文，发表于《京华日报》“文苑”；末期至70年代初，作品以小说为主，刊《中华日报》“文学”副刊。后因商忙停笔多年。80年代重返泰华文坛，除创作散文、杂文外，另有《云后楼随笔》专栏数十篇，发表于《中华日报》“华园”版。1998年出版个人文集《小楼残梦》。“其作品大多洋溢着浓郁乡情，文笔流利且富感情色彩。”曾任泰华作家协会理事。②

范模士，本名翁泰安。原籍广东潮阳。大学肄业。以三人水、文羽公、文刁等笔名，在各华文报发表小说、诗歌、散文、相声。曾任青山机构辖下德行经理、泰国暨南大学校友会秘书长、暨南大学对外联谊会名誉理事长、泰华作协稽核。与文友联合出版《轻风吹在湄江上》和《尽在不言中》。③ 有个人文集《董事长来了》（八音出版社，1992年版），主要收录作者短篇小说，另收评文四篇及相声两篇。

冰心与泰华文学界的交流事宜，就目前出版的种种传记与年谱来看，鲜少提及，将其钩沉起来并详叙始末，无疑有裨于冰心的生平研究。另一方面，冰心其人其文，在海外华文世界拥有巨大的影响力。她对泰华作家“有功的”称赞并请转达问候，体现出冰心老人颇具远见卓识的文化高度；而且这种肯定与鼓励，更是落实到一件件、一桩桩的具体行动。1990年8月25日，中华台港暨海外华文文学研究会在北京成立。“研究会”即聘请冰心为荣誉会长，

① 洪林：《泰华文化人物辞典》，泰中学会，2000年版，第81～82页。

② 洪林：《泰华文化人物辞典》，泰中学会，2000年版，第15页。

③ 《“泰国华文作家协会”第六届理事会21位理事职名简介》，《湄江文艺》编辑组：《试金石》，泰国华文作家协会，1992年版，第134页。

艾青任会长。[①] 1993 年 4 月，由中国微型小说学会、新加坡作家协会、泰国华文作家协会、中华文学协会、上海文化发展基金会、英国华文作家协会、莎比卢华文作家协会、香港作家联合会等共同主办，并联合《解放日报》《新民晚报》《新华日报》《北京晚报》《文学报》《南昌晚报》《福州晚报》《春城晚报》《呼和浩特晚报》《海口晚报》《洛阳日报》《宝钢日报》《劳动报》《上海侨报》《小说界》《萌芽》《芒种》《野草》《百花园》《小小说选刊》《微型小说选刊》及《联合早报》（新加坡）、《新中原报》（泰国）、《新加坡文学》、《中外论坛》（美国）、上海文艺出版社等发起《春兰·世界华文微型小说大赛》。评奖委员会由冰心、汪道涵、夏征农、施蛰存、萧干任顾问，柯灵为主任委员，徐俊西、张锲、江曾培、黄孟文、董木森、司马攻、丁法章、曾敏之、张伯良、林湄任副主任委员，联办的各报刊有关负责人为委员。[②] 自1996 年，周明、李沙铃主编的《域外著名华文女作家散文自选集》（十卷本），由陕西人民出版社陆续出版，冰心出任丛书名誉主编并题写封面。如此等等，不一而足。从中可见冰心虽已届耄耋之年，但仍倾尽心力，扶持海外华文文学的发育与成长。因此，考察冰心与海外华文文学之间的关联与互动，将会进一步拓宽冰心研究的领域，同时也彰显出冰心及其文学当代价值的重要一维。

---

① 中国文联理论研究室：《1990 年文学艺术论稿》，北京：中国文联出版公司，1992 年版，第 423 页。

② 洪林：《泰国华文文学史探》，汕头：汕头大学出版社，2008 年版，第 256～264 页。

1979—2020年的《京华烟云》接受研究

王艺臻*

摘　要：作为响应、支持国内抗日战争的重要作品，《京华烟云》在出版之际就受到了学术界的关注。进入新时期，随着传播媒介的不断增多，在四十多年历史的淘洗下这一文本更是成为现当代文学史上一道独特的风景。通过对《京华烟云》进行接受研究，探究现有的三个研究视野：一是《红楼梦》的影响；二是文本审美探究；三是比较文学视阈与女性主义理论对接受研究的新拓。对其现有的研究成果进行梳理，有助于明确其在经典化过程中的历史脉络，厘清现有接受批评的角度，探索新的研究视角。

关键词：《京华烟云》　1979—2020年　接受研究　林语堂

引　言

《京华烟云》一书由林语堂于1938年3月开始构思，当年8月8日起笔，次年8月8日结稿。一整年的时间，林语堂从法国到美国，最终顺利地完成了他人生中的第一部长篇小说的创作。1939年《京华烟云》脱稿后即被纽约约翰·黛公司出版，出版后的短短半年内便行销5万多册。由于林语堂在国内20世纪三四十年代文坛颇有名气，他的这一创作同时受到了国内的众多关注。即便其当时旅居美国，《京华烟云》也以全英文写就并于美国出版，该书问世后仍引发了国内学者们的讨论。1940年，周黎菴于率先在《世界杰作精华》上发表了《关于“瞬息京华”》②，国内对《京华烟云》的接受研究由此开始。

---

* 王艺臻，女，1996年生，汉族，甘肃张掖人，本科就读于四川大学文学与新闻学院汉语言文学（基地班），现为武汉大学文学院在读硕士研究生。研究方向：中国现当代文学。

② 周黎菴：《关于“瞬息京华”》，《世界杰作精华》，1940年第3期，第273～284页。

作为用英文写成的小说，将《京华烟云》翻译后引入国内是扩大它的读者群最重要的一步工作。林语堂本人也十分重视这一环节，他将自己准备的三千多条签注寄给郁达夫，让其帮忙将《京华烟云》翻译为中文。但在国内的译著还未出现之前，日本在 1940 年已出版了三种日译本[①]，当然由于小说中明显的抗日救国意识，日版在翻译过程中对其内容进行了一定程度的删削和歪曲。相较之下，与《京华烟云》在海外颇受关注的现状所不同的是它的中译版姗姗来迟。郁达夫由于个人原因未能完成林语堂的嘱托，直到 1941 年郑陀和应元杰合译的全译本《瞬息京华》才被上海春秋出版社出版。这一版本虽然让林语堂本人不甚满意，但在港台等地的华人文学圈却也实实在在流传了 30 多年。随着这一版本的译著出版，国内对《京华烟云》的讨论不断增多。巴人[②]、玄圃[③]等人均针对《京华烟云》一书或书中某个角度进行了一系列讨论。但是局限于时局的变动和林语堂本人在国内影响的转变，这番研究的声音也是褒贬不一，至 20 世纪 40 年代中后期相关讨论逐渐销声匿迹。

“抗战胜利后，郑陀和应元杰合译的全译本《瞬息京华》改由上海光明书局出版，并再版多次。从 1946 年至 1949 年，香港文达出版社根据这个译本重印多次。1952 年台北文光书局出版的《京华烟云》仍依据郑译本，但两位译者之名被抹掉。从 50 年代至 70 年代，台湾多次重印这部小说，直到 1977 年台湾远景出版事业公司出版的《京华烟云》，都是不署译者大名的郑译本。台湾德华出版社于 1977 年 3 月出版了张振玉译的《京华烟云》，随后金兰文化出版社出版《林语堂全集》也采用了张译本。”[④] 与《京华烟云》在其他地区的蓬勃传播之态相比，在这期间由于国内局势的巨大变化，对林语堂本人的“定性”使得四十多年内包括《京华烟云》在内的林语堂的一系列著作均未在大陆出版过。直至 1987 年，吉林时代文艺出版社在梅中泉的提议和主导下出版了张译本《京华烟云》，《京华烟云》才得以再度出现在国内大众视野中，结束了国内对林语堂“只闻其名，不见其书”的状态。

随着国内思想的进一步解放以及张译本在大陆的出版，国内关于林语堂本人的研究不断发展起来，《京华烟云》的相关研究得以再次进入学者们的视

---

① 这三个日译本分别是：明窗社出版的藤原邦文的节译本《北京历日》；今日问题出版社的鹤田知也的译本《北京之日》；四季书房出版的小田岳夫、中村雅男、松本正雄合译的《北京好日》，这一资料来源于：万平近：《谈〈京华烟云〉中译本》，《新文学史料》，1990 年第 2 期，第 123～126 页。

② 巴人：《道与现实：评“京华烟云”（未完）》，《力报副刊·半月文艺》，1942 年第 20、21 期，第 20～31 页。 巴人：《道与现实（续）：评“京华烟云”》，《力报副刊·半月文艺》1942 年第 22、23 期，第 1～14 页。

③ 玄圃：《评林语堂“京华烟云”》，《中苏文化杂志》，1943 年第 14 期，第 104～108 页。

④ 万平近：《谈〈京华烟云〉中译本》，《新文学史料》，1990 年第 2 期，第 123～126 页。

野。纵观国内80年代至今的研究，学者们对于《京华烟云》的讨论主要分为三个大的方向：一是从翻译学的角度将其英文原版和国内中译版进行比较研究，或以全文为研究对象，或研究文中涉及的文法、词法等。二是从社会学的角度借助文中宏大、细致的叙事文本来探究文中出现的传统社会风俗场景，进一步透析当时的社会民俗活动。上述两个角度的研究涉及翻译学、社会学等相关的专业知识，在此不多进行赘述。三是从文学的角度，学者们或采用英文原本，或借助中译本对《京华烟云》进行思想文化等方面的研究。20世纪80年代至今，在《京华烟云》全译本出版之际，李炳银率先于《文艺争鸣》发表了《对〈京华烟云〉人物塑造的几点看法》[①]，之后国内对《京华烟云》的接受角度不断创新，研究也不断加深。经过梳理总结，笔者发现40年来学者们对《京华烟云》的接受视野主要集中于以下几个方面：《红楼梦》的影响；文本审美探究；比较文学视阈与女性主义理论观照下的《京华烟云》研究。本文将以上述三个视角作为分析梳理的角度，明晰1979—2018年《京华烟云》在国内的接受线索。

一、《红楼梦》的影响

作为中国古代文学创作的巅峰之作，《红楼梦》在现代文学史上仍产生了巨大的影响。在《京华烟云》写作之前，林语堂原本的意图是将《红楼梦》翻译为英文并将其介绍到西方。但是在此工作未竟之时，林语堂为了响应国内声势浩大的抗日战争，书写现代中国人的生活，他重新构思，起笔创作了《京华烟云》一书。林语堂曾在《我怎样写〈瞬息京华〉》一文中承认："在此期间，犹有一事可记者，即读《红楼梦》，故后来写作受红楼梦无形中之熏染，犹有痕迹可循。"[②] 在《关于〈京华烟云〉》一文中，林如斯的评论也印证了这一点。[③]《京华烟云》英文版出版后，周黎菴曾用一个公式定义其与《红楼梦》之间的关系："林语堂长篇小说（瞬息京华）＝红楼梦＋庄子＋其他。"[④]这是有关二者关系的最早认识，《京华烟云》"写了什么""怎样写的"深受《红楼梦》的影响在研究之初也成为学者们的共识。

---

① 李炳银：《对〈京华烟云〉人物塑造的几点看法》，《文艺争鸣》，1987年第6期，第51～56页。

② 林语堂，《我怎样写瞬息京华》，《宇宙风》，1940年第100期，第102～104页。

③ 林如斯在《关于〈京华烟云〉》一文中提及："一九三八的春天，父亲突然想起翻译《红楼梦》，后来再三思虑而感此非其时也，且《红楼梦》与现代中国距离太远，所以决定写一部小说。"

④ 周黎菴：《关于"瞬息京华"》，《世界杰作精华》，1940年第3期，第273～284页。

但是值得注意的是，进入新时期，《京华烟云》与《红楼梦》的关系探究在一开始并未形成独立的研究脉络，两者间的关系论述间或作为组成部分出现在学者们研究成果之中。直到 90 年代中后期，随着学者们将研究视野集中到《红楼梦》对现代文学的影响上，《京华烟云》同《家》《金粉世家》等小说一起成为研究的重点后，相关研究才得以推进，许多新的观点和意见被提出。具体而言，主要有以下两种既定视野。

（一）经典的继承

对这一既定视野的研究是许多学者讨论《红楼梦》与《京华烟云》的关系时必然会涉及的。李炳银首先提及："《京华烟云》显然是继承和发扬了《金瓶梅》与《红楼梦》在艺术表现方面的许多手法，这就是不以重大的，单项的事件为依托，为轴心，而是以人们的日常生活为基础，以人们命运的发展为脉络来展开描写。"① 在前人已经有所讨论的基础上，刘锋杰进一步对《京华烟云》从哪些方面学习、借鉴了《红楼梦》进行了归纳。他认为《京华烟云》对《红楼梦》的继承主要集中在以下几个方面：1. 人物形象渊源；2. 文本结构的继承；3. 家族叙事模式的模仿；4. 悲剧精神（悲剧意识）的渗透。② 作为总结性说明，这一论断为接受者们的深入研究奠定了基础。

《京华烟云》为了满足文本叙写 20 世纪头 40 年的中国动荡历史的目的，模仿《红楼梦》刻画了姚、曾、牛三个完全不同的大家庭，其中姚家为主，曾牛两家做宾，形成三角形的结构。文中主要人物陆续出场后，三个家庭互相安排姻亲以建立合理的联系的局面也为人情世故展开的合理性、文章内部的凝聚性以及后来故事情节的设置进行了铺垫。文中众多的人物单以数量计大大小小百位有余，仅人物表上留有名姓的就有八十多位。至于文本人物刻画、情节的模仿等方面接受者均可以显而易见地通过阅读感受到来自《红楼梦》的影响。谈及两部文本中蕴含的悲剧精神，《红楼梦》的悲剧构成自是不用再多论述，一句"白茫茫大地真干净"于无物中将一切囊括其中。而《京华烟云》借文本反复出现的死亡情节、主人公的命运设定以及时代带来的磨难也处处展现了作者的悲剧意识。学界对此四个部分分别进行讨论的成果有很多，在此就不一一列举。纵观诸位接受者的研究活动，虽显著地昭示了《红楼梦》对《京华烟云》创作的滋养，但实质性的突破还有待发掘。

不过刘锋杰承认并总结道："《京华烟云》能够成为红楼家族的一员，已

① 李炳银：《对〈京华烟云〉人物塑造的几点看法》，《文艺争鸣》，1987 年第 6 期，第 51～56 页。

② 刘锋杰：《承继与分离——〈京华烟云〉对〈红楼梦〉关系之研究》，《红楼梦学刊》，1996 年第 3 期，第 220～249 页。

经是它不可否认的成就了，它说明，《红楼梦》的创作模式，不仅具有概括中国传统社会的功能，在有所改变的情况下，它仍然可能具有概括中国现代社会的功能。”[①] 高建青也强调《京华烟云》是对《红楼梦》经典再造。[②] 虽然这一既定视野下的研究还有待深入，但是《京华烟云》的文本评价在接受过程中愈加客观，也算是接受研究带来的显著成果之一。

（二）模仿的批判

李炳银曾在论述时略有提及《京华烟云》在模仿《红楼梦》时的新创，他认为林语堂在创作时结合自己的教育经历，在文章中展现了对人物心理刻画的重视，这是欧洲小说中常见的手法，同时林语堂还会用不同的事件和经历来丰富人物的内心世界，在《京华烟云》中情节的推动也和主人公的心理变化有着极为密切的联系。林语堂对欧洲小说创作手法的学习和自如运用得到了李炳银的肯定。[③] 这是对《京华烟云》新创的具体说明，而吴中杰则紧随其后指出：“《京华烟云》并非完全模仿红楼梦，它是以现实生活做基础的，而且在艺术上还有很多独特的地方。”[④] 杨义则继承了周黎菴的认识，认为《京华烟云》“是一部在离乱时世以道家精神重写的现代《红楼》变奏曲”[⑤]。这些观点更加强调了对《京华烟云》模仿《红楼梦》的批判性接受，许多接受者将接受视野转移到对《京华烟云》创新型书写的研究之上。

在40年代，有接受者认为姚思安是文本中的灵魂人物，如巴人认为：“才女姚木兰和才子孔立夫是个别用于表现这位大灵魂（意指姚思安）的副角，而此外的男男女女只不过是因了时代史实而罗列的形形色色的配角而已。”[⑥] 但是进入新时期，随着西方女性主义的传入，接受者们利用新的视角得到不同的观点。倪文兴认为虽然鲁迅以冷峻的视野审视整个国家，批判国民的“劣根性”，但是文化新人的形象却未曾进入他的小说创作中，而林语堂在《京华烟云》中塑造的姚木兰形象，不仅承载了作者个人心中的理想人格，也是整个小说的线索式人物。这一创作明显是不同于鲁迅的，甚至可以说超

---

① 刘锋杰：《承继与分离——〈京华烟云〉对〈红楼梦〉关系之研究》，《红楼梦学刊》，1996年第3期，第220～249页。

② 高建青：《经验与意图：“模式化”经典何以可能——以〈京华烟云〉和〈红楼梦〉为中心》，《宜春学院学报》，2016第8期，第88～92页。

③ 李炳银：《对〈京华烟云〉人物塑造的几点看法》，《文艺争鸣》，1987年第6期，第51～56页。

④ 吴中杰：《〈京华烟云〉与林语堂的道家思想》，《华文文学》，1988年第1期，第38～42页。

⑤ 杨义：《林语堂：道家文化的海外回归者》，《华文文学》，1991年第2期，第50～53页。

⑥ 巴人：《道与现实（续）：评“京华烟云”》，《力报副刊·半月文艺》，1942年第22、23期，第1～14页。

出了鲁迅创作的范畴。[①] 而此后接受者们也基本认同林语堂在创作《京华烟云》时移置了中心话语人物，女性（木兰、莫愁姐妹）成为文本中心，作者心中的人格理想被加诸主角木兰身上，众多女性形象在文本中的多面展现也为现代文学人物宝库增添了一抹独特的色彩。林语堂本人对传统家庭的不同认识也让《京华烟云》展现出了独特的切入视角。基于林语堂本人的成长经历，他缺乏在封建家庭中生活的经验，加之西方文化对他的影响以及在创作时考虑到目标读者群体的不同，他的创作更是为西方读者了解传统中国家庭而服务，因而在对《红楼梦》进行模仿的时候他更多地考虑了自己创作的需要，赋予了家庭小说以新的内涵。作为一种经典范式，《京华烟云》成为家族小说在现代社会背景下的一种新的表现形式。同样在这种创作目的下，林语堂在文本中对封建家庭制度的批判意味也并不深刻。阎浩岗认为文中姚、曾两家的败落更多是战争带来的后果，家庭命运轨迹的巨变与国家现实紧密地联系在了一起，虽然几个大家族的败落令作者产生了些许悲伤，但是作者本人在作品中展现的情感却不悲观，国家的复兴成为家族复兴的希望。[②] 悲剧因素所带来的颓唐以及消极失落都在林语堂所营造的缥缈虚无的道家哲学的影响下有所消解，以至于文章的悲观色彩并不十分浓厚，加之文本结尾所营造的宏大逃难场景以及全民族齐心协力的情感展现使得文本的积极意义更为深远。“作家是以这部小说的创作来服务于抗日战争的，它所宣传的是正义、自由、解放将属于中国人民。我们只能说，在这里存在着遗憾；林语堂得到了人生的正义，却削弱了艺术的力量，未能把二者统一起来。”[③]

面对林语堂在创作过程中的种种尝试与创新，阎浩岗惋惜但客观地评价道：《京华烟云》本应“在《红楼梦》的文学世界之外，撑持起一个不同于《红楼梦》的文学空间”[④]。但是碍于作者个人因素，这一目的并没有达到。“所以，《京华烟云》看起来是现代中国文学界中最有《红楼梦》血缘的作品，而在本质上，它又不及巴金的《家》系列更得红楼的神韵。”[⑤] 正如高鹤芸评

① 倪文兴：《不要忘了林语堂——我读〈京华烟云〉》，《读书》，1988 年第 10 期，第 25～29 页。

② 阎浩岗：《具有“红楼”血缘的两部中国现代小说——〈红楼梦〉与〈家〉及〈京华烟云〉之比较》，《红楼梦学刊》，2002 年第 1 期，第 259～274 页。

③ 阎浩岗：《具有“红楼”血缘的两部中国现代小说——〈红楼梦〉与〈家〉及〈京华烟云〉之比较》，《红楼梦学刊》，2002 年第 1 期，第 259～274 页。

④ 阎浩岗：《具有“红楼”血缘的两部中国现代小说——〈红楼梦〉与〈家〉及〈京华烟云〉之比较》，《红楼梦学刊》，2002 年第 1 期，第 259～274 页。

⑤ 刘锋杰：《承继与分离——〈京华烟云〉对〈红楼梦〉关系之研究》，《红楼梦学刊》，1996 年第 3 期，第 220～249 页。

价其仅为具有红楼气质的作品之一。[①] 作为古典文学的一座高山，《红楼梦》的被模仿之路绝不仅限于此，后世作家对其的不断学习与转化是历史的必然，但这同样为新时期的作家带来了要求与挑战，就如王兆胜所提出的：当21世纪的中国作家在创作时向《红楼梦》进行学习时，更为宏观的视角、更为理性的思考以及更为自觉的借鉴成为他们所要注意的问题。[②]

二、文本审美探究

文本审美与《红楼梦》的影响这两个接受视阈可以说是齐头并进式的。在林如斯的书评《关于〈京华烟云〉》[③] 的最先介入下，《京华烟云》的审美价值得到了全面的展现，而后继的接受者们也对其审美特性进行了深入探究。

（一）叙事艺术

《京华烟云》的叙事手法与其他文本的不同是接受者最先关注到的问题。《京华烟云》中作者为了更好地展示中国传统家庭的生活图景，也为了西方读者能够更加顺畅地理解和阅读这一小说，文本中涉及的衣食住行、婚丧嫁娶等都得到了细致的刻画，裹足、冲喜、庆中秋、乔迁、婚丧礼节等都有相关的大段文字进行说明，如对木兰豪华婚礼的刻画，作者不惜花费大量笔墨详细地列出了每一件彩礼之物，为了烘托气氛，整个场景的描述也是异常宏大。通过作者的描写，读者得以借此透视当时人们的日常生活，但如此的叙事手法在一定程度上造成了文本内容的断裂，影响了故事应有的连贯性。多位接受者在这一问题上产生了分歧。陈平原对此曾严厉地指出，他认为林语堂在文本中插入的大段的描写有时甚至比正文还要精彩，这严重地影响了文本叙事内容的连贯，对西方读者而言这可能是必要的，但是对于中国读者而言，这种描写多余且累赘。[④] 郭海燕则对产生如此局面的原因进行了探究："小说的随笔化在林语堂的小说创作是个典型……这也是由于他把小说作为宣传其思想的工具的原因造成的。"[⑤] 叙述手法的变化带来了质疑的声音，但是多数

---

① 高鹤芸：《论〈京华烟云〉与〈红楼梦〉的渊源关系》，《文学教育》（下），2012年第6期，第19页。

② 王兆胜：《〈红楼梦〉与20世纪中国文学》，《中国社会科学》，2002年第3期，第149～161页。

③ 林如斯：《关于〈京华烟云〉》，张振玉译著，林语堂：《京华烟云》，北京：人民出版社，2005年版，第12～13页。

④ 陈平原：《两脚踏东西文化——林语堂其人其文》，《读书》，1989年第1期，第66～72页。

⑤ 郭海燕：《论林语堂的"小说三部曲"》，《淮阴师范学院学报》（哲学社会科学版），2001年第4期，第538～542页。

接受者在综合考量了林语堂的创作背景后对其这一选择表示了支持与欣赏。李炳银认为作者在创作时的收放自如以及《京华烟云》中或宏大或精细的描写等艺术表现方式值得其他作家学习和借鉴。[①] 刘锋杰则夸赞道："《京华烟云》的叙事结构所具有的开放性、时代性，就使得这部作品既是中国文化的一种把捉，也是中国现实的一种把捉，并由文化把捉流向现实把捉，终而成为一部在一定程度上囊括中华文化精神、更是囊括二十世纪初期到中期中国的现实生活的一部巨著。"[②] 梅雯则进一步阐述了如此叙述模式为文本带来的意义，她认为《京华烟云》作为一本写给西方读者的著作，文本中重点凸显的生活艺术为西方读者营造了一种浓郁的中式氛围，这使得整个文本的艺术风格呈现出宁静、中庸和高贵。[③] 接受者们基于不同的观点对《京华烟云》的叙事进行了讨论，立足于不同的观点，分歧的产生成为接受过程中的必然。但是随着研究的深入，在林语堂著作的文化传播意义被更为重视的背景下，对《京华烟云》的叙事手法表示认同越来越成为接受者们的取向，之后的接受研究成果多有重复，在此不再赘述。

（二）人物塑造

作为一部小说，《京华烟云》对姚、曾、牛三个完全不同的大家庭进行刻画，描写了在历史的裹挟下各色人物身不由己的命运转变。李炳银于 1987 年发表在《文艺争鸣》上的《对〈京华烟云〉人物塑造的几点看法》率先开启了新时期这一视野下的接受研究。在论述中，李炳银对《京华烟云》的人物塑造持高度肯定的态度，他认为《京华烟云》很好地刻画了一个个生动的人物形象，不论是复杂的人物内在还是冲突四溢的文本环境都得到了艺术的再现，而真实的历史冲突更是在文本中得到了具体详细的刻画，《京华烟云》以文学创作的形式实现了对历史的记忆，这些都是《京华烟云》所带来的贡献，也是这一文本深度的展现。[④] 倪文兴则紧接其后，从叙事者角度介入，指出了《京华烟云》在人物塑造方面的缺憾，他认为林语堂在文本中扮演了叙事者的角色，这一角色默默隐藏在文本的背后，却决定了文本的走向，"隐藏的叙事者"影响了文本的艺术品性，文本对人物形象的丰富以及人物的合理变化都

---

① 李炳银：《对〈京华烟云〉人物塑造的几点看法》，《文艺争鸣》，1987 年第 6 期，第 51～56 页。

② 刘锋杰：《承继与分离——〈京华烟云〉对〈红楼梦〉关系之研究》，《红楼梦学刊》，1996 年第 3 期，第 220～249 页。

③ 梅雯：《家族生活和新旧代替之际的人——以四部现代长篇家族小说为中心》，《中国现代文学研究丛刊》，2000 第 1 期，第 53～75 页。

④ 李炳银：《对〈京华烟云〉人物塑造的几点看法》，《文艺争鸣》，1987 年第 6 期，第 51～56 页。

被忽略，文中的形象更像是为了服务于叙事者而存在的一个个具有特定意味文化符号。[①] 朱东宇深化了这一认识，他认为：“《京华烟云》的创作意图是用艺术形象向西方世界介绍中国文化，而文中的女主人公姚木兰，与其说她是生活的典型，不如说她是作者塑造的理想文化、理想家庭环境中的理想女子。”[②] 此后，由于姚木兰人物的塑造特性，接受者们对这一人物形象的研究进一步深化，刘勇对木兰形象的塑造进行了更为深入的解读：林语堂赋予了木兰东方审美，但木兰这个形象更多地展现了一个善良的富家妇女的美好品行，未能具备现代女性的思想意识。[③] 涂秀芳更是将接受视野迁移到“木兰”这一传统中国文学意象之上，她认为姚木兰的形象在一定程度上引喻了传统文化中的木兰形象，即便这种引喻不是十分明显，但是姚木兰形象的创作受到了传统木兰形象的影响或者更进一步认为传统木兰形象的精神在其中得到了展现也是可以确认的。[④] 这一观点从中国传统文学的基础上对木兰的形象塑造进行了溯源，是相关研究的新认识，值得接受者们深入挖掘。肖百容[⑤]则进一步消解了文本中人物形象的文化界限，他引入“放浪者”的概念对文本中涉及的人物塑造进行总结，认为林语堂在小说中借用对文本形象的如此塑造及宣扬以展现其独特的人生哲学，此观点的介入淡化了文本在塑造人物时赋予人物的文化信息，明确认为文本中出现的人物并不截然分明地属于某一种文化，这是新时期这一接受视野下的进一步延伸。

（三）意蕴表达

除了丰富多彩的人物塑造外，《京华烟云》也因文本中交织的儒、释、道三家思想而受到接受者们的关注。文本中传统三家思想都有所涉及，间或刻画新式思想对社会的冲击，文本中并存的各种思想立体地展现了中国社会思想文化的多元性。

在新时期，接受者们更加倾向于用“一团矛盾”对林语堂其人进行评价，同时这样的接受视野也影响了接受者们对《京华烟云》的深入分析。面对文本中交织的复杂的思想，李炳银认为不论是老父亲晚年云游归来后对俗世的主动介入还是女儿面临的困惑都昭示姚家父女二人并未得到真正的“道”，社

---

① 倪文兴：《不要忘了林语堂——我读〈京华烟云〉》，《读书》，1988 年第 10 期，第 25～29 页。

② 朱东宇：《论林语堂小说人物与文化》，《大庆社会科学》，1997 年第 5 期，第 57～61 页。

③ 刘勇：《论林语堂〈京华烟云〉的文化意蕴》，《北京师范大学学报》（社会科学版），1998 年第 3 期，第 96～103 页。

④ 涂秀芳：《试论姚木兰形象的创造——植根于中国传统的林语堂小说 Moment in Peking》，《福州大学学报》（哲学社会科学版），2003 年第 2 期，第 69～73 页。

⑤ 肖百容：《“放浪者”：林语堂的人格乌托邦》，《中国现代文学研究丛刊》，2011 年第 3 期，第 168～175 页。

会和人生的牵绊使他们无法抽离且不得不参与其中，父女二人的这种分裂与他们所处的社会环境密切相关，同时也是作者本人思想矛盾影响下的结果。① 倪文兴则更为直白地通过文本揭露作者林语堂本人的精神活动，他认为与其说林语堂在文本中推崇到道家，倒不如认为他是以一种中庸的态度来取舍复杂的中华文化，而《京华烟云》也并非集中地展现某一种精神哲思，而是在文本中集中地展现了思想的多种矛盾。② 新时期一开始，几位接受者的认识就已经突破了四十年代接受者们普遍认同的道家思想主导文本的观点，拓展了新时期接受者们对《京华烟云》文本意蕴的探索视野，文本“儒道互补”的观点逐渐被接受者们普遍接受。后来，赖勤芳打破了这一观点，他在《中国经典的现代重构——林语堂“对外讲中”写作研究》③ 一书中用“以道释儒”的观点对林语堂的创作进行解读，是接受研究背景下的新拓。

刘勇曾用更为宏大的眼光审视《京华烟云》这一创作，他认为《京华烟云》文本中所展现的文化意蕴主要是一段精神不断得到升华的过程，从主人公对人生命运奥秘的彻悟再到以宽容、献身的态度去参与，这些最终得以归于一种超乎现实的理想化状态，这既展现了文本的思想文化价值，同样也暴露了其局限性。④ 随着接受者们视野的深入，文本中涉及的各种思想均得到了接受者们的分析，关于儒、道思想的阐述多且重复，在此不再赘述。值得一提的是王琪、肖强两位接受者还以《释家思想在〈京华烟云〉中的体现》⑤ 为题，以佛教“四谛说”“十二因缘说”“三法印”，以及因果报应、“轮回说”等观点为切入角度，分析了《京华烟云》文本中蕴含的释家意味，他们以一种崭新的视野介入文本，补充了相关的研究。

在此借用杨义对《京华烟云》做出的评价：“近 70 万言，就是以道家涵容高、深、久、老的时空体悟，和对社会祸福、生命荣枯顺乎自然的达观态度，去关照二十世纪前期近四十年的中国民族变乱历史和家庭聚散的遭际的，那种于萧闲雅致中隐含着对邪恶的惩治，于灾祸疾苦中寻求着出世的飘逸。既有几分抗敌存亡的民族意识，又弥漫着‘祸福循环、原是天道’的宿命感

---

① 李炳银：《对〈京华烟云〉人物塑造的几点看法》，《文艺争鸣》，1987 年第 6 期，第 51～56 页。

② 倪文兴：《不要忘了林语堂——我读〈京华烟云〉》，《读书》，1988 年第 10 期，第 25～29 页。

③ 赖勤芳：《中国经典的现代重构——林语堂“对外讲中”写作研究》，北京：人民出版社，2013 年版。

④ 刘勇：《论林语堂〈京华烟云〉的文化意蕴》，《北京师范大学学报》（社会科学版），1998 年第 3 期，第 96～103 页。

⑤ 王琪、肖强：《释家思想在〈京华烟云〉中的体现》，《内江师范学院学报》，2008 年第 3 期，第 90～93 页。

的艺术风格，使它在无以抗拒人的异化和失落的西方文坛中，赢得了国际性的声誉。”[①] 虽然接受者们在对《京华烟云》的文本审美进行批评接受的时候产生了诸多分歧，但是正如前文所强调的，这一文本的文化传播意义与价值值得接受者们重视。

三、视野新拓：比较文学视阈与女性主义理论观照下的双重推进

在比较文学的视野下进行《京华烟云》接受研究其实早已存在，林语堂本人在回溯自己的创作时明确地提到《红楼梦》《浮生六记》对其的影响。接受者们间或将上述文本放在一起进行对比，涉及作品形象分析的研究尤多，在一定程度上可以将其纳入渊源学的探究。随着新时期女性主义思潮的影响，多位接受者还将《京华烟云》中的姚木兰形象与其他西方优秀文本中的女主人公形象进行了关联，在对女性人物形象进行中西对比的同时以女性主义理论为指导，对姚木兰的形象进行批评接受，为《京华烟云》的研究拓展了新的方向。对接受者们的研究总结后可以发现新时期比较文学与女性主义双重视野下的《京华烟云》接受研究暂时可以分为以下两条路径：

（一）渊源探究——与国内文本进行比较，为文本创作溯源

在比较视野下将《京华烟云》与《红楼梦》关联起来进行渊源学探究在一定程度上与接受者们研究《红楼梦》影响下的《京华烟云》创作有所重叠，多数接受者一开始将精力集中于《京华烟云》与《红楼梦》的关系研究之上，未曾意识到用比较文学的观点进行介入。阎浩岗最先突破了这层隔膜，他在《具有“红楼”血缘的两部中国现代小说——〈红楼梦〉与〈家〉及〈京华烟云〉之比较》一文中最先提出：“在中国现代小说中，最明显与红楼梦有对应关系、显示出‘红楼’血缘的长篇，当首推巴金的《家》和林语堂的《京华烟云》。”[②] 他认为：“《京华烟云》是对《红楼梦》在模仿基础上的阐释。”[③] 林春香通过《〈京华烟云〉与〈红楼梦〉比较研究》[④] 一文进一步从历史背景、

---

① 杨义：《林语堂：道家文化的海外回归者》，《华文文学》，1991 年第 2 期，第 50～53 页。

② 阎浩岗：《具有“红楼”血缘的两部中国现代小说——〈红楼梦〉与〈家〉及〈京华烟云〉之比较》，《红楼梦学刊》，2002 年第 1 期，第 259～274 页。

③ 阎浩岗：《具有“红楼”血缘的两部中国现代小说——〈红楼梦〉与〈家〉及〈京华烟云〉之比较》，《红楼梦学刊》，2002 年第 1 期，第 259～274 页。

④ 林春香：《〈京华烟云〉与〈红楼梦〉比较研究》，《东北大学学报》(社会科学版)，2008 第 1 期，第 91～94 页。

人物设置、哲学精神、历史文化等方面对《红楼梦》和《京华烟云》进行了对比，直指《红楼梦》留给林语堂的记忆和表象对其创作《京华烟云》的影响。而管恩森在《互文性视域下的“红楼”文学记忆与世界性书写——以林语堂〈京华烟云〉为例》[①] 中运用互文性理论，从过程中的主体、文本互文、文学记忆等多个层面，探究林语堂《京华烟云》对《红楼梦》的吸纳、转换与意义生成，用新的研究视角扩展了《京华烟云》的接受视野。惠聪俐通过《〈京华烟云〉与〈红楼梦〉渊源关系考察——以红玉与黛玉形象的关联为中心》一文探寻了红玉形象的渊源；刘丽娜通过《〈京华烟云〉中的姚木兰与〈浮生六记〉中的陈芸》[②] 一文探寻主人公姚木兰的形象的渊源。接受者们将研究重点聚焦在了更为具体的人物渊源追溯上，是研究不断深入和细化的表现。

（二）人物对比——女性主义视角下与西方文本中的典型女性形象进行比较

将《京华烟云》与西方经典文本进行对比是近十多年的研究新方向，随着女性主义思想在中国的传入，一批以女性形象为文本话语中心的小说创作进入到接受者的研究视野中，而《京华烟云》以其对姚木兰形象的成功创作吸引了许多接受者进行研究。接受者们在利用女性主义这一理论进行介入时，西方文本中塑造的典型女性形象为这一视野下的中西对比增添了丰富的资料。

雷琰率先将《简·爱》与《京华烟云》两部著作进行了关联。作为 19 世纪第一部女性主义著作，夏洛蒂·勃朗特在《简·爱》中塑造了一位追求自由，敢于反抗的人物，即女主人公简·爱，而林语堂同样在《京华烟云》中塑造了一位极具理想色彩的女性人物姚木兰。但是由于林语堂本人创作理念的影响，姚木兰的人物形象被塑造成了独特的“新思想＋旧道德”的混合体，这一人物形象由于在精神上笃信自然而为而未能展现出对男权社会现实的批判和思考，在女性主义视角下进行观照，创作未能突破原有的“界限”实为遗憾。雷琰通过《透过〈简·爱〉看〈京华烟云〉——从女性主义视角批判木兰形象》[③] 一文以女性主义思想对简·爱及姚木兰的形象进行解读，两相对比之下揭示了姚木兰形象塑造的缺憾并对作者本人落后、守旧的女性观进行

---

① 管恩森：《互文性视域下的“红楼”文学记忆与世界性书写——以林语堂〈京华烟云〉为例》，《曹雪芹研究》，2019 年第 4 期，第 70～82 页。

② 刘丽娜：《〈京华烟云〉中的姚木兰与〈浮生六记〉中的陈芸》，《商丘职业技术学院学报》，2015 年第 1 期，第 71～73 页。

③ 雷琰：《透过〈简·爱〉看〈京华烟云〉——从女性主义视角批判木兰形象》，《语文学刊》，2006 年第 8 期，第 65～66 页。

了批评。王岚在结合了作家创作的时代背景后借助比较研究更为深刻地揭示了简·爱与姚木兰两位女主人公均无法逃脱男权社会的阴影的现实，她认为虽然两部著作各自展现了所在时代背景下的女性主人公的爱情故事，但是两部作品也同时反映出男权占主导地位的社会现实，未能逃脱这种社会现实的限制是两部作品的遗憾之处。[①] 王晓娜进一步将自己的接受视野汇集到了同一时代中西方男性作家笔下的女性形象异同上，她以女性主义视角进行切入，比较了厄秀拉以及姚木兰两位女性人物形象。通过对比，她认为："女性主义运动如疾风暴雨般掠过中西方文化，在它的影响下，女性有期望得到独立和权利的需求。……对两部作品中女主人公的比较，即能看出女性主义在东西方的不同影响，也能看出作为同时代作品，东西方作家对女性刻画角度的不同，还可以看出作为男性作家在描写女性人物时并不能根本从女性本身出发，完全摒弃男权思想，这些都是不可争辩的事实。"[②] 接受者在研究的进程中进一步将研究深度推向了对社会的反思之上，这是研究的进步。

除上述文本之外，还有接受者从女性主义视角出发，将《玩偶之家》《觉醒》《飘》等文本的女主人公与《京华烟云》中的姚木兰进行比较的论述，但总体而言研究较为分散，无法为相关接受研究添砖加瓦。

结　语

距《京华烟云》出版已经八十余年了，在经历了一段时间的沉寂后，《京华烟云》重新回归大众视野，在国内学者对《京华烟云》的集中讨论下，文本中涉及的人物形象、哲理思想、人文精神等都得到了透彻的分析，为研究领域增添了许多优秀的论断。虽然《京华烟云》的创作受到了来自《红楼梦》的多方沾概，但是同作为家族小说，在同样的文本框架下《京华烟云》为何得以被大众所关注？在笔者看来主要有以下几个方面的原因：

首先，《京华烟云》一书体量巨大、内容丰富。虽然文本主要写了三个家族的恩怨纠葛，但是在长达近四十年的时间跨度下，随着时代背景的风涌翻腾以及社会历史的不断前进，作者为我们展现了一幅古今贯通、中西融会的社会生活图景。书中描写刻画的生活片段绝不仅限于传统人家的生活方式，大量解释性文字的使用向读者展示了当时中国人民生活的动人画卷，这些对

---

① 王岚：《女性眼中的爱情婚姻观——简爱与姚木兰的对比研究》，《时代文学》（双月上半月），2008年第4期，第114～115页。

② 王晓娜：《20世纪初中西方男性作家笔下的女性形象——从女性主义视角看“厄秀拉”与“姚木兰”的异同》，《文学界》（理论版），2012第11期，第30～31页。

社会现实的细致刻画使得文本具有浓厚的写实色彩。

其次，《京华烟云》还纪实般地刻画了当时社会的真实社会面貌，展现了时代更迭下的社会缩影。在文本中直接涉及了许多真实存在的人物，如：慈禧、光绪、齐白石、辜鸿铭、林琴南、孙中山、蒋介石、傅增湘、蔡元培、钱玄同、胡适、刘半农……尤其是静宜园诸位文人的集会以及傅增湘融于文本始末的刻画都为文本增添了几分写实的色彩。加上三·一八惨案、五四发端等社会历史事件的介入性补充，林语堂用独特的小说形式记录下了这些重大历史事件，不仅是对史料的另一种形式的保存，采用参与者的视角进行记述，也更能激起读者的共鸣。

最后，《京华烟云》创作的时间节点也十分重要。林语堂于抗日战争爆发后构思，战争最激烈时发表，使得这一文本不论是在国外还是国内都发挥了非凡的效果。在国外，这一小说促进了大家对法西斯的认识，从而得到了国际力量对中国抗战的支持；在国内，这一小说激励了民心，是符合当代旋律的创作。小说最后第三卷《秋之歌》荡气回肠，不论是大迁徙中的每一位中国人还是像木兰的儿子一样毅然踏上抗日战场的年轻人，都值得我们后来人纪念。

不过文本中涉及的问题同样需要重视，巴人、时金等人在文本发表后对其内容进行了尖锐的批评，“艺术上毫无可取之处、累赘……”20世纪80年代陈平原等人也对文本中出现的如叙事不连贯，场景描写、解释说明性文字打断文章节奏等问题提出了批评，虽然这些严厉的评价有的是受林语堂的个人评价在国内急转直下的影响，但是仍旧值得反思。

八十多年来，随着传播媒介的变化，《京华烟云》在国内的接受也得到了开拓，三个版本电视剧的制作播出为其接受研究带来了新的思路。但是值得思考的是现有的研究视野展现出的固化倾向，以及新的研究视野没有显著地开拓与前进的现状。当然对于《京华烟云》能否立于现代小说经典之列还有待研究者们用更为客观的态度进行评价，这一创作也终将在历史的不断淘洗与沉淀后得到更为客观的论断。

青年学者论坛

身寓世间火宅，心立红尘岸边

——简媜散文作品中的“距离”研究

吴少颜*

摘 要：作为四十余年来笔耕不辍的“散文专业户”，作家简媜在台湾文坛乃至中国文坛上都具有无可非议的重要地位。而“距离”作为一名优秀作家在创作过程中必须始终考虑的重要因素，在其散文作品的内涵外延、不同侧面都得到了普遍的体现。本文试图依托不断发展与丰富的“距离”理论，从创作主体、文学文本以及读者接受三个维度对简媜的散文作品进行观照和审视，探索作者如何在实与虚、情与理、出世与入世等方面合理安排距离，分析其散文文本如何利用语言、修辞、叙述策略调控读者审美距离，从而进一步挖掘简媜散文创作的独特匠心和美学内涵。

关键词：简媜　散文　距离

被冠以“台湾散文第三代传人，‘新生代’的风云人物”①、“具备文学史的‘典型’意义”② 等美誉的台湾女作家简媜，出生于台湾宜兰县冬山河畔武罕村。此处地处兰阳平原，三面傍山，临东眺海，风俗醇美，人情浓郁。简媜出生并成长的20世纪60年代，伴随当局“解禁”政策的推行，台湾文坛正处于乡土文学与现代派文学相持颉颃的变革时期，西方文艺思潮、现代表现手法的涌入，这无疑对简媜散文创作视角的拓展与技法的创新提供了丰富的养分和更多的可能性。从记录青葱年华的处女作散文集《水问》、禅思空灵的《只缘身在此山中》，乡音醇厚的《月娘照眠床》，到近年来追寻身世的

---

* 吴少颜，四川大学文学与新闻学院中国现当代文学专业2018级——研究生。

① 何平：《梦游者天堂——简媜散文试论》，《世界华文文学论坛》，2003年第1期。

② 何寄澎：《孤寂与爱的美学》，《联合文学》，2003年7月第19卷第9期，第62页。

《天涯海角》、关注儿童成长的《老师的十二样见面礼》、心系老龄问题的《谁在银光闪闪的地方，等你》，四十余年来简媜笔耕不辍、滔滔洒墨，文风摇曳恣肆、情感丰沛过人、内容独到奇崛，兼具李义山式深婉精丽、缠绵瑰妍与稼轩横槊赋诗、悲笳万鼓之雄厚酣畅、英毅刚烈，亦不乏底蕴深厚、从容稳健的学院气息。自踏上散文创作之路以来，简媜一路斩获梁实秋散文奖、吴鲁芹散文奖、九歌年度散文奖、台北文学奖等诸多奖项，成为《台湾文学经典》最年轻的入选者。因此，对这样一位“足以昭示后起之秀、荣耀文学园囿”[①] 的台湾作家进行研究，其意义是显然并且深远的。

大陆地区与台湾本土之于简媜散文的研究与评论数量颇丰且角度各异，成果较为丰富。笔者经过整理发现已有研究成果不啻为以下几个角度：其一为结合简媜身世背景与具体文本的主题探究，囊括女性主义、死亡意识、禅宗道性、原乡情怀、都市记录、悲剧精神、婚姻爱情、人情世事、漂泊困境等；其二为梳理简媜散文创作脉络佐以文史互证，把握其创作风格转向及不同时期全新创作主题，探求其成长与创作的人生互文；其三为聚焦语言艺术与表现风格，多集中于变幻不拘的文体结构、偏离语法的语言变异、古今融汇的绚丽笔法、音韵和谐的诗化抒情等方面。

西方美学界著名理论家、“距离说”的提出者爱德华·布洛认为，“距离乃是一切艺术的共同因素”[②]。本文在部分吸纳以上研究成果观点的同时另辟蹊径，立足美学与文艺学中内涵外延不断发展的“距离”概念，深入考究简媜作为创作主体如何在实与虚、情与理、出世与入世等方面进行距离的制造与弥合，细致剖析其散文文本如何运用丰富的表现形式和新奇的叙述策略精心调控读者审美距离，在一定程度上为简媜散文创作研究增添了新的视角与可能的思路。

一、“阅世走人间，观身卧云岭”——简媜散文创作中“心理距离”的调控

（一）“情动”与“理发”之距

简媜的散文成就之所以被文坛所公认，除却其原乡滋养的海洋风华、捕捞意象的蕙质匠心、清浅雍容的清词丽句，更因其留存读者心中的若东风般挟情掠境、无物不洞吹穿过的长久共鸣。在谈及自身与文学的缘分时，简媜

① 何寄澎：《孤寂与爱的美学》，《联合文学》，2003 年 7 月第 19 卷第 9 期，第 62 页。

② 爱德华·布洛：《作为艺术因素与审美原则的“心理距离”》，《美学译文》，北京：中国社会科学出版社，1982 年，第 95 页。

曾以“箭翅”为喻:“文学之于我,难分难舍。它在我的人生境遇最坏之时降临,却带我往最好的方向走。这么说吧,好比有恶人趁我不备,飕飕射来二箭,正中我背,我理应扑地而亡,却幸运地投入文学怀抱,它调教我,传授抽骨生肉之秘,硬是把那二箭围成一对翅膀。天底下报仇雪恨之事,痛快莫过于此。”[①] 她将自己散文的创作历程视作一场以箭为翅的快意飞行,散文之于简媜,是救赎者之于信徒,是叶脉之于叶片,更是“用来储藏冰与烈焰的行宫”[②]。

何谓简媜散文行宫中的“冰与烈焰”?《文心雕龙·明诗》有云:“人禀七情,应物斯感,感物吟志,莫非自然。”[③] 简媜情感之广博,寓情锅碗瓢盆、饭蔬水底,亦外囊百态世事、道释哲思,更不乏乡土感怀、都市观照;其情感之丰沛,有冰之彻骨,亦有焰之灼烫,正是其高于同题材而情思泛泛作家作品之所在。

简媜散文创作所蕴含的情感深度并非无源之水,无本之木。简媜幼时环山临海的原乡故土一定程度上隔绝都市的诱惑,将敏感善思写入她人生的底色;初中时丧父,导致冰冷的“生命消逝感”长久地渗透进简媜的散文创作历程;台大就读时期,家庭变故所带来的原罪感与自卑自责,使她创作倾诉的情感越发澎湃热烈。纵观简媜所出版的第一本文集《水问》,作为忠实反映其大学生涯“心灵史迹”的记录书,写花木虫草较之他人更为有情,写友谊爱恋较之他人更为铭心,写内心剖白较之他人更为沉郁。可以这样说,简媜散文创作背后滔滔奔涌的情感激流,是其“化身为文学的大鹏,冲破云天,遨游于莎士比亚之前”[④] 之双翼,亦是“无休止地冲撞我的脑门”“向我要求更广阔的天空”“向往生之飞扬跋扈”的“思想精灵”[⑤] 的诞生之源。

朱光潜在著作《文艺心理学》中充分肯定了情感之于文学创作的重要性,认为“艺术是最切身的,是要能表现情感和激动情感的”[⑥],因而简媜的散文作品从不流于空疏,或失于人情。但充沛且生糙的热烈情感,若任其于笔端纸上肆意涌流,当事人就会为轻率的情感冲动所操纵、驱遣,其文章的艺术性将会大打折扣。散文因其体裁独特的“私我性”容纳热情的渗入,供其肆意挥洒,而简媜则敏锐地警惕过度滥情的后果,她在自己的第八本散文集

① 简媜:《以箭为翅》,南京:江苏文艺出版社,2007年版,第307页。

② 简媜:《私房书》,台湾:九州图书出版社,2000年版,第6页。

③ 郭晋稀译注:《文心雕龙译注十八篇》,兰州:甘肃人民出版社,1963年版,第30页。

④ 简媜:《水问》,台湾:九州图书出版社,2000年版,第42页。

⑤ 简媜:《水问》,台湾:九州图书出版社,2000年版,第45页。

⑥ 朱光潜:《文艺心理学》,上海:复旦大学出版社,2005年版,第16页。

《梦游书》中提出文字书写应当“隐含一种距离”，“由宣泄而沉思而宏观而回到善良的本性去谅解”[①]，而所强调的“隐含距离”，表现在散文文本中，正是一种以实现有距离的美感为旨归的、对情感的有效节制手段。

在散文集《女儿红》的《女人刀》一文中，简媜在笔墨凝练地集中在一场家庭冲突的瞬间，父亲因琐事向母亲发难，“一语不发的母亲用绒布擦拭剪刀，站起，走向墙壁，突然在听到一句秽词之后，转身，剪刀朝父亲丢去”[②]。尽管在母亲沉默良久的突然爆发中蕴含着极度激烈焦灼的情感，但简媜在冷静的叙事语调下快而干脆地完成叙述，毫无拖泥带水之感，避免了情感的过度沉溺。而在结尾处简媜写道：“她站在全家福超商门口看雨中夜景，觉得一切都是浮的，从一个年代到另一个年代，从这个女人到另一个女人。她想，待会儿回家问母亲，那么短的距离，当年为什么剪刀没有掷中父亲的身体。”因为没有一个固定程度的情感表达，所以读者的阅读审美才不会被一个有着具体旨归的终点线性所掌控，才会在受节制的情感暗流中张开所有阅读细胞的感受力，展开无限阅读可能的顺势联想。

“艺术家之所以为艺术家，不仅在能感受情绪，而尤在能把所感受的情绪表现出来；他能够表现情绪，就由于能把切身的情绪摆在某种‘距离’意外去观照”[③]，落实到简媜的散文创作中，正是一方面“继续供养”“活着、热着、滋长着”[④] 的原初情感。另一方面在情动而理发的过程中把控好情感宣泄的阀门，在距离中生成读者自觉的审美追求。

（二）“真相”与“创忆”之距

简媜在接受澎湃新闻关于散文集《我与生命悄悄对谈》专访时，面对“散文对于你是否也有很大程度是疗愈的作用？那么是否会存在通过一次次的写作去修改、重新塑造记忆，让记忆变得更容易接受？”[⑤] 的提问，作出了这样的回答：“文学是关于时光与记忆的一门艺术，散文尤其如此。文学确实有疗愈作用，那是因为文学是一场心灵深戏，必然要沉入内心深处挖掘。我们记得的事，不见得就是真相，而当我们再次复述所记忆之事，那必定是隔了一段或短或长的时间，在叙述的当下，有可能加入新的观点、感受，使原先储存的那段记忆调了味变成‘创忆’。创造成什么样的新记忆，是个值得深思的课题，不见得是为了让记忆更容易接受——更容易让谁接受？自己？他人？

---

① 简媜：《梦游书》，北京：文化艺术出版社，2011 年版，第 14 页。
② 简媜：《女儿红》，北京：九州出版社，2014 年版，第 131 页。
③ 朱光潜：《文艺心理学》，上海：复旦大学出版社，2005 年版，第 19 页。
④ 简媜：《许我一张散文脸》，《联合报》，2000 年 6 月 5 日。
⑤ 参见澎湃新闻：《专访简媜：散文内部的肌理是作家对‘理想我’的追求》。

也有可能为了把自己囚入更悲情的牢笼里。”[①]

我们有必要将目光转向简媜所提及的“真相”与“创忆”。真相往往是一种生活本态，越贴近生活真相的书写越类似于一种不动剪刀的照搬工作，世俗化、平庸化、作者个人化的写照导致读者太容易依凭知人论世强行“对号入座”，导致利害道德的审判在价值判断中占据上风，无疑使得审美的天空变得低矮，亦填平了审美的深度。而简媜所提出的经过时间冲淡、记忆调味并融合进叙事当下的新观点新感受的“创忆”，其实质是一种基于所积累的真实材料和“当前由于某种‘关注’而形成的心理趋向、优势兴奋中心”[②] 之间的联系，从而向外在事物、事件、现象的目的性投射；是一种力图借助拉开与“习惯性经验的本质”的距离，从而“再次抓住它们的艺术特性”[③] 的创作努力。

1993年，在亲身参与台湾联合报与福建省作家协会联合举办的“原乡行”活动之后，简媜撷取史料、铺排旅路，勾勒简氏先祖迁徙渡海路线图，复原台湾民众抗日事迹风貌，出版了历史散文集《天涯海角》，其内容既是简氏一脉播迁赴台的家族迁徙史，亦是包蕴大国族、大视域、大文化的大历史。

通常我们对于国族的认知，来源于实用经验的积累，这样的“常态真相”完全占据住我们的意识，使得我们对于“常态真相”之外的可能性与复杂性视而不见，听而不闻。在《天涯海角》中，简媜拉开了与耳熟能详、既成事实的一姓迁徙史、台湾人民抗日史、台湾政治经济发展史的距离，在避免读者惯性地陷入“寻根”预期视野的陷阱的同时，亦避免自身为宏大叙事所裹挟而沦为“同声歌唱”的一分子。简媜以“先祖所占、染血的那一行”[④] 的“创忆”为回溯窗口，保持与“群体记忆”的相对距离，手握与家族一脉相承的命运与信仰，在对于先祖所历所感的想象之中以底层视角消解阶级视角，以个体经验消解集体经验，构筑全新的感知模式。

《问签》一节中，“我”按照家族习俗前往南靖县城“祖师庙”祭拜、求签，在此过程中“我仿佛听到时间的潮浪以喧哗的声音逆溯而去。同样是晚秋黄澄澄的阳光，同样的窗棂投影在地上不悲也不喜，他进了殿，站在我身旁，一身灰旧布衫，两只泥脚”[⑤]，看到“他高高地擒着三炷香贴着额头”压

① 参见澎湃新闻：《专访简媜：散文内部的肌理是作家对‘理想我’的追求》。

② 童庆炳：《文学理论教程》，北京：高等教育出版社，2008年版，第127页。

③ 姚斯、霍拉勃：《接受美学与接受理论》，周宁、金元浦译，沈阳：辽宁人民出版社，1987年版，第32页。

④ 简媜：《天涯海角》，北京：九州出版社，2014年版，第1页。

⑤ 简媜：《天涯海角》，北京：九州出版社，2014年版，第19页。

低声音求签并卜问前程，而我在凝望他的同时，“心中默祷：隔了三百年，我要问跟我先祖一样的问题，当年，他得什么签，此时，我也得那签。”[①] 在《天涯海角》全书中，“过去”常常混合着“现在”，由“过去”延伸向“将来”的线性历史丧失了明确指向性，形成一种新的、循环式的“创忆”。二者并非割裂也无意对立，而是进一步营造了一种超越时间、突破个体的史诗性、传奇性氛围，在被复原的、入台开基的祖先真实际遇中“调和”进了我与如今的情感倾向和身份认同，因此文本的密度超越了普通家族史与寻根经历的层次，而进入了更为广阔复杂的社会学意义层面，同时读者的审美视角也从对于一枝一脉的个案的同情与慨叹，转向了更具普遍性的血脉相连的共同文化心理，并会立即转化为一种全新的心理现实——“每一支姓氏迁徙的故事，都是整个族群共同记忆的一部分。当我们追索自身的家族史，同时也钩沉了其他氏族的历史”，而台湾岛之所以雄伟，“在于她以海域般的雅量汇合每一支氏族颠沛流离的故事合撰成一部大传奇；我从中阅读别人带泪的篇章，也看到我先祖所占、染血的那一行”[②]。

（三）“出世”与“入世”之距

简媜的一生，并非安于斗室或既定线路的一生，其生命状态是动荡的、漂泊的，这样的生命底色不仅体现在她叛出原乡、赴外追索，又被都市所放逐，重归于“在路上”的为客、为羁旅的行走观；更体现在她“像一只骚动的小鸟进行它的内部流浪”[③] 的心理状态。而在进行“内部流浪”的过程中，简媜与佛光山的缘分，可以说是对她而言一次极为重要的灵魂洗涤，一次关于出世、入世的置身距离的重要调整。

大学毕业后的简媜没有急于投身社会，而是从台北远赴高雄，在佛光山普门寺的钟磬禅音里为星云法师整理讲稿，进行佛经的翻译工作。在寓居佛门之前，简媜对于“生活上各式的困境”已然独身尝遍，“已有了足够的累积，但依然无法自困顿中拔擢自己”[④]，她对自己境界别开、豁然开朗的转折作了这样的解释：“现世的轨道、逻辑，运转到一个地步之后，必定会碰到死胡同，当自己的智慧和人生阅历仍无法帮助自己转向时，佛经的接触让我得以换另一个角度观看世事。那是一种立体的观察，许多现世中避免去谈的，如生死、无常、痛苦等等，反而是宗教之中必须谈的，与现实世界刚好互

---

① 简媜：《天涯海角》，北京：九州出版社，2014年版，第19页。

② 简媜：《天涯海角》，北京：九州出版社，2014年版，第2页。

③ 简媜：《梦游书》，北京：文化艺术出版社，2011年版，第11页。

④ 林素芬：《主宰文字的女王——作家简媜专访》，《幼狮文艺》，1985年，第7页。

补。"[①] 简媜并未汲汲俗世尘嚣，身因事困，入而不出；亦未久居佛山，不问世事，出而不返，而是出亦能入，往亦能返，知出知入，尽得其法。王国维曾有言："诗人对宇宙人生，须入乎其内，又须出乎其外。入乎其内，故能写之。出乎其外，故能观之。须入乎其内，故有生气。出乎其外，故有高致。"[②] 这段话可以很好地概括简媜在散文创作过程中，对于"入世"和"出世"距离的把握。"入世"是顺延世事百态的经纬，深入期间，观其深情，体其深意，以极度的敏感进行沉浸式的感受；"出世"是跳脱冗杂生糙的实事之形，抛弃是非、毁誉、功利之心，保持清醒独立的主体意识，拉开与置身其中的世事的距离。

纵观简媜专事散文创作以来结集之第二本书《只缘身在此山中》，全书收入散文三十余篇，共分为《万里天》《寻常饮水》《行僧》《无尽意》《无缘缘》五辑，以"出世"的禅悟之心观照行住坐卧、爱恨悲欢，以"入世"的平民视角参悟佛理，入其境界，行走在出入之间，对于距离的把控营造出一种不偏不袒、亦刚亦柔的审美境界。譬如《无缘缘》一辑中，《水月》一篇书写"在市声之中失去自己的心跳""荒废了青春颜色"[③] 的"她"于郊野漫步而"隔着一顷绿水"与陌生男子"斜斜互视"的邂逅故事，既无遗憾，亦无激动，以"只是，当月牙到潭岸汲水，照见两个或行或坐的忘世人影时，她该如何笔记这一段宿缘"为结，突破沉溺于某种现世感情中而顾影自怜的局限，不因堆砌式实录而显得过于拥簇，或服膺于预设的现实生活主题，而是借以"宿缘"一说宕开距离，坦坦荡荡，了无挂碍，但其间自有一份香远益清的情谊萦绕不去。又如《寻常饮水》一辑中，《拾箸观想》一篇将寻常吃饭进食视作一种"修行"和"考验"，不吝笔墨描写师父吃斋仪态："长衫一撩，落身一坐，果真'坐如钟'；'请字'令下，合掌恭敬，齐颂'供养佛、供养法、供养僧、供养一切众生！'左手托碗，犹如'龙含珠'；右手拾箸，宛若'凤点头'。"[④] 佛理禅意进驻在寺院僧人不疾不徐的言行容止之中，并不单纯是一张生活风情画的再现和剪裁，而是在沉浸式细腻入微地观察后，通过对现实必要的间离，找到了审美的入口，使之成为悟道之源。

简媜在面对如何在创作之初把握"出世"与"入世"之间距离的相关问题时，作出了这样精辟的回答："年轻的时候在城市里的经验和历练对写作是有帮助的，因为我必须和现实的人生战斗过、经历过，下笔描写才会有深刻

① 魏可风：《逃难到文学里——专访简媜》，《自由时报》副刊，2000年7月8日，第39版。

② 王国维：《人间词话》，南京：江苏文艺出版社，2007年版，第35页。

③ 简媜：《只缘身在此山中》，北京：九州出版社，2014年版，第136页。

④ 简媜：《只缘身在此山中》，北京：九州出版社，2014年版，第31页。

度。投入到现实生活的同时，我们必须要能够超脱，因为完全沉溺在现实当中，人没有办法保持住一汪活水的状态。”[①] 这体现了简媜“一方面从实际生活中跳出来，一方面又不能脱尽实际生活；一方面要忘我，一方面又要拿我的经验来印证作品”[②]，看似是一种“距离的矛盾”，实则是在实用动机与审美美感间保持平衡的、不即不离的理想距离。也正因其在“出世”与“入世”间保持着理想的距离，才能在“在岸边看着人世间的事物”的“悟境”，和身心投入的“实境”间徜徉往来，最终使得“人生保留纯真的部分”，散文创作之路“也能越走越远”[③]。

二、“咸酸杂众好，中有至味永”——简媜散文文本中“审美距离”的调控

（一）语言、修辞与审美距离

日常生活中，我们所使用的语言在表达上呈现出暂时性、偶然性，话语是交流过程中“偶然的伴侣”，其最终意义旨归为语言的交际功能。而文学作品则不然，在其独特的表达艺术中，特别注重词语的选择和配置。“那种被称为艺术的东西的存在，正是为了唤回人对生活的感受，使人感受到事物，使石头更成其为石头。”[④] 所谓“使石头更成其为石头”，正是利用复杂化、反常化的艺术手法，增加读者在阅读与感知过程中的难度和时延，其真正目的在于使读者对事物的感觉“如同所见的视像那样，而不是如同所认知的那样”[⑤]。简媜的散文被评论者誉为“给人以大开大阖、上天入地之感”[⑥]，当我们深入其散文文本，究其纵横摇曳、别开生面之缘由，不难发现这位散文创新家不仅在散文体裁上冲决生路，融小说、诗歌、散文文体特征于一炉，在语言、修辞方面也体现出了偏离、背反乃至变形、异化的创作趋向，通过与确定的、既成的大众化语言拉开距离而跳脱出被重复了无数次的意象与世界的轮廓和形态，进而打破读者的审美心理惯性、定式与刻板反应，最终在审美距离中

---

① 参见晨报周刊：《“台湾文笔最美的作家”简媜：不要怕老去，要有爱的能力｜八条专访》

② 朱光潜：《文艺心理学》，上海：复旦大学出版社，2005 年版，第 17 页。

③ 参见晨报周刊：《“台湾文笔最美的作家”简媜：不要怕老去，要有爱的能力｜八条专访》

④ 维・什克洛夫斯基：《作为手法的艺术》，方珊，等译，《俄国形式主义文论选》，北京：生活・读书・新知三联书店，1989 年版，第 6 页。

⑤ 维・什克洛夫斯基：《作为手法的艺术》，方珊，等译，《俄国形式主义文论选》，北京：生活・读书・新知三联书店，1989 年版，第 6 页。

⑥ 罗青：《笔头仙语复鬼语，只有简媜无他人——简媜散文风格浅说》，《河南商业高等专科学校学报》，2015 年第 4 期，第 101 页。

使得读者自身的自我意识的反思感知力浮出水面。

简媜散文文本的文学语言在词性、词义与句法方面利用变异、错位、杂糅等新颖灵动的变幻手法营造出新的审美距离。《四月裂帛》一文中"我要把钵中最大最美的食物供养你，再不准你像以前一样软硬皆施趁人不备地把一片冰心掷入我的壶"[①]，将读者所熟知的"一片冰心在玉壶"的"在"改替为充满力之美感的"掷"，由平淡的静态呈现一变而为快速且富有表现力的动态瞬间，通过词性的变异拒绝先入为主的概念化，还原心地纯良的"你"猝不及防进入"我"的生活这一过程的肉身可感性。《贴身暗影》一文中，"而此刻，她替父亲盖好被子，抚拍他的额头，关灯。她知道这波冷锋还得持续几天，如同贴在她背上的暗影将继续壮大，直到遮蔽了天空"[②]，以"壮大"顶替"扩大"来修饰附骨之疽般紧贴后背的"暗影"，此处错位的超常搭配与文本的惯性拉开了距离，使单纯的平面的蔓延扩张裹挟了不可逆挡的有力气势，突破二维的局限，将"她"心中之于父亲的忧虑与郁思描绘得富有立体感、空间感。《浮尘野马》一文中，"旧情若未去，何妨拿它是人行砖缝暗暗滋生的青苔，荣也好，枯也好，随生随灭。最想念的时候，也只能'空山不见人，但闻人语响'。再怎样的不放心，也只是'返影入深林'，复照于不为人知的青苔上"[③]，古今句式被杂糅、交替地安排进同段描写中，人为地制造了读者与通俗语句形式之间的距离，而阅读障碍的背后即为古今双重的文化语境以及二境之间古为今用、今言古意的交融之感，而"复照青苔上"也成为简媜的语言试验场，拆分了既定的诗句，植入了表情达意的修饰词，在语句的内部设置了距离，延长了读者的感受时延。句式内部的杂糅促使读者形成多次反顾，而每一次的反顾都压向开头的"旧情若未去"，旧情的怅惘若失就在这一顾三返中浑然形成。简媜散文文本语言在字词的音、义、顿与句式的起承转合处制造的距离，关乎字轻抑或意重，像虚抑或情实，毫无疑问，她对语言文字感知与拿捏敏捷程度是惊人的。

简媜散文文本的修辞手段往往不拘于常，有时甚至自铸文法，心裁别出，制造文本的跨度和不同寻常的陌生感、层次感与距离感。《女鬼》一文中，"活在一个有时看得到春日之白鹭掠过绿潭的世界，然而大部分时候像现在，是一口沾了年代的大鼎，熬着肉骨头，响起沉闷的沸泡。我读到一股腥香，这幅幻画是一页多脂肪的食谱"[④]，将"世界"比作"熬骨大鼎"的刷新语感

① 简媜：《女儿红》，北京：九州出版社，2014年版，第11页。
② 简媜：《女儿红》，北京：九州出版社，2014年版，第63页。
③ 简媜：《只缘身在此山中》，北京：九州出版社，2014年版，第159页。
④ 简媜：《女儿红》，北京：九州出版社，2014年版，第87页。

的本、喻体对照，视觉的“读”与嗅觉的“香”衔接成通感，在奇而不怪、思维跨度跳跃的距离中制造迥异审美，使读者在陌生的距离中探究世界异化变形的深刻内在成因。《小咖啡馆里的狼》一文中，“进入一家咖啡小馆，选择靠窗的双人桌，狼把那件人模人样的影子搭在空椅上。叫一杯‘神圣的毒液’，Espresso 咖啡”[①]，简媜采用了中华文化语境中狼明显的隐喻色彩，开篇虽将“她”比作“一匹蛮荒世纪的野狼”，通篇却以狼的思维、视角展开，比喻和拟人的两相重叠，带来了更为复杂的语义折射与缠绕，究竟是以人喻狼，抑或以狼拟人，简媜在欲言又止和把话挑明间营造了深思追索的距离，亦使读者在具体的审美中有了双重的隔膜和捅破的欲望，简媜散文文本惊人的审美效果亦在“似与不似之间”诞生。

（二）叙述策略与审美距离

热奈特在《叙事话语、新叙事话语》一书中谈及叙事时指出：“叙述信息，是有程度之别的；叙事可以用较为直接或不那么直接的方式向读者提供或多或少的细节，因而看上去与讲述的内容（借用一个简便常用的空间隐喻，但切忌照字面理解）保持或大或小的距离。”[②] 其中所突出强调的“距离”，被视作叙述信息调整的重要形态，而文学文本调整距离的叙述策略中，叙述时态与叙述视角的灵活调度是两个重要的方面。

所谓“叙述时态”，分为“事后叙述（常见于过去时叙述）；事前叙述（预言性叙事，一般用将来时，但也可用现在时）；同时叙述（与情节同时的现在时叙事）；插入叙述（插入到情节的各个时刻之间）”四大类，其中“同时叙述”往往呈现出“现在”的体征，叙述与读者之间的距离大大缩短，而其他三类叙述则拉开了时间的距离，从而使读者产生一种反思性的间离观感。简媜的散文集《红婴仔》在叙述时态上匠心独运，一方面是贴近育婴实况而写的“同时叙述”的散文纪录片，叙述阶段与被叙述阶段相匹配，详尽地讲述自己已为人母的忐忑心路以及亲手抚育新生命过程中兴奋、惶恐、期待、挫折等生动心情，此处执着于“现在时间”的叙述意识是建立在对实际生活的深刻洞察之上；而另一方面又并行不悖地在“密语”的标题之下，用过去时态推远时间的距离，《密语之四》讲述“我”的同学堕去三个月大的胎儿，迟迟未能从阴影中走出，“只有失去婴儿的人才懂，伤口即使结痂了，里头还包着盐”[③]，《密语之六》讲述母亲因车祸送医治疗，“我”于监护室外回顾母

① 简媜：《女儿红》，北京：九州出版社，2014 年版，第 152 页。

② 热拉尔·热奈特：《叙事话语、新叙事话语》，王文泽译，北京：中国社会科学出版社，1990 年版，第 107 页。

③ 简媜：《红婴仔》，北京：九州出版社，2014 年版，第 29 页。

亲作为女人的一生,“忙着完成她那一辈女性最重要的任务:生育与持家”[①],《密语之八》回顾童年时候的自己照顾家中小孩的经历,因为年长,被迫“往人人赞誉的‘老大形象’努力,付出,付出,再付出”,却“没人问她喜不喜欢弟弟妹妹”[②],《密语十四》追忆家庭中婴孩时期便不幸早夭的亲阿姑与民间的冥婚风俗……相同的“婴孩——为人女——为人母”的女子生命历程在同一册散文集中以不同的叙述时态并行叙述,读者于切身发肤的感动与传统女性挣扎蜕变所付出过的努力之间徘徊逡巡,“现在时态”下正在进行的一切仿佛成为“过去时态”中女性角色的循环与重生,并在这种叙述时态有距并行的结构中产生一种戏剧性的宿命感。因此,读者不会过分耽溺于沉浸式的当下叙述,而是在距离中保持反思的清醒与警惕,对于女性生育的辛劳、职场家庭的权衡、收获与付出的甘苦等不同时间中共同的主题进行深刻的再思辨。

所谓“视角”,简而言之就是一个“观察点”,看待事物的某种特定方式或角度。简媜的散文被评论家们称作“散文和小说的混血儿”,其散文文本的视角突破了常规的自我限定,抛弃零聚焦由于全知全能而天生被赋予的绝对权威,而依托情感走向和表达目的在内聚焦与外聚焦之间进行择优拣选。《女鬼》一文中将自我一剖为二,“把现实的自己遗弃于大街,盘坐在高楼的玻璃窗前,带着奢侈的悠哉,看那具瘦小的躯体像一条花俏的肉蛆在街头蠕动,暂时跟她断绝关系”“的确不愿搭理那条茫然的小蛆在街上掩口躲避灰尘的事实,耽溺在这个被隔离的位置观看尘埃,此刻清楚地知道自己活着”[③],“我”充当扮演着“现实自己”的旁观者的角色,见证“现实自己”的茫然无策,是一种观看性质的外聚焦叙述;而“真实的我”却从“我”的“主格”转变而为“她”的“他格”,“她非常气馁”“颓丧的情绪使她疲惫起来”“她忽然觉得无话可说”[④] 却又是一种以自己的口吻叙述自己的事的内聚焦叙述。简媜通过巧妙的、炉火纯青的叙述视角距离的推远与拉近、交叉与并行,在变幻的距离中创造了奇妙的阅读审美体验:同一时间内,仿佛“现实的我”是“旁观的我”桥下的风景,而“旁观的我”通过见证而得出的推论正是“现实的我”无法逃遁的真实情绪,简媜这种通过并置和融合视角,来营造时间与情绪上循环往复的距离设计着实令人叹服。

① 简媜:《红婴仔》,北京:九州出版社,2014年版,第62页。
② 简媜:《红婴仔》,北京:九州出版社,2014年版,第136~137页。
③ 简媜:《女儿红》,北京:九州出版社,2014年版,第87页。
④ 简媜:《女儿红》,北京:九州出版社,2014年版,第89页。

结　语

“懂得‘距离’的道理，文艺上许多问题就可以迎刃而解了。”① “距离”不是故弄玄虚，不是云里雾里遮掩而成，而生成“距离”的旨归，既不为削平审美的深度，亦不为生成审美的鸿沟，一位优秀的作家“必有轻视外物之意，故能以奴仆命风月；又必有重视外物之意，故能与花鸟共忧乐”②，而落实到文学文本中的“距离调节”，亦决定了文学空间的具体展开方式。当我们将视线转向在散文的辖区中笔勾往事、文露真情的作家简媜，不难发现她在创作之初的“情动”与“理发”、“真相”与“创忆”、“出世”与“入世”间，以“含蓄”兑冲“激情”，以“当下”调和“原初”，以“高致”平衡“事困”；在散文文本中娴熟运用打破读者审美心理惯性定式与刻板反应的文学语言、修辞手段和叙述策略，共同创造了不偏不袒、亦刚亦柔的弹性审美距离。也正是因为有了这一段“飞行的距离”，简媜“以箭为翅”的散文创作，穿过审美的靶心，绵长的余韵犹然震颤不已。

① 朱光潜：《文艺心理学》，上海：复旦大学出版社，2005 年版，第 20 页。
② 王国维：《人间词话》，南京：江苏文艺出版社，2007 年版，第 35 页。

爱情与亲情“一瞬间的不朽”

——论孟瑶短篇小说的开拓性创作

曹雪萌

摘　要：孟瑶作为首批赴台的女性作家之一，在小说书写方面有着被众人忽视的独特风格。作者从极为朴素的角度取材，构成两类小说主题：一类以男女爱情故事为出发点，书写孱弱男性的精神胜利法与身披甲胄的女性在维护家庭与勇闯事业时的坚毅与顽强；一类则以父子之间的亲情关系为聚焦点，描写父子关系在不同语境下的疏离之感与其背后的隐秘的爱。孟瑶在书写爱情与亲情、呈现男女与父子关系重重困境的同时，也将深刻的社会认知和家国思考融入作品，结合自身的漂泊经历，突破了50年代台湾女作家的写作舒适圈，丰富了台湾小说的书写策略，借现实主义之笔抒发了赴台主人公们身处“异乡”的孤独之感与对传统风物和台湾经济发展的忧思，成就了孟瑶自己所称的“一瞬间的不朽”。

关键词：孟瑶　爱情　亲情　女性　台湾小说

作为最初赴台的女性作家之一，孟瑶因《给女孩的信》系列散文的畅销为读者所关注，《中国戏曲史》《中国小说史》《中国文学史》三史的编著更是奠定了其在台湾文坛的稳固根基。然而，孟瑶的这些成就都些许遮掩了她作为小说家的光芒，文学史也将视点多集中于林海音、苏雪林等作家，极少有对孟瑶小说的详细论述与研究，其一生创作颇丰的小说作品更是被世人逐渐遗忘。其实，孟瑶在爱情与亲情的书写方面有着独特的风格，她的短篇小说创作对台湾文坛有着开拓性意义。

诚然，孟瑶也深知短篇小说取材不易，加之自身的秉性粗疏，很难精雕细琢出佳作，所以“取材必须是‘一瞬间的不朽’”①。孟瑶的小说创作之路虽

① 孟瑶：《心园》，沈阳：辽宁大学出版社，1988年版，第284页。

则艰难，但她始终认为“假若我们相信文学不外反映人生，则小说比任何一种文体反映得更直接、更亲切，也更热烈”[①]。因而孟瑶在自己的人生长河中寻取着亲切、热烈的一瞬，并植入自身对女性主义的深刻认知，冲破过去的文学书写禁锢，体现出自己在小说创作上的独异魅力。

孟瑶从极为朴素的角度取材，却构成了新颖、独特的两类小说主题：一类以男女爱情故事为出发点，从“女强男弱”这一人物设置出发，探讨男、女性在爱情中的不同身份地位，《拾荒人》《打野食》《病榻前》等文都在书写着秉持精神胜利法的男性的孱弱与虚空，以及身披甲胄的女性在维护家庭与勇闯事业时的坚毅与顽强；一类则以父子之间的亲情关系为聚焦点，如《咫尺》《孤雁》《梨园子弟》《墙边》等短篇小说，都描写着父子关系在不同时空语境下的不同状态。

一、错位的男女爱情：何处安放娇妍的女性之花

爱情，是孟瑶最擅长的主题，不少研究者都将孟瑶定位为“言情小说家”，认为孟瑶常以“浪漫之心”来言说感情，无异于才子佳人小说的当代阐释。然而，笔者认为孟瑶只是借用爱情题材来透视现实人生，她显然跳出了言情小说的严格桎梏，拥有清晰的现实主义风格。孟瑶的写作初衷本以浪漫主义为书写方向，认为“写作的人应该有特权用他的彩笔，为现实的宇宙增加一些美”[②]，但当她直面现实苦难、身处生存困境、看到“人造花”泛滥街头之时，才觉得“我宁可去爱一朵哪怕已经蔫萎的真花，因为她有生命！”[③]于是孟瑶从王子与灰姑娘的浪漫童话中走出，打破了男强女弱的爱情故事设置，开始关注现实生活中错位的男女爱情关系，借男性主人公们的精神胜利法来反衬女性这群“萎蔫花朵”的美好与生命力，以现实主义笔法将五四精神灌注到错位的男女爱情之中，探讨女性这朵娇妍之花的真正位置。

（一）“精神胜利法”维系的孱弱男性退居家庭

以往女性作家笔下的男性角色，或是在外勇闯事业，或是在家颐指气使，多以伟岸宏大的家庭支柱形象出现。孟瑶作为女性作家，有着极强的女性主义意识，但不同于其他作家对男性父权的直接勾勒，孟瑶常以男性主人公为圆心，在不同作品里透视圆周范围内与妻子、情人、妹妹等不同女性角色的

---

① 孟瑶：《中国小说史序》，台北：传记文学出版社，2002 年版，第 1 页。

② 孟瑶：《心园》，沈阳：辽宁大学出版社，1988 年版，第 285 页。

③ 孟瑶：《心园》，沈阳：辽宁大学出版社，1988 年版，第 285 页。

情爱故事，借孱弱男性的视点去观察和观照女性在家庭、社会中的地位。在《拾荒人》《墙边》《伪装的甲冑》《打野食》等作品中，都可以窥见孟瑶打破了男性作为主体和中心的“第一性”，着力展现男主人公从无忧日子跌入困苦生活的无助和压抑。她笔下的男性或在爱情中处于卑微无能的被照顾者角色，或是以萎靡不振、醉生梦死的负心汉形象示众，都给人以软弱无能的孱弱感，常需借虚设的精神慰藉来缓解、宽慰自己的生存困境。孟瑶较好地学习、借鉴了鲁迅《阿Q正传》中有关“精神胜利法”的相关书写，以探寻孱弱男性们在走投无路的底层生活中如何寻得心灵安慰与精神疗救之法。

《拾荒人》一文中的主人公小朱原本富裕、有学识。家乡不靖后，父亲虽托朋友将其从青岛送至台湾，却无法保障他之后的衣食住行。初来乍到的小朱本有对生活的憧憬和期待，他同阿Q一样，都想在现实生活中获得身份地位上的尊重与平等。然而，丰富的学识并未带来同等的回报，在历经了临时雇员、工友、摆小摊等多重工作波折后，亲历现实苦难的他选择了阿Q般的退缩与屈从，开始尝试用“精神胜利法”来纾解负面情绪，选择将远大抱负“移置”到其他对象之上，在吴大爷的带领下开启了拾荒之旅，于自我麻醉式的瞒骗中获得价值与意义。持有精神胜利法的小朱不仅不觉得拾荒工作卑微、羞耻，还沉溺其中、自我满足，开始适应并欣然接受这种接受施舍的“理想”生活；他不仅寄居在一同来台的凤妹篱下多年不觉羞愧，甚至开始觉得有钱也是一种麻烦，不如及时行乐。孟瑶笔下的这一孱弱男性把在新的社会环境中遭受到的冷遇、奚落都潜藏心底，主动忘却生活的艰涩与困难，从而“快乐”继续着阿Q式的自欺生活，以“一醉解千愁”“饿不死就得了”的堕落姿态维持着温饱生计和内心平衡。

孟瑶的小说中不乏这样靠着精神胜利法维系生活的“被阉割”的男性。不只是小朱此类的堕落知识分子，《墙边》中的以铭因始终未找到为妻子开启功名利禄的钥匙而自暴自弃，不仅不能作为一名好丈夫维护婚姻，也无法作为一个好父亲维护妻/子之间的复杂关系，在无声的自虐与屈从中维稳着现状，无所适从。《伪装的甲冑》中的“他”在外同老刘的搭档合作中常常吃亏，不愿争也不敢争，虫豸般苟活。如今生病在家的他却有了“统治者”的底气与硬气，选择如阿Q般压迫和欺辱更加弱小的角色，不仅妻子四处奔走、替丈夫淋雨工作，年幼的儿子也背负起照顾父亲脾气甚至生活的艰巨任务。《打野食》中身患肺病的音乐家小丁则将女友光光的悉心呵护当作一种爱情的负担，失去生活滋味的他身体未愈便开始拈花惹草打野食，选择将苦闷、压抑移置于新情人姗姗营造的“欢乐”世界。《他与她》中以虚假头衔包装自己的“他”遇到了同样想闪婚的女富人“她”，原本幸福甜蜜的约会变成了两人互相伪装的戏剧。心中为小王留有一席之地的"她"并不能容纳面前这个充满谎言的"他","他"也在约会的失落中发出"起什么结婚的念头?还是光棍好"[①]、爱情才"刚提起劲儿,轻轻地一推就倒"[②] 的感慨,最终他只把约会当作一场满足"够资格做绅士"[③] 的精神胜利,瞒骗的强大外表下仍旧是虚空羸弱的内核。

孟瑶在《方向》中曾言:"你的伟大丈夫却是一名变相的囚徒。"[④] 这些孱弱的男性不仅卸下了丈夫本应承受的生活重担,也在爱情的经营中借弱者的身份侥幸逃脱责任。他们以自我满足与自我麻痹的精神胜利法建设自己的"乐园",却不知自己已被家庭与社会紧紧捆绑。因而这类精神胜利在孟瑶笔下都只是暂时的,孟瑶常设置女性角色的出现让这群囚犯迷途知返:《拾荒人》便借女性角色凤妹来戳破小朱的虚幻梦境,揭开潜抑在小朱内心的痛苦伤疤,警醒男性角色应勇于承担责任,直面人生困境。凤妹对其不离不弃的爱情、无微不至的照顾,让小朱意识到了不劳而获的羞耻和精神胜利法的蒙蔽,他无法正视倾注爱力的坚守者凤妹,最终他带上竹筐,洗净脸颊,在凄苦的夜中走向远方,承担起男人的责任,不再将精神胜利作为自己生存的伪装。《打野食》中的小丁离家后才意识到自身生存经验的匮乏与思想的幼稚,情人姗姗作为他的精神慰藉之物也只能承载一时欢愉,妻子光光才是那位贤惠善良、忍辱负重的完美伴侣,能给予他母爱般的呵护。于是小丁最终舍弃姗姗,将玫瑰放置在迟来的桌上。玫瑰有了合适的安放之地,小丁也清楚了自己的最终选择与归宿。

这些作品多以男性为视角来展开叙述,在小说中交织着男性的内心活动与现实对话,令读者在平缓的情节推进中慢慢悟出其中的情感冲突。孟瑶并未单纯展现"精神胜利法"的心理屈从、移置、潜抑等特征,而是将男性放置在错位爱情中的天平一端,当温柔贤惠的女性作为警钟再次出现在孱弱男性角色面前时,女性的慈悲与柔情会平衡爱情的重量,男性角色则会有所醒悟与愧悔,重新回归到平稳沉静的现实生活。

(二)爱情的支柱:身披甲胄的自强女性登上舞台

正是男性逃避琐碎生活、逃避家庭责任的行为,才更凸显出孟瑶短篇小说中女性的责任与担当。作者书写孱弱男性、解构男性权威的意图就在于建构女性于家庭与社会中的重要地位。在以往的两性关系表现中,大多都是男

① 孟瑶:《孟瑶自选集》,台北:黎明文化事业股份有限公司,1979 年版,第 149 页。

② 孟瑶:《孟瑶自选集》,台北:黎明文化事业股份有限公司,1979 年版,第 149 页。

③ 孟瑶:《孟瑶自选集》,台北:黎明文化事业股份有限公司,1979 年版,第 150 页。

④ 高上秦:《当代中国小说大展·第 1 辑》,台北:时报文化出版社,1975 年版,第 92 页。

性观察女性，女性作为被观察和被审阅的对象。萨特的存在主义曾探讨看者/被看者之间的关系，约翰·伯格的《观看之道》中也在着意探讨囚禁于男性视野下的女性形象。其实，孟瑶早在《给女孩子的信》中便探讨过看与被看的话题，《更上一层楼——谈自知与自信》中论及女性在登上家庭/事业舞台、自信发挥的同时，也要做好舞台下的观众，自知地进行自我审视，做客观严正的自我批评，从而演好人生这场戏剧。因而孟瑶另辟蹊径，小说不再将女性作为被看者，而是将男性作为参看的核心对象，通过对男主人公的性格、行为等方面的描述，让女性在步入舞台时认真参看与反思、积极自省。她们不再处于社会生活的被动地位，在以慈母般形象步入家庭舞台的同时，也拥有事业上的一席之地，努力争取着自主、自信、自由的女性权利。

虽说台湾女性意识在孟瑶初涉文坛的年代才刚刚萌芽，但孟瑶作为先觉者，将之后几十年中女性文学发展的核心要素，早在自己的短篇小说中有所呈现。首先，六七十年代琼瑶等人的言情小说，常在结尾处彰显男性对女性的怜惜与体谅，这便是继承了孟瑶短篇小说的衣钵。其次，孟瑶于 1950 年 5 月 7 日赴台后投稿的第一篇文章《弱者，你的名字是女人》，便在探讨女性作为“弱者”的社会地位与真实能量，思考女性在面临照顾家庭与投身事业选择时的矛盾与挣扎。文中孟瑶丝毫不掩盖对武则天的崇拜，“‘贤妻良母’＋‘事业上的强人’”的“完美的女人”形象，是诸多女性可望不可即的身份突破，也是孟瑶对女性的期待与愿景。这一在孟瑶笔下如此鲜明的“女强人”形象，却直到 20 世纪 80 年代才得到广泛书写。此外，80 年代在台湾掀起的“新女性主义文学浪潮”，也是在孟瑶笔下初见端倪。异于同时代苏雪林、林海音等人小说中对婚姻制度的谨慎控诉、对女性成长悲剧的谨慎书写，孟瑶在创作之初就有争取经济、婚姻主动权的自觉意识，因而 80 年代的新女性主义作家们举起女性自由大旗，给予女性以家庭、事业双重地位，着意让女性重新认识自己的大胆书写理应追溯至孟瑶的作品。

“社会是一座大的舞台。在这庞大的演出中，每一个人都安排了不同的位置：或在幕前，或在幕后，或当主角，或当配角，或做一个独得万人喝彩的牡丹花，或仅是一片烘托牡丹的绿叶。它们或重要或不重要，但在这个演出中，却都占有一个克尽厥职的地位，来演出这一幕绝对契接、万分谐和的戏！这其间，过分地夸张了你自己，或者藐视了你自己，都能使这演出失去了它的应有光彩。”[①] 因而在孟瑶的短篇小说作品中，她塑造了诸多兼为贤妻的女强人形象，打破了男与女、社会与家庭的刻板模式，将身披甲胄的自强女性

① 孙云遐：《师范国文·第 2 册》，台北：复兴书局，1964 年版，第 27 页。

放置在平等、自信的舞台上去展现风采。具体表现在以下两方面：

第一，女性重视自身主体意识，搭建和谐的家庭舞台。孟瑶作品中的女性不再迎合、取悦、臣服于男性，而是作为家庭舞台的维护者和导演者，成为家庭的主角，努力经营和维护和谐的家庭生活。

“家庭是女人历史性的生活舞台。”[①] 孟瑶在短篇小说的作品呈现上，不同于长篇小说中塑造的“魔女”般的虐恋，而是在书写孱弱男性同时，更加着意反衬女性贤惠干练的优秀品质，带着极强的女性意识，力图改变女性的边缘地位。伍蕙在回应孟瑶的文章《弱者的名字是弱者》中指出：“一个真正有智慧和能力的母亲绝不会让家庭的琐事埋葬了她整个的抱负和理想……最要紧的是忍耐和毅力，是对于自己才能底正确的认识。”[②] 不同于其他台湾女作家着意塑造的男女疏离状态，孟瑶更愿在作品中以浓厚的爱和对家庭的执着与坚守，以自己的智慧和能量努力促成男女关系与家庭的融洽。《病榻前》的“我”曾是妻子阿妍的初中老师，本应完成百万巨著校对工作的“我”却不幸从椅上摔下，身卧病榻。“我”不仅没有了生活来源，透支的身体也需阿妍带着母爱的力量来悉心照料。身居家庭舞台中心的阿妍，不仅妥当处理了李太太的假殷勤行贿事件，也将照顾女儿、做饭、工作等事情处理得井井有条，女性对家庭灌注的热情常让“我”感到恐慌和亏欠。孟瑶欲通过这些家庭女主角表达的，正是女性在经营家庭中的决定性作用，不再是家庭舞台上单纯的被观察者，而是真正的决策者和施行者。当男性身体和精神松弛、支柱力量被女性的热情与坚忍削弱之时，女性完全有能力独当一面，以超人的主体力量来经营着和谐的家庭：让开车一天的“我”归家便吃到可口的菜肴（《方向》），让拈花惹草的丈夫回归正轨（《打野食》），让萎靡不振的拾荒者重启人生道路（《拾荒人》）。孟瑶的构思是精巧的，在女强男弱的故事构架下，女性能够更好地以观看者的身份观察对方与审视自己，拥有足够的言说空间，展现出女性在家庭舞台上的强大导演力量。

第二，女性独立走向社会，成就自己的事业舞台。作品中的女性不再以柔弱的全职妈妈、无能的疯女人、魔女等角色出现，而是摆脱“舒适圈”，主动融入社会图景，成为平等、独立的自强工作者，在事业、家庭的双丰收中找到女性的存在价值。

早期赴台女作家面对陌生的环境与离别的悲怆，虽有挣脱困境的意识，有书写新时代女性的自觉，但常陷于书写女性在时代洪流中的卑微、沉沦。

---

① 王春荣：《女性生存与女性文化诗学》，沈阳：辽宁大学出版社，2002 年版，第 215 页。

② 伍蕙：《弱者的名字是弱者》，《中央日报·妇女与家庭周刊》，1950 年 5 月 21 日，第 7 页。

这类小说中的现代女性，或成为精明强干却疏忽家庭的业界翘楚被家庭所抛弃（如郭良蕙《玛莉袁》），或在家庭的柴米油盐中没落一生（如林海音《金鲤鱼的百裥裙》），但无论选择哪种人生，都很难做到家庭与事业的双重平衡。苏雪林、林海音等早期赴台作家，都常常在作品中以单一的舞台场域刻画女性困局，选择一方舞台进行表演，无法呈现女性的人生多面。

孟瑶意识到了这一写作局限。她在《鱼与熊掌——谈家庭与事业》一文中坦言："过去，我在观察上所犯的错误，就是固执地把家庭与事业看成一个绝对冲突不能并存的东西，因此在处理上便只想挽救一面，牺牲一面。但事实上，我们若能制其机先，是可能同时把握两面的。"[①] 因而，孟瑶冲破了事业/家庭各自孤立的苦难挣扎，让女性有机地处理好两个不同的人生舞台。"她们大多在工作之余，兼为贤妻良母，须'亲操井臼，自理炊洗'"[②]，既身披甲胄，勇敢闯入社会生活，不让自己飘忽于金钱市场的风波之中；又维持好爱情中的贤惠妻子形象，在"上得厅堂、下得厨房"的自立身份中保有情感中的一席之地。

在《伪装的甲胄》中，孟瑶就书写了坚强不屈、独当一面的强韧女性形象——刘太太。她努力做到鱼（家庭）与熊掌（事业）兼得，"一方面要把握爱情，另一方面还不要忘记同时取得家庭与事业的协和"[③]。面对丈夫的病痛与债务危机，刘太太勇敢站出来，充当男人在社会中的交际角色，不仅要与丈夫的精明搭档作商业上的困难周旋，还要在曾经最亲近的姐妹芳芳面前陈说无法按时还钱的窘迫。小说按时间顺序讲述了刘太太忙碌的一天，从一早出发为狡诈的老卢买早餐，到冒雨跑到芳芳家堆笑陪打牌，再至最后饿了一天准备归家时的被迫应酬，都记录着女性在忙碌事业时的奔波与不易。当然，刘太太也并非本就是强女子，她也有过软弱和退缩，也想只做一位贤妻良母守着孩子。但面对突如其来的变故，面对生活的鞭子，她只能穿上甲胄奋勇向前，以精明强悍、自强自立的女性形象立于凶险的社会舞台。小说中也设置了两类女性角色与刘太太作对照。芳芳靠着房地产赚到的钱安然享受生活，在牌局中虚度一生却终无所依；而刚从日本留学归来的小咪则因债务想不开而坠楼自杀。两位女性角色的惨剧都让刘太太更加清楚知晓了自己的努力方向，既不能过于沉溺社会生活，也不能轻易放弃情感。因而，当她在外充当

① 孟瑶：《〈鱼与熊掌——谈家庭与事业〉，给女孩子的信》，台南：信宏出版社，1990年版，第71页。

② 台湾省妇女写作协会：《二十年来的台湾妇女》，1965年版，第237页。

③ 孟瑶：《〈鱼与熊掌——谈家庭与事业〉，给女孩子的信》，台南：信宏出版社，1990年版，第71页。

社会角色、立于工作舞台之时，也并未放弃家中的母亲/妻子角色：孩子等着她带回期盼已久的荔枝，丈夫则等着她带来安抚和宽慰，刘太太同样成为家庭舞台的核心。

1952 年孟瑶在《给女孩子们的第一封信：风度与容止——谈女德》里谈道：“顾识大局，明辨是非，行己有耻，动静有法，是谓女德。要言不繁，时然后言，不攻阴私，是谓女言。盥浣尘秽，服饰修洁，沐浴以时，身不垢辱，是谓女容。努力学问，广交益友，针务烹饪，作息有定，是谓女功。”[①] 在许多小说作品中，孟瑶都在着力改变女性长期处于被看状态的附庸地位，让女性拥有这些优良的风度和容止，重建女性的话语权力与身份认同。她们既能在外独当一面，以自立自强的“女强人”角色勇闯台湾社会；又能以母性般的温柔来浸润男性主人公，以贤惠贴心的“好妻子”角色游弋于家庭困局。光光从未舍弃小丁的病人身份，即使小丁在外偷情时也身挑家庭、事业的全部重任（《打野食》）；“我”面对大伟的双腿截肢、面部俱毁也并未逃离，而是用足够的耐心来接受大伟的暴躁脾气，以主人的角色无微不至地照顾大伟的生活（《棘冠》），这些女人都脱离了社会安置给她们的“弱者”符号，不再作为第二性的附属地位存在，而是担起了家庭和社会的双重责任，披上了“伪装的甲胄”，成了“女当家”，以自强自立的形象为女性正名。

二、父权制与亲情：威严的丧失与温情的寻回

在文学史的进程中，父亲形象的书写随着社会发展而不断变化，封建、暴虐的父亲形象逐渐退出小说舞台，理想的男性化身则自新时期开始涌现。然而，孟瑶早在 50 年代就开始关注父亲形象，并作出不同的形象解读。在 1950 年围绕《妇女与家庭周刊》展开的谁为弱者的争论中，殷俊从男性角度来反驳孟瑶的观点，认为“‘丈夫’抽了男人的筋，‘父亲’又剥了男人的皮”[②]。孟瑶显然不认可这一观点，她既要为被压抑的儿女们发声，又要为被曲解的父亲们正名。

在孟瑶的作品中，常见三种父亲形象，一是作为严厉父权统治者的父亲，这是孟瑶儿时记忆的现实影射，也是孟瑶对父权制的控诉与反抗；二是孑然一身的孤独老人式父亲，孟瑶着意透过这类形象探讨现代化生活与代际障碍造成的亲情疏远；三是作为“子”思恋与怀念对象的父亲，书写远离家国故

① 孟瑶：《风度与容止——谈女德》，《妇女与家庭周刊》，1952 年 11 月 27 日，第 6 页。

② 殷俊：《男人，你的名字也是弱者?》，《妇女与家庭周刊》，1950 年 5 月 21 日，第 7 页。

乡的“子”对父亲的依恋情怀。这些作品常以“好”父亲的落寞为悲剧结尾，或是严苛的管教被忽视，或是作为老年的尊严被无视，或是亲子之间的距离无从跨越，都警醒读者思考如何处理父子关系，如何对待疏离的父子亲情。

（一）控诉：父亲作为严厉的父权“统治者”

孟瑶认为，“只有立足于现实的文学才是有生命力的，才能生动表现出鲜活的世态人情，才会有真实的心灵跃动于其中”①。儿时父亲威严形象的记忆成为作者日后书写真实的关键。她曾在自传中写道：“父亲在家是一尊不容侵犯的偶像，孩子们在他的严威笼罩下，每象老鼠一样地瑟缩着，但一逃离开他的视线，依然欢欣跳嚷，无法无天。”② 孟瑶这一笔名便源于父亲为她起的号，足以窥见父亲在其心目中的极高地位。然而，“父亲的爱是冷峻的，往往伴随着对儿女当前意志的压抑”③。她承认“家给了我一切，但，使我不愿意的是，她同时也摘走了我的希望和梦。我没有看见家，我所看见的只是粗壮无比的锁链，无情地束缚了我的四肢和脑；我没有看见孩子，我所看见的只是可怕的蛇蝎，贪佞地想吞掉我的一切，我想逃出这个窒息的屋子，伸出头去，呼吸一些自由新鲜的空气”④。她在父亲面前始终表现得怯懦、不自然，父亲的威严形象与父权统治在孟瑶心中埋下了畏惧的种子。

孟瑶儿时的真实经历，使得她对父权的威严统治有着极为熟悉的认知和极为迫切的控诉欲望。因而在其短篇小说作品中，孟瑶就借《梨园子弟》描绘了心中又爱又惧、又恨又敬的严厉父权统治者形象。小说中，父亲阿七即使负伤也依然奋斗在舞台一线，留恋并坚守着戏剧舞台。他把表演戏曲的希望都寄托在下一代小扣子身上，天还没亮就拉儿子起床练功吊嗓，一刻不停地训练拿大顶、打快枪、翻筋斗。文中说道：“他用藤条挥送着，不时会打到孩子身上，孩子咬着牙，流着泪，不敢作声，也不敢反抗。”⑤ 小说几次都以特写镜头般的书写刻录着小扣子隐而不发的场景，母亲的规劝也只能引来更为激烈的争吵和更为严苛的加练。父为子纲的传统观念让子辈自觉臣服于父亲的威严，父亲拥有家庭中的绝对权威，“统治”着作为“臣民”的儿子，为儿子注入自己的精神需求。虽则阿七也不忍让珍贵的独苗如此劳苦，但他认

① 陈晓明：《文学，永不言败（我的文学观）》，《人民日报》，2017 年 2 月 28 日，第 14 页。

② 孟瑶：《心园》，沈阳：辽宁大学出版社，1988 年版，第 278 页。

③ 王富仁：《母爱 · 父爱 · 友爱——中国现代文学三母题谈》，《云梦学刊》，1995 年版，第 54 页。

④ 孟瑶：《弱者，你的名字是女人吗》，转引自陆卓宁，《多重话语霸权下的女性文学“命名”——台湾五十年代女性创作生态追思》，《南方文坛》，2006 年第 5 期，第 63 页。

⑤ 黄裔：《台湾儿童短篇小说选》，济南：山东人民出版社，1981 年版，第 162 页

可"吃得苦中苦，方为人上人"[①] 的观念，认为"唱戏是碗英雄饭"[②]，承载着老一辈艺人的坚守和传承。为了戏曲的未来、自己的梦想和儿子的发展，阿七不自觉暴露出了自己严苛的父权统治者形象。在对儿子特殊的爱的表达中，殷切的希望在儿子眼中都成为父亲意志强加于身的严苛准则，父亲在无意间造成了孩子个性的贬损、成长的压抑、心理的叛逆。因而，在小说结尾处，当阿七为小小的捐税消息举杯言欢之时，却全然不知新事物的出现在极力诱惑着下一代，小扣子的心思完全放在了看电影上。当脱离了父亲的监视和控制，孩子童真贪玩的野心愈发显露，父子之间的障壁隔膜则愈发深厚。

（二）同情：父亲作为孑然一身的孤独老者

上述的《梨园子弟》一篇，孟瑶显然给出了开放式结局，或是父的权威仍旧凌驾于子的天性之上，父亲仍是严厉的父权"统治者"；或是子以叛逆的姿态冲破父的压制，子作为青年一代的勇者开始独当一面。当结局为后者时，子的青春力量显然盖过了父的老迈与迟钝。孟瑶在真实刻录父亲们的严苛管教、父权压制的同时，也意识到了父亲角色行至老年时的权力式微。随着青年一代的成长与发展，老一辈开始退离父权中心地位，同时也面临家庭、社会身份的巨大转变。因而在她的小说中也常见对孑然一身的孤独老者的记录与描写。他们渴望融入新的生活却困难重重，成为无处安放自身的边缘人。孟瑶预见了老人失去关注与关爱的尴尬处境与孤独心态，从而借小说来表达对老父亲们的同情与关怀。

《咫尺》中的"他"是个极为孤苦的漂泊父亲形象。小说以主人公"他"与当红影星夏芸的对话结构全篇，记录了老父亲与失散多年的儿子隔空相认的场景。当年的"他"年轻英俊，与夏芸的母亲一起度过了两年欢乐时光。但美满的生活却因发妻的干涉而被迫中断，夏芸母亲抱着襁褓中的婴孩毅然出走，而"他"则从发妻的魔爪中逃脱，独自来到台湾生存发展。当"他"在报纸上看到夏芸飞机落地的消息时，认为这是父子相认的良好契机，犹豫许久后终于鼓起勇气拨出了认亲电话：你是夏芸么？你是姓夏么？你是苏州人么？一系列的问话让父子两人都处在温情相认与残忍离弃的选择边缘。最终，当夏芸愤怒地挂掉电话后，父子二人的久别重逢在互相占线的残忍巧合中无疾而终。作为老父亲的"他"承载着失去家人、爱人、权威、故乡的多重苦痛，只能继续在台湾孑然一身、孤独一生。

《孤雁》中的京士则是孟瑶塑造的老迈父亲形象中极为出色的一个。老人

① 黄薔：《台湾儿童短篇小说选》，济南：山东人民出版社，1981年版，第162页。
② 黄薔：《台湾儿童短篇小说选》，济南：山东人民出版社，1981年版，第162页。

京士在赴孙子的生日宴途中收到了退休的离职通知，这一失去社会身份的消息给老人以极大打击。然而，当老人来到儿子家中，儿、媳二人不仅忽略了他常年养成的喝酒习惯，还因照顾宝宝而无暇陪伴老人。面临亲情与事业双重痛苦的空巢老人京士只能独自喝闷酒，在孩子面前伪装得乐观得体、谨言慎行，找理由早早逃离这无发言权、无立足之地的儿子家。随着儿子的成长，新家庭的组建，儿子也承担起父亲的角色，成为家庭的顶梁柱。在父爱与孝道之间，儿子的选择让父子关系逐渐疏离。核心家庭的转变使得京士作为父亲的责任与威严逐渐退却，最终只得寂寞孤独地度过自己的老年时光，成为无用且多余的孤寡父亲。

大多作家常竭力书写父亲中年时代的威严光辉，着重探讨孩子内心的亲情缺失与情感渴望，却常忽视了“父亲”角色所经历的朴实沉淀期，极少有作者关注并书写“父爱失落”这一普遍社会现象。正因对父亲又爱又惧的真实体验，孟瑶在关注男女青年爱情的同时，也把“父亲”所在的老年群体作为情感的宣泄口。孟瑶抓住了这一罅隙，在《咫尺》《孤雁》《梨园子弟》《墙边》等作品中，都将视线从“子”转移到了她既敬又惧的“父”。将父子话题作为书写的对象，探讨父子之间既亲近又疏远的奇妙关系，书写情感缺失的自我体验。一方面表现出父亲对孩子的关切与关怀，另一方面潜隐着子与父行为、意志、生活习惯相悖时父的失落与孤独。

（三）重塑：父亲作为思恋与怀念的对象

无论是《咫尺》中的夏芸，还是《孤雁》中的儿子，抑或是《梨园子弟》中的小扣子，这些子辈脱离了威严父亲背后的传统文化语境，能否在新的时代浪潮中真正立足，也是孟瑶竭力思考的重点。孟瑶虽忧惧父亲的权威，但作为远离大陆的漂泊者，其父亲形象实际也成为承载怀乡依恋的最佳客体，她愿意在小说中塑造理想的父亲形象，借父亲的庇护来纾解身处异乡的苦闷。

在《清明节》一文的开头，孟瑶便写道：“清明节的头一夜，老刘无论如何睡不着，事情竟有那么凑巧，爸爸的忌日，今年正好是清明，老刘原不是一个孝顺的儿子，可是来╳城后，他不仅变得越来越想家，且也变得越来越不能忘记儿童时父亲对他的严加管束与期望了。”[①] 从家中出走、飘零在外，孟瑶同她笔下的老刘一样，都有着对父亲和家的眷恋。父亲的形象实际成为家乡的代名词，成为作者寄托乡愁感情的真实载体。为了表现家庭/家乡的美好，孟瑶在作品中对父亲的性格等特征作了美化处理，呈现出更为乐天、开朗、善解人意的理想化父亲形象。

---

① 李宝初：《南洋华人小说选》，北京：中国华侨出版社，1989 年版，第 124 页。

《夜》中戏剧科班出身的老魏，如今只能在夜总会里穿胸衣、草裙跳舞谋求生计。现代社会并非风平浪静的河流，老魏只能发出“如今这一条河的风浪太大了，我竟把不牢舵”[①] 的感慨。身为父亲的他，不仅未能给孩子幸福的童年，甚至儿子根本不认得早出晚归的他。生活的艰辛、儿子的疏远，让踽踽独行的他回忆起过去同父亲在故乡的温馨生活。孟瑶将老魏远在大陆的父亲塑造为理想化的形象，让他在小说中承担着情感寄托的角色，父亲乐天的性格、对老魏艺术兴趣的悉心培养以及带领老魏风雨无阻出游的欢乐生活，都成为老魏的美好过去时。那时“一个家就象是一条船，平静的社会，象一条无风无浪的河流，以全部的力量浮载它前进!”[②] 儿时的父亲形象成了老魏成为“父亲”的榜样和依据。因而在小说结尾，老魏将儿子狠狠地搂在怀里，开启了作为理想父亲的第一步。孟瑶以崭新的面貌帮助老魏重塑形象，在对父亲和家乡的怀念里、在乘风破浪的社会险途中，尽力靠近自己思恋、怀念的父亲形象，在小说中实现对理想父亲的现实渴望。

《小灵魂》一文也着意将父亲刻画为孩子所思恋的理想化对象。平时认真听讲的小华今日却在课上望窗愣神，放学后同小胖子的弹珠游戏也毫无兴致，节节败退。这些反常的事件都源于今日的大雨阻断了半月未见的父亲的归程，小华只好淋雨失落归家。家中的后妈经常打骂小华，只有父亲能给予他安慰，给他带回心仪的糖果、玩具，在后母面前为他美言几句；也只有父亲会发现他淋雨湿透的衣衫，会小声说话不将其吵醒。在小说结尾处，待父母出去后，“小华才敢把眼泪流出来，他偷偷地伸手摸到那支小枪，上面还有点热哩，那是刚从爸爸温暖的怀里取出来的”[③]。这些父爱的细节都成为小华作为“孤儿”的全部依托，父亲的温暖也成为孩子生存与生活的勇气与唯一动力。初到台湾的孟瑶便像是失去了亲人的小华，而温暖的大陆故乡与慈祥的父亲则接续以爱的能量抚慰着被社会鞭打的孩童与青年。

同样在《墙边》中，作为从大陆赴台又再婚的父亲，以铭始终忍受着妻子的冷眼与社会的无情。虽则他也因未能尽到父亲的义务而自责，但也只能以偷藏稿费买礼物等怯懦的方式来含蓄地表露父爱，以逃避、含混的行为呈现一个无能的父亲形象。以铭家庭地位的残缺实际映射着孟瑶身处异乡的漂泊之虑，当曾经满腔热血的外省人进驻陌生的异乡社会，他们不得不面临身份认同的巨大落差。在生根无望后，这群父亲常以逃避的心态消极度日，在社会浪潮中无所依从，以混世的态度寻求暂时的解脱。然而，孟瑶并不甘于

① 张默云：《雪地上的星星台湾爱情小说选》，桂林：广西人民出版社，1987年版，第214页。
② 张默云：《雪地上的星星台湾爱情小说选》，桂林：广西人民出版社，1987年版，第214页。
③ 孟瑶，等：《亚热带的烦闷》，长沙：湖南文艺出版社，1988年版，第29页。

做时代的落伍者与抛弃者，为了呈现更加美好的父亲（故乡）形象，小说后半部分对父亲以铭进行了重新的感化与塑型。在儿子小铭的助推之下，以铭终于认识到父亲在家庭中的重要作用，他改变了脾气，主动承担起调和家庭关系、营造家庭幸福的父亲责任，并尝试融入边墙之内的幸福生活。最终，以铭承担起作者梦想中的好父亲形象，在真实台湾语境中呈现迷惘后的重生。

孟瑶的小说全面细致地描绘了作为男性的父亲在不同语境下的不同状态，无论是将父亲视为严厉的父权“统治者”，还是将其看作孑然一身的孤独老者，抑或是作为思恋与怀念的对象，孟瑶都有着对父子关系的密切关注与竭力维护。小说中的子女或作为父权的反抗者，或作为父爱的怜悯者与守护者，都在瓦解“父权制”的同时给予男性以足够的同情与爱。作者从自身的生活体认出发，除了控诉父权制权威、解构父亲承载的“第一性”身份外，也为一些父亲赋予了更为温情的责任与意义，寻找并构建更为亲和、向上、尊重女性的男性父亲形象。

三、家国之思：写在爱情与亲情背后

叶石涛在《台湾文学史纲》中曾言：“由于时代空气险恶，动不动就会卷入政治风暴里去，所以社会观点稀少，以家庭、男女关系、伦理等为主题的女作家的作品大行其道。”① 迁台女作家自然被评论家贴上了题材局限的标签。孟瑶的短篇小说创作虽集中于爱情与亲情的书写，却始终在其小说中融入了宏大的历史视野和现实关怀，从大时代的小侧面切入，男女爱情的书写与父子关系的探讨都未脱离现实发展的语境，努力重塑着女性和父亲在家庭和社会中的地位。同时，孟瑶也着意将社会与家国之思融进作品之中，从侧面透露出对大陆的思乡情怀以及对台湾现代化剧变的些许隐忧。具体表现在以下两个方面：

（一）述说赴台游子的生存遭际，结合现实经历抒发家国之思

伊莱恩·肖瓦尔特曾言女作家应把女性自身的生活经验作为创作的基础。孟瑶的一生都在颠沛流离。父亲赴任南京便将孟瑶从汉口迁至此处，后来又因父亲职位更换与战火的纷乱，她重回汉口不久就踏上了西迁重庆的征程。从重庆再至台湾，再从台湾远赴南洋，这一路的飘零让她离大陆越来越远，仅能通过小说来抒发对家乡的浓浓思恋。王德威曾言：“‘故乡’一词不仅是一地理上的位置，它更代表了作家（及未必与作家谊属同乡的读者）所向往

① 叶石涛：《台湾文学史纲》，文学界杂志社，1987 年版，第 96 页。

的生活和生命意义的源头，以及作品叙事力量的启动媒介。”[1] 孟瑶在其短篇小说中便着重抒写着远离故乡的苦楚。文中的主人公们大都曾在大陆享受着富裕祥和的家庭生活，故乡的人、事、景共同构成了精神原乡中完美的桃花源，童年的美好回忆都成为来台后面对苦难生活的精神支撑。

京士将孙子看作“在台湾，这是我唯一了不得的快乐”[2]（《孤雁》），“他”则孑然一身，在台湾没有自己的情感依托（《咫尺》），刘喜才更是回忆起五十年前刚从北京出科时的辉煌（《老艺人》）。不难发现，孟瑶设置的这类主人公常为男性，作为被观察的对象，男性主人公在赴台后面临家庭、社会的双重失落，都从故乡的快乐源泉跌到黑暗深渊。他们在作者意欲解构男权的孤独语境下，都想要回归故乡，在乡土想象中找回曾经的人生掌控权，而不是像女性一样去努力适应和融入社会、身披甲胄，博得在台湾生存的一席之地。主人公的窘迫与过去大陆生活的祥和形成鲜明对照，小说借主人公身份地位的极大落差，将个人命运与家国命运相连，自然流露出作者的怀乡之感与漂泊之痛，记录了一代人的离散记忆。

（二）传达对传统风物的殷切关怀，深思台湾经济社会发展对人的戕害

远离大陆故土风物的主人公们，又要承受着台湾的经济与政治危机。他们在小说中常面临着生存与生活的重重冲击：有人从体面的文职工作坠落至拾荒者（《拾荒人》）；有人空有一身戏曲本领，却只能身穿草裙取悦酒客（《夜》）；有人再无年轻时的英俊貌美，仅靠剧场唱歌维持生计（《听歌记》）；有人一家五口睡在四席大的炕床上，承受着生母病逝、生父失业的巨大苦痛（《墙边》）；有人则在病重时收到了“好友”的万元分赃支票（《病榻前》）；有人起早贪黑奔赴剧院，却屡遭冷眼，产生了“早知道我也会老，我也会活这样一把年纪，我还会孤苦的一人漂到台湾，当年要存多少钱没有？就是不躺在家里纳福，带一点细软出来，我也不会落得今天啃杠子头跑龙套了”[3] 的想法（《老艺人》）；有人更是有了“人上了年纪，个性也加深，对于改变生活这件事，竟然有着这样多的恐惧”[4] 的深切忧思（《孤雁》）。

孟瑶的短篇小说都承载着作者对于当前秩序的质疑与传统没落的惋惜。当现代人的生存压力在爱情与亲情中凸显之时，如何共同承受现实社会的诸

---

① 王德威：《原乡神话的追逐者——沈从文、宋泽莱、莫言、李永平》，《小说中国——晚清到当代的中文小说》，台北：麦田出版社，1993 年版，第 250 页。

② 孟瑶：《孟瑶自选集》，台北：黎明文化事业股份有限公司，1979 年版，第 113 页。

③ 孟瑶：《孟瑶自选集》，台北：黎明文化事业股份有限公司，1979 年版，第 99 页。

④ 孟瑶：《孟瑶自选集》，台北：黎明文化事业股份有限公司，1979 年版，第 114 页。

多变化，保有传统中的精华元素，并警醒读者寻找缓解现代化生活惊慌无力的疗救良方，是孟瑶着力解决的问题。孟瑶借这些角色，引导读者从传统文化、传统生活的旧梦中醒来，在细腻的文字中注入现实的社会体悟，让小说中的主人公在身处艰难处境与生存挣扎的同时，也置身于时间与空间、传统与现代、个人与社会等复杂因素共同构筑的现代语境，借现实主义之笔书写小人物背后的沉重大时代。

结　语

孟瑶作为首批赴台的女性作家之一，在小说书写方面有着被忽视的独特风格。她不仅从常见的威严男性角色中找到其依赖精神胜利法苟活的孱弱一面，更突出了身披甲胄的女性在维护家庭与勇闯事业中的坚毅与顽强。除此之外，孟瑶也将父子之间的亲情关系作为聚焦点，在其短篇小说中，父亲作为严厉的父权“统治者”形象逐渐被解构，从控诉转为同情，再根据想象进行重塑，孟瑶更多呈现给读者的是对孤寡老者与漂泊者角色的同情，并结合自身经历，逐渐将这些负面父亲形象扶植为作者童年中缺失的理想型，开拓悔悟后的“好父亲”题材。孟瑶书写爱情、亲情的两类作品虽主题不同，但都借机书写了家庭地位、社会关系及时代大环境所造成的人的压抑与无奈，也将深刻的社会认知和家国思考融入作品，结合自身的漂泊经历，突破了五十年代女作家的写作舒适圈，丰富了台湾女性文学的书写策略，借现实主义之笔，抒发了主人公们对大陆的怀乡之情与身处异乡的孤独之感，更成就了孟瑶自己所称的“一瞬间的不朽”。

“当我灵魂暂息，我已无尘世忧惧”

——浅谈齐邦媛的《巨流河》

王睿妍*

摘　要：《巨流河》是齐邦媛先生于耄耋之年回顾一生的回忆之作，记录了两代人从巨流河到哑口海的离散往事，兼具回忆录、自传、家族史与大历史叙述等多重特征，是有关20世纪国族兴亡与个人命运的历史见证，体现了亲历时代创伤的一代人对无常命运的独特回应方式，也是新时代台湾文坛极具代表性的记忆书写作品。本文即从“为何书写”“回忆真实与历史真实”与“重建的琐碎”这三方面出发，对《巨流河》的文本与写作意涵作出简要分析。

关键字：齐邦媛　《巨流河》　记忆书写　回忆录　台湾文学

《巨流河》是被台湾文坛誉为“永远的齐老师”的齐邦媛于耄耋之年回顾此生的回忆之作，记录了两代人从巨流河到哑口海的离散往事。在全书的最后一章，齐先生讲述了自己在1985年遭遇的一场车祸，面对“那痛彻骨髓的疼痛”①，华兹华斯《露西诗》中的诗句“当我灵魂暂息，我已无尘世忧惧”成了她抵抗暴虐疼痛的良药。笔者认为，若将这肉体上的疼痛延展开去，升华至《巨流河》所记述的时代动荡与民族创痛，这句诗仍旧是齐先生面对历史苦难的态度，是其在与流离之痛交缠相处大半个世纪后悟出的自愈之道，也是《巨流河》这部血泪记录与惆怅之书的写作基轴。

纵览全书，《巨流河》中所录世事的汹涌激越与所用文字的沉稳克制形成鲜明对比，上一辈的风云际会与仓皇失落，炮火下的生死流亡与弦歌不辍，前半生在泪水中的成长与后半生在风雨里的奋斗，齐邦媛笔下的20世纪寥落与热情并存，苦难与欢欣同在，个人命运与国族时代的紧密相连让此书虽平

---

* 王睿妍，北京大学中国语言文学系博士生。

① 齐邦媛：《巨流河》，北京：生活·读书·新知三联书店，2011年版，第340页。

白朴实却蕴含丰富。本文即从“为何书写”“回忆真实与历史真实”与“重建的琐碎”这三方面出发，对《巨流河》的文本与写作意涵作出简要分析。

一、为何书写——“不能不说出故事就离开”[①]

世运推移，当亲历与见证的种种往事都变成回忆，“回忆”也便成了一种个人记录时代的使命感和文学书写的原动力。关于《巨流河》，齐邦媛说自己写的是“一个并未远去的时代”[②]，然而随着时间的飞速流逝与社会生活的巨大变迁，不论是在大陆还是在台湾，当下人们的生存状态都已与一个世纪之前截然不同。兵变、游击队、轰炸机、逃难、流亡……随着当事人一代的渐渐凋零，这些经历与感受或许终会坠入时代的裂隙之中，成为与当下世界并无关联的异质化奇观与浪漫化想象。与回忆相伴的是遗忘，当历史的车轮不停碾过已不可追的往事，这些有幸或不幸还保有当年记忆的人们终于惊觉自己不能再将那些与时代紧密相关的个人故事尘封心底，因此，“不能不说出故事就离开”的责任感便成了台湾新世代以来回忆录写作热潮的原动力之一。

笔者认为，以《巨流河》为代表的将“回忆”作为中心议题的书写方式从个人层面为历史叙述提供了丰富材料与独特视角，其兼具回忆录、自传、家族史与大历史叙事等多重特征，是不同群体在面对那段风云莫测的历史时所作的多样注脚，相异之中亦有相通。尽管这些表述有时显得众说纷纭难以完全服众，却也是当事者纾解过往伤痛的难得出口，更是后来人了解当年史事的珍贵契机。

2011年，《巨流河》获得“在场主义散文奖”的头奖，作为评审人之一的陈思和这样理解所谓“在场”：“一是应该对当下时代抱有鲜明态度、不脱离当下具体生活环境”，“二是具有知识分子人文立场、能体现对人类社会未来有关怀”[③]，这也从侧面说明了《巨流河》所承载的社会意义与艺术价值。毋庸置疑，齐邦媛在《巨流河》中显示了强烈的对历史与当下的人文关怀和对自身知识分子立场的坚守，不断强调“回应时代暴虐和历史无常的最好办法，就是以文学书写超越政治成败的人与事”[④]。

作为亲渡台湾海峡的一代人，齐邦媛身上所具有的横跨两岸的生命经历

---

① 齐邦媛：《巨流河》，北京：生活·读书·新知三联书店，2011年版，第2页。

② 齐邦媛：《巨流河》，北京：生活·读书·新知三联书店，2011年版，第1页。

③ 傅小平、张滢莹、金莹、何晶，等：《“在场主义”：眼光向上，看更远的风景》，《文学报》，2011年7月14日，第1页。

④ 齐邦媛：《巨流河》，北京：生活·读书·新知三联书店，2011年版，第5页。

与情感牵绊在今天仍然是连接两岸的宝贵精神资源。"一九四七年我一个人来了台湾，家乡的人和事对于我，像铁岭那晚的车站一样，黑茫茫的一片。我们必须大声呼唤半世纪前的名字，才找到我回想的路。"① 正如这段话所形容的，在长达七十年的隔膜与分离之后，当大陆不再有"台湾同胞"血缘意义上的亲人之后，当代际的更迭逐渐以对台湾的本土认同替代对大陆的跨海乡愁之后，所有关于这场分离的原初记忆都如同黑暗海面上的点点灯塔，标识着两岸的血肉连结，而这也是笔者认为的以《巨流河》为代表的"回忆录文学"最重要的历史意义之一。

与其他同类型文本有所不同的是，由于齐邦媛特殊的家世背景，《巨流河》中所记录的人与事常常较多地与历史风暴的漩涡中心有关，一心救国却沉浮政坛的齐世英、前线浴血终以身殉国的张大飞、后方流亡仍延续书香的朱光潜、扎根异乡为台铁奉献一生的罗裕昌、晚年"归"来台湾临终却被政客"扫地出门"的钱穆，他们极具传奇性与浪漫色彩的故事与齐邦媛自身的生命故事穿插交织在一起，共同构成了一张以个人为圆心而覆盖甚广的时代画幅，更是"不能不说出故事就离开"中的"故事"之核心与灵魂，从各个层面使得《巨流河》所叙历史更为宽广深入，超越了纯粹以个人经历为中心的自传性文本。

齐邦媛自己曾在一次访谈中说，"在半生的时间里，我都想写我父亲那个时代，写他们的理想与幻灭，可以说到了魂牵梦萦的境界"②。由此可见《巨流河》的创作初衷本就不局限于个人的人生回忆，更多地是要为几近湮没于历史尘埃之中的无言生者与默默死者发声，从个人与群体的角度为近代历史提供更为丰富多样的观察视角。波涛汹涌的巨流河即使到了平静无澜的哑口海也不该就此缄默，拒绝遗忘，还原被历史扣押和伤害的生命轨迹并以此为契机在一定程度上进入大历史的叙述序列之中，是此类文本的另一写作意图。

作为一名文学研究者，齐邦媛在《巨流河》一书中对自己一生的学术工作进行了详细回顾与梳理，并由此勾勒出了当代台湾文学的发展历程，而这种文学性文本中自带的文学史价值正是《巨流河》的另一大独特之处。齐邦媛一生心系文学，从三江汇流处于炮火之中潜心英诗的少女到为台湾文学英译事业呕心沥血的"永远的齐老师"，齐邦媛总是用文学来抵抗命运暴虐的伤害，其对台湾文学发展之热忱与贡献亦是跨海一代扎根台湾建设台湾的最好证明。

---

① 齐邦媛：《巨流河》，北京：生活·读书·新知三联书店，2011年版，第355页。

② 傅小平：《〈巨流河〉是我一生的皈依》，《文学报》，2011年7月7日，第2页。

在一次访谈中，齐邦媛这样阐释《巨流河》与台湾文学的关系：“我不知道，台湾文学现在还是以后，会在大陆出版的文学史上，占据什么样的位置。但至少在我的书里，就有大半内容说道台湾文学。这本书能在大陆出版，即使过了很多年后，如果还有人在阅读，这就证明台湾文学还在。这是我所能做的。”① 由此可见，《巨流河》不只是齐邦媛的生命之书，也是其试图为台湾文学立言的正名之作。

除了记录其发展轨迹，齐邦媛对于台湾文学的未来也十分关切，由于历史政治等多重因素，她将台湾文学视为中国现代文学的正统，因此对近年来台湾文学在世界文学中的式微格外敏感与担忧——“世界的汉学界已将注意转移至中国大陆，台湾重要的作家多已停笔，本土化的声浪日益高涨，当年大家用中文写作的热情不再，会不会有一天，我们也面临小语言、小文学的处境？从此，我对台湾文学的关怀，就不再只是单纯地鼓励与评介，而是它在未来的发展和定位。”② 笔者认为这份担忧并不出于对大陆文学发展的偏见，而是出于对台湾文学的舐犊之情，爱之深忧之切，台湾文学的未来将会如何、台湾文学与大陆文学的关系将会如何、华语文学在世界文学中的地位将会如何，齐邦媛在《巨流河》中并未就这些问题作出明确的回应，也无力作出明确的回应，毕竟关于台湾文学的定位牵涉的层面太多太广，一切都只能等待时间给出答案。

为何书写？因为“不能不说出故事就离开”。谁的故事？个人的故事，家族的故事，群体的故事，时代的故事，文学的故事。

二、回忆真实与历史真实——“印证今生，做个见证”

作为人生暮年追顾过往的回忆性文本，《巨流河》带有不可避免的个人性与主观性，正如齐邦媛在自序里所说的，这本书是为了“印证今生，将自己的一生画成一个完整的圆环”③，因此尽管书中所述之人和事均与当时当地的大历史息息相关，此书归根结底也只是一本关乎个人生命体验的感怀之作，“以个人回忆为支点，带动时代记忆”④，其中包含的历史叙述不过是书写自我人生经历时无法忽略的宏阔背景。至少就《巨流河》这一文本来说，笔者看

---

① 傅小平：《〈巨流河〉是我一生的皈依》，《文学报》，2011 年 7 月 7 日，第 3 页。

② 齐邦媛：《巨流河》，北京：生活·读书·新知三联书店，2011 年版，第 320 页。

③ 齐邦媛：《巨流河》，北京：生活·读书·新知三联书店，2011 年版，第 5 页。

④ 计璧瑞：《文学记忆与文学－历史叙事——论王鼎钧的〈回忆录四部曲〉与齐邦媛的〈巨流河〉》，《华文文学》，2019 年第 3 期，第 47 页。

不到其重塑历史的野心，书中所有的论述都紧紧围绕着“忘不了的人和事”①，以今生记忆为纲，只为对已逝的过往“做个见证”，笔者认为这种写作目的已决定了其写作方式与行文基调，即以个人为中心向周围时空辐射漫散，写下那些足以“印证今生”的人与事。

关于《巨流河》的成书，经历了从访谈口述到落笔成文、从临时记忆的拼凑到对人生经历进行系统整理的漫长过程，对于书中所及之内容，齐邦媛曾在访谈中这样说道：“我出书时已经 80 岁，我只想我能不能说一些我能说别人不能说的话。我知道的，在我之后的人都不知道，在我之前的人都死了，所以我要说的是别人不知道的事。”② 由此可见，作者的出发点始终在于自己“能说的”和“知道的”，而非“该说的”和“臆断的”。

然而正是由于个人经历之独特与视角之有限，《巨流河》中关于中国现当代历史发展的部分多有出自齐邦媛个人想法的理解与评判，这一点引起了大陆一些学者的激烈批评。例如周立民就在其长文《历史从心上流过——齐邦媛〈巨流河〉阅读札记》中这样评价：“读《巨流河》这样的书，我隐隐的能感觉到充斥在齐邦媛这些民国遗民文字中的傲慢与偏见，以此看历史以及现在的大陆，他们总有一种虚无的高傲……一叶障目，不见泰山，我为口口声声强调理性的他们在这些问题上的如此不理性备感遗憾。”③ 甚至认为《巨流河》是“一朵不平静的浪花”，搅动起本已平静的历史。又如陈辽的文章《一部爱国的但被偏见引入误区的回忆录——评齐邦媛的〈巨流河〉》，更是直接批评齐邦媛“只是以一己的感想、印象和道听途说得来的资料，用小小的、少少的资讯，作出大大的、惊人的结论”④。从这些表述中不难看出，批评者们所质疑的是齐邦媛回忆文字的历史真实性，而这一问题的关键则在于回忆与历史之间的关系。

王鼎钧在其回忆录四部曲之二《怒目少年》的代序《与生命对话》中曾这样论述回忆录写作与重访历史之间的关系：“写回忆录需要回忆和反省，需要资料帮助回忆和激发反省。”⑤ 然而“那些大事本末我用不上，但是它使我重温恐慌、焦虑、虚无，以及在绝望中挣扎的本能”⑥。由此可见，在回忆录的写作过程中，即便存在着能够在某种程度上代表历史的“绝对真实”的历

① 齐邦媛：《巨流河》，北京：生活·读书·新知三联书店，2011 年版，第 276 页。

② 傅小平：《〈巨流河〉是我一生的皈依》，《文学报》，2011 年 7 月 7 日，第 2 页。

③ 参见周立民：《历史从心上流过——齐邦媛〈巨流河〉阅读札记》。

④ 陈辽：《一部爱国的但被偏见引入误区的回忆录——评齐邦媛的〈巨流河〉》，《世界华文文学论坛》，2012 年第 4 期，第 9 页。

⑤ 王鼎钧：《怒目少年》，北京：生活·读书·新知三联书店，2013 年版，第 2 页。

⑥ 王鼎钧：《怒目少年》，北京：生活·读书·新知三联书店，2013 年版，第 4 页。

史记录与材料，这种所谓的“历史真实”也并不能修改或者取代个人的“回忆真实”，其功能更多的在于一种知识性的补充与氛围感的营造。然而更值得思考的是，当我们试图在回忆录中寻找蛛丝马迹并据此重现历史的时候，我们想要寻求的与能够寻求的到底是什么？

面对《巨流河》这样的文本，我们的目光总是容易被其中的磅礴历史吸引，惊心于浩荡大河的每一次改道，却忽略了亲历者与书写者只是这大河中的一朵浪花或一服细流，回忆文字再波澜壮阔，书写的也仍旧是个人的故事，追求的则是作家本人的回忆真实，而非“客观”的历史真实。同时，那些我们预先设定、想要在回忆文本中证明或证伪的历史也只是“无比巨大、混沌一团的过去中被赋予了秩序和意义并且被讲述出来的那很小很小的一部分”[①]，“过去的无数方向、无数线索被简化成历史的单一方向和单一线索，过去无可计数的参与者被简化为少数人群及其精英”[②]。而回忆录写作的最大意义与动力之一，或许就在于对抗这种单一的、确定的乃至绝对的历史叙述，从个人与群体的视角丰富有关过去的方向与线索，为那“无比巨大、混沌一团的过去”照亮一个小小的角落。

因此笔者认为，上述那些对于齐邦媛及《巨流河》一书的苛责，其立论并不基于《巨流河》的文本与语境之上，而是囿于一种预设性的对抗思维。面对《巨流河》这样一部以“印证今生”为目的、以个人回忆为主线的作品，一味从政治角度判断其对成败原因的论述并追究其态度立场的对错，这一行为和视角本身就是对这部作品最大的误读。在这些批判文章中，责难者大多试图用根深蒂固的二元对立思维模式来解读齐邦媛笔下的20世纪，而这种从一开始就将来自对岸的文本视为“他者”的研究方法，又怎可能达到真正心灵相通的认同？

在时代的汹涌浪潮之中，个人究竟应该如何处理自我与历史的关系？个人的经历与回忆又该经过怎样的提炼与修整才能成为对历史叙述有意义的注脚？面对动荡无常的20世纪，齐邦媛给出的回应是用文学的方式“印证今生，做个见证”，而这对生命历程进行记录和对历史群像加以刻画的写作方式，本身已经是回忆真实对历史真实的呼应与召唤。

---

① 罗新：《有所不为的反叛者——批判、怀疑与想象力》，上海：上海三联书店，2019年版，第1页。

② 罗新：《有所不为的反叛者——批判、怀疑与想象力》，上海：上海三联书店，2019年版，第1页。

三、重建的琐碎——“一切归于永恒的平静”[①]

《巨流河》的最后，齐邦媛用“一切归于永恒的平静”结束了记叙自己一生的文字探险，而与此书前半部的纵横开阖、挥笔即是大半个中国相比，后半部所叙之事显然平淡琐碎不少，似是细数家常闲话过往。齐邦媛自己也曾在访谈中说：“我对我的书并不满意，写得像流水账。有人说我的书，前半好看，后半不好看。我的书后半写台湾的事情，是不是写得太多了？”[②] 诚然，与前半部的十万大山与生死存亡相比，后半部对和平年代的记述自然显得平淡，可一代人有一代人的使命，当惊涛骇浪在疮痍大陆肆虐横行之后，涓涓细流如何润泽、重整狼藉的土地？在亿万儿女遭受山河破碎流离失所的剧烈创伤之后，如何为受伤的心灵镇痛凝血，又如何在结痂的疤痕中微笑？笔者认为，《巨流河》的后半部分恰是对这些问题最好的回答。

《巨流河》的后半部分主要关于抗战胜利后的台湾，关于从五湖四海聚集到这小岛上的人们，以及他们在这岛上经历的风雨和取得的成就。齐邦媛极其重视各行各业中对台湾的建设有所贡献的人们，她详细记述了丈夫罗裕昌及其同事们为台铁建设事业的日夜付出，大力称赞致力于畜产研究的戈福江先生为常年饥饿的国人带来的福音与为台湾经济带来的税收，更饱含深情地回忆了自己在英语文学教学领域的耕耘、在英译事业上的开拓、在国文教科书改革过程中的争取，当然还有那些与自己相互扶持共同开拓的同事们，如台中一中教师徐蕙芳、《中国现代文学选集》的五人编译小组，还有《笔会季刊》林海音、林文月、殷张兰熙等志同道合的挚友……这些看似琐碎芜杂的记录，“通过对‘外省人’在台生活经验与文学书写予以不同层次的刻画与评介”[③]，不仅包含了齐邦媛一代人对台湾的建设与付出，更代表了“跨海一代”抛却流亡心态决意扎根台湾的心路历程。

纵览全书，不难感受到其前后内容之间存在的一种巨大断裂感，前半部分的战火青春因其与今日生活的异质性而显得浪漫激荡气壮山河，后半部分的和平年代则因与我们每个人的奋斗经历相似相通而显得平淡无奇，对比之下仿佛从滔天巨浪跌入涓涓细流。笔者认为，这种前后叙事的差异在很大程度上来自时代的变迁，前半部分所记述的大历史本就浓墨重彩地屹立着，以

---

① 齐邦媛：《巨流河》，北京：生活·读书·新知三联书店，2011 年版，第 371 页。

② 参见《潭深无波〈巨流河〉——台湾知名学者齐邦媛访谈》。

③ 吴天舟：《另一条巨流河——论齐邦媛的文学世界》，《现代中文学刊》，2015 年第 1 期，第 56 页。

此为轴寥寥数笔便可为所叙之事增色添彩；后半部分相对平静的历史则需以个体生命为基础来建构，需要一砖一瓦的铺设使其丰厚，而在用平凡生活填平心中被迫撕裂的沟壑的过程中，谁又能说齐邦媛在教科书改革中的对抗不振奋人心呢?

“回忆的前提是在信息持续流中有一道裂缝”[①]，如果说《巨流河》的前半部分“多次诉说国家的分裂、政治的翻云覆雨、故乡的难以复原、故友的四散飘零带来的悲愤和哀伤”[②]，这些都是动荡时代逼人不得不面对的深谷绝壁，那么后半部分所记述的内容则让书写者终于获得了自主选择这道裂缝的权利。那些在当下看来不足为奇的琐碎日常，恰是在战火中成长的一代人最为珍惜的东西，当看惯种种因被历史裹挟而无法掌控个人命运的悲剧，这种在“国富民安”的环境中追求自我价值与意义的人生主题自然对他们有着巨大的吸引力。

同时，对平静岁月的书写或许也是一种对创伤记忆的疗愈，是“‘苦难—放下’的心路”[③] 中心灵抵达的终点和回忆开始的起点。换言之，《巨流河》后半部分“流水账”般记录下来的工作与生活，恰是作家对苍茫沉浮的前半生进行回忆书写的前提与基础——“回忆的进行从根本上来说是重构性的；它总是从当下出发，这也就不可避免地导致了被回忆起的东西在它被召回的那一刻会发生移位、变形、扭曲、重新评价和更新。在潜伏的时段里，回忆并不是安歇在一个安全的保险箱里，而是面临着一个变形的过程。”[④] 因此，作为写作当下与创伤记忆之间的过渡时段，对这段记忆的回望必然影响着作者对更遥远记忆的书写，参与着它们的召回与变形，塑造着作者在回忆与写作时“所蕴藏的深情和所显现的节制”[⑤]。

当然，这并不意味着对这段岁月的书写本身没有意义，恰恰相反，当战火纷飞的血泪流离成为往事，当轰炸机的巨大轰鸣归于沉寂，当因民族危亡而不知所措的青年重新看到生存的火焰和发展的希望，这时的一切才算真正

---

① 阿莱达·阿斯曼：《回忆空间——文化记忆的形式和变迁》，北京：北京大学出版社，2016 年版，第 479 页。

② 计璧瑞：《文学记忆与文学－历史叙事——论王鼎钧的〈回忆录四部曲〉与齐邦媛的〈巨流河〉》，《华文文学》，2019 年第 3 期，第 49 页。

③ 计璧瑞：《文学记忆与文学－历史叙事——论王鼎钧的〈回忆录四部曲〉与齐邦媛的〈巨流河〉》，《华文文学》，2019 年第 3 期，第 49 页。

④ 阿莱达·阿斯曼：《回忆空间——文化记忆的形式和变迁》，北京：北京大学出版社，2016 年版，第 22 页。

⑤ 王德威：《“如此悲伤，如此愉悦，如此独特”——齐邦媛与〈巨流河〉》，《当代作家评论》，2012 年第 1 期，第 159 页。

"归于平静"。重建是琐碎的，齐邦媛自称"流水账式"的记录则是真实的，反映了亲历历史大断裂的一代人对于心灵创痛的回应及其自我疗愈的过程，充满"真情和诚恳"[①]。这段时光不仅是齐邦媛人生中不可或缺的宝贵记忆，更是跨海一代共同的歌哭史诗，是昔日离散人群的归宿，是今日海峡两岸的来处。

"当我灵魂暂息，我已无尘世忧惧。"在人生的暮年，齐邦媛先生选择以文学的方式回应今生遭受的苦难与见证的变迁，从巨流河到哑口海，从波涛汹涌的人潮中来，到平和静谧的自我里去。时代的篇章一页页翻过，个人的创痛或许由于生命之有限而难以完全愈合，历史的裂缝却终会平复，《巨流河》将永远是两岸连结之见证，是我们回望来路的灯塔，亦是探寻未来的明鉴。

① 参见《潭深无波〈巨流河〉——台湾知名学者齐邦媛访谈》。

“现实”与“乡土”

——以日据台湾与东北两次文艺论争为中心

刘馨遥*

摘　要：1937—1945年期间，台湾与东北文坛出现了两次以“现实”与“乡土”为焦点的文艺论争。本文首先剖析这两次论争的焦点与层次，找寻两地作家在何处共鸣，又存在着怎样的裂隙。“现实”与“乡土”都是“现代”的发明，本文最后将在殖民现代性的问题域中思考。两地作家们一方面与中国“五四”新文学有着真实的互动与连接，另一方面受到日本侵略过程中关于“现代”叙述的影响。在当代语境中，接续作家们的批判精神，对于构建两岸文化认同和破解殖民现代性谜题尤为重要。

关键词：现实　乡土　殖民现代性

抗日战争作为中国极为动荡的时期，将“五四”确立的启蒙理想抛掷在极度困厄的现实之中。知识分子由沿海向内陆、由城市向乡村迁徙，处于不同统治政策下的作家们试图构想超越“五四”的文学，纷纷转向了方言土语、地方色彩的感性外观。然而，以现代中国为视线焦点的线性历史叙述，遮蔽了沦陷区之间的差异，台湾更是处于盲区。两地的特殊性在于，一是空间中的表达受限，关于民族、阶级的讨论很难深入，理论建设相对不足，“五四”传统、左翼思潮等往往隐匿在叙述的缝隙中；二是日本自身经验的现代性，在侵略过程中渗透进帝国体系中的各区域，使得问题溢出现代中国的视线。不过，两地存在较大差异，台湾被纳入日本本土，以“外地”之名与“内地”区隔；东北则是由日本扶植溥仪做傀儡“皇帝”成立“独立国家”伪满洲国。除了“政体”差异，东北被侵占的时间及程度远不及海峡对岸的台湾。由此，两地深植于社会肌理的文学也展现出同中有异的轨迹。

抗战时期，两地出现了具有写真实和关注地方的倾向的文艺论争，表现

* 刘馨遥，北京大学中文系博士生。

为"现实"和"乡土"的文艺口号。现实主义（realism）作为19世纪新出现的语汇，关于其意涵的争论卷帙浩繁，仅就"真实"这一面向而言，各种社会力量的介入，使得对现实主义的讨论难以局限在文学内部。进一步来看，"乡土"和"乡土文学"的发明及意义秩序的生成，内在于现代化的进程，正是在都市现代性的注目下，乡村被赋予了抽象的价值色彩，出现"纯真/落后"的两极化想象。值得注意的是，雷蒙·威廉斯指出，帝国殖民将城市与乡村的模式扩展到了整个世界，表现为"大都市"宗主国与"欠发达"殖民地，都市宗主国通过从农业殖民地掠夺原材料促进自身工业发展。[①] 由此，当地作家们关注"乡土"空间这一共同趋向，蕴藏着反殖与反思现代性的双重冲动。他们关于乡土的书写更是经由现实主义的叙事装置，流露出二元想象之外的殖民现代性经验。

乡土与现实之间的连接不是必然的，不过，具有左翼背景的作家们常将二者勾连。那么，回到论争场域，则要超越话语的对抗，将论争视为症候，思索他们如何介入现代。将东北1937年的"乡土文艺"论争与台湾1943年的"粪现实主义"论争并置讨论，并不意味二者之间存在意义的必然联系，但它们共同的现实与乡土趋向，为跨时空的比较提供了可能。

一、"乡土文艺"论争：错位的焦点

1937年，中文杂志《明明》在第3期刊载了疑迟的《山丁花》，这篇小说讲述了伐木工人的悲剧，语言多用东北的方言土语。随即，在《明明》第5期，梁山丁发表评论文章《乡土文艺与〈山丁花〉》，提出"乡土文艺"的主张，引发文坛热议，其中，古丁提出"没有方向的方向"予以反击。随着论争的扩大，以二人为核心的文艺集团形成，表现为《明明》杂志与《大同报·文艺专页》两大阵营，之后，因人员星散、杂志变迁，分立为《艺文志》与《文选》、"文丛"。值得注意的是，这场论争后期逐渐偏离了"乡土文艺"，作家们分别以"写与印""热与力"来言说自己的主张。总体上看，日本侵略的阴翳始终存在，作家们的论争虽刺激了文坛一时的繁荣，但理论建设不足，论争焦点也有错位。

此前，有研究认为日本作家大谷健夫、大河节夫、西村真一郎等直接参

① 雷蒙·威廉斯：《乡村与城市》，韩子满，等译，北京：商务印书馆，2013年版，第382页。

与了此次论争，发表了鄙夷乡土文学的言论。[①] 经冈田英树考证，他们的文章发表于1936年，早在论争之前。[②] 细读文章会发现，他们主要关注在东北的日本作家如何发展“殖民地”文学，而非对中国作家的直接批评。“殖民地”文坛研究的复杂之处在于，日本作家内部亦存在派系对抗，中日作家与日本官方之间的关系有时也扑朔迷离。不过，日本作家大多会无意识地流露出高傲的指导姿态，比如要“肩负起指导原有土著民众使之向上的任务和使命”[③]“满洲的文化是很低的”[④] 等等。可见，日本作为他者，即便没有直接介入到论争中，也始终在权力秩序中隐现。

梁山丁的《乡土文艺与〈山丁花〉》(1937)一文是论争的开幕。梁山丁有关乡土文学的思考，可以追溯到他早年与哈尔滨文坛之间的关系，他曾与进步文学副刊《大同报·夜哨》作家们交往密切。他还回忆与萧红、萧军见面时“曾谈到出版单行本，我们都主张暴露现实的黑暗面，特别是东北的乡土现实”[⑤]。可见，“乡土文艺”作为口号提出不是非历史的，也不是断裂式的发明。正是在“五四”新文学的脉络中，首先遭遇民族危机的东北沦陷作家群，开始转向地方，寻求超越“五四”和反抗殖民的文学构想。不过，伪满洲国初立时期，文艺专制极其可怖，当局查禁带有民族意识、左翼色彩的进步书籍，收藏、传阅相关书籍的人会遭到严厉处罚或定罪判刑。[⑥] 在如此高压和思想资源不足的环境里，论争中关于民族、阶级的讨论是相对隐晦和不充分的，将不便言明的意义都放置在“暴露真实”“时代意识”等语焉不详的语汇中。

论争初期，梁山丁的《乡土文艺与〈山丁花〉》、古丁《论文坛的性格》《偶感偶记并余谈》相继发表。

> 我们国度里的文坛，是把重点放在乡土文艺上的。不论在时间和空间上，文艺作品表现的意识与写作的技巧，好像都应当侧重现实。这样

---

① 辽宁社会科学院文学研究所：《东北现代文学史料》(第5辑)，1982年版，第233～239页。王吉有翻译了《满洲文艺年鉴》(1937)中的四篇日本作家的评论，后来，《沦陷时期的东北文学》一文(1985)以四篇译文为基础，认为大谷健夫等人代表殖民势力，攻击东北作家写作的乡土文学，这一论断后来被反复引用。

② 冈田英树：《伪满洲国文学》，靳丛林译，长春：吉林大学出版社，2001年版，第253～258页。

③ 西村真一郎：《再论殖民地文学》，辽宁社会科学院文学研究所：《东北现代文学史料》(第5辑)，1982年版，第237页。

④ 大谷健夫：《地区与文学》，辽宁社会科学院文学研究所：《东北现代文学史料》(第5辑)，1982年版，第236页。

⑤ 陈堤，等：《梁山丁研究资料》，沈阳：辽宁人民出版社，1998年版，第228页。

⑥ 陈言：《“五四”脉络中的“满洲国”叙事》，《文学评论》，2015年第6期。

的解释也许不会歪曲了所谓“乡土文艺”的意义。……满洲需要的是乡土文艺，乡土文艺是现实的。[①]

文坛的萎靡，其主因要算文学题材的偏狭……由于大众非读众的见地，除为大众的文学以外还需要打破目前的题材的偏狭性……再具体一些说，目前的读众是新的士大夫，文学者应当向这一点做求心作用。[②]

文学该不是那样偏狭的东西，我不主张文学局限在一个小天地里。“乡土文艺”倘若是有所谓的“论据”的话，也无非是“大豆高粱”的唾余而装在玉壶里，好看一些而已。“松梅竹菊”，又何妨写呢？只要是文艺的。[③]

表面上看，论争几乎是错位的。梁山丁强调的是“乡土文艺”的现实性，也就是“描写真实”与“暴露真实”。古丁对继承“五四”新文学的现实主义传统这一点没有反驳，却将“乡土文艺”与“大豆高粱”等同起来，批判“乡土文艺”题材的偏狭性，提出“没有方向的方向”。仔细来看，论争深层次的焦点在于：

其一，文学批评的出发点不同。山丁在左翼思潮的脉络中思考，更重视“乡土文艺”的工具性，他的关切在于文学的社会功能。古丁的视野则放在了文学的发展规律，他不赞成以题材的新旧作为评判标准，更重视作品的文学性。换言之，山丁面对民族危机的时刻，认为“乡土文艺”作为题材，能够正确地揭露现实，带来反殖的社会效用。王秋萤作为论争亲历者在回忆时也提到论争的根源在于，较激进的文艺青年们在严酷的禁锢下，首先强调的是文学艺术的功利性，而非审美层次和写作技巧的评价。[④] 古丁看到了“正确”可能带来的压抑面向，或许还会引发被当局关注的危险。他将“乡土文艺”简单化为“大豆高粱”，试图以文学性的优劣回避政治性的讨论。在论争后期，他们的对立表现为对文学社会立场和写作技巧两个方向的批评。

其二，对“大众”的想象不同。梁山丁将疑迟《山丁花》中的伐木工人等无产阶级想象为大众的主体，“大众”立场成为“乡土文艺”注重地方性特征的前提。古丁指出“大众”与“读众”的区别，即“目前的读众是新士大

① 山丁：《乡土文艺与〈山丁花〉》，《明明》，1937 年第 5 期。

② 古丁：《论文坛的性格》，《一知半解集》，月刊满洲社，1938 年版，第 51 页。

③ 古丁：《偶感偶记并余谈》，《一知半解集》，月刊满洲社，1938 年版，第 69 页。

④ 王秋萤：《我所知道的东北沦陷时期沈阳文学——在东北沦陷时期文学学术讨论会上的发言》，黑龙江社会科学院研究所：《东北文学研究史料》（第 6 辑），1983 年版，第 36 页。

夫”，于是，论争的交锋点逐渐转向了“为谁写作”的问题。梁山丁在1938年进一步阐述：“你要知道自己是什么时代和什么地域的人，你要为你相同的群众珍重自己的力与灵魂。”[①] 与山丁同阵营的《大同报》编辑吴郎在批评古丁的《奋飞》时写道，“我们的作者（古丁），仅止于高喊万民应当接近文化的口调，而表现在作品里的只是不愁吃不缺穿的小市民的活动”[②]。“读众”与“大众”似乎关涉写作对象是无产阶级还是知识分子小资产阶级的区别，不过，伪满洲国当时存在民众教育水平普遍较低和缺乏左翼组织的现实，即便是为“大众”的写作恐怕也只能止步于文艺圈内部。实质上，无论古丁还是梁山丁、吴郎，在“为谁写作”的争辩中，都或多或少地持有启蒙大众的精英意识，无产阶级主体性依旧模糊，这也是伪满洲国左翼运动陷入低潮的产物。

其三，关于“现代”的思考路径不同。随着“乡土文艺”论争的持续扩大，文学外部的因素诸如与日本作家的交往、与日本当局的关系等也加剧了彼此的对立。《明明》杂志由日本人城岛舟礼出资赞助，古丁、疑迟等发起人当时在伪满洲国总务厅任职。1938年《明明》停刊后，古丁及同人筹办《艺文志》，“抵抗的火焰被隐藏起来，一瞥之下，满纸充斥着似乎要跟旧文艺握手言和的倾向”[③]。相较之下，《大同报》作家群及之后分化的《文选》、“文丛”同人，与日本的关系较疏远，《文选》的创刊全部资金来自陈因卖掉的祖遗房产，资助者自己却因贫穷病逝于东北光复之前。[④] 两派作家虽然不是民族意识的对立，但与侵略者日本的亲疏差异难免导致抵牾。

《艺文志》刊登的稿件注重文学翻译，这与古丁对日本带来的现代化产业的态度是颇相似的。北村谦次郎曾回忆一次聚会中，有日本作家说“新京有那么多高楼大厦，真是壮观伟丽！”表示日本在当地的建设实际是加恩惠于中国人，古丁忽然向大家冷笑地说，“那些大楼我们都要，你们不用挂心！”[⑤] 古丁试图将日本作为中介促进伪满在现代化方面达到世界水平，虽有将殖民性/现代性相互分离的趋向，但也清醒地意识到敌我之别。相较而言，秉持“暴露真实”主张的山丁及其同人，意识到民族、阶级的双重危机，从乡土空间

---

① 山丁：《路之二知道自己与珍重自己》，《大同报》，1938年9月12日。

② 吴郎：《豪华的外衣世纪痼疾的一位患者有关〈奋飞〉》，载《大同报》，1938年6月5日。

③ 尾崎秀树：《旧殖民地文学的研究》，陆平舟、间ふさ子合译，台北：人间出版社，2004年版，第99页。

④ 王秋萤：《东北沦陷区文学概况（二）》，黑龙江社会科学院研究所：《东北现代文学史料》（第6辑），1983年版，第129页。

⑤ 转引自纪刚：《面从腹背一古丁》，李春燕：《古丁作品选东北沦陷时期作家》，沈阳：春风文艺出版社，1995年版，第646页。

中的底层群众的视野逆视，提供了反思现代化路径的另一种可能。

以上，关于“乡土文艺”的论争实质上是“五四”新文学在遭遇到殖民侵略、民族危机时知识分子的不同回应。这场论争虽然偏离了“乡土”，但焦点从未远离“乡土”所携带的有关阶级与民族的议题。毋宁说，正是殖民现代性带来的民族、阶级的双重危机，促使文艺发生地方性转向。值得注意的是，两派初期在继承“五四”新文学的现实主义传统时并无太大分歧，古丁在文章中写道：“有人指摘我们为什么偏偏刻画暗而不刻画明，为什么偏偏描绘灭而不描绘生。然而，他却忘掉了我们是在暗与灭里求着明与生。”[①] 古丁也提倡暴露日本侵略者统治下的阴暗现实，他对于新文学的启蒙作用始终坚持。分歧的扩大与阶级视野的不同有关，也不能忽视文学宗派的形成、文学审美取向、日本对文艺界的严密控制导致了观点的两极分化。总体来看，论争促进了伪满文坛的繁荣，是沦陷区作家们的真诚求索，吴郎在1942年写道：

> 回想起过去在文论上曾建树过“乡土文艺”和“无方向的方向”的两大标的，一方更呼喊出“写与印”，一方则用“热与勇”之口号以召回向文学故乡徘徊的爱好者与写作者，对此，前后连接着五年间持续之力，未曾辍的在试练中求生发之路。[②]

二、“粪现实主义”论争：“地方”的争夺

1943年，台北帝大文政学部助理教授工藤好美针对第一届“台湾文化赏”发表文艺评论，其中，赞赏了张文环写作的现实主义文学，对滨田隼雄的《南方移民村》则批评道：“这只是外界所给予的官方命题而已，作者却直接把它强加在过去的事实上。”[③] 这引起了滨田的反击，他将文学讨论上升至政治立场，搬出“大东亚文学者大会”中的“文学报国”精神，批评台湾作家只写现实的否定面，对皇民化运动不积极。之后，西川满加入论争，指责台湾文学的主流是“粪现实主义”，攻击张文环、吕赫若的作品只会写虐待继子、家族纠葛的问题。继西川满之后，论战愈演愈烈，形成以《文艺台湾》和《台湾文学》为首的两大阵营的对抗，《文艺台湾》作家群的关键论点如下：

---

① 古丁：《在寂寞中》，《一知半解集》，月刊满洲社，1938年版，第63～64页。

② 吴郎：《闲话满洲文学十年》，《大同报》，1942年4月9日。

③ 工藤好美：《台湾文化赏与台湾文学》，黄英哲：《日治时期台湾文艺评论集》（第四册），台南：台湾文学馆筹备处，2006年版，第115页。

大体上，想来构成台湾文学主流的“粪现实主义”，全都是明治以降传入日本的欧美文学的手法，这种文学，是一点也引不起喜爱樱花的我们日本人的共鸣的。这“粪现实主义”如果有一点肤浅的人道主义，那也还好，然而，它低俗不堪的问题，再加上毫无批判性的生活描写，可以说丝毫没有日本的传统。①

对于装出一副不识时代潮流的嘴脸，得意地叫喊什么“台湾的反省”啦、“深刻的家庭纠纷”啦等等，抬出令人想起十年的普罗文学大题目而沾沾自喜的那伙人，给他们一顿当头棒喝一点也不为过。……西川所追求的纯粹的美，是立脚于日本文学传统的；而且他也不是一个所谓的浪漫主义者，他的诗作热烈地歌颂了作为一个日本人的自觉。②

西川满与叶石涛同属于《文艺台湾》阵营，虽然他们攻击台湾本岛作家的作品为“粪现实主义”，但他们并不执着于现实主义与浪漫主义的文学议题，在将“粪现实主义”的源流归结到欧美现实主义一脉之后，论辩的焦点反而集中在日本“传统”与欧美“现实主义”的对抗。这反映出两个事实：其一，日本深陷于现代西方作为“他者”的内在焦虑，开启“抗击英美”的“大东亚战争”的同时，还试图通过制造出一整套话语来实现“近代的超克”；其二，他们企图将台湾完全地掩盖在日本之下，让台湾问题不再成为问题，只有借助日本才能介入讨论。1942 年的“大东亚文学者大会”已出现取消台湾地方性的趋向。③ 彼时，台湾派出日籍作家西川满、滨田隼雄，台籍作家龙瑛宗、张文环参加第一次“大东亚文学者大会”。在会议前后，日、台作家的分歧渐次浮出，张文环、龙瑛宗对传达会议精神不那么热衷，滨田对于台湾作家的地方主义倾向更是不满。1943 年“粪现实主义”论战发生于此语境中，因此，《文艺台湾》的刻意盲视，更意味着这次论战关系到作为“地方”的台湾能否存在。

西川满、叶石涛在以日本“传统”对抗欧美“现实主义”的时候，实际上只是将“现实主义”作为欧美“现代”的发明之一。这套叙述可以追溯到 1942 年，日本知识分子召开“近代的超克”的座谈会讨论太平洋战争带来的

---

① 西川满：《文艺时评》，曾健民：《噤哑的论争》，台北：人间出版社，1999 年版，第 124 页。

② 叶石涛：《给世外民的公开书》，曾健民：《噤哑的论争》，台北：人间出版社，1999 年版，第 132 页。

③ 柳书琴：《“外地”的没落——台湾代表们的第一次“大东亚文学者大会”》，彭小妍：《跨文化情境：差异与动态融合——台湾现当代文学文化研究》，台北：“中央研究院”中国文哲研究所，2013 年版，第 50～56 页。

冲击。不过，如果说众多在开战时感到"感动""颤栗"的日本知识分子，尽管其中的大多数并未意识到"被追究的'近代'正是进行战争的'我们自身'"①，但还是以"近代的超克"为议题反思了日本近代化过程。那么，搬弄所谓"建国精神""日本人的自觉"来有意陷台湾作家于危险之中的西川满等人，已全无反思，向官方文艺形态投靠。换言之，"这样的命题与逻辑表面上强调审美（美）与传统（古），实质上却积极服务于现实政治——天皇制国家论述"②。

回看论战的另一方，台湾作家吴新荣、杨逵等借用日本官方的宏大话语来指摘西川满、叶石涛的漏洞，在话语层面瓦解了他们的攻击。杨逵化名伊东亮写作了《拥护"粪现实主义"》，接受和重构了这一命名，阐述了"现实主义"的必要性：

> 我们孜孜矻矻地去体会日本精神，因此相信也理解了八纮一宇的精神；……即便如此，我们也并不认为，包括我们在内的全体台湾本岛人，已经从生活中完完全全体得了这种精神。
>
> 因此之故，像虐待继子、家族的纠葛等，或是其他各种各样西川所不愿看到的现实，在现实中依然存在。对我们来说，面对着那些否定面，我们无法像西川氏一样可以装出一副事不关己的样子。③

杨逵不得不用"日本精神""八纮一宇"作掩护来表达真意，足可见"皇民化运动"时期的台湾几乎没有言论自由的空间。杨逵没有与西川满等人争执现实主义的源流，而是从现实主义的功用入手，强调"否定面"的重要意义。尤其是，当"否定面"指的是台湾底层民众的困苦现实，"粪现实主义"也随之获得了"大众"的阶级视野。值得注意的是，他自觉地以台湾为出发点进行讨论，将西川满等日本人与"包括我们在内的全体台湾本岛人"相区隔。由此，杨逵等本岛作家不仅反对以文学协战，更拒绝了"内台一如"的逻辑，具有反战与反殖民的双重面向。

除了文艺批评上的论战，台湾作家张文环、吕赫若等也写作了现实主义作品作为无声的反抗。吕赫若虽未直接参与"粪现实主义"论战，但他在日记中写道："西川氏总归无法以文学实力服人，才会想用那种恶劣手段陷人入

① 子安宣邦：《东亚论日本现代思想批判》，赵京华编译，长春：吉林人民出版社，2011 年版，第 198 页。

② 柳书琴：《粪现实主义与皇民文学：1940 年代台湾文坛的认同之战》，《东亚现代中文文学国际学报》，2010 年第 4 期。

③ 杨逵：《拥护"粪现实主义"》，曾健民：《噤哑的论争》，台北：人间出版社，1999 年版，第 142 页。

其奸计也。文学阴谋活动家也。”[①] 可见，在日据末期台湾文坛的紧张局势下，台湾作家们虽洞悉对方的意图，但无论是民族还是阶级话语，都难以公开谈论，诉诸笔端的更多是乡土色彩浓厚的现实主义文学作品。

在这场论战中，“现实主义”被放置在前景，“地方性”的台湾潜藏在话语中从未缺席，“现实”与“乡土”也达成了意义的连接。尽管作家们在日据末期几乎噤声，但考察他们的思想脉络，会发现他们对“乡土”“现实”的关注是一以贯之的。虽然左翼运动频繁受阻，但受左翼思潮影响的作家们以台湾为中心的思考和对台湾乡土的书写不曾中断。这种对“乡土”的关注在抗日战争胜利前的40年代初期，遭遇到台湾被“皇民化”湮没的困局，渐渐掩藏在现实主义文学的主张与实践中。

三、殖民语境中的现代性反思

日据台湾1943年的“粪现实主义”论战与伪满洲国1937年的“乡土文艺”论争发生于不同的时空。两次文艺论争在主张上虽有相似之处，但回应的问题不尽相同。尽管同处于抗战时期，相较于东北，台湾被侵占的程度更深，文化上也遭到日本同化政策的侵蚀，民族认同因此隐藏在更幽微处。台湾作为南进基地，在名义上被赋予了与日本内地“相同”的位置，但实质上是为了动员台湾人以死效忠成为“皇民”，抹杀了“成为好的日本人”之外的所有可能。台湾作家面对身份消失的危机，他们关注的“乡土”不限于乡村空间，带有强烈的怀乡意味。而在1937年，伪满洲国初立不久，面对武装抗日被镇压、资源被最大限度掠夺、进步力量遭到迫害的残酷现实，梁山丁等人的主张蕴藏着反抗叙事的可能。虽然山丁在初提“乡土文艺”时，将其解释为“现实主义”，但随着论争的持续，他们关注和写作的“乡土”更集中在与大都市不同的农村、矿区，以揭露殖民现代性表象下的残酷现实。

不过，殖民统治下底层民众境遇相近，两地作家关注的“乡土”有较大的重合，论争也存在着共同趋向，即作家们论辩的核心都在于现实主义文学，注重地方性特征，构建了现实与乡土之间的关联。究其原因，一是受到殖民冲击和左翼思潮影响，作家们的视野转向地方，试图动员大众，寻找超越“五四”的新文艺形态；二是以被“现代”发明出的“乡土”为中介，揭露日本侵略带来的现代性冲击和想象其他的现代化路径。坚守现实主义的作家们要求写否定面、暴露真实，这既是源于他们对社会的真切关怀，也因为“‘纯

① 吕赫若：《吕赫若日记：1942—1944年中译本》，台南：台湾文学馆，2006年版，第339页。

粹美'其实是预留了为政治意识形态服务的可能"[1]，譬如日据末期，《文学台湾》和《艺文志》为日本当局收编，统一为官方意识形态发声。现实与乡土的连接，实质上是借现实主义的方法将阶级与民族凝聚在乡土空间之中，日本殖民语境塑造了两地别样的现代化路径，亟须进一步清理。

太平洋战争爆发后，日本在日据台湾与东北都提倡要移植日本的古典文学，彰显日本精神，以抗击英美。在日本本岛，"近代的超克"预示了这一转向。实质上，日本复制了西方的结构，即将时间轴引入地域空间，制造"东方/西方""传统/现代""落后/进步"的同构，在这套叙述内部以"传统"超克"现代"来塑造日本的中心地位，又将同样的结构移植到日据台湾与东北，以"现代"之名掩盖殖民统治之实，造就东亚内部的殖民主义。[2] 作为西方之东方的日本，在批判西方现代性的同时，复制和转换了其模式并强加于日据台湾、伪满洲国，以塑造东方之东方。

萨义德的《东方学》打开了一种视野，即发现了神秘、邪恶的东方是由西方的东方学建构出来的想象叙事，东方学在表述东方的同时，也创造了东方。不过，《东方学》在考察这一关于非西方地区的西方文本接受史的时候，将这些文本是如何被殖民地国家的知识分子转化乃至颠覆的问题排除在外：被殖民国家的知识分子不是作为一群无差别的大众，而是作为具体环境中的社会能动者，被自身的矛盾、阶级、性别和宗教倾向等推动。[3] 也就是说，殖民地并不是被想象固化了的被动客体，殖民地知识分子同样具有书写乃至改写的权力。如果超越西方东方学的视角，来到跨语际的殖民语境中，刘禾发现了东西方相遇时产生的"翻译现代性"。这里的"翻译"不仅是不同语言之间的互译，更是作为一种认识论意义上的喻说（trope）构建了东方与西方之间的等值关系，尽管所谓的"等值"只是语言的隐喻功能带来的普遍幻觉。[4] 由此，在互译的动态过程中，东方自身的主体性与能动性得以表达。

那么，殖民地生发的现代性不局限于殖民宗主国对殖民地的想象投射与单向冲击。我们重返日据台湾与东北，所要找寻的正是它们自身的能动性及其对殖民现代性之改写。当地作家们通过赴日留学或者中译、日译文学等渠

---

① 林巾力：《西川满"粪现实主义"论述中的西方、日本与台湾》，《中外文学》，2005 年第 7 期。

② 关于台湾作为"汉字文化圈内部的殖民地"的讨论可参见欧阳月姣：《国/语——汉字书写传统与东亚的语言国族主义（1895—1935）》，北京大学博士学位论文，2019 年。

③ 阿吉兹·阿罕默德：《在理论内部阶级、民族与文学》，易晖译，北京：北京大学出版社，2014 年版，第 168 页。

④ 刘禾：《跨语际实践文学，民族文化与被译介的现代性》，宋伟杰，等译，北京：生活·读书·新知三联书店，2008 年版，第 5 页。

道吸收进步思想。杨逵接收并转化了日本行动主义文学，表现出积极的行动精神。他从日本文坛了解到苏联社会主义现实主义，对其进行了改写。杨逵意识到台湾文坛对苏联文艺理论的阶段性的理解并不深入，更遑论读者大众。于是，他为了克服观念的、颓废虚伪的“自然主义末流的现实主义”，反思社会主义现实主义，提出“真实的现实主义”，主张以普罗阶级的世界观来掌握“现实”，客观地描写社会现实。[①] 杨逵这一主张与他在1943年“粪现实主义”论战中的论述是处于同一脉络中的。他坚信“粪中可以开出花朵”，即从现实的否定面中找到积极的浪漫主义精神，接续的正是被改写了的社会主义现实主义，主张在客观描写现实的同时彰显普罗阶级的世界观，将社会主义理念与现实主义方法结合。由此，杨逵以其自身的能动性对西川满等人鼓吹的日本精神、浪漫传统进行了意义的颠覆。

梁山丁曾在文章中自述过他在东北沦陷时期主张的“乡土文艺”，一方面受到鲁迅等作家对乡土的发掘的影响，萧军、萧红等进步作家的乡土书写，也启发了留在伪满的梁山丁等人；另一方面，他说道：“日本的普罗文学也给予很大启发，我记得，一篇描写酱油工场的短篇小说，暴露资本家剥削工人的故事，很使我感动，我接受无产阶级文学，可以说是从翻译的日本文学作品中学来的。”[②] 相较于杨逵系统地接受和学习苏联文艺理论，彼时的梁山丁更多是从有岛武郎、托尔斯泰等人的文学中触碰到阶级思想。由此，当我们从日据台湾与东北的作家视野出发，则更容易看到殖民语境中论争的裂隙，如未能接续他们的历史记忆和左翼批判性的目光，则将会沉溺于追求现代性的虚假光晕之中。

在当代语境中，殖民现代性仍是未得到完全、有效清理的命题。时至今日，殖民性与现代性之间的纠葛仍如幽灵般存在。究其原因，正是由于“殖民性是现代性的内面及其可能性的条件”[③]，现代性带来的文明幻觉有可能会掩盖殖民性的残暴本质。换言之，从感觉结构的层面来理解，“曾经的殖民现代性痛感体验被专制的压迫感所置换，而现代性的快感却被保留”[④]。尤其是相较于东北，台湾受侵占时间更长、程度更深，光复后的台湾社会也面临着更为复杂的历史境遇，“二·二八事件”的爆发成为台湾社会的巨大阴翳。自

---

① 白春燕：《论杨逵对1930年代日本行动主义文学的吸收与转化》，《现代中文学刊》，2013年第2期。

② 梁山丁：《关于中国东北沦陷时期的乡土文学》，马兴国：《中日关系研究的新思考中国东北与日本国际学术研讨会论文集》，沈阳：辽宁大学出版社，1993年版，第156页。

③ 荆子馨：《现代性/殖民性中的台湾》，陈芳明：《台湾文学的东亚思考》，台湾“行政文学院文建会”，2007年版，第361页。

④ 计璧瑞：《被殖民者的精神印记》，厦门：厦门大学出版社，2010年版，第143~144页。

台湾“解严”以来，多元主义在社会上流行，一方面，被压抑的多元主体得以浮现；另一方面，由于批判性视野的缺乏，日本殖民本质也被消解，现代性的进步逻辑成为社会的迷恋之物。

那么，当我们回到关于“现实”与“乡土”的两次文艺论争，会发现他们携带着别样的现代目光对殖民现代性进行了重构与改写。如前所述，城市与乡村的区分乃是现代的产物。同样值得注意的是，这里的“现实”不只意味着美学风格，更携带了自19世纪以来的欧洲现代小说的历史基因。在1943年台湾“粪现实主义”的论战中，西川满等人将“现实主义/浪漫主义”论述成“西方/东方”固然有别有居心的一面，却也不经意间将“现实主义”这一文学形式的历史意涵前置了。起源于19世纪欧洲的现实主义小说，正是伴随西方殖民的全球化进入东方。如同客观之物的“现实”正是在现代意识之中确立起来的，也就是柄谷行人在讨论日本现代文学起源时发现的“透视法的倒错”。那么，日据台湾与伪满洲国中提出“现实”主张的作家们，与其说他们关注描摹现实的写作技巧，不如说他们更感兴趣的是“现实”背后的现代意识。

由此，在殖民语境下，现代性与殖民性实为一体两面，相互缠斗。如果将殖民现代性作为“殖民性/现代性”的对立模式进行理解，则容易陷入追求现代性、遮蔽殖民性的误区之中。所以，我们应回到看似凝固的论争文本，找寻其中的流动性。在作家们的思考与实践中，我们可以窥探到他们自觉的现代意识、朦胧的革命精神、清醒的批判视角，和难以冲破环境的迷惘与压抑。重新返回历史语境进行清理，绘制出作家们的精神地图，或许能够距离揭示出文本的复杂性更近一步。

时间、记忆与历史：论《将军碑》的叙述策略

李智鑫*

摘　要：研究台湾作家张大春的《将军碑》，离不开对小说中看似凌乱的时间叙述的分析。在《将军碑》里，主人公武镇东将军可以“无视于时间的存在”，穿梭于过去、现在和未来的记忆里，最终成为“随意修改历史”的人。从时间入手研究《将军碑》的叙述策略，我们可以看到小说家张大春刻意打乱线性时间顺序，是为了质疑、反思文字符号建构的记忆、历史的真实性。由于时间的交织错乱，哪怕亲历者的记忆都会变得不可靠。后人凭借亲历者的记忆书写或阐释历史，也根本无法还原、呈现历史的真相。时间会驱使我们根据主观想法修改过往记忆，掩盖真实，更会不安于当下存在的意义。时间作为横亘在历史与当下之间的屏障，给了记忆和历史“谎言”的可乘之机。结合作家生活经验，“台湾外省人第二代”的身份是张大春小说的历史叙述有别于大陆作家的原因之一。时间、记忆、历史，成了解读张大春小说叙述技巧的密码。

关键词：张大春　《将军碑》　时间　记忆　历史

张大春短篇小说《将军碑》发表于1986年，获得《中国时报》小说奖。小说围绕着战功赫赫、退役之后定居台北的老将军武镇东的记忆，不仅叙述了他带领传记作家记者石琦、儿子维扬、老管家回到过去亲临炮声隆隆的杀敌战场，回到父子发生矛盾的过去，回到妻子去世的场景，还能穿梭到未来，亲临自己逝世六年后纪念碑落成大典现场。读者在小说中既见证了将军戎马半生、彪炳千古的辉煌，又能从儿子维扬的叙述中看到家庭矛盾。由于老将军渴望忘记不愉快的家庭回忆，只留下功名伟业供后人歌颂，他选择活在自己的叙述里，不断根据自己的主观想法美化个人记忆。将军穿梭到未来，竟

* 李智鑫，四川大学文学与新闻学院中国现当代文学2020级硕士研究生。

能听到一向与之不睦的儿子维扬在将军冥诞现场歌颂先父，将母亲之死真相掩盖。于是将军的记忆被彻底搅浑了，最终撞柱而死，在真假的矛盾中毁灭和寻求解脱。

小说时间叙述十分扭曲交织，我们需要借助叙述学的时间叙述理论，厘清张大春处理时间的“魔法”。同时，时间叙述还能对小说文本传达的记忆和历史主题进行延伸性解读。《将军碑》中的主要人物老将军武镇东、儿子维扬、女记者石琦、老管家都可以回到过去亲临现场，叙述者打破线性时间的用意何在？老将军通过穿梭时间来修改个人记忆、美化历史，那么时间和记忆、历史三者之间存在何种联系？这样的叙述策略传达出作家张大春怎样的意图？要解决这些问题，本文从小说的时间叙述入手，探讨个人记忆与叙述行为二者存在的时间差距，反思“历史真实”以及真相之上承载的历史意识，透过张大春炫技般的叙述策略，发现其小说叙述的独特价值。

一、《将军碑》独特的时间叙述

小说的叙述是在一定的时间过程中完成的。《将军碑》开篇和结尾反复强调将军是具有秘密能力、可以穿梭时空的人，并不依照传统小说的线性时间依次叙述将军的一生，为读者梳理情节先后造成了一定的理解障碍。所以笔者在此借助叙述学关于时间叙述的理论，先对小说情节进行梳理。

叙述学家热奈特认为小说存在两层时间[①]：故事时间（narrated time）和叙事时间（narration time），前者是小说故事（情节）所指内容经历的时间阶段，后者指产生这一叙述行为所需的时间。赵毅衡在《广义叙述学》中谈到时间的范畴时，称之为“被叙述时间”和“叙述行为时间”[②]。20世纪以来，不少中西作家偏爱打破单一线性的物理时间秩序，通过刻意停顿、延长、缩短、情节省略或穿插等方式操纵两种叙述时间，使叙述行为和小说情节二元分离。时间因素由此凸显了出来，并起着建构文本的核心作用。《将军碑》中，二类时间常常扭曲交错。本文试图厘清《将军碑》的独特时间叙述，并以表格呈现：

---

① 热奈特：《叙事话语新叙事话语》，北京：中国社会科学出版社，1990年版，第12页。

② 赵毅衡：《广义叙述学》，成都：四川大学出版社，2013年版，第145页。

表1 《将军碑》中的时间叙述

文本结构	被叙述时间	叙述行为时间	情节概述
开篇1－2段(预叙)	将军在世的最后两年	约400字	将军无视时间的存在,周游于过去与未来,看到多年以后老部下为他建的大理石纪念碑
第3段(顺叙)	将军83岁的暖寿宴席	约200字	将军命令宾客卸掉纪念碑
第4段(顺叙)	一整天	约100字	石琦受聘,试图采访将军写回忆录失败
第5段(倒叙)	1926年11月及4个月又20天前	约500字	老将军带石琦穿越回到北伐军克复九江的民国十五年,将军看到年纪不满25岁的自己
第6－9段(预叙)	84岁葬礼当天	约550字	将军造访自己的葬礼,看到儿子维扬和记者石琦
第10－13段(顺叙＋倒叙＋闪回)	石琦到访失败后1个月的1天清晨	约500字	顺叙:将军昏睡 倒叙:将军带老管家穿越返回1932年1月20日,日军烧毁上海毛巾工厂,将军身入火海救岳父;同时希望管家作证:儿子没有资格续写回忆录 闪回:儿子曾是战场上的孤魂野鬼,加诸将军的报应
第14－20段(顺叙＋倒叙＋时间空当)	83岁的清明节天亮到天黑	约2700字	顺叙:维扬清明节回家看将军,又去给亡母上坟,天黑方回 倒叙:将军带儿子返回37岁第二十师团重创日本"北支那方面军"台儿庄战场;20年前维扬上大学前的夏天,因要念"社会学系"父子发生冲突 空当:同时叙述维扬上坟和将军返回过去两个平行时空,故意扰乱时间,叙述父子的对话和冲突
第21－39段(预叙＋倒叙)	83岁的清明节后,夏天来临前	约3500字	预叙:将军穿越亲临自己的坟地,石琦陪维扬上坟 倒叙:维扬回忆四岁时因举手礼不规范被将军罚站三天,将军却拒绝时间穿梭回到过去;维扬回忆父亲70岁时收到信,拒绝与岳父团圆,逼死母亲
第40－47段(预叙)	清明节后第二天	约400字	将军穿越逝世6年后的90岁冥诞纪念碑现场与荣工领班闲谈自己的身前功绩

续表1

文本结构	被叙述时间	叙述行为时间	情节概述
第 48 － 56 段（顺叙＋闪回）	83 岁一整个夏天 重阳节	约 1500 字	顺叙：重阳节后将军逝世；将军穿梭进入 6 年后 90 岁冥诞现场听儿子演讲 闪回：将军带老管家回到妻子吞服安眠药的时间，回忆已经混乱，无法确信是否“粒米未进”为妻守灵
结尾第 57 段	不限	约 100 字	将军无视时间并随意修改回忆

通过该表，我们发现《将军碑》的故事时间，表现为现在、过去和未来三线同时发生。这种时间叙述设计以大跨度的形式，创建了小说文本形式和叙述的别具匠心。第 1 段和结尾第 57 段彼此呼应——“将军无视于时间的存在”，故能于逝世前两年的“现在”，“周游于过去与未来”，并“随意修改回忆”。小说的被叙述时间同样错综复杂：自 83 岁暖寿宴席开始到逝世，故事发生在将军生命中最后两年，主要使用顺叙（现在之事，照物理时间叙述直到将军逝世）、倒叙（过去之事，叙述情节后再倒过去叙述情节的原因）、预叙（未来之事，在顺叙线索上应有位置之前叙述）以及闪回（过去之事，相对于倒叙，在时间的延续上更为短暂，瞬间回到过去，为获得心理情绪效果）、时间空当（把被叙述时间变成叙述行为时间，让两个不相干的时空世界进行对话）等多种方式。而叙事行为时间可长可短、反复多变，寥寥百字可以叙述石琦到访一整天只为请求为将军写回忆录的事情，也能不惜笔墨数千字叙述维扬清明节从天亮上坟到天黑回家的事。由此，我们可以看出故事时间和叙事时间是两个层面的叙述时间，同样是发生在“一整天”的故事，叙述文本篇幅长短可以截然不同。对张大春小说的两类时间处理的“魔法”分析后，能对小说文本的意义进行延伸性解读。

叙述何时停下、何时返回过去、何时到达未来，都由叙述者的“超自然”时间设置说了算。被叙述时间与叙述行为时间不是均衡对等的，它们分属于两个不同的时间世界。叙述者可以用几页的篇幅叙述二十四小时以内的故事，也可以寥寥几句跨越春天直奔夏天。这样的时间叙述策略使得一维的文字世界创造着多维的故事时空。《将军碑》的叙述，打破过去、现在、未来的线性顺序，却向读者解释其中缘由。笔者认为萨特所言正是个中原因：“小说家的技巧，在于他把哪一个时间选定为现在，由此开始叙述过去。”[①] 大胆设想，如果叙述者严格按照物理时间，先从将军年轻时抗日作战讲起，最后写到老

① 吴晓东：《从卡夫卡到昆德拉：20 世纪的小说和小说家》，北京：生活·读书·新知三联书店，2003 年版，第 260 页。

年退伍来台再到逝世，小说故事的叙述则变得僵化死板。读者也很难看出将军内心丰富的情绪变化，很难看出将军潜意识是在逃避不美好的回忆，很难看出将军是在对“历史真实”进行干预。显而易见，《将军碑》时间叙述策略的高超之处正是站在虚构的“现在”，把“过去”和“未来”交织在小说的每部分。故事时间隐身于叙述架构中，使得人物不断回溯过去、穿越将来，同时迫使读者参与时间的叙述游戏，透视老将军武镇东不断修改记忆和历史谎言的心理动机。

二、时间、记忆和历史

上一章我们分析了张大春《将军碑》独特的时间叙述方式。如王德威所评，时间是如何引发“对历史与神话关系的再省思”[①]？这个问题的答案涉及记忆和历史的小说主题。《将军碑》诸多人物的记忆与叙述行为二者之间，存在着永恒的时间差距。历史是由文字媒介叙述的文本，所以叙述文本接近真实现场的程度必然受到叙述者记忆的参与影响。由于叙述者生活的世界中，时间是线性向前运动，而记忆靠叙述者不断向后回溯，往往变得不可靠。通过个人记忆书写出来的历史，是经过高度选择后的叙述材料。这样的二重作用大大削弱了历史的写实。《将军碑》作为小说，虽然是虚构文体，却借虚构的时间体系针对“历史真实”以及真相之上承载的历史意识作了反讽性反思。

老将军自身参与“无视于时间的存在”的记忆的修改，拥有穿梭于过去和未来时间的秘密能力，由他叙述的这段历史于是掺杂了他的人生态度和理想，变得真伪难分。如小说第 8 段老将军亲临自己的葬礼现场，看到儿子仍然单身未婚，“到我死了还不肯讨老婆，我做了什么孽？要你来罚我绝子绝孙”[②]，于是打算回到过去修改记忆，就有了第 11 段每当父子产生矛盾和冲突，老将军总心生恐惧，怀疑儿子是他过去沙场征战时刀下孤魂野鬼的投胎转世。进一步，在这种恐惧的催逼下，他带领老管家回到过去，翻修涂改一些记忆。管家作为见证人，作用之一是在将军死后能够抵制儿子维扬续写将军回忆录；作用之二是见证将军夫人的死是将军坚定政治立场的理由（在维扬记忆中母亲却是父亲逼死的)。儿子维扬的作用，是为了与将军的记忆作对比：第 27 段至第 29 段，儿子维扬口述童年受罚记忆的片段，这里小说的叙述视角站在儿子这里，维扬“哼笑”“轻咬着牙关”，这些细节不仅体现了对

---

① 王德威：《里程碑下的沉思——当代台湾小说的神话性与历史感》，《众声喧哗》，台北：远流出版社，1998 年版，第 270 页。

② 张大春：《四喜忧国》，桂林：广西师范大学出版社，2010 年版，第 104 页。

父亲体罚他的这段回忆的厌恶和怨恨，也侧面佐证了将军修改记忆的行为，对比出将军叙述的不可靠——讽刺的是，他（将军）根本想不起家里曾经发生过这种事件。到底是想不起还是潜意识逼迫自己不愿想起？这一叙述视角的转换，同时暗示叙述者对历史的态度：老将军每每与石琦与管家谈到过去作战的时间、地点和伤亡情况如数家珍，却对惩罚四岁的儿子维扬在国父像前站立三天的事（仅仅因为儿子举手礼不规范）选择性失忆，甚至矢口否认。可见，将军的记忆只保存自己愿意看到的结果，那么他叙述的作战以及其他回忆会不会也是充满乌托邦的谎言？

《将军碑》中值得关注的人物，除了将军武镇东和儿子维扬，“叙述行为发生者”——基金会聘请为将军撰写回忆录的女记者兼传记作家石琦，也是需要分析的关键人物。某种意义上，她是《将军碑》的叙述者对于记忆和历史看法的隐喻：“石琦”谐音“石器”（已然消亡的一段人类历史时期，并非实实在在的当下事物），人物取名的细节或许也暗合这篇小说书写历史的主题。石琦，作为老将军口中的记忆的编纂者和书写者，尽管她亲耳听过维扬口述童年并不愉快的个人记忆以及夫人被将军逼死的家庭历史，但是读者不难发现，小说结尾儿子维扬在将军九十岁冥诞纪念会场“字字珠玑、动人之至”的发言稿，竟然“是石小姐给拟的”。美化将军形象的演讲与儿子上坟咬牙切齿的口述回忆，使文字虚构与历史真实之间的冲突，在小说结构上碰撞出完美的火花。为了获取回忆录的可述性和媒体行业的商业卖点，石琦一次次修改、涂抹、增添对将军及其儿子口述历史的解释，故意掩盖将军与儿子的矛盾，一面建构起为革命奋斗一生、保有崇高信仰的军人形象，一面消解掉专制强硬、刚愎自用的父权夫权形象。小说结尾让读者最大跌眼镜的谎言是：石琦代笔撰写言过其实的演讲词，在老将军九十岁冥诞暨纪念碑落成礼上，儿子维扬扯下弥天大谎，把将军夫人的死由被逼吞安眠药自杀篡改为心脏病突发过世。最终彻底搅浑了将军的记忆，让将军不禁“颤声”询问：不屑于了解这段历史的维扬、台上滔滔不绝赞美先父的维扬，哪个才是真正的儿子？历史的真假和父子各自的记忆在文字叙述中不断交织，再用不断穿梭的时间把叙述搅得更乱。那么即使将军带着老管家穿梭回到过去，也无法分辨当年有没有“粒米未进”地为妻子守灵。他彻底在“历史”面前败下阵来，撞死在将来时间的人们叙述记忆与纪念历史的“碑”上。

张大春在《化身博士》中说过：“小说家就是靠说谎赚钱谋生的人。”① 因此，记忆能否被复原、历史书写是否真实可靠，成了《将军碑》与读者一起

① 张大春：《化身博士》，台北：皇冠文学出版有限公司，1995 年版，第 106 页。

反思和交流的话题。记忆是亲历者脑海中的过去，而历史却是后人根据掌握的部分材料的主观书写。所以历史必然受到不可靠且高度选择后的记忆的影响，还不可避免有后人的参与。同一段历史在不同时间和不同叙述者的认识中是截然不同的。又由于脑海中的记忆常常需要当下的某种触动才能勾起，所以记忆出现的顺序并不完全遵循线性向前的物理时间顺序。哪怕亲历者也可能迷失在记忆真假的圈套中，并把记忆写成历史，让后人误认为全部是“历史真实”。于是《将军碑》出现了记忆与当下交替叙述的时间，叙述者通过虚构的记忆玩弄历史游戏。将军漫游于错乱的时间，笔者也跟着忙碌起来，在纷繁复杂的时间叙述中梳理将军、儿子、石琦不同的历史叙述，通过对比谎言和真实，戳破文字书写的历史真相的虚假本质。

三、张大春的历史意识

“掌握历史解释权力的人们对历史的不断选择和诠释，使我们只能透过遗存并不算多的记忆与经人修订的史料来重建历史。”[①] 因为记忆和个人解释，历史呈现多情而扑朔迷离的面貌，蛊惑着张大春这样的小说家用虚构的方式观照历史。小说家对于历史的想象和书写，有别于史学家和历史学者。小说叙述的技法多变为我们提供了多样叙述历史的视角，让我们看到不同叙述者对同一历史的不同叙述。《将军碑》中的父与子，分别面对管家和石琦，对将军夫人的死有着截然不同的回忆和解释。两种回忆无须计较真伪，却成了另一时空的旁观者张大春看待历史乃至现实的一种方式。

《将军碑》突破物理时间的限制，力图让读者相信历史的真实性不重要，重要的是历史如何被叙述。结尾展示了叙述者石琦“设计”对将军的历史进行选择性叙述的高超能力。石琦撰写的演讲词歌颂着将军的丰功伟绩，掩盖抹杀掉家庭矛盾，并通过演讲者维扬“动人之至”的叙述，塑造了一个完美的将军形象、慈父形象，读来讽刺可笑之至。张大春重新组装了断裂记忆的时间碎片，设计了一出时间和历史的游戏。将军的历史作为过去时间的表征，遭到当下叙述话语（石琦）的挑战，揭示“历史不过是任人拼接的记忆碎片”这一主题。过去的记忆并不能被标记为历史，如何叙述才使得模糊的记忆碎片整合为完整的历史片段，这是小说家的工作。张大春说：“历史不是完全平整的镜子，它可能是一个哈哈镜。”[②] 透过这面“哈哈镜”，小说叙述的历史建

① 葛兆光：《中国思想史》（第一卷），上海：复旦大学出版社，2001 年版，第 217 页。

② 刘长欣：《张大春：历史不是完全平整的镜子》，《南方日报》，2014 年 2 月 3 日 008 版。

立在作家理解素材、理解生活的个人思想层面。张大春认为，哪怕不采用小说这样的虚构性文体，史学家或是作史的后人，透过道听途说并借用语言符号书写还原未曾亲历、业已烟消云散的真实岁月，这种做法是不可能成功的。

同样出于这样的历史意识，小说家张大春还写作了《四喜忧国》(1988)、《大说谎家》(1989)、《雍正的第一滴血》(1986)。这些作品不约而同地以历史作为叙述背景，以游戏和撒谎的心态去挑战历史的真实性，嬉笑怒骂地追问我们看到的历史的真实性。《四喜忧国》叙述了目不识丁的小人物朱四喜崇拜识文认字、"忧国"忧民的乡贤杨人龙。朱四喜不断学习认字甚至写出修改30次的《告全国军民同胞书》之后，也迷失在文字虚构的政治谎言中。读到"多登文告，少登坏事、坏消息，大家就不会学坏了"① 此类既可笑又讽刺的文字谎言，我们可以感受到朱四喜的可悲。小人物充满历史感，却被乌托邦的政治幻想欺骗，对于象征政治权威的符号——报纸上的文字笃信不疑。叙述者巧妙设计乡贤杨人龙竟死于"性"这一情节，暗示着崇高的政治和历史在世俗的个人欲望面前不堪一击，其质疑和反思历史叙述真实性的态度，与《将军碑》结尾将军撞死在谎言和虚构写成的纪念碑上，有异曲同工之妙。而《大说谎家》《雍正的第一滴血》则借助新闻、正史、野史、流言等文体，说明一切由文字符号构成的叙述文本，都不可避免地夹带叙述者的偏好和判断，叙述绝不是实事的本来面目。

是什么驱使张大春乐此不疲地变换叙述策略，一本正经且谎言连篇地写历史？笔者相信，"台湾外省人第二代"的身份给了他写作的动力。《将军碑》书写一对父子的矛盾：老将军把大陆作战的历史看作最宝贵的、最不容他人修改的"中国的历史"，其子维扬却弃之如敝屣，"那是您的历史，而且都过去了"②，这正是张大春、朱天心、骆以军等一批"台湾外省人第二代"作家与父辈之间对待历史的意识困境与龃龉。当暂居台湾的计划变为定居台湾的既定事实，外省第一代人的记忆和历史随着时间的推移逐渐化作对大陆原乡永远的追忆和眷恋；而第二代人明明生于台湾长于台湾，却从小接受父辈的耳濡目染，认同自己作为"外省人"的身份，被动地传承着父辈"无根"的漂泊离乡的落寞意识。现实生活经验与"外省人"身份认同的悖论无法协调，颉颃之间产生"我是谁""我从哪里来"的身份分裂焦虑，迫使张大春借维扬之口说出"我们都活得很矛盾"③ 的感慨。尽力虚构父辈记忆中的故乡，却无法亲历大陆生活的那段历史；试图打破父辈加注在后辈外省第二代人身上无

---

① 张大春：《四喜忧国》，桂林：广西师范大学出版社，2010年版，第240页。

② 张大春：《四喜忧国》，桂林：广西师范大学出版社，2010年版，第109页。

③ 张大春：《四喜忧国》，桂林：广西师范大学出版社，2010年版，第117页。

休无止又沉重异常的精神枷锁，又寄希望于用虚构的文体找到作为台湾外省人的“根”；在台湾生活被视为非本土的“外省人”，回到祖先故土又被客气而疏离地称为“台湾同胞”……多重的身份悖论催生了充满矛盾感的《聆听父亲》，也注定了这部书秉持着张大春一贯审视历史真实性和质疑历史真相的态度。毕竟大陆故乡的记忆、原籍山东的叙述，只能来源于父辈不可靠的记忆和文字可见的部分史料。张大春就在半懂不懂、真假参半的叙述中，叙述着自己的记忆，虚构着自己的历史，拯救着被台湾历史和社会现实蒙骗的小人物。在近些年《城邦暴力团》等作品中，张大春仍热衷于借助打破时间、叙述记忆、呈现历史的荒诞，来嘲笑历史的虚假和可笑，以反省的姿态摆渡于过去、现在和未来，用虚构文体思考着“外省人”对于台湾和大陆的历史真实。

结　语

梁文道称其为“华文小说家里头装备最全面、技法最多变的高手”，这一评价可谓名副其实。通过《将军碑》的分析，我们可以看到张大春融合顺叙、倒叙、预叙、闪回、时间空当等多种时间叙述方式的叙述策略。透过炫技的时间叙述策略，叙述者是在借助人物不可靠的记忆和历史，质疑、反思文字符号建构的记忆、历史的真实性。打破时间的链条、重新组装断裂记忆的碎片，张大春以虚构的方式设计了一出时间、记忆和历史的游戏。嘲笑老将军颠三倒四的个人叙述的同时，张大春在提醒读者思考：历史作为过去时间的表征，必然遭到当下叙述话语的挑战。后人应该如何叙述才能还原记忆的真实性，并能避免主观需要的翻修涂改？

《将军碑》通过时间的探索，虽未给出记忆和历史叙述如何真实的答案，但这是张大春一直思考的问题。值得注意的是，怀疑历史的态度在其笔耕不辍四十余年的写作中没有动摇和改变。20 世纪 70 年代台湾乡土文学的大背景下，张大春发表早期小说，顺应文坛思潮，竭力挖掘亲身经历和台湾眷村生活，介入现实、反映现实。尽管学界将小说集《鸡翎图》归入写实作品，但集子中仍不乏《如果林秀雄》一类传达人生偶然性怀疑精神的现代小说。每个段落以“如果林秀雄”开头，叙述诸多可能世界，而假设的每一可能最终引出截然不同的人生叙述。一次次的否定叙述让读者感受到所处世界与可能世界的模糊边界。张大春在真实与虚构之间来回萦绕，滋生出 80 年代之后诸如《将军碑》一类小说的根底。之后发表的《大说谎家》，可视作《将军碑》质疑历史真相的后文本书写。不是他在玩“真假美猴王”文字游戏，而是由于小说一类的虚构文体正是表达真实的现实一隅的最佳路径。相反，新闻、历史、回忆录写实性文体，更多的依照叙述者的需要，选择性地叙述了部分真实，需要读者警惕。从时间叙述进入小说文本，进行记忆和历史真实的反思，这正是《将军碑》的叙述策略和独特价值。

新书评论

世界华文文学的地理版图及其形态

——从古远清著《世界华文文学概论》说起

邹建军*

摘要：古远清教授的《世界华文文学概论》是中国第一本世界华文文学概论性质的书，全面地介绍了世界各地的华文文学，分析以小说为主要文体的相关作家和作品，并对诸多理论问题进行了简要的讨论。本文只就其中的第五章《世界华文文学地图》进行评论，并提出五个方面的不同意见，与之进行直接对话，涉及“区域”“形态”“地图”“世界”“静态与动态”等问题，希望得到学界的关注与批评。

关键词：古远清　《世界华文文学概论》　地图　文学地理学

古远清教授在他的新著《世界华文文学概论》① 中，对世界华文文学做出了全面的论述，涉及世界各国、各地的华文文学，讨论了以小说为主的许多华文作家，经过多年的努力在创作上所形成的思想和艺术特色，也分析了不少的其他文体如诗歌、戏剧和散文作品，还涉及各国的华文文学批评、文学运动和文学思潮，并且也有对相关问题的深入讨论。在第五章“世界华文文学地图”中，作者从文学地图学的理论概念出发，把世界华文文学分成了“北美华文文学”“东南亚华文文学”“东北亚华文文学”“欧洲华文文学”“澳大利亚华文文学”和“中国境外文学”六个部分，基本上完整地勾勒了世界华文文学在今天的基本格局，全面地介绍了世界华文文学史上的主要作家与代表性作品，包括一些重要的文学社团和文学会议等。这本书围绕世界华文文学学科建设问题而进行的相关讨论，具有相当的开拓性和一定的开创性，因而拥有比较重要的学术价值，也在一定程度上具有高校教科书的功能和意

* 邹建军，华中师范大学文学院教授、博士研究生导师。

① 古远清：《世界华文文学概论》，北京：中国华侨出版社，2021 年版。

义。当然，有的论述也引起了笔者对一些问题的进一步思考，在此提出不同意见，以向古远清先生求教，同时也可供学界人士参考。

一、世界华文文学地图理版图问题

文学地图学是文学地理学中的主要理论之一，也是文学地理学的重要分支学科，它是以地图绘制和图像呈现的方法，来研究世界上相关的文学现象，尤其是历代中外作家的行走和世界各国、各地区和各民族文学作品的传播。用文学地图的方法来概括世界华文文学的兴起、发展和构成形态，是再适合、再科学不过的了，且有很强的表现力。因此，这部“概论”中作者专用文学地图来叙说世界各国华文文学的历史时空，是很有意义和价值的，体现了世界华文文学研究史上相当的开拓性。从前的文学史或概论之类的著作，基本上没有用过“文学地图”作为一章或一节的标题，包括数量众多的中国文学史和外国文学史。而古远清著作为何在讨论世界华文文学构成的时候，却用“文学地图”专列一章呢？其原因有二：一是“世界”空间和范围很大，包括现有的七大洲和四大洋，如果我们承认美国地理学会提出的南极也算“洋”而有五洋的话，也就包括了七大洲和五大洋。那么，涉及整个世界的华文文学的概论，自然也就是地球上各国和各地区文学的组合了。就此而言，如果不用“文学地图”的概念，反而显得零碎和混乱了。二是近些年来中国学者提出和发展起来的文学地理学理论，对于本书的作者有相当的启示。文学地理学包括了文学地图学、文学生态学、文学环境学、文学空间学、文学感知学、文学基因学等，文学地图学在文学地理学学科体系中占有重要的地位，有不少学者已经运用此种理论进行实际的文学现象研究，已经取得了重要的成果，如王兆鹏教授、李常生教授和郭方云教授等。郭方云教授还有《文学地图学》[①] 专书出版。当然，地理版图和文学地图学还不是一回事，只能说是文学地图学研究的一个部分而已。显然，古远清教授在《世界华文学概论》中所列第五章《世界华文学地图》是以世界地理为基础，把世界华文文学按洲别分成了几个大的部分，也就是几个大的文学区，或者“区域文学”。因此，他的这种划分是以地理为基础，但并没有在书中画出几个地图，以进行形象化的呈现。一方面说明了作者具有的世界眼光，另一方面也说明了作者的天下情怀与人类意识，同时也说明了他人老心不老，始终关注和采用最新的文学研究观念和文学研究方法。

---

① 郭方云：《文学地图学》，北京：商务印书馆，2020 年版。

二、世界华文文学地图的构成内容

"世界华文文学概论",应当涉及整个世界上所有用汉语进行创作的国家和地区,按本书已列出的六个部分的叙述当然也是可以的,不过需要注意的是,南美、非洲、西亚、中亚、南亚等地区,是不是不存在"华文文学"?或者是不是这些地区华文作家和作品本来比较少,不足以进入叙述的范围?或者是因为还没有人专门去研究,所以没有发现存在华文作家和华文作品?建议可以对此做出进一步的调研,对未能进入学术视野的作家作品进行适当的发掘,以利于对这本书在适当的时候进行一些补充和完善。所谓"华文",当然首先就是一个语言的问题,而不是一个文化的问题,也不是一个身份的问题,更不是一个政治的问题。也就是说,只要是用汉语进行写作的作家,就可以算作华文作家;他们所创作的作品,就可以算作华文文学。如果作家不是中国人,但用汉语进行文学创作,也是华文作家和华文作品。华文文学不是中国现当代文学的一部分,也不是中国现当代文学的延伸,所以才用"世界华文文学"这一术语进行概括和揭示。严格说来,美国人所写的或者中国人在美国所写的汉语文学作品,应当称之为"美国华文文学",是属于美国文学的一个部分,是美国的少数族裔文学。日本人或中国人在日本所创作的汉语文学作品,应当称之为日本华文文学,是属于日本文学的一部分,是日本的少数族裔文学,以此类推。中国人或外国人在中国用英语所写作的英语文学,则应当称之为中国英语文学,是属于中国文学的一个部分,而不是英国文学或美国文学。因此,世界上一切用汉语创作的文学作品,都属于华文文学,或者叫世界华文文学,这是包括了中国大陆文学和台港澳文学在内的,然而,许多人混乱地运用了这一概念。因此,笔者认为"世界华文文学地图"是包括世界上所有国家和地区在内的文学地图,根据研究的结果,凡是有汉语文学的地区和国家,都应当列入。从今天的实际情形而言,凡是可以生存的地方几乎都有华人,凡是有华人的地方都会有文学,只是形态不同而已。外国人用汉语创作的可能性不是太大,因为掌握汉语的困难程度远远大于其他语种,但在中国出生和长大的人运用汉语创作是没有问题的,同时也是他们的乡愁之所然也。据我所知,南美洲各国、南亚各国、非洲各国、西亚各国是有中国人居住的,因此肯定存在作家的创作活动,也会有自己的文学作品,只是水平高低和影响大小不同而已。而《世界华文文学概论》需要顾及世界上所有的地区和国家的汉语文学即华文文学,显然,本书所做的华文文学的地理版图,还是不够全面和科学的。这就涉及一个新的概念,也就是文学地理学批评理论里面的“文学区”理论和研究方法。

三、世界华文文学“文学区”的划分问题

按照文学地理学批评的基本理论，文学区是按地理形态和地理区域划分的，有的时候可能大于国家，有的时候可能小于国家。古远清教授在书中并没有明确地划分文学区，但“欧洲华文文学”就等同于“欧洲华文文学区”，“北美华文文学”就等同于“北美华文文学区”，也就是说，他虽然没有用“文学区”这个概念，却在实际的研究中体现了“文学区”的观念。如果按照自然地理与人文地理相结合的方法，世界上的文学区的划分还可以更细致一些，但也不能与国别文学相等同，如果那样的话也就失去了意义。如果划得太粗，同样也等同没有划分区域，而失去了文学区的意义。因此，笔者认为可以重新划分世界华文文学区，以便建构起一幅真正的世界华文文学地理版图，既有整体性又有合理性，既有逻辑性又有可阐释性。如古远清教授所提出的“欧洲华文文学”，可以分“西欧华文文学区”“北欧华文文学区”“东欧华文文学区”“南欧华文文学区”“俄罗斯华文文学区”五个大的板块。这样的划分没有任何问题，涉及欧洲文学的所有地区和地方。本书中所提出的“东南亚华文文学”，似乎不包括“南亚华文文学”，从地理的概念而言，“东南亚”也不包括南亚，而是指中南半岛到印度尼西亚和马来西亚。因此，可以考虑把亚洲划分为“东北亚华文文学区”“南亚华文文学区”“东南亚华文文学区”“西亚华文文学区”“中亚华文文学区”五个大的板块。日本华文文学是属于“东亚”还是“东北亚”一起算，也还可以重新考虑。“澳大利亚华文文学”可以更名为“澳洲华文文学区”，包括了澳大利亚、新西兰和南太平洋诸多小国等。因为据我所知，新西兰也还有不少的华人在从事汉语创作，也有一批杰出的作家。古教授的书中没有讲到非洲的华文文学，似乎那里是没有华文文学的，这估计也是有问题的，因为有许多中国人在那里工作，并且已经有四十年左右的历史，用汉语创作文学是肯定存在的。因此，将非洲文学区划分为“北非文学区”“南非文学区”“西非文学区”和“东非文学区”，是不会出现问题的。首先，我们认为“国别文学”的文学史叙述虽然简单，但面对世界上二百多个国家和地区，如果总是这样叙述不免令人讨厌。其次，如果只是按各大洲来叙述世界的文学，也是不可能的，因为各国和各地区文学各不相同，如果单独叙述一个大的地区如“欧洲文学史”，在此之下再按国家进行叙述，倒是没有什么问题。文学区的划分，当然还是事实求是，力求更加准确和科学。

四、什么是“中国境外文学”

《世界华文文学概论》把台、港、澳地区的文学当成“中国境外文学”，这个提法我们不认同。台湾与中国大陆虽然尚未统一，但在我们看来也不是“境外”。因为中国大陆只是整个中国的一部分，台湾地区同样是整个中国的一部分，两者不可分割，都同属于一个中国。香港地区也不是“境外”，因为香港已经在1997年回归中国，历经近24年，已经成为一个名副其实的“特别行政区”。澳门地区的情况与香港是一样的，没有什么本质上的区别，都是属于“中国华文文学”的范围。当然，有的学者或许认为“中国华文文学”这个概念没有什么必要，因为中国人都是用汉语创作的，其实不然。因为在中国境内，既有各少数民族文学的存在，并且取得了很大的成就，也有英语文学、法语文学、德语文学和日语文学，因为在中国的外国人也有文学作品，在中国的中国人也可以用英语创作自己的文学作品，因此，如果要说“世界华文文学”是可以成立的，那么“中国华文文学”自然也是可以成立的，也是应当成立的。

五、“世界华文文学地图”是否包括“中国”?

这本《世界华文文学概论》是不包括中国的，从前有不少“世界华文文学史”之类著作，也不包括中国，似乎也形成了惯例，也没有人提出什么疑问，其实这是不妥的。为什么呢?因为“世界”一词，肯定包括了“中国”，不然别人会认为在我们的文学观念中，“中国”不在“世界”范围之内。因此，我们讲“世界华文文学地图”时，恐怕还得列入“中国”，至于书中如何写，可以考虑多种方式。同时，如果不列“中国”，让我们有一种独立于“世界”之外的感觉，从而失去了自我生存的根本。春秋时代的邹衍是中国阴阳学派的创始人，也是“大九州说”的提出者。他认为海内有九州，就是我们的故国“神州”；海外还有九州，就是神州之外的所有的地方，就相当于我们今天的七大洲、四大洋的范围。为什么“世界华文文学地图”必须包括“中国”?其一，中国是世界上最重要的国家之一，如果文学史中的“世界”不包括“中国”，则“世界”缺了一大块；其二，中国的华文文学是世界华文文学的主体，并且是最为重要的部分，如果最为重要的反而没有，不是很可笑的事情吗?其三，所谓“世界华文文学”的海外部分，也往往不能离开中国大陆而存在和发展，因为中国大陆的读者众多，海外的华文作家也都会把自己的作品送回中国发表或出版，或者说把在中国大陆的反响作为很重要的一个目标，也是他们创作的重要动力。当然，海外也有许多的华文报刊和专业的出版社，许多的汉语文学作品也是在那里发表的，构成了海外华文文坛的主体内容。当然，“世界华文文学地图”包括了中国文学之后，如何叙述中国大陆的文学，可以采取简略，或将中国大陆文学分区而述的方式，如中国南部地区文学、中国东部地区文学、中国西部地区文学、中国北部地区文学、中国中部地区文学等，因为文学总是有自己的地域特点，并且最主要的就是地域特点，以及在此基础上形成的思想与艺术追求。

六、动态与静态相统一的世界华文文学

世界华文文学的构成形态，从整体而言也就是动态和静态的统一。已有的作家和作品，是一种基本固定的形态，但是，也会被不断地言说和研究，因而也还是动态的。世界各地的华文作家也会因为生活和工作而不断地游走，不断地迁移，也会不断地推出新的作品，因此从整体而言世界华文文学也是处于一种动态的、发展的形态。在这个从19世纪就已经开始的世界一体化的历史进程中，“国际化”趋势不断加强，汉语在世界各国的影响力越来越大，世界华文文学的地理版图也会不断演变，也会引起人们关注和研究的强烈兴趣，因此从整体而言还是以动态为主体的形态。

“世界华文文学”的总体形态，也就是“世界华文文学地图”的总体构成，这是一个值得讨论的问题。如果从“文化圈”的角度而言，世界各地区的文化是由于中心向外扩散而形成的，因此就存在多个不同的“文化圈”，在“文化圈”的基础上又才形成了“文学圈”。[①] 如东北亚文学圈、东南亚文学圈、南亚文学圈、中亚文学圈、西亚文学圈，每一个文学圈都来自各不相同的文化源，但不是每一个地区都一定存在一个华文文学圈。因为不是地球上的每一个地方都适合于人类居住，不是每一个地区都有华人或有文化的华人居住，虽然有华人居住但并不一定会从事文学创作，而如果没有文学创作，则可能就没有文学的存在。当然，没有文学创作也还会有文学阅读、文学消费、文学传播，同样也可以形成文学圈。并且在当今科技高度发达的条件下，没有作家文学也会有民间文学，也就是停留于口头传播阶段的文学。同时，只要有了手机，就有了手机文学，虽然不一定会发表和积累下来。因此，世

① 参见《比较文学概论》概论编写组：《比较文学概论》，北京：高等教育出版社，2018年版，第230～242页。

界华文文学的“当下形态”已经比较复杂，静态与动态的情况又有了新的发展。一方面是国与国之间的交流越来越广泛与深入，另一方面是民间的对话与沟通具有了前所未有的广度和深度，高科技在其中所发挥的作用越来越显著，越来越重要。

古远清教授穷其一生之力研究文学和文学史，著作等身，影响广大，且相当深远。在他八十大寿之际，中国华侨出版社推此大著，令人惊喜，且让人感佩。作为后学，拟寒山体诗一首，曰：老古不算老，古老意气高。明日再出发，大海掀波涛。[①] 同时，相信此书的出版，会极大地推动学界对世界华文文学的研究，让我们为世界华文文学学科的建设添砖加瓦。“世界华文文学地图”的绘就是作家们的事情，“世界华文学地图”的研究，则是学者们的事情。“华文”之名，自然有其来历，这就是在整个世界之上，汉语是至为华美与纯粹的语言之一，以此种语言所创作的文学，也是世界上最为重要的文学形态之一。这也是本人有兴趣就《世界华文文学概论》中的第五章“世界华文文学地图”进行讨论的动力。值得提出的是，在这部关于世界华文学的重要著作中，作者讨论了许多问题，包括世界华文文学的多种多样的观念的问题，世界华文文学发展的历史的问题，世界华文文学的主要作家和作品如何评价的问题，中国现当代文学与世界华文文学的关系的问题，世界华文文学所涉及的文化差异的问题等，都是很有意义和价值的。

---

① “拟寒山体”：寒山是唐代大诗人，是中国早期的白话体诗人，他的诗歌不刻意讲究平仄和对偶，且多用口语，自由抒写，少有限制，却相当机巧，锋芒隐藏，极有内涵，在日本与美国产生很大的影响。笔者写有此种诗体 1000 多首。

从望乡到原乡

——评邓良《漂泊体验与政治无意识：洛夫诗歌研究》

李雪风*

摘　要：邓良教授关于海外著名华文诗人洛夫的学术新著《漂泊体验与政治无意识：洛夫诗歌研究》，将洛夫其人其作置于特定的历史背景和文化政治关系网络中，通过划分创作时期和大量文本细读，借鉴并化用詹姆逊"政治无意识"理论，对洛夫诗歌的"生命情态"和"内在理路"做出了合理解读。该书在"离乡－望乡－还乡－原乡"的结构脉络中，对诗人及现代人心中的故乡与乡愁究竟何去何从，绘制了一条清晰的线索。

关键词：洛夫　邓良　乡愁　政治无意识

邓良教授的专著《漂泊体验与政治无意识：洛夫诗歌研究》，由陕西人民出版社于2020年4月出版，这是洛夫研究及海外华文诗人研究又一新的收获。诗人洛夫离开我们至今已整整两年，然而在这两年里，汉语诗坛对洛夫及其诗歌的关注不减反增。此书是作者在其十多年前博士学位论文的基础之上搜集大量资料修订而成，以詹姆逊的"政治无意识"作为理论支撑，探讨洛夫在二度漂泊体验下作为个体的人，与国家命运、政治洪流和文化环境之间的联结及不同时期诗歌美学的演变，有着新颖的角度和引人思考的价值。

游子思归、故土难离、叶落归根、饮水思源、衣锦还乡……安土重迁的中国人创造了许多词语表达与故土难分的感情。作为青年赴台、晚年远渡加拿大的大陆移民，一生漂泊在外的洛夫写下了大量怀念故土、体味人生的诗篇，而伴随着他漫长创作生涯的，是反复被打破又重建的诗风和流动且终生无定所的乡愁。创作时间跨度之大使得前人研究者乃至洛夫本人均对其诗歌

---

* 李雪风，女，1994年生，陕西安康人，西安外国语大学比较文学与世界文学硕士研究生。研究方向：中外文学比较。

生涯有过不一而足的分期，在此基础上，邓艮另辟蹊径，结合洛夫物理时空的迁移和随之而来的心理变化，“从诗人漂泊体验下的文化政治变迁角度”将其创作分为四个时期，并为每个时期找到了一个恰当的落点：“苦梨望乡”时期语言风格及意象风格上的混乱背后是新秩序的建立；“乡土思潮”时期沉重的个人之痛与时代之痛逐渐沉淀为“简静”的诗美风格；“还乡访游”时期记忆中的故乡与现实中的故乡之间难以弥合的裂隙使得无处安放的漂泊灵魂在历史指向中化为“潜沉”的思索；“天涯原乡”时期“在一种禅思和形而上的思考中”[①]，诗人转向求证人类在现代社会洪流之下的归宿，促使了“天涯－原乡”美学的最终形成。可以说，“漂泊体验与政治无意识”作为贯穿全书的支撑点，“一表一里，一显一隐，构成了洛夫全部诗作的双重变奏”（P25）。而四个时期各有侧重又层层推进，这样的逻辑框架背后是作者对洛夫各个时期代表作品的深入思考和准确把握。与此同时，贯穿着全部四个时期的核心词语：“乡”，它在诗人心中扮演着怎样的角色，这样的角色是否伴随着不同时期的诗歌观念变化而变化，是研究洛夫的诗歌美学绕不开的话题。

一、离乡与望乡：从青年的乡愁到“不惑”的乡愁

“乡愁”不仅仅是地理和文化上的概念，更是一场伴随着时空流转、人事变迁的心灵羁旅。无论是自明末移台的文人笔下的“乡愁”情愫，20世纪上半叶的日据时期，还是“两蒋”时期，漂泊和离散带给赴台民众的身心创痛均是深沉且持续的。为寻求读书机会而随军赴台的洛夫年仅二十余岁即被时代和命运的双手抛弃于孤绝的岛屿，从此如断线纸鸢般故土难赴、亲人永诀，这被迫流放所引发的乡愁必然漫长且日益加深。

初到台湾的洛夫孤身面对时代风雨和生存考验，“对自身的迷惘和切身的禁锢之感”（P53）挥之不去，体现在诗歌上，便外化为语言情绪的孤独感、焦虑感和意象的缥缈、沉重与晦涩。在洛夫的早年创作中，从《灵河》对个人思绪的捕捉和抽象表达，到《石室之死亡》以军人和诗人的双重身份思考生死命运，再到《外外集》与《西贡诗抄》将战争的悲苦从对诗中人物的塑造中呈现出来，邓艮敏锐把握了这种文风流变过程中共通的内核：诗人被迫与故乡断开联系犹如被锯断的大树，思归而不得的乡愁难解却因政治环境而不能表露太多。这样的乡愁郁结在心里便构成了无尽的悲悯，最终化为深切

① 邓艮：《漂泊体验与政治无意识：洛夫诗歌研究》，西安：陕西人民出版社，2020年版，第29页。下文中的该书引文仅在括号中标出页码。

的受挫感和试图挣扎的“抑郁难伸”。在第一章结论中，邓良将洛夫“苦梨望乡”时期的诗美风格概括为“粲然的混乱”，意指诗歌意象上的锐利艰涩及情绪上的怅惘焦虑传达给读者丰富与无序之感，然而如果我们能够了解此时的文化政治背景在诗人心中投射下的无意识便可读出，这种“粲然的混乱”背后实为诗人真诚而难言的隐晦表达。

精神家园的失落是台湾历代知识分子，尤其是大陆移民难以回避的话题。尽管不同的写作者对这种离散和失根的诠释有一定差别，从乡愁引发和推动的乡土文学思潮是他们共同寻找精神寄托的群体心理的外在表现。本书第二章开篇，邓良梳理了70年代后台湾诗社的兴起脉络和乡土文学思潮的流变方式，并由此引出了洛夫从乡愁出发记录时代的深切愿望。此时诗人已至中年，而真正得以书写的乡愁至此才集中爆发，这是社会环境带来的改变，更是诗人日夜积淀、将苦痛悲哀反复淘洗打磨后的结果。在“乡土思潮”时期，历史与时间的伤痛凝结在《魔歌》的归家无望中，体现在《时间之伤》《酿酒的石头》《月光房子》等诗集不同的事件却相同的心理中，沉淀在“以小我寓大我，以有限寓无限”（P140）的“渐趋简静”的诗风蜕变中。乡愁与时代的联系日益紧密，无论是亲人、族群还是文化乃至心灵，乡愁都是一道无法因时间愈合的伤口，尽管岁月流逝，痛感依然真实。

从“苦梨望乡”时期到“乡土思潮”时期，洛夫从青年步入中年，诗风也经历了从迷惘到简静的走向，然而邓良认为这种诗风变化并非简单的“西化－回归”“现代－传统”“晦涩－明朗”的二元对立模式或“传统－西化－传统”的三段论模式能够简单解释的。这样的反思无疑对现今的个案作家研究具有现实意义。这些传统表述模式看上去工整而清晰，但正如邓良所指出的那样，高度概括很容易导致细节流失，而细节所具备的个体性、丰富性和广阔的可探究空间，是对一位诗人进行个案研究不可或缺的珍贵资料。洛夫前半生漂泊而动荡，诗歌观念也在不断更新和重建，无论主动还是被动地调整语言，这四十年的创作都伴随着离乡的愁绪。因此，无论是否寻找到向“外界”和“现实”敞开的力量，洛夫在此阶段的“乡愁”都依然有一个沉重的内核，这样的内核是“回归传统”或“转向明朗”的结论无法完全概括的。

二、还乡与原乡：从地理的故乡到文化的故乡

1987年，台湾当局宣布解除了长达三十八年的“戒严”，赴大陆探亲终于得以实现。然而，当返乡成为现实，当大陆从一个遥不可及的梦成为可以触摸和涉足的土地，已步入花甲之年的洛夫却主动选择了从悲情中抽身，在几

度“回归”后再次“出走”，完成了创作境界和创作空间更高一层的飞升。

邓良借第三章开篇对历史的介绍向读者提出了一个值得探究的问题：当记忆中的故乡“一旦成为现实的抵达”（P154），是否会消解或摧毁原有的记忆？读罢全章我们知道，这一问题实际上很难被赋予一个固定答案，然而地理上的故乡并不能真正释放经年累月的乡愁。正如萨义德所言，流放是一场人为的灾难，它“像死亡那样夺走千百万人的传统、家庭和地理的养分，而又没有死亡那样的终极慈悲”[①]。人还活着，就还要生长，还要流动，而这生长和流动均无法遏制地将记忆越推越远。因此，诗人此时唯有把故乡不断抽象——“还乡访游”后诗人所见的“故乡”早已成为一种抽象的、历史的、文化的载体，不再是童年的故乡——于是，在这一时期的诗歌当中，从怀念亡母、兄弟的“小乡愁”到家国历史的“大乡愁”（洛夫语），都因浸染了历史的沉重与现实而不断趋于“潜沉”；而当故乡已成他乡，洛夫选择了主动离开，定居海外，以知识分子的批判目光站在抽离的角度思索家国命运，转向寻找精神上的“原乡”。

“原乡”一词出自洛夫晚年创作的长诗《漂木》。诗人在与沈奇的访谈[②]中曾提到自己希望通过《漂木》写出“天涯沦落人”寻找“心灵的原乡”而不可得的悲剧体验；也曾在与邓良的访谈中表达自己意欲通过远赴温哥华寻找到“心中的原乡”的意愿。尽管诗人从未对“原乡”究竟代表着什么作过明确解释，但我们可以大致猜测，“原乡”更多是以文化为依托的精神故乡。从《石室之死亡》到《漂木》，中间间隔了约四十年，洛夫的诗风也在这四十年里逐渐从抽象而意象繁复的晦涩走向了切实可辨的禅意和明朗——到了“天涯原乡”时期，诗人的漂泊更加缥缈，却带有了更多富有写实意味的俗世牵连，正如诗人本人所言：“如果说文学主要在表现作家的情感与心境，再没有任何名词比‘天涯美学’更能表现海外作家那种既凄凉的流亡心境，而又哀丽的浪子情怀。”[③] 尽管地理的阻隔已因返乡而弥合，但文化失位和时间割裂已经让这种理想状态下熟悉的“原乡”再无重回的可能。从思念故乡到放逐天涯，“故乡”与“天涯”早已不仅仅是地图上的某个方位，更是时空之上的、心灵之内的、终其一生在外飘零的大寂寞、大悲痛后的大自在、大清醒之境界。

从大陆到台湾，从中国到北美，经历“二度流放”的洛夫“两次感受到

---

① 萨义德：《关于流亡的省思》，北京文艺网，2013年2月28日。

② 参见沈奇：《从“大中国诗观”到“天涯美学”——诗人洛夫访谈录》一文，最初发表于“诗生活”网站沈奇专栏。

③ 洛夫：《洛夫访谈录》，《诗探索》，天津：天津社会科学出版社，2002年版，第290页。

的‘漂木感’自有不同，但由‘短时空’感应到的两岸政治情势、社会环境之巨大位移、断裂甚至是面目全非，成为诗人‘不可承受之轻’”（P12）。对于有研究者认为洛夫在晚年移民仅仅是因为对国外欣赏和向往，或认为诗人的“二度流放”是向西方文化的“游移”和对“原生文化”有意无意地背弃等论点，邓艮均加以批判和反对，并清楚地指出诗人为追求更好的美学所愿付出的代价。这样的判断和结论是动人的，更是发人深省的。洛夫终其一生借助诗歌“进行着对个体存在与文化政治扭结在一起的洞穿”（P245），既为了自己，也为了在历史洪流中挣扎的芸芸众生。

三、本书带来的思考

叶维廉对洛夫曾有过这样的评价：“飞不起来的飞的欲望，便构成了他后来全部诗作的努力。”① 从最初习诗时纯情而迷惘的青年时期走入“水晶球团着火焰”（邓艮语）般的暮年，这中间所经历的一切风雨承载于二百余页的文字之上太过沉重，但幸运的是，洛夫不断超越、不断“飞升”的美学愿望反过来托住了研究者笔下的思索和厚重的书脊。在引言中，邓艮表达了选择洛夫作为研究对象的一个重要原因：

> 选择洛夫这一独特个案，不是就诗人论诗人，不是就其诗谈其诗，也不只是将他仅作为台湾诗人放在台湾诗歌版图或者仅作为一名海外华裔作家置入海外华文文学中去打量观照，而是将之纳入中国现代诗的整体视域之中进行论述与定位，厘清洛夫与中国现代诗的关联，并进而表征现代诗的可能性与问题。（P6）

能够从一位极富独特性的个案中看到其人其作的普适价值，一方面是研究者的视角和观念使然，另一方面，或许更多地需要归功于洛夫本人在诗歌美学上的探索和追求。怀乡思亲这一中国文学的传统母题时至今日依然在各省各地延续并闪光，个人命运与历史命运的碰撞和交织从未中断，这些都是洛夫的诗歌能够引人共鸣的原因。在全书后半段，邓艮指出，《漂木》开篇“没有任何时刻比现在更为严肃”一句将漂泊的行为注入庄严的声音，为“漂木的降临”勾勒出环境背景。的确如此，作为命运被动的承受者，漂木孤独却不断“寻找”，可以被看作旅居海外的大批侨民的投影，而诗人晚年的严肃并非为了向世人说教，或许更多是为了在直面历史和自我内心之时保持一份

① 叶维廉：《洛夫论》，萧萧：《诗魔的蜕变——洛夫诗作评论集》，台北：诗之华出版社，1991年版，第2页。

庄重和虔敬。邓艮认为，洛夫借漂木的“寻找”不是为了找到“既定的泊地”或“文化的根”，而是在寻求“这个文化传统的现代性转换或者重建”（P217）。诗人晚年处于相对安稳的生活状态之中，对人世荒芜与混乱的反抗却一如身处早年的战地石室，而此刻诗人终于能够以一个抽身开来的远眺者的身份回望历史和自身，以更为抽象，或者说更为宏观的中国人身份重述自己从未失却的“根”。

对于为阐释洛夫诗歌何以至此的原因选择一个合适的行文方式和切入点，邓艮通过本书给出了一个很好的范例。

第一，全书条理清晰、环环紧扣，如四个章节分别围绕“乡”字展开；每一章节末尾均引出下一章节的问题；引言开篇关于《雪地足印》一诗中“彳亍”二字的分析又在全书末尾再次点出；文后所附访谈脉络与正文构成了和谐的互文关系等，这些细微处的设计感使得全书形成了相对紧凑的论述逻辑和较为完善的闭环。

第二，作者将新批评的文本细读方法与传统社会历史批评相结合，既能够避免孤立谈文本带来的隐含作者偏差，又能够避免忽视文学现象复杂性的教条倾向；与此同时，全书行文对洛夫诗句的化用均恰到好处，细读文本节制且一针见血，体现出作者良好的学识储备与学术素养。

第三，书中看似无意、实则有意流露出的感性与诗意愈至尾声愈真实可感，论诗的文字也可用诗一样的语言说出：“木头的原初是活生生的树啊，它能否‘叛逆’回到树本身？”（P212）“混沌初开是废墟，万物归结也是废墟”（P236）“哪怕洛夫在禅诗的超越性中仍不时地质疑着自己，并向我们投出别一种的眷念：彳亍永在，天涯永在，漂泊的路就没有尽头，人生就还有无限的领域等着我们去深掘、去探采”（P243）……评述诗人的著作由同样拥有诗歌创作实践的学者写出，无论对于读者还是诗人本身都是幸运的。

第四，作者并未囿于前人研究成果而“随波逐流”或止步不前，而是在不断反思前人立场、反思他人观点的同时建构起了属于自己的框架体系，这是力图在今天这样个体极易被信息洪流所淹没的时代之下寻求突破的知识分子，尤其是后辈学人需要学习和具备的品质。

当然，任何一部著作都难以做到面面俱到。本书并非洛夫研究的终结，也正因如此，读罢全书依然有许多问题尚存脑际，如“背景先行”是否可能导致对作品文本的过度阐释？诗人对作品的自我评价是否可能干扰研究者的理性判断？将论文修改成书，体例的差异度和时间的延展性是否可能导致因过于“工整”而带来的灵性缺失［尽管作者认为，“一本书，必须当作一篇论文来写”(P25)]?作为研究者的我们，该如何看待作家经历对作品解读的必要性?如此种种亟待思考和解决的问题和因限于篇幅与史料而难以深入探讨的部分还需今后的历代学人继续补充和完善，而该书所提供的新思路与新视点，将成为国内外洛夫诗歌研究通向理论化、系统化的一盏明灯。

重庆举行第五届海峡两岸岳飞文化夏令营集中活动

人民日报客户端重庆频道　牛　玥

“晚风轻拂澎湖湾，白浪逐沙滩……”7 月 13 日，在熙熙攘攘的人群中，一曲童声合唱《外婆的澎湖湾》在重庆市曾家岩小学内响起，为第五届海峡两岸岳飞文化夏令营集中交流日活动拉开了序幕。

据悉，此次夏令营于 2021 年 4 月 20 日启动，主题为“弘扬岳飞精神，传承忠孝文化”，北京、上海、重庆等 15 个省市区的 1300 名师生和台湾地区的 217 名师生，先后开展了征文比赛、分散交流、集中交流三大活动。

“精忠报国、忠孝传家”的岳飞精神，不仅是中华优秀传统文化的璀璨瑰宝，也是海峡两岸青少年交流的一张靓丽名片。“学习岳飞”征文比赛是海峡两岸岳飞文化夏令营活动的重头戏之一。自比赛发起以来，两岸学子踊跃参加，积极投稿，本届共收到征文 879 篇，其中台湾学生来稿 177 篇，数量超过往届。“疫情影响虽大，但征文质量却是越来越高。”重庆市作家协会副主席何浩解读征文来稿和评审结果时说道。最终，评选出获奖征文 79 篇，一等奖 12 篇，二等奖 28 篇，三等奖 39 篇。

集中交流活动现场，征文一等奖获得者曾家岩小学的但睿博同学上台发表获奖感言时说：“我会像岳飞那样把‘精忠报国’作为一生追求的目标。”来自台湾的古志勇通过视频连线，为大家介绍着自己的作品：“这些作品就是我曾经去重庆时所画下的点点滴滴，希望疫情结束这些作品都可以送到重庆做展览。”

据了解，为进一步丰富海峡两岸岳飞文化夏令营活动内容、提高品位，夏令营组委会决定聘请专家辅导员，活动现场有著名评书艺术家刘兰芳，书法家岳佐泉，著名作家、电视剧《精忠岳飞》的原创编剧张放教授以及被誉为“台湾爱迪生”的邓鸿吉教授等 9 位专家辅导员，他们为获奖者颁发了聘书。

主办方重庆市岳飞文化交流协会会长岳朝军介绍称，海峡两岸岳飞文化夏令营以传承中华优秀文化认同为基础，以血脉同胞亲情为纽带，以岳飞精神文化为桥梁，自2017年正式启动，连续5年轮流在大陆地区、台湾地区举办了五届活动。据不完全统计，五年来台湾地区共计有30所学校1453名师生与大陆20个省市区37所学校5400多名师生进行交流互动。

活动过程中，两岸营员通过视频互动带来了传统京剧《梨花颂》、配乐诗朗诵《送轸上人之庐山》和英姿飒爽的岳家拳等精彩节目。活动最后，由主办方相关人士带领“小岳飞”到台上领唱岳飞的《满江红》，将全场的气氛推向高潮。

附：步岳飞《宝刀歌》原韵为“海峡两岸小岳飞夏令营”作“营歌”歌词一首

宝刀歌

张叹凤

我有一宝刀，精忠日月高。
华夏五千年，承传自唐尧。
江山如锦绣，青史逞英豪。
大宋岳鹏举，文武相映照。
词见满江红，情溢出师表。
百战无一殆，魂铸岳王庙。
两岸一家亲，同学正年少。
戮力兴中华，青春莫闲抛。
携手夏令营，同心永结好。